BASTEI LÜBBE
TASCHENBUCH

Weitere Titel der Autorin

Die Wandersängerin
Das Weihnachtspferd

Titel in der Regel auch als Hörbuch und E-Book erhältlich

Über die Autorin:

Karolina Halbach wurde 1962 in Neustadt an der Waldnaab geboren und kennt Regensburg, einen der Schauplätze aus *Die Wandersängerin*, schon aus ihren Kindertagen. Bereits damals hat sie sich in das »bayrische Venedig« verliebt. Heute lebt die promovierte Naturwissenschaftlerin mit ihrer Familie, ihren zwei Hunden und drei Ponys in der Nähe von Passau.

Karolina Halbach

DIE FALKNERIN

Historischer Roman

BASTEI LÜBBE TASCHENBUCH

BASTEI LÜBBE TASCHENBUCH
Band 16 810

1. Auflage: Mai 2013

Dieser Titel ist auch als E-Book erschienen

MIX
Papier aus verantwortungsvollen Quellen
FSC® C014496

Originalausgabe

Lektorat: Judith Mandt/Kai Lückemeier
Titelillustration: © Falcon, 1837 (oil on canvas), Landseer, Sir Edwin (1802–73)/Private Collection/ The Bridgeman Art Library; © Jewish Woman from Tangiers (oil on canvas), Landelle, Charles (1821–1908)/ Musee des Beaux-Arts, Reims, France/J.P. Zenobel/ The Bridgeman Art Library; © akg-images
Umschlaggestaltung: Guter Punkt, München
Satz: Urban SatzKonzept, Düsseldorf
Gesetzt aus der Garamond
Druck und Verarbeitung: GGP Media GmbH, Pößneck
Printed in Germany
ISBN 978-3-404-16810-1

Sie finden uns im Internet unter
www.luebbe.de
Bitte beachten Sie auch:
www.lesejury.de

Der Preis dieses Bandes versteht sich einschließlich der gesetzlichen Mehrwertsteuer.

Dem Kind, das mich verliess

Der Frau, die es nie werden sollte …

Prolog

Der Anblick der Frau mit den hohlen Wangen und der fiebrig feuchten Stirn trieb ihm die Tränen in die Augen. Er wusste, dass sich diese sentimentalen Gefühle für einen angehenden Ritter nicht gehörten, deshalb versuchte er, den Druck in seiner Brust, dieses Gefühl, nicht mehr atmen zu können, auf den Weihrauch zu schieben. In Schwaden, für die ein eilfertiger Burgkaplan mit weit schwingenden Bewegungen sorgte, waberte er durch das Zimmer. Fast ein wenig ärgerlich fuhr sich der Junge mit dem Handrücken übers Gesicht, während er sich ermahnte, bloß keine Schwäche zu zeigen, schon gar nicht vor diesem Kerl, den man seiner Mutter nach dem Tod des geliebten Vaters zum Gatten gegeben hatte. Der Sohn richtete sich auf und straffte die Schultern. Breitbeinig stand er da, die Hand am Gürtel – ganz so, wie es sich für einen Adelsherrn gehörte, der dazu ausersehen war, sein Glück im Kampf zu suchen.

Seine Mutter lächelte stolz, und er wartete geradezu darauf, dass sie sich aufrichtete und ihn in ihre Arme schloss. Stattdessen hob sie die Hand. Ihr zittriger Zeigefinger krümmte sich. Er trat näher, bis seine Knie den grob gezimmerten Holzrahmen ihres Lagers berührten. Sie tastete nach seiner Hand, fand sie und zog ihn zu sich herab. Ihr heißer Atem ließ ihn an den Feuerdrachen denken, der ihr Familienwappen zierte.

»Mein Sohn«, flüsterte sie. Ihre Stimme war schwach, aber voller Liebe. Für einen Moment schloss sie die Augen, um ihre Kräfte zu sammeln. Auf andere mochte es wirken, als wollte

sie schlafen. Er jedoch kannte sie besser. Sie hatte etwas Bedeutsames zu sagen. Mit angehaltenem Atem wartete er auf ihre Worte.

Eine Hand legte sich schwer auf seine Schulter. Ärgerlich fuhr er herum und sah direkt in die dunklen Augen seines Stiefvaters.

»Genug jetzt«, blaffte dieser barsch. »Sie muss dem Kind noch die Brust geben. Es braucht die erste Milch seiner Mutter, damit es überleben kann. Komm morgen wieder.«

Jans Hand fuhr unwillkürlich zum Gürtel, wo das stählerne Jagdmesser seinen Platz hatte. Der Kerl schaffte es sogar, ihn am Sterbebett seiner Mutter zu provozieren. Doch diesmal würde er sich zu nichts hinreißen lassen, und so zischte der Junge nur leise: »Es würde noch zahllose Morgen für sie geben, hättet Ihr nicht darauf bestanden, dass sie Euch einen Sohn schenkt, obwohl Ihr doch bereits zwei von Eurer ersten Frau habt. Jetzt siecht sie für diesen nutzlosen Spross dahin.«

»Das ist die Buße, die Gott der Herr den Töchtern Evas für ihre Sünde auferlegt hat.«

»Pah! Das da ist nicht der Wille Gottes, sondern das Resultat Eurer Wollust, Stiefvater. Warum habt Ihr Euch keine junge Magd gesucht, wenn es Euch in den Lenden juckt, so wie es mein Vater tat, nachdem er sah, wie sehr die Geburt eines Kindes sie quälte. Meine Mutter wird Euch für Eure Selbstsucht anklagen, wenn Ihr einst Eurem Schöpfer gegenübertretet. In der Hölle sollt Ihr schmoren!«

»Lästert dem Herrn nicht, Knabe«, mahnte der Burgkaplan.

Jan schnaufte verächtlich. Dann trat er wieder an das Lager seiner Mutter, beugte sich zu ihr herab und küsste sie auf die Stirn. Ihre Lider hoben sich, und einen Herzschlag lang fanden sich ihre Blicke in Zärtlichkeit.

Ihre Hand tastete nach seiner, und Jan spürte, wie sie seine Finger um einen glatten, runden Gegenstand schloss. »Ich habe dir nicht viel zu hinterlassen, mein Junge«, hauchte sie fast unhörbar. »Doch nimm diesen Ring. Ich habe ihn einst von deinem Vater in Liebe empfangen. Gib ihn weiter an die Eine, die Besondere.«

»Wie werde ich sie erkennen, Mutter?«, flüsterte er.

»Du wirst es wissen, Sohn, wenn du ihr begegnest, denn sie wird dein Herz berühren.«

Jan nickte leicht und ballte die Hand zur Faust.

»Geh jetzt, und überlasse mich meinem Schicksal.«

Ein letztes Mal küsste er ihre Hand, führte sie an seine Wangen und ließ sie dann sanft zurück aufs Lager gleiten. Als er sich zur Tür umdrehte, wartete dort bereits die Hebamme mit einem rotgesichtigen Säugling, der schwache, schmatzende Laute von sich gab.

Prag 1417

Kapitel 1

Die Märzsonne meinte es an diesem Tag besonders gut mit der Goldenen Stadt. Sanft vertrieb sie die letzten Schneereste von den Dächern und ließ sie als Wassertropfen wie funkelnde Sterntaler zu Boden fallen. Wer keinen nassen Kragen bekommen wollte, war gut beraten, sich von den Hauswänden fernzuhalten, was im Gedränge Prags kein einfaches Unterfangen war, vor allem, da man gleichzeitig den großen Pfützen ausweichen musste, die sich auf dem noch halb gefrorenen Boden gebildet hatten.

Königin Sophie, Gattin des vierten Wenzel, blickte aus dem Fenster ihres Stadtpalastes ins Freie, wo sich die Bewohner wie bunte Perlen auf den mit hellen Kieseln ausgelegten Wegen tummelten. Nach einem nasskalten Winter genossen auch ihre Untertanen den Duft des sich ankündigenden Frühlings. Der Königin entgingen die leisen Seufzer ihrer jungen Hofdamen nicht, die nichts lieber getan hätten, als ihr Stickzeug beiseitezulegen und hinaus in den Garten zu stürmen. Niemals jedoch hätte es eine von ihnen gewagt, diesen Wunsch laut auszusprechen. Königin Sophie führte ihren Hof mit strenger Hand, so wie sie es vom Haus Wittelsbach, dem sie entstammte, gewohnt war. Sie duldete keinen Müßiggang und brachte nur wenig Verständnis für jugendliche Albernheiten auf. Man lebte in unruhigen Zeiten. Nicht einmal sie als Königin wusste, ob ihr Titel und Stand im nächsten Jahr noch sicher waren.

Ihr Gatte Wenzel hatte sich bislang als in jeder Hinsicht

unfähiger und schwacher Monarch gezeigt. Dazu kam sein launisches, unberechenbares Wesen. Des Königs Misstrauen und sein Jähzorn machten vor niemandem Halt. Sophie erinnerte sich mit Schrecken daran, wie er bei einer Jagdgesellschaft seine geifernden Hunde auf den alten Vogt von Weida gehetzt hatte, einen treuen Vasallen, nur weil er es gewagt hatte, unaufgefordert einem Eber den Fangschuss zu geben, den des Königs Speer lediglich verletzt hatte.

Dabei war der Vogt von Weida ein wichtiger Verbündeter, der über die Gefolgschaft zahlreicher niederadeliger Familien in der Grenzgegend wie zum Beispiel der von Dobenecks und der von Zedtwitz' verfügte. Zwar war es der Königin gelungen, den Zorn des Vogts zu besänftigen, dennoch war ein stolzer Mann gekränkt worden. Mit Wenzels Entscheidung, den Vogt auch noch unter das Joch des Hauses Wettin zu zwingen, war weiteres Öl ins Feuer gegossen worden. Seither fürchtete Sophie, der Weida könnte sich Sigismund, dem Halbbruder und Erzrivalen des Königs, anschließen, dem es schon einmal beinahe geglückt war, ihren Gatten Wenzel vom Thron zu stoßen.

Der König hatte eine Menge Zugeständnisse machen müssen, um seine böhmischen Lehnsleute hinter sich zu bringen, damit ihm die böhmische Krone blieb. Doch die Böhmen nutzten des Königs Schwäche gnadenlos aus – ohne ihm eine ehrliche Gefolgsmannschaft zu sein. Privileg um Privileg rangen sie ihm ab. Wohin das führte, sah man an den Folgen des Kuttenberger Dekrets für die Prager Universität. Seit die Böhmen dort das Sagen hatten, vergraulten sie die deutschstämmigen Gelehrten. Einer nach dem anderen packte sein Bündel und zog nach Leipzig. Dann war auch noch Jan Hus Rektor geworden und hatte ungehindert seine ketzerischen Ideen verbreitet. Jetzt war der Hus tot, verbrannt im Konstanzer Feuer, doch Sophie kam es so vor, als wäre sein geistiges Erbe damit nur noch gefährlicher geworden.

Solch dunkle Gedanken trieben die Königin um, während sie aus dem Fenster schaute. Nun aber schüttelte sie kaum merklich den Kopf, trat einen Schritt zurück und wandte sich wieder ihren Damen zu. Die Mädchen beugten sich schweigend über ihre Handarbeiten. Klein war ihr Hofstaat geworden, nur noch fünf Mädchen zur Erziehung und ein enger Kreis von Vertrauten. Die Königin schritt die Reihe ihrer Hofdamen ab, begutachtete die Stickereien und sparte nicht mit Lob, wenn ihr eine Arbeit gelungen schien, aber auch nicht mit Kritik, wenn sich eines der Mädchen nicht genug anstrengte. Sophie hatte sich stets bemüht, jedermann mit gleicher Elle zu messen – egal ob böhmischer oder deutscher Herkunft. In letzter Zeit jedoch schien das selbst an ihrem Hof nicht mehr möglich zu sein. Der stete Konflikt zwischen böhmischen und deutschstämmigen Vasallen schwärte auch unter ihren Damen. Die Töchter der böhmischen Adelsherren empörten sich ständig über angebliche Ungerechtigkeiten und eine Bevorzugung der deutschen Mädchen durch die Königin. Waren die jungen Damen erst einmal in Rage, ließen sie sich kaum mehr besänftigen, beklagten sich bei ihren Vätern, die dann wiederum vor dem König Beschwerde führten. Gleichzeitig jedoch piesackten sie die deutschen Mädchen, wo sie nur konnten.

Königin Sophie hatte anfangs versucht, die Mädchen zur Ordnung zu rufen, aber das schien die Sache nur zu verschlimmern. Zudem war es die Königin leid, sich immer wieder von ihrem Gatten anhören zu müssen, sie solle gefälligst ihren Hof anständig führen und ihm nicht seine treuesten Vasallen verärgern. Diese würden der Königin ihre Töchter in der Hoffnung anvertrauen, dass sie bei Hof mit Achtung behandelt und eine standesgemäße Erziehung durchlaufen würden. So kam es, dass die Königin die Launen der böhmischen Sprösslinge ignorierte, soweit es ging. Trotzdem taten ihr Margarethe von Waldeck und Margot von Bischishausen oft leid, die derzeit einzigen deutschen Mädchen in ihrem Gefolge.

Die Königin schätzte die beiden: Margot war ein hübsches Kind aus bester württembergischer Familie, das mit großer Neugierde und Begeisterung bei der Sache war. Als Tochter des Truchsessen von Stuttgart würde sie später einmal eine glänzende Partie abgeben. Margarethe dagegen kam aus einfacheren Verhältnissen, war anstellig und bescheiden. Mit ihren nun sechzehn Lenzen kam sie ins heiratsfähige Alter. Die Königin nickte kurz, als sie Margarethes geübte, gleichmäßige Stiche auf dem Leintuch begutachtete. Das Herz wurde ihr fast ein wenig schwer, wenn sie daran dachte, wie wenig Interesse Margarethes Vater für seine Tochter aufbrachte. Kaum dass er sich nach ihrem Wohlergehen erkundigte oder gar Interesse am Fortgang ihrer Erziehung zeigte. Oft fragte sich die Monarchin, was wohl aus dem Mädchen werden würde. Vermutlich würde der alte Waldecker sie mit irgendeinem vierschrötigen Waffenbruder verkuppeln. Eine Schande wäre das. Liebend gerne hätte Sophie Margarethe bei sich behalten, doch angesichts ihrer eigenen unsicheren Zukunft war das ein schlechter Plan. Nein, für Margarethe musste es eine andere Lösung geben, eine, die ihren Vater zufriedenstellte und dem Mädchen zugleich eine Zukunft bot. Es war Zeit, sich endlich darum zu kümmern.

Sophie atmete tief durch, klatschte in die Hände und rief: »Lasst mich allein, meine Damen. Hinaus in den Garten mit euch!«

Das ließen sich die Mädchen nicht zweimal sagen. Wie aufgescheuchtes Federvieh flatterten sie aus dem mit prunkvollen Wandteppichen verzierten Saal. Dabei hatten sie es so eilig, dass die Hofknickse ein wenig ungelenk ausfielen und die Diener kaum rechtzeitig die hohe zweiflügelige Tür mit dem kunstvoll geschnitzten Wappen des Hauses Wittelsbach aufreißen konnten.

Erleichtert atmete Sophie auf. Zumindest diese Stunde war ohne Gezänk vergangen. Sie klingelte nach ihrem Schreiber.

Kurze Zeit später schwärmten die Mädchen durch das mächtige Eichenportal des Schlosses hinaus in den Garten. Sie hatten ihre höfische, mit modischen ornamentalen Mustern verzierte Kleidung gegen leichtere Gewänder aus hellem Leinen getauscht, die keine lästigen Schleppen besaßen. Ihre hellen Stimmen erfüllten den noch winterkahlen Schlossgarten mit überbordender Lebendigkeit, fast so, als würde er endlich wie aus einem langen Schlaf erwachen. Als Gruppe hatten sie das schmiedeeiserne Tor durchschritten, dessen goldene Spitzen in der hoch stehenden Sonne blinkten. Zuerst gingen die Mädchen artig hintereinander her, doch sobald es möglich war, strebten sie auseinander.

Drei Mädchen eilten vorneweg. Sie suchten nach den Bänken, die im Sommer in ausreichender Zahl im Garten gestanden hatten. Doch die hölzernen Sitzgelegenheiten stapelten sich noch in der Werkstatt der Zimmerleute und warteten darauf, gehobelt und mit Bienenwachs versiegelt zu werden. Lediglich zwei schmiedeeiserne Gartenbänke mit gewundenen Füßen hatten den Winter draußen verbracht und boten sich nun den Mädchen zum Verweilen. Die eine stand unter einer Trauerweide und glänzte von den Tropfen, die aus den Zweigen fielen. Die zweite Bank befand sich rechts neben den Rosenbeeten. Auch sie war ein wenig feucht, bot jedoch die einzig annehmbare Sitzgelegenheit weit und breit. Fast hastig strebten die drei Hofdamen an der Spitze darauf zu, breiteten eine Decke aus und nahmen die Bank in einer Weise in Beschlag, dass den beiden anderen nichts anderes übrig blieb, als weiterzugehen. Die Ältere, hoch aufgeschossen und mit kupferroter Lockenpracht, ignorierte das Verhalten der drei Mädchen. Der Jüngeren, die einen Kopf kleiner und kaum dem Kindesalter entwachsen war, schien der Sinn ohnehin nicht nach einer Ruhepause zu stehen. Sie stürmte mit wehendem Haar weiter in den Garten hinein.

Die drei Mädchen auf der Bank schüttelten ungnädig die Köpfe, giggelten und riefen der Rothaarigen hinterher: »He, Margarethe, pass bloß auf! Gleich fällt dein Schützling auf die Nase! Was für ein Benehmen! Der Königin würde es gewiss missfallen.«

Margarethe von Waldeck tat so, als habe sie die Bemerkung nicht gehört, und ließ sich auf einem Stein am Gartenteich nieder. Wie sie diese Sticheleien hasste, vor allem wenn sie sich gegen Margot richteten, die zu jung war, um sich wehren zu können. Am liebsten hätte die Rothaarige den dreien gesagt, was davon zu halten war, das Mütchen an Schwächeren zu kühlen, aber sie wusste, dass es nichts helfen würde. Die drei waren unverbesserliche Schandmäuler. Am besten war, sie mit Nichtachtung zu strafen. Also presste Margarethe die Lippen fest aufeinander und versuchte, an etwas anderes zu denken.

Ihr Blick folgte Margot durch den Garten. »Wenn es doch nur schon Sommer wäre!«, seufzte sie gedankenverloren.

Sobald der Duft der Rosen den Garten erfüllte, gab Königin Sophie ihr legendäres Sommerfest, zu dem selbstverständlich auch die jungen Herren aus dem Palast des Königs geladen waren. Dann glich der Stadtpalast einem Garten Eden mit heimeligen Plätzen, in denen es sich vertraulich plaudern ließ, während Wildrosen und Lavendel die Sinne betörten und bunte Falter zur Musik tanzten.

Die Rothaarige musste daran denken, wie sie sich mit Albrecht und Jan beim letzten Sommerfest heimlich aus dem Staub gemacht hatte und sie zum Schloss auf dem Hradschin, das vom König verschmäht wurde, hinaufgestiegen waren, um den Lauf der Sterne zu beobachten. Fast die ganze Nacht hatten sie auf dem Burgfried gehockt, geredet und Zukunftspläne geschmiedet. Albrecht hatte sich ausgemalt, wie er als Kronprinz des Herzogs von Bayern-München nach seiner anstehenden Schwertleite von Turnier zu Turnier ziehen würde und jeden Gegner in den Staub zwang, während ihm Margarethe von der Tribüne aus zujubelte. Jans größter Wunsch war es, irgendwann ein eigenes Lehen zu besitzen, am besten im Bayrischen und nicht allzu weit weg von Albrechts Residenz. Seitdem war kaum mehr als ein Winter vergangen. Die beiden Jungen waren inzwischen Ritter geworden, doch der Erfüllung ihrer Träume keinen Schritt näher.

Margarethe blickte versonnen auf die Wasseroberfläche. Sie berührte ihr Spiegelbild mit den Fingerspitzen, woraufhin es augenblicklich verzerrte. Spielerisch schöpfte die Hofdame ein wenig Wasser mit der hohlen Hand und ließ es zurück in den Teich tropfen.

»Margarethe, guck mal, wie weit ich springen kann!« Margots Stimme riss sie aus ihren Gedanken und ließ sie aufblicken. Einem frisch aus dem Stall gelassenen Zicklein gleich hüpfte die Kleine über eine breite Pfütze, während sie lachend mit den Fingern die Tropfen aus den triefenden Ästen der Johannisbeersträucher streifte. Dass sie dabei selbst nass wurde, bemerkte sie gar nicht. Dann aber hielt das Mädchen unvermutet inne, beugte sich über die kahlen Büsche und bog die Zweige auseinander. Mit geröteten Wangen und verzücktem Gesichtsausdruck rief es der Freundin zu: »Uih, schau nur, was hier ist!«

»Was gibt es denn?«, fragte Margarethe interessiert und warf einen letzten kritischen Blick auf ihr Spiegelbild. Ungnädig stopfte sie eine eigenwillige Haarsträhne unter ihren Schleier. Doch nun quoll die widerspenstige Haarpracht auf der anderen Seite hervor. Margarethe seufzte: rote Haare und dann auch noch diese grünen Katzenaugen. Als sie klein war, hatte sie sich einmal heimlich die Flechten abgeschnitten in der Hoffnung, das nachwachsende Haar möge eine andere Farbe annehmen. Natürlich hatte es nichts geholfen. Neidvoll blickte sie zu ihrem Schützling hinüber, der mit unglaublich wichtigem Gesichtsausdruck vor einem Johannisbeerbusch stand und wild gestikulierte. Margot von Bischishausen war noch ein halbes Kind, aber man musste schon blind sein, um ihre aufblühende Schönheit nicht zu bemerken. Bei ihr passte alles zusammen: die kleine Stupsnase, Augen so braun wie die Tiefen der Moldau, ebenholzfarbenes, glattes Haar und eine makellos seidige Haut. So sollte ein Edelfräulein aussehen.

»Komm endlich«, drängte die Kleine und deutete mit dem Finger unter die Sträucher.

Margarethe stand auf und ging zu ihrem Schützling hinüber, wobei sie dem Impuls nicht widerstehen konnte, zu den drei anderen Mädchen zu schauen. Diese zupften so offensichtlich und grinsend an ihren Gewändern herum, dass eigentlich kein Zweifel daran bestehen konnte, dass sie sich einmal mehr über Margarethes Garderobe ausgelassen hatten. Kein Wunder, ihr Kleid war eindeutig zu kurz, obwohl sie den Saum bereits ausgelassen hatte. Sie war über den Winter hochgeschossen wie eine Bohnenranke, und jetzt passte nichts mehr.

Margarethe hatte gehofft, es würde Königin Sophie auffallen und diese würde sich ihrer erbarmen. Doch bislang hatte sie vergeblich auf ein Geschenk der Monarchin gewartet. Nun schien Margarethe nichts anderes übrig zu bleiben, als nach Hause zu schreiben und um Geld zu bitten. Sie konnte sich lebhaft vorstellen, wie sich das runde, fast kahlköpfige Haupt ihres Vaters beim Lesen des Briefes so rot verfärbte, dass es schließlich einem gut gegarten Krebs glich. Den donnernden Wutausbruch hätte ihre Mutter auszuhalten, deren einziges Vergehen es gewesen war, dem Herrn von Waldeck statt eines Sohnes ein nach Tand gierendes Mädchen in die Wiege gelegt zu haben. Gören zählten für den Burgherrn nicht. Mit ihnen konnte ein Ritter nicht mehr anfangen, als sie zu verheiraten, was wiederum Unsummen verschlang, die dann in der Kriegskasse fehlten.

Missmutig verdrängte Margarethe die Gedanken an ihr Elternhaus und schaute nach, was Margot so Wichtiges entdeckt hatte. Sie folgte deren ausgestrecktem Zeigefinger mit den Augen und sah ein paar weiße Blüten. »Oh, wie hübsch«, kommentierte Margarethe, während sie ihr Kinn auf Margots Schulter legte. »Schneeglöckchen.«

»Die ersten im Jahr und ausgerechnet heute, an deinem Geburtstag«, begeisterte sich die Dunkelhaarige. »Du musst unter einem ganz besonderen Stern stehen, wenn selbst Mutter Natur dir an deinem Festtag Blumen schenkt.«

Margarethe musste lächeln. Dieses Mädchen war einfach ein Sonnenschein. In Margots Augen war jedes Wesen ein göttliches Wunder und jedes Ding ein Geschenk des Himmels. Jede Minute, die Margarethe mit ihr zusammen sein konnte, machte Freude: Das Mädchen war freundlich und vertrauensselig. Zudem fehlte ihm jedweder Sinn für Intrigen, ganz im Gegensatz zu den drei Biestern dort drüben auf der Bank.

Am schlimmsten war Katerina von Wettin, eine blasierte Gans, die sich wer weiß was auf ihre Abstammung einbildete. Die Redensart »Mit vollen Hosen lässt sich gut stinken« ging Margarethe durch den Sinn. Sicher, die Wettiner gehörten zu den einflussreichsten Lehensleuten des Königs. Ihnen unterstanden umfangreiche Ländereien im Vogtland, darunter auch die der Väter von Katerinas Freundinnen Ludmilla und Agneta, links und rechts von ihr.

Margarethe hatte Katerina vom ersten Moment an nicht gemocht, und umgekehrt war es wohl genauso gewesen. Was genau die Wettinerin gegen sie hatte, wusste Margarethe nicht, doch sie hatte gehört, dass es ihrer Vorgängerin, einem Mädchen aus Landshut, nicht viel besser ergangen war. Nach nur einem Winter hatte es seinem Vater geschrieben, dass es sich eher von den Zinnen der Burg stürzen würde, als nur einen Tag länger in Prag zu bleiben. Auf diese Weise hatte sich zwar für Margarethe, deren Vater weder besonders reich an Ländereien noch an Einfluss war, die Gelegenheit ergeben, Hofdame an einem der besten Höfe Europas zu werden, doch wenn sie von diesen drei Schlangen gewusst hätte, hätte sie ihre Zustimmung vermutlich verweigert. Auch sie hatte mehr als einmal die Schreibfeder in die Hand genommen, um ihren Vater zu bitten, sie nach Hause zurückkehren zu lassen. Ob er ihrem Wunsch entsprochen hätte, wusste sie allerdings nicht.

Außerdem hätte sie dann nie Albrecht von Wittelsbach und Jan Sedlic kennengelernt. Schnell hatten sie sich miteinander angefreundet, was Katerina nur noch mehr gegen Margarethe aufgebracht hatte. Albrecht war der Neffe der Königin und einziger Sohn und Erbe von Bayernherzog Ernst. Es musste die Wettinerin schier zur Weißglut gebracht haben, dass Euer Hochwohlgeboren mit Margarethe herumlachte, während er ihr kaum zunickte. Die Rothaarige blickte verträumt auf die kleinen weißen Glöckchen zu ihren Füßen. Albrecht! Allein an ihn zu denken beschleunigte ihren Herzschlag. Heute würde sie endlich wieder mit ihm zusammen sein.

Königin Sophie hatte ihrer jungen Hofdame einen freien Nachmittag in Aussicht gestellt. Schließlich war heute ihr sechzehnter Geburtstag. Sie hatte keine Sekunde überlegen müssen, wie sie die kostbare Freizeit verbringen wollte: Sie sehnte sich nach einem Ausritt mit Albrecht und Jan zu den Moldauauen. Margarethe hob prüfend den Blick und kontrollierte den Stand der Sonne, die ihren Zenit fast überschritten hatte. Die junge Frau würde nicht mehr lange warten müssen, bis ihr Wunsch in Erfüllung ging. Sie glaubte bereits, den Wind in den Haaren zu spüren, den Frühling in den Bäumen zu riechen und Albrechts jungenhaftes Jauchzen zu hören, wenn ihre Pferde Seite an Seite die Moldauauen entlangsprengten.

»Margarethe, du träumst ja«, stellte Margot fest.

Die Ältere lächelte ertappt und kitzelte das dunkelhaarige Mädchen unter dem Kinn. »Kann schon sein, du Naseweis«, gab sie zu. »Was hattest du gerade gefragt?«

»Ob ich dir welche pflücken soll?«, wiederholte das Kind. »Die Blüten würden wunderbar zur Farbe deines Schapels passen.«

Margarethe blickte kurz über ihre Schulter. Der Gärtnermeister hatte sich ihnen unauffällig genähert, und seine pechschwarzen Augen funkelten, als schien er Margots Absicht zu ahnen. Jedenfalls baute er sich in ihrer Nähe auf wie eine Glucke, die ihre Küken bedroht sieht. Da er das Wohlwollen der Königin genoss, wollte Margarethe seinen Zorn besser nicht riskieren. Die junge Frau schüttelte den Kopf. »Schneeglöckchen taugen nicht als Haarschmuck. Sie welken rasch, wenn man sie pflückt. Lass sie stehen. Freuen wir uns einfach, dass sie uns wärmere Tage versprechen.«

Margot machte ein enttäuschtes Gesicht. »Schade, ich dachte, ich könnte ein paar von ihnen als Tischschmuck verwenden.«

»Ist das heute deine Aufgabe?«, fragte Margarethe. »Kümmerst du dich um die Tischdekoration fürs Nachtmahl?«

Margot nickte und sah verzweifelt aus. Vermutlich mangelte es ihr an Ideen.

»Hm, lass mich nachdenken. Wir haben doch einen Küchenjungen, der es schafft, Eiklar so lange zu schlagen, bis es fest wie Schnee ist und sich formen lässt. Vielleicht könnte er Schneeglöckchen aus solchem Eischnee backen. Mit Honig gesüßt ergäbe sich ein Tischschmuck, der sich sogar aufessen lässt.«

Margot klatschte vor Begeisterung in die Hände und rief: »Die Königin wird erfreut sein! Ach Margarethe, wenn ich dich nicht hätte. Aber eigentlich ist es ja dein Vorschlag. Ich werd's ihr sagen müssen.«

»Auf den ich aber nie gekommen wäre, wenn du mir nicht die Blumen gezeigt hättest. Insofern stammt er von uns beiden.«

Margot strahlte. Dann schaute sie sich verstohlen nach Katerina und ihren Freundinnen um. Als die drei kurz nicht hersahen, fasste sie Margarethe an der Hand und zog sie zu einer Stelle hinter einer Mauer, wo die anderen Mädchen sie nicht sehen konnten. Geheimnisvoll kramte Margot in ihrem Rock und holte schließlich ein Beutelchen hervor, verbarg es aber sofort wieder zwischen ihren kleinen Händen.

»Ich habe ein Geschenk für dich.« Die Augen des Mädchens strahlten. »Schon zum Christfest bat ich meinen Vater darum, aber dann brach der Winter so früh herein, und die Handelswege nach Florenz wurden unpassierbar. Jetzt bekommst du es eben zu deinem Geburtstag.«

Sehr langsam öffnete Margot die Hände. Das kleine Döschen war unscheinbar und kaum größer als das letzte Glied eines Daumens.

»Wie hübsch«, bedankte sich Margarethe gerührt. Von ihren Eltern hatte sie nicht mehr als Grüße bekommen, und die stammten vermutlich auch nur von ihrer Mutter.

Margot überreichte ihr andächtig das filigrane Behältnis. »Mach auf!«, gluckste die Kleine dann und scharrte wie ein Fohlen.

Margarethe tat ihr den Gefallen und öffnete den winzigen Verschluss. Der Deckel sprang auf und gab den Blick auf ein karminrotes Pulver frei. Margarethe hielt den Atem an, denn wenn es das war, was sie vermutete, hielt sie ein kleines Vermögen in den Händen.

»Das ... das kann ich nicht annehmen, Margot«, hauchte sie. »Du kannst mir doch kein so wertvolles Geschenk machen«, fügte sie mit leise tadelndem Unterton hinzu. »Was würde dein Vater dazu sagen?« Margots Familie zählte zu den reichsten und einflussreichsten Württembergs, aber ein solches Geschenk würde er gewiss nicht gutheißen, da war sich Margarethe sicher.

»Er weiß Bescheid, und er möchte dir eine Freude machen,

weil du immer für mich da bist, so wie eine echte Freundin. Du freust dich doch, Margarethe, oder? Schließlich hast du dich im Winter andauernd darüber beklagt, dass deine Wangen zu blass sind und sie nicht einmal ein großer Schluck Wein zum Leuchten bringen kann.«

Während sie sprach, tauchte Margot ihren Zeigefinger in das Döschen und tupfte ein wenig Farbe auf Margarethes Wange. Dann verrieb sie das rote Pulver andächtig. Dasselbe wiederholte sie auf der anderen Gesichtshälfte.

»Wie schön du jetzt bist, Margarethe!«, lobte sie ernsthaft. »Deine Wangen glühen, als stündest du unserem König gegenüber. Deinem Vater würde es vor Bewunderung die Sprache verschlagen.«

Die Rothaarige musste lächeln. Mit einer unbewussten Bewegung strich sie ihr Kleid glatt. Bevor ihr Vater auch nur einen Blick an ein geschminktes Frauengesicht verschwendete, müssten seine Augen schon so trübe sein, dass er es mit dem Visier eines Ritters verwechselte. Margarethe umarmte die Kleine und drückte sie fest an sich. »Ich danke dir von Herzen, Margot. Ich bin überwältigt, wirklich.«

»Heißt das, du nimmst mein Geschenk an?«

Erneut schüttelte die Rothaarige den Kopf. Ein Döschen Rotholzpulver gehörte zum Teuersten, was ein Frauenherz begehren konnte. So etwas von einem Kind anzunehmen, das den Wert nicht kannte, war unrecht. Sie klappte das Döschen zu und drückte es dem Mädchen wieder in die Hand. »Das kann ich nicht.«

In Margots Augen spiegelte sich Enttäuschung. Ihre Lippen zitterten. Dann aber nickte sie langsam, so als habe sie eine Erklärung für Margarethes Verhalten gefunden. »Es ist, weil der Bischof am letzten Sonntag so gegen das Wangenrot gewettert hat, nicht wahr?«

Das Schminken war in den vergangenen Jahren bei den Prager Hofdamen in Mode gekommen. Wer es sich leisten konnte, zog die Augen schwarz nach, unterstrich die noble Blässe mit pulverisierter Cyclamenwurzel und das Rot der Wangen mit Rotholzpulver. Das alles sorgte für Unmut beim Bischof, der die Verschönerungsversuche der Damen für schwere Sünde hielt. In seiner letzten Sonntagspredigt hatte er seinem Ärger Luft gemacht und sich ausführlich über die Eitelkeit der Frauen ereifert. Doch damit schien er nur erreicht zu haben, dass die Adeligen ihre sündhaft teure Schminke nun etwas dezenter auftrugen, wenn sie zur Messe gingen. Margot glaubte offenbar, ihre Freundin habe sich die Ermahnungen des geistlichen Oberhaupts des Hofes zu Herzen genommen.

Margarethe öffnete den Mund, um etwas zu erwidern, doch Margot ließ sie nicht zu Wort kommen. »Du befürchtest, man könnte dir Hoffart nachsagen. Ich *weiß* aber, dass selbst die Königin regelmäßig in ein Schminkkästchen greift. Sie bewahrt es in der verschlossenen Kommode neben ihrem Bett auf.«

»Du musst nicht immer alles glauben, was die Domestiken erzählen«, tadelte Margarethe sanft.

Margot plusterte sich triumphierend auf. »Von wegen! Mit eigenen Augen hab ich's gesehen, als ich der edlen Dame vor dem letzten Bankett beim Ankleiden half.«

Margarethe hob mahnend den Zeigefinger. »Du bist zu neugierig. Das gehört sich nicht.«

Empört schüttelte die Kleine den Kopf. »Gar nicht! Die edle Dame hat ein Schriftstück hineingelegt, das sie studierte, bevor ich eintrat, und damit es Platz fand, musste sie die Schatulle herausnehmen. Dabei ist sie aufgegangen, und ich hab ganz genau gesehen, was darin war: Belladonna, Wangenrot und Cyclamenpulver.«

Die Erwähnung eines offenbar geheimen Dokuments weckte Margarethes Interesse. »Ein Schriftstück, sagst du?«

»Ein ganz besonderes Schriftstück.«

»Du hast es erkannt?«

»Das nicht, aber ich habe lange darüber nachgedacht. Ich glaube, der Hus hat's verfasst. Eine Predigt, nehme ich an, und ich weiß auch …«

Erschrocken sah sich Margarethe um. Zum Glück hatte niemand gehört, was da aus ihrem Schützling heraussprudelte. »Pst, sei doch leise. Wenn dich jemand hört und dem Bischof zu Ohren bringt, dass die Königin ketzerische Dokumente besitzt.«

Mit einer wegwerfenden Handbewegung fuhr Margot fort: »Weiß doch eh ein jeder, dass unsere Herrin den Ideen der Hussiten …«

Energisch hielt Margarethe der Kleinen den Mund zu. »Wirst du jetzt wohl schweigen, törichtes Mädchen. Bringst uns noch alle vors Ketzergericht.« Ängstlich äugte sie um die Ecke. Doch die drei anderen schienen das Interesse an ihnen verloren zu haben und waren ins eigene Gespräch vertieft.

Mittlerweile hatte sich Margot aus Margarethes Griff befreit. »Was du nur immer hast. Seit sie den Hus in Konstanz auf dem Scheiterhaufen hingerichtet haben, dreht hier jeder durch.«

»Du bist einfach noch zu jung, um das zu verstehen«, tadelte die Ältere und wandte sich zum Gehen. Erneut wurde sie festgehalten.

»Warte, wenn du dich so für den Hus interessierst. Ich hab noch etwas gehört«, meinte Margot.

»Behalt's für dich!«, erwiderte Margarethe streng. »Das ist kein Spaß mehr. Und überhaupt müssen wir zurück. Es ist spät.« Albrecht und Jan warten bestimmt schon mit den Pferden, setzte sie in Gedanken hinzu.

»Aber er kommt hierher!«, rutschte es Margot heraus.

Margarethe horchte auf. Was reimte sich Margot denn jetzt schon wieder zusammen? Jan Hus war tot, zum Schweigen gebracht durch Verrat und Wortbruch.

»Wer ...? Wer kommt hierher?«

Margot setzte erneut eine geheimnisvolle Miene auf. »Erst, wenn du mir versprichst, dass du mein Geschenk annimmst.«

»Ich dachte, das hätten wir geklärt, und erpressen lasse ich mich schon gar nicht.«

»Dann, dann ...« Margot begann zu stammeln, als sie merkte, dass sie durchschaut worden war. »Dann verwahre das Döschen wenigstens für mich. Von Zeit zu Zeit könnten wir es vielleicht gemeinsam verwenden.«

Mit bittender Miene hielt Margot ihr die Hand mit dem Gefäß entgegen. Zögernd griff die Rothaarige danach. Im Grunde wollte die Kleine ihr ja nur eine Freude machen. Woher sollte sie auch wissen, dass ein so teures Geschenk nicht angemessen war. Bislang hatte sie nicht einen Gedanken an Geld verschwenden müssen. »Gut, aber ich bewahre es nur auf, verstanden?« Margarethe seufzte.

Begeistert klatschte Margot in die Hände. Dann stellte sie sich auf die Zehenspitzen und flüsterte: »Jan Zelivsky.«

Erstaunt sah Margarethe das Mädchen an. »Der Zelivsky?«, hakte sie nach.

Der Prediger galt als der begabteste aller Hussitenschüler und als begnadeter Redner. Er wurde natürlich genau wie alle anderen Hussiten als Ketzer verfolgt, doch bislang hatte man seiner nicht habhaft werden können. Wenn er jetzt nach Prag, in die Hochburg der Anhänger des Hus kam, würde das für Unruhe im Volk sorgen.

Margot grinste breit, als sie Margarethes nachdenkliches Gesicht sah. Sie hatte also doch etwas Wichtiges aufgeschnappt.

»Weißt du, wann?«, hakte die Rothaarige nach und versuchte, nicht zu interessiert zu klingen.

»Schon bald«, meinte Margot ernsthaft. »Aber ich verrate es sonst niemandem, nur dir.«

»Das ist auch gut so! Und jetzt marsch an die Arbeit, sonst fangen wir uns noch Tadel ein. Schau, die anderen sind schon gegangen.«

»Du hast's heute eh gut. Du hast frei! Was wirst du tun? Dich mit Albrecht und Jan treffen? Welcher von beiden ist denn dein Schatz? Nein, warte, du brauchst nichts zu sagen: Albrecht natürlich ... Ach, den find ich auch so toll. Wenn er dich nicht mag, darf ich ihn dann haben?«

»Untersteh dich!«, schimpfte Margarethe und hob drohend den Zeigefinger. »Du bist noch viel zu jung für so etwas.«

»Aber du nicht!«, entgegnete Margot lachend und hüpfte über den mit Steinen ausgelegten Gartenweg, bevor Margarethe ihr eine Kopfnuss geben konnte.

Im Palas, dem Hauptgebäude des Schlosses, war es trotz der Pechfackeln dunkel und kalt. Margarethe zog ihr Tuch enger um die Schultern. Bevor sie endgültig freinehmen konnte, musste sie erst noch einmal im hinteren Flügel bei den Kindern nach dem Rechten sehen. Im letzten Sommer hatte die Königin ihr angetragen, sich um das Wohl der zahlreichen Sprösslinge der verheirateten Hofdamen ihres sowie Wenzels Haushalts zu kümmern. Margarethe hatte diese Aufgabe dankend übernommen, bot sie doch Gelegenheit, Katerinas scharfer Zunge zu entkommen. Zudem machte ihr die Arbeit Spaß, auch wenn die Kleinen sie ganz schön auf Trab hielten und ihr zuweilen noch nachts im Bett die Ohren von Kindergeschrei dröhnten. Aber dann gab es diese Augenblicke, in denen sich eines der Kleinen vertrauensvoll an sie schmiegte oder sie mit leuchtenden Augen anstrahlte. Dann war alle Mühe vergessen. Eines Tages, da war sich Margarethe ganz sicher, würde sie mit Albrecht eigene Kinder haben und dieses Glück in vollen Zügen genießen. Heute allerdings machte ihr die Kinderschar erst einmal einen dicken Strich durch die Rechnung. Kaum hatte sich die Tür hinter ihr geschlossen, schoss einer der Domestiken auf Margarethe zu. Ohne sich viel Zeit für eine Verbeugung zu nehmen, keuchte er: »Herrin, der Kamin im Spielzimmer! Alles ist voller Qualm.«

Margarethe erschrak. Ein Brand!, dachte sie sofort, und fragte: »Die Kinder! Ist ihnen etwas geschehen?«

»Nein, nein«, beruhigte sie der Mann. »Wir haben sie in den Garten gebracht und das Feuer gelöscht.«

Margarethe atmete tief durch. Ihr Herz klopfte immer noch wie wild. Die Flammen waren gelöscht. Ihre Schützlinge waren in Sicherheit. Niemand war zu Schaden gekommen.

»Heilige Mutter Gottes hab Dank«, flüsterte sie.

Der Domestik scharrte ungeduldig mit den Füßen. »Herrin, der Kamin ...«, begann er erneut.

Margarethe sah ihn an. »Hat er denn heute Morgen schon schlecht gezogen?«

»Nein, er funktionierte einwandfrei. Es geschah ganz plötzlich, nachdem ich Holz nachgelegt hatte.«

Margarethe nickte. Vermutlich war der Abzug verstopft. Vielleicht war ein großer Vogel hineingefallen und im Rauch erstickt. »Lauf los, und hol mir den Schmied. Er kennt sich am besten mit so etwas aus. Ich schaue mir inzwischen die Sache an.«

Nach einer kurzen Verbeugung hastete der junge Mann davon. Margarethe wandte sich um und begab sich eilig in das Spielzimmer am Ende des Ganges. Je näher sie ihm kam, umso beißender wurde der Gestank. Zäher Qualm quoll unter der Eichentür hervor. Die junge Adelige drückte gegen den massiven Riegel und stand augenblicklich in einer grauen Wolke. Zwar war das Feuer mit einem Eimer Wasser gelöscht worden, doch der Rauch hielt sich hartnäckig im Zimmer. Nach oben, wohin er gewöhnlich entschwand, konnte er nicht ziehen, und durch das offene Fenster schien er nicht hinaus zu wollen.

Margarethe bedeckte Mund und Nase mit ihrem Schal. Ihre Augen tränten bereits. Ihr Blick wanderte zurück zur Feuerstätte, in der es noch immer zischte. Dünner Qualm und Wasserdampf stiegen von dort empor, schoben sich unter der Kaminschürze hervor und verteilten sich im Zimmer. Sie schien mit ihrer Vermutung recht zu haben: Irgendetwas verstopfte den Abzug. Da half nur nachschauen. Entschlossen rannte Margarethe auf den Flur, ergriff ein Talglicht und holte tief Luft, bevor sie ins Zimmer zurückkehrte, wo sie sich unter die Kaminschürze beugte. Alles war rabenschwarz. Ihre Finger ertasteten fettige Rußschichten und dann etwas Weiches. Wollstoff. Energisch riss Margarethe daran. Dann ging ihr die Luft aus. Erneut hastete sie auf den Flur, wo es mittlerweile vor debattierenden und gestikulierenden Burgbewohnern wimmelte. Schon rannte Margarethe zurück ins Zimmer. Schnell bekam sie das Stoffstück zu fassen. Ein energischer Ruck, und sie hielt einen Schal in der Hand, oder vielmehr das, was davon übrig geblieben war. Hitze und Qualm hatten ihm übel zugesetzt. Trotzdem glaubte Margarethe, das Kleidungsstück zu erkennen, und langsam bekam sie eine Ahnung, was geschehen sein musste. Mit hochrotem Kopf und zerzaustem Haar drängte sie sich durch die Menschen, die aufgeregt schnatterten und nicht wussten, wohin. Der Schmied, ein groß gewachsener Kerl mit Pranken wie ein Bär, hastete ihr entgegen.

»Ich glaube, ich habe das Problem bereits gelöst, aber überprüfe vorsichtshalber noch einmal, ob nun alles wieder einwandfrei funktioniert. Und ihr«, sie wandte sich an zwei Mägde, »beseitigt die Unordnung da drin.«

Ohne einen Gedanken an ihr Äußeres zu verschwenden, stürmte Margarethe in den Garten, wo sie hoffte, die Kinder zu finden. Tatsächlich gluckten sie dort wie aufgescheuchte Hühnchen in Gruppen zusammen und guckten verstört. Als sie Margarethe entdeckten, stürmten einige der Kleineren auf sie zu und klammerten sich schniefend an ihren verschmutzten Rock.

Sophia, eine entzückende Dreijährige, schluchzte unverständliche Worte. Sie schien völlig durcheinander. Die junge Frau hob das Mädchen auf ihre Hüfte, und weiche Kinderärmchen schlangen sich um ihren Hals. Sanft strich Margarethe mit der anderen Hand einem Vierjährigen über den Kopf, der sich zusammen mit seiner kleinen Schwester so fest an ihr Bein klammerte, dass sie keinen Schritt wagen konnte, ohne einen Sturz zu riskieren. »Friedemann, gib mir deine Hand, und fass mit der anderen die deiner Schwester«, bat sie den Jungen.

Vorsichtig löste sie seine Finger und behielt sie in ihrer Hand. Zögernd streckte er nun die andere Hand nach seiner Schwester aus, die sie artig nahm. Gemeinsam schritten sie in die Mitte der Kinder. Margarethe setzte sich auf eine Bank und erklärte: »Ihr braucht keine Angst mehr zu haben. Es ist nichts passiert. Der Abzug vom Kamin war verstopft. Deshalb konnte der Qualm nicht aus dem Raum entweichen.«

Die älteren Kinder nickten. Doch Mihai von Wettin und sein Freund Sepi, Sohn eines reichen Posener Fernhandelskaufmanns, feixten hinter vorgehaltener Hand und warfen schiefe Blicke zu Mihais Schwester Selina. Margarethe runzelte die Stirn. Das hätte sie sich denken können. Natürlich hatten die beiden Rabauken etwas mit der Sache zu tun. Was war sie froh, wenn die zwei demnächst zu den Knappen umzogen. Der Waffenmeister würde ihnen die Flausen schon austreiben. Sie gab den beiden Kindermädchen ein Zeichen, woraufhin diese ihre Zöglinge zum Spielen aufforderten. Auf den Gesichtern der Kleinen zeichnete sich rasch neue Begeisterung ab. Die Gefahr war vergessen. Margarethe lächelte. Kinder waren etwas Wunderbares. Ihr Lachen glich dem Sternenglanz des Nachthimmels, den selbst dunkle Wolken nur für eine gewisse Zeit verdecken konnten. Wie schade, dass sie nicht immer diese unschuldigen Wesen bleiben würden.

Doch nun wurde es Zeit, sich den beiden kleinen Teufeln zuzuwenden, die hinter der Sache steckten. Margarethe zog die Augenbrauen zusammen, stemmte die Hände in die Hüften und rief mit kräftiger Stimme: »Mihai von Wettin!«

Sepi, Mihais etwas älterer Freund, versuchte, sich heimlich aus dem Staub zu machen, doch Margarethe hatte ihn längst ins Visier genommen: »Und du, Bürschlein, kommst auch her.«

Die beiden Knaben schlenderten zu Margarethe, wobei sie lässig ein paar Kiesel vor sich herkickten. Jedwede Milde war aus dem Blick der jungen Frau gewichen. Von Kopf bis Fuß mit Ruß und Asche bedeckt sah sie aus, als wäre sie geradewegs dem Schlund der Hölle entstiegen. Allerdings zeigten sich die beiden Knaben davon wenig beeindruckt und stellten ihre schönsten Unschuldsmienen zur Schau. Margarethe funkelte die Kinder nacheinander an. Dann faltete sie das Wolltuch auseinander.

»Kommt euch das vielleicht bekannt vor?«, knurrte sie. Selina, Mihais jüngere Schwester, die in der Nähe geblieben war, bekam große Augen und stürmte herbei.

»Mein Lieblingsschal!«, jammerte die Fünfjährige erschrocken, pflückte das Tuch aus Margarethes Händen und drückte es an sich. »Er ist ganz kaputt!« Dann drehte sie sich zu ihrem Bruder herum. Ohne darauf zu achten, dass der einen Kopf größer und viel stärker war, ging sie mit geballten Fäusten auf ihn los. »Das warst du, du gemeiner, hinterhältiger Mistkerl!«, schimpfte sie lautstark. »Das sag ich Katerina! Die macht dir Ärger. Du wirst schon sehen!«

Mihai hielt sich seine tobende Schwester mit ausgestreckten Armen vom Leib, wobei er noch breiter grinste. Damit hatte er bei Margarethe jedwedes Verständnis für seinen Bubenstreich verspielt. Wut kochte in ihr hoch. Der kleine Wettiner, zukünftiger Herr einer großen Burg und eines noch größeren Lehens, hatte offensichtlich Spaß daran, seine kleine Schwester bis aufs Blut zu ärgern, und genoss ihre Empörung in vollen Zügen. Margarethe beschloss, dem Rabauken einen Denkzettel zu verpassen.

»Beruhige dich, Selina!«, sagte sie mit fester Stimme. »Dein Bruder wird seine gerechte Strafe erhalten. Und du gehst jetzt zurück zu den anderen.«

Das Mädchen blinzelte erbost und konnte sich nicht zurückhalten, ihrem Bruder noch einen letzten Tritt zu versetzen. Statt seiner traf sie jedoch Sepi, der erschrocken aufjaulte. Margarethe winkte nach einem Kindermädchen. Diese Wettiner Sippe war allein nicht zu bändigen.

»Bring Selina zu den anderen, und sorg dafür, dass dieser Schal den Wäscherinnen übergeben wird«, ordnete sie an.

»Das wirst du mir büßen!«, zischte das Mädchen ihrem Bruder zu, während das Kindermädchen es hinter sich herzog. Der Junge kommentierte die Drohung mit einer eindeutigen Handbewegung. Das ging nun wirklich zu weit.

Margarethe hatte endgültig die Nase voll und baute sich vor den beiden Übeltätern auf. Sie wusste, dass Sepi nur ein Mitläufer war, deshalb richtete sie ihre Aufmerksamkeit in erster Linie auf Mihai. Sollte der Bursche ruhig ein wenig von seiner Selbstsicherheit verlieren. »Stimmt das?«, fragte sie mit grollender Stimme.

Mihai spielte weiter das Unschuldslamm und zuckte mit den Achseln. »Keine Ahnung, was sie meint«, behauptete er dreist, wobei er zu Sepi schielte.

»Hast du deiner Schwester den Schal stibitzt und damit den Kamin verstopft?«, insistierte Margarethe.

»Ich? Niemals!« Das Bürschlein deutete zu seinem Freund und meinte triumphierend: »Er kann's bezeugen. Wir waren die ganze Zeit zusammen!«

»Stimmt das?«, fragte Margarethe und musterte nun Sepi eindringlich. Der senkte den Blick und trat unsicher von einem Fuß auf den anderen, dann murmelte er aber pflichtschuldig: »Genau wie Mihai sagt …«

Margarethe zog den Wettiner Sprössling und seinen Freund ungerührt an den Ohren und fauchte: »Es ist unehrenhaft zu lügen und verwerflich, einen anderen zum Lügen anzustiften. Dafür brät man hundert Jahre in der Hölle, wo einem kleine Teufel mit feurigen Spießen den Leib durchbohren.«

»Au! Lass mich sofort los. Du darfst mir gar nichts tun, sagt Katerina.«

Doch Margarethe dachte gar nicht daran, klein beizugeben. Vielmehr rief sie nun so laut, dass alle anderen es hören konnten: »Ei, da schaut her, wenn's brenzlig wird, sucht der zukünftige Herr von Wettin Zuflucht unter dem Rock seiner großen Schwester.«

Schallendes Gelächter war die Folge. Mihai wurde purpurrot, sodass er Margarethe fast schon wieder leidtat. Der Spott seiner Spielkameraden würde den Übeltäter vermutlich die nächsten Tage über verfolgen. Das allein war eigentlich schon Strafe genug, schließlich war dem kleinen Burschen der Respekt seiner Kameraden ungemein wichtig.

»Du bleibst für den Rest des Tages in deiner Kammer, Mihai von Wettin. Und den morgigen werdet ihr beide dazu nutzen, in der Obhut unseres guten Pater Pius um Vergebung für eure Sünden zu bitten.«

Ohne ein weiteres Wort ließ sie den Bengel los, der sich kochend vor Scham und Wut trollte. Sein Freund Sepi schlich ebenfalls davon. Wenigstens er schien ein schlechtes Gewissen zu haben. Bei Mihai dagegen musste man davon ausgehen, dass er auf Rache sinnen würde. In den nächsten Tagen sollte sie die beiden besser im Auge behalten. Margarethe ging mit einem Kopfschütteln davon. Jetzt musste sie sich wirklich sputen. Bestimmt warteten Albrecht und Jan bereits. Bei dem Gedanken an den Herzogssohn beschleunigten sich ihre Schritte wie von selbst.

In ihrer Kammer angekommen, streifte sie behände das Kleid ab. Es war mit Rußflecken übersät, und die junge Frau seufzte. Hoffentlich ließen die sich wieder entfernen. Sie schnupperte an ihrem Hemd. Es stank kaum weniger als das Kleid und musste ebenfalls in die Wäsche. Margarethe griff nach dem halb erblindeten Handspiegel, einem Erbstück ihrer Mutter. Er enthüllte eine Katastrophe: Haaransatz und Gesicht waren rabenschwarz, sie sah aus wie die Fürstin der Hölle. Margarethe stieß einen Verzweiflungsruf aus.

Hastig griff sie nach der Seife und schrubbte sich, bis die Haut brannte. Binnen Sekunden verwandelte sich das klare Wasser in ihrer Waschschüssel in eine schmutzige Brühe.

Wieder blickte sie in den Spiegel und in ein viel zu blasses Gesicht, das von strähnig-nassem Haar umgeben war. Es war ein Graus, und sie hatte keine Zeit mehr, irgendetwas daran zu ändern. Verzweiflung stieg in ihr auf. So sehr hatte sie sich auf den Ausflug mit den beiden Jungen gefreut. Hübsch wollte sie sein, damit Albrecht ihr dieses Lächeln schenkte, das ihr die Wangen auch ohne Schminke rötete und ein so angenehmes Kribbeln im Bauch verursachte. Und jetzt das!

Ungeduldig riss sie an ihrem dichten roten Haar und begann, einen Zopf zu flechten. Was sonst ließ sich in diesem Zustand schon daraus machen? Gleichzeitig wünschte sie Mihai die Krätze an den Hals. Diesem kleinen Tunichtgut war es gelungen, ihr den Tag restlos zu verderben. Missmutig steckte Margarethe den Zopf hoch und warf einen weiteren Blick in den Spiegel: Ihre Haut war rot vom Reiben, ihre Wangen blass vom Winter. Sie fühlte sich so hässlich! Unsicher ging ihr Blick zu dem Kleid, in dem sie das Döschen mit dem Rotholzpuder wusste. Ob sie vielleicht doch …? Nur ein ganz klein wenig?

Hastig zog sie das kleine Gefäß hervor, öffnete es und tupfte sich etwas Farbe auf die Wangen. Dann zog sie ihre Augenbrauen mit Holzkohle nach. Erneut blickte sie in den Spiegel. Das war schon besser. Rasch warf sie sich ihren Mantel über. Dann lief sie hinüber zu den Ställen. Sie bremste ihre Schritte erst kurz bevor sie in Sichtweite der Jünglinge kam. Ihre Hand fuhr unwillkürlich hoch zu ihrem Haar. Es war noch feucht, zumindest aber hielt der Zopf. Sie atmete tief durch und trat auf den Hof.

Albrecht und Jan standen neben den gesattelten Pferden und hielten nach ihr Ausschau. Der Herzogssohn hatte über den Winter einiges an Muskeln zugelegt, sodass sein Hemd an den Oberarmen spannte. Seine Gesichtszüge waren zwar noch weich und sinnlich, aber nicht mehr die eines Buben. Ein Jünglingsflaum zierte seine Oberlippe und sein Kinn. Als er Margarethe erblickte, hob er die Hand zum Gruß. Strahlend erwiderte die junge Frau die freundliche Geste und ging hinüber zu ihren Gefährten. Jan Sedlic trat an Albrechts Seite.

»Hallo ihr beiden!«, rief Margarethe fröhlich und neckte Albrechts Freund im gleichen Atemzug. »Na, Jan, du kannst dich von deiner Gugel wohl ebenso wenig trennen wie ich mich von meinem altgedienten Reitkleid, was?«

Diese Art von Kopfbedeckung war in letzter Zeit nicht mehr oft zu sehen. Die meisten Prager Höflinge und auch Albrecht hatten sich der Burgunder Mode angepasst und bevorzugten das Chaperon, eine Kapuze, deren lange Spitze elegant über die Schulter gelegt wurde. Jan errötete leicht, was irgendwie gar nicht zu ihm passte. Der junge Ritter mit seiner kräftigen Figur kam Margarethe stets wie der Inbegriff eines Landadeligen vor: bodenständig und stolz auf seiner Hände Arbeit, aber auch bereit, die Seinen mit Schwert und Muskete bis aufs Blut zu verteidigen.

Tatsächlich stammte Jan aus Mähren, das zum böhmischen Königreich gehörte. Er sprach nicht gerne über sich selbst, aber Margarethe wusste, dass Albrechts Freund der letzte männliche Nachkomme einer Reihe verarmter Sedlic-Sprösslinge war. Sein Vater war früh gestorben und hatte seiner Mutter eine überschuldete Burg hinterlassen, deren Ländereien längst einem anderen gehörten. Um nicht mit ihrem Sohn auf der Straße zu stehen, hatte Jans Mutter der Ehe mit dem Besitzer dieser Ländereien zugestimmt.

Das Verhältnis zwischen Jan und seinem Stiefvater war vom ersten Tag an katastrophal gewesen. Deshalb hatte Jan nach dessen Tod nichts zu erwarten gehabt. Das Lehen war an seinen Halbbruder Stefan gegangen. Jan hatte nichts bekommen. Wollte er jemals seine Sehnsucht nach einem eigenen Lehen erfüllt haben, würde er es sich mit Schwert und Verstand erkämpfen müssen. Margarethe traute ihm das durchaus zu, und sie wünschte es ihm von Herzen. Ihrer Meinung nach konnte niemand einen treueren Freund und Vasallen finden. Gerade jetzt allerdings machte Jan einen recht verlegenen Eindruck. Margarethes Worte schienen ihn aus dem Konzept gebracht zu haben. Unschlüssig stand er da. Seine Finger kneteten die Stiele eines kleinen Sträußchens Schneeglöckchen, bis Albrecht ihm einen Stoß in die Rippen versetzte und murmelte: »Wolltest du nicht etwas sagen?«

»Ähm, ja«, stotterte Jan. Sein Arm schnellte hoch, und er hielt Margarethe die Blumen unter die Nase. »Herzlichen Glückwunsch zum Geburtstag. Die sind für dich.«

Margarethe lachte. »Wenn die aus dem Schlossgarten stammen, hast du ja heute schon deine erste Heldentat vollbracht.«

Jan senkte den Blick, und Margarethe beschloss, dass er nun genug gelitten hatte. »Auch Margot wollte schon welche als Tischschmuck stibitzen«, erklärte sie. »Ihr Vorhaben wurde aber vom Gärtner bereits im Ansatz vereitelt. Ich glaube, er wünscht jedem die Pest an den Hals, der die Hand nach seinen Pflanzen ausstreckt.«

»Dann hat Jan also sein Leben für dich riskiert«, meinte Albrecht belustigt. »Wenn ihn der Gärtner erwischt hätte, hätte er ihm vermutlich den Kopf abgeschnitten und ihn statt der Blumen in die Beete gepflanzt – zur Abschreckung sozusagen.«

»Jan ist ein Ritter vom rechten Schrot und Korn, der hätte eher den Gärtner geköpft als umgekehrt«, widersprach Margarethe ihm neckend.

»Wie recht du hast, Margarethe.« Der Herzogssohn schlug seinem Freund kräftig auf die Schulter. Dann trat auch er zu ihr und gab ihr einen freundschaftlichen Kuss auf die Wange. »Wurde Zeit, dass du kommst. Wir warten schon eine ganze Weile.« Seine tiefgründigen braunen Augen musterten aufmerksam ihr Gesicht. »Bist du unter die Kaminkehrer gegangen?«

Er deutete mit dem Finger auf ihre dunkel nachgezogenen Augenbrauen, während sich der Schalk in seinem Gesicht spiegelte. Margarethe wischte sich mit der Hand über die Augen, als Albrecht sie sanft ergriff.

»Warte, ich mach das.« Behutsam wischte er ihren Schminkversuch mit dem Zeigefinger weg und besah sich das Ergebnis. »Schon viel besser. Am Ende könnte man noch meinen, du hättest dich schminken wollen wie die Käuflichen.«

Margarethe schluckte, und ihre Ohren glühten. Am liebsten wäre sie in Grund und Boden versunken. Das hatte sie nun von ihren Verschönerungsversuchen. Verlegen erklärte sie: »Es ist wegen der Kinder. Dieser kleine Wettiner Bengel bringt mich zur Verzweiflung. Hat er doch den Schal seiner Schwester in den Kamin gestopft, und ich durfte das gute Stück dort wieder herausholen. Danach sah ich aus wie Beelzebub persönlich. Deshalb bin ich so spät dran.«

»Und ich dachte schon für einen Augenblick, du selbst hättest dich so beschmiert«, kommentierte Albrecht, der ihre kleine Lüge zweifellos durchschaut hatte. »Ist ja in letzter Zeit bei den Damen Mode geworden, sich anzumalen wie die Hofnarren.«

Margarethe schluckte. Das war ja wohl gründlich in die Hose gegangen.

Zum Glück wechselte Albrecht das Thema. »Der Mihai

hat also für den Aufruhr vorhin gesorgt, soso. Hab ja schon von so manchem Bubenstreich gehört, aber das ist mal was Neues. Der halbe Hof rief nach Löscheimern. Die Schlosswache wollte schon die Feuerglocke läuten, doch dann hieß es, dass nur ein Kamin verstopft wäre.«

Verstohlen wischte sich Margarethe die letzten Reste Wangenrot aus dem Gesicht, während Albrecht und Jan über Mihais Streich amüsiert gluckst en.

»Sei unbesorgt«, tröstete der Wittelsbacher sie schließlich. »Den kleinen Wettiner bist du bald los. Wie ich gehört habe, soll er nach dem Osterfest den Dienst als Knappe antreten. Ich werde den Waffenmeister vorsichtshalber warnen, dass ihm ein ganz besonderes Exemplar ins Haus steht.«

»Besser ist's«, meinte Margarethe, froh, dass das Thema Schminken erledigt war. »Das Bürschlein braucht eine strenge Hand, will man sich nicht die Zähne an ihm ausbeißen.«

Albrechts Augen blitzten erneut belustigt auf. »Allzu viele hat er nicht mehr, unser guter Friedrich von Saalburg, aber die sind bissig genug.«

Die beiden jungen Männer schlugen sich gut gelaunt auf die Schultern, und Margarethes Verlegenheit verflüchtigte sich. Jan nutzte die Gelegenheit, um ihr nun endlich die Blumen zu überreichen.

»Wie nett«, lobte Margarethe artig, wusste aber nicht so recht, wohin mit den Schneeglöckchen, denn schließlich wollten sie ja ausreiten. »Sie sind wirklich hübsch.«

Der blonde Jan lächelte schief zu Margarethe hinüber, winkte dann einem Diener in der Nähe und wies ihn an, den Strauß auf die Kammer der edlen Dame zu bringen. Dann führte er ihr eigenhändig ihr Pferd vor, eine kleine fuchsfarbene Vollblutstute.

»Heute lässt man uns glücklicherweise ganz offiziell aus

den Palastmauern, und ich denke, wir sollten endlich von hier verschwinden, bevor sie sich's am Ende anders überlegen«, sagte er.

»Gibt es eigentlich noch diese verrostete Pforte hinter den Ställen, durch die wir uns immer weggeschlichen haben?«, erkundigte sich Margarethe, während sie den Fuß in den Steigbügel steckte.

Jan schüttelte bedauernd den Kopf. »Das geht nicht mehr. Sie haben sie repariert und mit einem Schloss versehen.«

»Wie schade.«

»Sei unbesorgt«, meinte Albrecht. »Sobald wir im Sommer wieder zur Jagd in den Moldauer Wald reiten können, hält uns kein Schloss der Welt davon ab, dich mitzunehmen. Ohne dich wäre der Spaß nur halb so groß.«

»Und der Jagderfolg auch!«, pflichtete Jan ihm bei.

Margarethe griff nach den Zügeln. Sie hatte sich noch nicht richtig im Sattel zurechtgesetzt, als das Ross bereits ungeduldig mit den Hufen scharrte. Es war begierig darauf, das Winterquartier zu verlassen. Wenige Minuten später galoppierten die drei jungen Leute Seite an Seite die Moldauauen entlang, und das war noch viel schöner, als Margarethe es sich erträumt hatte. Die Hufe ihres Pferdes wollten den Boden kaum mehr berühren. Der Wind pfiff ihr um die Ohren und trieb ihr die Tränen in die Augen. Der Vollblüter war den beiden schweren Streitrössern der jungen Adelsherren an Schnelligkeit weit überlegen, sodass Margarethe ein ganzes Stück vor ihnen das Ende der Wiese erreichte. Allein ihre Stimme genügte, damit das Pferd parierte, obwohl es aufgeregt tänzelte, bereit, den Wettlauf jederzeit fortzusetzen.

»Jetzt hast du es uns Männern aber gezeigt, Margarethe!« Albrecht, dem die Freude über den rasanten Ritt ins Gesicht geschrieben stand, lachte.

»Tja, ihr solltet das Getreide euren Rössern geben, statt Bier daraus zu brauen«, spöttelte das Mädchen. »Sonst setzt es bei euch an, statt bei den Pferden.«

»Über den Winter ganz schön frech geworden, das Edelfräulein«, wandte sich Albrecht an Jan.

»Ich schätze eher, wir beide hatten schon fast ihre flinke Zunge vergessen«, entgegnete der. »Margarethe bleibt nie eine Antwort schuldig.«

»Stimmt«, bestätigte der Wittelsbacher, »und ihr Verstand ist mindestens ebenso schnell wie ihr Pferd. Doch jetzt lasst uns weiterreiten. Margarethe, du sagst heute, wo's langgeht. Schließlich hast du Geburtstag.«

»Dann reiten wir zu dem großen Felsen, wo wir im Sommer die Falken beobachtet haben.«

»Prima Idee!«, rief Albrecht. »Mal schauen, ob das Weibchen den Horst wieder besetzt hat.«

Während sie schwatzten und alte Erinnerungen auffrischten, folgten sie dem Uferpfad, bis sie schließlich die Biegung der Moldau erreichten, an deren Ufer sich ein mächtiger hellgrauer Felsen erhob. Fast gleichzeitig schwangen sie sich aus den Sätteln und banden die Pferde an die noch unbelaubten Erlen, die das Ufer säumten. Die Sonne ließ den Kies am Wasser golden schimmern. Dicht am Wasser ragte ein Findling auf, gerade so, als habe sich der König an diesem Ort einen geheimen Thron errichten lassen. Die drei sahen sich an. Dann zogen sie lachend Stiefel und Strümpfe aus und rannten kreischend in das glasklare Wasser, das sich eisig um ihre Knöchel schloss. Die Jungen begannen mit spielerischen Ringkämpfen, während Margarethe lachend einmal den einen, dann den anderen anspornte oder mit Wasser bespritzte. Als sie sich endlich atemlos auf dem Felsen niederließen und ihre gefühllosen Zehen in die Sonne reckten, schien kein Tag seit dem letzten Sommer vergangen zu sein. Margarethe machte es sich zwischen ihren Freunden bequem und knuffte sie abwechselnd in die Rippen, wenn ihre Bemerkungen allzu frech wurden.

Plötzlich horchte Jan auf und legte den Finger auf die Lippen. »Still. Hört ihr das?«

Margarethe spitzte die Ohren, und schließlich vernahm auch sie das langgezogene »Hiäh, hiäh«. Sie schirmte die Augen gegen die Sonne ab und suchte am Himmel nach der vertrauten Silhouette des Falkenweibchens.

Albrecht stieß sie an. »Dort drüben«, flüsterte er, während er mit dem Kinn die Moldau abwärts deutete. Und tatsächlich, im Aufwind segelnd, ohne auch nur einen Flügel zu bewegen, näherte sich ein kleiner, eleganter Greifvogel. Minutenlang schien er hoch über der Moldau zu schweben. Dann kreiste er zweimal oberhalb des Felsens und ließ sich endlich auf jenem vertrauten Vorsprung nieder, an dem er bereits im vergangenen Jahr seinen Horst angelegt hatte.

»Es ist das Männchen«, stellte Jan fest. »Das Weibchen brütet bereits. Er bringt ihr seine Beute.«

»Dann sind sie früh dran in diesem Jahr«, stellte Margarethe fest.

»Der Winter endet ja auch zeitiger als gewöhnlich. Sonst haben wir in diesem Monat immer noch eine geschlossene Schneedecke.«

»Stimmt!«, gab Albrecht seinem Freund recht. »Der Winter war milder als sonst, aber nicht weniger unangenehm. Meine Güte, hatte mich der Katarrh diesmal.«

»Hast ihn dir dann ordentlich von der hübschen schwarzhaarigen Reiberin vom Leib bürsten lassen«, frotzelte Jan. »Möchte nicht wissen, wie viel Geld du zwischen den Brüsten der Badmägde gelassen hast.«

»Du musst grad reden. Als würdest du die Annehmlichkeiten dort nicht zu schätzen wissen, du alter Schwerenöter …«, meinte Albrecht gut gelaunt, unterbrach sich aber abrupt, als er Margarethes gerötetes Gesicht bemerkte. »Brauchst nicht gleich sonst was zu denken, Margarethchen«, versuchte er abzuwiegeln. »Der Jan ist ein ganz Braver. Der hat nur aufgepasst, dass mir keine Badhur ins Becken schlüpft.«

»Ja, ja, wer's glaubt«, entgegnete die junge Frau scheinbar gelassen, während sie dagegen ankämpfte, nicht noch mehr zu erröten.

Jan sah es und meinte: »Entschuldige, ich glaub, wir sind die Anwesenheit von Damen nicht mehr gewohnt.« Er warf Albrecht einen vielsagenden Blick zu. »Vielleicht sollten wir zurückreiten. Es wird frisch.«

Hastig klaubten sie ihre Sachen zusammen und banden die Pferde los. Eine Weile ritten sie schweigend nebeneinander her, dann brach Margarethe die unangenehme Stille: »Habt ihr eigentlich auch schon davon gehört, dass der Zelivsky nach Prag kommen soll?«

»Der Prämonstratenser-Mönch?«, hakte Albrecht nach. »Der Ketzerlehrling?«

»Für mich war der Hus kein Ketzer«, erwiderte Jan mit Nachdruck. »Ein aufrechter Mann war er, und ein gläubiger Christ.«

»Nenn es, wie du willst, Jan. Für mich schürt man Aufruhr, wenn man dem Volke rät, den Pilgerstab gegen das Schwert zu tauschen.«

»Was hat das mit Ketzerei zu tun?«, fragte Margarethe, die das Gefühl hatte, dass ihre beiden Begleiter das Thema bereits ausführlich diskutiert hatten. »Diese Worte stammen doch von den Kreuzrittern.«

»Aber die gaben ihr Leben für die Befreiung Israels und

der heiligen Stätten«, belehrte sie Albrecht. »Die Hussiten wollen die Weltordnung auf den Kopf stellen. Sie wollen, dass jedermann vom Kelche Christi trinkt, und Hostien im Volk verteilen. Das ist gottlos. Das ist Ketzerei. Jan Hus wurde zu Recht verbrannt.«

»Der Hus hat lediglich angemahnt, dass sich die Priester wieder auf die wahren Tugenden besinnen sollen, statt Ablasshandel zu treiben«, widersprach Jan. »Hat Gott den Menschen nicht ein Zeichen gegeben, als er den Schwarzen Tod über sie brachte? Vielleicht ist die Apokalypse wirklich nah? Wir sollten unser Tun überdenken, bevor es zu spät ist.«

Albrecht winkte ab. »Siechtum und Seuchen hat es immer schon gegeben. Wir Wittelsbacher haben stets vor den ungesunden Entwicklungen in den Städten gewarnt. Und was das Übrige betrifft: Es gebe jeder, was er schuldig ist, seinem König und Gott, unserem allmächtigen Herrn!«

»Dagegen haben doch auch die Hussiten nichts. Sie sagen bloß, dass der Ablasshandel Unsinn ist, weil nur Gott die Sünden erlassen kann.«

»Wie wär's, wenn wir uns selbst vom hussitischen Anliegen ein Bild machen?«, versuchte Margarethe zu schlichten. Die beiden Hitzköpfe sahen sie mit großen Augen an. »Ich meine, wir könnten ja hingehen und uns eine Predigt anhören?«

Jan runzelte die Stirn. »Was du dir immer ausdenkst, Margarethe. Der König gestattet uns ein solches Vorhaben nie und nimmer.«

Albrecht grinste. »Hat uns das je von irgendetwas abgehalten?«

»Aber der Besuch einer Hussitenpredigt? Wenn man uns dabei erwischt …«

»... bin ich immer noch der Neffe der Königin. Keiner wird es wagen, Hand an uns zu legen.«

»Dann ist es also ausgemacht?«, fragte Margarethe. Ein weiteres Abenteuer mit Albrecht stand ihr bevor. Wie aufregend das war. Und so bald schon. Die Tristesse des Winters war wie weggeblasen.

Albrecht nickte entschlossen. »Wir gehen dahin, und ihr werdet sehen, dass ich recht habe. Wir brauchen bloß noch einen guten Plan, wie wir das anstellen sollen. Den überlegst du dir, Jan.«

»Und eine gute Verkleidung«, ergänzte Margarethe. »Um die kümmere ich mich!«

Die Sonne stand bereits tief am Horizont und tauchte den Hradschin mit der alten Prager Burg in glutrotes Licht. Margarethe bedauerte es stets, nicht dort oben, hoch über der Moldau, wohnen zu können, aber König Wenzel hatte schon vor Jahren einige Häuser an der Altstadtmauer für sich und die Königin erworben und eine neue Residenz errichten lassen. Dort fühlte er sich wohler, auch weil das neue Haus mehr Komfort und wärmere Kamine bot.

Margarethe dagegen, aufgewachsen in einer Burg auf dem Lande, fand es eng in der Stadt. All die Menschen und dazugehörigen Tiere wurden in die Stadtmauern gezwängt, sodass es dort stets wie in einem Hühnerstall war. Ständig musste man aufpassen, nicht irgendjemanden anzurempeln oder selbst beiseitegestoßen zu werden. Oft hatte Margarethe den Eindruck, man würde sich gegenseitig die Luft zum Atmen nehmen. Und heute, nach diesem befreienden Ausflug, war das Gefühl besonders stark. Wie gerne wäre sie mit den jungen Rittern noch in den Wäldern geblieben. Margarethe wusste, den beiden ging es nicht viel anders. Schweren Herzens beobachtete sie, wie sich die Tore des Stadtpalastes hinter ihnen schlossen.

Wehmütig hielt sie auf den Wohntrakt der Hofdamen zu, während ihre Gedanken noch um den Falkenfelsen kreisten. So vor sich hin träumend prallte sie mit Katerina zusammen, die wichtigtuerisch den halben Gang für sich beanspruchte.

»Oh, tut mir leid«, entschuldigte sich Margarethe und hasste sich im selben Augenblick dafür. Sie hatte nicht weniger das Recht, hier entlangzugehen wie jeder andere.

»Pass doch auf«, schimpfte die Wettinerin, wobei sie angewidert die Nase rümpfte. »Du stinkst wie ein Rossknecht. Hast du dich etwa mit deinem Albrecht im Stall gewälzt? Zutrauen würde ich's dir, so wie du ihn anbalzt.«

»Das stimmt doch gar nicht«, widersprach Margarethe heftig.

»Da müsste man schon blind sein, um das nicht zu bemerken. Aber mach dir keine falschen Hoffnungen. Den kriegst du nicht, selbst wenn du dich schwängern lässt. Das ist ein Wittelsbacher. Für so einen reicht deine Abstammung nicht.«

Margarethe stieg die Schamesröte ins Gesicht. Sie hob die Hand und hielt Katerina den gestreckten Zeigefinger entgegen. »Also erstens hatte ich die Erlaubnis der Königin zu diesem Ausflug, und zweitens würde sich Albrecht von Wittelsbach niemals einer Frau gegenüber unsittlich benehmen. Er ist ein Ehrenmann.«

Katerina reckte hochmütig das Kinn, wich aber dennoch vor Margarethes Zeigefinger zurück. »Phh«, gab sie mit wissender Miene zurück. »Bild dir bloß nichts ein. Der Albrecht kühlt sich schon sein Mütchen.«

»Was weißt du denn? Ich kenne ihn gewiss besser. Nach einem Ritter wie ihm muss man lange Ausschau halten.«

Energisch drehte sich Margarethe um. Diese Unterhaltung war ihr zu dumm. Mochte die Wettinerin über sie lästern, wie sie wollte, aber auf Albrecht ließ sie nichts kommen.

Doch Katerina geiferte hinter ihr her: »Du glaubst, der Wittelsbacher ist ein Heiliger? Dass ich nicht lache. Frag mal die Hyronima, die Reiberin in der Kroner'schen Badstube, die weiß, was für ein wilder Hengst dein Bayer ist. Besser Herzog Ernst schaut sich bald nach einer passenden Zuchtstute für ihn um, bevor's von seinen Bankerten nur so wimmelt.«

Dieses ordinäre Miststück. Margarethe blieb stocksteif stehen und kämpfte gegen ihre Empörung an. Dann fuhr sie herum, doch der Platz, an dem Katerina gerade noch gestanden hatte, war leer. Aufgewühlt riss die junge Adelige die Tür zu ihrer Kammer auf, wo ihre Zofe bereits wartete. Während sich Margarethe aus dem Kleid helfen und das Haar richten ließ, tobten die Gedanken in ihrem Kopf hin und her. Albrecht hatte die Prager Badstube selbst erwähnt, wenn auch in einem ganz anderen Zusammenhang. Hatte er nicht gesagt, sie wären dahin gegangen, weil ihn ein übler Katarrh gequält hatte, und galten Bader nicht als genauso heilkundig wie die Kräuterfrauen?

Es war kein Geheimnis, dass man es im Badhaus manchmal mit Anstand und Moral nicht so genau nahm, und auch damit hatte der Wittelsbacher nicht hinterm Berg gehalten. Aber es war deshalb noch lange kein Hurenhaus, und Albrecht war auch nicht der einzige Ritter, der eine Badstube aufsuchte. Ganz im Gegenteil war es geradezu eine Mode geworden. Viele Adelsherren, junge wie alte, genossen die Annehmlichkeiten dieser Häuser. So schlimm konnte es also nicht sein. Trotzdem beschloss Margarethe, vorsichtig Erkundigungen einzuholen. Doch wen konnte sie fragen? Von den Hofdamen wohl keine. Ihr Blick fiel auf die Zofe, die gerade nach dem Kleid auf der Truhe griff.

»Marie«, fragte Margarethe vorsichtig, »kennst du eigentlich die Kroner'sche Badstube?«

Der Zofe fiel vor Schreck das Kleid aus den Händen. Hastig bückte sie sich und antwortete: »Die kennt doch jeder, Herrin.«

»Kann man da eventuell etwas gegen Halskratzen bekommen? Ich glaube, ich brauch dringend ein paar gute Heilkräuter.«

Die Zofe atmete erleichtert auf. »Aber dafür müsst Ihr doch nicht zum Bader. Die bekommt Ihr bei unserer Kräuterfrau genauso gut. Salbei soll am besten wirken. Ich besorg Euch welchen und lass Tee kochen.«

Margarethe biss sich auf die Lippen. Das war ein Fehlschlag gewesen. »Ich hab gehört, die Kräuter des Baders würden wahre Wunder wirken. Stimmt das etwa nicht?«

Marie ließ sich auf das Gespräch ein. »Bei den Männern vielleicht, aber ob's da an den Kräutern liegt?«

»Wie meinst du das?«

»Die schützen ein Leiden vor, aber in Wirklichkeit wollen sie nur in die Zuber steigen.«

»Na ja, ist ja auch sehr angenehm so ein Bad und ganz nebenbei ein probates Mittel, Flöhe und Läuse loszuwerden«, meinte Margarethe mit unschuldigem Augenaufschlag.

Die Zofe stieß ein quiekendes Lachen aus, hielt sich aber sofort den Mund zu, denn so ein Benehmen war natürlich höchst ungebührlich. »Angenehm scheint es im Zuber tatsächlich zu sein ...«, deutete das Mädchen an.

Nun war es mit Margarethes Zurückhaltung vorbei. Der Sache musste sie genauer auf den Grund gehen. »Willst du damit sagen, die Badstube sei nichts anderes als ein Hurenhaus und die Reiberinnen seien Käufliche? Ist es das, was du andeutest?«

»Na ja, wenn man schaut, wie die angezogen sind – nackt bis aufs Hemd ...«

Margarethe errötete. Die Zofe bemerkte es wohl, mochte sich jetzt aber nicht mehr bremsen. »Entschuldigt, Herrin, aber wenn die Männer solche Weiber sehen, wer kann's ihnen verdenken, dass ihnen die Brunst in die Lenden steigt. Dann ziehen sie sich eine Reiberin in den Bottich und kurieren sich davon.«

»Und der Bader? Hat der denn da kein Auge drauf?«, hakte Margarethe atemlos nach.

»Der?« Die Zofe lacht noch einmal. »Der kassiert bei solchen Sonderdiensten ordentlich ab.«

Margarethe schluckte. »Aber ein jeder Herr macht das nicht, oder? Es gibt doch auch solche, die einfach nur baden?«

Sie erntete einen vielsagenden Blick. »Ja, solche soll es geben, hin und wieder ...«, meinte die Zofe mit süffisantem Grinsen.

Margarethe schüttelte den Kopf. Sie war gewiss nicht prüde, aber sie konnte sich einfach nicht vorstellen, dass Albrecht so etwas machte. Nein, das war alles nur dummes Gerede. Sie sollte nichts darauf geben, ihn höchstens bei Gelegenheit einmal darauf hinweisen, dass seine Besuche in diesem Etablissement bei Hofe nicht unkommentiert blieben.

Margarethe schüttelte erneut den Kopf, was die Zofe offensichtlich für Ungläubigkeit hielt, denn es entlockte ihr ein mildes Lächeln. Ohne weitere Worte ließ sich Margarethe in ihr Kleid helfen und eilte dann zur großen Halle.

Ihr spätes Eintreffen fiel niemandem auf, denn das Herrscherpaar ließ wieder einmal auf sich warten. Margarethe reihte sich hinter Margot in die Schlange der Hofdamen ein, doch es würde noch eine Weile dauern, bis der Hofmarschall mit seinem Stab auf den Boden klopfte. Die Tür öffnete sich, und die Königin rauschte an ihnen vorbei – allein und mit hektischen roten Flecken auf den Wangen.

Margarethe runzelte die Stirn. »Ist der König wieder einmal unpässlich?«, raunte sie Margot zu.

»Du meinst, ob er zu betrunken ist, um sich auf den Beinen zu halten?«, erwiderte das Mädchen trocken. Margarethe blickte sie streng an. Jeder hier wusste, dass der vierte Wenzel seinen Durst auf Weinbrand nicht unter Kontrolle hatte, aber gewöhnlich ging man schweigend darüber hinweg.

»Soviel ich weiß, traf heute Morgen ein Bote seines Halbbruders Sigismund ein«, flüsterte Margot, die immer recht gut über die höfischen Angelegenheiten informiert war. »Danach hat sich der König in seinem Zimmer eingeschlossen und ist seither nicht wieder herausgekommen.«

Margarethe seufzte. Es war schon eine leidige Sache mit dem König. Er war ein schwacher Regent, der glaubte, Probleme dadurch lösen zu können, dass er entweder herumbrüllte oder die Tür hinter sich schloss. Albrecht war da anders. Er würde einmal ein großartiger Herzog werden: streng, aber gerecht. Er war seiner Tante ähnlich, die im Gegensatz zum Gatten großen Respekt bei ihren Untertanen genoss.

Die Königin hatte eben ihren Platz eingenommen, und nun wanderte der Hofstaat zur Tafel. Margots Tischdekoration aus essbaren Blumen wurde ausgiebig gelobt, und die Kleine lächelte glücklich zu Margarethe hinüber.

Die nickte anerkennend. »Das hast du hervorragend hinbekommen.«

»War gar nicht so schwer. Dieser Küchenjunge hat tatsächlich ein goldenes Händchen.« Margot beugte sich zu ihrer Freundin hinüber und senkte die Stimme. »Aber nun sag schon, wie war dein Ausflug? Habt ihr euch geküsst, du und Albrecht?«

Sofort senkte die Rothaarige verlegen die Augen. »Was du immer denkst, Margot. Selbstverständlich nicht.«

»Und wann seht ihr euch wieder?«

Margarethe zuckte mit den Schultern. »Vielleicht gehen wir zusammen zu der Predigt des Zelivsky.«

Das Mädchen bekam große Augen. »Das lasst besser bleiben. Ich hab heute einen Streit zwischen der Königin und dem König mitbekommen. Unser Herrscher ist neuerdings ziemlich schlecht auf die Hussiten zu sprechen. Ich hab ihn sagen hören, dass er seine Berittenen mit dem Schwert des Erzengels Gabriel auf die Menschen hetzen will, wenn Zelivsky es wagen sollte, dem Volk Wein und Brot auszuteilen.«

Margarethe winkte ab. Die Stimmungswechsel des Königs waren allseits bekannt. »Das hat er morgen wieder vergessen.«

»Ich wäre mir da nicht so sicher. Er war für seine Verhältnisse recht nüchtern, als er die Drohung aussprach.«

»Komisch«, meinte Margarethe nun, »früher war er ganz auf der Seite des Hus'. Ohne Wenzels Unterstützung hätte man den Reformator niemals zum Rektor der Prager Universität gewählt. Doch jetzt, da er tot ist, spuckt der König plötzlich ganz andere Töne.«

Margot zuckte mit den Schultern und rutschte auf ihrem Schemel hin und her. »Sei's, wie es ist. Er ist der Regent. Ich jedenfalls würde mich an eurer Stelle nächste Woche nicht in der Nähe von St. Maria im Schnee blicken lassen. Man weiß nie.«

»Nächste Woche schon?«, fragte Margarethe aufgeregt und hatte Margots Bedenken bereits wieder vergessen. Sie plagten ganz andere Sorgen: Wo sollte sie so schnell eine passende Verkleidung herbekommen, und wie sollte Jan in der Kürze einen brauchbaren Plan für ihren Ausflug schmieden? Nervös stocherte die junge Frau in ihrem Stück Hasenfleisch, das ihr prompt vom Teller rutschte und ausgerechnet auf Margots Schoß landete.

Kapitel 2

Schließlich ging es dann doch einfacher, als sie gedacht hatten. Jan entpuppte sich als ebenso dreist wie listig. Er stibitzte der Wache einfach den Schlüssel zu der kleinen Pforte und ließ ihn vom Schmied nachmachen. Mit einem Krug Branntwein sicherte er sich das Schweigen des Handwerkers. Währenddessen entwendete Margarethe aus einem Korb mit frisch gewaschener Wäsche Hemden und Beinkleider von Dienstboten in passenden Größen.

Aufgeregt trafen sich die drei vor einer kleinen hölzernen Hütte, in der Gartengeräte aufbewahrt wurden und die sie schon des Öfteren als Ausgangspunkt für ihre Abenteuer genommen hatten. Nachdem sie sich umgezogen hatten, schlüpften sie rasch durch die Pforte des königlichen Anwesens und mischten sich auf der Straße unter das Volk. In Sekunden hatte die pulsierende Stadt sie verschluckt. Unterwegs hörten sie, dass der Zelivsky heute nicht in St. Maria im Schnee, sondern auf dem Pferdemarkt, dem größten Platz in der Prager Neustadt, predigen wollte, weil die Menschenmenge, die gekommen war, um ihn zu hören, die Mauern des Gotteshauses gesprengt hätte.

»Umso besser«, flüsterte die junge Frau. »Je mehr Menschen, desto geringer ist die Wahrscheinlichkeit, dass wir erkannt werden.« Zudem war es auf einem offenen Platz viel leichter, sich notfalls unbemerkt davonzustehlen.

Als die drei den Platz erreichten, hatte die Predigt des Zelivsky bereits begonnen. Erhaben stand der schmale Mann auf einer provisorischen Bühne. Unheilvoll wogte der schwarze Talar um seinen asketischen Körper, während Zelivsky mit einer Leidenschaft predigte, die seine Zuhörer erzittern ließ. Er sagte, dass Gott am Tag des Jüngsten Gerichts alle Menschen, egal ob Fürst oder Fähnrich, Bischof oder Bauer, an der gleichen Richtschnur messe. Man könne der Hölle nur entgehen, wenn man sich am Leben Jesu Christi orientiere und ein Leben in Keuschheit und Armut führe.

»Was aber tun Mönche, Priester und Bischöfe, die doch eigentlich ein Ausbund an Frömmigkeit sein sollten?«, grollte Zelivsky. »Statt sich um die ihnen anvertrauten Seelen zu kümmern, pressen sie die Menschen bis zum letzten Blutstropfen aus, die demütig ihr Tagwerk verrichten und es trotzdem kaum schaffen, ihre Kinder über den Winter zu bekommen. Die Büttel der Vögte treiben mittlerweile statt dem Zehnten jeden vierten Scheffel Getreide ein. Das aber bringen sie nicht, wie es immer Brauch war, in die Speicher, um damit die Winternot zu mildern, sondern lassen es sich andernorts, wo man höhere Preise erzielen kann, versilbern. Sie füllen ihre Schatztruhen, während ihren Untertanen die Mägen knurren.«

Der Priester machte eine kurze Pause, um seine Worte nachklingen zu lassen. Dann fuhr er mit ruhiger Stimme fort: »Ich frage euch. Sagt unser Herrgott nicht: Was ihr für einen meiner geringsten Brüder getan habt, das habt ihr mir getan?«

Ein ohrenbetäubender Jubel erhob sich, der von den hohen Fassaden der Handwerkshäuser, die rund um den Platz in den Himmel ragten, zurückgeworfen wurde. So jedenfalls wollte es Margarethe erscheinen.

Zelivsky brachte die Menge mit einer Handbewegung zur Ruhe und fuhr fort: »Christenmenschen. Es ist an der Zeit, den Pilgerstab beiseitezulegen und nach der Sense zu greifen, damit die Krankheit der fauligen Halme nicht weiter um sich greift.«

Margarethe erschauerte. Kein Wunder, dass der König schlecht auf die Hussiten zu sprechen war. Das hier war keine Predigt. Das war Anstiftung zum Aufruhr, und die Prager hingen an Zelivskys Lippen. Sie ballten die Fäuste und schienen nur allzu bereit, augenblicklich loszuschlagen. Unsicher schaute Margarethe zu Jan hoch, der an ihrer Seite stand. Doch er schien von der eindringlichen Rede nicht weniger in Bann gezogen als die anderen. Margarethe hielt sich die Ohren zu, um das pulsierende Geschrei der Massen nicht länger hören zu müssen. Sie wollte nur noch weg. Margot hatte recht gehabt: Es war dumm von ihnen gewesen, hierherzukommen. Was, wenn irgendwer sie erkannte? Unsicher tastete sie nach Albrecht. Ihre Hand berührte raue, zerfurchte Finger. Erstaunt sah sich die junge Frau um.

Der Platz, an dem sich der Herzogssohn eben noch befunden hatte, war von einem mächtigen Mann eingenommen worden. Ein beißender Gestank nach verbranntem Holz haftete ihm an. Seine ohnehin schon finstere Miene bekam durch die dicke Schicht Ruß und Schmiere etwas geradezu Dämonenhaftes. Offensichtlich war er ein Köhler, der den weiten Weg in die Stadt nicht gescheut hatte und nun jedes Wort des Hussiten in sich aufsaugte. Margarethe wich instinktiv zurück und stieß dabei gegen Jan, der nun wieder auf sie aufmerksam wurde.

Der junge Böhme, der gerade noch ganz im Bann des Redners gestanden hatte, verstand augenblicklich: Es waren mittlerweile derart viele Menschen auf den Rossmarkt geströmt, dass eine ausbrechende Panik unabsehbare Folgen gehabt hätte.

»Wir müssen hier raus!«, keuchte Margarethe, die das Gefühl hatte, kaum mehr atmen zu können.

Jan nickte. »Lass uns versuchen, vom Platz und zu den Häusern zu gelangen und dann übers Gallustor zurück zur Altstadt.«

Was so einfach klang, schien ein nahezu unmögliches Unterfangen zu sein, denn Jan und Margarethe mussten dazu gegen das Gedränge der Menge ankämpfen. Alle anderen wollten nach vorn zum Zelivsky, der gerade begann, Brot und Wein zu verteilen. Tausend Hände streckten sich dem Prediger entgegen, und ebenso viele Kehlen erhoben ihre Stimme zu einem ekstatischen Gesang.

Margarethe kämpfte sich weiter, aber es wurde immer schwieriger, denn je weiter hinten die Menschen standen, umso begieriger waren sie darauf, nach vorn zu kommen. Ellbogen wurden eingesetzt und Fingernägel ausgefahren. Die junge Hofdame fühlte, wie sie langsam die Kraft verließ, aber gerade als sie drohte, mitgerissen zu werden, legte Jan den Arm um sie und zog sie das letzte Stück mit sich. Erschöpft lehnte sie sich gegen die hell verputzte Wand einer zweistöckigen Schmiede.

»Wo ist Albrecht?«, fragte Jan.

Margarethe schüttelte den Kopf. »Ich weiß nicht.«

Hektisch sahen sie sich um, bis sie endlich den Herzogssohn entdeckten, der auf einem Mauervorsprung hockte und konzentriert über die Köpfe der Menge spähte. Während sie sich dicht an den Fassaden der Häuser hielten, kämpften sich die beiden zu ihrem Freund durch, der ihnen hektisch zuwinkte.

»Was machst du da oben?«, fragte Jan und musterte den Wittelsbacher.

»Wir sollten so schnell wie möglich verschwinden«, raunte

dieser, ohne auf Jans Frage einzugehen. »Es wird brenzlig.«

Margarethe schloss kurz die Augen und musste an Margots Worte denken ... Machte der König seine Drohung wahr? Schickte er seine Ritter aus, um Zelivsky Einhalt zu gebieten? Tatsächlich schien ein leises Beben den Boden zu erschüttern.

»Ich fürchte, durch das Gallustor können wir nicht mehr zurück«, stellte Albrecht fest, und Margarethe wunderte sich, wie gefasst er angesichts der Lage blieb. »Zu viele Menschen. Wenn ich nur wüsste, wo es am sichersten ist ...?«

Margarethe streckte die Hände aus und versuchte, sich ebenfalls an dem Mauervorsprung hochzuziehen. Albrecht half ihr. Von hier hatte man tatsächlich eine viel bessere Sicht. Die ahnungslosen Menschen drängten weiter zu dem Prediger, hinter dem St. Maria im Schnee mit ihren strahlend weißen Mauern in den Himmel ragte. Dort war das Gedränge am größten. Durch die Korngasse und die Gerstengasse, die rechts und links vom Rossmarkt abgingen, strömten immer noch zahlreiche Menschen. Doch es schien, als ob sie es merkwürdig eilig hatten, den Platz zu erreichen. Sie sahen sich immer wieder um, und ihre Schritte wurden hastiger. Im selben Moment war es Margarethe, als würden spitze Schreie durch die Gassen dringen. Noch waren die Rufe weit entfernt. Margarethe versuchte festzustellen, woher sie kamen, als Jan nach ihrem Handgelenk fasste und sie von der Mauer zerren wollte.

»Wir versuchen es durchs Rosstor und schlagen uns außerhalb der Stadtmauern in Richtung Altstadt zurück«, bestimmte Albrecht und sprang ebenfalls von der Mauer.

Margarethe konnte sich vom Anblick der inzwischen rennenden Menschen nicht losreißen, die wie eine Flutwelle auf den Rossmarkt zuzurollen schienen. Was war es, das die Menschen derart erschreckte?

»Nun mach schon«, herrschte Jan und versuchte, Margarethe von dem Mauervorsprung zu ziehen. Unwirsch wehrte sie seine Hand ab, doch er hielt sie mit eisernem Griff und zwang sie zu sich herab.

Margarethe fiel mehr zu Boden, als dass sie sprang. »Au, du tust mir weh!«, schimpfte sie erbost.

Albrecht, der schon vorangegangen war, drehte sich um. Seine Nasenflügel blähten sich, und seine Augen flackerten hektisch. »Wir dürfen keine Zeit mehr verlieren«, wies er die beiden zurecht. »Streitet euch nachher!«

Er hatte die Kapuze seines Umhangs tief ins Gesicht gezogen und bahnte den dreien einen Weg zum Rosstor, durch das man am Markttag die Pferde hereinführte. Seitlich lief ein Bächlein, das den Tieren als Tränke diente, nun jedoch von einer Eisschicht bedeckt war. An diesem entlang kämpften sich die drei vorwärts. Albrecht nutzte jede noch so kleine Lücke in der Menge, und Margarethe hielt sich dicht hinter ihm, bis sie endlich das Tor erreichten.

Keine Sekunde zu früh, wie sie feststellen mussten. Margarethe hörte hinter sich Schreie und spähte kurz über ihre Schulter. Da sah sie Reiter, die scheinbar aus dem Nichts auftauchten und die Menschen wie Vieh vor sich hertrieben. Allein der Anblick der Reiter ließ ihr das Blut in den Adern gefrieren. Schwarz waren sie gekleidet, und ihre Pferde gebärdeten sich wie Ausgeburten der Hölle. Was ihren Weg kreuzte, wurde in den Staub getrampelt. Die Ritter mit den verhüllten Gesichtern hieben mit Stöcken auf die Menschen ein und versuchten, sie auseinanderzutreiben. Geifernde Hunde bissen ihnen den Weg frei. Wo eben noch Jubel geherrscht hatte, erhob sich ein ohrenbetäubender Lärm aus ängstlichem Geschrei und Kampfgetümmel. Frauen duckten sich kreischend unter den grausamen Schlägen. Alles drängte auf den Marktplatz, der ohnehin überfüllt war von Menschen, die nun ihrerseits schubsten und schoben, um sich irgendwie Platz zu verschaffen.

Den einzigen Fluchtweg schien jenes Tor zu bieten, das Margarethe und ihre Begleiter eben erreicht hatten. Im nächsten Moment bereute die junge Adelige ihr Zögern, denn mit lautem Rumpeln wurden die mächtigen Holzflügel vor ihrer Nase zugeschlagen. Albrecht unterdrückte einen Fluch. Margarethe blickte ratsuchend zu ihm auf.

»Hinunter zum Vyŝehrad!«, befahl der Herzogssohn, ohne zu zögern. Die ehemalige Festung an der Moldau glich in diesen Tagen einer Priesterstadt. Dort würden sie vorerst in Sicherheit sein.

Entschlossen wandten sich die drei jungen Adeligen nach rechts. Gejagt vom panisch kreischenden Pöbel hasteten sie weiter. Der Boden unter ihnen war noch vom Winterfrost gefroren, doch die oberste Lehmschicht hatte die Frühjahrssonne bereits angetaut, was den Weg gefährlich glatt machte. Margarethe schlitterte und stolperte. Die kalte Luft brannte in ihrer Lunge. Wie gerne wäre sie stehen geblieben, um Atem zu holen, doch sie wagte es nicht. Tränen stiegen ihr in die Augen. Wenn sie hier heil herauskamen, mussten sie der Heiligen Jungfrau mehr als nur eine Kerze spenden.

»Vorsicht!«, rief Jan plötzlich, doch seine Warnung kam zu spät. Margarethes Rock verfing sich in einem aus dem Mauerwerk ragenden Metallstück, und die junge Frau, die weiterhasten wollte, verlor das Gleichgewicht. Flüchtende Menschen drängten sich an ihr vorbei. Margarethe wurde hin- und hergeworfen, versuchte aber trotzdem, den Stoff zu ergreifen und sich zu befreien. Im nächsten Moment rammte ihr jemand seinen Ellbogen in die Seite. Ein derber Ruck, und der Stoff gab ächzend nach. Margarethe wurde von der fliehenden Menge mitgerissen, und ein weiterer Stoß brachte sie endgültig zu Fall. Unsanft landete sie auf der Seite und rollte noch ein Stück weiter über die Straße. Einen Atemzug später trampelten Füße über ihren Körper. Ein Stiefel traf sie hart an der Hüfte, ein Mann stolperte fluchend über ihre Schulter. Margarethe schrie vor Schmerz auf. Schützend barg sie ihr Gesicht in den Armen und versuchte, wieder auf die Beine zu kommen, doch unter den Tritten der fliehenden Menschen war daran nicht zu denken. Orientierungslos kroch sie weiter.

Sie werden mich hier zu Tode trampeln, schoss es ihr durch den Kopf. Der Gedanke zu sterben, das Gesicht im Unrat, ließ sie ihre ganze Kraft zusammennehmen. Ihre Finger tasteten nach der Mauer, fanden sie endlich und suchten nach einem Halt in den eisigen Steinen. Da packten sie starke Hände. Margarethe sah auf. Albrecht stand schützend über ihr und stemmte sich mit aller Macht gegen die fliehende Menge, während Jan sie auf die Füße zog.

»Danke!«, schluchzte das Mädchen.

»Weiter jetzt, weiter!«, forderte Albrecht mit ernster Miene. »Wir sind noch lange nicht in Sicherheit.«

Tatsächlich schien die Lage eher noch bedrohlicher zu werden. Margarethe war sich sicher, hinter sich das Klappern von Hufen zu hören. Die Menschen schossen ziellos umher und versuchten, sich in die Häuser zu retten, wobei sie mit bloßen Fäusten gegen verschlossene Holztüren und Fenster hämmerten. Doch die Anwohner hatten Tür und Tor ängstlich mit schweren Balken verrammelt. Voller Panik versuchten einige der Flüchtenden sogar, die Wände hochzuklettern. Jan hatte Margarethes Hand fest gepackt und zerrte sie weiter. Sie liefen an der Stadtmauer entlang, bis sie einen unbebauten Streifen Grün erreichten. Endlich ließ das Gedränge nach. Keuchend lehnte sich Margarethe an den rauen Stamm einer alten Eiche. Ein stechender Schmerz pochte in ihrer Seite. Jan sah sie besorgt an, während Albrecht mit der Hand am Messer die Umgebung im Auge behielt.

»Geht's wieder?«, erkundigte sich der Blonde.

Margarethe nickte mit zusammengebissenen Zähnen. Sie hatten erst die Hälfte des Weges nach Vyŝehrad geschafft, und das Metzeln in ihrem Rücken schien noch lange nicht zu Ende.

»Du kannst dich auf mich stützen«, bot Jan an. Dankbar schlang Margarethe den Arm um den jungen Ritter.

Albrecht bog in eine schmale Gasse ab, von der Margarethe zu wissen glaubte, dass sie hinunter zum Viehmarkt führte. Unwillkürlich fragte sie sich, ob das eine kluge Idee war, denn dort befanden sich auch das gerade fertiggestellte Rathaus der Neustadt sowie die Wohnsitze zahlreicher Mitglieder des Königshofes. Bestimmt wurde dort alles gut bewacht. Doch Albrecht schien den gleichen Gedanken zu haben, denn kurz bevor sie den Platz erreichte, bog er in ein kleines Gässchen ab. Auch hier liefen Menschen hin und her und pochten gegen Türen. Doch die meisten von ihnen schienen tatsächlich hier zu wohnen, denn die Häuser verschluckten sie nach und nach.

Die drei Jugendlichen hatten die Straße zur Hälfte hinter sich gelassen, als sich an ihrem Ende ein merkwürdiges Schauspiel abspielte. Zwei Vermummte trieben eine junge Frau, die ein Kind auf dem Arm hielt und verzweifelt zu flüchten versuchte, gegen die Hauswand. Die Männer ließen sich Zeit. Stumm, die Arme ausgebreitet und mit Stricken in den Händen näherten sie sich Schritt um Schritt ihrem einfach gekleideten Opfer, in dessen Gesicht sich Todesangst spiegelte. Nach all dem Geschrei und Getöse und der Hektik war es eine derart bizarre Szene, dass Margarethe zunächst glaubte, ihre überreizten Sinne spielten ihr einen Streich. Hastig setzte die Frau das Kind ab und verbarg es hinter ihren Röcken. Im nächsten Moment hielt sie ein Messer in der Hand. Mit gefletschten Zähnen stach sie nach den Angreifern, die ihr jedoch geschickt auswichen. Es bestand kein Zweifel daran, dass sie ihr Opfer schließlich doch niederringen würden.

Margarethe schaute zu Albrecht hinüber, der ebenfalls stehen geblieben war. Noch hatten die Männer sie nicht entdeckt, und die drei Jugendlichen hätten sich ungesehen davonstehlen können. Doch damit wäre das Schicksal der jungen Frau besiegelt gewesen. Albrecht schien Margarethes Gedanken zu gelesen.

»He, ihr da!«, rief er mit gebieterischer Stimme. »Lasst augenblicklich von dem Weib ab!«

Die drei fuhren herum. Einen Augenblick lang schienen sie unschlüssig, dann jedoch machten sie kehrt und verschwanden ebenso lautlos, wie sie gekommen waren. Margarethe wollte bereits Albrechts mutigen Einsatz loben, als ihr bewusst wurde, dass es nicht der Herzogssohn war, vor dem die Vermummten geflüchtet waren. Hufgetrampel und Kreischen erklang in ihrem Rücken. Margarethe drehte sich um. Eine neue Schar Flüchtender hastete genau auf sie zu. Hinter ihnen schwarze Ritter mit Streitäxten in der Hand, die sie ohne zu zögern gegen die wehrlosen Menschen einsetzten.

»Lauf!«, riefen Albrecht und Jan wie aus einem Mund und bauten sich, jeder das Jagdmesser in der Hand, schützend vor ihr auf. Ein Schreckensschrei löste sich von Margarethes Lippen. Eilig hastete sie weiter. Keine zehn Schritte später hatte sie die Stelle erreicht, an der die Frau gestanden hatte. Doch sie war verschwunden.

»Hier herunter!«, rief eine helle Stimme.

Hektisch schaute sich Margarethe um. Dann entdeckte sie einen Schacht, der ganz offensichtlich zu einem Rübenkeller führte. Eine Hand winkte ihr.

»In den Schacht, bevor Ihr verloren seid!«

»Jan, Albrecht!«, schrie Margarethe und deutete zu dem Loch.

Die Jungen verstanden augenblicklich und rannten hinter Margarethe her, die sich bereits rücklings in das Loch gleiten ließ. Es ging tiefer hinunter, als sie gedacht hatte. Albrecht landete halb auf ihr. Jan folgte als Letzter. Er verbarrikadierte das Loch mit dem Deckel, der am Boden lag. Das Trampeln von flüchtenden Füßen und das Stampfen der Hufe waren jetzt ganz nah. Die gellenden Schreie der Menschen hallten in der Dunkelheit ihres engen Verstecks wider.

»Hoffentlich kommen wir hier auch wieder raus«, keuchte Jan atemlos.

Albrecht lachte gepresst. »So weit käm's noch, dass wir in einem Kellerloch verschimmeln müssten. Stimmt's Margarethe?«

Die junge Frau nickte, aber sie fühlte sich nur halb so mutig, wie sie tat. Am liebsten hätte sie sich in Albrechts Arme geflüchtet. Ängstlich lauschte sie nach draußen und wünschte sich gleichzeitig, nichts hören zu können. Die Reiter mussten wie die Berserker wüten. Das Geräusch der niedersausenden Streitäxte und das Brechen von Knochen würde sie ihr Lebtag nicht mehr vergessen. Ganz offensichtlich drangen Wenzels Schergen sogar in die Häuser ein, denn man vernahm das Bersten von splitterndem Holz und dumpf, wie aus weiter Entfernung, die um Gnade flehenden Stimmen der Bewohner.

Margarethe wünschte sich ein weiteres Mal, doch auf Margot gehört zu haben. Das hier war mit Abstand das Schrecklichste, was sie je erlebt hatte. Leise und am ganzen Körper zitternd schloss sie sich den Ave Marias der Magd an, während sie ihren Kopf an Jans Schulter barg, der seltsam starr den Arm um sie gelegt hatte. Vermutlich war auch ihm bewusst, dass sein Jagdmesser ihnen in diesem Fall nichts nutzen würde. Wenn jemand sie davor bewahren konnte, Schaden zu nehmen, dann höchstens die Heilige Jungfrau.

»Wenn ich nur mein Schwert zur Hand hätte«, flüsterte der junge Adelige mit zornbebender Stimme, »dann würde ich's der Bagage zeigen. Sich an wehrlosen Menschen zu vergreifen. Das ist schändlich.«

Margarethe drückte sich noch fester an Jan. Sie wusste, dass der junge Böhme es bitter ernst meinte.

Irgendwann wurden die Todesschreie vom Wimmern der Verletzten abgelöst. Die drei Freunde halfen sich gegenseitig und auch der jungen Frau aus dem Kellerloch heraus. Sie klopften sich den Schmutz von der Kleidung, umgingen den Viehmarkt und hasteten, zwischen den leblosen Körpern hindurch, die Straße hinab zur Moldau. Das Weinen und Jammern derer, die einen geliebten Menschen in seinem Blute liegen sahen, begleitete sie den ganzen Weg über. Margarethe begann, neben den Schergen des Königs auch die Wut des Pöbels zu fürchten. Wenn sie jemand als Mitglieder des Hofes erkannte, war es gut möglich, dass man sich in aufschäumendem Zorn an ihnen vergriff, um am König Rache zu nehmen. Endlich hatten sie die Moldau erreicht, deren Ufer in der Neustadt unbefestigt geblieben waren. Hier war es ruhiger, und es waren kaum mehr Verletzte zu sehen. Die drei verlangsamten ihre Schritte und folgten dem Lauf des Stromes. Margarethe konnte nicht anders, als sich ständig umzudrehen. Der Weg bis zur Zeltnergasse schien sich eine Ewigkeit hinzuziehen. Die Rothaarige hätte vor Erleichterung jubeln mögen, als der Palast der Königin endlich in Sicht kam. Die Wachen waren verstärkt worden, doch erstaunlicherweise hatte dabei niemand an die kleine Gartenpforte gedacht.

Wie durch Zauberei war die Magd mit ihrem Kind plötzlich wieder hinter ihnen. Sie humpelte stark und drückte sich sofort gegen eine Hauswand, als sie sich entdeckt sah. Margarethe zupfte Albrecht am Ärmel und deutete auf die junge Frau. Dieser verstand sofort. Sie mussten die Verfolgerin abwimmeln, bevor sie den Palast der Königin betreten konnten. Er stupste Margarethe an, dass sie die Sache regeln sollte. Die Waldeckerin nickte und baute sich vor der jungen Mutter auf.

»Was rennst du uns nach?«, fragte Margarethe barsch. »Hast du keinen Ort, wo du hingehörst?«

Die Frau schüttelte den Kopf. »Nein, Herrin«, flüsterte sie leise, »ich bin derzeit nicht in Stellung.«

Margarethes Mundwinkel zuckten. Wie konnte es sein, dass diese einfache Frau ihre Tarnung so leicht durchschaut hatte?

»Wir können dir auch nicht helfen. Müssen selbst sehen, wo wir bleiben«, antwortete sie abweisend.

»Ich dachte nur, da Ihr so geradewegs auf den Palast der Königin zuhaltet, könntet Ihr vielleicht ein gutes Wort für mich einlegen. Schließlich habe ich Euch einen Dienst erwiesen …«

»Was redest du da«, unterbrach Jan sie. »Wir sind einfache Leute genau wie du, und nun lass uns in Ruhe.«

»Das kann ich nicht«, erwiderte die Magd schüchtern.

»Mit uns kannst du aber nicht ziehen. Da würden wir von der Herrschaft schön was zu hören bekommen.«

Doch die junge Mutter bettelte weiter. »Die Burg ist groß. Werden da nicht immer fleißige Hände gebraucht?«

»Nicht, dass ich's wüsste!«, wies Jan sie ab.

Die Magd schaute aus großen braunen Augen zu Jan hoch. Tränen sammelten sich in ihnen. Das Kind drängte sich stumm an sie. Es war ein mageres, hohlwangiges Mädchen, das die drei unverwandt anblickte. Margarethe dauerte der Anblick. Natürlich konnten sie die beiden nicht mitnehmen, aber etwas konnte sie dennoch tun. Sie griff in die Tasche ihres Rocks und fischte einen halben Prager Pfennig heraus.

»Nimm das, und kauf dir und dem Kind etwas zu essen, und vielleicht reicht es auch für einen warmen Ort zum Schlafen.«

Die Augen der Magd leuchteten auf. Rasch schlossen sich die Finger um das Geldstück. »Vergelts Gott«, hauchte sie.

»Aber jetzt pack dich«, knurrte Jan. Misstrauisch blickte er Mutter und Tochter nach, bis sie um die Häuserecke verschwunden waren. »Hoffentlich spioniert sie uns nicht weiter nach«, meinte er brummig. »Das könnte uns in Schwierigkeiten bringen.«

Albrecht klopfte seinen Freunden auf die Schulter. »Gut gemacht. Jetzt aber schnell hinein, bevor man uns entdeckt. Was ist, Margarethe? Du wirkst so blass. Ist alles in Ordnung mit dir?«

»Danke, es geht schon wieder. Aber vorhin, als die Berittenen mit schwingenden Streitäxten auf uns zukamen, da ist mir der Schreck ganz schön in die Glieder gefahren.«

»Das glaub ich dir gern. In der Schlacht kann's kaum anders sein.«

Margarethe nagte an ihrer Unterlippe. »Ob's wirklich Wenzel war, der die Schläger schickte?«

»Gedroht hat er damit«, gab Albrecht zu bedenken. »Aber

es gibt natürlich auch andere, die um jeden Preis verhindern wollen, dass es einen neuen Hus gibt.«

»Die Menschen einfach in die Enge zu treiben und niederzumetzeln, das ist nicht richtig!«

»Königliche waren's«, meinte Jan bestimmt und mit kaum verhohlenem Zorn.

Albrecht schüttelte den Kopf. »Das lässt sich nicht mit Bestimmtheit sagen. Die Männer trugen kein Wappen. Es kann jeder gewesen sein.«

»Es liegt doch auf der Hand«, widersprach sein Freund. »Niemals könnte so eine Hatz ohne Wenzels Billigung stattfinden. Er ist schuldig. So oder so.«

»Dann«, mischte sich Margarethe ein, »hat er sich einen schlechten Dienst erwiesen. Zorn und Rachsucht werden die Prager nun ganz gewiss in die Gefolgschaft des Zelivsky treiben.«

»Gefährliche Zeiten«, stellte Jan fest. Dann musterte er sie kurz und sagte: »Besser du gehst jetzt hinein, und pass auf, dass dir niemand über den Weg läuft. Dieser Riss in deinem Kleid sieht so aus, als hätten wir mit dir noch ganz andere Dinge angestellt, als einer Predigt gelauscht.«

Im ersten Moment wollte Margarethe ihm eine Ohrfeige geben, damit er sein lockeres Mundwerk im Zaum hielt. Dann blickte sie jedoch an sich herunter und wurde puterrot. Tatsächlich war der Rock tief eingerissen und ließ weit mehr von ihren Beinen aufblitzen, als es schicklich war. Hastig zog sie die zerrissenen Stoffbahnen übereinander, als nun auch Albrechts Blick an ihr heruntterglitt. Rasch wandte er seine Augen ab und murmelte: »Jan hat recht. Schnell zurück zu unseren Sachen.«

Das Mädchen nickte, huschte durch die Pforte und verschwand in dem kleinen Geräteschuppen.

»Vermutlich wollte der König ein Exempel statuieren«, hörte sie Albrecht von draußen raunen.

»Ein Exempel statuieren!«, echote Jan aufgebracht. »Wenn du mich fragst, hat man hier wehrlose Menschen abgeschlachtet, bloß weil sie jemandem zuhörten, der mutig genug ist, die Wahrheit laut auszusprechen.«

»Und die wäre?«

»Die Pfaffen hocken auf ihren Pfründen, während die gewöhnlichen Leute verhungern. So was ist noch nie gut gegangen. Schon bei den alten Römern hieß es *panem et circenses*, Brot und Spiele – damit hält man ein Volk bei Laune. Hungrig und verängstigt lässt es sich nicht regieren.«

Albrecht winkte ab. »Zelivsky setzt dem ungebildeten Pöbel Flausen in den Kopf. Dem Kerl muss man den Mund verbieten, und zwar möglichst schnell.«

Während die Freunde stritten, schlüpfte Margarethe aus ihrer Dienstbotentracht. Sie wünschte sich nur, dass die beiden etwas leiser debattierten. Sie hatten diesen unangenehmen Nachmittag Gott sei Dank ohne größere Blessuren überstanden und sollten besser aufpassen, dass niemand davon erfuhr. Wenn doch, drohte ihnen mit Sicherheit Ärger. Hastig zupfte sich Margarethe ihr einfaches Leinenkleid zurecht und öffnete die Tür.

»Lasst uns ein andermal weiterreden«, meinte sie beschwichtigend. »Jetzt, da Jan den Schlüssel hat, können wir uns wieder öfter treffen. Am Sonntag nach der Messe vielleicht?«

Die beiden jungen Männer sahen sich an und antworteten fast wie aus einem Mund. »Sonntags ist es schlecht, da gehen wir immer …«

»Da haben wir zu tun!«, unterbrach sich Jan eilig. »Freitag wäre besser. Wir könnten zu unserer Bucht reiten.«

Margarethe machte ein nachdenkliches Gesicht. In der Woche gab es immer viel zu tun, aber vielleicht ließ sich etwas arrangieren. »Ich lass euch eine Nachricht zukommen«, meinte sie. »Aber jetzt sollten wir uns wirklich sputen, sonst kommen wir zu spät zum Nachtmahl.«

Rasch verabschiedeten sich die drei voneinander. Jan und Albrecht verschwanden im Schuppen, um sich ebenfalls umzuziehen und dann zum Palast des Königs zurückzukehren. Margarethe huschte den Gartenpfad entlang, vorbei an den kahlen Beeten. Plötzlich glaubte sie, eine Bewegung hinter den Büschen wahrgenommen zu haben. Erschrocken fuhr sie herum. War ihnen die Frau aus der Stadt doch gefolgt? Sie machte einen Schritt nach vorn. »Heraus, wer auch immer sich da versteckt hält!«

In diesem Moment traf sie etwas hart am Hinterkopf. Gekicher folgte. Mehr war nicht nötig, um zu wissen, wer die Übeltäter waren. Zwei Schritte zu dem Eibengesträuch, ein Griff, und Margarethe zog einen schwarzen Haarschopf ans Tageslicht.

»Mihai, du! Und natürlich ist Sepi auch wieder mit von der Partie.« Margarethe musterte die beiden finster. »Was treibt ihr hier draußen. Solltet ihr nicht längst in euren Kammern sein und euch fürs Nachtmahl bereit machen? Und mit was habt ihr auf mich gezielt?«

Die beiden kicherten erneut. Mihai stieß Sepi an, der etwas hinter seinem Rücken versteckte.

»Zeig das her, Bürschlein.«

»Ich?« Sepi setzte eine Unschuldsmiene auf, doch seine Ohren färbten sich dunkelrot. Margarethe hatte nach ihren Erlebnissen in der Stadt wenig Lust auf Spielchen, packte den Übeltäter am Kragen und entwand seinen Händen eine Zwistel und ein paar Eicheln.

»Das geht jetzt aber zu weit, mein Freund«, schalt Margarethe, der der Kopf immer noch wehtat. »Diesmal kommt ihr mir nicht so einfach davon.«

»Das glaub ich kaum!« Mihai trat keck nach vorn. »Wenn du uns verpetzt, dann sag ich nämlich, was wir beobachtet haben.«

»Was sollst du schon gesehen haben, frecher Bengel?«

»Ich habe euch durch die Pforte hereinschleichen sehen, und ich weiß, wo ihr gewesen seid«, fuhr Mihai unbeirrt fort. »In der Stadt wart ihr, beim Hussitenprediger.«

»Du spinnst!«, herrschte Margarethe den Burschen an.

»Ich habe euch belauscht und alles gehört. Jedes Wort. Ketzer seid ihr alle drei, auch der Wittelsbacher und der Sedlic. Eines Tages wird man dich wie eine Katze ersäufen.«

Margarethe erblasste. Wenn das Bürschlein mit solchen Äußerungen hausieren ging, würde es Nachforschungen geben. Das Schlimmste war, dass er, was ihren Ausflug anging, sogar recht hatte.

»Du hast eine blühende Fantasie, kleiner Naseweis«, wies sie den Jungen mit scheinbar gleichgültiger Stimme zurecht. »Das hast du dir alles bloß eingebildet«

»Wir haben gehört, was wir gehört haben, und gesehen, wen wir gesehen haben«, beharrte der Bub. »Stimmt doch Sepi, gell?«

Der kleine Posener nickte, bohrte jedoch seine Stiefelspitze in den Boden und schaute Margarethe nicht an. Im Gegensatz zu Mihai schien er sich nicht wohl in seiner Haut zu fühlen.

Der drohte unbeirrt weiter. »Ich kenn den Albrecht, und den Jan auch.«

»Denk, was du willst, Lausebengel. Ihr beiden solltet jedenfalls nicht hier draußen herumstreunen und mit Eicheln auf andere zielen. So etwas kann bös ins Auge gehen. Damit das nicht mehr passiert, bleibt dieses Ding erst mal bei mir. Ihr zwei verschwindet jetzt lieber. Aber wir sprechen uns noch.«

Sepi zögerte keinen Moment und huschte davon wie ein Kaninchen. Mihai dagegen verharrte mit düsterer Miene vor Margarethe. Anscheinend wollte er noch etwas sagen, um wenigstens das letzte Wort zu haben, aber es schien ihm nichts Passendes einzufallen. Versöhnlich wollte sie den Arm um seine Schultern legen, doch der Junge sprang zurück. »Fass mich bloß nicht an, du Ketzerin!«, zischte er und duckte sich unter ihrem Arm hindurch. Dann raste er zum Palast. Margarethe zuckte mit den Schultern und folgte ihm. Vermutlich würde Mihai die Beobachtung bei Gelegenheit seiner großen Schwester verraten, und die würde dann wer weiß was herumerzählen. Doch ändern konnte man daran jetzt ohnehin nichts mehr.

Kapitel 3

Als Margarethe in ihrer Kammer ankam, wartete Margot bereits ungeduldig. »Da bist du ja endlich«, empfing das Mädchen sie zappelig, statt mit einer ordentlichen Begrüßung. »Die Königin lässt dich schon seit geraumer Zeit suchen. Besser, du gehst gleich zu ihr.« Dann fiel ihr Blick auf Margarethes zerzauste Frisur und das beschmutzte Gesicht. Margot schlug die Hände vor den Mund und sah sie entgeistert an.

»Ich bin hingefallen«, erklärte Margarethe, und das war ja nicht einmal gelogen. »Und etwas unglücklich gelandet.«

»Das kann man sehen. So kannst du auf keinen Fall gehen. Da drüben steht die Waschschüssel. Aber deine Haare! Herr im Himmel, da brauchst du aber ganz schnell eine Zofe.«

Margarethe lächelte schief und nagte an ihrer Unterlippe. Wenigstens hatte ihr Gesicht keine Schramme abbekommen. So offensichtliche Blessuren waren nur schwer zu erklären. Sorgfältig spritzte sie sich Seifenwasser ins Gesicht. Es war eiskalt und brannte in den Augen. Mit geübten Händen machte sich die kleine Margot derweil selbst an ihrem Haar zu schaffen.

»Bis wir jetzt eine Zofe haben ...« Margot seufzte wichtigtuerisch. Dann kam sie ganz nah und flüsterte Margarethe ins Ohr: »Du bist doch nicht etwa da gewesen?«

Die junge Hofdame antwortete nicht, was Margot als Zustimmung deutete.

»Himmel, war das wagemutig. Niemals würde ich mich so etwas trauen.« Die Kleine schüttelte den Kopf und versuchte, ihre Stimme erwachsen klingen zu lassen. »Das hätte übel ausgehen können.« Dann aber schob sie ihre Lippen noch einmal ganz dicht an Margarethes Ohr: »Und Albrecht, war er dabei?«

Margarethes Kinn neigte sich ein wenig.

»Du liebe Güte!«, entfuhr es dem Mädchen. »Und Zelivsky? Sind seine Reden so ketzerisch, wie man sagt?«

»Aufrührerisch sind sie, glaube mir, und das Volk hängt an seinen Lippen«, flüsterte Margarethe und fügte fast unhörbar hinzu: »Ich fürchte, unser König hat heute einen Riesenfehler begangen.«

Königin Sophie musterte Margarethe ungehalten, als diese endlich vor ihr erschien – in einer Aufmachung, die gerade noch akzeptabel war. Die Herrscherin legte das Dokument, in dem sie soeben gelesen hatte, in die Schublade ihres Schreibtisches und schloss diese. Es handelte sich um eines der wenigen erhaltenen Manuskripte des Jan Hus. Die meisten, so hieß es, seien mit ihm verbrannt worden. Schon mehrmals hatte die Königin die Schrift studiert, und noch immer war sie hin- und hergerissen. Es bestand kein Zweifel daran, dass der Hus ein tiefgläubiger Mensch gewesen war, doch wie er die Bibel deutete, das war mehr als kühn ... Sie seufzte und wendete sich ihrer jungen Hofdame zu.

»Ich ließ schon vor einer Stunde nach dir schicken, Margarethe«, begann sie nicht ohne Vorwurf.

»Ich bitte um Verzeihung, hohe Dame«, entschuldigte sich die Rothaarige. »Euer Ruf ereilte mich gerade eben erst, und ohne zu zögern folgte ich ihm.«

Die Königin starrte das Mädchen an und meinte dann ungnädig: »Das sieht man.«

Sie winkte unmerklich, damit Margarethe näher treten sollte, und setzte sich in ihren bequemen Lehnsessel. »Nun denn, weshalb ich dich rufen ließ, mein Kind: Der König und ich haben beschlossen, dass es an der Zeit ist, für deine Zukunft zu sorgen und eine passende Ehe für dich zu arrangieren.«

Margarethe öffnete den Mund: »Aber mein Vater ...«

»... wird sich unserem Willen beugen.« Die Königin winkte ab.

Margarethe senkte den Blick. Mit allem hatte sie gerechnet, aber nicht damit. Sie war doch noch viel zu jung zum Heiraten. Erst in diesem Winter war sie zur Frau gereift. Und überhaupt: Eine Zukunft, die nicht mit Albrecht zu tun hatte, kam für sie nicht in Betracht. Andererseits konnte sie den Plänen der Königin schwerlich offen widersprechen.

»Ich fühle mich noch nicht reif genug, die Verantwortung einer Ehe zu tragen«, war das Einzige, was Margarethe einfiel.

Die Königin lächelte verständnisvoll und spann ihre Gedanken weiter, als hätte sie Margarethes Einwand gar nicht gehört. »Du strebst gewiss nach einer eigenen Burg. Wer könnte dir das verdenken? Leider muss ich dir sagen, dass dein Vater nicht bereit ist, dir eine ordentliche Mitgift zu geben, die solche Pläne rechtfertigen könnte.«

Das Blut stieg der jungen Hofdame in den Kopf. Wie peinlich das war! Wie unglaublich demütigend! Es war schon furchtbar genug, im Alltag bei Hofe zu sehen, wie sich all die anderen Mädchen herausputzten und im Glanz ihrer Familien sonnten, selbst jedoch wegen der spärlichen Zuwendungen des Herrn von Waldeck auf die Freundlichkeit anderer angewiesen zu sein. Und jetzt das! Margarethe wünschte sich, der Boden würde sich auftun und sie verschlingen.

Königin Sophie überging Margarethes Verlegenheit. Sie

erhob sich und wanderte hoch aufgerichtet um ihre Hofdame herum, wobei sie diese genauestens in Augenschein nahm. Zuletzt berührte sie das Mädchen an der Kinnspitze, sodass es gezwungen war, zu seiner Königin aufzusehen. Eindringlich musterte die Herrscherin ihre Hofdame, während sie weitersprach: »Du hast dich Prag gegenüber stets loyal gezeigt. Das bist du doch, Margarethe, oder?«

Verwirrt bejahte die Angesprochene. Sophie ließ sie los. »Gut, mein Kind, denn schau, unser Reich ist groß, und die Zeiten sind schwer. Sigismund, der Halbbruder meines Gatten, strebt nach der Macht, und schon zweimal wäre es ihm beinahe geglückt, den Königsthron an sich zu reißen. Und nun auch noch die Hussiten! Wir müssen uns der Treue unserer Verbündeten sicher sein. Das verstehst du doch, Margarethe, oder?«

Das Mädchen wurde blass. Hatte die hohe Herrin von dem Zwischenfall am Rossmarkt erfahren? Wenn ja, von wem? Mihai! Bestimmt hatte das Bürschlein seiner Schwester postwendend erzählt, dass er sie mit Albrecht und Jan erwischt hatte. Diese musste es der Königin zugetragen haben, und die wiederum hatte zwei und zwei zusammengezählt. Aber so schnell? Wie konnte das möglich sein? Und hatte die Königin nicht schon vor Margarethes Rückkehr nach ihr rufen lassen?

Die Waldeckerin suchte gerade nach einer passenden Ausrede, als die Herrscherin fortfuhr: »Höre, Margarethe, für eine treue Hofdame ist die Königin gerne bereit, eine Empfehlung aussprechen, die ihr die Zukunftssorgen nehmen könnte.«

Überrascht sah Margarethe die Königin an. Das Gespräch nahm eine vollkommen andere Richtung, als sie befürchtet hatte. Eine Strafpredigt war das jedenfalls nicht.

»Ein angenehmer Gedanke, Margarethe, nicht wahr?«

Das Mädchen senkte verwirrt den Kopf. Die Herrscherin deutete dies als Zustimmung und lächelte zufrieden. Eine Weile schwieg sie. Margarethe glaubte, die Augen ihrer Herrin im Nacken zu spüren.

»Doch bedenke, mein Kind, auch eine Königin kann keinen Mann, auch keinen Lehnsmann, zur Heirat zwingen. Es ist an dir, ihn zu überzeugen. Was ich sagen möchte: Für Männer zählt oft der erste Eindruck. Wenn die Wollust sie packt, vergessen sie das Pfennigfuchsen.« Es folgte eine weitere Pause, in der die Königin zurück zu ihrem bequemen Lehnstuhl ging und sich darin niederließ. Ihre Gewand raschelte und knisterte. »Du hast ein gefälliges Wesen, Kind, aber auf dein Äußeres musst du mehr achten.«

»Gewiss, hohe Herrin«, flüsterte Margarethe. Sollte das alles gewesen sein? Margarethe dachte nach. Natürlich würde sie gerne schöne Kleider aus Brokat tragen, mit Schmuckärmeln aus böhmischer Spitze und einem perlengeschmückten Schapel in ihrem roten Haar, aber was würde der Preis dafür sein?

»Dein Haar, Mädchen«, tadelte die Königin weiter, »deine Zofe taugt nicht viel. Ich werde veranlassen, dass du eine andere bekommst. Und was deine Aussteuer angeht: Ich habe dir ein hübsches Kleid in die Kammer bringen lassen. Trage es gleich heute zum Nachtmahl. Es ist aus dunkelblauem Brokat und wird deine grünen Augen gut zur Geltung bringen. Und Margarethe – gib dir besondere Mühe mit deinem Aussehen heute Abend. Wie gesagt, es steht viel für dich auf dem Spiel.«

Margarethe war immer noch damit beschäftigt, den Worten der Königin einen Sinn zu geben. Heilige Maria, die Pläne der Monarchin schienen weit fortgeschritten zu sein. Doch hatte sie nicht eben erst gesagt, der Herr von Waldeck wäre viel zu geizig, als dass sich irgendjemand für seine Tochter interessieren könnte?

»Margarethe, hast du mich verstanden?«, hakte die Königin unwirsch nach.

Die junge Hofdame nickte hastig und stammelte einen Dank. Gleichzeitig wurde ihr klar, was die Worte der Königin für sie bedeuten würden. Panik stieg in ihr auf. Sie würde von hier fort müssen, das Bett mit irgendeinem Manne teilen und auf dessen Landsitz ohne ihre Freunde leben. Heftiger Widerstand regte sich in ihrem Herzen. Nein! Sie wollte ihre Freiheit behalten! Sie wollte weiterhin an Albrechts Seite den Wind in den Haaren fühlen und dem Freund zusehen, wie er mit Jan im Wasser balgte, während sie die Füße in die Sonne reckte. Sie wollte Albrechts Atem trinken und seine Hand in ihrer spüren. Während sie so ihren Gedanken nachhing, rauschten die Worte der Königin an ihr vorbei.

»Dort hättest du alles, was sich eine Frau in deiner Lage wünschen kann. Und wenn dein Gatte einmal nicht mehr ist, hättest du die finanziellen Möglichkeiten, dir den nächsten nach deinem Gusto zu suchen. Das wäre die Sache doch wert, oder?«

Margarethe schluckte und versuchte, sich daran zu erinnern, was die Königin gerade gesagt hatte, doch in ihrem Kopf ging alles durcheinander. »Aber ich bin so jung«, flüsterte die Hofdame. »Ich würde lieber noch ein wenig warten.«

»Gerade deine Unschuld ist dein größtes Gut«, entgegnete die Königin sofort. »Außerdem wächst man in eine Ehe hinein, glaube mir, und wer weiß, wann so eine Gelegenheit wiederkommt. Bedenke, es wäre eine äußerst vorteilhafte Partie.«

Ich will aber keine vorteilhafte Partie, fuhr es Margarethe

durch den Kopf. Und überhaupt, von wem hatte die Königin eigentlich gesprochen?

Doch schon entließ die Regentin ihre Hofdame mit einer unmissverständlichen Handbewegung, während sie sagte: »Ich werde also deinem Vater unseren Vorschlag unterbreiten. Er wird sehr zufrieden sein. Wir sehen uns dann bei Tisch.«

Beinahe wäre die junge Hofdame über ihre eigenen Füße gestolpert, als sie sich rückwärts aus dem Raum entfernte. Mit jedem Schritt wurde ihr die Tragweite dieser Unterhaltung stärker bewusst. Ihre Schuhe aus Ziegenleder klatschten wütend auf die Steinfließen, während sie den Gang entlangrannte. Nur weg hier! Sie erreichte die Tür zu ihrer Kammer. Margarethe schlug so schwungvoll dagegen, dass diese gegen die Wand knallte und der Putz zu Boden rieselte.

Margot starrte die Freundin entgeistert an. »Was ist?«, fragte sie vorsichtig. »Hat sie dich etwa rausgeschmissen, weil sie von eurem kleinen Ausflug erfahren hat? Heilige Maria, schickt sie dich zu deinem Vater zurück?«

Margarethe sank auf den hölzernen Hocker, der neben ihrer Kommode stand, und schlug die Hände vors Gesicht. Fassungslos schüttelte sie den Kopf. Das alles konnte nicht wahr sein. Sie bildete sich das alles nur ein. Dieses Gespräch mit der Königin hatte nie stattgefunden. Nur nicht darüber sprechen.

Margot kam näher und kauerte sich vor ihre Freundin hin. »Du lieber Himmel, die Königin kann dich doch nicht einfach wegschicken. Das geht doch nicht.«

»Und wie sie das kann«, brach es aus Margarethe heraus. »Sie kann sogar noch viel mehr: Sie schickt mich nicht nur weg, sondern verheiratet mich auch gleich noch!« Margarethes Halsmuskeln zuckten, und ein lauter Schluchzer stieg aus ihrer Kehle.

Eine Weile schwieg Margot und betrachtete die Rothaarige. Dann stellte sie nüchtern fest: »Und das nicht mit Albrecht, nehme ich an.«

»Sonst würde ich wohl kaum weinen.«

Margot tappte zögernd näher und schloss sie in ihre Arme. »Ach liebste Margarethe, das tut mir so leid.«

Die tröstende Geste tat der jungen Hofdame gut, doch gleich darauf brauste sie auf: »Es ist so ungerecht! Warum trifft es mich? Es gibt doch genug andere Mädchen hier am Hof.«

»Weil keine so hübsch ist wie du«, versuchte Margot, ihre Freundin aufzumuntern.

Die jedoch winkte ab. »Unsinn. Es ist doch alles nur, weil mein Vater so furchtbar geizig ist und sich davor drücken will, mir eine anständige Mitgift zukommen zu lassen. Für alles hat er Geld, nur nicht für mich.«

»Du meinst, man ließe dich den Albrecht heiraten, wenn du eine entsprechende Summe bekämst?«, fragte die Jüngere skeptisch.

Margarethe zuckte mit den Schultern. »Weiß nicht, ich bin halt nur die Tochter eines kleinen Grafen. So viel Gold gibt's vermutlich auf der ganzen Welt nicht, dass Herzog Ernst mich als Schwiegertochter in Betracht ziehen würde.«

»Ich hab auch schon gehört, dass für den Herzog ausschließlich der Hochadel existiert, aber vielleicht musst du nur lange genug in deiner Ahnenreihe zurückgehen, bis du ein Tröpfchen Wittelsbacher Blut findest, und dann ...«

Über diese Bemerkung musste Margarethe fast schon wieder lachen. Sie war typisch für Margot, die eine unbeirrbare Romantikerin war. Für sie gingen alle Liebesgeschichten gut aus, auch wenn es zunächst noch so finster aussah.

»Na ja, vielleicht geschieht ein Wunder«, sagte Margarethe, mehr um Margots kleine, heile Welt nicht ins Wanken zu bringen, als dass sie selbst daran glaubte.

»Genau. Schließlich gehen auch königliche Pläne nicht immer auf. Vielleicht liebt ja der Mann, den sie ausgesucht hat, eine andere und will diese Ehe genauso wenig wie du. Zudem heißt verlobt noch lange nicht verheiratet. Ich habe schon von Frauen gehört, die dreimal und öfter verlobt wurden, aber jedes Mal kam etwas dazwischen. Also warum die Pferde scheu machen?«

Margarethe putzte sich energisch die Nase. »Ja, da hast du auch wieder recht.«

»Kennst du denn schon seinen Namen?«, erkundigte sich Margot.

Erneut zuckte die junge Frau mit den Schultern und schluckte schwer. »Irgendein Kerl. Als ob das wichtig wäre.«

»Natürlich muss man das wissen. Schließlich kann Albrecht dann Erkundigungen einziehen und herausfinden, wie man den Burschen wieder loswird.«

»Was du dir immer zusammenreimst. Wie stellst du dir denn das vor? Soll Albrecht ihn etwa fordern?«

»Das wäre doch toll!« Das Mädchen klatschte vergnügt in die Hände. »Ein Turnier! Und wer als Sieger hervorgeht, erhält deine Hand.«

Margarethe schüttelte den Kopf. »Du hast eindeutig zu viel Fantasie«, stellte sie fest. Ihr Blick fiel auf das Kleid, das die Königin ihr hatte bringen lassen. Es war tatsächlich wunderschön und prächtiger als alles, was sie je von ihrem Vater geschenkt bekommen hatte.

Margot bemerkte den Blick. »Jetzt verstehe ich auch dieses großzügige Geschenk der Königin. Es wurde vorhin von ihrer persönlichen Zofe gebracht. Und ich hab noch Sophies Großherzigkeit gelobt.«

»Ich werd's wohl anziehen müssen.« Margarethe seufzte.

»Denk einfach daran, dass auch Albrecht dich darin sieht, und für ihn lohnt es sich doch, sich herauszuputzen.« Sie schwieg einen Moment, bevor ihr Blick verträumt nach oben wanderte. »Ach, manchmal muss man einfach um seine Liebe kämpfen.«

Margarethe rollte mit den Augen. Und manchmal benahm sich ihr Zögling wirklich noch wie ein kleines Kind. »Hilfst du mir, Margot?«, fragte sie nüchtern. »Die Königin ist der Meinung, unsere Zofe sei unfähig.«

Mit einem Sprung war das Mädchen bei dem Kleid. »Aber natürlich.«

Sie ließen sich Zeit, und Margot drapierte das sandfarbene Schultertuch dreimal um.

»Wie wäre es mit ein wenig Schminke?«, schlug das Kind am Ende mit einem Blick auf das kleine Döschen Rotholzpulver vor. »Dann hält dich der Kerl vielleicht für verschwendungssüchtig.«

Einen Moment überlegte Margarethe, dann aber schüttelte sie den Kopf. »Wir müssen gehen«, meinte sie mit rauer Stimme. »Die Königin erwartet uns.«

Hand in Hand liefen sie Richtung Halle, um sich in die Schlange der Wartenden einzureihen. Das Königspaar ließ wieder einmal auf sich warten. Als es endlich Arm in Arm erschien, schwankte der König mehr, als dass er schritt. Ohne die Unterstützung seiner Gemahlin hätte er die Tafel vermutlich nicht ohne Sturz erreicht. Mit stierem Blick passierte er seinen Hofstaat, ohne irgendjemanden zu beachten. Die Königin dagegen hielt kurz bei Margarethe an und gab ihr einen Wink, sich anzuschließen. Mit einem verkrampften Lächeln kam Margarethe der Aufforderung nach. Jetzt also würden sich die Pläne der Königin offenbaren. Es dauerte eine Weile, bis die Herrscherin vor einem grauhaarigen Ritter stehen blieb. Margarethe schluckte und starrte ihr Gegenüber fassungslos an. Ein Greis? Dann fiel ihr ein, dass viele Adelsherren einen Hochzeiter schickten, jemanden, der nach einer passenden Frau Ausschau hielt. Die junge Hofdame beruhigte sich wieder.

»Heinrich von Weida«, begrüßte die Königin den Mann mit einem warmen Lächeln, »ich freue mich sehr, dass Ihr meiner Einladung gefolgt seid.« Dann deutete sie auf Margarethe. »Darf ich Euch Eure Tischdame Margarethe von Waldeck vorstellen. Sie zählt zu meinen vielversprechendsten Hofdamen. Ihr obliegt derzeit die Betreuung unsere Kinder.«

Der Ritter verbeugte sich kurz und zog die Augenbrauen ein wenig zusammen. »Habt Dank, hohe Dame, für die angenehme Gesellschaft.«

Er reichte Margarethe seinen knochigen Arm. Artig legte sie ihre Hand darauf und trat an seine Seite. Verstohlen musterte sie ihren Tischherrn, der fast einen Kopf kleiner und ein Jahrhundert älter als sie zu sein schien. Sein Gesicht war voller Narben und das Haar spärlich. Sein Wams wirkte zwar verwaschen, war aber von guter Qualität. Das verblichene Wappen zeigte einen goldgelben Löwen mit feuerroten Krallen auf schwarzem Schild. Weida. Sie hatte diesen Namen schon einmal gehört. Irgendetwas war mit dieser Familie. Wenn sie sich nur mehr für den Burgklatsch interessieren würde. Sie musste unbedingt Margot fragen, die ein wandelndes Buch war, wenn es um Adelshäuser ging.

Höflich rückte der Adelsherr ihr den Stuhl zurecht und setzte sich erst, nachdem sie Platz genommen hatte. Margarethe sah sich um. Ihre Freundin befand sich weiter hinten an der Tafel, wo die noch nicht heiratsfähigen Mädchen ihren Platz hatten. Bis auf Margot starrte jede zu Margarethe herüber, um dann aufgeregt zu schnattern. Die junge Hofdame sandte giftige Blicke in ihre Richtung.

Das Königspaar ließ sich vorlegen, ein Zeichen, dass mit dem Mahl begonnen werden durfte. Hundert Hände griffen nach den Schüsseln mit dampfendem Kichererbsenbrei und gekochtem Hasenfleisch. Und überall erhoben sich mehr oder weniger angeregte Gespräche. Margarethe ließ den anderen gerne bei den Schüsseln den Vortritt. Sie hatte das Gefühl, nicht einen einzigen Bissen schlucken zu können. Fieberhaft überlegte sie, wie sie herausbekommen könnte, für wen dieser Ritter eine Braut warb, und verfluchte sich selbst, dass sie vorhin bei der Königin nicht besser aufgepasst hatte.

»Soso, du bist also die kleine Waldeckerin«, brummte der Mann. Er musterte Margarethe wie einen Gaul, den er zu kaufen gedachte. »Ein wenig mager scheinst du mir«, stellte er fest. »Der lange Winter?«

Margarethe nickte wortlos. Sie hatte keine Vorstellung, worüber sie mit diesem Mann reden sollte. Der Weida tat so, als würde er ihre Verlegenheit nicht bemerken. »Die Königin ist voll des Lobes für dich. Sagt, du hättest ein gutes Händchen für Kinder. Dies ist eine sehr ehrenwerte Eigenschaft für ein Edelfräulein.«

Margarethe senkte den Blick, wie man es von ihr erwartete, und murmelte einen Dank.

»Und du scheinst nicht viel Wert auf Tand zu legen. Auch das ist erfreulich. Ich kenn manchen Ritter, den sein Weib ärmer gemacht hat als eine verlorene Schlacht. Doch ich weiß, dass das im Hause Waldeck ohnehin nicht Brauch ist. Insofern nehme ich an, dass du mit Sinn und Verstand zu wirtschaften weißt.«

»Ähm, wie meint Ihr das?«

»Nun, dass du einen Haushalt ordentlich führen kannst.«

Margarethe blinzelte ihn an. »Ich denke schon.«

»Weißt du, meine geliebte Anna, Gott hab sie selig, die hatte ihren Haushalt wirklich hervorragend im Griff. Da fehlte nie etwas, und kein Gast hatte Grund, sich zu beklagen. Leider hat sie mir keine Nachkommen hinterlassen, als sie vor zwei Jahren die Schwindsucht dahinraffte.« Er seufzte tief, und nach einem ordentlichen Schluck Wein fuhr er fort. »Es braucht dringend einen Erben auf der Osterburg, weil sonst mein Bruder die Vogtei bekommt. Schlimm wäre das. Er würde das Erbe unserer Ahnen gewiss verschachern.« Unvermittelt griff er Margarethe an die Hüfte und dann an den Busen. »Nun, ein breites Becken hast du und solltest gut gebären können. Was den Rest angeht, da nehmen wir besser eine Amme.«

Vollkommen perplex saß Margarethe da und starrte den alten Mann an. Wofür hielt der Kerl sie eigentlich, dass er sie hier vor aller Augen einfach begrapschte? Es fehlte nur noch, dass er ihre Zähne inspizierte. »Aber Herr Vogt, ich muss doch sehr bitten«, zischte sie dann empört.

Der Weida schenkte ihr ein weitgehend zahnloses Grinsen, ganz so, als würde ihn ihre barsche Reaktion amüsieren. Seine wenigen verbliebenen Zähne waren faulig, Reste vom Gemüsebrei klebten daran.

Margarethes Blick wanderte zur Königin, die ihr freundlich zunickte, was nichts anderes hieß als: Lächeln, Mädchen, lächeln! Dann bot die Monarchin ihrem Gatten demonstrativ ein Stück zerteiltes Hasenfleisch an. Eine Aufforderung an Margarethe, das Gleiche bei ihrem Tischherrn zu tun. Wenzel allerdings schlug seiner Frau ungnädig die Gabel aus der Hand und griff stattdessen nach dem Humpen.

Margarethe starrte auf ihren Teller, auf dem eine winzige Portion Hasenfleisch allmählich kalt wurde, wissend, dass die Königin sie beobachtete. Mit ihrer Gabel stocherte sie dann so lange in der Fleischschlüssel herum, bis sie das zäheste Stück gefunden hatte. Sie piekte es auf und bot es harmlos lächelnd dem Weida an. Der bedankte sich höflich, tätschelte gutmütig ihre Hand und erklärte: »Keine Sorge, Mädchen. Meine Burg ist in einem weit besseren Zustand, als ich es bin.«

Dann verschwand das Fleischstück in seinem Mund. Margot, die bislang eher grimmig dreingeschaut hatte, begann zu grinsen, während der alte Ritter versuchte, den Bissen herunterzuschlucken. Er kaute und würgte, würgte und kaute ohne wirklichen Erfolg. Doch die Blöße, das Stück einfach wieder auszuspucken, wollte er sich nicht geben, da immer noch der Blick der Königin auf ihm und seiner Tischdame ruhte. Schließlich nahm Weida einen großen Schluck Wein und spülte den Brocken damit herunter, wobei er ein Gesicht machte, als habe er einen Frosch verschluckt. Margarethe setzte eine Unschuldsmiene auf, während Margot schräg gegenüber von ihr kaum an sich halten konnte.

»Geht es Euch nicht gut, Herr von Weida?«, erkundigte sich die Rothaarige.

Der stellte seinen Humpen ab und wischte sich mit einem Leintüchlein über den Mund. »Zum Glück sind Hasen und Eber im Vogtland nicht halb so zäh wie hierzulande.«

Margarethe biss sich auf die Zunge, um nicht laut loszuprusten, und in diesem Moment fiel es ihr wieder ein. Es war lange genug Palastgespräch gewesen. »Seid Ihr etwa …«

»Derjenige, auf den der König vor aller Augen seine Hunde gehetzt hat, nur weil er es wagte, einen gefährlichen Eber zu töten, der eigentlich unserem König zugedacht war. Ja, der bin ich.« Die Augen des alten Mannes glänzten vor Stolz. »Und ich würde es jederzeit wieder tun. Schließlich wurden meine Vorfahren von Friedrich Barbarossa selbst zu Vögten ernannt. Wir haben mehr Ehre im Leib als all diese katzbuckelnden Emporkömmlinge zusammen.«

Sein Blick schweifte umher und blieb an Wenzel hängen. Margarethe versuchte, sich zu erinnern, was sie bei den anderen Hofdamen über die Sache aufgeschnappt hatte. Die Herren von Weida waren machtvolle Vögte, ein wenig *zu* einflussreich für Wenzels Geschmack. Man munkelte, dass dem König ein nichtiger Grund recht gewesen war, um die Weidas zurechtzustutzen. Er hatte verfügt, dass Heinrich von Weida nunmehr die Wettiner Lehnsherrschaft zu akzeptieren hatte. Margarethe schaute unwillkürlich zu Mihai und schluckte. Wenn diese Hochzeit zustande kam, hätte sie die beiden Wettiner Mihai und Katerina für den Rest ihres Lebens am Hals. Dieser Gedanke allein genügte, einer Verbindung mit dem Haus Weida aus dem Weg zu gehen. Sie musste mit der Königin sprechen.

Der Vogt angelte unterdessen nach den Schüsseln und genehmigte sich eine zweite Portion Hasenfleisch und Gemüse. Als er bemerkte, dass seine Tischdame bisher noch keinen Happen angerührt hatte, stach er mit seinem Jagdmesser entschlossen in einen Fleischbrocken, um sich bei Margarethe zu revanchieren. Die öffnete die Lippen und wollte freundlich ablehnen. Im selben Moment hatte sie das Fleisch auch schon im Mund. So tief hatte es ihr der Weida in den Rachen geschoben, dass sie fast daran erstickte. Sie hustete und würgte den Bissen herunter.

»Iss nur, iss«, spornte sie der Alte an und grinste dabei so unzweideutig, dass kein Zweifel daran bestand, dass er genau wusste, was sie zuvor mit ihm getan hatte. »Du musst dringend was auf die Rippen bekommen. Nur eine gut genährte Stute wirft kräftige Fohlen.«

Er lachte über seinen Witz, während Margarethe nun

ihrerseits nach dem Würzwein tastete und einen großen Schluck nahm. Kumpelhaft klopfte Weida ihr auf den Rücken. »Ich glaube, jetzt sind wir quitt.«

Bei diesen Worten schlang er besitzergreifend seinen dürren Arm um ihre Hüften und rückte ein Stückchen näher. Der süßliche Geruch des Alters umgab ihn wie ein Leichentuch. »Du bist eine Frau nach meinem Geschmack, Margarethe«, meinte er noch immer lachend. »Die Königin hat nicht zu viel versprochen. Ich glaube, wir werden eine Menge Spaß miteinander haben. Jetzt komm, lass uns trinken und fröhlich sein.«

Margarethe stockte der Atem. Statt dass sich Weida über sie ärgerte, schien er sich über ihren Streich auch noch zu amüsieren. Aber was sollten diese Andeutungen? »Darf ich fragen, was Ihr genau damit meint?«, fragte Margarethe.

Der alte Ritter ergriff ihre Hand »Ich hab's dir doch schon erklärt, kleine Margarethe. Es braucht eine neue Herrin auf der Osterburg, und ich glaube, ich habe sie gerade gefunden.«

In Margarethes Ohren surrte es, als wäre sie in einen Bienenschwarm geraten. »Ihr wollt mich zur Frau nehmen?« Sie schüttelte fassungslos den Kopf.

»Ja was denn sonst?«

»Ich dachte, Ihr kommt als Werber, für Euren Sohn vielleicht.«

»Hast du nicht zugehört vorhin?« Unwirsch ließ der alte Mann ihre Hand los und knackte mit den Fingerknöcheln. »Ich hab keinen Sohn. Gerade deshalb brauch ich ja ein fruchtbares Weib.«

»Aber das geht doch nicht.« In Margarethes Augen spiegelte sich schiere Verzweiflung.

»Na klar geht das noch«, widersprach Weida, der ihre Worte ganz offensichtlich missverstand. »Da kannst du ganz sicher sein. Ich mag vielleicht nicht mehr der Frischeste sein, aber eine Frau kann ich noch immer zufriedenstellen.«

»Trotzdem muss ich Euch enttäuschen«, rutschte es Margarethe heraus. Hastig suchte sie nach einer Erklärung, die den alten Mann nicht vor den Kopf stoßen würde. »Mein Vater wird niemals eine angemessene Mitgift bereitstellen.«

Der Weida lachte rau und wischte ihren Einwand mit einer Handbewegung fort. »Da sei mal unbesorgt, ich kenn den Waldecker gut. Der wird mit Freuden zustimmen, und für deine Mitgift sorgt die Königin.«

Margarethe sah ihren Tischherrn ungläubig an.

»Dein Vater«, erklärte der Alte, »war einst mein Knappe und später mein Waffenbruder. Hab so manchen Kampf mit ihm gefochten.« Weida schien seinen Gedanken nachzuhängen.

Fest entschlossen, den Vogt von seinem Vorhaben abzubringen, wandte Margarethe ein: »Das mag sein, aber ...«

»Nichts aber«, unterbrach er sie. »Ich sag dir was, Mädchen, dein alter Herr ist froh, wenn er dich unter der Haube hat, ohne seine Schatztruhe leeren zu müssen.«

»Wie könnt Ihr nur so etwas sagen!«, entrüstete sich Margarethe. Die Bemerkung schmerzte umso mehr, als dass sie leider der Wahrheit entsprach.

Der Ritter lachte so herzhaft, dass Margarethe befürchtete, er würde seine wenigen verbliebenen Zähne gleich mit ausspucken. »Mach kein so beleidigtes Gesicht. Dein Vater interessiert sich nicht für seine Weiber. Er hat seine Pflicht und Schuldigkeit getan und nach dir noch einen Erben gezeugt. Danach war's ihm zuwider. Ich dagegen hab nur ungern ein Weib ziehen lassen, und was soll ich sagen, der Herrgott hat's krumm genommen und mir eine unfruchtbare Gattin an den Hals gehängt. So hab ich reichlich Bankerte, aber leider keinen Erben.«

Erneut tätschelte er Margarethe. »Aber ich hab daraus gelernt. Ich versprech dir, treu zu sein, und jeden kleinen Heinrich, den du mir in die Arme legst, will ich dir mit Gold aufwiegen.«

Margarethe war den Tränen nah. Das also hatte die Königin gemeint, als sie sagte, sie müsse sich bald keine finanziellen Sorgen mehr machen. Aber kein Gold der Welt war dieses Schicksal wert.

Hilfe suchend glitt Margarethes Blick zur Königin, die aber nur zufrieden lächelte, und dann zu Albrecht und Jan. Letzterer malträtierte das Hasenfleisch, als sei es sein schlimmster Feind, während sein wütender Blick immer wieder zu ihr wanderte. Ohne Zweifel wusste er, was los war. Unwillkürlich rückte die Hofdame von dem alten Ritter ab.

Diesem entging ihr Blick nicht. Er runzelte die Stirn und sagte leise: »Ah, ich verstehe. Da gibt es einen anderen. Den Blonden dort nehme ich an.« Mit dem Kinn wies er in Jans Richtung. Margarethe wollte widersprechen, doch der Vogt ließ sie nicht zu Wort kommen. »Du bist noch jung, Mädchen, und hoffst auf einen frischeren Gatten, aber lass dir eines sagen: Erfahrene Männer haben durchaus ihre Vorzüge, auch wenn du das jetzt noch nicht einsiehst.«

Sein Blick ging hinüber zur Königin, die sich jedoch angeregt mit einem Landgrafen unterhielt und gar nicht daran dachte, zu ihm herüberzuschauen. »Hm, hm«, brummte Weida. »So ist das also.« Was genau er damit meinte, verschwieg er jedoch gegenüber seiner Tischdame. Stattdessen machte er sich erneut über sein Essen her.

Margarethe war der Appetit vergangen. Sie hoffte einfach nur auf ein schnelles Ende des Gelages.

Als sich das Regentenpaar erhob und damit den Abend beendete, stand auch Weida auf, schob Margarethe höflich den Stuhl zur Seite und küsste ihre Hand. »Ich werde der Königin sagen, dass ich mit ihrer Wahl zufrieden bin und dass wir das Beilager nicht allzu lang hinausschieben sollten. Schließlich bin ich ein alter Mann. Meine Zeit ist begrenzt.« Nach einer knappen Verbeugung wandte er sich um und ließ Margarethe stehen.

»Es freut mich, Herr Vogt, dass Euch mein Vorschlag zusagt.«

Die Königin wedelte sich mit einem Fächer aus Pfauenfedern frische Luft zu, wie sie es häufig tat, wenn sie nervös war. Heinrich von Weida hatte gleich am Morgen um eine Audienz gebeten, und es war offensichtlich, dass es nur um Margarethe gehen konnte.

»Eure Wahl hätte trefflicher nicht sein können, Euer Majestät«, schmeichelte der Vogt. »Das Mädchen besitzt Liebreiz und Verstand, eine seltene Kombination.« Beinahe hätte er hinzugefügt »bei Frauen«, doch im letzten Moment hatte er seine Zunge zügeln können.

Die Königin lächelte geschmeichelt und legte den Fächer beiseite. »Sie wird Euch eine dankbare Gattin sein.«

Weida gab seiner Stimme einen kummervollen Unterton. »Für einen alten Mann wie mich ist das wohl das Beste, was man verlangen kann.«

»Was wollt Ihr damit sagen?« Die Königin holte tief Luft und blickte ungehalten. Sollte da jemand oder etwas ihre Pläne durchkreuzen?

»Nun, Margarethe ist jung, und mir scheint es nur allzu verständlich, dass sie ihre Gunst einem Manne ihres Alters vorbehält.«

»Unsinn! Eure Bedenken sind gänzlich unbegründet.«

»Wenn Ihr es sagt. Das Wort meiner Königin ist wie ein

Schwur.« Weida deutete eine Verbeugung an und schwieg. Seine Rechnung ging auf. Er hatte noch keine Frau kennengelernt, die – war erst einmal ihre Neugierde geweckt – einer Sache nicht auf den Grund gehen wollte.

»Unsinn, es gibt da niemanden«, betonte Sophie erneut. »Für Margarethes Tugendhaftigkeit kann ich mich verwenden. Doch Ihr könnt mir Eure Sorgen ruhig anvertrauen.«

»Margarethes Tugendhaftigkeit steht außer Frage.« Weida machte eine kunstvolle Pause, bevor er fortfuhr. »Blicke – mehr war es nicht.«

»Blicke?«, wiederholte die Königin.

»Ein junger Mann, blond, blaue Augen. Er saß ihr am Tisch schräg gegenüber, an der Seite Eures hochwohlgeborenen Neffen.«

»Jan Sedlic?« Sophie lachte. »Da kann ich Euch beruhigen. Der steht außer Frage.«

»Und doch hörte ich, dass die beiden viel Zeit miteinander verbringen.«

Die Königin winkte ab. »Ein Freund meines Neffen, mehr nicht.«

»Ich danke Euch für die klaren Worte und das Verständnis für die kleinen Sorgen eines alten Mannes, der sich einen Erben vom eigenen Blute ersehnt.« Das war mehr als deutlich.

»Man wird alles in die Wege leiten, damit Ihr möglichst rasch Eure Gattin heimführen könnt«, entgegnete die Monarchin.

Weida verstand, dass die Audienz damit beendet war. Zufrieden verneigte er sich. Er hatte gesagt, was er hatte sagen wollen.

Kapitel 4

Jan stieg auf den Turm und blickte hinauf zum Firmament, während ein kalter Ostwind durch seinen Blondschopf fuhr. Gewöhnlich brachte den jungen Ritter so schnell nichts aus der Ruhe. Trotz seiner Jugend galt er als bedacht und vorsichtig. Der Anblick des Vogts jedoch, wie er um Margarethe herumscharwenzelte, hatte sein Blut zum Kochen gebracht. Zudem hatte man geraunt, dass hier eine Ehe angebahnt werden sollte. Bislang hatte sich Jan nie Gedanken darüber gemacht, dass so etwas geschehen könnte. Er war stets davon ausgegangen, Margarethe würde Albrecht an den Münchner Hof folgen – genau wie er selbst. Sie, er und Albrecht waren einfach unzertrennlich, und damit lag die Zukunft klar vor ihm: Albrecht würde Herzog werden und Elisabeth von Württemberg heiraten. Jan selbst würde ihm treu dienen, dafür eines Tages mit einem eigenen Lehen belohnt werden und dann Margarethe heimführen. Das war der Plan. Und nun kam Königin Sophie und brachte alles durcheinander.

Jan raufte sich die Haare. Er kannte Margarethe nun schon so lange. Jede Geste war ihm vertraut, jedes noch so kleine Blitzen ihrer Augen. Mit ihr konnte er lachen und weinen, toben und träumen, wie neulich an der Moldau, als sie mit entblößten Beinen im eisigen Wasser herumgehüpft war wie ein übermütiges Füllen. Und wie sie auf ihrem kleinen Vollblüter in die Abendsonne galoppiert war. Aufrecht im Männersattel, hatte sich ihre Gestalt im Rhythmus des Pferdes bewegt. In der darauffolgenden Nacht hatte Jan von Margarethe geträumt, auf eine Art wie noch niemals zuvor, und er hatte sich fast ein wenig dafür geschämt. So hatte er sich die Liebe nicht vorgestellt. Es war ein Brennen, ein Schmerz, ein verzehrendes Sehnen – und doch irgendwie wunderbar. Er brauchte Margarethe nur anzusehen, und ein Funkenregen der Glückseligkeit zerstob über ihm. Ein Heinrich von Weida würde sie nie mit diesen Augen sehen. Für ihn war sie nicht mehr als eine Zuchtstute, und ihr Wert stieg und sank mit jedem Füllen, das sie ihm warf oder auch nicht.

Plötzlich stiegen andere, lange vergessen geglaubte Bilder in Jans Kopf auf: Wie seine Mutter damals den ungehobelten Stiefvater hatte ehelichen müssen. Wie schlecht sie dieser Grobian behandelt hatte. Wie sie hatte im Kindbett sterben müssen. Damals war er noch ein hilfloser Knabe gewesen. Inzwischen war er zu einem jungen Mann herangereift, und er würde nicht zulassen, dass Margarethe ein ähnliches Schicksal widerfuhr. Diesmal würde er einschreiten! Und Albrecht würde ihm dabei helfen. Doch im nächsten Moment kamen Jan Zweifel: Hoffentlich verdarb sein Freund nicht alles. Er war immer so direkt, so geradeheraus. Albrecht wollte mit dem Kopf durch die Wand, und wenn ihm dies nicht gelang, dann rannte er so lange dagegen, bis diese nachgab. Manche Wände jedoch waren aus festem Stein, sodass man sich nach vergeblicher Anstrengung mit blutigem Kopf zurückziehen musste. Das aber durfte diesmal nicht geschehen. Schließlich ging es um Margarethes Zukunft und damit auch um Jans.

Ohne Margarethe konnte und wollte er sich ein Leben nicht vorstellen, vor allem seit der Sache in der Stadt und den bangen Minuten im Rübenkeller, als sie sich hilfesuchend an ihn geschmiegt hatte. Zu ihm war sie in ihrer Not gekommen, nicht zu Albrecht. Ganz so, als würde sie spüren, dass er derjenige war, der sie ein Leben lang beschützen wollte. Margarethe war längst nicht mehr das freche, mutige Ding vom letzten Sommer, das stets versuchte, mit den Jungen gleichzuziehen oder sie am Ende gar noch zu übertreffen. Sie war eine richtige junge Dame geworden, wunderschön anzusehen in diesem Kleid aus dunkelblauem Brokat, mit ihren Augen von der Farbe grün schimmernder italienischer Diamanten. Jan lächelte versonnen. Margarethes Bild umfing ihn wie eine warme Berührung. Einen Augenblick hielt er die Erinnerung fest, dann jedoch atmete er tief durch, drehte sich um und ging mit festem Schritt zurück in die Burg.

»Albrecht, mein Lieber, wie schön, dass du da bist«, begrüßte die Königin ihren Neffen. »Ich wollte dich ohnehin rufen lassen. Komm, setz dich zu mir.«

Die Königin klopfte mit der Hand auf einen der zierlichen Sessel in ihrem Teezimmer und winkte gleichzeitig die Damen hinaus, die ihr gerade Gesellschaft leisteten. Sie wollte allein mit dem Sohn ihres Bruders sprechen. Der Junge nahm Platz. Sophie musterte ihn aus den Augenwinkeln. Junge? Nein, das passte nicht mehr. Albrecht war ein Ritter geworden. Er würde seinem Vater später sicher einmal Freude machen. Jetzt aber bedrückte ihn etwas, denn er hatte zwar seine Hände in den Schoß gelegt, doch er knetete sie nervös, und seine Augen flackerten unruhig. Die Königin ahnte, was ihren Neffen umtrieb, und sie war auf dieses Gespräch vorbereitet.

»Nun, wie geht es dir?«, erkundigte sie sich fürsorglich.

»Danke, Euer Majestät«, begann Albrecht. Er pflegte sie stets mit ihrem offiziellen Titel anzureden, und trotz ihrer Verwandtschaft hätte sie auch selbst darauf bestanden. Es war gut, wenn die jungen Leute wussten, wo ihr Platz war. Andererseits war Albrecht gerade in einem schwierigen Alter, und er musste nun lernen, Verantwortung zu tragen. Deshalb war es am besten, ihm offen zu erklären, worum es ging. Selbst wenn er es jetzt noch nicht verstehen würde, irgendwann einmal, wenn er selbst in Amt und Würden war, würde er sich an die Worte der Königin – denn als solche würde sie zu ihm sprechen und nicht als Tante – erinnern und ihr verzeihen.

»Ich muss etwas mit dir bereden, Albrecht.« Sie senkte die Stimme, um ihren Worten mehr Gewicht zu geben.

»Du bist ein kluger Kopf und hast wache Augen, sodass dir sicher nicht entgangen ist, dass der böhmische Thron recht wackelige Beine bekommen hat. Wenzels Halbbruder Sigismund ist ein treuloser Mensch. Du weißt ja, dass er die ungarische Krone nur mit des Königs Hilfe erlangt hat. Statt sich jedoch dankbar zu zeigen ...«

Albrecht nickte zustimmend, aber seine Lippen waren fest aufeinandergepresst.

»Und auch in der Sache mit dem Hus hat er seinen verräterischen Charakter bewiesen. Schließlich war es sein Versprechen des freien Geleits, das den Hus nach Konstanz lockte. Du wirst also einsehen, dass man vor diesem Menschen auf der Hut sein muss.«

»Ich verstehe nicht ...«

»Warte, hab Geduld. Du musst erst die Zusammenhänge kennen. Schließlich wirst auch du in nicht allzu weiter Ferne eine Regentschaft ausüben und Entscheidungen treffen müssen, die nicht immer einfach sind. Aber für einen Souverän gilt, dass er seine persönlichen Interessen dem großen Ganzen unterzuordnen hat.«

Albrecht runzelte die Stirn, denn er ahnte dunkel, worauf seine Tante hinauswollte.

Die Königin strich sich das Kleid glatt und lächelte ihn wohlwollend an. »Sigismund stellt für uns Wittelsbacher eine große Gefahr dar. Hat er nicht bereits die Mark Brandenburg an die Hohenzollern verpfändet? Was wird sein nächster Schritt sein? Ich werd's dir sagen, Albrecht. Mag er sich in Konstanz noch so jovial gegeben haben: Ihn dürstet nach der böhmischen Krone, und er wird alles tun, um sie zu erringen. Aber mit welchen Folgen? Die Hohenzollern werden ihren Vorteil zu nutzen wissen, und du weißt, was das für das Haus Wittelsbach bedeutet. Es geht hier nicht um mich und auch nicht um die Wenzelkrone, sondern um die Zukunft des Hauses Wittelsbachs, also auch um die deine und die deiner Kinder, Albrecht.«

»Ich verstehe nicht, was das mit Margarethe zu tun hat«, brummte ihr Neffe, und allein diese Bemerkung machte Sophie klar, dass der Junge sehr wohl verstanden hatte.

»In diesen Zeiten müssen wir Stärke zeigen. Wir können nicht riskieren, dass auch nur das kleinste Lehen vom böhmischen Reich abfällt.«

»Aber könnte man Heinrich von Weida nicht auf eine andere Art gefügig halten?«

Sophie lächelte gütig. »Mein lieber Albrecht, natürlich hätte es da so manches gegeben. Außerdem ist der Weida klug genug, um zu wissen, dass er mit Wenzel besser beraten ist als mit Sigismund. Die Sache ist aber die: Weidas jüngerer Bruder – der nächste in der Erbfolge – sieht das ganz anders. Er verhandelt bereits mit Sigismund. Wir müssen also sicherstellen, dass Weidas jüngerer Bruder unbelehnt bleibt, und das geht nur, wenn der jetzige Vogt einen legalen Erben vorweisen kann. Ansonsten ist die Osterburg so gut wie verloren.«

»Aber warum Margarethe?«

»Sie ist Prag *und* Wittelsbach ergeben und klug genug, sich nicht auf Intrigen einzulassen.«

Albrecht machte ein unglückliches Gesicht. »Aber sie sollte mit mir nach München gehen.«

»Um dort was zu sein? Eine ledige Hofdame, die sich einmal um die Erziehung deiner Kinder kümmert?«

Albrecht sprang auf. »Natürlich nicht.«

»Als was denn dann?«

»Als ehrbare Hofdame am herzoglichen Hof.«

»Dazu müsstest du sie über kurz oder lang verheiraten. Warum es nicht gleich tun und dann auch noch in einer so vielversprechenden Ehe. Denk nur: Margarethe wäre Herrin einer Burg, sogar einer ganzen Vogtei. Sie hätte eine große Zukunft vor sich und wäre nicht vom Wohlwollen deiner zukünftigen Gattin abhängig.«

»Eine Ehe mit diesem Greis, der sie gar nicht zu schätzen weiß?«

Sophie schaute ihren Neffen erstaunt an. »Albrecht, du bist doch nicht etwa eifersüchtig?«

Ein Hauch von Schamesröte zog über seine Wangen. »Wie kommst Ihr nur darauf!«, widersprach Albrecht eine Spur zu heftig.

Die Königin runzelte missbilligend die Stirn und murmelte: »Und ich dachte immer, es wäre dein Freund Jan, der sie mit verträumten Augen ansieht.« Es folgte eine Handbewegung, als wenn die Königin eine lästige Fliege vertreiben wollte. »Wie auch immer, Albrecht. Ich zähle in dieser Sache auf dich. Wirke auf sie in unserem Sinne ein.«

Sophie erhob sich, sodass Albrecht nichts anderes übrig blieb, als sich zurückzuziehen. Zorn und Enttäuschung jedoch waren ihm deutlich anzusehen.

»Und, was hat sie gesagt«, stürmte Jan auf Albrecht ein, als dieser von der Audienz bei der Königin zurückkam.

Statt zu antworten schritt der Herzogssohn zum Weinkrug auf dem Tisch, goss sich den Becher randvoll und stürzte ihn in einem Zug hinunter.

Jan schwante Böses. »Sie ist also bei ihrer Meinung geblieben.« Enttäuscht sank er auf einen hölzernen Hocker, nur um im nächsten Augenblick wieder aufzuspringen.

»Ihrer Meinung nach bedeutet es den Anfang vom Ende des Hauses Wittelsbach, wenn diese Hochzeit nicht stattfindet.« Albrecht seufzte und fasste dann mit wenigen Worten das Gespräch mit seiner Tante zusammen.

»Aber das darf nicht sein«, flüsterte Jan und verbesserte sich sofort: »Ich meine, du hast doch gesagt, dass Margarethe mit uns nach München kommt.«

Albrecht starrte seinen Freund an. »Was soll ich bloß tun?«, stöhnte der Herzogssohn und raufte sich die nussbraunen Haare. »Am liebsten würde ich sie auf ein Pferd setzen und sofort von hier wegbringen. Stattdessen verlangt die Königin, dass ich Margarethe sogar noch zurede, den Weida zu heiraten!« Er wankte zur Waschschüssel und spritzte sich kaltes Wasser ins Gesicht, während er weitersprach. »Kannst du ein Treffen mit Margarethe arrangieren, ohne dass es jemand mitbekommt?«

Jan kniff sich in die Hand. Er musste sichergehen, dass dies kein böser Traum war. Wortlos nickte er, stand auf und verließ das Zimmer.

Obwohl man Fackeln aufgestellt hatte, kam Margarethe an diesem Abend der Garten ungewöhnlich dunkel vor. Es hatte lange gedauert, bis sie sich endlich hatte davonstehlen können. In letzter Minute, kurz bevor die Glocke zum Nachtmahl läutete, hastete sie mit geschürzten Röcken aus dem Palast. Vorsichtig legte die junge Frau ihre Finger an die schmiedeeisernen Stäbe. Sie waren kunstfertig gedreht und liefen oben in goldenen Spitzen aus, was das Tor aber nicht davon abhielt, zuweilen erbärmlich zu quietschen. Mit angehaltenem Atem schob Margarethe die Pforte gerade so weit auf, dass sie hindurchpasste, und schlüpfte in den Garten. Verstohlen sah sie sich um. Dieses Treffen mit Albrecht und Jan würde, wenn man sie erwischte, sicher Ärger mit der Königin bedeuten und auch einige Erklärungen gegenüber dem Vogt erforderlich machen. Margarethe lief bei dem Gedanken an Weida ein kalter Schauer über den Rücken.

Sie versuchte, das Geräusch ihrer Schritte zu dämpfen, da kam es ihr plötzlich so vor, als habe sie ein Murmeln vernommen. Schlich da noch jemand herum? Margarethe verharrte und hielt den Atem an. Waren das Albrecht und Jan? Aber warum befanden sie sich nicht am vereinbarten Treffpunkt? Auf leisen Sohlen rannte sie weiter und entdeckte die Umrisse zweier Personen, von denen einer eine Frau zu sein schien. Oder spielten ihr die nächtlichen Schatten einen Streich? Sie kniff die Augen zusammen. Nein, sie hatte sich nicht täuschen lassen: Eine der beiden Personen trug einen Rock. Hastig drückte sich Margarethe gegen die Palastwand, die den Abschluss des Schlossgartens bildete. Sie hörte flüsternde Stimmen, die schnell und eindringlich sprachen. Sie kamen von dem Mauervorsprung, hinter dem Margot ihr das Töpfchen mit Rotholzpulver gegeben hatte.

Margarethe zog sich vorsichtig die Schuhe aus. Sie musste dort vorbeigehen, ob sie wollte oder nicht. Wie aber konnte ihr das gelingen, ohne gesehen zu werden? Das Gelände war hier offen. Der einzige Weg war der über den Rasen, hinüber zu den Johannisbeersträuchern. Zum Glück waren dort keine Fackeln aufgestellt. Die junge Frau atmete tief ein und wollte schon loslaufen, als eine der Personen einen Schritt aus dem Schatten der Steinquader heraustrat! Hastig drückte sich Margarethe erneut gegen die Wand. Sie hatte die Person erkannt. Es war Katerina von Wettin. Doch was tat diese zu solcher Stunde mit einem Mann im Garten? Margarethes Neugierde war geweckt. Angestrengt lauschte sie in die Finsternis, aber lediglich einige Wortfetzen drangen an ihr Ohr. Einmal erhob der Mann kurz und erregt die Stimme, was Margarethe zusammenzucken ließ: Es war Heinrich von Weida.

»Ich muss …«, hörte sie den Alten sagen und »… dabei behilflich …« und »… werde dem Hause Wettin nie vergessen …«

»Ja, doch«, zischte Katerina, »aber mäßigt Eure Stimme.« Im nächsten Moment ging das Gemurmel wieder im Rauschen der Bäume unter. Fest entschlossen, mehr zu erfahren, versuchte Margarethe, sich Zoll um Zoll dichter an die Sprechenden heranzuschleichen, aber die Stimme der Wettinerin war jetzt noch leiser als zuvor. Das Einzige, was Margarethe noch verstehen konnte, war: »Dann kann selbst Albrecht von Wittelsbach nichts mehr dagegen tun …«

Die Erwähnung des Herzogssohns traf Margarethe wie ein Peitschenhieb. Welche Infamie planten die beiden? Sie musste Albrecht warnen. Mit pochendem Herzen hastete Margarethe geduckt an den Sträuchern vorbei und hinüber zur kleinen Pforte. Völlig außer Atem erreichte sie den kleinen Geräteschuppen, den Jan als Treffpunkt vorgeschlagen hatte. Geräuschlos schlüpfte sie hinein und entdeckte ihre beiden Freunde, die bereits auf sie warteten.

»Margarethe«, erklang Albrechts erfreute Stimme.

Die junge Hofdame schloss hastig die Tür. Drinnen war es

eng, und es roch nach frischer Erde. »Leise, leise«, flüsterte sie erregt.

»Was ist denn los?«, erkundigte sich Jan besorgt.

Margarethe berichtete in knappen Worten, was sie beobachtet hatte.

Albrecht lachte leise und meinte: »Das klingt, als ob die Wettinerin irgendeine Schweinerei plant. Und der Weida hofft, einen Nutzen daraus zu ziehen.«

»Stimmt«, bestätigte Jan, »nur, was könnte das sein?«

»Irgendetwas, was sich gegen dich richtet, Albrecht.« Margarethe klang besorgt.

»Ich kann mir beim besten Willen nicht vorstellen, was die beiden von mir wollen. Ich hab mit ihnen nichts zu schaffen, und doch gilt es, nun vorsichtig zu sein.«

»Aber wenn die beiden eine Intrige gegen einen Wittelsbacher planen, könnte das die Ansichten der Königin, was den Weida betrifft, ins Wanken bringen«, gab Jan zu bedenken.

»Ansichten? Welche Ansichten denn?« Margarethe schaute den Blonden fragend an, doch der überließ es Albrecht, ihr die Schwierigkeiten der Königin mit Weidas Bruder darzulegen.

»Das also steckt hinter all dem«, murmelte Margarethe. »Und mir gegenüber hat sie sich so selbstlos freundlich gegeben. Sie würde es nur gut mit mir meinen und sorgte sich um meine Zukunft, wenn es mein Vater schon nicht tut.« Ungläubig schüttelte Margarethe den Kopf. »Aber ich will den Vogt nicht heiraten. Er ist mir zuwider.«

Jan legte tröstend den Arm um ihre Schultern, und Albrecht meinte: »Wer das nicht ebenso sieht, kann nicht recht bei Trost sein.«

»Ihr helft mir doch, oder?«

»Keinesfalls lassen wir dich in Stich, Margarethe«, beschwichtigte Albrecht. »Das kommt schon irgendwie in Ordnung.«

Jan rollte mit den Augen, schwieg jedoch.

»Ich finde, Jan hat recht«, sagte Margarethe plötzlich. »Wir müssen herausfinden, was Weida gegen dich plant, Albrecht. Bestimmt ist es irgendeine Boshaftigkeit, und wenn die Königin das erfährt, wird sie von dieser Hochzeit absehen. Was meint ihr?«

Albrecht fuhr sich durchs Haar. »Na ja, die Möglichkeit besteht.«

Jan stöhnte innerlich auf. Natürlich hatte er selbst davon gesprochen, aber um die Königin von ihren Plänen abzubringen, müsste es sich schon um Hochverrat handeln und nicht um irgendeine kleine Gaunerei. Zudem hatte Margarethe nur Bruchstücke der Unterhaltung mitbekommen, sodass sie nur Vermutungen anstellen konnten. »Und wenn nicht?«, wandte er ein und hätte sich am liebsten auf die Zunge gebissen, als er Margarethes erschrockenes Gesicht sah.

»Dann werd ich den alten Knochen wohl heiraten müssen«, flüsterte sie.

»Oder ich entführe dich nach München«, rutschte es Albrecht heraus.

Niemand sagte etwas.

»Aber bis dahin fließt noch eine Menge Wasser die Moldau hinunter«, fuhr der Wittelsbacher schließlich fort. »Wir müssen erst mal Zeit gewinnen. Solange noch kein Ehevertrag unterzeichnet ist, ist nichts verloren.«

»Zeit gewinnen, ja. Aber wie?«, sinnierte Jan.

Der Herzogssohn nickte nachdenklich. »Du könntest ihn mal mit zum Bader nehmen. Das bringt ihn auf andere Gedanken.«

»Also wirklich, Albrecht«, schimpfte Margarethe leise. »Was du immer mit dieser Badstube hast!«

Jan erklärte nüchtern: »Glaubst du, wir sehen nicht, wie der Weida dich dauernd begrapscht? Der träumt schon von dir.«

Das Mädchen holte tief Luft. Wie gut, dass es dunkel war, denn sie war knallrot geworden.

»Wir brauchen dringend jemanden, der ihn von dir ablenkt, Margarethe«, fuhr der Böhme fort. »Besser er vergnügt sich mit einer Reiberin als mit dir. Am besten allerdings wäre eine Adelsfrau, die sich von Weidas Geld und Burg locken ließe. Du kennst doch den Prager Hofklatsch, Margarethe, fällt dir keine ein?«

Margarethe drückte Jans Hand. »Da schätzt du mich aber falsch ein. Margot wäre die richtige Adresse. Die schnappt jedes Gerücht auf und kennt die hiesigen Adelshäuser wie ihre Rocktasche. Lass mich mit ihr darüber reden.«

»Wichtig ist auch, dass du dem Vogt in Zukunft die kalte Schulter zeigst«, riet Albrecht. »Er muss merken, dass du ihn nicht willst.«

»Das tu ich schon die ganze Zeit, aber es scheint fast das Gegenteil zu bewirken. Es stachelt nur seinen Ehrgeiz an.«

»Der soll bloß die Finger von dir lassen«, drohte Jan mit einer Stimme, die Margarethe mehr verunsicherte als beruhigte.

»Wir machen es wie besprochen«, bestimmte Albrecht. »Jan versucht, den Weida abzulenken. Du, Margarethe, schaust dich nach einer passenden Partie um. Und ich versuche herauszubekommen, was die kleine Wettinerin mit dem Weida für Gemeinheiten ausheckt.«

Die junge Frau nickte. Wenn man Albrecht so reden hörte, dann schien alles ganz einfach. Trotzdem hatte Margarethe Angst, dass all ihre Anstrengungen nicht ausreichen könnten. Ihr Magen zog sich schmerzhaft zusammen. »Wann sehen wir uns wieder?«, fragte sie nach einer Weile und versuchte, ihrer Stimme einen festen Klang zu geben.

»Am Sonntag«, gab der Wittelsbacher zurück. »Ich schlage einen Jagdausflug vor.«

»Glaubst du, die Königin lässt das zu, Albrecht?«

»Ich kann ihr ja sagen, dass ich versuchen werde, dich von den Vorteilen einer Heirat mit dem Weida zu überzeugen.«

»Und der Vogt?«, gab Margarethe zu bedenken.

Albrechts Stimme wurde herrisch. »Seit wann muss ein Wittelsbacher einen Weida um Erlaubnis bitten? Morgens, gleich nach der Frühmesse, reiten wir los.«

Die beiden jungen Ritter schauten Margarethe nach, bis sie verschwunden war. Dann drehten sie sich schweigend um, um zu ihren Quartieren im Königspalast zurückzukehren.

Jan brach die Stille als Erster. »Du hast ihr nichts gesagt.«

»Wie, was gesagt?«, brummte Albrecht.

»Dass die Sache mit der Hochzeit so gut wie ausgemacht ist und die Königin unmissverständlich klargemacht hat, dass wir uns nicht einzumischen haben.«

»Hat sie doch gar nicht.«

Jan schnaufte erbost. »Und dann sprichst du sogar noch davon, sie notfalls heimlich mit nach München zu nehmen.«

»Vielleicht tue ich das ja auch.«

»Wir wissen doch beide, dass der Herzog so etwas niemals billigen würde.«

»Immer bist du so ein Schwarzmaler, Jan!«

Eine Weile stampften sie schweigend nebeneinander her.

»Gut, du hast ja recht«, gab Albrecht schließlich nach. »Ich hab Margarethe zumindest Hoffnung gemacht. Aber die gibt es doch auch. Was, wenn wirklich etwas an der Sache mit der Wettinerin dran ist? Lass uns doch erst mal hinter ihre Pläne kommen.«

In dieser Nacht schlief Margarethe so gut wie lange nicht mehr. Zwar hatte man sie erneut beim Nachtmahl neben den Weida gesetzt, der sich wie ein brunftiger Platzhirsch benahm. Doch Margarethe war es diesmal gelungen, ihre Abneigung besser zu verstecken, weil sie nicht mehr ganz so verzweifelt war. Sie nickte höflich, bemühte sich um Konversation mit ihren anderen Tischnachbarn und zog sich zurück, sobald ihr dies möglich war.

Die Erlaubnis der Königin für einen Jagdausflug mit ihrem Neffen kam schon am nächsten Morgen, wurde aber von der Aufforderung begleitet, besser eine weitere Hofdame mitzunehmen. Margarethe nickte geflissentlich, dachte aber gar nicht daran, es wirklich zu tun. Sie würde Margot fragen, und die würde selbstverständlich keine Zeit haben. Margarethes ganze Hoffnung lag in diesem Treffen mit den beiden Freunden. Bestimmt hatten sie schon etwas in ihrer Sache erreicht.

Die Königin hatte sie zu sich rufen lassen, und Katerina von Wettin war wild entschlossen, bei ihr Beschwerde zu führen, als sie zu den Gemächern der Monarchin marschierte. Wieder einmal hatte Sophie ihre deutschen Mädchen vorgezogen. Es war unübersehbar gewesen, dass sie Margarethe, diese eingebildete Kuh, ausstaffierte wie ein Püppchen. Erst das wundervolle Schleppkleid aus blauen Brokat, und nun – so jedenfalls berichtete ihre Magd, die mit dem Sohn des

Hofschneiders verheiratet war – ließ die Monarchin ein sündhaft teures Kleid aus italienischer Seide für die Waldeckerin nähen. Dagegen war schon seit Monaten keines der böhmischen Mädchen mehr von Sophie bedacht worden. Es war immer das Gleiche: Wenn Margarethe zickte, wurde sie mit Geschenken besänftigt, während Katerina und ihre Freundinnen für das gleiche Verhalten nur rüde Zurechtweisungen ernteten.

Katerina wusste, dass der Waldeckerin damit die Hochzeit mit dem alten Vogt schmackhaft gemacht werden sollte, für die sich das gnädige Fräulein offenbar zu schade war. Sie lachte gehässig und dachte: Dabei müsste diese gackernde Henne dem Weida eigentlich auf Knien danken, dass er bereit ist, sie auch nur eines Blickes zu würdigen. Dafür, dass sie arm wie eine Kirchenmaus ist, trägt sie ihren Kopf viel zu hoch. Vermutlich haben ihr ihre Spinnereien wegen des Wittelsbachers das Gehirn vernebelt. Weiß doch jeder, dass sie auf Albrecht aus ist.

Katerina schnaubte ungnädig. Der Wittelsbacher war der mit Abstand begehrteste Junggeselle am Prager Hof. Er sah umwerfend aus, war charmant, ein vorzüglicher Tänzer und Musiker. Jede der ledigen Damen hätte ihr teuerstes Schmuckstück verpfändet, um sich damit den obersten Platz auf seiner Tanzkarte zu sichern. Aber nein, ausgerechnet die Rothaarige musste er zu seiner Prager Favoritin küren. Ein Trost nur, dass aus den beiden nie und nimmer ein Paar werden konnte. Dafür würde Albrechts Vater schon sorgen. Zufrieden betrachtete Katerina das Portrait des Herzogs von Bayern-München, das den Eingang zu Sophies Gemächern zierte.

»Die Königin erwartet mich«, sagte Katerina zu einem Sekretär, der dazu abgestellt war, die angemeldeten Besucher auf einer Liste abzustreichen. Das Mädchen wartete sein zustimmendes Nicken nicht ab, sondern trat entschlossen in den kleinen Vorraum, in dem Sophies Gäste zu warten hatten, bis man sie einließ.

»Ah, das Fräulein von Wettin!«, wurde sie unterwürfig von einem weiteren Bediensteten begrüßt. »Ihre Majestät bittet Euch, in ihrem Schreibzimmer auf sie zu warten. Sie hat gleich Zeit für Euch.«

Katerina schnaubte ärgerlich. Sie hasste es, wenn man sie warten ließ. In jedem Fall würde sie sich bei ihrem Vater beschweren, wie geringschätzig man sie hier behandelte. Mit rauschenden Röcken betrat sie den Raum. Die Tür schloss sich hinter ihrem Rücken. Sie war allein. Zuerst blieb sie unschlüssig an der Tür stehen, dann jedoch wanderte sie ein wenig im Zimmer herum und warf dabei einen Blick auf die Dokumente auf dem Schreibtisch. Sie hatte recht gut lesen gelernt, und die Schriftstücke waren zudem in deutscher Sprache abgefasst und nicht auf Latein, womit sie sich schwertat. Doch das Einzige, was sie zu Gesicht bekam, waren Bestelllisten und Rechnungen.

Dann jedoch fiel ihr ein Papier auf, das offensichtlich in solcher Eile in die Schublade gesteckt worden war, dass eine Ecke daraus hervorlugte. Katerina horchte. Keine Schritte zu hören. Sie schielte auf das Schriftstück und versuchte, etwas zu erkennen. Lateinische Worte. Katerinas Herz schlug schneller. Es war natürlich ein unentschuldbares Vergehen, in der Königin Papiere zu schnüffeln, aber die Neugierde war stärker. Katerinas Hand tastete nach dem Messinggriff der Lade. Ein Ruck und sie war offen. Das betreffende Schriftstück lag leicht zerknittert obenauf. Die Wettinerin versuchte, die Worte zu entziffern. Ein christlicher Text. Irgendeine Predigt. Eine Predigt? Ihr Blick glitt zum Ende des Textes. Das Blatt war in der Mitte gefaltet, und sie musste es herausnehmen und auffalten, um die Unterschrift lesen zu können. Katerinas Augen weiteten sich. In diesem Moment hörte sie eilige Schritte. Hastig versuchte sie, die Schublade zu schließen. Sie klemmte. Das verflixte Papier hatte sich darin verfangen. In ihrer Not riss die Wettinerin daran, und da war es auch schon geschehen. Das Schriftstück riss mitten durch. Die Schritte waren jetzt ganz nah. Gleich würde die Tür aufgehen. Kurz entschlossen steckte sich das Mädchen den unteren Teil des Papiers in den Ausschnitt. Endlich gab auch die Schublade nach, gerade noch rechtzeitig. Katerina sprang vom Schreibtisch weg und zum Fenster, als die Tür aufging und Sophie den Raum betrat.

»Ach, da bist du ja«, wurde sie begrüßt.

Die Wettinerin war in einen ungewöhnlich tiefen Hofknicks versunken, damit man die hektischen Flecken in ihrem Gesicht nicht bemerkte. Doch ihre Sorge war unbegründet. Die Königin hatte keinen zweiten Blick für sie übrig.

»Ich habe einen Auftrag für dich, mein Kind«, fuhr sie bereits fort. »Du begleitest mir als Anstandsdame den Vogt von Weida und Margarethe bei einem Jagdausflug.«

Sie machte eine gebieterische Geste, ohne dass Katerina überhaupt etwas gesagt hatte. Diese hätte in diesem Moment allem zugestimmt, nur um mitsamt dem verräterischen Schreiben möglichst schnell verschwinden zu können.

»Ich weiß, dass du für derlei Zeitvertreib nichts übrig hast«, beschwichtigte die Königin, »doch ich wünsche es. Du erhältst zu diesem Zweck ein hübsches neues Jagdkleid. Der Schneider hat bereits den Auftrag von mir.«

»Wie Ihr wünscht, Euer Majestät«, presste Katerina zwischen den Zähnen hervor.

»Du darfst dich entfernen.«

Katerina musste ihre ganze Willenskraft aufbringen, um

nicht einfach hinauszustürmen und den Gang entlangzuhetzen. Sie hatte das Gefühl, dass man sie jeden Moment zurückrufen und die Königin sie zur Rede stellen würde, aber nichts geschah. Halb ohnmächtig vor Angst knallte sie die Tür ihrer Kammer hinter sich zu und legte den Riegel vor. Erst danach fischte sie das Schriftstück aus ihrem Ausschnitt. Mit angehaltenem Atem betrachtete sie die Unterschrift.

Am Sonntag erwachte Margarethe mit klopfendem Herzen. Während sie ein fröhliches Lied summte, ließ sie sich in ihr hübschestes Kleid helfen und sich kämmen.

Margot zwinkerte ihr verschwörerisch zu. »Lass mich raten. Der Weida ist's nicht, für den du dich so herausputzt. Ich tippe auf Albrecht.«

»Was du schon wieder denkst, Margot!« Margarethe hob scherzhaft den Zeigefinger. »Ziemt es sich etwa nicht, sich angemessen zu kleiden, bevor man das Haus Gottes betritt?«

»Ordentlich gewiss, aber dies hier ist wohl eher ... hm, ein bisschen aufreizend?« Das junge Mädchen lächelte verschmitzt. »Noch etwas Wangenrot und sämtliche anwesenden Herren werden andächtig vor dir auf die Knie sinken.«

»Du übertreibst mal wieder schamlos«, antwortete Margarethe leichthin. Dann klatschte sie in die Hände. »Jetzt aber schnell, sonst kommen wir zu spät.«

Während des Gottesdienstes musste sie immer wieder zu Albrecht hinübersehen. Auch er trug seinen Sonntagsstaat mit dem weiß-blauen Wappen Bayerns auf den Schultern. Seine fein geschwungenen Lippen formten inbrünstig die lateinischen Worte, während seine kräftigen Hände ein goldgefasstes Kreuz hielten. Margarethe stellte sich vor, wie sie bei ihrer Vermählung neben ihm knien und den Segen des Herrn durch den Bischof empfangen würde. Ach, was für ein schöner Traum! Und er gab ihr Hoffnung, dass am Ende doch noch alles gut werden würde.

Als der Bischof seine Schäflein ein letztes Mal ermahnt und ihnen den kirchlichen Segen gespendet hatte, lachte ihnen eine wärmende Sonne entgegen, und die Vögel grüßten mit ihrem Gesang. So schnell es schicklich war, verabschiedete sich Margarethe von den anderen, eilte zu ihrer Kammer und läutete um Hilfe. Da ihr die Zofe zu lange brauchte, beschloss die Rothaarige, sich selbst zu helfen. Hastig fasste sie ihr Haar mit einem Band zusammen, legte ihr Sonntagsgewand ab und kramte in ihrer Truhe nach dem Reitkleid. Das aber lag wieder einmal ganz unten. Eilig wurde Kleidungsstück für Kleidungsstück herausgehoben und auf die Bettstatt gelegt. Endlich hielt Margarethe das gute Stück aus grünem Leinen in der Hand. Sie schlüpfte hinein und hastete aus dem Raum.

Ihre Schritte flogen über die schmutzig grauen Bodenfliesen, dass die Wachen ihr verblüfft nachblickten. Dann mäßigte Margarethe ihre Schritte, grüßte sogar freundlich, wenn sie ein vertrautes Gesicht erspähte. Niemand sollte meinen, sie wäre auf der Flucht, auch wenn sie ihre Ungeduld nur schwer zügeln konnte. In ihrem Bauch kribbelte es, als würden tausend Bienen in ihm tanzen, und ihre Beine schienen wie von selbst zu Albrecht eilen zu wollen.

Auf dem Hof kreuzte ausgerechnet Katerinas kleiner Bruder Mihai ihren Weg. Das Bürschlein musterte sie und öffnete schon den Mund zu einem frechen Kommentar. Dann entdeckte er Albrecht und Jan, die mit den Pferden ein Stück weiter warteten. Der Knabe schloss die Lippen wieder und machte Margarethe lediglich eine lange Nase. Bevor sie ihn an seinen abstehenden Ohren packen konnte, duckte er sich unter ihren Händen weg. Der Bengel schien ihr in letzter Zeit regelrecht aufzulauern, ganz so, als wolle er ihr nachspionieren. Margarethe hatte ein ungutes Gefühl dabei, doch dann strich sie ihr Kleid glatt, als könne sie mit dieser alltäglichen Bewegung die Sorgen abstreifen. Gemessenen Schrittes überquerte sie den Hof und erreichte ihre beiden Freunde.

Albrecht hob die Augenbrauen und lächelte sie an. »Da bist du ja«, begrüßte er sie scheinbar unbekümmert, doch sein Blick blieb einen Moment zu lange an ihrem Gesicht hängen. Jans strahlend blaue Augen suchten die Umgebung ab und blieben schließlich an einem Punkt hinter ihrem Rücken hängen. Die Rothaarige schaute sich um und entdeckte den Weida. Rasch sah sie wieder weg und widmete ihre Aufmerksamkeit Jan, der ihr galant den Steigbügel hielt und ihr beim Aufsteigen half. Auch Albrecht hatte den Vogt bemerkt, der wie zufällig ihren Weg gekreuzt hatte. Der Herzogssohn saß bereits im Sattel seines Braunen. Er ließ den Hengst tänzeln und schließlich sogar steigen, wobei er das Tier so drehte, dass die am Sattelknauf baumelnde Armbrust gut zu sehen war.

Margarethe runzelte die Stirn. Diese Waffe war ungewöhnlich für einen Jagdausflug, und zudem hatte sie sie noch nie bei Albrecht gesehen. »Eine Armbrust für die Jagd?«

Albrechts Hand streichelte das polierte Holz und antwortete so laut, dass es jeder hören konnte: »Es gibt nichts Besseres, um ein Schwein zu Boden zu bringen.«

»Außer einer gut geschliffenen Saufeder«, meinte Jan und griff an die Seite seines Sattels, wo in einem ledernen Schaft eine Art Speer baumelte, an dessen Spitze sich Widerhaken befanden.

Margarethe lachte, aber es klang gekünstelt. Unsicher sah

sie sich nach Weida um, der näher herangekommen war. Mit empört funkelnden Augen und geballten Fäusten baute er sich schließlich vor ihnen auf. Sein Gesicht glühte. Speichel stand in seinen zuckenden Mundwinkeln. Der alte Kämpe räusperte sich und spuckte gleich darauf in weitem Bogen aus, wobei er sich nicht hinreißen ließ, die Speichelfontäne in Richtung der Ritter zu lenken, obwohl man ihm ansah, dass er nichts lieber getan hätte. Wie konnten die beiden Jungspunde es wage, mit seiner Braut auf die Jagd zu gehen, zumal er einen solchen Zeitvertreib mit ihr geplant hatte?

Der Herzogssohn ignorierte die Provokation geflissentlich, während er sprach: »So mancher alte Eber versucht, sich mit einem jungen Jäger zu messen. Weil er ihn für unerfahren hält, glaubt er, es mit ihm aufnehmen zu können, und endet dabei am Spieß.«

Jan lachte laut, während Margarethe zusammenzuckte. Wenn man das zornige Leuchten in Albrechts Augen flackern sah, wusste man, dass nichts Witziges an der Bemerkung gewesen war. Margarethe beobachtete die Männer mit angehaltenem Atem. Ein Schauer lief ihr über den Rücken, als sie bemerkte, wie viel Verachtung aus ihren Blicken sprach. In diesem Moment war sie froh, nicht in Weidas Haut zu stecken.

»Wir sollten besser reiten«, meinte sie und zog damit die Aufmerksamkeit des Vogts auf sich. Albrecht nickte. Er gab seinem Braunen die Zügel, und das Pferd setzte sich in Bewegung. Margarethe wollte Albrechts Beispiel folgen und am Vogt vorbeireiten, als der sich ihr mit einer höflichen Verbeugung in den Weg stellte. Ihr Fuchs schnaubte erschrocken auf und blieb stehen.

»Gestattet mir, Euch Jagdglück zu wünschen, Margarethe, und Euch zur Vorsicht zu ermahnen«, sprach Weida mit verkniffenem Gesichtsausdruck.

»Habt Dank für Eure Sorge«, erwiderte Margarethe unverbindlich und wollte ihr Pferd an die Seite lenken, doch der Vogt verstellte ihr erneut den Weg.

»Wie ich sehe, geht Ihr auf Wildschweinjagd«, begann er wieder. »Was für ein merkwürdiger Zeitvertreib, und dann reitet Ihr auch noch im Männersattel. Nun will ich es Euch für diesmal durchgehen lassen. Aber schicklich ist das nicht. Eine Dame hat sich um Haus und Hof zu kümmern und ...«

Wutentbrannt fuhr Margarethe den Vogt an: »... und Kinder zu gebären. Ich weiß, vielen Dank, aber noch bin ich nicht verheiratet, Herr Weida.«

Der Alte ignorierte ihren Ausbruch und verbeugte sich knapp vor Albrecht. »Wenn Ihr nichts dagegen habt, würde ich mich gerne Eurer kleinen Jagdgesellschaft anschließen, hoher Herr. Mein Pferd steht bereits gesattelt vor dem Stall.«

Albrecht schüttelte hochmütig den Kopf. »Bedauere, aber Ihr müsst Euch anderweitig umsehen.«

Der Vogt mahlte mit dem Kiefer und machte ein finsteres Gesicht. »Dann hoffe ich, Herr von Wittelsbach, Ihr habt ein wachsames Auge auf meine Braut und seid ebenso auf ihre Unversehrtheit bedacht, wie ich es bin.«

Margarethe schoss bei dieser unverfrorenen Anspielung das Blut ins Gesicht. Sie atmete tief durch, und ihre Stimme klang fast spöttisch, als sie anstelle des Wittelsbachers antwortete: »In dieser Begleitung ist mir um meine Unversehrtheit nicht bang. Zudem vermag ich mir alte Eber durchaus selbst vom Hals zu halten, wenn es nötig wird.«

Jetzt war es an Weida, rot anzulaufen. Margarethe bemerkte es mit Genugtuung. Sie gab ihrem Fuchs die Sporen, sodass der Alte zur Seite springen musste, um nicht umgestoßen zu werden.

Kaum dass sie aus dem Burgtor waren, prustete Jan los.

»Dem hast du es aber gegeben, Margarethe«, meinte er gutgelaunt und wandte sich dann Albrecht zu. »Das war unglaublich, nicht wahr?«

Der Herzogssohn brummelte einige unverständliche Worte und setzte sich mit seinem Pferd an die Spitze. Jan und Margarethe sahen ihm nach und kicherten vergnügt.

»Weidas Kopf wurde so rot wie der Kamm eines Gockels«, amüsierte sich Margarethe.

»Mit eingeklemmtem Schwanz stand er am Schluss da, dabei schwoll ihm schon die Brust, als er beobachtete, wie ich dir in den Sattel half. Er hat Gift und Galle gespuckt, als Albrecht ihn mit einem Schwein verglich.«

Doch der Herzogssohn stimmte nicht wie sonst in das Geplauder ein, sondern gab seinem Pferd die Sporen und ließ es zum Stadttor hinausgaloppieren. »Lasst uns zum Falkenfelsen reiten!«, rief er laut.

Ohne auch nur ein einziges Mal ihre Pferde verschnaufen zu lassen, erreichten sie die kleine Bucht. Erst dort parierten sie durch. Die Tiere dampften und atmeten schwer. Ihr Fell triefte von Schweiß. Die drei Freunde schlenderten zu ihrem Thronfelsen, während sich Albrecht immer noch in Schweigen hüllte. Er schien verstimmt, als wäre ihm der Ausflug vergällt.

Margarethe wollte ihn gerade nach dem Grund dafür fragen, als sie das laute »Hiäh« des heimkehrenden Falken hoch über sich hörte. Sie hob schützend die Hand über die Augen und legte den Kopf in den Nacken. »Seht nur, wie groß die Jungen schon sind!«, rief sie begeistert.

»Groß genug, um eins von ihnen aus dem Nest zu holen«, meinte Jan. »Das wäre ein Streich. Das Nest liegt bestimmt zweihundert Fuß über der Moldau, und die Wand ist nicht einfach zu bezwingen.«

Einträchtig ließen sie sich auf ihrem Felsen nieder und beobachteten, wie der Falke das Nest wieder verließ und hinter den Bergen verschwand.

»Ich tu's«, sagte Margarethe plötzlich.

»Was?«, wollte Jan wissen.

»Ich hole einen jungen Falken.«

»Du immer mit deinen verrückten Ideen.« Albrecht tippte sich an die Stirn. »Das ist viel zu gefährlich für ein Mädchen.«

»Du glaubst wohl, ich kann das nicht?«

»Natürlich könntest du das«, versuchte Jan zu beschwichtigen.

Albrecht raufte sich die Haare und sagte: »Was ist los mit dir? Erst stößt du den Weida vor aller Augen vor den Kopf, obwohl ich dich ausdrücklich gebeten habe, ihm keinen Anlass zu geben, sich bei der Königin zu beschweren, und jetzt willst du dein Leben und meinen guten Ruf riskieren, bloß um dein Mütchen zu kühlen. Wem willst du eigentlich etwas beweisen?«

Margarethe starrte den Herzogssohn an. Ihr Mund war wie ausgetrocknet. Jetzt verstand sie überhaupt nichts mehr. »Du hast doch angefangen mit dem ›alten Eber‹ und nicht ich«, stellte sie verwundert fest.

»Bei mir ist das etwas anderes. Ich bin ein Ritter und im Rang weit über ihm. Du dagegen hast dich völlig im Ton vergriffen.«

Der Satz war noch nicht ganz zu Ende gesprochen, da baute sich Margarethe schon vor Albrecht auf. »Ach, und weil ich nur eine dumme kleine Hofdame bin, habe ich brav den Mund zu halten? Wie borniert bist du eigentlich, Albrecht von Wittelsbach?«

»Ich glaube, du vergreifst dich schon wieder im Ton. Ich

versuche doch nur, dir zu helfen, und das ist schwer genug. Die Königin verlangt von mir, dass ich dich dränge, den Weida zu heiraten, damit die Osterburg der Wenzelkrone nicht verloren geht und das Haus Wittelsbach nicht geschwächt wird. Und jetzt? Glaubst du allen Ernstes, die Königin lässt dich noch einmal mit uns ausreiten? Der Weida wird vermutlich gerade in diesem Augenblick bei ihr vorstellig und berichtet ihr, dass du ohne Anstandsdame mit uns zur Jagd geritten bist und dass du, als er sich als dein Verlobter erbot, uns zu begleiten, ihn auch noch vor aller Augen brüskiert hast.«

Margarethe starrte Albrecht mit offenem Mund an. »Wie bitte? Deine Tante schickt dich, um mir zuzureden, dass ich den Weida heiraten soll, und du lässt dich auch noch darauf ein?« Sie blickte zu Jan. »Und du hast davon gewusst?«

Betreten schaute der Blonde zu Boden.

»Wie lange schon?«

»Gleich nachdem die Sache mit dir und dem Vogt bekannt wurde«, gab der Böhme kleinlaut zu.

»Das ist doch nicht zu fassen. Ihr habt mir die ganze Zeit etwas vorgespielt.«

»Margarethe, bitte, weißt du überhaupt, wie schwierig das alles für mich ist?« Albrecht rang mit den Händen.

»Schwer? Für dich? Was, bitte schön, ist denn dabei dein Problem? Ich soll doch diesen alten Widerling heiraten, nicht du. Du reitest zurück in dein schönes München und wirst Herzog.«

Albrecht schüttelte den Kopf und schnaufte verächtlich. »Versuch doch bitte, dich in meine Lage zu versetzen. Ich muss auch an das Haus Wittelsbach denken, das Vorrang hat.«

»Siehst du das etwa auch so, Jan?«, wandte sich Margarethe an den Blonden.

»Nun, die Position eines Herzogs ist natürlich eine andere als ...«

Margarethe fiel ihm ins Wort. »Was seid ihr beiden doch für Verräter. Gaukelt mir Freundschaft vor und dann ...« Sie merkte, wie ihr die Tränen kamen. Mit einem Satz war sie vom Felsen.

»Margarethe, jetzt beruhige dich doch wieder!«, rief Albrecht. »Es ist doch alles ganz anders, als du denkst.«

Wie eine aufgebrachte Katze fuhr sie herum und baute sich vor Albrecht auf. »Du! Du! Du!« Bei jedem Wort stieß sie ihren Zeigefinger gegen Albrechts Brust. Die Empörung schnürte ihr den Hals zu, sodass mehr als diese Silben nicht über ihre Lippen kommen wollten. Mit hochrotem Kopf stampfte sie mit dem Fuß auf und atmete aufgebracht aus. Das Schweigen stand zwischen ihnen wie eine blankgezogene Klinge, und nur das Rauschen der Moldau, die an ihnen vorbeifloss, war zu hören. Eine plötzliche Windböe fuhr Margarethe durchs Haar. »Du hast doch keine Ahnung, wie es sich anfühlt, Abend für Abend von diesem sabbernden Greis vor aller Augen bloßgestellt zu werden. Ihm ist es übrigens vollkommen egal, dass die anderen Hofdamen bereits Wetten darüber abschließen, ob es ihm gelingt, mir die Unschuld schon vor der Hochzeit zu rauben. Ihr Männer glaubt, tun und lassen zu können, was ihr wollt. Wir Frauen aber sollen zu allem Ja und Amen sagen.«

»Was willst du, Margarethe?«, brüllte Albrecht zornig. »Die Welt auf den Kopf stellen? Sogar in der Bibel heißt es, dass die Frau dem Manne untertan sei, also soll es wohl so sein.«

Margarethe stand bloß da und starrte ihn an. »Das meinst du jetzt nicht wirklich, oder?«, fragte sie leise.

»Es ist die göttliche Ordnung«, fuhr Albrecht unbeirrt fort.

Einen Augenblick herrschte Schweigen. Margarethe war es, als habe jemand einen Eimer kaltes Wasser über ihr ausgeschüttet. Sie schluckte und flüsterte: »Aber es kann nicht Gottes Wille sein, dass ich mein Lager mit einem stinkenden, geifernden Tattergreis teile.«

»Wenn es Jan und mir nicht gelingt, diese Hochzeit zu verhindern, dann schon«, gab Albrecht unversöhnlich zurück. »Und es wäre tatsächlich einfacher, wenn du aufhören würdest, dich wie eine Dorfmagd zu benehmen«, fügte er noch hinzu.

Mit zusammengebissenen Zähnen starrte Margarethe den Herzogssohn an. Dann ging ihr Blick zu Jan, der betreten zu Boden sah. Ohne ein weiteres Wort drehte sich die junge Frau um und rannte davon.

Jan schaute ihr nach, blieb aber, wo er war. Eine Weile lang schoss er Kiesel vom Strand ins Wasser, um sich abzulenken. Als Albrecht nichts sagte und Margarethe nicht zurückkam, stellte er fest: »Ich glaub, jetzt ist sie richtig wütend.«

»Es wäre besser, wenn sie endlich erwachsen werden würde.« Schlecht gelaunt schleuderte der Herzogssohn nun seinerseits Kieselsteine mit der Stiefelspitze in die Moldau. Einige Minuten verstrichen, doch von Margarethe war nichts zu sehen.

»Sie kommt nicht zurück«, meinte Jan und trat ungeduldig von einem Fuß auf den anderen.

»Soll sie's doch bleiben lassen«, schimpfte Albrecht. »Wir tun doch wirklich unser Möglichstes, um das Blatt noch zu wenden, und sie setzt alles aufs Spiel, bloß weil sie den Mund nicht halten kann! Und statt uns zu danken, werden wir noch von ihr angefeindet.« Der nächste Kiesel flog in die Moldau.

»Selbst der bravste Hund fletscht die Zähne, wenn er bedrängt wird«, versuchte Jan zu vermitteln. »Du hättest von

Anfang an mit offenen Karten spielen müssen. Kein Wunder, dass sie jetzt denkt, wir würden mit der Königin unter einer Decke stecken …«

Albrecht raufte sich die Haare und sah zum ersten Mal richtig unglücklich aus. »Ich weiß aber wirklich nicht, was richtig ist. Tante Sophie meint, ich würde Margarethe das ganze Leben verbauen. Sie glaubt, Margarethe bekäme nie mehr eine solche Gelegenheit, und als Hofdame am Münchner Hof wäre sie stets vom Wohlwollen der Frau abhängig, die man mir eines Tages an die Seite stellt.«

»Das hat sie gesagt?«

Albrecht nickte mit unglücklichem Gesichtsausdruck. »Und sie hat recht. Das wissen wir beide.«

Jan sah betreten vor sich hin. »Du hast dich also umstimmen lassen und bist jetzt auch dafür, dass Margarethe den Vogt heiratet?«

Albrecht zuckte mit den Schultern. »Ich weiß es doch nicht. Es wäre nicht so schwierig, wenn der Weida nicht so ein hässlicher, alter Kerl wäre und Margarethe ihn wenigstens ein bisschen leiden könnte. Gleichzeitig zerspringt mir schier das Herz bei dem Gedanken, dass sie uns verlässt.«

Eine Weile schwiegen die beiden jungen Ritter. Diesen Ausflug hatten sie sich weiß Gott anders vorgestellt.

Endlich murmelte Albrecht: »Es muss uns gelingen, den Vogt von ihr abzubringen, aber wie nur? Wie?« Fast verzweifelt klammerte er sich an seinen Freund, und Jan war sich zum ersten Mal bewusst, dass dieser wohl dieselben Seelenqualen litt wie er selbst.

Tröstend legte er Albrecht die Hand auf die Schulter. »Wir sollten beten und die Hoffnung nicht aufgeben. Mit Gottes Hilfe werden wir einen Weg finden. Doch jetzt reiten wir besser zurück. Lass uns schauen, wo Margarethe steckt.«

Jans Augen schweiften umher, doch ein Rotschopf war nirgends zu entdecken. Dann wanderte sein Blick zum Falkenfelsen hinauf. Er erschrak. Eine schlanke Gestalt drückte sich an den nackten Stein. »Heilige Jungfrau Maria, was hat das zu bedeuten?«

Albrecht sah nun ebenfalls nach oben und erstarrte. »Margarethe«, flüsterte er erschrocken. »Um Gottes willen, was tut sie da bloß?«

Eine Weile beobachteten sie, wie die junge Frau sich Elle um Elle höherschob. Albrecht stieß seinen Freund an. »Sie will tatsächlich zum Nest! Sie holt ein Falkenküken!«

»Das ist verrückt«, flüsterte Jan.

»Wir müssen etwas unternehmen!«, rief Albrecht aufgeregt. »Sie wird abstürzen, spätestens, wenn der Altvogel sie entdeckt und angreift!«

»Noch ist der Falke nicht in Sicht«, versuchte Jan zu beschwichtigen.

»Aber es ist nur eine Frage der Zeit. Ich steige ihr nach, und du, Jan, du nimmst die Pferde und reitest um den Berg herum. Von hinten führt ein Pattweg hinauf. Das letzte Stück wirst du zu Fuß gehen müssen. Dann lass ein Seil von oben herab. Wir werden es wahrscheinlich brauchen.«

Ohne eine Antwort abzuwarten, hastete der Wittelsbacher zum Einstieg in den Felsen. Er fluchte innerlich. Warum nur hatte er sich so hinreißen lassen. Nun sah man ja, was dabei herauskam. Wenn Margarethe abstürzte, war es seine Schuld! Entschlossen zog er sich in den Felsen hoch.

Die ersten Meter bereiteten ihm keine Probleme. Er war stark und in körperlich guter Verfassung. Immer mit drei Gliedmaßen im festen Halt, so wie man es ihm beigebracht hatte, stieg er höher und höher. Doch Margarethe war ihm weit voraus. Während er sich noch im mittleren Stück der

Wand abmühte, hatte sie den Horst schon fast erreicht. Da vernahm der Wittelsbacher das unverkennbare »Hiäh« des Falken und legte den Kopf in den Nacken. Durch die Gewichtsverlagerung bröckelte lockeres Gestein unter seinen Stiefeln. Sofort konzentrierte sich Albrecht wieder auf den Aufstieg. Über ihm schien es nur glatten Fels zu geben. Seine Rechte tastete weiter und fand einen Vorsprung, der Halt versprach. Aber wohin dann den Fuß setzen, um weiter hinaufzusteigen? Albrecht musste einsehen, dass es von dieser Stelle aus kein Fortkommen gab. Fluchend kletterte er ein Stück zurück, und dann wurde ihm klar, wie Margarethe es geschafft hatte.

Schräg über ihm gab es eine kleine Birke, deren Äste nach unten hingen. An dem Stämmchen musste sich Margarethe ein Stück in die Wand zu einem Felsvorsprung geschwungen haben, der stabil aussah. Doch Albrecht war um einiges schwerer als das Mädchen. Das Unterfangen war gewagt. Wenn die Wurzeln nachgaben, würde er unweigerlich hinabstürzen. Erneut hallte der Ruf des Falken über die Moldau, und diesmal schien ihn auch Margarethe vernommen zu haben. Noch schneller als zuvor strebte sie dem Nest entgegen. Welch ein Irrsinn!, dachte Albrecht. Warum wartete sie nicht einfach, bis er ihr zu Hilfe kam?

Mit den Fingerspitzen tastete der Herzogssohn nach dem Bäumchen und zog es zu sich herunter. Er bog es so weit nach unten, dass es am Felsen lag, und zog probehalber daran. Prompt hagelte ein Gesteinsregen auf ihn herab. Das konnte nicht gut gehen! Doch er hatte keine andere Chance. Albrecht schloss für einen kurzen Moment die Augen, dann stieß er sich ab. Als er für einen winzigen Moment frei über dem Abgrund schwebte, stieß er einen Schrei aus. Schließlich fanden sein Fuß und seine Rechte neuen Halt. Mit einem

Seufzer der Erleichterung ließ er die Birke los. Seine Stirn sank gegen den Felsen.

Albrecht wartete, bis sich sein Puls ein wenig beruhigt hatte. Doch viel Zeit blieb ihm nicht. Das Falkenweibchen hatte die Gefahr für ihre Jungen erkannt. Kein Wunder, denn Margarethe befand sich bereits unmittelbar unterhalb des Nestes. Die Küken äugten erst neugierig über den Rand, dann kreischten sie empört. Albrecht hielt den Atem an. Der erwachsene Falke stieß mit einem wütenden Schrei vom Himmel herab. Die Rothaarige griff ungerührt ins Nest. Die Jungen hoben abwehrend die Flügel und sperrten die Schnäbel auf. Eines versuchte sogar, nach ihrer Hand zu hacken. In diesem Moment packte Margarethe es am Hals. Mit wild schlagenden Flügeln wehrte sich der Jungvogel. Das Alttier flog nun in einem atemberaubenden Tempo auf das Nest und Margarethe zu.

»Pass auf!«, brüllte der Wittelsbacher.

Die junge Frau ließ das Jungtier los. Im letzten Augenblick duckte sie sich unter den Felsvorsprung, auf dem sich das Nest befand. Die ausgestreckten Klauen des Altvogels verfehlten sie nur um Haaresbreite. Margarethe verschwendete keinen weiteren Blick auf den Falken und zog sich erneut hoch, sodass sie ins Nest greifen konnte. Es würde ihr nur wenig Zeit bleiben, bis der Altvogel sie erneut angreifen würde. Ungerührt knüpfte sie ihr Schultertuch auf und warf es über eines der beiden Küken. Albrecht konnte nur den Kopf schütteln angesichts solcher Kaltblütigkeit und Narretei! Sein Blick ging zu dem Felsen über ihm. Von hier aus war es kein Kunststück mehr, zum Nest zu gelangen. Den Felsen zu erklimmen würde nicht das Problem sein. Wie aber sollte er den Altvogel beruhigen? Die Armbrust hatte er unten gelassen. Mehr als ein Messer war nicht an seinem Gürtel.

Der Falke hatte inzwischen gedreht. Seine Klauen weit ausgestreckt, kam er wieder auf Margarethes roten Schopf zu. Das Junge kreischte empört und wehrte sich unter dem Tuch. Entschlossen knotete die junge Frau das Tuch zusammen und schlang es sich wie ein Bündel um die Schultern. In diesem Moment hatte der Falke Margarethe erreicht. Schmerzhaft fühlte sie seine messerscharfen Krallen im Nacken, während der wütende Vogel zugleich mit Schnabelhieben ihren Kopf traktierte. Jeder andere hätte womöglich nach dem Altvogel geschlagen und dabei das Gleichgewicht verloren, nicht so Margarethe. Sie drehte sich lediglich und versuchte so, den Vogel gegen die Wand zu drängen. Der attackierte sie weiter mit wüstem Geschrei. Endlich schien es der jungen Frau zu gelingen, den Angreifer loszuwerden. Einen Moment lang sah es so aus, als würde der Greif leblos in die Tiefe stürzen. Schließlich fing sich der Vogel und gewann wieder an Höhe. Suchend sah sich Margarethe um, während sie das Tuch mit dem Jungvogel kontrollierte. Dieser hatte inzwischen seinen Widerstand aufgegeben, wie es alle Vögel tun, wenn sie eine Weile im Dunkeln sitzen.

»Vorsicht!«, rief Albrecht und kletterte höher. Er hatte Margarethe beinahe erreicht, als nun auch der zweite Altvogel von der Jagd zurückkehrte. Den Freunden war bewusst, dass sie nun rasch aus der Wand kommen mussten, wenn ihr Abenteuer kein böses Ende nehmen sollte.

»In die Nische!«, riet Albrecht. Er griff nach dem nächsten Felsvorsprung und zog sich das letzte Stück nach oben. Endlich war er auf gleicher Höhe wie Margarethe.

Sie verstand. Hastig ließ sie sich vom Nest herab in die Nische gleiten. Erneut schoss ein Altvogel an ihr vorbei.

»Zu mir herüber! Schnell, schnell!«

Der Herzogssohn griff nach dem Jagdmesser an seinem

Gürtel und nahm es zwischen die Zähne. So würde er Margarethe die Hand reichen können. Sie nickte ihm kurz zu und griff nach seinen Fingern.

»Nach oben!«, sagte er nur, als sie endlich neben ihm stand. »Wir müssen aus der Wand raus.«

Ein weiteres Mal vernahmen sie die Schreie der angreifenden Falken. Haarscharf flogen die Vögel an ihren Köpfen vorbei und versuchten, sie mit ihren Klauen zu attackieren. So dicht es ging, drückten sich die beiden an den Felsen, als die Vögel an ihnen vorbeischossen. Albrecht stieg voran. In seinem Kopf gab es nur einen Gedanken: Durchhalten! Immer wieder von den wütenden Elterntieren bedrängt, kamen die beiden nur langsam voran. Albrechts Beine begannen zu zittern, und seine Arme wollten ihm nicht mehr gehorchen. Es fühlte sich an, als wären sie mit Blei gefüllt. Unter sich hörte er Margarethe schwer atmen. Die Furcht, sie könnte abstürzen, trieb ihn weiter. Nach einer halben Ewigkeit zog er sich über die Kante der Klippe, rollte ein Stück von ihr weg und reichte dann Margarethe die Hand, um auch sie in Sicherheit zu bringen.

Über die Stirn der jungen Waldeckerin lief Blut, ihre roten Haare klebten im Nacken. Unwillkürlich schloss Albrecht sie in die Arme, und schon schmiegten sich ihre Lippen aneinander. Eng umschlungen standen die beiden jungen Leute da, als müssten sie sich noch immer gegenseitig Schutz geben. Für eine kurze Weile lagen sie sich erleichtert in den Armen, doch dann stellte sich eine leichte Verlegenheit ein, und sie lösten sich voneinander.

Albrecht musterte sie liebevoll. »Du machst es einem Ritter wahrhaft nicht leicht, dich zu beschützen, Margarethe«, meinte er.

Ohne auf seinen scherzenden Ton einzugehen, sah sie ihm

tief in die Augen. »Ich kann den Weida nicht heiraten«, flüsterte sie, »weil ich dich liebe.«

Behutsam strich er ihr eine Haarsträhne aus der Stirn. »Liebste, du bist mir das Wertvollste auf der Welt. Ich hab solche Angst, dich zu verlieren. Was sollen wir nur tun?«

Noch einmal sank sie gegen seine Brust, und erneut fanden sich ihre Lippen. Dann trieb sie das Geräusch von hastigen Schritten auseinander.

»Dem Himmel sei Dank, ihr seid wohlauf!«, rief Jan erleichtert. Margarethe fühlte sich auf einmal schwach, ihre Knie zitterten, und sie ließ sich zu Boden sinken. Auch Albrecht schien einen Halt zu brauchen. Er setzte sich neben sie und griff nach ihrer Hand.

Jan runzelte die Stirn. »Was glaubt ihr eigentlich, was los gewesen wäre, wenn ihr abgestürzt wärt?«, schimpfte er leise »Wie hätte ich das erklären sollen?«

Mit zitternden Fingern fasste Margarethe in ihre Umhängetasche, holte das Wolltuch heraus und knüpfte es auf. Ein hässlicher Raubvogelkopf mit weißgrauem Flaum kam zum Vorschein. »Damit vielleicht«, meinte die junge Frau schlicht.

Der Böhme schüttelte den Kopf. »Du bist und bleibst verrückt!« Dann sah er das Blut an ihrem Kopf. »Himmel, du bist verletzt.«

»Es war das Weibchen, das seine Jungen beschützen wollte.«

Jan schüttelte den Kopf noch heftiger. »Absolut verrückt!«

»Das ist sie, ein Weib wie kein zweites auf dieser Welt«, mischte sich Albrecht ein und ließ ihre Hand los. Anerkennend klopfte er Margarethe auf die Schulter. »Das hätten nicht viele gewagt und erst recht kein Mädchen.«

Margarethes Augen begannen zu leuchten. Sorgsam barg

sie das Junge wieder in dem Tuch. »Jetzt habe ich einen eigenen Falken.«

»Das hast du«, stimmte der Wittelsbacher zu.

Jan wandte sich ab und meinte mit seltsam gepresster Stimme: »Wir sollten zurückreiten. Diese Verletzungen scheinen mir doch recht tief zu gehen. Wenn sie nicht umgehend versorgt werden, bleiben Narben.«

»Ehrenvolle«, ergänzte Albrecht und half Margarethe auf. Sie lehnte sich kurz an ihn. Der Zwist, den sie vor ihrem Abenteuer gehabt hatten, schien vergessen.

Kapitel 5

Die Mutter mit dem Kind erkannte die drei Reiter auf den ersten Blick. Dass die junge Frau keine Magd und ihre Begleiter keine Knechte waren, hatte sie gleich gewusst, schon in der Gasse, und erst recht später, als die drei sie nach der geglückten Flucht vor den königlichen Schergen vor dem Schloss hatten loswerden wollen. Ihr Auftreten war das von Herrschaften, und die Kühnheit des hochgewachsenen Braunhaarigen die eines Mannes von Stand. Kein Leinengewand konnte darüber hinwegtäuschen. Zudem gaben die drei ihr Geld leichtfertig aus. Ein Dienstbote, der für sein Einkommen hart arbeiten musste, hätte ihr nie und nimmer einen ganzen Monatslohn überlassen. Sie hatte das Almosen gerne genommen, weil sie das Geld für sich und ihr Kind dringend brauchte. Sie hatten sich satt gegessen und eine Heilerin aufgesucht, die sich ihres verletzten Beines angenommen hatte.

Inzwischen war der flüchtige Reichtum längst aufgezehrt. Voller Verzweiflung hatte sich die Frau an diesem Tag in die Nähe von Zelivskys Kirche gewagt, doch dort wimmelte es nur so von Spähern des Königs, und sie durfte kein Risiko eingehen – nicht für sich und schon gar nicht für das Kind. Fürsorglich strich sie ihm über die blonden Locken. Die Haarfarbe glich ihrer, doch die Gesichtszüge waren die des Vaters. Wie bedauerlich, dass es kein Junge geworden war. Dann hätte er das Werk seines Erzeugers fortsetzen und den Menschen Freiheit bringen können. Ein Mädchen aber …

Die junge Frau seufzte. Sie schlang ihren Mantel um das Kind, das sich bibbernd an sie schmiegte.

In dieser Situation erblickte sie die drei Berittenen, die auf edlen Pferden saßen und in wertvolle Gewänder gekleidet waren. Die junge Mutter sah ihre Chance und zögerte nicht. Die rothaarige Frau auf dem Pferd hatte die Kapuze ihres Mantels hochgeschlagen und verbarg das Gesicht dahinter. Im Arm trug sie ein Bündel, das sie so sorgfältig hielt, als befände sich ein Schatz darin. Nur noch wenige Schritte, dann würden die Reiter die junge Frau und ihr Kind passieren. Sie musste sich entscheiden. Sie warf einen weiteren Blick auf ihre kleine Tochter. Es war ein unerhörter Gedanke, ausgerechnet unter Wenzels Dach Zuflucht zu suchen. Andererseits würde sie an diesem Ort gewiss niemand suchen. Mit einem Satz war sie an der Seite der Rothaarigen und warf sich vor ihr zu Boden.

»Ach Herrin, habt Erbarmen mit einer armen Frau!«, rief sie, wobei sie in ihrer demütigen Haltung verharrte.

Die Reiterin zügelte ihr Pferd und schaute sie erstaunt an. In der nächsten Sekunde glitt der Schein des Wiedererkennens über ihr Gesicht. Sie zögerte einen Moment zu lange, sodass die junge Mutter Gelegenheit hatte, ihr zuzuraunen: »Erkennt Ihr mich denn nicht? Ich jedenfalls habe Euch nicht vergessen.«

Die Frau sah vom Boden aus, wie der blonde Reiter mit den durchdringenden blauen Augen sein Pferd herantrieb. »Was willst du, Bettlerin?«, fragte er unwirsch.

Dann aber verstummte auch er. Die jungen Leute tauschten einen hastigen Blick.

»Ich bitt Euch, Ihr Hochwohlgeborenen, so dringend suche ich eine Stellung, damit ich nicht verhungern muss mit dem Kind«, bat die junge Mutter inständig. »Weist mich nicht ab. Ich gelobe Euch Treue und Verschwiegenheit.«

Das war gewagt, aber welche Möglichkeit gab es sonst? Das kleine Mädchen schob sich aus dem Mantel und lugte mit großen rehbraunen Augen zu den Reitern hoch. Dann reckte es seine Ärmchen der Rothaarigen entgegen.

Unwillkürlich musste Margarethe lächeln. »Um des Kindes willen: Ich brauche eine neue Zofe. Hast du geschickte Hände?«

»Vergelte Euch Gott Eure Gnade und Mildtätigkeit. Gewiss habe ich die, und ich war auch bereits in Stellung. Nur die Empfehlungsschreiben gingen mir verloren.«

Der Blonde runzelte die Stirn. Er war offensichtlich nicht begeistert von der Idee. Der andere Ritter würdigte die junge Frau und ihr Kind keines Blickes.

»Ich ziehe es ohnehin vor, mir mein eigenes Bild zu machen«, erklärte die Rothaarige. »Folge uns also in die Burg, und wir werden weitersehen. Doch eines musst du mir versprechen. Bewährst du dich nicht, musst du fortgehen und darfst mich nicht mehr kennen.«

Ein schweres Gewicht schien von den Schultern der Bettlerin abzufallen, und der Schmerz in ihrem Bein wurde erträglicher. Die Herrin würde sich noch wundern, was für eine gute Zofe sie gewonnen hatte. »Ich versprech's!«, versicherte die Frau rasch.

»So nenn mir deinen Namen.«

»Ther... Trine«, antwortete die junge Mutter und hüstelte kurz. Um ein Haar hätte sie ihren richtigen Namen genannt.

»Na gut, ich bin Margarethe von Waldeck«, stellte sich die Rothaarige vor. Sie wendete ihr Pferd und gab damit den Blick auf den braunhaarigen Ritter frei. In diesem Moment erkannte Trine das Wappen und wäre beinahe im Boden versunken. Ein Wittelsbacher, jung an Jahren! Das konnte nur der Neffe der Königin sein.

»Heilige Maria, Mutter Gottes, steh uns bei«, flüsterte sie.

Margarethe hatte sich Jans Mantel umgelegt, damit niemandem ihre zerrissene Kleidung und die Verletzungen auffielen, als sie in den Hof ritten. Mittlerweile schmerzten die Kratzer, und sie war froh, als Jan sich bereit erklärte, den Jungvogel zur Falknerei auf den Hradschin zu bringen. Margarethe und Albrecht saßen ab und überließen den Knechten die Pferde. Die Hand am Schwert, sah sich der Herzogssohn um. Zahlreiche Menschen bevölkerten den Hof. Die meisten genossen die Sonntagsruhe oder erledigten ihre letzten Angelegenheiten. Albrecht hatte erwartet, dass der Weida ihre Rückkehr ausspähen würde. Aber sie hatten Glück. Der Vogt war nirgends zu entdecken. Wahrscheinlich hatte er sich wie die anderen Ritter zurückgezogen, um sich fürs Nachtmahl zurechtzumachen.

Albrecht kniff die Augen zusammen und versuchte, in der zunehmenden Dämmerung Schatten und Umrisse voneinander zu unterscheiden. Doch es war, als würde die einbrechende Nacht einen blauen Mantel über das Stadtschloss werfen, um Freund und Feind darunter zu verbergen. Der junge Ritter sah Margarethe an. Er wusste, dass es schicklich gewesen wäre, sie hinüberzugeleiten und sich mit einer knappen Verbeugung von ihr zu verabschieden, aber sein Herz klopfte so wild. Es war, als würde es sich erst beruhigen, wenn er sie noch einmal im Arm halten und küssen konnte. Ein Wunsch, der ihn befremdete. Er kannte die junge Frau an seiner Seite schon so lange. Jedes Lachen, jedes Funkeln ihrer Augen war ihm vertraut. Sie war seine liebste Freundin gewesen, aber nie seine Herzdame. Jetzt aber hatte er ihre Lippen gekostet, die süßer schmeckten als aller Honig dieser Welt. Und plötzlich war er aufgewühlt, durcheinander, und wusste nicht mehr, was er denken sollt.

Sie hatte gesagt, dass sie ihn lieben würde. Es war seltsam, das aus ihrem Munde zu hören – irgendwie unerhört und doch wunderbar. Aber war es wirklich Liebe, was er ihr entgegenbrachte? Vielleicht, wenn er sie noch einmal im Arm hielte, wenn ihre Lippen erneut zueinanderfänden, vielleicht würde er es dann wissen. Albrecht betrachtete Margarethe nachdenklich. Sie fröstelte im frischen Ostwind und zog den Mantel enger um ihren schmalen Leib. Fast ein wenig keck warf sie den Kopf zurück, sodass ihre roten Locken für einen Moment in der frischen Brise wehten. Behutsam nahm der Herzogssohn ihren Arm und führte sie in den geschützten Stall.

Dort hatten die Knechte inzwischen die Pferde versorgt und die Fackeln gelöscht. Es roch nach frisch aufgeworfenem Heu. Hastig sahen sich die jungen Leute um. Sie waren allein. Die Stallburschen hatten sich bereits zum Nachtmahl in der Küche versammelt. Die einzigen Geräusche waren das gleichmäßige Malmen der fressenden Pferde und ein gelegentliches Schnauben. Albrecht zögerte erst, doch dann wurde der Wunsch, noch einmal Margarethes Nähe zu spüren, übermächtig. Er legte seinen Arm um sie, wie er es schon oft getan hatte, und doch war es dieses Mal ganz anders. Ihr Duft schien ihn zu berauschen, und er fühlte, wie er sie begehrte.

Erschrocken ließ er von ihr ab. Das durfte er nicht. Das ging zu weit. Margarethe sah ihn sehnsuchtsvoll an. Doch Albrecht blickte zu Boden und biss sich auf die Lippen. Das Bild seiner Tante zog vor seinem geistigen Auge auf und wie sie die Stirn in Falten legte. In diesem Moment hätte Albrecht aufheulen mögen. Das Wissen, Margarethe niemals besitzen zu können, war wie ein bohrender Schmerz, der sich in sein Herz grub.

Vorsichtig streckte sie die Hand nach ihm aus. »Albrecht«, flüsterte sie, »was ist mit dir?«

Gequält sah er sie an. Liebevoll strichen seine Fingerspitzen über die Kratzer an ihrer Wange. Sie ließ sich gegen ihn sinken, und mit einem Mal waren alle Bedenken wie weggewischt. Wie von selbst fanden sich ihre Lippen. Ihre Körper schmiegten sich aneinander, und ihr Atem ging schneller. Gierig nahm er ihre Süße in sich auf, um sie im nächsten Augenblick erneut von sich zu stoßen. Verletzt kehrte sie ihm den Rücken zu.

»Versprich mir, dich von Weida fernzuhalten«, drängte der Herzogssohn. »Lächle und schweige – wenigstens so lange, bis ich meine Möglichkeiten ausgeschöpft habe.«

Zögerlich nickte die Rothaarige. Unvermittelt liefen ihr Tränen über das Gesicht, und er hatte keine Ahnung, warum. Eigentlich sollte sie doch glücklich sein, jetzt, da sie wusste, wie lieb er sie hatte. Ohne ihn noch einmal anzusehen, drehte sie sich um und stürmte hinaus. Der Wittelsbacher blickte ihr nach. Seine Tante hatte recht: Er war eifersüchtig. Er wollte Margarethe für sich, und es war ihm egal, was sein Vater dazu sagen würde. Er würde mit ihr als seiner Herzogin regieren oder gar nicht.

Heinrich von Weida beobachtete, wie Margarethe weinend und mit zerkratztem Gesicht aus dem Pferdestall rannte. Er hatte die Rückkehr der jungen Leute vom Turm aus beobachtet und beschlossen, sich Klarheit über die Gerüchte zu verschaffen, die um Margarethe, Jan Sedlic und den Wittelsbacher kursierten. Aus seinem Versteck hatte er gesehen, wie der Wittelsbacher Margarethe in den Pferdestall gelockt hatte, statt zum Königspalast zurückzureiten. Mit glühenden Ohren und wütendem Herzen musste Weida warten, bis das Mädchen nach einer gefühlten Ewigkeit vollkommen verstört aus dem Gebäude stürzte. Tränen rannen Margarethe über das zerkratzte Gesicht. Ihr Kleid war zerrissen! Sofort stieg brennender Hass in dem Vogt auf, und ein einziger Gedanke beherrschte ihn: Der Bayer hat sie sich genommen! Und sie war naiv genug gewesen, sich von ihm locken zu lassen.

Weida packte den Griff seines Schwertes, ließ ihn dann jedoch wieder los. Der Mistkerl war ein Wittelsbacher Erbprinz, Sohn eines Herzogs, Neffe der Königin. Weida stöhnte auf. Warum? Warum musste dieser Hurenbock ausgerechnet seine Braut begehren? Jeden anderen hätte der Vogt auf der Stelle gefordert, doch beim Wittelsbacher waren ihm die Hände gebunden. Wenn er jetzt hinausstürmte wie ein wütender Stier und dem bayrischen Rotzlöffel gab, was er verdiente, verdarb er womöglich die zugesagte Hochzeit. Gleichzeitig musste der Adelsherr doch einsehen, wie wichtig es dem Vogt war, dass Margarethe sein Kind gebären musste. Dann aber fiel dem Vogt ein, wie oft er sich die Gattinnen anderer ins Bett geholt hatte, ohne darauf Rücksicht zu nehmen, dass er damit möglicherweise den Ehemännern ein Kuckucksei unterschob. Nein, wenn er einen Erben eigenen Blutes haben wollte, dann musste er schon selbst dafür Sorge tragen. Und die Zeit drängte ganz offenbar.

Kapitel 6

Margot trippelte aufgeregt den Gang entlang und hielt ein Schreiben ihres Vaters fest an die Brust gedrückt. Sie hatte sich so sehr nach einer Nachricht von zu Hause gesehnt, denn obwohl sie bereits einen ganzen Sommer und einen langen Winter am Hof der Königin Sophie lebte, plagte sie immer noch Heimweh. Vor allem ihren Vater vermisste sie, diesen gütigen Menschen, der nie ein böses Wort an sie gerichtet und ihr stets jeden Wunsch von den Augen abgelesen hatte. In der ersten Zeit hatte er ihr oft geschrieben und sie getröstet, über den Winter jedoch waren die Briefe selten geworden. Umso größer war die Freude gewesen, als sie das Papier in den Händen des Burgkaplans gesehen hatte. Doch als er es ihr mit ernster Miene vorlas, war ihr Hochgefühl nach den ersten Zeilen rasch Besorgnis gewichen. Obwohl ihr Vater es lediglich mit einem Satz erwähnte, so hieß es darin doch, dass es Margots Mutter nicht gut ginge. Sie wurde seit dem Christfest von einem quälenden Husten geplagt, der sie sehr schwächte. Erschrocken hatte sich Margot vom Kaplan verabschiedet, um den Brief noch einmal in Ruhe mit Margarethe durchzugehen, die ausgezeichnet lesen und schreiben konnte.

Margot bog um die Ecke und stieß mit Sepi zusammen. Der Junge machte erschrocken einen Satz zu Seite, verbeugte sich dann jedoch artig, was irgendwie gar nicht zu ihm passte.

»Verzeihung, Jungfer Margot, meine Schuld«, murmelte er.

Margot schaute ihn verwirrt an. Sie war immer noch vollkommen durcheinander von dem Brief, aber auch Sepis Verhalten verwirrte sie. War das nicht der Lümmel, der Margarethe solche Probleme bereitete? Dabei sah er doch eigentlich ganz nett aus. Ihr fiel auf, dass sie noch immer nichts gesagt hatte, während Sepi sie unverwandt anstarrte.

»Nicht weniger als meine«, antwortete Margot und wollte sich an ihm vorbeidrängen, doch er verstellte ihr den Weg.

»Fräulein Margot, ich ähm ...«

Sie zog die Augenbrauen zusammen. Was wollte der Bursche denn noch? Er bückte sich und hob etwas auf. »Ihr, Ihr habt Eure Spange verloren.« Unsicher drehte er das kleine Schmuckstück aus Messing in den Händen. »Ich fürchte, sie ist kaputt.«

»Oh ja.« Margot machte ein trauriges Gesicht.

»Wenn Ihr wollt, könnte ich sie vom Schmied reparieren lassen.«

»Das wäre nett.«

Sepi errötete leicht, was Margot noch mehr verwirrte.

»Jetzt muss ich aber weiter«, stellte sie fest.

»Ähm, ja natürlich.« Der Bub trat zur Seite, damit sie passieren konnte. Margot huschte an ihm vorbei.

»Gehabt Euch wohl, Fräulein Margot!«, rief er ihr hinterher.

Im nächsten Moment war das Mädchen bereits in jenen langen Gang verschwunden, von dem rechts und links die Kammern der Zöglinge abgingen. Sechs gab es insgesamt, eine war derzeit nicht besetzt. Katerinas Tür stand eine Handbreit offen. Die hohe Stimme der Hofdame und die brummige eines Ritters drangen heraus. Man sprach böhmisch, und das sehr schnell. Margot als Württembergerin tat sich oft schon mit dem Hochdeutschen schwer. Auch Böhmisch hatte sie im letzten Jahr lernen müssen. Bis heute verstand sie oft nur die

Hälfte von dem, was gesprochen wurde, doch als Margarethes Name fiel, wurde sie neugierig und blieb stehen. Natürlich wusste sie, dass man nicht lauschen durfte, aber wenn Katerina über Margarethe sprach, musste sie einfach wissen, was vor sich ging. Hastig sah sich Margot um. Sie war allein, und wenn jemand käme, würde sie einfach weitergehen. Schließlich wohnte sie hier. Dann brachte das Mädchen sein Ohr dicht an den Spalt.

»In der einen Angelegenheit werde ich Euch wohl behilflich sein, aber wenn Ihr dem Wittelsbacher an den Karren fahren wollt, müsst Ihr das allein tun«, sagte Katerina gerade.

»Ich erwarte keine Hilfe, nur einen Rat«, erwiderte der Ritter. »Ihr kennt ihn doch viel besser als ich. Gibt es vielleicht etwas, was seinem Ansehen abträglich sein könnte?«

»Der Albrecht ist der Liebling der Königin.«

»Und damit kann er tun und lassen, was er will?« Die Stimme des Ritters nahm einen bitteren Unterton an.

Einen Moment herrschte Schweigen, und Margot wollte schon weitergehen, als die Wettinerin leise fortfuhr: »Er wohl schon, aber nicht seine Freunde.«

»Ich versteh nicht ganz?«

»Mein Vater pflegt in so einem Fall zu sagen: Tritt den Esel, das schmerzt den Knecht.«

»Ihr meint diesen Blonden?«

»Jan Sedlic. Ein Hussit ist er.«

»Gibt es Beweise dafür?«

»Man hat ihn bei der Predigt gesehen.«

»Ist's ein verlässlicher Zeuge?«

»Mein Bruder.«

»Den Sedlic anzuklagen braucht's mehr als die Worte eines Kindes, wie edel dessen Blut auch sein mag.«

»Ich kann Euch nicht alles in mundgerechten Häppchen servieren. Ihr müsst schon auch selbst etwas tun.«

Schritte kratzten über die Holzdielen. Margot erschrak. Was, wenn man sie jetzt erwischte. Katerina würde bestimmt sehr ärgerlich werden und der Ritter erst recht. Hastig huschte sie einige Schritte zurück, um dann laut polternd den Gang entlangzuschreiten. Das Mädchen sah, wie eine Hand die Tür zu Katerinas Kemenate zuzog. Margot beeilte sich weiterzukommen und rannte fast zu dem Zimmer, das sie mit Margarethe teilte. Schwungvoll öffnete sie die Tür und atmete erleichtert auf, als sie Margarethe allein in der Stube vorfand.

»Ich muss dir unbedingt etwas erzählen!«, platzte sie sofort heraus und schlug die Tür zu.

Die Hofdame sah überrascht auf. »Was ist denn passiert?«, erkundigte sie sich. Im nächsten Augenblick klopfte es, und Trine, die neue Zofe, erschien. Margarethe winkte der jungen Mutter zu, damit sie näher trat, und deutete Margot mit einem Blick an, ihr Anliegen noch für sich zu behalten. »Gut, dass du da bist«, wendete sie sich an Trine. »Du kannst mir bei diesem Kleid helfen. Es ist völlig ruiniert. Übergib es am besten den Näherinnen. Mein Geschick reicht da nicht aus.«

»Das kann ich selbst tun, Herrin«, erbot sich Trine und erntete einen erstaunten Blick.

»Nun, versuche dich daran, viel verderben kannst du nicht.« Die Rothaarige deutete zu Margot. »Dies ist das Fräulein Margot von Bischishausen«, erklärte sie. »Es wäre gut, wenn du auch ihr zur Hand gehen könntest.«

Artig knickste Trine erneut und murmelte eine höfliche Floskel.

»Hat man dir und dem Kind zu essen gegeben?«, erkundigte sich Margarethe.

»Ja, Herrin, man ist sehr freundlich zu uns.«

»Gut. Wo ist das Kind jetzt?«

»Es schläft. Es war sehr müde.«

»Ich werde dafür sorgen, dass man sich um die Kleine kümmert, solange du arbeitest. Autsch!«

Die Zofe zuckte zurück. Sie hatte Margarethe kaum an der Schulter berührt.

»Was ist?«, fragte Margot sofort.

»Nichts, nichts«, beruhigte Margarethe. »Ich fürchte, ich hab mir ein wenig die Schulter geprellt, als ich das Falkenküken aus dem Nest holte.«

»Du hast was getan?«, hakte Margot nach. In der nächsten Viertelstunde ließ sie sich haarklein berichten, was am Falkenfelsen passiert war. Lediglich den Kuss ließ Margarethe aus, betonte aber mehrfach, dass es Albrecht gewesen war, der sie gerettet hatte.

Margot schüttelte ungläubig den Kopf. »Du bist wirklich ein verrücktes Huhn.«

Auch Trine schien das zu denken, so wie sie Margarethe ansah, enthielt sich aber jeglichen Kommentars. Als sie mit ihrer Arbeit fertig war, nahm sie das Kleid und verließ die Kammer ihrer neuen Herrin.

Margarethe wartete, bis sich die Tür hinter ihr geschlossen hatte. Dann forderte sie Margot auf: »Nun berichte, was es so Wichtiges gibt.«

Margot erzählte zuerst vom Brief ihres Vaters und überreichte ihn ihrer Freundin.

Die wiegte den Kopf hin und her, während sie las. »Hm, das kann so oder so ausgehen«, erklärte sie dann nachdenklich. »Die meisten Menschen überwinden den Husten und genesen vollständig, aber es gibt auch andere Fälle, da wird es immer schlimmer.«

»Du meinst, meine Mutter könnte sterben?«, fragte Margot ängstlich.

»Wir sollten nicht gleich den Teufel an die Wand malen. Vermutlich machst du dir ganz unnötig Sorgen.«

Doch da rollten Margot schon die Tränen über die Wangen. Vielleicht würde sie ihre Mutter nie mehr wiedersehen. Dieser schmerzliche Gedanke verdrängte die Erinnerung an das Gespräch zwischen Katerina und dem Ritter, von dem sie Margarethe eigentlich hatte berichten wollen.

Jan Sedlic war erstaunt, wie einfach es gewesen war, den Vogt zu einem Besuch in der Kroner'schen Badstube zu überreden. Der Mann schien geradezu begeistert von dem Vorschlag und hatte gleich am nächsten Tag Zeit. Jan willigte ein und ließ zwei Wannen reservieren. Der Vogt erwartete ihn bester Stimmung und gab eine Zote nach der anderen zum Besten, während sie hinunter in die Stadt ritten. In der Badstube wurden sie mit ausgesuchter Höflichkeit empfangen. Albrecht hatte dafür gesorgt, dass man sie wie Fürsten behandelte. So wurden sie nicht in den für alle zugänglichen großen Saal geführt, sondern in eine gesonderte Kammer, in der bereits zwei Zuber mit dampfendem Wasser standen, neben jedem eine bildhübsche Reiberin. Der Vogt ließ sich glucksend ins warme Wasser gleiten und die faltige Haut mit einem Rutenbüschel bearbeiten. Jan deutete zum bereitstehenden Essen.

»Bedient Euch, Herr Vogt«, forderte er den Alten auf. »Wein und Braten sind hier ausgezeichnet.«

»Das will ich Euch gern glauben, Sedlic. Doch erst einmal will ich mich im Wasser vergnügen.« Er kniff der Badmagd herzhaft in den Po und rief: »Herein zu mir, Weib. Es soll dein Schaden nicht sein!«

Jan ließ sich den Becher füllen, froh, dass sein Plan aufzugehen schien. Heinrich von Weida prustete ausgelassen und fragte mit keinem einzigen Wort nach dem Jagdausflug.

Sie waren gerade beim zweiten Humpen, als der Vogt die Reiberin mit einem freundlichen Klaps auf den Hintern aus der Wanne schickte. »Jetzt kommt mir eine kräftige Stärkung gerade recht«, gluckste er zufrieden.

Jan gab der anderen Magd ein Zeichen, dass sie dem Vogt ein Brett quer über den Zuber legen und auftragen sollte.

Hungrig begann der Alte, sich über die Leckereien herzumachen. »Was ist mit Euch, Sedlic?«, fragte der Vogt zwischen zwei Bissen. »Ihr seid doch nicht nur zum Baden hierhergekommen.« Er grinste anzüglich und steckte der Magd ein paar Münzen zu.

»Später vielleicht«, antwortete Jan scheinbar gelangweilt. »Jetzt bin ich hungrig.«

»Hört den Rat eines alten Mannes, Sedlic. Genießt das Leben und vor allem die Liebe. Alles kann so schnell vorbei sein!«

»Wie weise, Herr von Weida«, stimmte Jan zu, während er mit den Zehen wackelte. Die Magd verstand und begann, seine Füße mit einer kleinen Bürste zu reinigen.

Der Vogt winkte ab. »Ihr rollt mit den Augen. Wartet Ihr etwa auf die große Liebe? Seid Ihr ein Romantiker?«

»Im Grunde schon«, gestand Jan ungewöhnlich offenherzig. Wenn der Vogtländer ihn für einen Träumer halten wollte, dann bitte.

Der lachte ein wenig steif. Dann machte er eine abwehrende Handbewegung. »Das ist Zeitverschwendung. Keine Liebe ist für immer, und sei sie noch so süß. Wenn man jung ist und wie Ihr nichts außer einem hübschen Gesicht und einem starken Schwertarm hat, so schaut man sich nach einer betuchten Witwe um. Dann kann man sich später, so wie ich, ein Weib nach seinem Gusto leisten. In der Zwischenzeit sollte man beten, dass einem das Schicksal keinen Strich durch die Rechnung macht.«

Jan zog die Augenbrauen zusammen, schwieg jedoch.

»Ja, schaut nicht so ungläubig, junger Herr. Niemand ist gefeit vor Tod und Verdammnis, auch die Jugend nicht. Es kommen unruhige Zeiten auf uns zu. Die Hussiten werden uns noch lange in Atem halten. Es war ein Fehler, den Hus zu verbrennen. Man hätt sich mit ihm arrangieren sollen, aber der Papst ... Was soll man machen?« Der Alte beendete den Satz nicht, sondern schlürfte laut seinen Würzwein.

Jan prostete ihm nachdenklich zu. Er wurde aus dem Vogt nicht schlau. Statt ihn nach Margarethe und Albrecht auszuhorchen, erteilte ihm der Alte väterliche Ratschläge und gab sich als Hussitenfreund.

Mit gemischten Gefühlen blinzelte Margarethe zur Königin hoch. Endlich hatte sie die lang ersehnte Audienz erhalten, fürchtete jedoch, nur deshalb vor ihrer Herrin zu stehen, weil sich Weida über sie beschwert hatte. Demütig hatte sie sich vor ihrer Königin auf die Knie geworfen. Die betrachtete ihre Hofdame überraschend wohlwollend und gab ihr ein Zeichen, sich zu erheben.

»Nun, mein Kind«, begann Königin Sophie, »ich habe durchaus bemerkt, dass du das Interesse des Vogts auf dich ziehen konntest. Gewiss bist du hier, um dich für die Möglichkeit, die sich dir dadurch eröffnet, zu bedanken.«

Verwirrt nickte Margarethe, dann senkte sie den Kopf.

»Du hast dich geschickt angestellt«, fuhr die Königin fort. »Männer wollen Frauen erobern. Es weckt ihren Ehrgeiz, wenn man sich ihnen nicht sofort an den Hals wirft. Übertreibe es nur nicht mit deiner Zurückhaltung, damit sich der Vogt nicht anderweitig umtut. Und noch etwas: Erst nach der Geburt eines Erben ist deine Stellung auf der Osterburg gesichert. So lange zeig dich gefällig. Deine Ehe wird vielleicht nicht lange dauern, denn Heinrich von Weida soll ein schwaches Herz haben. Ist er schließlich beerdigt, führe deinen Witwenhof im Sinne Prags.«

Margarethe schluckte. Albrecht hatte sie darauf vorbereitet, was die Königin erwartete, aber es war doch etwas anderes, es selbst aus Sophies Mund zu hören.

»Stell dir vor, mein Kind«, schwärmte Sophie, »du wirst dir nie wieder finanzielle Sorgen machen müssen. Was für ein Glück für dich.«

Margarethe spürte ein Würgen im Hals. Für Sophie war alles ganz einfach, und es klang, als ob die Verbindung mit dem Vogt lediglich ein lästiges Intermezzo auf dem Weg zu goldenen Zeiten wäre. Die Rothaarige dachte da ganz anders und beabsichtigte, rundheraus zu sagen, dass sie den Weida nicht ehelichen, sondern mit Albrecht nach München gehen würde – mit oder ohne königlichen Segen. Aber dann sank ihr erneut der Mut.

»Ich habe noch Bedenken«, begann das Mädchen vorsichtig.

Die Königin winkte ab. »Das brauchst du nicht. Es geht alles seinen Gang. Ich habe bereits veranlasst, eine ordentliche Mitgift für dich zusammenzustellen. Noch bevor das Frühjahr zu Ende ist, wirst du als Herrin auf der Osterburg sein.«

Verzweifelt schüttelte Margarethe den Kopf. Nein, sie musste sprechen, und zwar jetzt sofort. Je mehr Zeit verstrich, desto weniger würde sich die Königin von ihrem Vorhaben abbringen lassen. Margarethe schluckt und würgte, aber die Worte wollten einfach nicht herauskommen.

Die Königin legte ihr sanft die Hand auf die Schulter, fast als wäre sie eine lieb gewonnene Tochter. »Du hast ein solches Glück, Mädchen. Der Vogt ist entzückend um dich bemüht. Er weiß von deiner Jagdleidenschaft. Deshalb bat er mich um Erlaubnis, mit dir nächstes Wochenende zu unserem Jagdschlösschen zu reisen, um dort auf die Beizjagd zu gehen. Der König und ich haben ihm das mit Freuden gestattet.«

Margarethe räusperte sich. Ein ganzes Wochenende allein mit diesem Kerl, weit weg von Albrecht? Das wollte sie auf gar keinen Fall.

Die Königin bemerkte Margarethes Zögern, legte es jedoch völlig falsch aus. »Ich weiß, was du einwenden willst, liebes Kind. Du brauchst selbstverständlich ein passendes Kleid, und deine Garderobe ist zu einfach. Mach dir keine Gedanken darüber. Als deine Königin werde ich dich natürlich ausstatten.«

»Aber ist das schicklich? Mein Vater hat noch immer keine Antwort gegeben.« Margarethe hätte eigentlich etwas anderes sagen wollen. Warum bloß tat sie es nicht? Kalter Schweiß rann ihr den Rücken herunter.

»Derzeit ist der König dein Vormund, und er hat zugestimmt. Ach Kind, ich verstehe deine Bedenken. Du hast ja nur deine Schönheit, deinen Ruf und deine Tugend, aber vertraue deiner Königin.«

Margarethe schluckte. »Aber was, wenn der Weida die Situation im Schlösschen ausnutzt und dann doch einen Rückzieher macht?«

»Das wird nicht geschehen, denn er ist Lehnsmann des Königs, Margarethe«, meinte die Königin gereizt. Dann jedoch lächelte sie wieder mild. »Unsinn. Der Weida ist ein Ehrenmann.«

Margarethe blähte die Nasenflügel. War die Königin tatsächlich so blind, oder tat sie nur unwissend? »Verzeiht, hohe Herrin. Er kann ja schon bei Tisch kaum seine Hände von mir lassen. Es gibt bereits jede Menge Gerede um uns.«

Die Königin betrachtete ihre Hofdame nun ziemlich unwirsch. »Ich an deiner Stelle würde mich um das Geplapper neidischer Geister nicht scheren.« Sie griff nach dem Fächer aus Pfauenfedern und wedelte sich damit Luft zu. »Sei froh, dass du ihm gefällst. Er wird Wachs in deinen Händen sein, wenn du ihn nur ein klein wenig bei Laune hältst.«

»Aber ich fürchte mich vor ihm«, gab Margarethe kleinlaut zu. »Er ist so … Nun, ich habe das Gefühl, als wollte er mich mit Haut und Haaren auffressen.«

»Ach Kindchen.« Die Königin seufzte mit wissendem Lächeln. »Das geht jeder Braut so. Es ist ganz normal, weil du noch keine Erfahrung mit Männern hast. Es gibt keinen Grund zur Sorge: Ich habe mich erkundigt. Weida ist ein guter Gatte. Er ist keiner von denen, die im trunkenen Zustand ihre Frau schlagen und demütigen. Seine letzte Gemahlin hat er behalten, obwohl sie unfruchtbar war. Das spricht für ihn.«

Die Königin wandte sich um, ein Zeichen, dass sie keinen weiteren Einwand mehr gelten lassen würde. Dann ließ sie sich jedoch zu einer letzten Ermunterung herab. »Du ahnst noch gar nicht, welches Glück dir zuteil wird. Und was deinen Ruf angeht: Selbstverständlich wird der Anstand gewahrt bleiben. Eine Hofdame wird euch begleiten: Katerina von Wettin.«

Margarethe zuckte zusammen. Katerina? Was sollte das nun wieder bedeuten? »Aber ich hätte lieber Margot dabei«, flehte sie beinahe verzweifelt.

Die Königin klopfte unwirsch mit dem hölzernen Teil des Fächers auf ihre Armstütze und schüttelte den Kopf. Ihre Geduld war am Ende. »Die kleine Bischishausen? Nein, das geht keinesfalls. Die ist viel zu jung als Begleitung und überhaupt. Katerina ist angemessen, da ihr Vater des Weidas Lehnsherr ist.« Nach einer kurzen Pause warf sie noch einen Blick auf Margarethe und fuhr unbekümmert fort: »Du bekommst für diesen Ausflug ein wunderschönes Kleid von mir, etwas Fröhliches, Frühlingshaftes. Es wird dir gut stehen, und niemand soll mir Geiz nachsagen.«

Die Königin läutete und wies ihre Zofe an, ein Päckchen zu holen. Nachdem die Kammerfrau es gebracht hatte, gab die Königin Margarethe ein Zeichen, es gleich zu öffnen. Margarethe schlug das einfache Leinen zurück, in das das Gewand eingeschlagen war. Zum Vorschein kam ein butterblumengelbes Kleid, ganz leicht, bauschig und mit ausladenden Teufelslöchern, wie man die weiten Ärmelausschnitte nannte.

»Halt es dir an«, befahl die Königin. Margarethe tat, wie ihr geheißen, und Sophie lächelte zufrieden. »Ja, das bringt deine Augen gut zur Geltung und unterstreicht deine weiblichen Formen. Du wirst schön und verführerisch darin aussehen. Jetzt sei guten Mutes. Ich werde dem Weida ausrichten lassen, dass du dich auf den Ausflug freust.«

Margarethe presste die Lippen fest zusammen, um nicht laut zu protestieren. Die Verzweiflung war ihr deutlich anzusehen, als sie sich verneigte und mit dem Kleid auf dem Arm zurückzog. Ihre ganze Hoffnung ruhte nun auf Albrecht, dem sie voll und ganz vertraute. Er würde gewiss nicht zulassen, dass sie als Gattin des Weida auf die Osterburg musste. Der Gedanke beruhigte sie, und die Vorstellung, stattdessen an der Seite des Herzogssohnes nach München zu reiten, war so herzerwärmend, dass sie darüber fast vergaß, dass König

Wenzel ihr derzeitiger Vormund war. Es war mehr als wahrscheinlich, dass er der Heiratspolitik seiner Gattin zustimmte, und dann reichte seine Unterschrift aus, um Margarethe an den Vogt zu binden. Auch wenn es üblich war, die Braut am Altar um ihre Zustimmung zu fragen, so war das nicht mehr als ein hübscher Brauch. Die Rechtsgültigkeit einer Ehe besiegelte der Ehevertrag.

Aufgewühlt rannte Margarethe auf den Hof. Ihre beiden Freunde waren nirgends zu entdecken. Sie huschte zu ihrer Kemenate, wo sie das neue Kleid achtlos aufs Bett warf. Unruhig schritt sie auf und ab. Ihre Sehnsucht nach Albrecht war übermächtig. Warum war er nicht hier? Warum schlang er jetzt nicht tröstend seine Arme um sie und flüsterte ihr zu, dass sie sich nicht zu sorgen bräuchte?

Gerade als sie sich erneut aufmachen wollte, um ihn zu suchen, hüpfte Margot ins Zimmer. Ihr Blick fiel sofort auf das kanariengelbe Kleid mit den aufgestickten Schmetterlingen. »Meine Güte, wie wundervoll. Ist das deins?«

»Ein Geschenk der Königin«, gab die Rothaarige missgelaunt zurück.

Das Mädchen stand mit offenem Mund vor dem Gewand. »Darf ich's mal nehmen?«, fragte es begierig.

Margarethe nickte, und die Kleine hielt sich das Kleid begeistert vor den Körper. Es war ihr viel zu lang und passte kaum zu ihrer kindlichen Erscheinung. Trotzdem tat das Mädchen so, als würde sie damit zu einem Festbankett gehen. Es wiegte die Hüften und tänzelte einige Schritte. »Wie für eine Prinzessin gemacht.« Margot seufzte. Dann reichte sie das Kleidungsstück Margarethe. »Euer Hochwohlgeboren«, scherzte sie dabei.

»Ich wünschte, ich müsste es nicht tragen«, brummte Margarethe.

»Bist du verrückt? Du wirst umwerfend darin aussehen.«

Erst jetzt bemerkte das Mädchen Margarethes unglückliches Gesicht. »Was ist mit dir?«, fragte sie besorgt.

»Der Weida hat einen Ausflug zum Jagdschlösschen mit mir geplant, und jetzt rate mal, wer uns begleiten soll?«

Das Mädchen zuckte mit den Schultern.

»Katerina von Wettin.«

Margot nickte nur und dachte wieder an das belauschte Gespräch. Sie sollte Margarethe davon erzählen, aber diese wirkte ohnehin völlig verstört. Margot beschloss deshalb, ihre Freundin nicht weiter zu ängstigen, und sagte stattdessen: »Über ihre Gesellschaft wäre ich auch nicht begeistert. Allerdings gönnt sie dir ja nicht mal die Butter auf dem Brot, geschweige denn einen wohlhabenden Ehemann. Bestimmt hat sie vor, dich bei ihm schlechtzumachen.«

Margarethe schaute erst verdutzt, dann aber hellte sich ihre Miene auf. Jauchzend nahm sie die Kleine in den Arm und wirbelte sie umher. »Margot, das ist es«, jubelte sie. »Dass ich nicht selbst darauf gekommen bin!«

»Was ist denn jetzt wieder?«, fragte das Mädchen verblüfft.

»Nun, dass Katerina nur mitfährt, um mir in die Suppe zu spucken. Aber das ist die Lösung. Sie wird sich bestimmt ausführlich über mich und Albrecht auslassen. Zudem hat der Vogt mich ja schon mit Albrecht gesehen. Katerina spielt mir in die Hände, denn welcher schlichte Vogt wird mit einem Wittelsbacher Herzog konkurrieren wollen? Ich brenne auf diese Ausfahrt, ja wirklich, ich fiebre ihr entgegen.«

Mit einem Mal war Margarethe wieder bester Stimmung. Beschwingt ließ sie einen Zuber kommen. Zur Feier des Tages würde sie ein Bad nehmen. Als sie die duftende Seife in den Händen hielt, fantasierte sie, wie es in München wohl sein würde und wie es ihr gelingen konnte, sich beim alten Herzog Ernst in ein günstiges Licht zu setzen.

Jan hatte das Gefühl, kaum noch Haut zu besitzen, so oft hatte er in letzter Zeit mit dem Vogt die Kroner'sche Badstube aufgesucht. Dabei verspürte er immer weniger Lust dazu. Die Gönnerhaftigkeit des Vogts war ihm zuwider, ebenso sein ständiges hussitisches Gerede. Jan kam dies allzu aufdringlich vor, ganz so, als wollte der Vogt ihn dazu verleiten, selbst Stellung zu beziehen. Dabei musste er doch wissen, dass kein Prager Höfling es wagen würde, sich offen als Hussit zu bekennen. Also schwieg Jan. Als der Weida bemerkte, dass er bei dem Böhmen nichts erreichte, wechselte er das Thema und kam auf Margarethe zu sprechen, was für Jan noch unangenehmer war. Weida sprach von ihr, als wäre sie bereits seine Frau. Er dachte sich sogar schon Namen für ihre gemeinsamen Kinder aus.

»Heinrich müsste ein männlicher Nachkomme heißen«, erklärte der Vogt. »Das ist ein alter Eid, den es zu halten gilt, aber bei den Mädchen hätten wir freie Hand. Was haltet Ihr davon, wenn ich eines für Euch reserviere – ich meine, ein Schwiegersohn mit einem Schwertarm wie dem Euren käme mir gut zupass.«

Bemerkungen wie diese hatten dem jungen Ritter den Vogt verhasst gemacht. Jan war dunkelrot angelaufen, was dem Alten ein teuflisches Vergnügen zu bereiten schien.

Du wirst nicht ein einziges Blag mit Margarethe haben, dachte Jan wütend, und allein dieser Gedanke bot ihm Trost. Der junge Ritter war kreuzunglücklich. Zumal ihn die Erinnerung daran, wie Albrecht Margarethes Hand gehalten und wie er sie angesehen hatte, überdies quälte und ihm alle Kraft zu rauben schien. Natürlich waren Jan Margarethes bewundernde Blicke für seinen Freund Albrecht nicht entgangen, und mehr als einmal hatte er sich gewünscht, sie würde ihn nur ein einziges Mal genauso ansehen. Bislang aber war Jan immer davon ausgegangen, dass Albrecht Margarethe gegenüber lediglich freundschaftliche Gefühle hegte. Doch in letzter Zeit zeugten sein Verhalten und das Strahlen in seinem Gesicht, wenn er ihr begegnete, von etwas anderem. Jan wusste, dass er Albrecht gegenüber keine Chance hatte. So begannen Eifersucht und Freundschaft in ihm zu ringen. Der junge Ritter wurde immer wortkarger, während der alte Mann in einem fort plapperte und sich vergnügte.

Erneut zog der Vogt eine Reiberin zu sich in den Bottich. »Was macht Ihr nur für ein Gesicht, Sedlic!«, rief er zu ihm herüber, während das Wasser aus dem Zuber schwappte. »Mir scheint, Euch ist eine Laus über die Leber gelaufen. Denkt an meine Worte: Gönnt Euch Spaß, solange Ihr könnt. Im Übrigen kann es nicht schaden, bevor Ihr Eure Witwe habt, ein wenig auszuprobieren, wie man ihre Wünsche erfüllt.« Aufgedreht kitzelte er die Dirne unterm Kinn und goss ihr einen Becher Wein über den Kopf, woraufhin sie albern kicherte.

»Ach, muss man das üben?«, entgegnete Jan gereizt.

»Die älteren Damen sind anspruchsvoll«, meinte der Alte in schulmeisterlichem Ton. »Will man sie glücklich machen, sollte man sie zu nehmen wissen. Auch Frauen wollen bei der Erfüllung ihrer christlichen Pflicht ein wenig Freude haben.« Weida schaukelte das Mädchen auf seinem Schoß, sodass erneut Wasser auf den Boden spritzte. Das junge Ding johlte und kreischte.

Jan wandte das Gesicht ab und trank seinen Humpen in großen Schlucken leer. Er war bereits ziemlich benebelt, als Weida das Mädchen entließ.

»Ich bin froh«, brummelte der Vogt, »dass Ihr einmal bezeugen könnt, dass bei mir alles bestens bestellt ist, denn vielleicht werden böse Zungen behaupten, dass das Kind meiner zukünftigen Frau das eines anderen ist.«

Er äugte lauernd zu Jan herüber, der tief ins Becken tauchte, um seinen angewiderten Gesichtsausdruck zu verbergen. »Dass ein anderer Hengst mir zuvorkam«, fuhr der Weida fort. »Ihr versteht?«

»Ehrlich gesagt, nein«, blubberte Jan aus dem Becken heraus.

»Nun, Herr Sedlic, Ihr seid edler Gesinnung, wie ich sehe, aber haltet mich nicht für dumm. Ich hab mit eigenen Augen gesehen, was Euer Freund Albrecht mit meiner Verlobten im Pferdestall treibt.«

Vor Schreck verlor Jan kurz den Halt im Bottich. Seifenwasser drang ihm in Nase und Mund. Japsend schnellte er in die Höhe, prustete und hustete. Er musste sich verhört haben, oder der Vogt brachte da etwas durcheinander. »Albrecht von Wittelsbach ist ein Ehrenmann«, brauste Jan auf. »Niemals würde er eine Edeldame auch nur anrühren. Schon gar nicht Margarethe.«

Der Vogt sah ihn verwundert an. »Ihr habt es tatsächlich nicht gewusst? Dabei dachte ich, Ihr wäret sein Freund. Vertraut man sich da nicht gegenseitig? Aber vermutlich ist dieses Geheimnisse zu süß, um es mit irgendwem teilen zu wollen.«

»Albrechts Absichten gegenüber Margarethe sind ehrenhaft. Er ist ihr Freund, ebenso wie meiner.«

»Soso«, brummelte der Vogt und machte eine vielsagende Pause. »Dann hat er eine merkwürdige Art, das zu zeigen. Ich schwöre bei allem, was mir heilig ist, dass ich die beiden beobachtet habe, wie sie im Pferdestall verschwanden. Wenn

Ihr mir nicht glaubt, seht im Sekretär des Wittelsbachers nach. In der rechten Schublade bewahrt er Briefe auf, in denen Margarethe ihren Liebesrausch und seine Sinneslust gesteht.«

»Woher wollt Ihr das denn wissen?«, fragte Jan verärgert.

Weida grinste von einem Ohr zum anderen. »Tja, man hat so seine Quellen, wisst Ihr«, meinte er vielsagend. »Ihr könnt Euch gerne selbst überzeugen. Ihr geht ja in den Räumen des Wittelsbachers ein und aus.«

Jan war verwirrt. Natürlich war es ganz offensichtlich, dass der Weida für böses Blut zwischen ihm und Albrecht sorgen wollte. Gleichzeitig sprach der Vogt mit solcher Bestimmtheit, dass Jan die Brust eng wurde und sich sein Magen zusammenkrampfte. Doch seine Miene blieb reglos, denn er wusste, dass er beobachtet wurde.

»Und Ihr, Jan Sedlic?«, fuhr der Vogt leutselig fort. »Seid Ihr Margarethe ein wahrer Freund?«

»Gewiss«, krächzte Jan leise.

»Dann wollt Ihr gewiss nur das Beste für sie?«

»Selbstverständlich.«

»So gebt mir eine ehrliche Antwort, Herr Sedlic. Was ist besser für eine Frau: ein ehrbares Leben als Herrin einer Burg und an der Seite eines Gatten, der ihr jeden Wunsch von den Augen ablesen wird und nicht mehr von ihr verlangt, als einen Erben für sein Lehen, oder ein unehrenhaftes Dasein als Schlaffrau eines Herzogs, bis dieser sie aus Überdruss wegschickt?«

»Wie könnt Ihr es wagen!« Mit einem Satz war Jan aus dem Becken und packte den Vogt bei seinem spärlichen Haarschopf.

Der blieb erstaunlich ruhig. »Betrügt Euch nicht selbst. Ihr wisst, dass ich die Wahrheit spreche.«

Jan ließ den Alten los und knurrte: »Ihr irrt Euch.«

Der Vogt winkte ab. »Wisst Ihr was, Sedlic, im Prinzip wäre es mir egal. Auch ich habe mich an so manches Weib gehalten, das nicht mein eigenes war. Doch ich will kein Kuckucksei untergeschoben kriegen. Und was die Waldeckerin angeht, scheint sie mir ein vernunftbegabtes Wesen zu sein. Am kommenden Wochenende werden wir einen hübschen kleinen Ausflug unternehmen. Ich werde ihr mein Angebot unterbreiten und bin mir sicher, dass sie nicht ablehnen wird.«

»Wenn Ihr meint«, sagte Jan knapp. »Doch Frauen neigen zu einer gewissen Unberechenbarkeit.«

Der Vogt lächelte, wobei er seine gelben Zähne bleckte wie ein grimmiger Wolf. »Ich lade Euch ein, mit uns zu kommen. Werdet Zeuge, wie ein Vogtländer eine solche Angelegenheit regelt.«

Kapitel 7

Auch wenn Weidas Schatten über ihr schwebte, schien Albrechts Lächeln Margarethe für alles zu entschädigen. Sie behielt ihr Glück für sich und verschloss es in ihren Gedanken wie in einem edlen, wenn auch zerbrechlichen Kristallgefäß.

Lediglich Trine wurde zu ihrer heimlichen Verbündeten. Ihr steckte Margarethe kleine Briefe zu, die die Zofe zum Wittelsbacher tragen musste, um kurz danach mit einer Antwort zurückzukehren. Margarethe saugte seine Worte wie Nektar auf und atmete Albrechts Duft, der an dem Schriftstück hing. Fast war ihr dann, als wäre er persönlich im Raum. Sie schloss die Augen und träumte versonnen vor sich hin. Manchmal drückte sie das empfangene Schriftstück an sich und stellte sich vor, sie würde Albrecht umarmen.

Jeder Nachricht legte der Herzogssohn eine Kleinigkeit bei. Mal war es ein Stückchen Karamell, dessen Süße sie an seine Küsse erinnerte. Ein anderes Mal brachte Trine eine Blume, die sich Margarethe ins Haar steckte, wenn sie zum Nachtmahl ging, oder ein winziges Schmuckstück, das sie dezent an ihrem Gewand anbringen konnte. Zwar vermied Albrecht, ihr in der Öffentlichkeit den Hof zu machen, doch das Strahlen seiner Augen verriet ihn.

Margarethes Sehnsucht wuchs mit jedem Tag und ließ sie stöhnen und jauchzen zugleich. Das Bedürfnis, sich erneut mit ihm zu treffen, ihn berühren und in die Arme nehmen zu können, war so groß, dass sie manchmal glaubte, es nicht mehr auszuhalten. Doch irgendwie schien stets etwas dazwischenzukommen, wenn sie sich verabredeten, oder sie waren nicht allein, wenn sie sich wie zufällig trafen. Fast schien es ihr so, als würde jemand sie gezielt voneinander fernhalten. Margarethe hatte den Vogt in Verdacht. Schließlich hatte er vor Eifersucht geglüht, als er Margarethe mit Albrecht hatte ziehen lassen müssen. Oder war es gar die Königin selbst? Ahnte Sophie etwa, dass ihren Neffen inzwischen mehr mit ihrer Hofdame verband, als es sich gehörte? Doch das war eigentlich nicht möglich. Niemand wusste davon, nicht einmal Jan.

Trotz aller Unsicherheit fühlte Margarethe sich wie im Rausch und strahlte derart vor Glück, dass es sogar Außenstehenden auffiel. Diese jedoch schoben es auf Margarethes Freude über die geplante Hochzeit mit Heinrich von Weida. Der hielt sich in letzter Zeit angenehm zurück und beschränkte sich darauf, ein galanter Tischherr zu sein. Es verkniff sich Anzüglichkeiten und behandelte sie äußerst zuvorkommend. Margarethe kam zu der Ansicht, dass die Königin ihn entweder gebeten hatte, seine Annäherungsversuche zu unterlassen, oder dass die regelmäßigen Besuche in der Badstube Früchte trugen. Im Grunde war es der Rothaarigen auch egal, was der Grund war. Hauptsache, er beließ es dabei.

Viel Zeit verbrachte Margarethe bei dem Falkenküken. Gleich am Tag nach ihrem Ausflug hatte sie sich zum Hradschin aufgemacht, um ihren Schützling zu besuchen. Anfangs hatte es so ausgesehen, als würde sie das Tier verlieren, doch inzwischen hatte sich der Jungvogel von dem Schrecken erholt.

Der Falkner, dem Jan den Vogel übergeben hatte, war ein alter Ritter, der schon unter König Wenzels Vater gedient hatte. Und wenn auch die Falkenjagd in letzter Zeit etwas aus der Mode kam, genoss Meister Karl doch höchstes Ansehen. Er war weit über Böhmens Grenzen hinaus für seine Kunstfertigkeit im Umgang mit den wertvollen Vögeln bekannt. Allerdings hatte er ein knurriges Wesen. Von den Adelsherren hatten nur wenige Lust darauf, längere Zeit in seiner Gesellschaft zu verbringen. Die meisten von ihnen hatten ohnehin wenig Interesse an den Vögeln, die für sie nur ein einfacher Zeitvertreib waren. Mit dieser Einstellung gerieten sie bei Meister Karl an den Falschen. Brüsk wies er sie aus der Falknerei und empfahl ihnen die Jagd mit der Hundemeute oder, wie es neuerdings immer beliebter wurde, mit der Armbrust. Seine unzugängliche Art machte ihn auch bei den Damen recht unbeliebt, weshalb kaum je eine den Wunsch verspürte, sich einen Jagdfalken zu leihen. Dem alten Griesgram war das gerade recht. Er war ohnehin am liebsten allein mit seinen Jagdvögeln. Das hatte auch Margarethe zu spüren bekommen. Durch ihr Kletterabenteuer war sie stolze Besitzerin eines eigenen Vogels geworden und wild entschlossen, ihn auch auszubilden, aber dazu brauchte sie die Hilfe des brummigen Meisters.

Als Margarethe nach dem kurzen Ritt zum Hradschin dem Graubart gegenüberstand, dessen Gesicht zerfurcht und vernarbt war wie die Borke einer alten Eiche, und er sie missmutig anblickte, schmolz ihr Selbstbewusstsein dahin.

»Ihr also!«, bellte er los und sah sie so finster an, als müsste sie sich dafür schämen, das Küken aus dem Felsen geholt zu haben. »Hab schon von Eurem Abenteuer gehört. Der halbe Hof spricht ja davon – Margarethe, die Falknerin. Pah! Um das zu werden, braucht's schon ein bisschen mehr als Kletterkünste.«

»Wie meint Ihr das?«, fragte Margarethe, ohne nachzudenken, und tappte damit sofort in seine Falle.

»Das liegt doch auf der Hand: Eindruck wolltet Ihr schinden beim Wittelsbacher, und jetzt soll ich mich um das arme Wesen kümmern.«

»Wenn's das ist, was Euch Kummer bereitet, seid unbesorgt. Das werd ich selbst übernehmen.«

»Ihr? Dann schlagt ihm lieber gleich den Kopf ab. Der arme Vogel, Ihr habt ja gar keine Ahnung, wie das geht.«

»Ihr könnt's mir ja beibringen.«

»Perlen vor die Säue geschmissen. Um mit einem Falken umzugehen, ich meine, ihn wirklich abzurichten, braucht's jahrelange Erfahrung. Euch hab ich hier noch kein einziges Mal gesehen, bis Ihr mir jetzt mit dem Vögelchen angekommen seid.«

»Ich kümmere mich zuverlässig um unsere Kinder und werd's auch bei dem Falken tun, wenn Ihr mir nur sagt, wie ich's machen soll.«

Der Falkenmeister lachte rau. »So weit kommt's noch. Geht besser rasch zurück zu Euren Bälgern, und übt Euch darin. Ein Falke ist nichts für Euch. Er wird Euch nur Euer hübsches Gesicht zerkratzen.«

Der alte Mann schielte lauernd zu Margarethe, als hoffte er, sie damit endgültig vertreiben zu können. Doch die junge Frau rührte sich nicht vom Fleck.

»Was ist noch?«

»Ich warte, dass Ihr mich zu meinem Falken bringt.«

Der Alte spuckte vor sich auf den Boden. »Warum sollte ich das tun?«

»Damit ich ihn mitnehmen kann, denn schließlich gehört er mir. Ich werde ihn großziehen, mit oder ohne Eure Hilfe, Meister Karl.«

»Der Mann, der Euch mal nehmen muss, ist zu bedauern«, schimpfte der Graubart. »Ihr habt einen größeren Dickschädel als dieser Esel dort drüben.«

»Dafür bin ich bekannt.« Margarethe nickte nur.

Missmutig musterte Meister Karl die junge Hofdame und quittierte ihre Bemerkung mit ungnädigem Schnauben. »Ist gar nicht sicher, ob das arme Ding überlebt, weil Ihr es viel zu früh von seiner Mutter weggerissen habt. Merkt's Euch für die Zukunft: Nicht vor der achten Lebenswoche, kurz bevor es selbst fliegen kann, nimmt man ein Falkenküken aus dem Nest. Unser Freund hier ist höchstens dreißig Tage lang vom Altvogel gehegt worden und braucht ihn noch dringend, schon der bitteren Nachtkälte wegen.«

Mit diesen Worten öffnete der alte Mann seinen Mantel. In einem Tragetuch kuschelte sich das Küken eng an den Leib des Falkners. Von der Schönheit seiner Eltern war noch nicht viel zu erkennen. Der gelbe Schnabel ragte übergroß aus dem hässlichen Gesicht. Kaum sah es Margarethe, begann das Tier zu kreischen und mit den Flügeln zu schlagen, so als fürchte es, erneut fortgerissen zu werden.

Margarethe betrachtete das Küken, das seinen Kopf ängstlich in Meister Karls Arm barg. »Es fürchtet sich«, stellte die junge Frau fest und widerstand dem Drang, es an sich zu nehmen.

»Hat ja auch allen Grund dazu«, knurrte der Falkenmeister unwirsch. »Es wurde der Mutter entrissen. Allein ist's jetzt und hilflos.«

Eine Weile sagte Margarethe nichts. Sie fühlte sich schuldig. Was der alte Falkenmeister gesagt hatte, stimmte genau. Sie hatte sich vor Albrecht beweisen wollen, um ihm zu zeigen, dass sie nicht weniger mutig war als er. Manchmal ließ sie sich wirklich zu Dingen hinreißen, die sie im Nachhinein bereute. Doch hatte sie nicht stets die Anmut der Falken bewundert und sich gewünscht, selbst so ein Tier zu besitzen? Wäre Meister Karl nur eine Spur freundlicher im

Umgang, sie wäre gewiss schon früher auf den Hradschin gekommen.

»Und wenn ich es zurückbrächte?«, fragte sie zaghaft. »Ich könnt es schaffen, noch einmal den Felsen zu ersteigen.«

Meister Karl schüttelte energisch den Kopf. »So was muss man sich vorher überlegen. Die Eltern würden's nicht mehr nehmen, jetzt, da es bei den Menschen war.«

»Dann bleibt es dabei: Ich werde mich selbst darum kümmern«, beharrte Margarethe.

Meister Karl schüttelte zweifelnd den Kopf, wirkte aber nicht mehr ganz so abweisend wie am Anfang des Gesprächs. »Zu schwierig für jemanden, der's nicht gelernt hat. Überlasst den Vogel mir. Dann hat er vielleicht eine Chance.«

Mit diesen Worten band er sich den Mantel wieder zu und griff nach dem hölzernen Eimer, den er abgestellt hatte. Ohne ein weiteres Wort drehte sich der Mann um und marschierte zu den säuberlich gezimmerten Verschlägen, in denen die Falken untergebracht waren.

»Wartet, Meister Karl!«, rief die junge Frau ihm nach, doch der Falkner dachte gar nicht daran. Und so blieb ihr nichts anderes übrig, als ihm nachzulaufen. »Nun bleibt doch bitte stehen!« Erneut keine Reaktion. Langsam wurde Margarethe wütend. Atemlos holte sie den Mann schließlich ein, als er vor dem ersten Gehege Halt machte und einen Schlüssel aus seiner Manteltasche angelte. »Ihr könntet mich doch unterweisen.«

»Wenn Ihr weiter so herumbrüllt, werdet Ihr mir noch die Vögel scheu machen«, murrte der Ritter ungehalten.

Margarethe stellte sich vor den Zugang zur Voliere. »Bitte, Meister Karl«, flüsterte sie, »lasst es mich wenigstens versuchen. Zeigt mir, wie man einen Falken zähmt.«

Der alte Mann seufzte, als würde er den Launen eines Kindes nachgeben müssen. »Das Geheimnis ist hier drin.« Er klopfte gegen einen Eimer, der mit einem Deckel verschlossen war. »Man bringt den Falken dazu, die Atzung anzunehmen.«

»Das ist alles? Bloß füttern soll ich ihn?«

Meister Karl rollte mit den Augen. »Das ist alles«, gab er zurück. »Wollen wir einen Handel eingehen? Wenn der Falke nachher von Euch Futter nimmt, bilde ich Euch zur Falknerin aus. Tut er es nicht, ist er mein, und Ihr lasst Euch hier nie wieder blicken.«

Margarethe zögerte. An diesem Angebot war sicher ein Haken.

»Nun, was ist?«, drängte Meister Karl.

»Abgemacht, vorausgesetzt, ich darf zunächst dabei zusehen, wie Ihr diese beiden Vögel hier füttert.«

Margarethe deutete zur Voliere, in der sich zwei junge Falken befanden und ein ohrenbetäubendes Gekreisch von sich gaben. Während sie heftig mit den Flügeln schlugen, sperrten die Tiere die Schnäbel so weit auf, dass man tief in ihren Schlund blicken konnte.

Meister Karl lächelte. »Abgemacht.«

Er steckte den Schlüssel ins Schloss und öffnete die Tür. Mit einer einladenden Handbewegung forderte er Margarethe auf einzutreten. Ein stechender Geruch schlug der jungen Hofdame entgegen. Unwillkürlich rümpfte sie die Nase.

»Nicht gerade ein Duftwässerchen, hä?«, spöttelte der Falkner, während die Jungvögel mit ihren scharfen Schnäbeln nach seinen Stiefeln hackten. »Fallt mir jetzt bloß nicht in Ohnmacht, edle Dame, denn auffangen kann ich Euch nicht. Und was würde die Königin dazu sagen, wenn Ihr mit Vogelkot besudelt an den Hof zurückkehrtet?«

Mit diesen Worten stellte der Ritter den Eimer ab und öffnete den Deckel. Das Gefäß war gefüllt mit den leblosen

Körpern hellgelber Eintagsküken. Nachdem er sich einen dicken Lederhandschuh übergestreift hatte, griff der Ritter hinein und holte ein Küken heraus. Dann hielt er es den Jungvögeln hin, die sofort danach schnappten. Jedes an einem anderen Körperteil ziehend, stritten sich die beiden lauthals um die Beute, bis einer der beiden sich durchsetzte und das tote Küken mit ruckelnden Kopfbewegungen gierig verschlang. Margarethe spürte, wie ihr Magen zu rebellieren begann. Sie würgte und hatte das Gefühl, sich an Ort und Stelle übergeben zu müssen.

Meister Karl beobachtete sie mit süffisantem Grinsen. »Na, geht's der edlen Dame etwa nicht gut?«, erkundigte er sich mit unverhohlenem Spott. »Soll ich Euch zurück in den Palast geleiten?«

Zweimal schluckte Margarethe schwer. Das hier waren Falken, und als solche fraßen sie nun einmal keine Körner. Besser, sie gewöhnte sich daran. Vor allem durfte sie nicht zulassen, dass dieser aufgeblasene Griesgram ihren Vogel bekam. Entschlossen griff Margarethe in den Eimer. Die Hühnchen fühlten sich noch warm an. Vermutlich waren sie noch vor wenigen Minuten im Stall herumgelaufen. Die junge Frau hielt die Luft an.

»Das hier ist Futter«, flüsterte sie leise zu sich selbst. »Nahrung für einen Raubvogel.«

Vorsichtig hielt sie ein lebloses Küken dem kleineren der beiden Falken vor den Schnabel. Der hatte seine erste Portion gerade heruntergewürgt und schnappte sofort zu. Sein scharfer Schnabel verfehlte Margarethes Finger nur um Haaresbreite. Erschrocken ließ sie los.

»Hoppla«, gurrte der Ritter belustigt. »Da hat aber einer Hunger.« Wieder huschte eine Art Lächeln über seinen zerfurchten Mund. Fast wie ein Vater, der strahlend die ersten

Schwertübungen des Sohnes überwacht, beobachtete er zufrieden, welchen Appetit sein Schützling entwickelte.

Margarethe sah auf ihre Hand. An den Fingern klebte Blut, wenn auch nicht ihr eigenes.

Der Falkenmeister reichte ihr einen seiner groben ledernen Handschuhe. »Besser, Ihr benutzt den da. Sonst könnt Ihr bald nicht mehr die Laute zupfen.« Er gluckste amüsiert über seinen Witz.

Margarethe nickte, während sie erstaunt beobachtete, mit welcher unglaublichen Geschwindigkeit die toten Küken in den Schnäbeln verschwanden. Es würde sie ein Vermögen kosten, auch nur das Futter für ihren Falken zu bezahlen. Endlich schienen die beiden Vögel satt zu sein, jedenfalls verstummten die Bettelrufe, und Meister Karl schloss den Deckel des Eimers.

»Füttern wir jetzt meinen Falke?«, fragte Margarethe.

Sie erntete ein schiefes Grinsen. »Ja, aber das machen wir in meiner Hütte. Die Abmachung gilt doch noch, oder?«

»Ich steh zu meinem Wort.«

In der Hütte roch es nach abgestandenem Bier. Die Einrichtung war spartanisch. Ein Strohsack als Schlaflager und ein grob behauener Tisch, auf dem ein an einer Schnur befestigter Federbusch lag. Davor standen zwei Hocker. Das Feuer glomm tiefrot und spendete angenehme Wärme. Meister Karl schloss rasch die Tür und entzündete einen Kienspan. Ächzend schälte er sich aus dem Mantel. Sofort protestierte der Jungvogel lautstark und begann, aufgeregt im Leibtuch zu zappeln. So behutsam, wie es Margarethe dem alten Raubein kaum zugetraut hatte, setzte er ihn in einen geflochtenen Weidenkorb, der mit ungewaschener Schafswolle ausgelegt war.

»Nun, Waldeckerin«, meinte der Falkner, und Margarethe

war überrascht, dass er ihren Namen kannte, »wollen einmal sehen, ob Ihr mehr könnt als nur die Hüften schwingen. Schafft Ihr es, dass das Küken Nahrung von Euch nimmt, werdet Ihr keinen treueren Gefährten haben für die nächsten zwanzig Jahre.«

»So lange lebt ein Falke?«, fragte Margarethe erstaunt.

»Fast ein halbes Menschenleben«, bestätigte der Falkenmeister ernst. »Und ein gar erstaunlicher Vogel ist der Falke, schneller als jedes Pferd, und seine Krallen setzt er geschickter ein als die Klöpplerin ihr Werkzeug.« Er deutete auf die Kratzspuren in Margarethes Gesicht. »Habt ja bereits Bekanntschaft mit ihnen gemacht.«

»Dann seid Ihr ein außergewöhnlich mutiger Mann, Meister Karl, denn Ihr verbringt all Eure Zeit mit den Vögeln.«

Zu ihrem größten Erstaunen erntete Margarethe auf ihre bissige Bemerkung Gelächter.

»Und mir scheint's, als hättet Ihr und dieser Vogel die große Klappe gemeinsam. Nun, dann wollen wir mal sehen, wie Ihr es anstellt, dass er sie auch öffnet.«

Voller Optimismus griff die junge Hofdame in den Eimer. Falls der Alte glaubte, sie würde sich immer noch ekeln, hatte er sich geschnitten. Schon baumelte ein toter Vogel in ihrer Hand. Vorsichtig hielt Margarethe dem Küken das tote Tier vor den Schnabel, doch dieses machte lediglich einen erschrockenen Satz zurück. Meister Karl zog sich den Schemel vor den Kamin und machte es sich darauf bequem. Seelenruhig zog er sich die Stiefel aus. Dann ließ er genüsslich die Zehen knacken.

So sicher bist du deiner Sache, alter Mistkerl, fluchte Margarethe in Gedanken. Gäbe es nur die geringste Chance, dass der Falke das Hühnerküken fraß, hätte der alte Kauz zumindest zu ihr hingesehen. Margarethe angelte nach einem weiteren toten Tier und versuchte es erneut. Das Resultat war das Gleiche. Kaum näherte sie sich mit dem Futter, ergriff der Falke die Flucht. Vielleicht war das Futtertier einfach zu groß oder zu furchteinflößend? Margarethe sah sich um. Sie brauchte etwas zum Schneiden. In der Waschschüssel schwamm ein Messer, und das Wasser war von roten Schlieren durchzogen. Ohne Zweifel schnitt der Falkner hier Futter klein. Mit angewidertem Gesichtsausdruck fischte die junge Frau das Messer aus der Schüssel und legte das Küken vor sich auf den Tisch. Sie schluckte und sprach sich in Gedanken Mut zu: Los Margarethe, gib dir einen Ruck. Es ist schon tot und spürt nichts mehr!

Sie schloss die Augen. Mit lautem Knall fuhr das Messer herunter, nur knapp an ihren Fingern vorbei. Meister Karl zuckte zusammen und drehte sich um. Seine Augenbrauen zogen sich zusammen. Rasch wandte er sich wieder dem Feuer zu, aber als er hörte, wie Margarethe das Eintagsküken weiter zerstückelte, konnte er es doch nicht lassen, hin und wieder einen Blick über die Schulter zu werfen.

Beim nächsten Versuch bot die junge Frau dem Vogel kleine Streifen Futter an. Der reagierte zwar nicht mehr panisch wie zuvor, sperrte den Schnabel aber dennoch nicht auf. Von Betteln oder gar hastigem Zupacken, wie es bei den anderen beiden Jungtieren der Fall gewesen war, konnte keine Rede sein. Margarethe versuchte es mit freundlichem Zureden, mit Locken, mit Schimpfen. Sie kniete sich vor den Vogel, legte sich sogar auf den Boden, doch ohne Erfolg. Das Jungtier verweigerte das Futter. Irgendwann gab sie auf und warf das Fleischstück dem Vogel enttäuscht in den Korb. Was auch immer der Trick war, sie hatte ihn nicht herausgefunden.

Sie ging zur Waschschüssel hinüber, um ihre Hände zu

säubern. Sie hatte ihr Glück versucht, doch es hatte nicht sollen sein.

Meister Karls Augen blitzten triumphierend. Gemächlich wandte er sich zu dem Jungvogel um, öffnete den Mund, um etwas zu sagen, schloss ihn aber im selben Augenblick wieder. Ein Ausdruck des Erstaunens lag auf seinem Gesicht, als er murmelte: »Das gibt's doch nicht.«

Nun drehte sich auch Margarethe herum und bekam große Augen. Der Jungfalke machte einen langen Hals und pickte vorsichtig an dem Fleischstück. Margarethe verharrte regungslos. Gebannt beobachtete sie den Vogel, der irritiert zu ihnen herüberblickte und das Futter fallen ließ.

»Er fürchtet sich vor unseren Augen«, flüsterte die junge Frau. Meister Karl nickte. Langsam drehte sich Margarethe wieder um und blinzelte lediglich vorsichtig über die Schulter. Tatsächlich wendete sich der Falke erneut dem Futter zu. Diesmal pickte er entschlossen nach dem Fleischstück und hob es hoch. Der junge Falke machte eine schlenkernde Kopfbewegung, während er noch einmal zu den Menschen herüberäugte. Im nächsten Moment war der Happen verschwunden.

»Donnerschlag!«, entfuhr es dem Falkner. »Das hat die Welt noch nicht gesehen: ein Falke, der sich von einem Weib zähmen lässt!«

Margarethe konnte es selbst kaum glauben. Ein tiefes Glücksgefühl durchströmte sie. Wenn mich Albrecht doch jetzt sehen könnte!, dachte sie und fragte euphorisch: »Soll ich's noch mal versuchen?«

»Ich bitte darum, sonst müsste ich glauben, dass mir der Zufall einen bösen Streich gespielt hat.«

Erneut legte Margarethe dem Jungvogel Futter vor, entfernte sich und senkte den Blick. Wieder hatte sie Erfolg.

Meister Karl kratzte sich am fast kahlen Schädel. »Sieht so

aus, als habt Ihr einen Falken am Hals«, brummte er. In seiner Stimme klang Überraschung und Anerkennung. Und dann verzog sich sein Mund zu einem Lächeln. »Ich gebe zu, Margarethe von Waldeck, Ihr habt ein Händchen für den verstockten Vogel. Bei mir fraß er nur unter Zwang.«

»Soll das heißen, er hat noch nie zuvor allein gefressen?«

Der Falkner zuckte mit den Schultern und sah aus wie ein ertappter Lausbub.

»Ihr seid mir ein rechter Schelm, Meister Karl. Ich hoffe, Ihr wisst, dass Ihr mich nun in die Kunst der Beizjagd einweihen müsst.«

Erneut kratzte sich der alte Mann am Schädel. »Ich habe mein Wort gegeben«, brummte er, »aber Ihr werdet schnell die Lust daran verlieren. Junge Hofdamen sind meist recht wankelmütig.«

Margarethe machte ein strenges Gesicht. »Eine Waldeckerin nicht, und ich gedenke, die beste Falknerin zu werden, die Ihr jemals ausgebildet habt.«

Der Falkner schielte sie von der Seite her an und meinte: »Das wird nicht schwer.«

Erstaunt hob Margarethe die Augenbrauen: »Haltet Ihr mich etwa für talentiert?«

Der Alte blinzelte belustigt. »Da ich bisher noch nie eine Frau als Schülerin angenommen habe und auch nicht gedenke, es noch einmal zu tun, ist Euch dieser Ruf schon jetzt gewiss. Doch hört auf herumzutrödeln, und füttert diesen Vogel zu Ende, bevor ich's mir anders überlege und Euch doch noch nach Hause schicke.«

Lachend schüttelte die junge Frau ihre rote Mähne. Meister Karl sollte sich wundern.

Unruhig kehrte Jan vom Badhaus zum Stadtschloss zurück und klopfte an Albrechts Tür.

Der Wittelsbacher lebte nicht in den Gemeinschaftsräumen bei den anderen Rittern, sondern bewohnte eigene Räume. Lang ausgestreckt lag er auf seinem Bett und ruhte sich von den anstrengenden Übungen aus, die der Waffenmeister am Morgen hatte exerzieren lassen. »Na, wie war's?«, erkundigte sich Albrecht und gähnte herzhaft. »Hast du etwas Neues erfahren?«

Jan schluckte schwer. Den ganzen Weg über hatten Weidas Worte an ihm genagt. Es war schlimm genug, dass der Vogt hinter Margarethe her war, aber wenigstens liebte sie ihn nicht. Trotzdem hatte Jan den alten Mann dafür gehasst, dass er für Margarethe als Ehemann ausgesucht worden war. Weida konnte alles vorweisen, was ein Ritter einer Frau bieten sollte: eine Burg, ein gutes Einkommen, gute Beziehungen zum Königshaus. Früher hatte es Jan nichts ausgemacht zu wissen, dass er auf seinen eigenen Beinen würde stehen müssen. Erst durch seine Liebe zu Margarethe schmerzte ihn das Lehen, das sein Vater verspielt hatte. Jan wusste, dass er jung genug war, sich irgendwann ein neues zu erstreiten. Aber das brauchte seine Zeit. Zeit, die ihm nicht blieb, weil Margarethe einen anderen heiraten sollte, und noch dazu einen Mann, der ihr zuwider war.

Nun aber stellte sich auch noch Albrecht zwischen ihn und Margarethe. Sein bester Freund war Sohn eines Herzogs und zweifellos der Mann ihrer Träume. Doch auch Albrecht würde sie nicht heiraten können. Jedermann wusste, dass dessen Vater, der alte Herzog Ernst, nur eine Schwiegertochter aus dem Adelsgeschlecht der Wittelsbacher akzeptieren würde, und eine war schon lange Zeit im Gespräch: Gräfin Elisabeth von Württemberg. Was also hatte Albrecht im Sinn? Jan konnte einfach fragen, aber gewiss würde sein Freund ihn auslachen und einen Esel schimpfen, weil er auf den alten Vogt hörte.

»Der Weida plant einen Jagdausflug mit Margarethe«, begann Jan.

Albrecht kaute auf einem Strohhalm und sagte nur: »Wenn's ihm Spaß macht.« Der junge Wittelsbacher nahm die Information erstaunlich gelassen auf und schien mit seinen Gedanken weit weg zu sein.

Jan schuttelte den Kopf. »Albrecht, hast du verstanden, was ich gesagt habe? Der Weida will mit Margarethe in das Waldschlösschen fahren. Da kann doch wer weiß was passieren.«

»Unsinn. Margarethe wird höflich sein, wie es die Königin verlangt, und der Weida wird sich mal wieder anderweitig die Hörner abstoßen. Sorg doch einfach dafür, dass ein paar Hübschlerinnen dort sind, die ihm um den Bart streichen, damit er nicht allzu verärgert einschläft.«

»Der Vogt wird mit Margarethe die geplante Hochzeit besprechen.«

Der Bayer lachte. »Da kann er bis zum Sankt Nimmerleinstag warten.«

Jan sah seinen Freund erstaunt an. »Du bist dir ja sehr sicher. Machst du dir keine Sorgen?«

Albrecht rappelte sich von seinem Lager hoch und ließ die Beine baumeln. »Mich schert weder, was dieser Vogtländer sich zusammenträumt, noch was meine Tante plant. Unsere Tage in Prag sind gezählt.«

Jan setzte sich halb erleichtert, halb misstrauisch angesichts dieser Neuigkeiten auf einen Schemel und wartete auf Albrechts Erklärung.

»Wir werden nächste Woche nach München abreisen«,

fuhr Albrecht fort. »Ich warte nicht länger, bis mein Vater und meine Mutter sich entschließen, Margarethe als Hofdame bei sich aufzunehmen. In der Neuen Veste ist reichlich Platz. Sie wird bei mir wohnen. Du kommst natürlich mit uns, Jan.«

»Du willst Margarethe in deinem Haus unterbringen? Was wird der Herzog dazu sagen?«

»Gar nichts. Der hält sich, seit ich denken kann, diverse Schlaffrauen und Konkubinen in seinem Schloss. Er wird es nicht einmal kommentieren.«

»Aber Margarethe ist nicht deine Konkubine.«

»Natürlich nicht, aber ich will sie bei mir haben.«

Jan stöhnte auf. »Dann stimmt es also? Ihr seid ein Liebespaar?«

Albrechts Gesicht bekam einen verträumten Ausdruck. »Wir waren uns doch schon seit dem ersten Tag inniglich zugetan, Jan, und es stimmt, ich möchte, dass sie immer an meiner Seite ist. Ich will mit ihr einschlafen, mit ihr aufwachen und so viel Zeit mit ihr verbringen wie möglich.«

»Aber du wirst sie nicht heiraten können, Albrecht. Der Herzog wird das nie und nimmer zulassen.«

»Das werden wir sehen. Er soll sie erst einmal kennenlernen. Das wird ihn schon umstimmen. Margarethe wäre eine vorzügliche Herzogin. Er wird das bald merken.«

»Herzog Ernst ändert seine Meinung nicht. Das weißt du genauso gut wie ich.«

»Er wird es müssen, denn ich werde keine andere zur Frau nehmen. So viel steht fest.«

»Und die Königin?«

»Ich werde ihr meine Pläne mitteilen. Sie muss für den Weida eine andere finden.« Albrechts Miene ließ erkennen, dass es keinen Sinn hatte, weiter mit ihm zu diskutieren.

Enttäuscht starrte Jan aus dem Fenster. Weida hatte also recht gehabt. Die ganze Welt dreht durch, dachte er. »Wusstest du von diesem Jagdausflug?«

Zum ersten Mal wirkte Albrecht unsicher. »Ja, ja, ich hatte davon Kenntnis. Margarethe schickte mir ihre Zofe.«

»Angeblich soll's schon am Samstag losgehen. Bis dahin sind es nur noch wenige Tage.«

»Dann lass ihn doch diesen dummen Jagdausflug organisieren. Er wird das Letzte sein, was er mit Margarethe unternimmt, wenn sie überhaupt mitfährt.«

Albrecht schien diese Hoffnung zu genügen, während Jan nervös mit seiner Gürtelschnalle spielte. »Und was, wenn die Königin ihre Pläne nicht ändert?« Er schnaufte zornig, senkte dann aber sofort wieder die Stimme. Albrecht hasste es, wenn man ihn drängte. »Was, wenn sie ablehnt und Margarethe nicht freigibt? Was, wenn Margarethe diesen Ausflug mit dem Vogt machen muss? Was, wenn diese Hochzeit stattfindet?«

»Du immer mit deinem ›Was wäre, wenn …‹ Aber ich hatte sowieso vor, dich zu bitten, Margarethe bei diesem Jagdausflug zu begleiten und ein Auge auf sie zu haben. Man weiß ja nie.«

»Ja, mache ich«, meinte Jan gereizt.

Der Herzogssohn ließ sich wieder aufs Bett fallen. Für ihn war die Sache damit erledigt. »Wir sehen uns nachher beim Nachtmahl.«

Jan verließ das Zimmer. Albrecht war sein Freund, aber was er jetzt sagte und plante, entsprang ohne Zweifel dem verwirrten Geist eines verliebten Gockels. Es gab keinen Grund, weshalb die Königin ihre Pläne in Bezug auf Margarethe und den Vogt ändern sollte, und der Vogt selbst wollte das schon dreimal nicht. Margarethes einzige Möglichkeit, der Hochzeit zu entkommen, war, wenn sie gegen den Willen der Königin Prag verließ. Aber sie auch noch gegen den Willen von Herzog Ernst nach München zu bringen und sie dort, einer Konkubine gleich, in der Neuen Veste unterzubringen, war ein Fehler mit nicht wiedergutzumachenden Folgen. Jan wusste nicht, was er tun sollte. Als Freund und Gefolgsmann war er Albrecht verpflichtet, aber würde er dabei zusehen können, wie der Herzogssohn Margarethe ins Unglück stürzte?

Kapitel 8

Das Wetter glich Jans Laune auf verblüffende Weise. Grauer, kalter Nieselregen hielt sich hartnäckig und verwandelte die Straßen Prags in Schlammpisten, während der Stadtpalast vor Dreck und stinkendem Pferdemist überquoll.

Am Freitag klarte es ein wenig auf, doch was Margarethe betraf, gab es noch immer keine Neuigkeiten: Weder hatte die Königin ihre Pläne revidiert, noch schien der Vogt seine Absichten zu ändern. Albrecht trieb die Vorbereitungen für seine Abreise voran, die er für den Wochenanfang ins Auge gefasst hatte. Ein Gespräch mit seiner Tante hatte er aber bislang vermieden. Stattdessen schien der Herzogssohn darauf zu vertrauen, dass sich wie von selbst doch noch alles zum Guten wenden würde.

Dieses Verhalten machte Jan rasend und trieb ihn dazu, genau das zu tun, was er eigentlich nie hatte tun wollen: Er durchstöberte Albrechts Schreibtischschublade und fand darin Margarethes Briefe. Obwohl er sich dafür hasste, konnte Jan nicht wiederstehen, in ihnen zu lesen. Es war, als würde ihm mit jedem Satz der Boden unter den Füßen weggezogen. Bislang war er immer davon ausgegangen, Albrecht sei die treibende Kraft in der Beziehung. Doch schon nach den ersten Zeilen wusste er, dass er sich etwas vorgemacht hatte: Margarethe war bis über beide Ohren in Albrecht verliebt, daran bestand kein Zweifel. Hastig legte Jan die Briefe wieder an ihren Platz zurück und stürmte hinaus ins Freie. Er verlangte sein Pferd und jagte mit ihm über die Moldauauen, bis es vor Schweiß triefend und mit bebenden Flanken stehen blieb. Wie ein Schlosshund schluchzend ließ er sich vom Pferd fallen und schrie, bis ihm die Luft wegblieb. Doch der Schmerz und die brennende Eifersucht blieben.

Nachdem er sich wieder halbwegs gefasst hatte, stürzte er sich in die Arbeit. Der Hofmarschall hatte ihn damit betraut, dringend notwendige Bauarbeiten an der Ostmauer zu überwachen, wo der Frost Risse ins Gemäuer getrieben hatte. Der König hatte Maurer und Steinmetze aus der Stadt kommen lassen, die sich darum kümmern sollten. Zu Jans Aufgaben zählte es, dafür zu sorgen, dass der Mörtel taugte und nicht zu viel Sand beigemischt wurde. Aber es fiel ihm schwer, sich zu konzentrieren. Stattdessen zog es ihn zum Pferdestall, wo er Margarethe zu treffen hoffte, die täglich zur Falknerei ritt. Er sah sie fast jedes Mal, und es tat ihm entsetzlich weh.

Mit einem Mal schien sie so unerreichbar, und dabei begehrte er sie mehr denn je. Zudem fehlte ihm der Mut, sie anzusprechen. Was hätte er ihr auch sagen sollen? Dass Albrecht sie unglücklich machen würde, weil er nun einmal der zukünftige Herzog von Bayern-München war und nicht aus seiner ihm zugedachten Rolle heraus konnte? Sie würde ihm gewiss nicht glauben, dass sie sich mit dieser unsinnigen Liebelei nichts als Ärger einhandelte und sich womöglich ihr ganzes Leben verpfuschte. Eine Konkubine des Herzogs! Da wäre es tatsächlich besser, sie würde den Vogt heiraten. Margarethe würde ihn dafür verachten, trotzdem war Jan überzeugt, dass er sie zumindest warnen müsse. Jan beobachtete, wie die junge Hofdame im Mantel und mit hochgeschlagener Kapuze zum Stall eilte. Er hatte sich nun schon tausendmal seine Worte zurechtgelegt, und heute würde er Margarethe ansprechen. Falls sie ihn danach keines Blickes mehr würdigte – gut. Aber zumindest hätte er sein Möglichstes getan, das Unglück zu verhindern. Er nahm seinen ganzen Mut zusammen. Entschlossen überquerte er den Hof, doch als er ihr gegenüberstand, fühlte er sich wie ein Narr.

»Margarethe, wie geht's dir?«, erkundigte er sich etwas unsicher.

»Ganz gut«, erwiderte sie freundlich, wobei sie einen leicht gehetzten Eindruck machte.

»Hast du kurz Zeit?«

Sie schüttelte den Kopf. »Tut mir leid, aber können wir nicht nachher reden? Ich muss dringend in die Falknerei und bin schon spät dran.«

»Es ist nur ...«, stotterte er und sah zu Boden. Sag es ihr!, trieb er sich innerlich an, doch seine Zunge schien ihm wie gelähmt am Gaumen zu kleben. »Wie macht sich deine neue Zofe?«, brachte er schließlich heraus.

Sie schaute ihn verständnislos an.

»Ich meine, du weißt doch gar nicht, auf wen du dich da eingelassen hast.« Er hätte sich für seine Feigheit selbst ohrfeigen können.

»Trine bemüht sich nach Kräften«, lobte Margarethe. »Sie ist sehr geschickt, mach dir keine Sorgen. Aber jetzt muss ich wirklich los.«

Dann schwang sie sich in den Sattel und ließ ihn stehen. Enttäuscht sah der junge Ritter ihr nach, wie sie auf ihrem kleinen Fuchs aus dem Stadtschloss preschte. Wütend ging er zu den Handwerkern zurück.

Heinrich von Weida beobachtete, wie Margarethe kurz mit dem Sedlic sprach und dann aufs Pferd stieg. Er wusste, sie würde zur Falknerei reiten. Dabei ahnte sie jedoch nicht, dass er jeden ihrer Schritte überwachte – entweder persönlich oder durch einen seiner Getreuen. Und alles mit Billigung der Königin. Katerina von Wettin hatte sich als seine beste Verbündete entpuppt. Es war dem Vogt zwar schleierhaft, was die Tochter seines Lehnsherrn dazu trieb, aber sie und ihr Bruder Mihai spionierten Margarethe mit geradezu beängstigendem Elan hinterher. Katerina war es auch, die einen Liebesbrief an Albrecht abgefangen und der Königin zur Kenntnis gebracht hatte. Dabei hatte sie betont, dies nur aus Loyalität zu ihrer Königin zu tun und dass der Weida keine Ahnung von der Sache habe.

Seither hatte die Königin ein offenes Ohr für Weidas Sorgen um Margarethe gehabt: Ein wehrloses junges Mädchen könne doch keinesfalls allein quer durch die Stadt zum Hradschin reiten. Und überhaupt war ihm, dem Vogt, sehr an Margarethes Sicherheit gelegen. Es wäre ihm eine Ehre, einen seiner Männer zu ihrem Schutz abzustellen. Dankend hatte die Königin seinen Vorschlag aufgegriffen, nicht ahnend, dass dieser Schutz eher der Überwachung diente und Margarethe nicht darüber in Kenntnis gesetzt wurde. Weida war sich sicher, dass die beiden Turteltäubchen Margarethe und Albrecht über kurz oder lang einen Fehler machen würden, und dann wäre er zur Stelle und würde die Situation zu seinen Gunsten nutzen.

Lange Zeit geschah nichts. Der Wittelsbacher schien ein vorsichtiger Galan zu sein, doch die beiden schrieben sich nach wie vor eifrig Briefe, die sie durch die Zofe transportieren ließen. Die hatte sich zwar als unbestechlich erwiesen, nicht jedoch der Knecht, der in Albrechts Gemächern für den Kamin zuständig war. Der Bursche hatte beim Würfelspiel eine Menge Geld verloren, und Weida hatte die Schuldscheine in seinen Besitz genommen. Seither war der Knecht Wachs in seinen Händen und stahl unbemerkt jedes Schreiben aus der besagten Schublade, gab es dem Weida zu lesen und brachte es anschließend wieder zurück. Weida amüsierten Margarethes Liebesschwüre beinahe – dumme Hirngespinste eines jungen Mädchens, dem man den Kopf verdreht hatte –, doch es ärgerte ihn, dass der Wittelsbacher ihre Naivität offenbar ausnutzte. Es war an der Zeit, der Sache ein Ende zu bereiten. Und schon bald bot sich eine Gelegenheit dazu.

An diesem Tag wollte Weida den ersten Streich gegen den Wittelsbacher führen, und dessen Freund Jan würde dabei zu seinem unfreiwilligen Helfer werden. Schon seit dem ersten gemeinsamen Nachtmahl und später, während der Besuche im Badhaus, war dem Vogt klar geworden, dass der Sedlic Margarethe geradezu anbetete. Sie war die große Liebe, von der der junge Mann gesprochen hatte. Das mangelnde Interesse an den Badmägden hatte nur diesen einen Grund, dass der unglückliche Kerl an keine andere als die Rothaarige denken konnte. Dabei hatte der arme Junge nicht die geringsten Chancen, sie jemals für sich zu gewinnen: Er war ein Nichts, ein Niemand, abhängig vom Wohlwollen eines Fürsten, damit er nicht verhungerte. An die Gründung einer Familie, schon gar mit einer Frau wie Margarethe, war da gar nicht zu denken. Doch der Sedlic war gegen seine Gefühle für diese Frau machtlos.

Nachdem Weida das herausgefunden hatte, kannte er die Achillesferse des Wittelsbachers. Der Vogt lachte: Er würde Albrecht nicht nur die Geliebte, sondern auch noch den besten Freund nehmen. Seither hatte der Alte emsig die Glut der Eifersucht beim Sedlic geschürt. Mehr brauchte es gar nicht. Der junge Bursche schlich ohnehin schon um Margarethe herum wie ein Katerchen, das nicht wusste, wie es an die Milchschüssel gelangen konnte. Nun, der Vogt war sich sicher, Jan würde in seiner Verzweiflung nicht nur auf die Leckerei verzichten, sondern auch noch dankbar zusehen, wie der Vogt die Schüssel ausleckte. Die Zunge des Weida fuhr unbewusst über seine Lippen, während er seiner Braut bewundernd nachblickte. Je länger er sich mit ihr beschäftigte, umso mehr begehrte er sie! Sie war wie die schöne Helena und dabei doch eine gerade erst knospende Rose. Es erfüllte ihn mit Stolz, dass er und kein anderer sie bald pflücken sollte. Sein ehrgeiziger Bruder würde Stielaugen bekommen, wenn sie an seiner Seite in die Osterburg einziehen würde, und der eingebildete Wittelsbacher würde kochen vor Wut.

Es war Zeit, dem jungen Hengst zu zeigen, dass man auch als zukünftiger Herzog nicht ungestraft in anderer Leute Revier wilderte. Zum Glück war er selbst alt genug, um zu wissen, dass Margarethe keine Schuld trug: Frauen kamen nie davon, wenn es ein Angehöriger des Hochadels auf sie abgesehen hatte. Wie auch? Entweder machte man sie sich mit Schmeicheleien und Geschenken gefügig, oder man setzte sie unter Druck. Nur würde diesmal nicht der kräftigste Hirsch gewinnen, sondern der schlaueste. Mochte Margarethe auch von einem Herzog träumen, würde sie sich letztlich doch in ihr Schicksal fügen. Eines Tages würde sie ihm dafür danken, dass er sie zu einer ehrbaren Frau gemacht hatte, statt sie zur Hure eines Wittelsbachers werden zu lassen. Weida blinzelte Margarethe nach. Dann drehte er sich um und ging entschlossen zum Palast. Er hatte noch etwas zu erledigen. Doch bevor er dazu kam, spielte ihm der Zufall in die Hände. Jan Sedlic ritt ihm auf einem schweißnassen Pferd entgegen. Der Vogt blieb stehen und wartete.

»Herr Sedlic, wie gut, dass Ihr gerade im Palast der Königin seid«, sprach er ihn ohne lange Begrüßung an. Jan runzelte die Stirn.

»Könntet Ihr mir einen Gefallen tun?«

»Wenn's nicht zu lange dauert. Ich hab zu tun.«

»Ach, höchstens eine halbe Stunde. Doch wo Ihr gerade hoch zu Ross seid ...«

»Dann sprecht, und ich will sehen, was ich für Euch tun kann.«

»Nun, ich sah vorhin Margarethe zum Hradschin hinaufreiten, aber schaut Euch den Himmel an.« Der Vogt wies mit dem Zeigefinger auf die dunklen Wolken am Horizont. »Ich fürchte, es wird regnen, und sie ritt ohne Mantel fort. Eigentlich wollte ich ihr selbst nacheilen, aber bis mein Pferd gesattelt ist, könnte es bereits nass werden. Ob Ihr vielleicht so freundlich wärt und ihr einen Umhang bringt?«

Weida sah dem Jüngling an, dass er diese Aufgabe liebend gerne übernehmen wollte, und verkniff sich ein zufriedenes Grinsen.

»Na, dann gebt schon her«, antwortete Jan scheinbar gleichgültig.

»Einen Moment, ich bringe Euch das Kleidungsstück sofort. Ich habe es schon bereitlegen lassen.«

Rasch drehte sich der Vogt um und eilte in den Palast, doch statt zu Margarethes Kammer, hastete er zu der seiner Verbündeten Katerina von Wettin.

Die Tochter seines Lehnsherrn wartete bereits auf ihn. Sie thronte auf einem hohen Lehnsessel und spielte mit einer Narzisse. Sie hob kaum den Blick, als er sie mit einer knappen Verbeugung begrüßte. »Was hat Euch denn den Atem verschlagen, Heinrich von Weida«, meinte Katerina spöttisch.

»Habt Ihr den Mantel?«, fragte der Weida nicht ohne Ungeduld.

»Ihr solltet auf das Haus Wettin vertrauen.« Sie reichte

ihm das Kleidungsstück, das sie von ihrer Magd aus Margarethes Kammer hatte holen lassen.

»Habt Dank!«, meinte der Vogt knapp und hatte die Hand schon an der Tür, als Katerina ihn zurückhielt.

»Ach, Herr Vogt, ist Euch eigentlich zur Kenntnis gekommen, dass ich es bin, die Euch bei Eurem Jagdausflug mit Margarethe begleiten wird? So will es die Königin.«

»Nein, das war mir nicht bekannt.«

»Nun wisst Ihr's.«

»Ja, und?«

»Was ich sagen möchte ... Falls Ihr den Jagdausflug dazu nutzen wollt, Margarethe näher kennenzulernen, in der Kutsche zum Beispiel, würde es mir nichts ausmachen, ein kurzes Stück des Weges zu reiten.«

Der Vogt musterte die Tochter seines Lehnsherrn scharf, doch er schien sich nicht verhört zu haben. Wofür hielt sie ihn eigentlich? Und doch, warum nicht? Was der Wittelsbacher konnte, das konnte ein Weida schon lange. Er spürte, wie ihm das Blut in die Lenden schoss, schüttelte den Gedanken jedoch sofort wieder ab. Die Frage war doch vielmehr, warum die Wettinerin ihn dazu anstiften wollte! Noch einmal wunderte sich Weida über Katerinas unerklärlichen Hass auf Margarethe. Ein leises Lächeln zeichnete sich auf Weidas Lippen ab. Ob Katerina am Ende selbst auf den Wittelsbacher aus war?

Er neigte den Kopf und verabschiedete sich mit den Worten: »Wir sehen uns dann morgen.«

Hastig drückte er kurz darauf Jan Sedlic den Mantel in die Hand und bedankte sich noch einmal nachdrücklich.

Jan gab auf der Baustelle Bescheid, dass er noch etwas zu erledigen hätte. Dann machte er sich unverzüglich auf den Weg, obwohl das Wetter seiner Meinung nach noch eine ganze Weile halten würde. Aber der Vogt war eben nicht aus der Gegend. Er konnte das nicht einschätzen.

Schnaubend trabte Jans Brauner den Berg zur alten Burg hinauf und passierte das Tor zum ersten Burghof. Die Mauern trugen immer noch die Spuren des großen Feuers von 1303. Dahinter ragten auf dem dritten Burghof die Türme der St.-Veits-Kathedrale in den Himmel, die von Wenzels Vater Karl wiederaufgebaut worden war. Tagsüber herrschte im Königspalast, der dank König Karl durchaus in einem bewohnbaren Zustand gewesen war, reger Betrieb. Es waren hauptsächlich Handwerker, zumeist Steinmetze, die sich Baumaterial aus immer noch zerstörten Teilen der Anlage holten, um sie anderweitig wieder zu verwenden. Jan grüßte ein paar bekannte Gesichter und erkundigte sich höflich nach dem Stand der Baumaßnahmen, bevor er zu dem zweiten Burghof ritt, wo er vom Pferd stieg. Ein Stallbursche nahm ihm das Tier ab, um es zu versorgen. Dann ging er zur Falknerei. Margarethe allerdings fand er dort nicht. Merkwürdig. Suchend schaute er sich um, aber nicht einmal einer der Helfer war in der Nähe.

Meister Karl fand wenig Grund, Margarethe zu tadeln. Ganz im Gegenteil überraschten ihn ihr Einsatz und ihr Wissensdurst. Sie kümmerte sich nicht nur um ihren Falken, sondern fütterte auch die anderen Jungvögel. Sie half mit, sie daran zu gewöhnen, dass sie sich auf den Handschuh setzten und das Kopfleder aufsetzen ließen. Die junge Hofdame war mit Feuereifer dabei.

Margarethe machte die Arbeit mit den Vögeln Spaß. Während der letzten Wochen hatte sie eine Menge über die Tiere gelernt. Ihr Falke, das hatte sie inzwischen erfahren, war ein Weibchen und besaß daher größere Körpermaße als ein Männchen. Sie hatte es Wic getauft, die Weiße, obwohl ihr Meister Karl versichert hatte, das Junge würde sein helles Daunenkleid bald ganz gegen das bräunliche der älteren Falken eintauschen. Weiße Falken, so hatte ihr der Ritter erklärt, gäbe es nur im Norden, wo der Gerfalke zu Hause sei. In ganz Böhmen gab es nur einen einzigen dieser Art, und der war im Besitz des Königs. Er war Meister Karls ganzer Stolz. Niemand durfte auch nur in die Nähe des Käfigs, der mit mehreren Schlössern gesichert war. Bei besonderen Anlässen saß das herrliche Tier auf des Herrschers Hand, doch er jagte nie mit ihm, aus Angst, der Falke könne nicht zum Federspiel zurückkehren. Margarethe fand das schade, denn sie hielt es für den ureigenen Trieb der Vögel, fliegen und jagen zu dürfen. Bedauernd stand sie vor dem Käfig des Gerfalken und schaute hinein.

»Was träumt Ihr vor Euch hin, Waldeckerin!«, herrschte Meister Karl. »Sind die Jungfalken satt?«

Margarethe lächelte. Sie wusste inzwischen, dass es die Art des Falkners war, so barsch zu sprechen. »Gewiss sind sie das. Sie lassen sich mittlerweile mit dem Futter locken und setzen sich artig auf die Hand.«

»Soso, dann wollen wir einmal sehen, ob Eure dünnen Ärmchen genug Kraft besitzen, um einen Falken in die Lüfte zu werfen.«

Begeistert sah Margarethe den alten Mann an. »Ihr lasst mich mit dem Falken jagen?«

»Nichts da«, knurrte Meister Karl. »Immer einen Schritt schneller, als es gut für sie ist, die Waldeckerin. Werfen sollt

Ihr ihn und mit dem Federspiel zurückrufen. Doch ich warne Euch. Wehe, Ihr verliert mir das Tier!«

Schon mehrmals hatte die junge Hofdame dabei zugesehen, wie die Vögel trainiert wurden. Die jungen, unerfahrenen Falken hielt der Falkner an einer langen Leine, die mit Lederriemen an den Ständern der Vögel befestigt war. Die älteren Vögel übten mit dem Federspiel, einem ausgestopften Kissen, an dem Federn befestigt wurden, die wie Flügel abstanden. Wenn ein Falke zurückkehren sollte, ließ der Falkner das Federspiel über seinem Kopf kreisen. Diese Aufgabe sollte also jetzt sie übernehmen. Margarethes Herz klopfte aufgeregt, und wieder einmal dachte sie, wie schön es wäre, gemeinsam mit Albrecht auf die Beizjagd zu gehen. Meister Karl aber ließ ihr keine Zeit, ihren Gedanken weiter nachzuhängen, sondern trieb sie über die Wendeltreppe den Turm hinauf.

Auf einer Plattform, von der aus man einen schwindelerregenden Blick über die Stadt und die Moldau hatte, warteten drei Falken auf einer Sitzstange, alle noch mit dem Kopfleder ruhiggestellt. Meister Karl setzte sich den äußersten Falken auf den Handschuh und nahm ihm die Lederhaube ab. Der Vogel sah sich um und spreizte die Flügel leicht.

»Nun schaut genau zu, wie ich es mache«, forderte Meister Karl die junge Frau auf. Mit ausgestrecktem Arm warf er den Falken hoch, der sich augenblicklich in die Lüfte erhob. Kurz ließ der das Tier über dem Abgrund kreisen. Dann rief er es mit dem Federspiel zurück. Der Falke kam, ohne zu zögern, und nahm zur Belohnung die Atzung.

»Und nun Ihr, Waldeckerin. Probiert den mittleren Vogel.«

Entschlossen näherte sich die junge Frau, setzte das Tier ebenfalls auf ihren Handschuh, befreite seinen Kopf und ging einen Schritt auf den Abgrund zu. Der Vogel war erstaunlich leicht, und einen Moment lang fragte sie sich, wie es möglich war, dass ein so stattlicher Vogel kaum Gewicht besaß. Beim Anblick des freien Flugfeldes kreischte der Falke aufgeregt.

»Nun los, flieg!«, spornte sie ihn an und warf ihn hoch über ihren Kopf. Der Falke breitete die Flügel aus und ließ sich dann in die Tiefe stürzen. In atemberaubender Geschwindigkeit jagte er den Burgfelsen hinab. Jetzt sah auch Margarethe, was die Aufmerksamkeit des Falken erregt hatte: Eine Taube versuchte, sich panisch flatternd in Sicherheit zu bringen. Doch gegen den erfahrenen Jäger hatte sie keine Chance. Die Krallen weit von sich gestreckt, packte er die Beute, stieß einen Schrei des Triumpfes aus und strich ab.

»Ruf ihn zurück, Waldeckerin, mach schon!«, befahl Meister Karl aufgeregt.

Hastig hob Margarethe das Federspiel auf und wirbelte es über ihrem Kopf herum. Die noch immer zappelnde Taube im Fang, kämpfte sich der Falke wieder nach oben. Einen Moment schien er unentschlossen, dann jedoch folgte er dem Federspiel und kehrte zurück.

»Das nenne ich meisterliches Falknerhandwerk«, lobte eine Stimme hinter Margarethe. »Mich dünkt, Herr Karl, Ihr habt Euer Wissen an keine Unbegabte verschwendet.«

Sie wirbelte herum. Ihr Herz machte einen Satz, als sie Albrecht erkannte. Er war ihrer Einladung, sie in der Falknerei zu besuchen, also tatsächlich gefolgt.

»Fürwahr, Herr von Wittelsbach«, bestätigte der alte Ritter. Sein scharfer Blick huschte zwischen den beiden hin und her und bemerkte das Strahlen in Margarethes Augen. »Ich bring dann mal den Falken zurück«, murmelte er dann, »ist erschöpft, das Tier. Bin gleich wieder da.«

Die beiden jungen Leute warteten, bis die Schritte des

Falkners hinter ihnen verklungen waren, dann fielen sie sich in die Arme.

»Endlich«, hauchte die junge Hofdame und schmiegte sich an Albrechts Schulter.

Der Herzogssohn prüfte kurz, ob sie auch wirklich allein waren. Dann zog er sie noch enger an sich. »Ich habe mich vor Sehnsucht nach dir schier verzehrt«, gestand er.

Ihre Lippen fanden sich zu einem langen Kuss. Margarethe schloss die Augen. Ihr war schwindlig vor Glück, und fast hätten ihre Knie unter ihr nachgegeben.

»Ach, Albrecht«, seufzte sie.

Heinrich von Weida pfiff ein vergnügtes Lied, während er sein Pferd die Nerudagasse hinauftraben ließ, die die Prager Kleinseite mit dem Hradschin verband. Oben angekommen stellte er zufrieden fest, dass Jans Brauner bereits friedlich Heu fraß, das ihm die Stallknechte vorgelegt hatten. Der Vogt band sein Pferd gleich daneben an und verfluchte seine alten Knochen, die ihm an diesem Tag wieder besonders zu schaffen machten. Mittlerweile spürte er jeden Wetterwechsel, und dass es heute einen geben würde, daran hatte er keinen Zweifel. Obwohl ihm der Weg eigentlich bekannt war, erkundigte er sich nach Margarethe. Man gab ihm Bescheid, dass sie sich gemeinsam mit Meister Karl auf der Flugplattform befände.

Immer noch guten Mutes stieg der Vogt die Treppen hinauf, jedoch nicht die zur Flugplattform, sondern die zu einem anderen Turm, der sich schräg gegenüber befand. Er hatte vor, sich das Geschehen zunächst aus der Ferne anzusehen. Erst im entscheidenden Moment würde er sich zu erkennen geben. Keuchend erreichte der alte Ritter die Zinnen, von wo aus man weit übers Land, aber auch hinüber zu Margarethe blicken konnte. Der Vogt schirmte die Augen mit der Hand ab und entdeckte Margarethes unverkennbaren roten Haarschopf. Aufrecht stand sie da, mit wehenden Flechten und ohne die geringste Furcht, ein Anblick, der ihn in früheren Jahren zu einer Ballade inspiriert hätte. Heute waren seine gichtigen Finger nicht mehr in der Lage, die Laute zu schlagen.

Während er voller Stolz seine zukünftige Gattin betrachtete, vergaß Weida für einen Moment all seine Pläne und Intrigen. Was für eine Frau! Gerne hätte er ihr applaudiert und gesagt, wie sehr ihm die Vorstellung gefallen hatte. In diesem Moment betrat Albrecht von Wittelsbach die Plattform.

»Ach, arme Margarethe«, seufzte der Vogt, wandte sich um und stieg vorsichtig die Wendeltreppe hinab.

Erneut erreichte er die unbeleuchteten Wehrgänge, über die man von Turm zu Turm gelangte. Die Wände waren rußig von unzähligen Fackeln und fühlten sich speckig an. Plötzlich hörte er leise Schritte. Der Vogt blieb stehen und verbarg sich in einer Nische. Er hörte jemanden, der heftig schnaufte und sich räusperte. Als er vorsichtig aus seinem Versteck spähte, erkannte er den Falkenmeister, der mit einem Vogel auf dem Handschuh in einem der Gänge verschwand. Wie nicht anders zu erwarten, hatte er sich dezent zurückgezogen. Wo aber steckte der Sedlic? Er sollte mit eigenen Augen sehen, aus welchem Holz sein treuer Freund Albrecht geschnitzt war. Weida eilte weiter, ohne auf seine gichtigen Gelenke zu achten. Stufe für Stufe quälte er sich nun höher auf den Turm mit der Flugplattform. Als er fast oben angelangt war, drang Margarethes murmelnde Stimme zu ihm herunter. Vorsichtig schlich der alte Ritter noch ein Stück weiter.

»Komm«, gurrte nun Albrechts Stimme.

Du mieser kleiner Verführer!, fuhr es Weida durch den Kopf, und er knirschte mit seinen wenigen verbliebenen Zähnen. Dann lauschte er und wartete, während der Bayer weiter Süßholz raspelte.

»Ich habe Tag und Nacht an dich gedacht und daran, wie sich meine Lippen auf deinen angefühlt haben. Ich könnte sterben, nur um es noch einmal erleben zu dürfen.«

Weidas Hand fuhr zu seinem Messer. Dieser Wunsch lässt sich erfüllen, Mistkerl, dachte der Vogt. Das Blut rauschte in seinen Ohren. Sehr vorsichtig schob er sich weiter nach oben, so weit, dass er die beiden nicht nur hören, sondern auch sehen konnte. Der Wittelsbacher hatte die Rothaarige gegen die Brüstung gedrängt, sodass sie ihm nicht mehr ausweichen konnte, selbst wenn sie gewollt hätte. Seine Hände glitten lüstern über Margarethes Röcke. Weida mahnte sich zur Ruhe. Er durfte sich nicht hinreißen lassen, sonst würde sein schöner Plan zerplatzen wie eine Seifenblase. Der Sedlic musste jeden Moment hier sein.

»Margarethe, liebste Margarethe, bald schon sind wir für immer zusammen«, flüsterte der Wittelsbacher. Dann küsste er sie leidenschaftlich auf den Hals.

»Wenn wir München erst erreicht haben, kann uns nichts und niemand mehr trennen«, hörte der Alte den Bayern beteuern.

»Falsch gedacht, Freundchen«, triumphierte der Vogt leise. Am liebsten hätte er laut gelacht. Des Wittelsbachers Pläne waren dem Weida längst bekannt. Er wusste, dass dieser an seine Mutter geschrieben und sie gebeten hatte, Margarethe bei sich als Hofdame aufzunehmen. Jedoch war diese Nachricht auf dem Schreibtisch der Königin statt bei der Herzogin gelandet – der Knecht leistete wirklich vorzügliche

Arbeit. Sophie war außer sich gewesen vor Empörung und hatte Albrechts Brief kurzerhand verbrannt. Weida hatte sich zufrieden die Hände gerieben, als er erfahren hatte, dass der hübsche Plan des Bayern vereitelt worden war, ohne dass dieser davon ahnte.

Der Bursche würde noch eine Menge lernen müssen, wenn er ein halbwegs tauglicher Herzog werden wollte. Im Augenblick war er nicht viel mehr als ein unbedarfter Junge. Allerdings war dieser Jüngling gerade im Begriff, Margarethe zu verführen. Wenn der Sedlic nicht langsam aufkreuzte, würde Weida selbst einschreiten müssen. Der Vogt ballte die Hände zu Fäusten, während er beobachtete, wie Albrechts Küsse fordernder wurden. Jetzt würde sich herausstellen, ob Margarethe ein ehrbares Mädchen war oder doch die Hure, als die die Wettinerin sie hinstellte. Weida hielt den Atem an und hätte beinahe einen Freudenschrei ausgestoßen, als er sah, wie Margarethe zurückweichen wollte. Doch das Mauerwerk in ihrem Rücken ließ dies nicht zu.

»Albrecht, hör zu … wir müssen reden«, stammelte das Mädchen.

Weida registrierte mit Genugtuung, dass sie ganz offenbar versuchte, sich seinen Zärtlichkeiten zu entziehen.

»Sedlic, nun beeil dich doch endlich«, flehte der Vogt flüsternd. Schon packte er entschlossen den Knauf seines Schwertes, als er endlich hinter sich Schritte hörte. Das musste der Böhme sein. Der alte Falkenmeister wäre kaum mehr in der Lage, die Treppen in diesem Tempo heraufzusteigen. Der Weida blinzelte dem Ankömmling entgegen und lächelte zufrieden.

Als Jan den Vogt erkannte, hielt er verwundert inne. »Ihr hier? Wie das? Ich dachte …«

Weida bedeutete ihm, leise zu sein, und ging auf ihn zu.

Dann beugte er sich zu ihm hinab und flüsterte fast unhörbar: »Jetzt werdet Ihr die Wahrheit mit eigenen Augen sehen.«

Jan erstarrte. »Was meint Ihr damit?«

Weida schüttelte energisch den Kopf und bedeutete ihm erneut, den Mund zu halten. Energisch zog er ihn die Treppe hoch, bis zu sich hinauf. Als beide den Kopf durch die Öffnung zur Plattform steckten, deutete Weida nach rechts. Die Augen des jungen Ritters weiteten sich erschrocken. Die Situation war mehr als eindeutig. Margarethe und Albrecht waren so mit sich beschäftigt, dass sie gar nicht bemerkten, dass sie nicht mehr allein waren. Die junge Frau lag in den Armen des Herzogssohn. Keine Spur mehr von Widerstand. Albrechts Hände streichelten ihre Schenkel. Sie ließ es zu, nein, sie stöhnte sogar lustvoll. Weida hatte zwar das Gefühl, als würde ein Dolch in sein Herz stoßen, aber sein Schmerz wurde durch Jans Anblick gemildert. Eine Träne schlich sich zwischen die Wimpern des jungen Ritters hindurch und rollte über seine Wange. Ärgerlich wischte er sie weg und wandte sich ab. So entging ihm der zufriedene Ausdruck auf dem Gesicht des Vogtes.

Jan rang um Fassung. Erst Albrechts Vorhaben, Margarethe mit nach München zu nehmen, dann ihre Liebesbriefe und jetzt das!

»So haltet Ihr es also mit Eurer Ritterehre, Albrecht von Wittelsbach!«, hörte er plötzlich die donnernde Stimme des Vogts, der mit einem Satz auf die Plattform getreten war. »Eine unschuldige Hofdame in Versuchung zu bringen, die einem anderen versprochen ist.«

Der Wittelsbacher wich erschrocken zurück.

Der Vogt lächelte kalt. »Ich spucke aus vor Euch!«

Keiner der beiden Ertappten versuchte, sich zu rechtfertigen.

»Ihr erwartet ja wohl nicht, dass ich die Sache auf sich beruhen lasse«, setzte der Vogt hinzu. Er warf dem Wittelsbacher einen bohrenden Blick zu, dann wandte er sich um und schritt mit wehendem Mantel zurück zur Treppe. Albrecht und Margarethe starrten ihm stumm nach. Schließlich ging ihr Blick zu Jan, dessen Brust sich heftig hob und senkte.

»Wie konntet ihr nur«, flüsterte Jan schließlich und spuckte ebenfalls auf den Boden. Dann beeilte er sich, dem Vogt zu folgen.

»Jan!«, hörte er den Wittelsbacher hinter sich rufen, aber der junge Ritter wollte nichts hören. Nicht jetzt. Nicht nach dem, was er gerade gesehen hatte.

Margarethe und Albrecht rannten ihrem Freund hinterher, doch der eilte schon in einem halsbrecherischen Tempo die Treppen hinab. Als sie die Stelle erreichten, wo die Pferde angebunden waren, saß er bereits im Sattel und gab seinem Pferd die Sporen. Margarethe zitterten die Knie bei dem Gedanken, was die Königin zu all dem sagen würde. Dass der Weida ihr alles berichten würde, stand außer Frage. Und was um Himmels willen war mit Jan los?

»Mist.« Albrecht fuhr sich gereizt durchs Haar.

»Warum ist er nur so wütend?«, fragte Margarethe. »Hast du ihm nichts von uns gesagt?«

»Natürlich hab ich das«, rechtfertigte sich Albrecht.

»Und?«

»Du kennst ihn doch mit seinem Wenn und Aber. Er hält uns für unvernünftig.«

»Und was wird jetzt?«, fragte Margarethe ängstlich. »Glaubst du, der Weida kann uns etwas anhaben?«

Albrecht zuckte mit den Schultern und schwang sich auf sein Ross. »Er wird sich bei Tante Sophie beschweren.«

»Das glaub ich auch. Vermutlich wird sie schrecklich aufgebracht sein, wenn er mich jetzt nicht mehr will.«

»Sie wird uns schon nicht den Kopf abschlagen lassen. Aber hier am Prager Hof können wir nicht länger bleiben.«

»Das ist mir egal. Hauptsache, wir beide sind zusammen.«

Das Nachspiel ließ nicht lange auf sich warten. Noch vor dem Nachtmahl ließ die Königin nach Margarethe rufen. Mit gesenktem Blick kniete diese vor ihrer Herrin, die sie kaum eines Blickes würdigte.

»Du hast mich sehr enttäuscht!« Königin Sophie war ihre Wut deutlich anzumerken. »Ich hab dich für dankbar und vertrauenswürdig gehalten.«

Die junge Hofdame biss sich auf die Lippen und versuchte, das Donnerwetter an sich abprallen zu lassen.

»Tu nicht so reumütig«, zischte die Monarchin sie an. »Glaubst du etwa, ich wüsste nicht über dich Bescheid?«

»Herrin, ich …«

»Schweig! Lange genug hab ich diese Sache mit Albrecht geduldet und mehr als einmal ein Auge zugedrückt, aber dass du so weit gehst, das schlägt dem Fass wahrhaft den Boden aus!«

Margarethe öffnete den Mund, doch die Königin wollte nichts hören. »Wage es nicht zu leugnen! Ich weiß alles!«

Die zahlreichen Briefe und Notizen, die sie Albrecht geschrieben hatte, fielen vor Margarethe auf den Boden. Unwillkürlich wollte die junge Frau sie aufsammeln, doch die Königin trat mit den Füßen darauf, als wären sie Ungeziefer.

»Ich hab dich hier aufgenommen, als wärst du mein eigenes Kind, und du dankst es mir so«, redete sich die Königin weiter in Rage. Sie wedelte mit den Händen, als müsse sie einen üblen Geruch vertreiben. »Fällst mir in den Rücken und treibst es mit meinem Neffen, du undankbares Ding. Glaubst wohl, ein Vogt sei nicht genug für dich! Du kannst dich glücklich schätzen, Margarethe, dass der Weida nach all dem immer noch zu seinem Wort steht.«

Die junge Frau sog vernehmlich die Luft ein. »Ich will ihn aber nicht heiraten«, entgegnete sie schließlich leise und mit Tränen in den Augen.

»Ach ja?«, zischte die Königin. »Was hast du denn mit deinem jungen Leben vor? Willst du eine Wittelsbach'sche Hure werden?«

Margarethe zuckte zusammen. »Albrecht liebt mich«, verteidigte sie sich.

Auf dem Gesicht der Königin zeichnete sich ein spöttisches Lächeln ab. »Tut er das? Tatsächlich? Du bist so dumm, kleine Margarethe. Vielleicht magst du dem Sohn des Herzogs den Kopf verdreht haben, aber für den Vater zählt nur das Blut, und deins ist ihm bei Weitem nicht gut genug. Für die Rolle der Schlaffrau magst du eine Weile taugen, eine Herzogin wirst du nie.«

Margarethe, die noch immer kniete, rollten die Tränen über die Wangen, während der Geruch der polierten Bodenbretter in ihre Nase drang. Am liebsten wäre sie im Boden versunken. Wie konnte die Königin sie nur als Dirne beschimpfen und gleichzeitig von ihr verlangen, sich in Weidas Bett zu legen.

»Überdies werdet ihr kaum noch Gelegenheit für heimliche Treffen haben«, fuhr Sophie fort. »Bis zu seiner Abreise wird Albrecht in seinen Gemächern bleiben. Er muss ohnehin schnellstmöglich nach München zurück. Es gibt Zwistigkeiten zu regeln, Ärger mit Ludwig dem Gebarteten. So wie es aussieht, kann mein Neffe sein Mütchen bald im Krieg kühlen. Das wird ihm die Flausen schon austreiben.«

Die Worte der Königin ergossen sich wie ein Eisregen über Margarethe und ließen sie erzittern. Albrecht sollte in den Kampf ziehen? Was, wenn ihm etwas geschah und er niemals wiederkehrte? Margarethe kauerte am Boden. Obwohl sie es nicht wollte, begannen ihre Schultern zu beben.

Minutenlang schwieg die Königin, dann sagte sie etwas milder: »Kind, es gibt Dinge im Leben, mit denen muss man sich abfinden.«

Im nächsten Moment brach Margarethe zusammen. Tiefe Schluchzer stiegen aus ihrer Kehle. Die Königin schien dies als Zeichen der Einsicht zu deuten. Ihre Stimme klang nun versöhnlich. »Ich erwarte, dass du morgen diesen Ausflug mit dem Weida unternimmst und dass du am Sonntag als seine Gattin zurückkehrst. Ich halte es nicht länger für klug, eine große Hochzeitsfeier auszurichten. Geh jetzt.«

Mit zitternden Beinen kam Margarethe der Aufforderung nach. Gesenkten Hauptes wollte sie sich zurückziehen. Als sie die Tür erreicht hatte, richtete die Königin noch einmal das Wort an sie: »Und, Margarethe, versuch gar nicht erst wegzulaufen.«

Jan drückte einem Stallburschen das von Schweiß triefende Pferd in die Hand und stürzte sich in seine Arbeit an der Ostmauer. Plötzlich gingen ihm die Bauarbeiten nicht mehr schnell genug voran. Barsch stauchte der junge Ritter ein paar Maurer zusammen, die scheinbar müßig herumstanden. Als sie ihm sagten, dass ihnen die behauenen Steine ausgegangen waren, brüllte er auf die Steinmetze ein, dass dem halben Bautrupp die Ohren klangen. Die Mittagspause ließ er ausfallen, und tatsächlich sah es am Abend so aus, als wären sie ein gutes Stück vorangekommen. Erschöpft ließ sich Jan auf einem Stein nieder und stützte den Kopf in die Hände. Kaum dass er zur Ruhe kam, kreiste erneut das Bild von Margarethe und Albrecht in seinem Kopf herum, und Tränen stiegen ihm in die Augen. Gerade wollte er sich erheben, um in seine Kammer zu gehen, als der Weida um die Ecke kam.

»Da seid Ihr ja, Herr Sedlic«, grüßte der Vogt, als sei nichts geschehen. »Ich habe Euch gesucht.«

Jan nickte. »Wie kann ich Euch helfen?« Es fiel ihm schwer, höflich zu bleiben.

»Helfen? Nun, gar nicht, aber waren wir nicht verabredet?«

Schwach erinnerte sich der Böhme daran, dass sie tatsächlich ausgemacht hatten, heute zur Badstube zu gehen. Allerdings war ihm jedwede Lust darauf vergangen.

»Was macht Ihr für ein sauertöpfisches Gesicht?«, fragte der Vogt. Als Jan keine Antwort gab, grinste ihm der Alte zu. »Ich versteh schon. Eurem Freund Albrecht sind die Spendiermünzen ausgegangen, doch sorgt Euch nicht. Heute zahl ich die Rechnung. Wir wollen uns doch den Spaß nicht verderben lassen.«

»Verzeiht, mir ist heute nicht danach«, versuchte Jan, den Weida höflich abzuwimmeln.

»Gerade deshalb. Nun rafft Euch schon auf. Das Badhaus wird Euch guttun. Es löst die Muskeln und manch andere Verspannung.« Auffordernd streckte der Weida Jan die Hand hin.

Missmutig griff der junge Mann danach und ließ sich hochhelfen. »Ihr macht mir Spaß«, brummte Jan.

»Wisst Ihr, ab einem gewissen Alter lebt es sich viel angenehmer, weil man nicht mehr so viel grübelt, junger Freund.«

Jan zuckte mit den Schultern. Dass er zu viel nachdenken würde, hatte Albrecht ihm auch schon vorgehalten. Er klopfte sich den gröbsten Schmutz von der Kleidung. »Ich muss mich umziehen. Ich sehe aus wie ein Schwein.«

Er erntete ein strahlendes Lächeln. »Macht Euch keine Umstände. Zwei gesattelte Pferde warten im Hof«, erklärte der Vogt. »Ich glaube, wir beide haben eine Menge zu besprechen.«

Der Samstag wurde allen Erwartungen zum Trotz ein strahlend schöner Tag. Eine kräftige Frühjahrssonne brannte auf den Hof, und die Pferde vor der Kutsche stampften unruhig wegen der ersten Fliegen. Margarethe hatte sich schweigend von einer Zofe der Königin in das gelbe Kleid helfen lassen, das ihr wie angegossen passte. Trine hatte sich darum gekümmert, dass das Gepäck in einem der Karren verstaut wurde. Margot umarmte ihre Freundin mit hängenden Schultern, so als würde man sie in den Kerker werfen. Und im Grunde fühlte sich Margarethe auch genau so, als sie von zwei Männern der Palastwache abgeholt wurde. Ein letztes Mal nahmen sich die jungen Frauen in den Arm und hielten sich ganz fest. Einer Gefangenen gleich und mit gesenktem Kopf schritt sie über den Hof. Das Tuscheln in ihrem Rücken war unüberhörbar. Jedermann schien über den Zwischenfall in der Falknerei informiert. Margarethes Augen suchten verzweifelt nach Albrecht. Etwas in ihr hoffte noch immer, er würde mit dem Schwert in der Hand heranpreschen, sie auf den Rücken seines Braunen ziehen und mit ihr davonreiten. Doch das blieb ein Traum. Vom Wittelsbacher war nichts zu entdecken.

Schicksalsergeben stand Margarethe vor der Kutsche, als sie Jan in ihrem Gefolge ausmachte. Ihr Herz setzte für einen Moment aus. Er war doch immer noch ihr Freund, oder? Er würde sie doch beschützen? Seine blauen Augen wirkten verschlossen, und demonstrativ sah er über sie hinweg. Beschämt senkte sie den Blick, während er sich mit seinem Pferd in den Tross der Schildwache einreihte. Margarethe stieg in die Kutsche. Katerina nahm ihr gegenüber Platz, was bedeutete, dass der Vogt neben Margarethe sitzen würde. Deren letzten Hoffnungen ruhten nun auf der Wettinerin, denn sie hoffte, dass diese den Weida aufhetzen würde. Wenn der sich allerdings nicht einmal von der Tatsache abhalten ließ, dass er seine Zukünftige mit einem Nebenbuhler erwischt hatte, dann würden ihn ein paar Schauermärchen aus dem Munde der Lehnsherrentochter vermutlich auch nicht beirren. Margarethe sah, wie sich eine knochige Hand in den Verschlag schob. Gleich würde der Weida neben ihr Platz nehmen. Angst kroch in ihr hoch. Das selbstgefällige Lächeln der Wettinerin gefiel Margarethe ganz und gar nicht. Unruhig rutschte sie auf ihrem Platz herum. Katerina sah es und wirkte noch zufriedener.

Margarethes Finger suchten das Türschloss auf ihrer Seite des Wagens, doch da war keines. Noch einmal tastete sie möglichst unauffällig die stoffbezogene Wand ab. Nichts. Nun gab es kein Entkommen mehr. Ihr Kleid schien mit einem Mal unerträglich eng, und in der Kutsche war es schon jetzt viel zu heiß. Schweiß rann ihr über den Rücken. Trotzdem zog die junge Adelsfrau den Schal fester um die Schultern. Die Kutsche neigte sich, ein Zeichen, dass der Weida seinen Fuß auf den Tritt gestellt hatte, um einzusteigen.

Jan fingerte nervös an den Zügeln seines Pferdes herum und beobachtete, wie Weida im Verschlag verschwand. Auch wenn es ihm schier das Herz brach, war er sich dennoch sicher, dass der Weida richtig lag mit dem, was er gestern, während des ausgiebigen Besuchs in der Badstube, gesagt hatte. Er allein würde dafür sorgen können, dass Margarethe ihre Ehre behielt. Mit ihm war es ihr bestimmt, Herrin einer Burg zu sein, auf der man sie respektieren und den Nacken vor ihr beugen würde. Weida hatte Jan sein Wort gegeben, Margarethe als Gattin stets zu ehren. Er verlangte nicht mehr von ihr als einen Erben. Im Gegenzug würde sie alle Annehmlichkeiten einer Dame von Stand genießen.

Nach einer schlaflosen Nacht hatte Jan eingesehen, dass er Margarethe zu sehr liebte, um tatenlos danebenzustehen und zuzusehen, wie sie mit Albrecht in ihr Unglück rannte. Da war es besser, Albrechts Freundschaft und sein Wohlwollen zu verlieren und noch einmal von vorne anzufangen. Der Vogt hatte Jan sogar eine Stellung auf der Osterburg angeboten, aber die hatte Jan dankend abgelehnt.

Auch Albrecht hatte nach dem Zwischenfall auf der Falknerei versucht, mit Jan zu sprechen. Man hatte den Herzogssohn unter Hausarrest gestellt. Er hatte Jan eine Nachricht geschickt, aber Jan war der Bitte um ein Treffen nicht gefolgt. Die Enttäuschung schmerzte ihn zu sehr. Der Böhme war froh, dass Albrecht weg sein würde, wenn sie von ihrem Ausflug zurückkamen. Seine Abreise nach München war auf Montag vorverlegt worden. Es schien, als wäre auch die Königin froh, ihren Neffen endlich loszuwerden.

Jan schluckte bei dem Gedanken, dass von seinem früheren Leben nicht mehr als ein Scherbenhaufen übrig geblieben war. Alle hochfliegenden Pläne waren mit einem Schlag zerbrochen. Er würde nicht mit Albrecht nach München gehen, keine Karriere am bayrischen Hof machen, und er würde auch niemals Margarethe als Gattin an seiner Seite haben. Er war wie stets allein. Der Ring an seinem Finger, den ihm einst seine Mutter gegeben hatte, wog zentnerschwer. In diesem Augenblick war Jan felsenfest davon überzeugt, dass das Schmuckstück niemals die Hand einer Dame zieren würde.

Ächzend hievte sich der Vogt in die Kutsche und ließ sich schnaufend neben Margarethe nieder. Der Lakai schloss die Tür. Weida zog mit einem selbstgefälligen Lächeln die Vorhänge zu, wobei sein Blick zufrieden an Margarethe hängen blieb. »Meine Damen, ich muss schon sagen, eine ansehnlichere Gesellschaft kann sich kein Ritter wünschen«, lobte er.

Katerina lächelte abfällig. Margarethe schwieg. Das alles kam ihr so unwirklich vor, als wäre sie eine Schauspielerin in einem schlechten Theaterstück. Der Vogt klopfte mit dem Knauf seines Schwertes an die Decke, und die Kutsche setzte sich schwankend in Bewegung. Eine Weile sagte keiner etwas. Der Vogt spielte mit den Fingern. Gedankenverloren runzelte er die Stirn. Margarethe hätte nichts dagegen gehabt, wenn es die ganze Fahrt so ruhig geblieben wäre, doch als sie die Tore des Stadtschlosses hinter sich gelassen hatten, brach Heinrich von Weida sein Schweigen.

»Nun, Margarethe, jetzt sind wir endlich ungestört und haben reichlich Zeit, einige Dinge zu klären.«

Margarethe biss sich auf die Lippen. Sie war auf alles gefasst.

»Ein hübsches Kleid trägst du heute«, lobte der Vogt. Überrascht blickte Margarethe auf. Weidas Mund verzog sich zu einem ironischen Grinsen. Margarethe senkte wieder den Blick und musterte intensiv ihre Fingerspitzen. Weida seufzte, hob kurz den Vorhang an und spähte hinaus. Wohlwollend tätschelte er dann ihre Hand und rückte ein Stückchen näher. Gönnerhaft säuselte er: »Lass es mich so ausdrücken, meine Liebe. Ich habe ein großmütiges Herz und bin durchaus bereit, über diese Sache mit dem Bayernprinzen hinwegzusehen.«

Er fasste in seine Geldkatze und zog einen Ring daraus hervor. Dann griff er nach Margarethes Hand und streifte ihn ihr über den Finger, bevor sie auch nur wusste, wie ihr geschah.

»Es ist der Wille des böhmischen Königshauses und auch der meine, dass du mich als meine Frau ins Vogtland begleitest«, fuhr er nüchtern fort. Ein begehrlicher Blick streifte sie. »Du wirst wahrlich Glanz auf die Osterburg bringen.«

»Ihr seid nicht in Eurer Ehre gekränkt?«, fragte Margarethe leise und schluckte.

»Nun, natürlich hätte es mir besser gefallen, wenn uns dieser Zwischenfall erspart geblieben wäre, aber auch ich bin einmal jung gewesen. Da schlägt man zuweilen über die Stränge, und eigentlich trifft dich dabei ja keine Schuld.« Er versuchte sich an einem verschwörerischen Lachen.

Margarethe blickte zu Katerina hinüber. Die äugte durch einen Spalt zwischen den Vorhängen hinaus und sah dabei aus wie eine Katze vor dem Mauseloch. »Ihr seid also fest entschlossen, mich trotz allem zu heiraten?«, fragte Margarethe vorsichtig.

Der Vogt deutete auf den Ring und nickte. »Es gilt, die Pflicht zu erfüllen. Wir müssen tun, was unser Herr, der König, und das Land Böhmen von uns verlangen.«

»Ich bewundere Eure Selbstlosigkeit, Herr Weida«, entgegnete die junge Hofdame spitz. »Ich fürchte nur, mir fehlt es an rechter Demut. Vielleicht wäre es besser, Ihr suchtet Euch eine geeignetere Kandidatin. Am Prager Hof gibt es reichlich Auswahl. Die Witwe von Stettin zum Beispiel. Die brächte auch noch ein stattliches Vermögen mit.«

Weida lachte. Margarethe kämpfte bis zum letzten Blutstropfen, und das gefiel ihm. »*Alea iacta est*, meine Liebe, die Würfel sind gefallen«, gab er zurück. »Zudem besitzt keine der anderen Hofdamen deinen Scharfsinn.«

Katerina gab ein Geräusch von sich, als müsste sie sich das Lachen verkneifen. »Wenn ich überhaupt in diese Hochzeit einwillige, dann nur wegen des Geldes«, versuchte Margarethe, den Vogt zu provozieren.

Weida schaute sie einen Moment lang verwundert an, dann lachte er. »Mir ist durchaus klar, dass dir meine grauen Haare die Entscheidung nicht leichter machen, meine Liebe«, sagte er dann. »Aber du wirst bald erkennen, dass ein älterer Gatte durchaus Vorzüge hat. Wir alten Hasen haben einfach mehr Verständnis für euch junges Gemüse.«

»Ach, wirklich? Davon habe ich bislang nicht viel gemerkt. Euer Benehmen bei Tisch war beschämend.«

Weida winkte ab. »Ach, das darfst du nicht so ernst nehmen. Wir Graubärte müssen den jungen Hüpfern manchmal zeigen, dass wir noch Manns genug sind, mit ihnen mitzuhalten. Die glauben sonst, sich alles herausnehmen zu können. Zu Hause auf der Osterburg bin ich ganz handsam. Meine Verblichene würde es dir bestätigen, wenn sie noch reden könnte.«

»Vielleicht spukt sie ja als Geist umher.«

»Wenn, dann höchstens als Engel, die treue Seele. Wir haben wirklich eine gute Ehe geführt.«

»Nun, das wird man von uns leider nicht behaupten können, Herr Weida. Mein Herz gehört einem anderen.«

Der Vogt nickte, dann fuhr er munter fort: »Jaja. Und jetzt, da wir offen über dies alles gesprochen haben, ist es Zeit, unsere Verlobung zu besiegeln.«

Energisch packte er ihre Hand und zog sie zu sich hinüber. Margarethe wollte sich wehren, doch seine Finger hielten sie unerbittlich umklammert und führten ihre Hand zu seinem Mund. Er küsste ihre Fingerspitzen, rückte noch näher, beugte sich über sie und keuchte leise seufzend in ihren Nacken: »Ich verzehre mich nach dir, kleine Wildkatze, und je mehr du dich sträubst, umso begieriger werde ich.«

Margarethe wartete auf ein Auflachen oder zumindest eine bissige Bemerkung von Katerina, doch die Wettinerin hüllte sich in Schweigen und tat so, als ginge sie das Ganze nichts an, ja als würde sie nicht einmal bemerken, was sich vor ihrer Nase abspielte. Nur ganz kurz blickte sie zu Margarethe hinüber. Dabei glänzten ihre Augen durchtrieben, und um ihren Mund lag ein spöttischer Zug. Margarethe erstarrte. Plötzlich begriff sie, dass Katerina gar nicht daran dachte, gegen sie und Weida zu intrigieren – ganz im Gegenteil. Vielmehr weidete sie sich an Margarethes Verzweiflung und an dem Gedanken, dass ihr dieser Gatte jeden Tag aufs Neue zuwider sein würde. Margarethe versuchte, den alten Mann von sich wegzudrücken, aber der Vogt erwies sich als überraschend kräftig. Nach kurzem Gerangel hatte er sie so in die Ecke gedrückt, dass sie ihm nicht mehr entkommen konnte. Als er begann, ihren Hals zu küssen, geriet Margarethe in Panik.

»Bitte nicht«, flehte sie leise.

»Keine Angst«, flüsterte er. »Ich bin nicht so einer wie der Wittelsbacher, der dich einfach in den Rossstall zerrt und sich an dir vergeht.«

»Was?«, entfuhr es Margarethe. Sie wollte sagen, dass das überhaupt nicht stimmte, doch schon hatte der Alte ihr Ohr erreicht und hielt es zwischen seinen Zähnen, sodass sie sich bei ihrem Befreiungsversuch nur selbst wehtat. Sein süßlicher Geruch stieg ihr in die Nase. Mit jedem Atemzug glaubte sie zu ersticken. Ihr Magen verkrampfte sich.

»Margarethe, du weckst Gefühle in mir, die ich begraben glaubte«, säuselte der Vogt, so leise, dass nicht einmal Katerina es hören konnte.

»Lasst mich!«, wehrte sich die junge Frau. Entschlossen trommelte sie mit den Fäusten gegen die Wand der Kutsche. In diesem Moment krachte das Gefährt in ein tiefes Schlagloch, und die drei Insassen wurden von den Sitzen geschleudert. Margarethe schrie vor Schreck und Schmerz auf, als sich Weidas Zähne in ihr Ohrläppchen gruben. Der Vogt schlug sich das Knie an der Außenwand und stieß einen höchst unchristlichen Fluch aus, während er zu Boden fiel. Sein Kopf landete zwischen ihren Knien. Margarethe stieß ihn angewidert von sich, wobei er gegen Katerina schlug. Die kreischte und schubste ihn ebenfalls weg. Nach einem weiteren Holpern kam die Kutsche zum Stehen.

Jan öffnete den Verschlag. »Ist alles in Ordnung?«, fragte er besorgt. Sein Blick fiel auf Margarethes Ohr, das ein wenig blutete. Die junge Hofdame wäre ihrem Freund in diesem Augenblick am liebsten um den Hals gefallen. Doch der Vogt setzte sich zurück auf seinen Platz, wodurch Margarethe der Fluchtweg versperrt war.

»Ja doch, ja!«, fauchte Weida und drängte. »Lasst uns weiterfahren, damit wir endlich ankommen.«

Margarethe kramte betreten in ihrer Tasche nach einem Tüchlein. Sie spürte Jans Blick auf sich und schämte sich plötzlich. Ohne ihn anzusehen, nahm sie das kleine Tuch und presste es gegen ihr Ohr.

Jan runzelte leicht die Stirn. Margarethe sah durch die

gesenkten Lider zu ihm auf. Tonlos formten ihre Lippen die Worte »Hilf mir!«. Die Augen ihres Freundes flackerten für einen kurzen Moment. Dann fiel sein Blick auf den Ring an ihrem Finger. Seine Lippen verzogen sich zu einem Strich. »Gut, es soll weitergehen!«, rief er dem Kutscher zu und verschloss den Wagen wieder.

»Tut mir leid, meine Damen«, entschuldigte sich der Vogt.

»Ich glaube, ich möchte lieber reiten«, meldete sich plötzlich Katerina zu Wort. »Die Fahrt in der Kutsche tut meinem Magen nicht gut.«

»Wie bitte?«, fragte Margarethe erstaunt. »Du bist noch nie freiwillig in den Sattel eines Pferdes gestiegen. Kannst du überhaupt reiten?«

»Was weißt du denn?«, giftete die Wettinerin. »Bloß weil ich nicht wie eine läufige Hündin durch die Wälder streune, heißt das noch lange nicht, dass ich mich nicht im Sattel halten kann.« Energisch pochte sie mit der Faust gegen den Verschlag, woraufhin die Kutsche erneut anhielt.

»Zudem haben wir einen wunderbaren Zelter unter den Pferden«, schwärmte der Vogt. »Ihr werdet begeistert sein. Dieses Tier trägt eine edle Dame wie auf Wolken.«

Als der Verschlag geöffnet wurde, kletterte Weida heraus und gab Anweisung, das Pferd zu holen. Persönlich half er der Wettinerin in den Seitsattel. Elegant setzte sie sich auf dem Pferd zurecht und trabte dann an Jans Seite. Margarethe versetzte der Anblick einen Stich. So stand es also. Nicht einmal auf ihren Freund konnte sie noch zählen. Sie schluckte tapfer die Tränen herunter und wandte sich ab, damit niemand ihre Verzweiflung sehen konnte.

Weida hievte sich schnaufend zurück in die Kutsche. Diesmal nahm er gegenüber von Margarethe Platz und musterte sie ernst. Das Gefährt ruckelte los. Sie waren allein.

Der Vogt beugte sich nach vorne. »Und nun zu uns beiden«, meinte er. »Ich will mal eines klarstellen: Ich bin kein Scheusal, und ich werde dir ein guter Ehemann sein, Margarethe. Aber wenn du meine Vogtei und die damit verbundenen Annehmlichkeiten haben möchtest, musst du mir schon ein bisschen entgegenkommen.«

»Das will ich aber nicht«, entgegnete sie patzig. »Ich will nicht Euer Weib werden. Ich will nicht auf Eure Burg. Und ich will auch sonst nichts mit Euch zu tun haben.«

Sie schaute durch einen Spalt zwischen den Vorhängen nach draußen, um keinen Zweifel daran zu lassen, dass dies ihr letztes Wort war. Der Vogt machte ein bekümmertes Gesicht.

»Das glaub ich dir nicht!«, rief er schließlich.

Aufgebracht dachte Margarethe an die Königin, die sie in diese Situation gebracht hatte. Das Mädchen fühlte sich besudelt. Hastig säuberte es sich mit seinem Tüchlein.

Weida hockte mit grimmigem Gesichtsausdruck da. Er hatte den Kopf auf die Seite gelegt und schien nachzudenken. Nach einer Weile wurde seine Miene wieder versöhnlicher. »Wir beide müssen uns einfach aneinander gewöhnen. Dann werden wir uns irgendwann auch mögen und achten.«

»Niemals, vorher sterbe ich«, brach es aus Margarethe heraus. Sie konnte sich nicht länger zurückhalten. Sie barg den Kopf in den Händen und schluchzte.

Behutsam tätschelte Weida ihren Kopf. »Nicht alle Männer sind Ungeheuer«, tröstete er sie. »Lern mich doch erst mal kennen. Schau, ich lege dir meine Vogtei zu Füßen. Ich mache dich zu einer ehrbaren Frau.«

Beim letzten Satz griff er nach ihrer Hand und küsste sie innig. Sie wollte ihn wegstoßen, schreien, und weinte doch einfach nur, während seine Lippen ihren Arm liebkosten. Margarethes Magen krampfte sich zusammen. Sie glaubte schon, es nicht mehr länger aushalten zu können, als die Kutsche plötzlich anhielt. Die Fahrt war endlich zu Ende.

Eingebettet in das helle Grün der Buchenwälder erhob sich das Jagdschlösschen des Königs mitten im Wald über einer Lichtung. Margarethe kannte die Gebäude. Sie hatte das Herrscherpaar des Öfteren zu seinen Jagdausflügen begleiten dürfen. Dem Schlösschen fehlte der Prunk des Stadtschlosses, aber es besaß gute, wärmende Kamine, war geräumig, und es ließ sich dort gut aushalten.

Weida machte ein Gesicht, als bedauerte er, dass die Fahrt schon zu Ende war. Hastig richtete er seine Kleidung und sah zu Margarethe hin. »Ich habe im Saal eine kleine Stärkung vorbereiten lassen«, erklärte er. »Gleich danach werden wir uns am See auf Entenjagd begeben. Ich hoffe, dies wird dir ein wenig Kurzweil verschaffen.«

Dann stieg er aus. Margarethe krümmte sich auf ihrem Sitz zusammen. Ihr war sterbenselend. Am liebsten hätte sie sich in ihrer Kammer eingeschlossen.

Einer von Weidas Getreuen streckte ihr die Hand entgegen. »Meine Dame, darf ich Euch heraushelfen?«

Die Worte klangen wie ein Befehl. Zögerlich kam Margarethe der Aufforderung nach, ohne dem Mann zu nahe zu kommen. Sie war davon überzeugt, dass man den Weida an ihr riechen konnte. Doch falls das tatsächlich der Fall war, ließ der Ritter sich nichts anmerken. Er folgte ihr in gebührendem Abstand, blieb aber nah genug, um sie an einer Flucht hindern zu können.

Margarethe blinzelte ins Tageslicht. Einige graue Wolken zeigten sich am Himmel, doch die Sonne drängte sie energisch beiseite. Wenigstens würden sie bei der Jagd nicht nass werden, und vielleicht bot sich ja dabei eine Gelegenheit zur

Flucht. So wie sie sich fühlte, wäre Margarethe auch dazu bereit gewesen, in einer Bärenhöhle zu übernachten, wenn sie nur Weida nicht in ihrer Nähe wusste. Sie sah sich um. Der Vogt war nirgends zu sehen. Lediglich die Domestiken, darunter auch Trine, flatterten aufgeregt hin und her.

Während Margarethe das Schlösschen betrat, stellte sie sich vor, wie sie einem der Jäger die Saufeder entriss und sich die Freiheit erkämpfte. Sie wusste mit so einer Waffe durchaus umzugehen. Albrecht hatte ihr gezeigt, wie man sie handhabte. Sofort begann Margarethe, nach Jan Ausschau zu halten. Wie sie sah, war er bereits im großen Saal und rückte Katerina höflich den Stuhl zurecht. Margarethe hätte ihn dafür ohrfeigen können. Wie konnte er sich nur mit dieser Schlange verbrüdern? Oder war das alles vielleicht nur gespielt? Sie atmete tief durch und beschloss, ihrem Freund zu vertrauen. Er musste ihr einfach helfen.

Ein breites Grinsen im Gesicht, betrat der Vogt den Saal, durchmaß auf seinen O-Beinen den Raum und nahm wie selbstverständlich an Margarethes Seite Platz. Während getafelt wurde, legte er ihr das Essen vor, ließ ihr Wein einschenken und prostete ihr munter zu. Dabei schüttete er das Getränk einfach in sich hinein, ganz so, als wäre es Wasser.

»Heilige Maria, Mutter Gottes, lass ihn so viel trinken, dass er vom Pferd fällt und wir nach Prag zurückkehren müssen«, betete Margarethe. Doch die Einzige, bei der der Wein Wirkung zu zeigen schien, war sie selbst. Sie schwankte ein wenig, als sie sich erhob und in ihre Kammer ging, um sich für die Jagd umzukleiden.

Trine erwartete sie mit besorgtem Gesichtsausdruck. »Herrin, ich muss Euch warnen«, flüsterte die sonst so schweigsame junge Frau. »Irgendetwas geht hier vor sich. Seid auf der Hut.«

»Natürlich geht etwas vor sich. Dieser Greis hat sich eben mit mir verlobt!«, brach es aus Margarethe heraus. »Er ist so widerlich! Ich ertrage das nicht. Lass uns von hier verschwinden, Trine, oder gib mir einen Dolch, in den ich mich stürzen kann.«

Die Zofe machte ein erschrockenes Gesicht. »Pst, pst, nicht so laut. Draußen vor Eurer Kammer steht ein Wachknecht. Er kann alles hören.«

»Es ist furchtbar, ich fühl mich wie ein Vogel im goldenen Käfig«, stellte Margarethe fest.

Trine nickte.

»Du musst dich nach einer Fluchtmöglichkeit umsehen.«

Die Zofe schüttelte traurig den Kopf.

Margarethe raufte sich die Haare. »Warum kann er nicht einfach tot umfallen, so wie andere alte Männer auch?«

Trine bekreuzigte sich.

*

Albrecht von Wittelsbach lief unruhig in seinem Zimmer auf und ab. Verzweifelt suchte er nach einem Ausweg für sich und Margarethe. Doch ihm waren die Hände gebunden. Ein Vertrauter des Königs war dem jungen Herzogssohn offiziell als »Sekretär« an die Seite gestellt worden und begleitete ihn auf Schritt und Tritt. Es war gar nicht daran zu denken gewesen, Margarethe vor ihrer Abreise eine Nachricht zukommen zu lassen, geschweige denn, sie zu treffen. Auch Jan ließ sich nicht blicken, was Albrecht sich nicht erklären konnte. Warum hatte sein Freund nur so überreagiert, handelte er doch sonst stets überlegt? Ohne Jans Hilfe schien die Lage erst recht aussichtslos. Margarethe würde den Vogt heiraten müssen, und der würde mit ihr auf die Osterburg ziehen. Das hatte man dem Herzogssohn unmissverständlich klargemacht. Es war wie in dem Lied von den zwei Königskindern, die nicht zueinander finden konnten. Hinzu kam, dass die Königin Albrecht voller Zorn seinen Brief vorgehalten und ihm berichtet hatte, dass dieser Prag niemals verlassen hatte. Man hatte ihn einfach ausmanövriert, und ebenso wie Margarethe und Jan schien auch ihn das Glück verlassen zu haben.

Albrechts Blick fiel auf das Schreibpult. Er würde Jan zumindest einen Brief hinterlassen und ihn darin bitten, nach München zu kommen. Dort würden sie das Missverständnis zwischen ihnen wie Männer klären.

Margarethes Hoffnungen, während der Jagd irgendwie flüchten zu können, zerstreuten sich schnell. Es schien, als ahnte Weida, was sie vorhatte. Weder händigte er ihr eine Waffe aus, noch ließ er sie auch nur für eine Sekunde unbeobachtet. Lediglich mit dem Jagdfalken durfte sie sich an dem Treiben beteiligen. Zudem hatte man den kleinen Vollblüter zu Hause gelassen und ihr stattdessen den Zelter gegeben, den Katerina zuvor geritten hatte. Der war zwar bequem, bewegte sich jedoch im Tempo einer Schildkröte. Margarethe fluchte innerlich, tat aber dennoch so, als würde ihr das Pferd durchgehen. Der kurze Galopp wurde von Weida galant, aber nachdrücklich gestoppt. Bei anderer Gelegenheit versuchte Margarethe, sich zu Fuß in die Büsche zu schlagen, doch sofort war einer von Weidas Rittern an ihrer Seite. Viel zu schnell brach der Abend herein und zwang die Jagdgesellschaft zurück ins Schlösschen. Man hatte zahlreiche Enten und Wildgänse erlegt, die zum Nachtmahl auf den Tisch kommen sollten.

Als Margarethe von ihrem Zelter absaß, war es Jan, der ihr die Hand reichte. Ihre Fingerspitzen berührten sich, und für einen Moment, war die alte Vertrautheit wieder da. Der junge Ritter lächelte ernst. Margarethe senkte den Kopf und wollte sich abwenden.

»Warte«, hielt Jans Stimme sie zurück. »Bitte.«

Ihr Herz machte einen Sprung. Sie hatte sich nicht getäuscht. Jan war ihr von Albrecht geschickt worden, nur deshalb hatte er sich der Truppe des Vogts angeschlossen. Nun würde er ihr gleich seinen Fluchtplan offenbaren. Jan wusste schließlich immer einen Ausweg, selbst wenn die Lage noch so aussichtslos erschien. Ihre Haut kribbelte vor Aufregung. In ihrer Fantasie schlug der junge Böhme die Wachen nieder, während sie sich in den Sattel ihres Vollblüters schwang. Seite an Seite sprengten sie davon. Vermutlich wartete Albrecht in den nahen Wäldern, damit sie gemeinsam nach München reiten konnten. Erwartungsvoll sah Margarethe ihren Freund an. Doch sein Blick blieb gesenkt. Margarethe sah sich um. Sie wurden beobachtet. Einer von Weidas Männern stand ganz in der Nähe. Er hatte die Hand am Schwert, ohne sich zu bewegen.

»Ich muss mit dir reden.« Jan nahm sie beim Arm, als wolle er sie in das Schloss begleiten. Margarethe schaffte es kaum, ihm vor Aufregung nicht um den Hals zu fallen. Wie würde sein Plan aussehen?

»Es, ich …«, stotterte Jan, ohne sie anzusehen.

»Nun sag schon, wie wir's tun werden«, drängte Margarethe. »Wie schaffen wir es, von hier wegzukommen?«

»Was?« Erstaunt blieb Jan stehen und schüttelte den Kopf. »Nein, Margarethe, nein. Vergiss das.«

»Du bist nicht hier, um mir bei der Flucht zu helfen?« Ihre Stimme überschlug sich fast. Sie musste ihn falsch verstanden haben. Ungläubig starrte Margarethe ihren Freund an, doch Jan sah stumm an ihr vorbei. »Du hast es aber doch versprochen«, flüsterte sie fassungslos. »Du hast geschworen, dass du verhindern wirst, dass der Weida mich mit auf die Osterburg nimmt. Du kannst mich doch jetzt nicht im Stich lassen.«

»Es ist Zeit, erwachsen zu werden!«, fuhr Jan sie ungewohnt heftig an. Sein Adamsapfel zuckte, als versuchte er, ein Schluchzen zu unterdrücken. »Du und Albrecht, wie konntet ihr nur«, presste er schließlich hervor. »Ihr habt euch selbst in diesen Schlamassel gebracht. Jetzt kann ich auch nicht mehr helfen.«

Sein Kiefer arbeitete, und in seinen Augen lag ein derart gequälter Ausdruck, als würde er sich unverzüglich in sein eigenes Schwert stürzen wollen.

Margarethe war vollkommen verwirrt. »Himmel, Jan, was ist nur mit dir los?«, flüsterte sie. »Gönnst du mir mein Glück nicht?«

Der junge Ritter wandte sich ab, schwieg jedoch beharrlich.

Margarethe legte sanft ihre Hand auf seinen Arm. »Es tut mir leid, falls ich dich enttäuscht habe«, flüsterte sie. »Aber ich liebe nun mal Albrecht, und er liebt mich.«

»Aber warum?«, stieß Jan hervor. »Er wird dich niemals heiraten können.«

»Vielleicht werde ich keine Krone tragen, aber im Herzen bin ich längst seine Herzogin.«

Der junge Ritter schüttelte unwillkürlich den Kopf.

»Aber du, Jan, bist mein bester Freund, der allerbeste.«

»Genau, dein Freund«, antwortete der Böhme niedergeschlagen, »und deshalb möchte ich das Beste für dich.«

Margarethe hätte Jan am liebsten geschüttelt, damit er aufwachte und einsah, dass er ihr mit seinem Verhalten schadete. Doch er schien in Gedanken unendlich weit weg zu sein.

Schweigend führte er sie weiter. Es waren nur noch wenige Schritte, bis sich die Türen zum Jagdschloss endgültig hinter ihnen schließen würden. Dann wäre die letzte Gelegenheit, dem Vogt zu entkommen, vertan.

»Bitte, hilf mir Jan«, bettelte Margarethe mit erstickter Stimme. Der schüttelte den Kopf. Die Knie drohten unter ihr nachzugeben. Das war's also, fuhr es ihr durch den Kopf. Ihre letzte Hoffnung war dahin.

»Was willst du dann von mir?«, zischte sie kalt.

»Ich … ich möchte dich … auf etwas vorbereiten.«

Margarethe war so durcheinander, dass sie nicht wusste, was sie sagen sollte, und machte sich los von ihm. »Nun denn«, forderte sie ihn auf. »Frei heraus damit. Schlimmer kann es kaum noch kommen.«

Der junge Ritter räusperte sich. »Der Weida möchte wissen, ob du … also wie weit das mit Albrecht gegangen ist.«

»Und da schickt er ausgerechnet dich, um das zu fragen?«

Zerknirscht musterte der junge Mann seine Stiefelspitzen.

»Also, wenn du es ganz genau wissen willst. Wir haben uns geküsst und liebkost. Ich wünschte, es wäre mehr gewesen …«

»Dann ist's ja gut«, unterbrach Jan sie aufatmend. »Der Weida wird es nämlich nachprüfen lassen, gleich jetzt.«

»Was?«, keuchte Margarethe.

»Er hat eine Hebamme gerufen, die dich untersuchen soll. Katerina wird als Zeugin dabei bleiben. Ich wollte, dass du das weißt. Damit du …«

Margarethe versetzte ihm eine schallende Ohrfeige und stürzte davon. Weit kam sie allerdings nicht.

Ein Gefolgsmann des Vogtes verstellte ihr den Weg. »Fräulein von Waldeck, man wartet auf Euch.«

Margarethe schäumte. Rüde gab sie dem Mann einen Schubs. Der aber stand wie ein Fels in der Brandung und packte sie am Arm. »Ich begleite Euch gerne zu Eurem Gemach, damit Ihr Euch nicht versehentlich verlauft.«

Zornig riss sie sich los. Dann warf sie Jan einen letzten wütenden Blick zu und fauchte: »Das wird nicht nötig sein.« Ohne sich noch einmal umzudrehen, schritt sie hoch erhobenen Hauptes zurück zum Eingang des Jagdschlosses.

Es waren drei Frauen, die Margarethe in ihrer Kemenate in Empfang nahmen. Katerina thronte mit angewidertem Gesicht in einem gepolsterten Sessel mit hoher Rückenlehne. Eine ältere Hofdame, die Margarethe als Vertraute der Königin bekannt war, hielt sich im Hintergrund. Die dritte Frau trug die Tracht der Hebammen und fühlte sich in ihrer Rolle offensichtlich überhaupt nicht wohl. Sie verneigte sich vor der Rothaarigen und hielt ihr einen Becher mit warmem, duftendem Würzwein entgegen.

»Hier, Herrin, zur Stärkung«, meinte sie und machte dabei ein Gesicht, als erwartete sie, dass das Getränk im nächsten Moment über ihrem Kopf ausgegossen würde.

Margarethe hätte genau dies wahrscheinlich auch getan, doch die Hebamme tat ihr leid. Sie konnte ja am wenigsten dafür. Immer noch enttäuscht über Jan und wütend über das Ansinnen des Vogtes, trank Margarethe den Inhalt des Bechers in großen Schlucken.

»Trinkt nur, es wird Euch guttun und die Sache erleichtern«, ermutigte sie die Hebamme, während sie nachschenkte.

Margarethe leerte auch den zweiten Becher in einem Zug. Warm und prickelnd breitete sich das Getränk in ihrem Körper aus. Es verlangte sie nach mehr. Diesmal bediente sie sich selbst und trank etwas langsamer.

»Wenn Ihr dann so weit seid, Herrin, nehmt bitte dort

drüben Platz«, bat die Hebamme. Sie deutete auf einen hölzernen Hocker, in dessen Mitte sich ein großes Loch befand.

Margarethe schluckte. Was um Himmels willen hatte man vor mit ihr? Die beiden anderen Frauen taten unbeteiligt, doch Katerinas Augen glänzten boshaft.

»Kann ich noch einen Becher Würzwein bekommen?«, forderte Margarethe mit dem letzten Rest Würde.

»Gewiss, Herrin, so viel Ihr wollt.«

Albrecht war mit seinem Brief fertig. Er hatte eine Menge verbessert und dreimal die Gänsefeder nachgespitzt. Niemals hätte er erwartet, dass es so schwierig sein würde, die richtigen Worte zu finden. Er siegelte das Schreiben und legte es vor sich hin.

Jetzt war Margarethe an der Reihe. Was aber sollte er ihr schreiben? Dass er sie liebte, aber versagt hatte? Dass er sie holen kommen würde, notfalls mit seinem gesamten Heer? Doch das wäre mehr als unwahrscheinlich. Niemals würde sein Vater seine Zustimmung geben, vor allem jetzt nicht, da es gegen Ludwig ging! Der Gedanke, Margarethe für immer zu verlieren, ließ Albrecht aufstöhnen. Noch nie in seinem Leben war er derart hilflos gewesen. Es musste doch einen Ausweg für sie geben! Für sie alle drei. Er schlug mit der Faust gegen die Wand, dann öffnete er die Tür, um hinauszustürmen, und wurde augenblicklich aufgehalten.

»Herr?«, fragte die Wache mit der Hand an der Waffe.

Albrecht zuckte zurück. »Nichts weiter«, presste er zwischen schmalen Lippen hervor und ging zurück in seine Räume. »Mich gelüstet lediglich nach Wein.«

»Ich werde mich umgehend darum kümmern«, versprach

ihm der Mann, ließ aber keinen Zweifel daran, dass sich der Wittelsbacher zurück in seine Kammer zu begeben hatte.

Heinrich von Weida war gar nicht wohl gewesen bei dem Gedanken, was hinter der verschlossenen Tür vor sich ging. Persönlich war es ihm egal, ob die Waldeckerin noch Jungfrau war oder nicht. Hauptsache, sie war nicht schwanger. Das musste in jedem Fall unter Zeugen bestätigt werden. Sein habgieriger Bruder würde alles daransetzen, das Erbrecht von Margarethes zukünftigem Sohn anzuzweifeln. Dem galt es von vornherein einen Riegel vorzuschieben.

Nun stand der Vogt mit hochrotem Kopf und angehaltenem Atem den drei Frauen gegenüber und wartete. Margarethe hatte sich auf ihre Bettstatt zurückgezogen und trank mit hasserfüllten Augen einen großen Becher Rotwein. Die anderen standen in einer Reihe und sprachen mit einer Stimme: »Wir bezeugen hiermit, dass die edle Margarethe von Waldeck unberührt ist.«

Beinahe hätte der Weida vor Freude laut aufgejauchzt. Er hatte sich also geirrt, was die Vorgänge in der Scheune anging. Der Wittelsbacher war nicht halb so ein patenter Hengst, wie es schien – oder Margarethe wehrhafter, als er gedacht hatte. Das zerrissene Kleid kam dem Vogt wieder in den Sinn. Genau so musste es gewesen sein. Der Wittelsbacher hatte versucht, sich sein Recht zu nehmen, aber sie hatte sich ihm widersetzt, genau wie auf dem Hradschin. Was für eine mutige Frau. Strahlend händigte der Vogt der Hebamme den dreifachen Lohn aus und gab den beiden Hofdamen je ein Schmuckstück. Dann entließ er sie alle mit einem Wink.

Schließlich war er mit Margarethe allein. »Es tut mir leid, aber ich hatte keine andere Wahl.«

»Aus meinen Augen«, grollte die Rothaarige.

Weida ignorierte ihre Worte, wie man es bei einem wütenden Kind macht, und trat sogar näher. »Wenn du die Verhältnisse auf der Osterburg kennengelernt hast, wirst du gewiss verstehen, weshalb die Jungfernschau unabdingbar war, Margarethe. Trotzdem möchte ich mich dafür entschuldigen.«

»Ich wünschte, ich trüge Albrechts Kind, dann könnte ich dem Bub wenigstens sagen, dass sein Vater Anstand besäße. So aber mögt Ihr zwar die Gewissheit haben, keine Hure zur Frau zu nehmen, ich dagegen weiß nun, welch schlechten Charakter Ihr besitzt.«

Ärger keimte im Vogt auf. So würde er sich auf die Dauer gewiss nicht von einem Weib behandeln lassen. »Ich sehe Euch später, beim Nachtmahl«, sagte er mit kühler Stimme.

»Das glaube ich kaum«, giftete sie.

»Ich bestehe darauf.«

»Und wenn ich nicht will?«

»Dann wird Euch die Wache in den Saal schleifen, notfalls an Euren Haaren.«

»Schickt mir meine Zofe!«, rief sie erbost und drehte ihm den Rücken zu. Der Weida grinste schmallippig. Diese Wildkatze würde er schon zu zähmen wissen.

Trine huschte in Margarethes Zimmer, kaum dass der Vogt es verlassen hatte. Sie hielt ein wenig Honiggebäck in der Schürze, das ihre Herrin trösten und sie stärken sollte. Trine wusste genau, weshalb die Hebamme da gewesen war, und auch, was es bedeutete, dass sie einen ganzen Pfennig in Händen hielt, als sie die Kemenate wieder verließ. Den Domestiken entging nichts, auch wenn die Herrschaften oft so taten, als gäbe es sie gar nicht.

Margarethe empfing Trine mit blitzenden Augen und wütend wie ein gereizter Puma. »Schließ die Tür, und verbarrikadiere sie mit allem, was du findest!«, schrie sie beinahe hysterisch.

Schweigend begann die Zofe, gemeinsam mit ihrer Herrin Möbel zu verrücken. Viel helfen würde das nicht: Wenn Wachknechte hereinwollten, würden sie sich mit ihren Hellebarden einen Weg zu bahnen wissen. Zuletzt befand sich nur noch das Bett an der Wand. Margarethe bemühte sich, das schwere hölzerne Gestell zu bewegen, doch es war mit Bolzen am Boden befestigt. Weinend brach sie auf den Kissen zusammen.

Hilflos stand die Zofe im Raum. »So schlimm?«, fragte sie leise.

»Es war so demütigend.« Die Rothaarige schluchzte. »Ich hatte ihnen mein Wort gegeben, dass Albrecht und ich nicht mehr als Küsse getauscht haben, aber sie haben trotzdem darauf bestanden, dass diese Frau mich untersucht.«

Erstaunt sah Trine sie an. Warum dann diese Aufregung? »Ihr habt also nichts zu bereuen?«, fragte sie vorsichtig.

»Ich wünschte, ich hätte es«, heulte Margarethe. »Mit jedem Kerl, der Manns genug ist, hätte ich es treiben sollen, dann würde mir das Schicksal erspart bleiben, mich von diesem alten Mistkerl anfassen lassen zu müssen. Ich hasse ihn!«

Trine nickte verständnisvoll.

»Du hast wenigstens ein Kind von deinem Liebsten«, jammerte die Rothaarige weiter. »Ich wünschte, ich hätte auch eins von Albrecht.«

Die Zofe zuckte mit den Schultern. »Das würde es nicht einfacher machen.«

»Was ist dir eigentlich passiert?« Margarethe schniefte. »Wo ist der Vater der kleinen Grete?«

Trine schluckte. Bislang hatte sich niemand für ihre Tochter interessiert, und es war besser, wenn es so blieb.

»Er ist tot«, antwortete sie schlicht.

»Gestorben? Das tut mir leid. Hast du ihn geliebt?«

»Sehr.«

»Seid ihr verheiratet gewesen?«

»Ja.«

»Dann bist du also Witwe, aber du trägst keine Trauer.«

Unruhig trat Trine von einem Bein aufs andere. »Ist schon lange her.«

»Warum hast du nicht wieder geheiratet?«, erkundigte sich die Rothaarige.

»Warum heiratet Ihr nicht einfach den Vogt?«, fragte Trine zurück.

»Mein Herz gehört Albrecht.«

»Es tut Frauen nicht gut, einen Mann zu sehr zu lieben.«

Margarethe starrte gedankenverloren in die Dunkelheit und dachte darüber nach, was die Zofe mit diesen Worten genau meinte. Da klopfte es an der Tür. Trine sah, wie Margarethe zusammenzuckte.

Dann ertönte die Stimme der Wache. »Fräulein von Waldeck, ich soll Euch daran erinnern, dass man Euch beim Festmahl erwartet!«

»Geduld«, mahnte Trine an Stelle ihrer Herrin. »Die edle Dame ist noch längst nicht fertig zurechtgemacht.«

Ein unwilliges Knurren drang durch die Tür. Trine sah zu Margarethe, die verstockt und bockig wirkte und keinerlei Anstalten machte, sich umkleiden zu wollen.

»Wäre es vermessen, Euch einen Ratschlag zu geben?«, flüsterte die Zofe leise.

Margarethe sah sie erstaunt an. »Ich glaube, ich kann gerade jeden Rat gebrauchen.«

»Verhaltet Ihr Euch widerborstig, spielt Ihr diesen Leuten bloß in die Hände. Macht gute Miene zum bösen Spiel. Lasst sie glauben, Ihr hättet Euch mit Eurem Schicksal abgefunden, dann wägen sie sich in Sicherheit. Vielleicht lässt ihre Wachsamkeit nach, und Ihr erhaltet die Gelegenheit, die Ihr herbeisehnt. Ihr wollt doch weglaufen, stimmt's? Ihr wollt zum Herrn Wittelsbach. Ich bin dabei, wenn Ihr mich und Gretchen mitnehmen wollt.«

Ihre Herrin atmete ein paarmal tief ein und aus. Trine fürchtete schon, zu weit gegangen zu sein, als Margarethe das Wort ergriff: »Das klingt klug, aber niemand wird uns helfen, nicht einmal Jan.«

»Manchmal muss man seinem Schicksal selbst auf die Sprünge helfen.«

Nachdenklich nagte Margarethe an ihrer Unterlippe. »Wenn ich fliehe und Albrecht nachreite, werde ich das Wohlwollen der Königin verlieren. Ich bin ihr verpflichtet.«

Trine sah sie mit festem Blick an. Dann sagte sie: »Verpflichtet sind wir nur Gott und unserem Gewissen.«

Margarethe schluckte. Trine sprach klüger und mutiger, als sie es von ihrer Zofe erwartet hatte.

»Wir bräuchten Pferde.«

Trine schüttelte den Kopf. »Besser, wir haben keine. Zu Fuß können wir uns unsichtbar machen, und wir begehen zudem kein Verbrechen, wofür man uns später hängen könnte.«

»Du meinst also, ich soll dieses gelbe Kleid anziehen und den Weida hübsch anlächeln, ihm aber vors Schienbein treten, sobald wir allein sind.«

Trine musste lächeln. »So in etwa. Habt Ihr nicht auch beobachtet, dass sich die Wachen zurückziehen, sobald er in Eurer Nähe ist?«

»Und was ist, wenn man uns schnappt?«

»Dann werdet Ihr des Vogts Kinder gebären müssen, aber Ihr habt es wenigstens versucht«, meinte Trine mit einem Schulterzucken.

»Vorher springe ich vom Turm.« Margarethe schlug sich zur Bekräftigung vor die Brust.

»Dann geht hinaus und seht, was das Schicksal für Euch bereithält.«

Margarethe nickte. Trines Entschlossenheit hatte sie angesteckt.

»Noch ein Rat?«, fragte Trine, während sie bereits das gelbe Kleid aus der Reisetruhe holte.

»Noch ein Rat.« Margarethe lächelte.

»Zügelt Euch mit dem Wein«, empfahl Trine. »Ihr werdet einen klaren Kopf brauchen.«

Margot musste immerzu an ihre Freundin denken. Margarethe hatte zutiefst verzweifelt gewirkt, als sie in die Kutsche gestiegen war. Was, wenn sie sich etwas antat? Der Gedanke war ihr unerträglich. Mindestens ebenso furchtbar war die Vorstellung, Margarethe würde mit diesem alten Kerl verheiratet werden, wo sie doch den Albrecht so liebte. Margots Vorstellungen von der Liebe waren manchmal recht naiv. Ihr Wissen stammte aus den schier unerschöpflichen Geschichten ihrer Amme. Keine zwei Märchen waren gleich gewesen, und immer waren sie gut ausgegangen: Der Prinz hatte Mühen und Anstrengungen auf sich nehmen müssen, aber am Ende waren er und die wunderschöne Prinzessin vereint und lebten glücklich bis ans Ende ihrer Tage. Und so musste es auch sein, oder?

Auch im richtigen Leben kannte Margot nur glückliche Paare. Sie erinnerte sich an das strahlende Lächeln, mit dem ihre Mutter den Vater stets begrüßt hatte, worauf dieser ihre Fingerspitzen küsste. Ohne Zweifel liebten sich ihre Eltern bis heute. Aber sie wusste, dass auch ihr Vater um seine Gattin hatte kämpfen müssen und dass es früher noch einen anderen Verehrer gegeben hatte. Warum bloß unternahm Albrecht nichts? Die Frage beschäftigte Margot schon den ganzen Tag, und jetzt hielt es sie nicht mehr in ihrem Zimmer. Entschlossen schnappte sie sich einen Krug Wein und ging hinüber in den Männertrakt. Albrechts Kammer war nicht zu verfehlen, befand sich doch eine Wache davor. Es war kein Ritter, sondern ein einfacher Wachknecht. Den würde sie schon um den Finger wickeln, da war sich Margot sicher. Den Krug fest an die Brust gedrückt, marschierte die junge Hofdame auf ihn zu.

»Bringt Ihr den Wein, den der Herr hat haben wollen?«, erkundigte sich der riesige Kerl.

Margot stutzte. Kam ihr ein gütiger Zufall zu Hilfe? »Genau, mit einem Gruß der Königin«, behauptete sie mit unschuldigem Augenaufschlag.

»Ich werde ihm den Krug gleich bringen.« Der Wachknecht nickte. »Wenn Ihr ihn mir hierlassen wollt.«

Margot drückte das Gefäß fest an sich. »Nein, das mach ich lieber selbst.«

Die Miene des Wachknechts verschloss sich. Schon verstellte er dem Mädchen den Weg zur Tür und meinte förmlich: »Damenbesuch darf ich nicht gestatten.«

Margot versuchte es mit einem verschwörerischen Lächeln. »Ich könnte mir vorstellen, dass der Herr es kaum merken würde, wenn ein Becher des herrlichen Tropfens fehlte.«

Unwillkürlich fuhr sich der Wachknecht mit der Zunge über die Lippen. Der Wein roch verführerisch. Sehnsüchtig musterte er den Inhalt des Kruges, dann Margot. »Na ja, wenn man's genau nimmt, seid Ihr ja auch noch ein Mädchen.« Der Wachknecht zwinkerte listig.

Margot lächelte. Sie wusste, dass sie gewonnen hatte. Mit diesem Augenaufschlag bekam sie fast immer ihren Willen – zumindest bei Männern.

»Rasch, reicht mir Euren Becher, damit ich ihn füllen kann«, flüsterte sie, obwohl es eigentlich gar keinen Grund dazu gab. Schwungvoll goss sie dem Burschen ein. »Das wird Euch munden.«

Die Wache roch an dem Wein und verdrehte genießerisch die Augen. Margot nutzte die Gelegenheit, klopfte kurz an die Tür und stürmte dann in Albrechts Zimmer. Der junge Herzogssohn stand am Schreibpult, und seine Feder kratzte über das Pergament, als er erschrocken aufsah.

»Verdammt noch mal«, herrschte der junge Ritter. »Wer wagt es, zu stören?« Sein Blick traf Margot und wurde etwas milder. »Du hier?« Fragend runzelte er die Stirn.

»Ich habe Wein mitgebracht.«

Während Margot die schwere Eichentür schloss, wanderte Albrechts Blick wieder auf das vor ihm liegende Pergament. Er streute Sand auf das Schriftstück und starrte darauf, als würde er angestrengt nachdenken. Seine Augen jedoch waren leer und seine Schultern leicht nach vorn gebeugt. Margot wartete und hoffte, Albrecht würde von sich aus preisgeben, ob es einen Rettungsplan gab.

Dann räusperte sich der junge Herzogssohn. »Stell ihn einfach dort auf den Tisch. Ach, und danke, Margot.«

Das Mädchen schnaufte enttäuscht. Warum weihte er sie nicht ein? Er wusste doch, dass sie Margarethes Freundin und überdies verschwiegen war. »Aber bitte doch, gern geschehen, der Herr«, antwortete sie spitz.

Albrecht schaute auf. »Hab ich dich irgendwie verärgert?«

»Verärgert? Das trifft es nicht ganz. Ich verstehe nur einfach nicht, wie Ihr hier herumsitzen und in aller Ruhe Briefe schreiben könnt, während Margarethe auf dem Jagdschloss des Königs dem Weida ausgeliefert ist. Bedeutet sie Euch denn gar nichts?«

Albrecht legte den Sandstreuer beiseite und rollte die Schultern, als müsste er sie lockern. Sein Blick flatterte, und eine Ader an seiner Stirn war geschwollen. Mit der Rechten fuhr er sich durch das glatte, nussbraune Haar. »Ja, das ist furchtbar, aber was soll ich tun? Ich bin hier gefangen. Hast du die Wache nicht gesehen?«

»Margarethe liebt Euch, wisst Ihr das eigentlich?«

Albrecht holte tief Luft. »Ich liebe sie auch.«

»Und warum lasst Ihr sie dann im Stich?«

»Ich würde meine rechte Hand opfern, um hier herauszukommen. Ich hab's auch schon versucht, aber es ist aussichtslos. Meine Tante ist so stur ...« Albrecht knallte mit der Faust auf die Tischplatte. Margot fuhr zurück. Der Herzogssohn raufte sich erneut die Haare. »In einem hat sie sicher recht«, fuhr er fort. »Was könnte ich Margarethe schon bieten? Ein Leben als Schlaffrau eines Mannes, den man irgendwann zur Heirat mit einer anderen zwingen wird? Sie hat weiß Gott etwas Besseres verdient.«

Margot starrte ihn verständnislos an. »Ihr gebt Euch geschlagen, bevor der Herold auch nur die Fahne sinken ließ. Warum kämpft Ihr nicht für Eure Liebe? Ergreift Euer Schwert, und seid ein Held!«

Albrecht schüttelte den Kopf und meinte mehr traurig als wütend: »Kleine Träumerin. Das ist undenkbar. Ich bin ein Wittelsbacher. Ich kann mich der Königin von Böhmen nicht widersetzen. Man erwartet von mir, wie ein Herzog zu handeln. Aber das kannst du wahrscheinlich noch nicht verstehen.«

Margot stemmte die Hände in die Hüften. »Doch, ich versteh ganz gut. Amt und Würden sind Euch wichtig, genauso wie der Wille Eures Vaters und natürlich der der Königin. Nicht so wichtig ist dagegen Eure Liebe zu Margarethe und die Tatsache, dass Ihr beide für den Rest Eures Lebens unglücklich sein werdet.«

»Was schlägst du vor? Dass ich aus dem Fenster steige, mir ein Pferd stehle und Margarethe befreie?«

»Zum Beispiel. Das wäre jedenfalls besser, als hier herumzustehen und sinnlose Briefe zu schreiben.«

Das war frech, nein dreist. Albrecht wurde erst blass, dann feuerrot im Gesicht. »Du bist wirklich noch ein Kind, und so will ich deine Worte verstehen, denn wenn es anders wäre ...«

»Dann? Was seid Ihr nur für ein Mann, Albrecht von Wittelsbach? Ihr habt Margarethe doch gar nicht verdient.« Ohne ein weiteres Wort drehte Margot sich um und rannte aus dem Zimmer. Sie dachte daran, dass sich die Prinzen von heute doch deutlich von denen im Märchen unterschieden. Und wenn dem so war, dann wollte sie besser niemals heiraten, und verlieben würde sie sich schon dreimal nicht.

Die gebratenen Enten und Gänse rochen köstlich. Margarethe starrte sie in dem Bewusstsein an, dass sie vielleicht für längere Zeit ihre letzte, richtige Mahlzeit darstellten. Sie aß hastig, so viel sie konnte. Der Vogt sah es mit Wohlwollen. Lächelnd ließ er ihr vorlegen und füllte eigenhändig ihren Becher. Margarethe verdünnte sich den Wein mit Wasser. Trotzdem stieg er ihr in den Kopf. Sie hatte einfach schon vorher zu viel getrunken. Der Weida entspannte sich zusehends, blieb aber ebenfalls zurückhaltend mit dem Wein. Er entlohnte die Spielleute großzügig und erzählte dann Geschichten, die die Ritter zum Lachen brachten. Amüsiert forderten sie ihn auf fortzufahren. Was Margarethe anging, benahm er sich untadelig und behielt seine Hände bei sich. Für den heutigen Tag schien er besänftigt, weil sie zum Nachtmahl erschienen war und ihn vor seinen Männern mit Respekt behandelte.

Margarethe beschloss, ihn noch mehr in Sicherheit zu wiegen, und blieb länger, als es die Höflichkeit verlangt hätte. Zudem hoffte sie, dass die meisten Männer dadurch zu betrunken sein würden, um ihr später rasch zu folgen, falls die Flucht gelang. Die Nacht war schon weit fortgeschritten, und der Mond leuchtete hell durch die Fenster, als sich die Rothaarige endlich erhob.

Weida küsste galant ihre Fingerspitzen und meinte: »Ich werde Euch begleiten, Margarethe. Es gibt da noch etwas, was wir zu bereden hätten.«

Sein Blick huschte zu Katerina, und sofort wurde Margarethe misstrauisch. Was hatte er mit ihr vor? Sie beschloss, sich zu zieren, so wie man es von ihr erwartete, und hob fragend die Augenbrauen. »Hat das nicht Zeit bis morgen?«

»Ich fürchte, nein«, antwortete Weida. »Es geht um unseren Ehevertrag.«

Es gibt nichts, was mich weniger interessiert, dachte Margarethe, behielt die Worte aber für sich. »Wenn Ihr es für nötig erachtet«, gab sie ergeben zurück. Dann ergriff sie eine Karaffe mit Wein und machte sich auf den Weg, wobei sie fast ein wenig die Hüften schwenkte. Der Vogt starrte sie verblüfft an. Hastig dackelte er ihr auf seinen krummen Beinen hinterher.

Im Gegensatz zu Weida und Margarethe hatte Jan dem Wein reichlich zugesprochen. Als sich die Gastgeber vom Tisch erhoben, stierte er den beiden betrunken nach. Jan beobachtete, wie der Vogt Margarethe mit begehrlichem Blick folgte und im Schatten der Fackeln verschwand. Jans Gedanken flossen zäh wie Honig, und ein schaler Geschmack erfüllte seinen Mund. Erneut griff er nach der Karaffe und schenkte sich nach. Er verschüttete jedoch die Hälfte, als er viel zu hastig trank.

Er war so unglücklich, wie man nur sein konnte. Heinrich von Weida und seine Margarethe würden bald Mann und Frau sein. Es war kaum zu ertragen. Er liebte sie doch, mehr als sein Leben sogar, und sie schien es nicht einmal zu bemerken und hatte bloß Augen für Albrecht, und dem fiel nichts Besseres ein, als sie wie eine Dienstmagd zu verführen. Jan hob den Becher wieder an und goss sich einen weiteren großen Schluck in die Kehle.

»Aber ich hab's ihr ja auch nie gesagt«, lallte er vor sich hin. »Vielleicht sollte ich das endlich tun. Vielleicht ist gerade jetzt der richtige Moment dafür?«

Aber was würde es ändern? Er besaß immer noch kein Lehen und konnte einer Frau damit auch kein Zuhause bieten. Also würde Margarethe trotzdem den Weida heiraten und an dessen Seite über eine Burg und eine Vogtei herrschen. Jan griff nach einer der Schankmägde und zog sie auf seinen Schoß. Das Mädchen quiekte wie ein Ferkel, und er ließ sie wieder los.

Die Füße weit von sich gestreckt, hatte es sich Heinrich von Weida auf dem gepolsterten Sessel bequem gemacht. Margarethe hatte die Zofe fortgeschickt, sodass die beiden nun allein waren. Weida wurde einfach nicht schlau aus seiner zukünftigen Frau. Vorhin noch hatte sie gekratzt und gebissen, beim Nachtmahl dagegen schien sie ihn geradezu umgarnen zu wollen. Dass sie sich plötzlich mit ihrem Schicksal abgefunden haben könnte, konnte er sich nicht vorstellen. Dieser scheinbare Sinneswandel kam zu plötzlich. Weida war überzeugt, dass Margarethe etwas im Schilde führte. Entweder hatte sie jemanden gefunden, der ihr zur Flucht verhelfen sollte – aber wer außer Sedlic konnte das schon sein, und den hatte er so gut wie auf seiner Seite –, oder sie hatte beschlossen, die Sache selbst in die Hand zu nehmen, was ihr durchaus zuzutrauen war. Verhalten grinste der Vogt vor sich hin. Nun denn, er würde gerne Katz und Maus mit ihr spielen, nur würde er die Rollen vertauschen, denn zur Maus war ein Weida nicht geboren.

Der Vogt beschloss, in Ruhe Margarethes nächsten Zug abzuwarten. Er tat betrunkener, als er war, und beobachtete sie aus halb geschlossenen Augen, während sie erneut die Becher füllte und ihm einen reichte. Aufreizend sank sie auf ihre Bettstatt nieder und prostete ihm zu. Genießerisch ließ er den Wein durch seine Kehle rinnen. Falls sie plante, ihn betrunken zu machen, würde sie sich anstrengen müssen. Er hatte schon manchen Kerl unter den Tisch gesoffen. Aber er würde ihr gerne den Gefallen tun, mit ihr zu trinken, denn er wusste, dass der Wein die Weiber willfährig machte. Der Vogt wollte sie wirklich nicht mit Gewalt nehmen, aber so hatte er es schon manches Mal mit einer Frau getan, und er würde es auch diesmal tun, wenn es nötig wurde.

Weidas Herz klopfte, als Margarethe ihm erneut zuprostete. Er begehrte diese Frau wie schon lange keine mehr. Sie war wie der Sonnentau in den Mooren, der verführerisch glitzerte, aber viele ins Verderben gelockt hatte. Doch dem Vogt war nicht bang, denn er war sich sicher, diese Wildkatze zähmen zu können. Irgendwann würde sie ihm aus der Hand fressen, und dann würden sie es richtig schön miteinander haben. Langsam erhob er sich, trat an ihre Seite und nahm ebenfalls auf dem Bett Platz. Er vermied es, sie zu berühren, dennoch rutschte sie ein Stück von ihm ab. Das Spiel hatte begonnen. Der Vogt fuhr sich mit der Zunge über die Lippen. Er stellte sich vor, wie es wäre, Margarethe an sich zu ziehen, ihre Schenkel zu streicheln und schließlich zu öffnen. Er würde ihre Lust wohl zu wecken wissen.

»Nun denn, Herr Weida«, riss sie ihn aus seinen Träumereien. »Ich erwarte Eure Vorschläge.«

»Vorschläge, ja«. Er versuchte, sich zu konzentrieren. »Wie ich schon sagte, Margarethe, ich bin kein Unmensch, und jetzt, da ich sicher sein kann, dass du noch mit keinem anderen das Lager geteilt hast, will ich zu meinem Wort stehen. Ich verlange nicht mehr als ein Kind und ein wenig Achtung von dir, denn ich habe nicht vor, vor meinen Männern das Gesicht zu verlieren.«

»Ihr meint, ich soll Euch einen legalen Welpen werfen und höflich zu Euch sein.«

»Ähm, ja.«

»Und danach?«

»Was danach?«

»Bin ich anschließend frei? Wiegt Ihr mir das Kind mit Gold auf und lasst mich ziehen?«, fragte Margarethe, die sich sicher war, dass es nie so weit kommen würde.

Die Augen des Vogts verengten sich, als er antwortete. »Nun, zunächst einmal müsste das Kind natürlich ein Junge sein, denn Mädchen werden in der Erbfolge nicht berücksichtigt. Und gesund müsste er sein.«

»Aber wenn es so wäre, könnte ich danach gehen, wohin ich will?«

Weida musste lächeln. Wie naiv sie doch war! Der Vogt hatte schon vieles in seinem Leben gesehen, aber noch nie eine Mutter, die freiwillig ihr Kind zurückließ. Zudem würden Monate vergehen, bis dieses Kind geboren war. Bis dahin würde Margarethe sich an die Annehmlichkeiten auf der Osterburg gewöhnt haben und sie nicht mehr missen wollen. Zudem würde er ihr jeden Wunsch von den Augen ablesen und sie verwöhnen, wenn es ihm nur seinem Ziel, einen legitimen Erben zu zeugen, näher brachte.

»Wenn es dein freier Wille ist, die Burg zu verlassen, werde ich dir danach nicht im Wege stehen«, versprach er freimütig.

Margarethe nickte ernst. »Ihr seid in der Tat ein großzügiger Mann, Heinrich von Weida. Ich habe Euch falsch eingeschätzt.«

Er lächelte amüsiert und dachte im Stillen: In der Tat, Margarethe von Waldeck, das hast du, und du tust es noch immer.

Erneut prostete sie ihm zu, nippte selbst aber nur an ihrem Becher. Weida war sich sicher, dass er mit seiner Vermutung richtig lag: Die junge Frau glaubte tatsächlich, seine Sinne mit Wein trüben zu können.

»Den leeren wir auf dein Wohl, Margarethe«, schlug er lächelnd vor und achtete darauf, dass sie ihren Becher diesmal ebenfalls austrank. Der Vogt sah, wie sich ihre Wangen röteten. Sie sah entzückend aus.

»Es gibt da nur noch ein Problem«, fuhr die Rothaarige bedauernd fort.

Das werden wir auch noch aus der Welt schaffen, dachte der Vogt bei sich. Dann fragte er laut: »Und das wäre?«

»Ich liebe Euch nicht. Mein Herz gehört Albrecht von Wittelsbach.«

Weida musste sich beherrschen, den Becher nicht auf den Tisch zu knallen. Immer dieselbe Leier. Langsam machten ihn diese Kindereien wütend, und so fiel es ihm schwer, seine Stimme gleichmütig klingen zu lassen. »Ach, meine Liebe, ich weiß dein Opfer wohl zu schätzen, und ich stünde dir auch nicht im Weg, wenn es dich nach Erfüllung deiner Pflicht an den Münchner Hof ziehen würde. Bedenke, dein Stand hätte sich bis dahin durchaus verbessert, was an einem Herzogshof von Vorteil ist.«

»Ihr sprecht weise Worte, mein Herr.« Erneut hob sie den Becher.

Weida nahm es zur Kenntnis: Nun gut, sollte sie glauben, ihr Plan ginge auf. »Lass uns den Pakt mit einem Kuss besiegeln«, lallte er und beugte sich zu ihr herüber, doch sie wich ihm aus. »Noch nicht ganz, werter Herr«, wehrte sie ihn ab.

Er machte ein enttäuschtes Gesicht und tätschelte ihr Bein. Mit zusammengebissenen Zähnen ließ sie es geschehen.

»Ich dachte, wir wären uns einig. Was denn noch? Die Zusicherung deiner Mitgift? Behalte sie. Ich brauch sie nicht.«

»Nein, das ist es nicht. Wisst Ihr, das Problem ist das Haus Wettin, Eure Lehnsherrschaft.« Sie erhob sich und ging durch den Raum auf einen zweiten Weinkrug zu. Zögerlich blieb sie davor stehen.

Weida rollte mit den Augen. Wollte sie ihn nicht nur betrunken machen, sondern ihm auch noch eins über den Schädel ziehen? Mal sehen, wie sie auf seinen nächsten Zug reagieren würde. Scheinbar vor Trunkenheit schwankend, folgte er ihr. »Du wirst sie nicht oft zu sehen bekommen.«

Er umfasste Margarethe von hinten und griff nach ihren Brüsten. Sie waren nicht besonders groß, aber fest und rund, wie es sich für eine Jungfrau gehörte. Die junge Frau entwand sich ihm nicht sofort, sondern tat, als fände auch sie Gefallen an der Berührung. Sie hoffte, Weidas Wachsamkeit würde nachlassen, wenn sein Begehren nur groß genug wäre. Fast hastig drängte sie ihn zum Bett zurück. Der Vogt grinste vor Vergnügen. Jetzt wäre es gleich so weit. Er zumindest dachte nicht daran, diese Gelegenheit ungenutzt verstreichen zu lassen.

»Katerina und ich können uns, gelinde gesagt, wenig abgewinnen, und ich fürchte, der kleine Mihai ist recht nachtragend«, hörte er ihre Stimme dicht hinter sich.

»Das siehst du völlig falsch. Das Fräulein Katerina ist sehr für eine Ehe zwischen uns.« Er drehte den Kopf weit genug, um sie aus den Augenwinkeln beobachten zu können.

»Ich fürchte, stehe ich einmal unter ihrer Kuratell, wird sie ihr wahres Gesicht zeigen. Sie will mir nichts Gutes und würde es an meinen Kindern auslassen. Auch deshalb kann ich Euch nicht heiraten. Es wäre unverantwortlich.«

Weida seufzte. Er klopfte mit der Hand neben sich aufs Bett, eine Aufforderung an Margarethe, sich neben ihn zu setzen. »Hab ich das jetzt richtig verstanden? Du verweigerst dich mir, weil du befürchtest, das Haus Wettin könnte dir und deinen Kindern nicht wohlgesonnen sein? Was für ein Unsinn, Mädchen. Selbst wenn: Du genießt den Schutz der Königin!«

Sie kam tatsächlich näher zu ihm, blieb jedoch vor dem Bett stehen. »Es sind unsichere Zeiten. Sigismund strebt nach dem Thron. Was, wenn er Wenzel stürzt?«

»Welch wirre Gedanken für eine Frau.« Weida grinste und vergaß für einen Moment sogar zu lallen. Sie bemerkte es nicht, so angespannt war sie. »Nein, ich lasse das nicht gelten. Schlag jetzt ein, sonst …«

»Sonst?«

»... sonst ziehe ich mein Angebot zurück, und du wirst mein für immer.«

Margarethe umklammerte den Krug. Ihre Knöchel traten weiß hervor. Sie war wütend, und das war gut so. Es war Zeit, dieses unwürdige Spiel zu beenden.

»Margarethe, du wirst meine Gattin, egal ob es dir gefällt oder nicht. Mir persönlich wär's lieber, wenn du meinen Samen willig empfängst, doch am Ende kommt es auf das Gleiche hinaus.«

»Das meint Ihr nicht im Ernst?«

»Oh doch.«

Genau in diesem Moment hob sie den Krug, den sie immer noch in der Hand hielt. Krachend sauste er auf den alten Vogt nieder.

Trine hatte die Zeit genutzt und Gretchen zum Schlafen hingelegt. Dann war sie zurück zu Margarethes Kammer geeilt. Wie sie richtig vermutet hatte, stand keine Wache dort. Der Vogt wollte bei seinem Vorhaben unbelauscht sein. Trine musste lächeln: Wenn er sich da nicht mal verrechnet hatte. Sie traute Margarethe einiges zu. In der Küche hatte sie vom Gesinde erfahren, dass ihre Herrin vor wenigen Wochen eine steile Felswand erklettert hatte, nur um ein Falkenküken aus dem Nest zu holen. Dann würde es ihr sicherlich auch gelingen, einen ohnehin schon angetrunkenen Kerl in Schach zu halten.

Mit pochendem Herzen legte die Zofe ihr Ohr an die schwere Holztür. Sie hörte Stimmen und erkannte, dass es sich um den Vogt und Margarethe handelte. Die beiden unterhielten sich über eine mögliche Ehe. Offenbar hielt sich die Rothaarige an ihren Rat, den Weida in Sicherheit zu wiegen. Plötzlich vernahm Trine ein mächtiges Gepolter. Offensichtlich war ein Krug zu Bruch gegangen. Der hatte gewiss dem Weida gegolten. Das war Trines Einsatz. Vorsichtig öffnete die Zofe die Holztür. Das Erste, was sie sah, war eine große, rote Pfütze. Das Nächste was sie hörte, war die Stimme des Vogts.

Margarethe hatte aus einem Impuls heraus zugeschlagen, aber der Vogt musste es geahnt haben und war ihr gerade noch rechtzeitig ausgewichen. Der Krug war auf dem Boden zerschellt. Einen Moment lang stand Margarethe nur da und starrte Weida an. Dessen Augen wurden schmal. Sehr langsam stellte er sein Trinkgefäß auf den Boden, wischte sich mit dem Ärmel über den Mund und erhob sich. Mit einem Mal wirkte er überhaupt nicht mehr betrunken.

»Das war nicht nett, Margarethe!«, sagte er streng. Die junge Hofdame wusste, dass sie ihre Chance vertan hatte. Bevor sie aber den Mund öffnen und sich entschuldigen konnte, empfing sie eine schallende Ohrfeige. Der Schlag war so heftig, dass ihr schwarz vor Augen wurde und ihre Knie nachgaben.

Benommen spürte sie, wie Weida sie packte und bäuchlings aufs Bett warf. Ihr Gesicht landete im Kissen, und sie rang nach Luft. Sie roch den Mann mehr, als dass sie ihn sah, der nun rittlings auf ihr saß. Ungeschickt versuchte sie, ihn zu kratzen und um Hilfe zu rufen. Er packte ihr Haar und drückte ihr den Kopf noch tiefer ins Kissen, bis ihr die Sinne zu schwinden begannen. Margarethe rang nach Luft. Hilflos musste sie zulassen, wie schamlose Hände ihre Röcke nach oben schoben. In ihrem Kopf dröhnte es. Der Vogt drängte sich zwischen ihre strampelnden Beine und griff nach ihren

Brüsten, wobei er ihren Kopf loslassen musste. Gierig japste sie nach Luft.

»Nein, nicht«, wimmerte sie und versuchte, sich zu befreien. »Das dürft Ihr nicht.«

»Oh doch!«, zischte er. Sein Mund war ganz dicht an ihrem Ohr. »So viel und so oft ich will, denn ich werde dein Gatte sein. Es wird Zeit, dass du das endlich begreifst, kleine Margarethe.«

Sie kratzte ihn erneut, und wieder presste der Vogt ihr Gesicht ins Kissen.

»Wirst du wohl damit aufhören.« Grob drückte er ihre Beine mit seinem Knie auseinander.

Trine starrte erschrocken auf das Gerangel im Bett. Die Situation war mehr als eindeutig. Einen Moment war die Zofe versucht, sich auf den Vogt zu stürzen und ihm die Augen auszukratzen. Dann aber machte sie kehrt und rannte los. Sie brauchte einen Ritter, und genau in diesem Moment lief sie auch schon in einen hinein.

»Hoppla.« Jan Sedlic wirkte reichlich angetrunken und hatte im Frauentrakt eigentlich nichts zu suchen. Trotzdem erschien er Trine wie ein rettender Engel.

»Die Herrin Margarethe, rasch!«, brach es aus der jungen Frau heraus.

Augenblicklich hatte sie Sedlic' Aufmerksamkeit geweckt. »Was ist?«

»Kommt, kommt«, drängte Trine und zerrte an seinem Arm. Der junge Ritter folgte ihr, schwankte aber doch bedenklich. Dann endlich hatten sie Margarethes Kammer erreicht.

»Du wirst meine Frau«, drang die Stimme des Vogts heraus. »Und tust, was ich dir sage.«

Trine stieß den Sedlic geradezu in den Raum. Für sie war es besser, nicht gesehen zu werden.

Heinrich von Weida war mehr als bereit, und es fiel im schwer, sich zurückzuhalten, aber noch war Margarethe nicht seine Frau. Noch hatte er nicht das Recht, sie einfach zu nehmen. Doch sie sollte wissen, dass er dazu in der Lage war. Es war Zeit, ihr einmal den Kopf geradezurücken. Langsam erlahmte ihr Widerstand. Er ließ ihr Haar los, schob seine Hände unter ihre Hüften und hob diese ein wenig an. Dann begann er, durch die Kleidung hindurch sein Geschlecht an ihr zu reiben.

»Die Frau sei dem Manne untertan«, keuchte er aufs Höchste erregt. »Das steht schon in der Bibel.«

»Aber so war das gewiss nicht gemeint!«, grollte es von der Tür.

Das ist kein guter Zeitpunkt, Kerl, dachte der Vogt ärgerlich. Er ließ Margarethe los und drehte sich um. Aus leicht zusammengekniffenen Augen erkannte er Jan Sedlic. Der junge Ritter war ihm zwar körperlich überlegen, jedoch sturzbetrunken. Deshalb sah er gute Chancen, den Jungen zu überwältigen. Weida richtete sich auf. »Ihr versteht das falsch«, versuchte er, seinen Gegner abzulenken. »Margarethe ist nur unglücklich gefallen. Der viele Wein, wisst Ihr.«

Sedlic, der offenbar unbewaffnet war, funkelte böse.

»Ich wollte nur behilflich sein«, fuhr Weida fort.

»Was Ihr wolltet, hab ich gesehen!«, brüllte der Blonde nun vollkommen außer sich und stürzte mit geballten Fäusten in den Raum. Genau damit hatte der Vogt gerechnet. Er sprang zur Seite und griff nach dem Hocker. Mit aller Kraft ließ er ihn auf den Kopf seines Gegners niederfahren. Der schwankte kurz und ging in die Knie. Weida wendete den Blick zu Margarethe, die sich auf ihrem Bett zusammengekauert hatte wie ein verschrecktes Kätzchen.

»Jan, mein Gott«, hauchte sie am ganzen Körper zitternd.

Gleich darauf waren die schweren Schritte der Wachen zu hören.

»Ergreift diesen Mann, und legt ihn in Ketten!«, befahl der Vogt. »Er hat versucht, sich an meiner Verlobten zu vergehen.«

»Nein, nein«, stammelte Margarethe. »Das ist nicht wahr. Lasst ihn sofort los.«

Die Wachknechte beachteten sie gar nicht. Die Hofdame wollte aufspringen und ihrem Freund zu Hilfe kommen, doch Weida stieß sie grob zurück aufs Bett. »Durchsucht seine Sachen!«, befahl er und warf einen langen Blick auf Margarethe. Seine Glut war noch nicht gekühlt, im Gegenteil. »Und ruft mir das Fräulein von Wettin. Es soll bei meiner Braut bleiben, bis ich wiederkomme.«

Wie auf ein Stichwort erschien die Hofdame in der Tür und schritt an den Männern vorbei ins Zimmer. Jan stöhnte, als ihn die Männer an den Armen fortschleiften. Der Weida folgte ihnen und schloss die Tür hinter sich.

Margarethe war immer noch schwindlig. Sie fühlte Blut über ihr Kinn laufen und tupfte es vorsichtig mit der Bettdecke ab. Ihre Lippe war während des Gerangels aufgeplatzt und schwoll bereits an.

»Katerina, hilf mir, bitte.«

Sie erntete nur einen kalten Blick.

»Der Vogt hat mich geschlagen, weil ich ihm nicht zu Willen war.«

»Jetzt siehst du, was du von deinem Hochmut hast«, fauchte die Wettinerin. »Der kommt nämlich vor dem Fall. Das sagte schon meine Mutter.«

»Himmel, er wollte mich vergewaltigen!«, rief Margarethe außer sich.

»Was stellst du dich beim Weida auch so an«, meinte die Wettinerin spitz. »Bei Albrecht fiel es dir doch auch nicht schwer, den Rock zu heben. Wie du es hinbekommen hast, dabei deine Jungfräulichkeit zu bewahren, ist mir allerdings schleierhaft.«

Margarethe fuhr zurück. »Warum hasst du mich so, Katerina? Ich hab dir nie etwas getan.«

»Du!« Katerina machte ein verächtliches Gesicht. »Du kleiner Habenichts kommst hierher und denkst, du kannst alles haben, jede Vergünstigung, jeden Mann und am besten gleich noch den Titel einer Herzogin dazu. Wird Zeit, dass du merkst, wo du hingehörst ...«

»Aber das stimmt doch gar nicht. Das weißt du genau.«

Katerina trat näher an sie heran und betrachtete Margarethe mit Genugtuung. »Jetzt hat es ein Ende mit dir und Albrecht. Du wirst ihn nicht bekommen, niemals. Er ist nämlich viel zu nobel für dich. Für Leute wie uns bist du nur Abschaum. Und damit du's gleich weißt: Ich werde meinen Vater, Weidas Lehnsherrn, vor dir warnen. Er wird darauf achten, dass du nicht wieder vergisst, wo dein Platz ist – nämlich ganz hinten an der Tafel!«

Margarethe war fassungslos. Dann plötzlich wurde ihr alles klar. Katerina war eifersüchtig! So einfach war das, aber auch so grausam. »Dann hilf wenigstens Jan«, flehte sie inständig. »Albrecht wird es dir danken, und Jan hat wirklich nichts getan.«

»Nichts getan? Der steckt doch mit dir unter einer Decke.

Oder wer sonst soll diese heimlichen kleinen Ausflüge, auf denen du deine Verführungskünste ausspielen konntest, arrangiert haben?«

Margarethe wollte noch mehr sagen, doch in diesem Moment kehrte der Vogt zurück. Ohne die Rothaarige eines Blickes zu würdigen, wandte er sich sogleich an Katerina. »Genau wie Ihr es gesagt habt, Herrin. Der Sedlic ist ein Hussit. Man hat eine Handschrift des Ketzers bei ihm gefunden.«

Margarethes Augen füllten sich mit blankem Entsetzen, während Katerinas triumphierend funkelten. Die Wettinerin beugte sich zu Margarethe herab. »Du hast's gehört, der Jan wird brennen. Er steht schon so gut wie auf dem Scheiterhaufen, doch zuvor wird man ihn einer peinlichen Befragung unterziehen. Hast du bei so etwas schon mal zugesehen?«

Margarethe schüttelte angewidert den Kopf.

»Der Henker wird ihm die Fingernägel herausreißen und ihn mit glühenden Zangen malträtieren, und weißt du was: Du darfst dabei zusehen, wie er sich unter Qualen windet, wie er schreit und jammert.«

»Albrecht wird das niemals zulassen!«, schleuderte Margarethe ihr entgegen.

»Dein Albrecht wird nur leider nicht mehr hier sein, es zu verhindern. Er verlässt Prag.«

Plötzlich rebellierte Margarethes Magen. Sie würgte. Zitternd schwankte sie zur Waschschüssel und gab ihr Abendessen von sich. Als Weida sich ihr näherte, schrie sie los und trommelte mit ihren Fäusten gegen seine Brust. Er umfasste ihre Handgelenke und drängte sie zu ihrem Lager zurück. Dort gab er ihr einen kleinen Schubs. Sie brach auf ihrem Bett zusammen und weinte hemmungslos.

Eine Weile überließ Weida sie ihren Tränen, dann setzte er

sich neben sie. »Du könntest das verhindern, kleine Margarethe, du könntest deinen Freund retten«, lockte seine Stimme.

Sie blinzelte ihn aus verquollenen Augen an, und da wusste er, dass sein Plan aufgehen würde.

»Was muss ich tun?«, hauchte sie. Weida nickte der Wettinerin zu. Die zog ein Pergament aus ihrer Tasche, faltete es in aller Ruhe auseinander und reichte es dem Vogt.

»Das ist unser Ehevertrag«, erklärte er. »Der König als dein derzeitiger Vormund hat bereits unterschrieben und sein Siegel daruntergesetzt, siehst du?«

Doch Margarethes Blick war von Tränen verschleiert.

Schon hielt der Weida eine Feder in der Hand. »Hier unterschreibe ich«, sagte er. Die Feder kratzte über das Papier. Die Wettinerin reichte dem Vogt Löschsand. »Und hier kommt dein Name hin. Den Segen der Kirche holen wir uns später, bei einer schönen Feier auf der Osterburg.«

Er drückte ihr den Federkiel in die Finger. Sie zögerte.

»Margarethe, denk an Jan. Er wird die Hölle auf Erden durchleben, und am Ende wird er in seiner Qual auch noch deinen Namen nennen. Dann folgst du ihm auf den Scheiterhaufen. Du kannst ihn retten. Du kannst euch beide retten«, sagte der Vogt eindringlich.

Erneut schluchzte die junge Hofdame auf. Weida sah sie mit ruhigem Blick an und wartete. Margarethe war ein kluges Mädchen und würde sich richtig entscheiden. Endlich griff sie nach der Feder. Ohne ihn auch nur anzusehen, setzte sie ihre Unterschrift unter das Dokument. Der Vogt nahm es wie einen Schatz und reichte es Katerina.

»Und jetzt, da wir Mann und Frau sind, werden wir unsere Ehe vollziehen. Aber diesmal wirst du dich gefällig zeigen, meine Teuerste. Fräulein von Wettin, ich bitte Euch, uns jetzt allein zu lassen.«

Albrecht von Wittelsbach hatte sich in die Burgkapelle zurückgezogen, wo er um ein Wunder betete. Immer wieder blickte er hinter sich, doch die zwei Wachknechte am Eingang rührten sich nicht von der Stelle. Verzweifelt sah sich Albrecht nach einer anderen Möglichkeit um, aus der Kirche zu fliehen, aber der Burgkaplan hatte nach seinem Eintreten bei sämtlichen Türen mit Ausnahme des Hauptportals die hölzernen Riegel vorgeschoben. Albrecht saß hier nicht weniger in der Falle als in seiner Kammer. Es war bereits Nacht geworden, ohne dass sich ihm eine Gelegenheit geboten hätte, seine Bewacher abzuschütteln. So blieb ihm tatsächlich nichts anders übrig, als zu beten.

Gedankenverloren kniete Albrecht in der vordersten Kirchenbank, als die Kerzen am Alter unvermittelt flackerten. Dann hörte der Wittelsbacher flinke Schritte. Er fuhr herum und erkannte Margot, die mit fliegenden Röcken in die Kapelle hastete. Die Wachknechte machten eine wichtigtuerische Geste, bekamen jedoch große Augen, als Margot ihnen ein Schriftstück mit dem Siegel der Königin zeigte. Sie verbeugten sich knapp und ließen sie mit dem Herzogssohn allein. Das Mädchen bekreuzigte sich eilig und hastete zu Albrecht. Es zerrte an seinem Ärmel und wisperte: »Rasch, rasch hinaus.«

»Was ist denn passiert?«, erkundigte sich Albrecht und sprang auf die Füße.

»Der Weida hat keine Vogtei mehr«, jubilierte Margot.

»Wie, der Weida hat keine Vogtei mehr? Es ist kein guter Zeitpunkt für solche Scherze.«

Margot drängte ihn zum Kirchenportal. »Nun beeilt Euch doch, Albrecht.« Sie vergaß vor lauter Aufregung die höfliche Anrede. »Wir müssen zu Margarethe, bevor es zu spät ist.«

»Aber die Wachen ...«

»Herrgott noch mal, für einen angehenden Herzog seid Ihr reichlich begriffsstutzig. Die hab ich weggeschickt, im Namen der Königin. Prag hat kein Interesse mehr an der Hochzeit zwischen Margarethe und dem Weida. Der jüngere Bruder unseres werten Heinrich hat dessen Abwesenheit genutzt, um Fakten zu schaffen. Er hat die Osterburg eingenommen und hält sie nun besetzt. Der König tobt, aber was soll er machen? Offiziell gilt das Ganze als Familienfehde, aber im Grunde weiß jeder, dass Sigmund dahintersteckt. Sei es, wie es sei: Weida mag vielleicht dem Titel nach noch Vogt sein, aber Land und Burg sind ihm abhanden gekommen.«

Albrecht schlug ein Kreuz. »Dem Himmel sei Dank.«

»Dafür ist später Zeit. Die Pferde warten.«

Seite an Seite liefen sie los und erreichten den Hof, wo zwei gesattelte Pferde und vier Berittene auf sie warteten.

»Du willst doch nicht etwa mitkommen?«, keuchte Albrecht, während ihm einer seiner Getreuen den Schwertgurt reichte. Endlich fühlte er sich wieder als ganzer Mensch. Mit der Waffe in der Hand würde er dem Weida Margarethe wohl entreißen.

»Darauf könnt Ihr wetten«, erwiderte Margot keck. Ein Knappe half ihr in den Damensattel auf eine kleine Stute.

»Du wirst uns nur aufhalten.« Albrecht sah skeptisch aus.

»Bis jetzt seid Ihr es, der unseren Ritt verzögert!«, rief Margot und gab ihrem Pferd die Peitsche.

Sein Plan war aufgegangen. Margarethe war sein. Heinrich von Weida seufzte zufrieden. Alle Anspannung fiel von ihm ab. Er war am Ziel. Er hatte dem Willen der Königin entsprochen, die darauf bestanden hatte, dass Margarethe mit der Unterschrift ihre Zustimmung zu der Verbindung geben sollte. Der König als Vormund hatte schon lange unterzeichnet. Nun war nur noch eines zu tun: Der Vogt konnte kaum abwarten, bis sich die Tür hinter Katerina von Wettin schloss und er mit Margarethe allein war. Er berührte die Hofdame, die niedergeschlagen auf ihrem Bett kauerte, am Arm und reichte ihr einen Becher Wein aus der noch heilen Karaffe.

»Trink, meine Liebe«, forderte er sie auf. »Glaub mir, das wird dir guttun.«

Zu seinem Erstaunen gehorchte sie ohne den geringsten Widerspruch. Sie trocknete sich das tränennasse Gesicht und stürzte den Wein in einem Zug hinunter. Nun, wenn sie sich mit dem Wein betäuben möchte, ich kann's ihr nicht verdenken, dachte der Vogt und schenkte ihr noch einmal nach. Wieder trank sie mit hastigen Schlucken. Er beschloss, noch ein wenig zu warten, damit das Getränk auch wirklich seine Wirkung entfalten konnte. Schließlich hatte er jetzt alle Zeit der Welt. Seine Finger ordneten ihr Haar, das ihr in wirren Strähnen herunterhing, und wieder zuckte sie zurück. Weida mahnte sich zur Geduld, aber sein altes Herz pochte ihm in der Brust. Es war lange her, dass er eine Jungfrau edlen Blutes hatte verführen dürfen. Und er hatte die Absicht, es in vollen Zügen zu genießen.

»Es tut mir leid, dass mir vorhin die Hand ausgerutscht ist, aber schlagen lasse ich mich von keiner Frau. Du wirst das nie wieder versuchen, verstanden?«

Sie nickte ergeben. Weida wanderte eine Weile im Zimmer hin und her. Schließlich kam er zu ihr zurück, beugte sich zu ihr hinunter und flüsterte: »Zieh dich aus.«

Sie rührte sich nicht und tat so, als habe sie ihn nicht gehört.

»Mach schon.« Diesmal war seine Stimme drängender. »Denk an den Sedlic. Sei einfach ein bisschen nett zu mir, und ich will nett zu ihm sein.«

»Ich kann das nicht ohne meine Zofe.« Ihre Stimme klang rau. Weida lächelte. Sie würde ihm zu Willen sein, was auch immer er von ihr verlangte. Für ihren Freund würde sie alles tun. Vielleicht sollte er Jan Sedlic mit auf die Osterburg nehmen. Er würde ihn ihr von Zeit zu Zeit vorführen, und sein Zustand würde immer exakt davon abhängig sein, wie sie sich als Ehefrau verhielt. Weida beglückwünschte sich zu dieser Idee und musste lächeln. Seine Ehe würde auf soliden Füßen stehen.

»Ich werde heute an ihre Stelle treten«, flüsterte er Margarethe ins Ohr, und seine Stimme zitterte vor Erregung.

Ein neuer Schluchzer kam aus ihrer Kehle, aber sie stieg aus dem Bett, ging zu dem hölzernen Hocker und ließ sich darauf nieder. Der Vogt folgte ihr und begann, die komplizierte Schnürung des gelben Kleides zu lösen, wobei seine Hand immer wieder in die Teufelslöcher der Ärmel glitt. Er verfluchte die zahlreichen Bänder und Schnüre und musste sich zusammennehmen, um ihr das Kleidungsstück nicht einfach vom Leib zu reißen. Endlich glitt der luftige Stoff zu Boden und gab die milchweißen Schultern frei. Margarethes Rundungen zeichneten sich verlockend unter dem Unterkleid aus feinem Leinen ab. Weida fuhr sie mit den Fingerkuppen nach, küsste die junge Frau durch den dünnen Stoff hindurch und versuchte, sie mit kleinen Bissen zu reizen. Margarethe erzitterte, und der Vogt unterdrückte ein Stöhnen. Seine Hände gruben sich in ihr Unterkleid und zerrten ungeduldig an dem Stoff, bis er es endlich über ihren Kopf gestreift hatte. Nun verhüllte nur noch das Hemd ihren unschuldigen Körper.

Sein Puls raste inzwischen, und sein Atem ging heftig. »Steh auf«, befahl er keuchend und zwang sich, seine Hände von ihr zu nehmen.

Zögerlich folgte sie seiner Aufforderung. Er konnte seinen Blick nicht von ihr wenden. Ihr Haar umspielte in sanften Wellen ihre Schultern. Es reichte ihr weit über die Hüfte hinab. Er musste es einfach berühren. Mit einem Satz war er bei ihr, haschte wie ein kleiner Junge nach den rotgoldenen Strähnen, küsste sie und ließ sie durch seine Finger gleiten. Dann trat er einen Schritt zurück und musterte Margarethe mit einem Blick, als habe er sie noch nie gesehen.

»Wie schön du bist«, staunte der Weida. »Von allen Frauen, die ich jemals in diesem Leben genossen habe, bist du die Beste. Nun lächle mich an, wie es sich für ein gutes Weib ziemt. Lächle, denn das macht deinen Gatten glücklich.«

Langsam hob Margarethe den Kopf. Gequält verzog sie ihre Lippen wie geheißen, doch ihre Augen blieben starr. Weida zuckte unmerklich zusammen. In ihrem Blick sah er nichts als Abscheu, Ekel und seinen eigenen Verfall.

»Du sollst lächeln, hab ich gesagt!« Er spürte Wut in sich aufsteigen. »Und zieh endlich das Hemd aus!«, herrschte er sie an.

Das Mädchen erschrak und gehorchte. Nun stand sie vor ihm, wie Gott sie erschaffen hatte, und mit einem Mal wurde ihm bewusst, dass sie kaum mehr war als ein unerfahrenes Mädchen, ein verschrecktes Kind. Er schämte sich für seinen Ausbruch kurz zuvor und auch für seine lüsternen Gedanken. Er war alt, verbraucht. Plötzlich war ihm sein faltiger, mit Narben übersäter Körper peinlich. Er wollte Margarethe nicht verschrecken. Ihre Liebe ersehnte er, nicht ihren Hass. Sie brauchte einfach Zeit, sich auf die Ehe und ihre neue Rolle einzustellen, und er selbst offensichtlich auch. Die Jahre hatten ihn rau werden und glauben lassen, er bräuchte nur mit seinem Rang oder seiner Börse zu locken und jede Frau müsse ihn erhören. Aber dieses Mädchen war anders. War es nicht genau das, was er an ihr so reizvoll fand und was sie als zukünftige Herrin der Osterburg so besonders machen würde?

Natürlich konnte er sich sein Recht nehmen und der Natur ihren Lauf lassen. Ganz ohne Zweifel würde sie über kurz oder lang schwanger werden und ihm den ersehnten Erben schenken. Aber dann würde sie sich nie wirklich als seine Gattin fühlen. Erneut betrachtete er das bebende Mädchen. Sie war doch noch so jung und unerfahren. Und wenn er ihr einfach nur ein wenig Zeit ließ? Aber konnte er das? Er begehrte sie so sehr! Einen Atemzug lang kämpfte er gegen seine Leidenschaft an, bis er sich wieder gefasst hatte, dann führte er sie behutsam zu ihrem Bett, ließ sie sich auf den Bauch legen und deckte sie mit einem Laken zu.

Vorsichtig begann er, ihren verkrampften Körper zu streicheln. Seine Finger glitten in eine Schüssel mit Öl, die er hatte vorbereiten lassen. Er goss etwas von der Flüssigkeit über ihren Rücken und massierte sie damit. Allmählich schien sie ruhiger zu werden. Seine Hände wanderten tiefer, berührten ihr Gesäß. Er wartete auf ein noch so winziges Zeichen, dass ihr die Berührung gefiel, dass sie seine Hände auf ihrem Körper mochte.

»Das ist doch angenehm, oder?«, brummte er, doch Margarethe tat, als habe sie es nicht gehört. »Ich finde es wunderbar.«

Erneut begann sie zu zittern, und obwohl es ihm widerstrebte, ließ er seine Hände wieder nach oben zu ihren Schultern und ihrem Nacken wandern. »Ich will dir wirklich nichts Böses, Mädchen«, flüsterte er »Ich liebe dich doch, und es wäre so schön, wenn du mich auch ein klein wenig gernhaben könntest.«

Da ihm unerträglich heiß geworden war, löste er den Gürtel und streifte das Hemd ab. »Schau, ich leg mich einfach ein bisschen zu dir und halte dich im Arm. Dann erzähl ich dir von meiner Burg. Sie liegt erhaben auf einem Bergsporn zwischen den Flüssen Weida und Auma, überragt von einem Bergfried, von dem aus man weit über das Land blickt. Wenn man auf den Zinnen steht und einem der Wind durchs Haar fährt, fühlt man sich wie der Falke, der frei und stolz übers Land segelt. Es gibt auch einen Garten mit Apfelbäumen, deren Früchte im September die Luft mit ihrem Duft erfüllen.«

Während er weiter und weiter redete, kroch der Vogt neben Margarethe. Die Decke ließ er zwischen ihnen, obwohl er das Gefühl hatte, die Anspannung kaum mehr aushalten zu können. Ihm war schwindelig, weil das Blut durch seinen Körper raste und sein Herz so heftig pochte, dass es ihm beinahe aus der Brust zu springen drohte. Er tauchte seine Hand erneut in das Schüsselchen mit dem Öl und verteilte etwas davon auf Margarethes Rücken. »Erzähl doch auch ein wenig von dir. Du liebst die Falknerei, und du reitest gerne. Was ist mit deinem Pferdchen? Wann hast du es bekommen?«

Zögerlich und mit rauer Stimme begann Margarethe von dem Fohlen zu berichten, das sie kränklich auf dem Prager Rossmarkt entdeckt hatte und wie sie ihr weniges Erspartes zusammengeklaubt und es mitgenommen hatte.

Heinrich von Weida genoss es, ihrer Stimme zu lauschen. Und wenn er sich nicht ganz täuschte, tat es auch ihr gut, zu reden. Er küsste zärtlich ihren Nacken, woraufhin sie verstummte. »Weiter«, forderte er sie mit sanfter Stimme auf.

»Wie war es für dich, als du zum ersten Mal auf dem Pferdchen gesessen bist, und wie war der erste Galopp mit ihm?«

»Ein Stürmen und Schweben«, gestand sie.

Weida war es, als stünde das Bild genau vor ihm.

Er legte vorsichtig das Bein über ihren Rücken und verharrte für einen Moment in dieser Position. Er erwartete Widerstand, doch nichts geschah. Vorsichtige Hoffnung machte sich in ihm breit. Er beugte sich nach vorne und rief mit leisem Triumpf: »Du wirst schon sehen, ich werde dich glücklich machen.«

»Niemals«, tönte eine Stimme hinter ihnen. »Das werde ich nicht zulassen!«

Weida gab ein wütendes Knurren von sich. Warum zum Teufel hat dieses Zimmer von innen keinen Riegel?, fuhr es ihm durch den Kopf.

»Albrecht!« Margarethe schluchzte auf, während sie sich von Weida zu befreien versuchte.

Weidas Kopf fuhr herum! Tatsächlich. Da stand der Wittelsbacher mit gezücktem Schwert mitten im Zimmer. »Ihr wagt es, mich in meiner Hochzeitsnacht zu stören!«, fauchte der Vogt empört.

»Von wegen Hochzeitsnacht!«, rief Albrecht mit glühenden Wangen. »Die Vermählung ist abgesagt.«

»Was redet Ihr da?«, rief der Weida zurück, während er hastig seinen Gürtel schloss und aus dem Bett sprang. »Ich habe einen rechtsgültigen Ehevertrag.«

Der Wittelsbacher erstarrte. Margarethe kroch in die hinterste Ecke des Betts und hüllte sich hastig in ihr Laken.

»Stimmt das?«, wandte sich Albrecht an seine Geliebte.

»Er hat ihn erschlichen«, wimmerte das Mädchen. »Er hat gesagt, dass er Jan sonst foltern lässt.«

»Was?«

»Der Kerl hatte ein Papier des Hus bei sich«, knurrte der Vogt. »Und zudem habe ich ihn erwischt, wie er mit meiner Frau Unzucht treiben wollte.«

»Nichts als Lügen!« Margarethe war außer sich.

Albrecht atmete schwer, als er in ihr tränenverschmiertes Gesicht blickte. »Du hast den Ehevertrag unterschrieben, um Jan vor dem Scheiterhaufen zu bewahren?«

Sie nickte zaghaft. Weida triumphierte. »Es ist alles verbrieft und besiegelt! Wie Ihr es auch dreht und wendet, Herr von Wittelsbach, dies ist mein gesetzlich angetrautes Eheweib, und Euer Freund ist ein Hussit.«

Im nächsten Moment spürte Weida eine Klinge an seinem Hals.

»Schlange!« Albrechts Augen funkelten wild. »Wo ist dieses Schriftstück, damit ich es verbrennen kann?«

»An einem sicheren Ort«, entgegnete der Vogt mit fester Stimme.

»Katerina hat es«, verriet die Rothaarige.

»Nun denn, dann wird es sich auffinden lassen. Zieh dich an, Margarethe. Du kommst mit mir.«

Sie nickte erleichtert. Albrechts Blick ging zurück zu Weida.

Der schäumte vor Wut, wirkte aber nicht im Geringsten wie ein Verlierer. »Ich fürchte, Ihr schätzt die Lage falsch ein, junger Herr«, krächzte er unter Albrechts Schwertspitze. »Der Ehevertrag ist nicht mehr hier. Er ist auf dem Weg nach Wettin. Raubt mir mein Weib ruhig, aber wo immer Ihr es auch hinbringt, ich werde Margarethe kraft dieses Dokuments zurückfordern. Ihr seht, Ihr habt jedwedes Recht an dieser Frau verwirkt.«

Albrechts Schwert sank. Weida baute sich vor ihm auf und lächelte kalt, während Margarethe die Hände vors Gesicht schlug.

»Nichts für ungut, aber ich war so frei, ein paar Vorsichtsmaßnahmen zu treffen«, triumphierte der Vogt und erhielt dafür einen Fausthieb von Albrecht, der ihn zu Boden warf. Außer sich vor Zorn trat der junge Ritter mit dem Stiefel nach seinem Widersacher. Der krümmte sich und hielt die Hände schützend über den Kopf. Albrechts Gesicht war zu einer Fratze verzerrt, und in seinen Augen leuchtete Hass. Er war bereit, den alten Mann zu töten – hier und jetzt.

»Hör auf!«, schrie Margarethe entsetzt.

Doch Albrecht schien sie gar nicht zu hören. Erneut hob er den Stiefel und zielte damit auf Weidas Kopf. Ein Tritt und er konnte diesem den Schädel zerschmettern.

Margarethe wurde blass. »Nein!« Ihre Stimme klang nun panisch. »Tu das nicht.«

Einen Moment lang schwebte der Stiefel in der Luft und drohte, dem alten Mann den Garaus zu machen, dann senkte er sich langsam zu Boden. Albrecht atmete heftig.

»Du willst, dass ich diesen Bastard am Leben lasse? Liegt dir etwa was an ihm?«

»Ich verabscheue ihn.«

»Und doch soll ich ihn verschonen?« Albrecht schüttelte ungläubig den Kopf. »Sein Tod wäre mehr als gerecht.«

»Ebenso gerecht wie falsch, Albrecht. Ich möchte nicht, dass man dir nachsagt, ein Mörder zu sein, der einen Ritter tötete, um dessen Frau zu gewinnen.«

»Du hast recht.« Mit einem tiefen Seufzer trat der junge Mann einen Schritt zurück. Weida blieb stöhnend liegen. Unschlüssig schaute Albrecht von Margarethe zum Vogt und wieder zurück. »Und jetzt? Ich meine, er hat ja recht: Nach dem Gesetz bist du sein Weib. Aber du willst doch nicht etwa bei ihm bleiben? Er hat ja nicht einmal mehr eine eigene Burg!«

Margarethe schluckte. »Nein, das kann ich nicht. Ich will nur noch fort von hier.«

»Was aber dann? Wenn du nach Prag zurückgehst, wird Weida auf seine Rechte pochen.«

»Dann gehe ich eben nicht nach Prag«, meinte die junge Frau trotzig.

»Margarethe!«, ertönte im selben Augenblick Margots Stimme, und die junge Frau stürmte herein und lief direkt auf ihre Freundin zu.

»Was machst du denn hier?«, wunderte sich die Hofdame. Albrecht übernahm es, die Ereignisse kurz zusammenzufassen.

»Heilige Jungfrau Maria«, erboste sich Margot und spuckte in Richtung des Vogts, der immer noch benommen auf dem Boden lag. »Der Teufel soll diesen Mistkerl holen!« Dann wurde sie nachdenklich. »Hier kannst du auf keinen Fall länger bleiben, Margarethe. Und deinem Vater ist zuzutrauen, dass er dich dem Vogt übergibt, wenn dieser an seine Tür klopft.«

»Auch München ist für dich nicht sicher«, gab Albrecht zögerlich zu. »Ich kann dich dort nicht beschützen, da ich an der Seite meines Vaters gegen Herzog Ludwig ziehen muss, der Ansprüche auf unser Land erhebt und nicht mit sich reden lässt. So wie es aussieht, könnten wir lange weg sein und müssen unser Recht vielleicht sogar mit dem Schwert verteidigen. Und auf die bayrischen Ministerialen ist wenig Verlass. Am Ende werden sie den Ehevertrag anerkennen und dich dem Weida übergeben. Schließlich trägt das Schriftstück das Siegel des böhmischen Königs.«

»Dann komm mit mir nach Stuttgart«, bot Margot da an. »Das ist weit weg, und bestimmt wird dir mein Vater bei der Annullierung des Vertrags behilflich sein. In Rechtsangelegenheiten ist er sehr bewandert. Zudem erreichte mich heute

Morgen ein Schreiben, in dem er mich bat zurückzukommen, da meine Mutter noch immer krank ist. Die Königin hat vorgeschlagen, dass ich mich für die erste Etappe Albrechts Reisegesellschaft anschließen soll ...«

Albrecht nickte. »Das ist eine sehr gute Idee. Noch heute Nacht reitest du gemeinsam mit Jan und ein paar Getreuen voraus. Wir kommen dann nach. Bis Regensburg reiten wir zusammen. Danach überlasse ich dir und Margot eine Eskorte, die euch nach Stuttgart geleitet.«

Margarethe schaute zweifelnd zu Margot. »Und du bist sicher, dass es deinem Vater recht wäre?«

»Er wird sich freuen«, versicherte Margot.

»Also abgemacht.« Albrecht warf einen Blick auf den Weida, der sich immer noch nicht rührte. Trotzdem band ihm der Wittelsbacher mit einem Gürtel Hände und Füße zusammen. »Wenn Ihr Euch mir noch einmal in den Weg stellt«, meinte der junge Ritter, als er fertig war, »dann wird es kein Pardon mehr für Euch geben.« An Margot gewandt fuhr er fort. »Sorg bitte dafür, dass meine Männer zum Abritt bereit sind. Man soll zwei weitere Pferde für Margarethe und ihre Zofe satteln.«

Eifrig nickend huschte das Mädchen davon.

Albrecht ging hinüber zu Margarethe und setzte sich zu ihr. Vorsichtig strich er ihr über die Wange, die sich vom Schlag des Vogts bläulich verfärbte. »Es tut mir leid, dass ich nicht früher hier war. Und wäre Margot nicht gewesen ...« Er schluckte schwer. »So weit wird es nie wieder kommen. In Zukunft stehst du unter meinem Schutz. Jeder soll wissen, dass er sich mit dem Haus Wittelsbach anlegt, wenn er dir auch nur ein Haar krümmt. Sobald ich von diesem Feldzug zurück bin, Margarethe, werde ich dich holen, und dann soll uns niemand mehr trennen. Ich liebe dich.«

Wortlos barg sie ihr Gesicht an seiner Schulter und schluchzte erneut. Er streichelte ihr Haar, bis sie ruhiger wurde. »Wirst du auf mich warten, dort in Stuttgart?«, flüsterte der Herzogssohn.

Margarethe wischte sich die Tränen aus den Augen. Dann sah sie ihn fest an. Sie ergriff seine Hand und führte sie zu ihrem Busen. »Bis dieses Herz aufhört zu schlagen«, versicherte sie, »oder du mich von dir weist.«

Albrechts Blick wurde weich. Seine Lippen berührten die ihren. Sein Kuss schmeckte salzig und noch immer nach Wut, aber es lag ein Versprechen darin. Dann löste sich Albrecht vorsichtig von Margarethe. »Jetzt muss ich aber unseren guten Jan aus dem Loch holen«, meinte er lächelnd.

»Er steckt meinetwegen in solchen Schwierigkeiten.« Margarethe seufzte. »Weißt du, er wollte mich beschützen. Der Vogt muss das irgendwie geahnt haben.«

Albrecht schaute voller Abscheu auf den alten Mann. »Hoffentlich bereuen wir es nicht eines Tages, ihn am Leben gelassen zu haben.«

Die Sonne stand bereits hoch am Himmel, als Albrecht die letzten Reisevorbereitungen getroffen hatte. Nur eine Sache blieb noch zu tun: der Abschiedsbesuch bei seiner Tante Sophie. Es würde kein leichter Gang werden, denn mittlerweile hatte sie von den Geschehnissen auf dem Jagdschlösschen mit Sicherheit Kenntnis erlangt. So ließ die Königin ihn denn auch eine ganze Weile warten, und als sich die Tür endlich öffnete, fand sich Albrecht einer Person gegenüber, die er so rasch nicht wieder in Prag erwartet hätte. Mit hochrotem Kopf humpelte Heinrich von Weida an dem Herzogssohn vorbei, ohne ihn eines Blickes zu würdigen. Der Vogt ohne

Land und Lehen schien trotz seiner Blessuren keine Zeit verloren zu haben.

»Euer Liebden können nun eintreten«, forderte Sophies Sekretär Albrecht auf. Der junge Ritter tat, wie ihm geheißen. Seine Tante stand mit dem Rücken zu ihm und fächelte aufgeregt mit dem Fächer aus Pfauenfedern.

»Majestät«, begann Albrecht, als sich die Tür hinter seinem Rücken schloss.

Die Königin drehte sich zu ihm um. Ihre Augen funkelten erbost, während sich ihre Brust heftig unter dem engen Korsett hob und senkte. »Dass du es gewagt hast ...«, zischte sie ohne Umstände. »Einfach infam! Ausgerechnet du, mein eigener Neffe, fällst mir derart in den Rücken!«

Albrecht hatte mit derartigen Vorwürfen gerechnet und blieb schweigend in der Nähe der Tür stehen.

»Der Weida führt Beschwerde beim König. Er verlangt, dass ihm seine Gattin augenblicklich zurückgegeben wird. Seine Gattin! Ja, du hast richtig gehört. Es gibt einen gültigen Ehevertrag zwischen den beiden. Du hattest überhaupt kein Recht ...«

»Verzeiht, Majestät, aber ...«

»Das ist nicht zu verzeihen. Du hast mir einen wichtigen Verbündeten vergrätzt. Dank dir ist der König außer sich vor Zorn ...« Die Königin schrie jetzt, was eigentlich ganz und gar nicht ihre Art war.

»Einen Mann, der einem treuen Vasallen ketzerische Dokumente unterschiebt, um sich eine Frau gefügig zu machen, kann man schwerlich als Verbündeten bezeichnen!«, widersprach Albrecht ruhig.

Erstaunt sah ihn die Königin an. »Ich verstehe nicht?«

Ihr Neffe zog das zerrissene Papier mit der Unterschrift des Jan Hus aus seiner Tasche und hielt es der Königin hin.

Die wurde blass. »Woher hast du das?«, wollte sie wissen.

»Aus Heinrich von Weidas Kammer. Er behauptet, es bei Jan gefunden zu haben. Eine gemeine Lüge, die einzig dazu diente, Margarethes Unterschrift auf dem Ehevertrag zu erzwingen. Er wusste, dass sie jederzeit ihr Leben für ihre Freunde geben würde.«

»Es befand sich im Besitz des Heinrich von Weida?« Fassungslos ließ sich die Königin in ihren Sessel fallen. »Wie nur gelangte es dorthin, wo es doch …?«, murmelte sie mehr zu sich selbst.

»… eigentlich sicher verwahrt in Eurem Schreibtisch liegen sollte«, beendete Albrecht den Satz.

Erstaunt schaute ihn seine Tante an. »Du weißt davon?«

Ihr Neffe nickte.

»Aber wer könnte es genommen haben? Schließlich war niemand allein in diesem Zimmer, außer …«

Ihre Hände ballten sich zu Fäusten, und Albrecht wusste, dass seine Tante einen Verdacht hegte. Er schwieg, doch sie schien ihm nichts verraten zu wollen. Stattdessen fuhr sie fort: »Es ist gut, dass du mir das Schriftstück ausgehändigt hast. Es hätte großen Schaden anrichten können, wäre die Angelegenheit bekannt geworden.«

Albrecht verneigte sich leicht.

»Dennoch muss ich dich als deine Königin tadeln und dich auffordern, Margarethe ihrem Gatten zu übergeben. Wie ich jedoch annehme, ist sie nicht mit dir nach Prag zurückgekehrt?«

Der junge Ritter schüttelte den Kopf.

»Nun denn, so hast du deine Entscheidung getroffen, und auch wenn ich sie für unklug halte, es ist nichts mehr daran zu ändern, wie mir scheint. Als Königin bin ich aufs Äußerste empört!«

»Und als Tante?«, fragte Albrecht mit leiser Stimme.

»Das tut hier nicht zur Sache. Aber ich will dich warnen. Die Sache ist noch nicht ausgestanden. Der Weida mag vielleicht in nächster Zeit anderweitig beschäftigt sein – immerhin hat er sich bereits die Genehmigung des Königs eingeholt, Truppen um sich zu scharen, um die Osterburg zurückzuerobern. Gelingt ihm das – und das ist diesem erfahrenen Kämpen durchaus zuzutrauen –, wird er nicht ruhen, bevor er Margarethe nicht in seinen Mauern weiß. Denn du hast ihm mehr genommen als bloß sein Weib: Du hast seine Ehre verletzt, und was das heißt, muss ich dir nicht erklären. Eure nächsten Schritte sollten wohlüberlegt sein.«

Stuttgart 1421

Kapitel 1

Hans von Sachsenheim war bester Stimmung, als er an der Seite von Gräfin Henriette von Mömpelgard-Württemberg durch das ausladende Stuttgarter Burgtor und über den sich anschließenden Burggraben ritt. Fauliger Gestank zog vom moorig schwarzen Wasser des Nesenbachs herauf, verflüchtigte sich jedoch gleich wieder.

Die verwitwete Gräfin rümpfte trotzdem die Nase. Sie war mit ihren siebenundzwanzig Jahren und trotz der Geburt dreier Kinder noch immer eine ansehnliche Frau. Ihre Haut war von vornehmer Blässe, das Gesicht rundlich, ihr Körper wohlgeformt und gut ernährt. Die kleinen Hände bewegten sich ständig, sodass ihre goldenen Armreife klimperten und klirrten. Lediglich einige graue Strähnen in ihrem blonden Haar bezeugten, dass die Blütezeit ihres Lebens bereits hinter ihr lag.

Kaum waren sie durch das Stadttor, atmete die Gräfin befreit auf. »Welch wundervolle Idee, mein lieber Sachsenheim, uns bei diesem herrlichen Wetter zu einer Beizjagd zu überreden«, lobte sie.

Ihre beiden Söhne wirkten weniger begeistert. Ludwig, der ältere, hielt sich mit seinen gerade neun Jahren zwar aufrecht im Sattel, aber das Reiten schien ihm wenig Freude zu bereiten. Mit vorgeschobener Unterlippe und grimmigem Gesicht traktierte er sein Pferd mit den Sporen, welches davon glücklicherweise nicht viel mitbekam, weil des Kronprinzen kurze Beine kaum über das Sattelblatt hinausreichten. Sein

Bruder Ulrich machte einen noch unglücklicheren Eindruck: Ängstlich klammerte sich der Achtjährige an die Mähne seines Schimmelchens. Sachsenheim hatte das Tier extra aus England kommen lassen, da die Waliser Ponys zwar einen rassigen Eindruck machten, jedoch als außerordentlich gutmütig galten. Schließlich wäre nichts peinlicher, als wenn der Prinz in aller Öffentlichkeit zu greinen anfinge.

Der gräfliche Tross bewegte sich in langsamem Tempo die Straße Richtung Ulm entlang. Sachsenheim hatte eine Fasanenjagd vorbereitet, wie Henriette sie liebte. Umsichtig hatte man im vorgesehenen Jagdgrund am frühen Morgen zwanzig dieser Vögel ausgesetzt und seither das Areal von Treibern bewachen lassen. Auf diese Weise sollte das Jagdglück und damit auch die gute Stimmung der gräflichen Familie sichergestellt werden.

In diesen Tagen war es nicht leicht, die Gräfin bei Laune zu halten. Die steten Machtkämpfe im Hause Württemberg hatten sie ausgelaugt, und durch die komplizierte Regentschaft des Vormundschaftshofes fühlte sie sich zunehmend überfordert. Schon mehr als einmal hatte Sachsenheim sie unter Tränen aus dem Saal stürzen sehen, nachdem die Räte sie wieder einmal übergangen hatten. Statt jedoch mit der Faust auf den Tisch zu schlagen, wie es ihr verstorbener Gatte Graf Eberhard getan hätte, und notfalls auch einmal Köpfe rollen zu lassen, zog sie sich in weibischem Gehabe nur schmollend zurück oder schob ihr Versagen auf ihre Staatsbeamten.

Selbst der einflussreiche Hans Truchsess von Bischishausen – oberster Beamter im Ländle – hatte dies schon zu spüren bekommen und war kurzerhand seiner weitreichenden Befugnisse beschnitten worden, wovon nun Sachsenheim, seines Zeichens Hofmeister, profitierte. Allerdings war der Truchsess zu klug, sich seine Verstimmung anmerken zu lassen. Gemocht hatten sich die beiden Männer schon vorher nicht. Der Truchsess war Sachsenheim von Anfang an mürrisch und misstrauisch begegnet. Sachsenheim schob es darauf, dass er dem alten Griesgram zu jung, zu ehrgeizig und zu galant war.

Der Hofmeister drehte sich zu seinem Gegenspieler um. Der Truchsess war ein schlanker, grauhaariger Mann, der auf seinem schweren Schlachtross noch immer eine gute Figur abgab. Aber seine Zeit war vorbei. Über kurz oder lang würde er sich auf seine Güter zurückziehen und, da er keinen männlichen Erben besaß, die Pflichten des Amts an seinen Schwiegersohn abgeben, bis ein mündiger Enkel die Erbfolge antreten konnte.

An der Seite des Truchsessen ritt der griesgrämige Abt von Ellwangen, von dem jedermann wusste, dass er ein Spion des Pfalzgrafen Ludwig war, also des Mannes, der Henriette lieber heute als morgen die Vormundschaft für die beiden Prinzen entzogen und den Rat entmachtet gesehen hätte. Gleich hinter den beiden hielten sich zwei Frauen, die Sachsenheim noch nie zuvor bei Hofe gesehen hatte. Die eine war ein junges Ding mit dunklen Haaren und frecher Stupsnase, die andere eine rothaarige Schönheit, die einen stattlichen Falken auf dem Arm trug. Die Damen schwatzten und lachten und schienen bester Laune zu sein.

»Dieser alte Kasten«, lamentierte Gräfin Henriette währenddessen über ihr Schloss in Stuttgart, das sie noch nie besonders gemocht hatte. Das verwunderte nicht, denn das Gemäuer war feucht und im Winter so gut wie nicht zu heizen. »Irgendwann wird er vermutlich zusammenbrechen. Ist Euch nicht auch aufgefallen, Sachsenheim, dass es schon wieder Risse im Mauerwerk gibt? Es ist mir ein Rätsel, warum die Familie meines verehrten Gatten, der mich viel zu früh mit all der Verantwortung allein gelassen hat, ihren Sitz vom Wirtemberg ausgerechnet in einen stinkenden und von Mücken verseuchten Rossstall verlegte.«

Sachsenheim überging die Anspielung, dass das heutige Wasserschloss in früheren Zeiten ein Gestüt gewesen war. »Vielleicht hofften sie, dass irgendein Nachkomme einmal ein neues, glanzvolles Schloss errichten würde«, schmeichelte der Hofmeister.

»Ich werde das kaum sein, mein Lieber. Woher das Gold für so etwas nehmen? Soll ich am Ende Land verkaufen wie damals die Hohenberger nach der großen Hungersnot? Württemberg ist nicht das reiche Ulm. Wir haben keine vergleichbaren Einkünfte aus Handel und Handwerk, sondern bloß die Sensen unserer armen Bauern.«

Und die Weinberge und die Zölle, dachte Sachsenheim. Er nickte trotzdem und machte ein betrübtes Gesicht. Gelassen ertrug er Henriettes jammernde Arie, die er schon so gut kannte, dass er, ohne hinzuhören, an der passenden Stelle nicken, kummervoll seufzen oder ein trauriges Gesicht machen konnte. Trotzdem war er froh, als sie endlich das Brachland erreichten, auf dem die Jagd stattfinden sollte – eine Wiese, die von unfreien Bauern trockengelegt und für Vieh nutzbar gemacht worden war. Die Aussicht, dass nun die Pferde der hohen Herrschaften das saftige Gras zertrampeln würden, ließ sie mit finsteren Gesichtern am Wegesrand stehen, ohne ihre Regentschaft auch nur mit einem einzigen Ruf hochleben zu lassen.

Man sollte der undankbaren Bagage die Peitsche zu schmecken geben, damit sie lernt, ihrer Herrschaft gegenüber Respekt zu zeigen, dachte Sachsenheim. Auf der Burg seines Vaters gab es solch störrisches Gehabe nicht.

Die Treiber nahmen bereits am anderen Ende der Lichtung

Aufstellung. Mit Rasseln, Stöcken und laut kläffenden Hunden begannen sie, das Wild aufzuscheuchen. Der Falkenmeister überreichte der Königin einen Vogel, den sie augenblicklich in die Höhe warf. Fast gleichzeitig flatterte ein Fasan auf. Ungeschickt versuchte er, über die Köpfe der Treiber hinweg zu entkommen.

»Schaut, Sachsenheim!«, rief Henriette aufgeregt und wies auf den Falken, der mit weit ausgefahrenen Fängen von oben herabstieß. »Gleich hat er ihn!«, begeisterte sich die Gräfin.

Selbst das Interesse der beiden Prinzen schien geweckt. Gebannt beobachteten sie das Schauspiel und klatschen in die Hände, als der Falke den Fasan packte und zu Boden brachte. Das war das Zeichen, die übrigen Falken fliegen zu lassen. Auch der Greif der Rothaarigen, ein stattlicher Wanderfalke mit sandfarbenem Brustgefieder und starken Schwingen, stieg auf. Hoch oben schlug er einige übermütige Kapriolen und ging dann zum Beuteflug über. Bevor die anderen Jagdfalken den Fasan überhaupt ausgemacht hatten, war er bereits über ihm und rang ihn zu Boden.

»Was für ein prächtiger Vogel«, entfuhr es Sachsenheim. »Wer ist diese Falknerin?«, erkundigte er sich dann.

»Margarethe von Waldeck«, sagte die Gräfin, während sie einen weiteren Beizvogel in Empfang nahm.

»Ist sie mit dem Truchsess hier?«

»Meines Wissens ist sie die Gouvernante seiner Tochter. Jedenfalls sind die beiden Frauen vor einigen Jahren gemeinsam aus Prag gekommen, um die Frau des Truchsessen zu pflegen.« Sie seufzte vernehmlich. »Die Arme hat das kalte Klima hier nicht vertragen und ist kurz nach der Ankunft ihrer Tochter und deren Begleitung gestorben. Die Winter sind einfach entsetzlich, nicht zu vergleichen mit dem angenehmen Klima in Mömpelgard. Das hier ist nichts für zartgebaute Frauen, wie es die Gattin des Truchsessen gewesen ist. Ihre Tochter, die kleine Margot dort drüben, ist ihr sehr ähnlich. Hoffentlich erleidet sie nicht dasselbe Schicksal.«

Sie deutete auf das dunkelhaarige Mädchen, das ihm bereits aufgefallen war. Er fand die junge Frau alles andere als zart, im Gegenteil war sie ein wenig rundlich geraten, auch wenn ihre Kurven genau dort saßen, wo sie hingehörten. Ein hübsches Ding, dachte Sachsenheim, während er bewundernd zusah, wie Margarethe von Waldeck ihrem Falken den Fasan entwand. Dann blieb sein Blick wieder an Margot haften. »Sie ist gewiss der Augapfel ihres Vaters.«

»Was will man erwarten? Sie ist sein einziges Kind. Ihr zukünftiger Gatte gewinnt ein großes Vermögen und für seine Nachkommen das Erbamt des Truchsessen.« Sachsenheim spürte Henriettes bohrenden Blick, und mit klarer Stimme meinte die Gräfin: »Das wäre doch eine gute Partie für Euch, mein Lieber, und ich sähe Euch gerne an der Spitze meiner Beamten. Euch vertraue ich mehr als dem alten Bischishausen. Er mauschelt mir zu viel mit dem Abt von Ellwangen herum und damit mit dem Pfalzgrafen Ludwig, der doch nur darauf aus ist, mir die Vormundschaft für meine Söhne zu entreißen. Soll ich Euch beim Bankett heute Abend mit dem Mädchen bekannt machen?«

Im ersten Moment wollte Sachsenheim abwinken, dann jedoch überlegte er es sich anders. Das Amt des Truchsessen war in der Tat äußerst attraktiv, und wer es einmal innehatte, kümmerte sich wenig darum, wer gerade auf dem Württemberger Thron saß. Vielleicht sollte er noch ein wenig mehr über Margot in Erfahrung bringen. »Ihr sagtet, dass die beiden Damen am Hof der Königin Sophie gewesen sind, Gräfin?«

Henriette lachte laut auf. »Keine kluge Wahl, wenn Ihr mich fragt.«

Sachsenheims Neugierde war geweckt. Fragend zog er die Augenbrauen hoch. Er wusste, die Gräfin würde sich auch ohne besondere Nachfrage zu dem Thema auslassen.

»Es hat einen Skandal um Margarethe von Waldeck gegeben. Sie begann eine Liebschaft mit Albrecht, dem Neffen der Königin. Sophie, gutmütig wie sie ist, arrangierte für die Rothaarige eine Ehe mit einem Lehnsmann aus dem Vogtland, Heinrich von Weida. Aber Margarethe verschmähte den Mann und lief ihm in der Hochzeitsnacht davon. Seither versucht sie nachdrücklich, eine Scheidung zu erreichen. Ohne große Aussicht auf Erfolg übrigens. Der Weida hat nach Wenzels Fall dem neuen König Sigismund den Treueeid geschworen. Dafür bekam er sein Lehen, die Osterburg, zurück. Ein geschickter Schachzug, denn Weidas jüngerer Bruder konnte die Landadeligen des Vogtlandes nie so recht hinter sich bekommen. Sie hielten ihm die Treue. Tja, so ist das – auch ein König muss sich zuweilen in der Kunst der Diplomatie üben.«

»Und der Ehevertrag?«

»Der ist ohne Zweifel rechtsgültig. Weida bat uns, auf seine Gattin einzuwirken, damit sie zu ihm auf die Osterburg zurückkehrt.«

»Und habt Ihr seinem Wunsch entsprochen?«

Henriette verzog das Gesicht. »Allerdings riet ich dem Truchsess, sie unverzüglich zu ihrem Gatten zurückzuschicken.«

»Aber er kam dem bislang nicht nach?« Sachsenheim zog die Augenbrauen zusammen. Normalerweise waren die Bitten der Gräfin Befehl. »Will er sie etwa für sich selbst? Er ist schon geraume Zeit Witwer.«

Die Gräfin schüttelte den Kopf, senkte die Stimme und lehnte sich zu Sachsenheim hinüber. »Albrecht von Wittelsbach hält nach wie vor seine Hand über sie. Es wird gemunkelt, dass er sie, sobald die Sache mit Ludwig dem Gebarteten aus der Welt geschafft ist, als seine Konkubine nach München holen wird.«

Sachsenheim pfiff durch die Zähne. Henriette zuckte mit den Schultern und fuhr leise fort: »Was soll man da machen? Für das Haus Württemberg ist es wichtig, sich den jungen Wittelsbacher bei Laune zu halten. Also dulden wir die Frau am Hof.«

Sie schaute hinüber zu der kleinen Elisabeth, die auf einem Jagdwagen saß und mit einem der Knappen schäkerte. Vergnügt kichernd deutete sie aufgeregt himmelwärts, wo die Falken immer noch ihre Kreise zogen. Die Tochter des Grafen Eberhard aus zweiter Ehe war für Albrecht vorgesehen. Diese Verbindung zwischen den Münchner und den Heidelberger Wittelsbachern würde beiden Familien große Vorteile bescheren. Sofort ging Sachsenheim durch den Kopf, dass er das Mädchen mit Margarethe von Waldeck zusammenbringen musste, denn diese war nicht nur an einem der besten Höfe Europas erzogen worden, sondern kannte, falls die Gerüchte stimmten, Elisabeths zukünftigen Gatten wie keine andere.

»Vielleicht wäre es von Vorteil, Euer Liebdens Konkubine ein wenig zu schmeicheln. Man könnte ihr ein unbedeutendes Amt antragen, zum Beispiel das der Gouvernante unserer kleinen Elisabeth.«

Henriette lachte. »Ich wusste schon, warum ich Euch zu meinem Hofmeister ernannte, Sachsenheim. Ihr habt eine rasche Auffassungsgabe. Das ist genau, was auch ich im Sinn hatte.«

Sachsenheim war sich sicher, dass die Gräfin bislang keinen Gedanke daran verschwendet hatte, aber er war klug genug, das für sich zu behalten.

Zufrieden tätschelte Henriette seine Hand und warf ihm einen Blick zu, der keinen Zweifel daran ließ, dass sie an ihm noch ein ganz anderes Interesse hegte. »Ich werde Euch meine diesbezüglichen Absichten heute nach dem Fest in meinen Privatgemächern genauer erläutern. Zu diesem Zweck werde ich mich gegen Mitternacht zurückziehen.«

Er schenkte ihr ein strahlendes Lächeln, um anzudeuten, dass er ihrer Bitte nur zu gern nachkam. Die Sympathie, die Henriette für ihn hegte, brachte ihm viele Vorteile. Leider wusste er im Gegensatz zu ihr, dass sie ihm nicht mehr lange von Nutzen sein würde. Im Rat, dessen Machthunger täglich wuchs, rumorte es schon seit geraumer Zeit. Man war nicht länger bereit, die Gräfin auf Eberhards verwaistem Thron zu dulden. Bald würde die Zeit ihrer Vormundschaft und damit der formellen Herrschaft zu Ende sein. Doch bis dahin sollte sie bei Laune gehalten werden, und dies war Sachsenheims Aufgabe. Als Gegenleistung war ihm nach Henriettes Sturz ein Platz im inneren Zirkel des Rats sicher, der sich dann zum Vormund der beiden Prinzen erheben und damit die Macht an sich reißen würde. In der Zeit, die blieb, bis die Prinzen für mündig erklärt wurden, wollte der Hofmeister dafür sorgen, dass ihm die beiden Knaben gewogen sein würden, wenn sie einst an die Macht kamen. Deshalb verbrachte Sachsenheim ebenso viel Zeit mit ihnen wie mit ihrer Mutter.

Er war sich sicher, dass seine Zeit als einflussreichster Beamter bei Hofe kommen würde. Wenn es ihm jetzt noch gelang, die richtige Ehe zu schließen, brauchte er sich um seine Zukunft keine Sorgen mehr zu machen. Sein Blick wanderte zurück zu Margot von Bischishausen. Die war zwar noch ein halbes Mädchen, aber das hatte den Vorteil, dass er sie nach seinem Willen formen konnte, und bis sie etwas älter war, würde er sich vielleicht mit ihrer rothaarigen Gouvernante vergnügen. Die war gewiss sehr einsam ohne ihren Herzogssohn.

Verträumt pflückte Margot von Bischishausen eine dunkelrote Rose. Vorsichtig entfernte sie die Dornen, dann steckte sie sich die Blume ins Haar.

Margarethe und sie befanden sich im Garten des Stuttgarter Schlosses, der nach italienischem Vorbild als Lustgarten mit Lauben und mit Buchsbaum gesäumten Blumenrabatten angelegt und von kleinen Wasserkanälen durchzogen war, in denen bunt gefiederte Enten gemächlich dahinschwammen. In seiner Mitte befanden sich die Orangerie und ein Grottenwerk, das nicht nur Kühlung an heißen Sommertagen, sondern auch amüsante Überraschungen versprach. Jetzt im Sommer blühten die Rosen, von denen es viele verschiedene Sorten gab. Manche mit betörendem Duft, andere mit samtroten Blüten, die so groß und schwer waren, dass die Stiele sie kaum zu tragen vermochten.

Lächelnd blinzelte Margot zu Margarethe hinüber, auf deren Hand das Falkenweibchen Wic saß, sichtlich satt und zufrieden nach dem Jagdausflug vom Vormittag. Die Falknerin strich nachdenklich über das hellbraune Federkleid des Vogels und musterte ihrerseits Margot. Ihr ehemaliger Zögling war zu einer bezaubernden jungen Frau herangewachsen. Der Tod der Mutter hatte Margot zwar getroffen, doch es war das Privileg der Jugend, stetig nach vorne zu blicken und dabei so manchen Verlust zu verwinden.

Zwei Jahre lang hatte Margot versucht, ihrem Vater auf dessen Schloss nach außen hin die Gattin zu ersetzen, doch geglückt war es ihr nicht. So sehr der Truchsess seine Tochter auch liebte, konnte sie doch nicht die Lücke schließen, die seine Frau hinterlassen hatte. Sie war einfach zu jung und zu unerfahren, um einem so großen Hausstand vorzustehen. Schließlich hatte Margot aufgegeben, und ihr Vater war klug genug gewesen, sich stattdessen jemand anderen für diese Aufgabe zu suchen. Seitdem genoss es seine Tochter, einfach wieder ein unbeschwertes junges Mädchen sein zu können, das seinen Vater mit ihrer stets fröhlichen Art aufmunterte. Nach langem Zögern hatte er sogar Margots Bitte nachgegeben, sie von ihrer Stammburg nach Stuttgart umziehen zu lassen. Letztlich hatte Margarethes Argument den Ausschlag gegeben, dass ein so hübsches und lebenshungriges Mädchen wie Margot Abwechslung brauche. Besser, sie amüsierte sich in angemessener Weise bei Hofe.

Der Truchsess war bei diesen offenen Worten zusammengezuckt. »Aber sie ist so ein behütetes Kind«, hatte er mit väterlicher Fürsorge eingewendet.

»Sie hat sich am Prager Hof blendend zurechtgefunden, warum also nicht in Stuttgart?«

»Nun ja, die Württemberger sind zuweilen recht ungehobelt, und der Stuttgarter Hof ist nicht einfach. Ich möchte nicht, dass sie verschreckt wird.«

Diese Bemerkung hatte bei Margarethe für große Heiterkeit gesorgt, und auch Margot war lauthals herausgeplatzt, als die Freundin ihr die Worte des Vaters später wiederholte.

»Diese Sorge ist gewiss unberechtigt«, hatte die Rothaarige mit Überzeugung gesagt. »Eure Tochter, hoher Herr, steht mit beiden Beinen auf dem Boden.«

Widerwillig hatte der Truchsess nachgegeben und die Abreise vorbereiten lassen.

Inzwischen hatten sich die beiden jungen Damen in ihren Kammern auf dem Wasserschloss eingerichtet, und Margot hatte – wie es schon in Prag ihre Art gewesen war – augenblicklich den Schlossklatsch wie ein Schwamm aufgesaugt. In kürzester Zeit wusste sie über jeden ledigen Ritter genauestens Bescheid und plauderte mit den entzückten Jünglingen, als wäre sie hier bei Hofe aufgewachsen. Wie nicht anders zu erwarten, lagen ihr die Adelsherren schon nach dem ersten Abend zu Füßen. Sie dankte es ihren Verehrern mit Komplimenten und konnte sich vor Einladungen und Geschenken kaum retten.

Hinter vorgehaltener Hand amüsierte sich Margot mit Margarethe über die ungeschickten Tändeleien. »Im Vergleich zu Prag sind das doch alles kleine, tapsige Tanzbären«, meinte sie und schüttelte vergnügt ihre dunkelbraunen Haare. »Der Caspar von Klingenberg wäre beinahe vom Pferd gefallen, als Wic im Sturzflug an ihm vorbeirauschte und sein Reittier einen Satz zur Seite machte. Kannst du dir so etwas in Prag vorstellen?«

Margarethe schüttelte den Kopf. »Wohl kaum. Dort lernen die Buben reiten, bevor sie laufen können.«

»... und der Rechberger Hans«, fuhr Margot fort, ohne auch nur Atem zu holen, »dieser Geck hat sich die Fasanenfeder ganz schief an das Chaperon gesteckt. Das sah vielleicht ulkig aus.«

»Er lief damit herum, stolz wie ein Pfau, dass es zum Lachen war«, pflichtete Margarethe bei. Es tat auch ihr gut, sich nicht mehr in der Eintönigkeit der Bischishausener Burg zu langweilen, obwohl sie das schlechte Gewissen plagte, weil sie sich hier amüsierte, während Albrecht und Jan zur gleichen Zeit womöglich Leib und Leben riskierten.

Bisher hatten sich die Münchner Bayern geschickt aus den meisten Scharmützeln herausgehalten. Soweit Margarethe wusste, hatten die Schwerter der Freunde noch kein Blut zu schmecken bekommen. Immer wieder betonte der Herzogssohn in seinen Briefen, dass sich Margarethe keine Sorgen zu machen brauche und es sich gut gehen lassen solle. Trotzdem nahm sie kaum eine Einladung an und hielt sich auch sonst zurück. Die Jagd an diesem Morgen hatte ihr allerdings großen Spaß gemacht. Wic hatte sich von ihrer besten Seite gezeigt. Die junge Frau kraulte das Falkenweibchen an der Brust. Wic, deren Kropf gut gefüllt war, gab ein zufriedenes Gurren von sich.

»Hast du eigentlich gesehen, dass wir unter die Lupe genommen wurden, Margarethe?«

»Was meinst du damit?«

»Ist dir nicht der Ritter neben Gräfin Henriette aufgefallen? Er hat andauernd zu uns herübergesehen.«

»Ehrlich gesagt, nein.«

»Aber du musst ihn doch bemerkt haben?« Margots Ton zeigte Unverständnis, so als habe ihre Freundin den König selbst übersehen.

»Ich weiß wirklich nicht, wen du meinst.« Margarethe streckte sich auf der hölzernen Bank aus und hielt ihr Gesicht in die Sonne, auch wenn dies ihrem hellen Teint gar nicht zuträglich sein würde.

»Blond ist er und wahnsinnig gut aussehend. Ach, den würd ich gern näher kennenlernen. Er scheint so ganz anders zu sein als all die Gecken hier am Hof.«

»Margot, Margot, wenn du so weitermachst, ereilt dich noch der Ruf einer Sirene.«

»Da mahnt mich genau die Richtige.«

»Ich war stets züchtig und artig«, scherzte Margarethe, »habe immer getan, was mein lieb Mütterlein mich geheißen hat.«

»Oh ha! Das waren aber eigentümliche Ratschläge, oder trügt mich mein Erinnerungsvermögen?«

»Freches Ding, du!«, schimpfte die Rothaarige zum Spaß. »Warte nur, es wird schlimm mit dir enden.«

»Das will ich hoffen, sonst wäre das Leben doch langweilig!« Margot stieß ihr perlendes Lachen aus. »Ach ich bin so froh, endlich hier in Stuttgart zu sein. In Bischishausen drohten wir wahrlich zu versauern. Ich habe mich zu Tode gelangweilt, und du hast mich an eine Märchenprinzessin erinnert, die auf ihren Prinzen wartet.«

»Ich warte nicht weniger, nur weil wir hier in Stuttgart sind, Margot, und ich sorge mich nach wie vor um Albrecht.«

»Das darfst du auch, aber in der Zwischenzeit können wir doch ein wenig Spaß haben. Findest du nicht?«

»Na ja …«

»Glaubst du, deinem Albrecht gefällt es, wenn du ihm mit rotgeweinten Augen und Krähenfüßen entgegentrittst, wenn er dich eines Tages holen kommt? Der freut sich auf eine strahlende Schönheit.«

»Du mit deinen komischen Ansichten. Es dauert alles schon so lange. Manchmal will ich gar nicht mehr daran glauben.«

»Ach was, ihr zwei gehört zusammen.«

»Wenn man dich so hört, dann möchte man annehmen, es wäre absolut sicher, dass Albrecht und ich einmal heiraten.«

»Ja, was denn sonst? Davon bin ich überzeugt.«

Margarethe seufzte. »Du vergisst wohl, dass ich per Dekret immer noch die Gattin des Weida bin und Albrecht der Elisabeth versprochen ist.«

Mitleidig ergriff Margot Margarethes Hand. »Für seine große Liebe muss man kämpfen.«

Margarethe verzog das Gesicht, als habe sie in einen sauren Apfel gebissen. Es war eine leidige Angelegenheit. Seit der böhmische König den Ehevertrag anerkannt hatte, musste sie froh sein, nicht des Stuttgarter Hofs verwiesen zu werden. Der Einfluss von Margots Vater und sein Geschick als Jurist reichten zum Glück aus, dass sämtliche Bemühungen des Vogts, Margarethe zu sich zu holen, bislang im Sande verlaufen waren. Was aber würde werden, wenn Albrechts Vater, der Herzog, auf der Heirat mit Elisabeth bestand? Das Mädchen reifte heran. Nicht mehr lang, und sie würde alt genug für eine Ehe sein.

Margarethe schluckte schwer. »Und du, von wem wirst du dich einmal heimführen lassen?«, versuchte die Rothaarige, von dem Thema abzulenken.

Margot zwinkerte verschmitzt. »Wer weiß, vielleicht kommt dieser gut aussehende Ritter von heute Morgen in Betracht? Aber schau, dort drüben ist mein Vater. Ich bin gespannt, was er von uns möchte.«

Margarethe erhob sich höflich von der Bank, auf der die beiden Mädchen saßen. Margot ließ die zerknautschte Rose fallen und hüpfte ihrem Vater entgegen. Margarethe lächelte und wünschte, dass ein wenig von Margots Unbekümmertheit auf den Herrn Bischishausen abfärben würde. Sie kannte den Truchsess nur als ernsten, vornehmen und honorigen Mann. Zugegeben, die Stellung eines Truchsessen am Württembergischen Hof erforderte all diese Eigenschaften. Margots Vater hatte das oberste der vier Hofämter inne. Seine Pflichten als Verwalter der gräflichen Güter sowie der daraus erwachsenden Einnahmen zwangen ihn regelmäßig zu langen Reisen. Dabei oblag ihm auch die Aufsicht über das Personal des Hofes, doch dem Vernehmen nach war diese Aufgabe inzwischen an den von Henriette protegierten Hofmeister übertragen worden. Gleichzeitig war der Truchsess Obervogt in Urach. Margarethe hatte ihn bereits mehrfach den Vorsitz beim Landgericht führen sehen und seine klugen und profunden Urteile bewundert.

Jetzt beobachtete Margarethe, wie sich Margot kurzerhand bei ihrem Vater unterhakte. Man merkte dem stets auf die Form bedachten Truchsess an, dass ihm die unkonventionelle Art seiner Tochter, die er zu Hause mit einem Lächeln hingenommen hatte, hier in Stuttgart unangenehm war. Dennoch schalt er sie nicht. Er wies sie eigentlich nie zurecht, auch wenn er, wie behauptet wurde, sehr energisch werden konnte. Wenn es nach Margarethe ging, sah er seiner Tochter viel zu viel nach, und die nutzte diesen Umstand wie alle Kinder schamlos aus. Die Rothaarige nahm sich vor, Margot bei Gelegenheit darauf hinzuweisen, dass sie sich zurückhaltender benehmen müsse.

Dennoch strich der Truchsess seiner Tochter zärtlich über den Kopf, und seine Augen glänzten vor Stolz. Gemessenen Schrittes kam er näher und betrachtete auch die Rothaarige wohlwollend. »Wie geht es Euch, werte Margarethe?«, erkundigte er sich höflich. »Hat Euch die Beizjagd Freude bereitet?«

»Danke, Herr von Bischishausen, ich habe den Ausflug sehr genossen.«

»Das freut mich zu hören. Eure Wic fand allgemeine Anerkennung. Selbst die Gräfin lobte ihr Geschick. Sie lässt fragen, ob Ihr Euch eventuell von dem Vogel trennen wollt?«

Margarethes Gesicht bekam einen ängstlichen Ausdruck. Wic hergeben? Niemals!

»Keine Angst, ich habe der hohen Dame keinerlei Hoffnung gemacht, weiß ich doch, wie sehr Ihr an dem Falken hängt. Doch nun zum eigentlichen Grund meines Besuches. Anlässlich der erfolgreichen Jagd wird heute Abend ein kleines Bankett, nun es verdient den Namen kaum, veranstaltet.«

Margot war sofort hellwach. »Ein Bankett? Wie schön. Und ich dachte immer, auf einem Vormundschaftshof sind Festivitäten nicht erlaubt?« Übermütig kitzelte das Mädchen den Falken mit einem Grashalm unterm Schnabel, was das Tier mit empörtem Kreischen quittierte.

»Da hast du schon recht«, belehrte sie ihr Vater. »Seit dem Tod des vierten Grafen Eberhard können tatsächlich keine Turniere und großen Jagden mehr stattfinden, bevor nicht einer der Prinzen für mündig erklärt wird, aber ein Bankett widerspricht nicht der Etikette.«

»Ach, ich habe schon so lange nicht mehr getanzt.« Margot schlug sich die Hand vor den Mund. »Oh, Vater! Ich beherrsche die Gaillarde noch nicht richtig. Du musst mir unbedingt noch einmal die Schritte zeigen, sonst blamiere ich mich.«

Der Spring- und Schreittanz war aus dem Französischen nach Schwaben herübergeschwappt und verbreitete sich seither an den europäischen Höfen. Es gab ihn in zahlreichen Variationen, wobei er lediglich aus fünf Schritten bestand. Man sprang dabei abwechselnd vom linken auf den rechten Fuß und umgekehrt, wobei der jeweils freie Fuß in der Luft nach vorn geführt wurde. Der fünfte und letzte Schritt, bei dem man den vorderen Fuß in einem größeren Sprung schräg versetzt nach hinten führte, war am schwierigsten. Wild entschlossen, gleich an Ort und Stelle zu üben, packte Margot die Hand ihres Vaters, der sich bestürzt umsah.

Erleichtert stellte er fest, dass sie allein im Garten waren. »Also ich weiß nicht, mein Kind ...«, meinte er zögerlich.

»Ich glaube, wir sollten das besser in der Kammer üben, Margot«, half Margarethe dem Truchsess aus seiner Verlegenheit. Der schaute die junge Frau dankbar an. Bei aller Liebe ging ihm der Übermut seiner Tochter manchmal doch zu weit. Das bemerkte nun auch Margot und gab ihren Vater frei.

»Und Ihr, Margarethe? Ich hoffe, wir müssen heute Nacht nicht auf Eure Gesellschaft verzichten?« Der Truchsess sah die Rothaarige erwartungsvoll an.

»Wenn Ihr es wünscht, Herr von Bischishausen, werde ich Euch selbstverständlich begleiten.«

»Eine angenehmere Tischdame kann ich mir nicht vorstellen.«

Margarethe errötete leicht. Margots Vater hatte sie zwar schon einige Male zur Beizjagd begleitet, sie jedoch offiziell an seiner Seite zu Tisch zu führen würde für Gerede sorgen. Schließlich war er schon geraume Zeit Witwer, oder wie man es hier sagte: Er lebte einhäusig.

Der Truchsess bemerkte ihr Zögern und ergänzte mit breitem Schmunzeln: »Ich fürchte, Ihr habt mich durchschaut, meine Liebe. Ein alter Fuchs wie ich ist nie ganz selbstlos in seinem Tun.«

Margarethe errötete noch mehr und tauschte mit Margot einen erschrockenen Blick.

»Seid unbesorgt«, fuhr er fort, »ich bin zu alt, um einem zukünftigen Herzog in die Parade zu fahren. Ihr erspart mir einfach einen Abend neben einer wenig amüsanten Witwe und enthebt mich der Pflicht, diese zu unterhalten. Zudem wird Margot Eure Gesellschaft heute Nacht guttun.«

Daher wehte also der Wind. Bischishausen brauchte sie, um seine temperamentvolle Tochter, die er ganz ohne Zweifel nicht aus den Augen zu lassen gedachte, an die Kandare zu nehmen. Verwundert bemerkte Margarethe erneut die Besorgnis des Truchsessen. Warum fürchtete er so um seine Tochter, seit sie in Stuttgart waren? Sie war doch kein kleines Kind mehr.

»In diesem Fall nehme ich die Einladung gerne an und freue mich darauf.«

»Gleichfalls. Nun, mein Kind, ich denke, du wirst noch einige Vorbereitungen für heute Abend zu treffen haben.«

Selbst Margot verstand diesen unmissverständlichen Wink und ließ ihren Vater mit Margarethe allein. Die sank mit bangem Herzen zurück auf die Bank. Hatte Gräfin Henriette etwa schließlich doch Weidas Drängen nachgegeben? Verwies man sie des Hofes und schickte sie auf die Osterburg? Die merkwürdigen Blicke der Württembergerin während der Jagd waren Margarethe nicht entgangen.

»Nun gibt es aber noch etwas anderes, was ich mit Euch besprechen muss, Margarethe.«

Die Hofdame zuckte zusammen. Bischishausen, der es bemerkte, ließ sich neben ihr nieder und ergriff ihre Hand. »Verzeiht, ich habe Euch erschreckt. Doch es geht nicht um den Weida, sondern um Elisabeth.«

Erleichtert sah die Rothaarige ihn an. Keine Hiobsbotschaft also. Sie atmete hörbar auf.

Der Truchsess ließ ihr einen Augenblick, sich zu fassen. »Nun, die Kunde, dass Ihr ein Händchen für Kinder habt, drang bis in den Rat durch«, begann Margots Vater erneut, »und ich wurde gebeten anzufragen, ob Ihr eventuell bereit wärt, ein wenig Zeit mit der jungen Gräfin zu verbringen, um sie auf spätere Pflichten vorzubereiten. Selbstverständlich würdet Ihr für Eure Bemühungen angemessen entlohnt.«

Margarethe war klar, dass es sich hierbei keineswegs nur um eine Bitte handelte. Ihre Augenbrauen zogen sich unwillkürlich zusammen. »Ihr sagtet ›der Rat‹, aber ich nehme an, dieser Vorschlag ging von einer bestimmten Person aus. Von Euch etwa? Benötigt Ihr meine Dienste nicht länger für Margot?«

Bischishausen schüttelte den Kopf. »Wo denkt Ihr hin! Tatsächlich kam der Vorschlag von Hans von Sachsenheim, dem Hofmeister der Gräfin Henriette.«

Verwundert runzelte Margarethe die Stirn. »Aber der kennt mich doch gar nicht. Wie kommt er nur darauf?«

Sie erntete ein Schulterzucken. »Er zog wohl Erkundigungen ein.«

»Und was würde das für mich bedeuten?«

»Es wäre keine einfache Aufgabe. Elisabeth ist offenbar ein ungebärdiges Mädchen und ein wenig, ähm, frühreif. Ihre Gouvernanten verbrauchen sich wie Wecken beim Frühstück. Entlohnung hin oder her: Es ist schwierig mit ihr.«

»Würde ich Stuttgart verlassen müssen?«

»Na ja, Elisabeth wird über kurz oder lang zurück nach Heidelberg reisen.«

Unsicher spielte Margarethe mit ihren Fingern. Sie spürte, dass man noch etwas anderes damit beabsichtigte, wenn man ihr diese Aufgabe antrug, und es war ihr gar nicht wohl bei dem Gedanken. Schließlich war Elisabeth Albrecht versprochen. Eifersucht keimte in ihr auf. »Was würdet Ihr mir raten, Herr von Bischishausen?«

Der zuckte erneut mit den Schultern. »Immerhin ist man bereit, Euch ein stattliches Sümmchen dafür zu zahlen. Wenn Ihr es lange genug bei der jungen Gräfin aushaltet, könntet Ihr ein kleines Vermögen machen. Es liegt bei Euch.«

»Das war kein Ratschlag«, grummelte Margarethe.

»Ich halte Euch für klug genug, eine eigene Entscheidung zu treffen. Meines Wissens nach gedenkt der Herr von Sachsenheim, Euch heute Abend auf die Sache anzusprechen. Ich wollte Euch lediglich vorbereiten.«

Margarethe hatte immer noch das Gefühl, dass er ihr nicht alles sagte, lächelte jedoch. »Das weiß ich zu schätzen.«

Bischishausen verbeugte sich und stand auf. »Dann also bis später. Ach übrigens, in Eurer Kammer liegt ein Schreiben mit dem Siegel der Wittelsbacher. Ein Bote brachte es vorhin aus München.«

Der Versuch, ihre Freude zu verbergen, scheiterte kläglich. Der Truchsess lächelte mild und sah ihr nach, als sie eilig davonlief.

Kapitel 2

Die schwülwarme Sommerluft und der endlose Ritt durch die Stauden, wie man die hügelige Gegend südlich von Augsburg nennt, hatten Albrecht schläfrig gemacht. Auch Jan, der mal zur Vorhut gehörte, mal nach hinten sprengte und so die Truppe zusammenhielt, hatte an Eifer verloren. Der Herzogssohn griff nach dem Ziegenlederschlauch an seinem Sattel, öffnete ihn und setzte ihn an seine Lippen. Wasser troff ihm links und rechts die Mundwinkel herab, rann den Hals entlang und kühlte seine vom schweren Kettenhemd bedeckte Brust. Albrecht war im Auftrag der Konstanzer Liga mit einem kleinen, aber gut gerüsteten Trupp Reiter unterwegs nach Schwabegg, um Ludwig dem Gebarteten einen weiteren Nadelstich zu versetzen, mit denen man ihn seit dem Konstanzer Konzil piesackte und der mit ziemlicher Sicherheit zu einem erneuten Gegenschlag führen würde, bei dem unschuldige Dörfler Hab und Gut, wenn nicht gar ihr Leben verloren.

Albrecht verstand den Sinn des Ganzen nicht. Der Streit war, soweit er es verstanden hatte, von dem Ingolstädter Heinrich ausgegangen. Er und Ludwig waren seit jeher verfeindet, und in Konstanz war es zum Eklat gekommen. Was es mit Heinrichs angeblichem Mordversuch an Ludwig tatsächlich auf sich hatte, wusste niemand genau. Jedenfalls herrschte seither zwischen den beiden Adelsherren offener Zwist. König Sigismund, der als Einziger der Sache hätte Einhalt gebieten können, hatte sich auf Heinrichs Seite geschlagen, da er dem französisch beeinflussten Ludwig nicht traute.

Ludwig war brüskiert und tobte angesichts der angeblich schreienden Ungerechtigkeit des böhmischen Königs.

Niemand hatte es jedoch für möglich gehalten, dass der Gebartete in seiner Rachsucht das an der Donau gelegene Neustadt niederbrennen würde, wie es im zeitigen Frühjahr des Jahres geschehen war. Eine solche Schandtat konnte die Liga nicht ungesühnt lassen. Heinrich, die Münchner Herzöge Ernst und Wilhelm, der Pfalzgraf Johann von Pfalz-Neumarkt, der Burggraf Friedrich von Nürnberg sowie der Kurfürst Ludwig von der Pfalz hatten sich zusammengesetzt und eine Strategie ersonnen, wie man dem Gebarteten Einhalt gebieten könne. Dabei waren sie zu dem Schluss gekommen, dass viele Wespenstiche genauso wehtaten wie ein einziger harter Hieb!

Albrecht hatte geknurrt, als ihm sein Vater, Herzog Ernst, die Entscheidung der Liga mitteilte. Ihm wäre eine offene Feldschlacht lieber gewesen, in der ein für alle Mal geklärt wurde, was es zu klären gab. Aber seine Stimme war erst gar nicht gehört worden. Stattdessen musste er tun, was sein Vater ihm befahl. Sein heutiger Auftrag lautete: Reite zum Kalvarienberg, nimm die Burg ein, und brenne sie bis auf die Grundmauern nieder. Dem jungen Ritter war bewusst, dass ein solches Vorhaben auch beinhaltete, im dazugehörigen Dorf zu brandschatzen, aber was konnte er tun? Gemeinsam mit Jan würde er den Befehl des Herzogs ausführen müssen.

Albrecht goss sich noch etwas Wasser über den Nacken, bevor er den Ziegenlederschlauch wieder am Geschirr seines Pferdes festband. Wütend schlug er nach einer besonders dreisten Stechmücke, die sich auf seiner Wange niederlassen wollte. »Verdammte Mistviecher!«, schimpfte er.

»Das kannst du laut sagen«, stimmte Jan zu. »Ich bin schon völlig zerstochen, und jucken tut es, als hätte man die Krätze! Diese Blutsauger sind in den Stauden aber auch besonders ekelhaft.«

»Nicht mal nachts lässt einen die Höllenbrut in Ruhe. Ich wünschte …« Albrecht unterbrach sich und schlug nach einer fetten Bremse, bevor sie sich am Hals seines Pferdes niederlassen konnte. »Was wohl Margarethe jetzt macht?«, fragte er unvermittelt.

Jan zuckte mit den Schultern. »Keine Ahnung, sie wird sich's gut gehen lassen am gräflichen Hof, sich amüsieren.«

»Glaubst du wirklich? Denkst du, sie putzt sich heraus, lacht und tändelt, während wir hier unser Leben riskieren?«

»Na ja, du hast ihr ja selbst dazu geraten.«

»Stimmt auch wieder. Doch ihre Briefe sind so voller Liebe und Sehnsucht, dass ich wünschte, wir hätten sie gleich mit nach München genommen.«

»Albrecht, darüber haben wir doch schon unzählige Male gesprochen.« Jan stöhnte. »Dein Vater hat unmissverständlich klargemacht, dass er Margarethe bei Hofe nicht willkommen heißen kann, solange die Sache mit dem Vogt von Weida nicht aus der Welt ist. Zumal Sigismund jetzt König von Böhmen ist und der Weida ihm Gefolgschaft geschworen hat. Der Vogt liegt Sigismund ständig in den Ohren wegen Margarethe. Da kann ihr ein Mitglied der Konstanzer Liga kaum Zuflucht gewähren. Das musst du doch einsehen!«

»Hätt ich doch bloß damals nicht auf Margarethe gehört und dem Vogt den Garaus gemacht. Die Sache wäre längst ausgestanden. So aber müssen wir warten, bis der Alte von selbst stirbt.«

»Oder die Hussiten ihm den Garaus machen. Ich hab gehört, dass unser Prämonstratenser-Mönch sich zum erfolgreichen Feldherrn gemausert hat. Die Königlichen bekamen ordentlich ihr Fett weg.«

»Im Vogtland ist's ruhiger als bei uns grad im Moment.«

Jan lachte rau. »Am Ende kommt der Weida noch auf unsere Beerdigung statt wir auf seine.«

»Red's nicht herbei, mein Guter!«

Eine Weile ritten sie stumm nebeneinander her. Beide dachten an Margarethe, jeder auf seine Weise. Jan war zufrieden, wusste er Margarethe doch in Sicherheit und unerreichbar für den Vogt. Er liebte es, seinen Erinnerungen an die Prager Zeiten nachzuhängen. Albrecht hingegen überlegte, wie es ihm gelingen könnte, seinen Vater doch noch umzustimmen. Margarethe musste ja nicht gleich an den herzoglichen Hof. Es gab eine ganze Reihe hübscher Schlösschen außerhalb Münchens, Burg Grünwald zum Beispiel. Das war nicht weit entfernt, und dort würde er sie sehen, mit ihr sprechen, sie in den Arm nehmen und sie küssen können …

Margot hatte hinter dem Gartentor auf Margarethe gewartet. »Und, was wollte mein Vater von dir?«, platzte sie sofort heraus.

Die Rothaarige nahm sie am Arm und zog sie ein Stück mit sich. »Ich erzähl's dir unterwegs. In meiner Kammer liegt ein Brief von Albrecht.« Mit eiligem Schritt hastete sie über den Hof.

»Nun mach doch langsam!«, rief ihr Margot hinterher. »Das Schreiben flattert dir nicht davon. So wie du zum Palast stürmst, möchte man meinen, die Hunnen sind hinter uns her.«

Die Rothaarige zügelte ihre Schritte. Margot hatte recht.

Es gehörte sich nicht für eine Dame, so zu rennen. »Aber ich kann's kaum erwarten, den Umschlag in Händen zu halten.«

»Wenn man dir zuhört, könnte man glauben, dass Albrecht sich täglich mit Ludwig schlägt. Dabei sitzt er in seinem Schloss, während die Konstanzer Liga an den Strippen zieht. Und um auf heute Abend zurückzukommen ...«

»Was war damit noch mal?« Mit einem großen Schritt hatte Margarethe das offene Portal erreicht. Die kühle Finsternis im Inneren des Schlosses ließ sie nach der Hitze draußen frösteln.

»Also wirklich, Margarethe. Das Bankett. Wir haben doch gerade erst darüber gesprochen. Du bist ja vollkommen durcheinander. Außerdem wolltest du mir sagen, was mein Vater von dir wollte.«

»Ach, das ist nichts, nichts Wichtiges jedenfalls. Man überlegt, ob ich die Gouvernante der kleinen Elisabeth werden soll.«

»Und das nennst du nicht wichtig?«

»Nun lass mich doch damit in Ruhe, Margot!«, meinte Margarethe unwirsch. »Ich hab jetzt andere Sorgen!« Mit rauschenden Röcken hastete sie durch die Gänge.

»Ich finde, du übertreibst es mit deiner Ängstlichkeit, Margarethe. Selbst wenn Albrecht tatsächlich mal in ein Scharmützel verwickelt wird, brauchst du dir keine Gedanken zu machen. Erinnere dich, wie gut er immer auf dem Turnier war. Fürchten müssen sich höchstens seine Gegner.«

»Ein Krieg ist kein Turnier. Da sind die Lanzen scharf. Da wird gestorben.« Für einen Moment schwirrten Margarethe furchteinflößende Bilder von blutgetränkten Schlachtfeldern durch den Kopf. »Ich hoffe, Herzog Ernst zeigt genug Verstand, sich nicht auf eine offene Feldschlacht einzulassen. Denn diese sind für jeden gefährlich, auch für die Adelsherren.

Und wie ich Albrecht kenne, würde er sich mitten ins Kampfgetümmel stürzen.«

»Das muss er auch, wenn er die Anerkennung seiner Männer erlangen will. Schließlich soll er einmal ihr Herzog sein. Da ist schon ein wenig Heldenmut gefragt. So eine Schlacht ist eine gute Gelegenheit, sich zu beweisen.«

Gereizt öffnete Margarethe die Tür zu ihrer Kammer. Manchmal redete Margot immer noch wie ein Kind daher. »Was mich angeht, so ist mir ein Albrecht mit heilen Gliedern lieber als ein toter Held.« Margarethe hatte den Brief entdeckt, der auf der kleinen Kommode neben dem Bett lag. Sie stürmte darauf zu und barg ihn in ihren Händen.

»Ich bitte dich: Herzog Ernst wird doch wohl kaum das Leben seines Erben riskieren«, meinte Margot schmollend.

»Bei einer offenen Feldschlacht weiß man nie, wie's ausgeht. Soweit ich gehört habe, ist Ludwig gut aufgestellt. Er hat sich Landsknechte aus Frankreich angeworben. Doch nun gib Ruh. Ich will lesen.« Margarethe hielt den Umschlag in den Händen. So sehr sie Margots Gesellschaft mochte, wäre sie in diesem Augenblick lieber allein gewesen. Ihr war bang zumute, als ihr Blick auf das Siegel fiel. Sie schnupperte an dem Pergament, in der Hoffnung, er könne nach Albrecht riechen, aber da war nichts als der Geruch von Leder und Pferdeschweiß. Für einen Moment schlug sie die Augen nieder und rief sich Albrechts edle Züge in Erinnerung. Den sanft geschwungenen Mund, seine freundlichen braunen Augen. Was, wenn der Umschlag schlechte Nachrichten enthielt und Albrecht in die Schlacht reiten musste? Immer dieses Bangen, bei jedem Brief, jeder Nachricht. Sie griff nach dem schmalen Messerchen und löste vorsichtig das Wachs. Albrechts markante, gleichmäßige Schriftzüge füllten das Blatt. Die Schrift war ihr so vertraut, dass sie sie unter Hunderten erkannt hätte. Sie atmete auf. Der Herzogssohn hatte selbst zur Feder gegriffen, also war er wohlauf. Ihre Augen hasteten von Zeile zu Zeile und füllten sich schließlich mit Tränen.

»Was ist denn?«, fragte Margot besorgt, als Margarethe totenblass und mit bebenden Lippen dastand. Sie nahm ihrer Freundin das Schreiben aus der Hand und begann, es zu lesen.

Liebste Margarethe,

meine Träume, all mein Sehnen sind bei Dir. Ich sitze an meinem Schreibtisch, vor mir Dein Bildnis. Ich habe mich so über das Medaillon gefreut, welches Du mir mit der letzten Post hast zukommen lassen. Nun halte ich es in meinen Händen, berühre es, und wenn ich die Augen schließe, kann ich mir vorstellen, Du wärst es selbst, die ich liebkose. Mein Herz, ohne Dich ist alles öd und leer. Ich sehne ein Wiedersehen herbei wie die Lerche das Aufgehen der Sonne. Viel zu lange schon sind wir voneinander getrennt. Ich wünschte, mein Vater wäre nicht so starrsinnig und ließe Dich nach München kommen. Aber es gibt Hoffnung: Endlich hat mir der Herzog ein Kommando erteilt. Über die Art der Mission kann ich Dir leider keine Auskunft geben, denn dieser Brief könnte in die Hände des Feindes geraten. Wenn Du dieses Schreiben liest, bin ich vermutlich wieder wohlbehalten zurück in München. Ich sehne den Kampf nicht herbei, aber wenn es hilft, den Herzog in unserer Sache milde zu stimmen, reite ich frohen Herzens.

Diese Worte mögen Dich erschrecken, aber sorge Dich nicht, Liebste. Die tapfersten Ritter Bayern-Münchens stehen mir zur Seite, kampferprobte Vasallen und allen voran unser guter Jan. Du weißt, es gibt keinen zweiten, dem ich so ver-

traue wie ihm. Gemeinsam werden wir uns bewähren und hoffentlich den Feind lehren, das Hasenpanier zu ergreifen. Wir reiten mit Gottes Segen und im Vertrauen auf ihn!

Liebste Margarethe, verzage nicht. Schließe uns in Deine Gebete ein, so wie wir Dich in unsere.

Albrecht

Margot sah auf, aber Margarethe war verschwunden. In der Tür stand Trine, die Zofe, und blickte ihrer Herrin verwundert nach. Langsam ließ die junge Hofdame das Schreiben sinken. Margarethe tat ihr so leid. Vier Jahre nur mit Briefen waren eine lange Zeit.

»Hat die Herrin schlimme Nachrichten bekommen?«, erkundigte sich Trine besorgt. »Ist dem Herrn Albrecht etwas zugestoßen?«

Zwischen den drei Frauen herrschte ein vertrauensvolles Verhältnis. Manchmal kam es Margot fast so vor, als wäre Trine eine von ihnen. Auch fand sich die Zofe wunderbar am gräflichen Hof zurecht, ganz so, als hätte sie nie an einem anderen Ort gelebt.

»So schlimm ist es glücklicherweise nicht«, weihte Margot sie deshalb ein. »Margarethe macht sich viel zu viele Gedanken.«

Die Zofe nickte. »Es ist nicht einfach, seinen Geliebten Auge in Auge mit dem ärgsten Feind zu wissen. Manches kann geschehen, und manchmal ...« Ein kummervoller Zug trat auf ihr Gesicht.

Margot rümpfte die Stupsnase. »Ihr seid alle beide Schwarzseherinnen. Ich geh Margarethe lieber nach, bevor die Wachen vor Schreck noch die schwarze Flagge hissen.«

Sie wusste, wo sie ihre Freundin finden würde. Im Garten gab es eine Laube, in die sich die Rothaarige stets flüchtete, wenn sie der Kummer quälte.

Margarethe glaubte, ersticken zu müssen, obwohl im Garten eine frische Brise durch die Sträucher strich. Die Brust war ihr eng, und sie wähnte sich einer Ohnmacht nahe. Sie wusste, dass Albrechts Abenteuer einen tödlichen Ausgang nehmen konnte. Genau davor hatte sie sich die ganze Zeit gefürchtet. Und natürlich nahm er die Sache wieder einmal auf die leichte Schulter, genau wie in Prag, als sie bei der Hussitenpredigt gewesen waren. Schon damals hatte sein Leichtsinn sie alle in Lebensgefahr gebracht, als er sich bloß mit einem Messer bewaffnet den schwarzen Rittern entgegenstellen wollte. Albrecht war im Herzen ein Draufgänger, und das war gefährlich. Niemand würde ihn davon abhalten können, sich in Gefahr zu begeben. Schon glaubte Margarethe, den metallischen Blutgeruch zu riechen und die Schreie Sterbender zu hören. Sie hielt sich die Ohren zu, aber es half nichts. Verzweifelt sank sie auf eine Bank.

»Ach, Margarethe, nimm dir das doch nicht so zu Herzen«, klang da Margots Stimme neben ihr.

Zunächst versuchte sie, so zu tun, als sei die Freundin gar nicht da. Sie wollte allein sein, doch Margot wich nicht von ihrer Seite. »Dein Kummer ist ja zum Steinerweichen, und mir ist auch schon ganz elend.« Als Margot die Hand auf Margarethes bebende Schulter legte, schluchzte diese laut auf. »Ich verstehe dich ja. Doch wenn du nur fest genug daran glaubst, dann kommt Albrecht in nicht allzu ferner Zukunft als Held zurück und holt dich.«

Margarethe wünschte sich, Margots Gottvertrauen zu besitzen, und seufzte zwischen zwei Schluchzern. »Ich hoffe so sehr, dass du recht hast, aber manchmal träume ich, man trüge Albrecht tot vom Feld.«

»Das ist nur der Alb«, tröstete das Mädchen. »Was du brauchst, ist Abwechslung, ein bisschen Fröhlichkeit.«

»Ich finde, da hat sie recht«, mischte sich eine unbekannte Stimme ein. Margarethe zuckte zusammen. Die Vorstellung, ein Fremder könnte sie in diesem aufgelösten Zustand sehen, war ihr unangenehm. Und wer auch immer sie belauscht hatte, ließ es entweder an Taktgefühl mangeln oder er hatte besonders viel Mitgefühl.

»Verzeiht, edle Dame«, sprach der Mann nun und trat vor. »Es liegt nicht in meiner Absicht, Euch zu belästigen, aber Euer Schluchzen ist so herzzerreißend, dass ich mich genötigt fühlte nachzusehen, wer sich da so entsetzlich grämt, und zu fragen, ob es irgendetwas gibt, was ein Mann von Stand für Euch tun könnte? Doch wie ich sehe, kam mir bereits jemand zuvor.«

Margarethe tupfte sich mit ihrem Leinentüchlein die Tränen aus den Augenwinkeln und versuchte, sich wieder zu fangen. Sie holte tief Luft, bevor sie aufschaute. Ihr Blick fiel auf beigefarbene Beinlinge, Stiefel aus Ziegenleder und ein Wams aus schwerem Brokat. Sie erkannte den Ritter, der am Morgen an der Seite der Gräfin Henriette gestanden hatte.

Er verbeugte sich artig und stellte sich ihnen vor: »Hans von Sachsenheim, gräflicher Hofmeister, zu Euren Diensten.«

Margarethe schluckte. Ausgerechnet der! Hoffentlich war er verschwiegener, als Bischishausen ihm nachsagte, denn sonst würde sie binnen kürzester Zeit Hofgespräch sein. »Danke für Eure Anteilnahme, doch es wird nicht nötig sein,

Euch mit meinen Sorgen zu belasten.« Sie wies auf Margot. »Wie Ihr seht, steht mir meine Freundin bereits bei.«

»Ein mildtätiges Herz ist einer edlen Dame Zier. Das Fräulein von Bischishausen, soviel ich weiß.«

Margarethe sah, wie die Augen ihrer Freundin aufblitzten.

»Ihr kennt meinen Namen?«, fragte das Mädchen erstaunt.

»Wie könnte mir Euer Liebreiz entgangen sein, wertes Fraulein?« Ein charmantes Lächeln zeichnete sich auf seinem gut aussehenden Gesicht ab. Für einen Mann hatte er ungewöhnlich gleichmäßige Züge. Keine einzige Narbe, kein Mal, nichts störte die Ebenmäßigkeit seiner noblen Blässe. Seine Lippen waren sanft geschwungen und seine Zähne gerade und perlweiß.

Margarethe beobachtete, wie ihre Freundin vor ihren Augen buchstäblich dahinschmolz.

»Ich hoffe, dass Ihr mir heute bei unserem kleinen Bankett einen Tanz nicht verwehrt, Fräulein von Bischishausen. Gibt es einen, der Euch besonders viel Freude macht? Nein, wartet. Lasst mich raten.« Er musterte sie, immer noch lächelnd. »Ihr habt etwas Erfrischendes an Euch, etwas Sprudelndes. Die langsamen Schreittänze langweilen Euch. Ihr bevorzugt ausgelassene, fröhliche Klänge: die Gaillarde. Das ist der richtige Tanz für Euch.«

Margot strahlte ihn an. »In der Tat, Herr von Sachsenheim.«

»Und Ihr, Fräulein von Waldeck?«, erkundigte er sich.

»Ich tanze nicht«, lehnte Margarethe freundlich ab. Keinesfalls wollte sie Margot als Konkurrentin um die Gunst dieses Mannes erscheinen. Zudem war sie weiß Gott nicht in Feierlaune. Eigentlich verspürte sie überhaupt keine Lust, auf dieses Fest zu gehen. Hätte sie es dem Truchsess nicht versprochen, würden sie keine zehn Pferde in die große Halle des Schlosses bringen.

»Wie bedauerlich und kaum vorstellbar, wo Ihr doch eine lange Zeit am Prager Hof verbracht habt.«

»Ihr seid gut informiert«, stellte Margarethe fest.

»Verurteilt mich nicht zu früh«, meinte er mit spitzbübischem Grinsen. »Als Hofmeister gehört es zu meinen Pflichten, die Wünsche und Bedürfnisse unserer Gäste zu kennen. Es wäre der Gräfin äußerst unangenehm, wenn der Eindruck entstünde, man wäre in Stuttgart provinziell.«

»Wir sind aber gar keine Gäste«, plapperte Margot. »Mein Vater ist …«

»Der Truchsess, ich weiß. Umso mehr ein Grund, dafür zu sorgen, dass die Damen sich wohlfühlen. In diesem Sinne bin ich untröstlich, dass Ihr schlechte Nachrichten aus München erhalten habt.«

Erstaunt blickte Margarethe auf. »Woher wisst Ihr das?«

»Vorhin erreichte ein Wittelsbacher Gesandter den Hof, und nun sehe ich Euch mit aufgewühltem Herzen. Es ist nicht schwer, zwei und zwei zusammenzuzählen.«

Margarethe hatte das Gefühl, dass Sachsenheim ein wenig zu viel Interesse an ihr zeigte. Hoffentlich konnte sie ihn bald wieder loswerden.

Doch leider dachte er gar nicht daran, sich zurückzuziehen. Er setzte eine ernste Miene auf und griff mitfühlend nach ihrer Hand. »Ich nehme an«, fuhr er fort, »Ihr habt Kunde davon erhalten, dass sich die Streitigkeiten zwischen Ludwig dem Gebarteten und der Koblenzer Liga zugespitzt haben.«

Margarethe nickte vorsichtig. »So ist es.«

»Nun, wenn Ihr mir die Bemerkung erlaubt: Sorgt Euch

nicht um den Herzogssohn Albrecht. Sein Leben ist zu kostbar, als dass es unbedacht aufs Spiel gesetzt werden würde.«

Der Mund blieb ihr offen stehen, und dann mischte sich auch noch Margot ein: »Siehst du, das sag ich dir doch schon die ganze Zeit.«

Sie erntete einen strengen Blick von Margarethe.

Sachsenheim lächelte nachsichtig. »Ihr dürft ruhig dem Urteil von Fräulein Margot vertrauen, dir mir eine ungewöhnlich kluge junge Dame scheint.«

Langsam reichte es Margarethe. Wer war der Kerl eigentlich, dass er sich in Sachen einmischte, die ihn überhaupt nichts angingen? Schon wollte sie ihn barsch zurechtweisen. Dann fiel ihr ein, dass sie es sich mit ihm besser nicht verderben sollte. So vertraulich wie er mit Gräfin Henriette verkehrte, war er ohne Zweifel einflussreich. »Margot ist mir eine große Stütze«, stieß sie zwischen den Zähnen hervor.

»Davon bin ich überzeugt. Nun denn, meine Damen, ich freue mich auf den heutigen Abend.« Mit einer eleganten Verbeugung zog sich Hans von Sachsenheim zurück.

Margarethe atmete auf, und die Freundin ließ sich neben ihr auf der Bank nieder.

»Puh, endlich mal ein Mann, der nicht nur bunte Seifenblasen von sich gibt.« Margot seufzte und erntete einen verblüfften Blick von Margarethe. »Die andern sind ja solche Schaumschläger, aber der Sachsenheim, der ist richtig gebildet.«

»An welcher seiner Äußerungen machst du das fest?«

»Na, das merkt man doch sofort. So wie er sich gibt und wie er redet und überhaupt.«

»Du meinst, er teilt deine Leidenschaft für Hofklatsch«, rutschte es Margarethe heraus, der die Bemerkung im selben Moment auch schon wieder leidtat.

»Pfui, wie gemein du bist.« Die Kleine machte ein gekränktes Gesicht. »Man bekommt fast den Eindruck, du magst ihn nicht. Dabei hat er sich rührend um uns bemüht.«

»Ich hatte eher das Gefühl, er wollte mich aushorchen.«

»Unsinn, Margarethe, du denkst von allen Menschen immer nur das Schlechteste.«

»Das nennt man Lebenserfahrung.«

»Jetzt tust du so, als wärst du hundert Jahre alt. Warte ab. Du wirst sehen, dass er ein Mann von Ehre ist. Wie er mich angesehen hat. Ganz warm ist mir dabei geworden.«

»Na, dann hoffen wir, dass das nicht irgendwann mit einem kalten Guss endet«, beendete Margarethe das Thema und stand auf. »Lass uns zurückgehen. Es wird Zeit, dass wir uns zurechtmachen.«

Kapitel 3

Es war ein Handstreich gewesen, der ihnen überraschend leicht gelungen war. Sie hatten ihre Streitmacht geteilt: Jan war im Schutz der Dunkelheit mit einigen besonders geschickten Männern den steilen Turmhügel des Kalvarienbergs an der Ostseite hochgeklettert, hatte die völlig überraschte Torwache der Vorburg im Handumdrehen überwältigt und die Burgmannen entwaffnet. Auf sein Zeichen hin war Albrecht mit seinen Reitern durchs Dorf gesprengt. Weisungsgemäß hatten sie die Bewohner zusammengetrieben und Feuer gelegt.

Mit finsterem Gesichtsausdruck umrundete Albrecht die Gefangenen, die man angewiesen hatte, sich auf den Boden zu setzen, als ein Stück entfernt von ihm Tumult ausbrach. Eine Frau widersetzte sich kreischend einigen Rittern, die sie zu Boden zerrten. Wütend trieb Albrecht seinen Braunen vorwärts. Hatte er nicht deutlich zu verstehen gegeben, dass den Dörflern nichts geschehen sollte? Sie waren gestraft genug, dass ihnen die Vorräte für den Winter verbrannten.

»Lasst mir augenblicklich das Weib los!«, herrschte er die Männer an.

»Aber wir haben doch nur ...«, versuchte der eine, sich zu rechtfertigen.

»Was ihr tun wolltet, hab ich gesehen.«

»Ihr irrt Euch, Herr!«

In diesem Moment warf sich ihm das Weib mit zerschundenem Gesicht und wirrem Haar vor die Füße. »Gnade Herr, lasst mich zurück ins Dorf.«

»Dorthin kannst du nicht mehr. Es steht in Flammen.«

»Aber ich muss zurück, muss unbedingt!«, jammerte die Frau. »Mein Kind, mein Lukas!«

»Ist er etwa noch dort?«

»Er versteckte sich im Keller, als Eure Männer kamen.«

Albrecht erschrak. Der Gedanke, dass ein Kind allein in diesem Inferno zurückgeblieben war, jagte ihm einen Schauer über den Rücken. »Um Himmels willen«, murmelte er und riss seinen Braunen herum.

»Herr, wohin wollt Ihr?«, rief ihm einer seiner Männer nach.

Dann hörte er Jans Stimme. »Albrecht, nicht. Das ist Wahnsinn!«

Die Flammen schlugen bereits hoch in den Nachthimmel und verliehen den Umrissen der Häuser eine trügerische Lebendigkeit. Albrechts Brauner begann, ängstlich zu schnauben. Allein die Sporen seines Reiters trieben ihn voran. Beißender Rauch stieg dem Herzogssohn in die Nase, als er die ersten Gebäude erreichte. Die einfachen Holzhütten mit ihren strohgedeckten Dächern brannten wie Zunder. Weiter hinten hörte er das Bersten von Dachbalken und dann tatsächlich das hohe Kreischen eines Kindes. Ich kann den Jungen noch retten!, fuhr es Albrecht durch den Kopf.

Auf einmal war Jan an seiner Seite.

»Er ist dort, im Haus!«, rief der Herzogssohn ihm zu. »Ich werde ihn holen. Halt du die Pferde.«

Jan machte ein erschrockenes Gesicht. Das Gebäude, auf das Albrecht gezeigt hatte, stand bereits bis zum Dach in Flammen. Es konnte jederzeit einstürzen. Er packte Albrecht am Arm und hielt ihn fest. »Auf keinen Fall! Ich gehe.«

In diesem Moment gab das Gebälk ein ächzendes Geräusch von sich. Der Giebel neigte sich. Das Kind brüllte wie am Spieß.

»Wir dürfen keine Zeit verlieren!«, schrie Albrecht und versuchte, sich Jans Griff zu entwinden.

Der jedoch hielt ihn mit eiserner Hand fest. »Zu spät.«

»Lass mich!«, protestierte Albrecht heftig. »Wir müssen den Kleinen da rausholen!«

»Wir können nichts mehr tun.«

Das Schreien des Kindes wurde leiser, bis es schließlich ganz verstummte. Albrechts Gesicht war verzerrt, als würde er die Hitze des Feuers am eigenen Leib spüren.

»Komm, Albrecht!«, drängte Jan. »Steig auf!« Schließlich hob er den Freund fast aufs Ross.

Der Braune trug Albrecht eiligen Schrittes davon, während er glaubte, die gellenden Schreie des Kindes noch immer zu hören. Mit starrer Miene gab er Befehl, die Dörfler laufen zu lassen und gen München zurückzukehren. Die Ritter sahen sich mürrisch an, weil sie gehofft hatten, das Vieh und allerlei Wertgegenstände unter sich aufteilen zu können.

Trine bürstete hingebungsvoll Margarethes Locken. Die Zofe war der Rothaarigen mittlerweile so vertraut, dass sie Trines Anwesenheit zuweilen fast vergaß. Glücklicherweise hatte diese sich in jeder Hinsicht als vertrauenswürdig erwiesen. Keinen Moment hatte Margarethe bereut, sie in ihre Dienste genommen zu haben. Trine war anständig, arbeitsam und ihrer Herrin treu ergeben. Nur manchmal erschien sie melancholisch, ganz so, als hielte eine schwere Last ihre Seele gefangen.

Seit letztem Monat war auch ihre Tochter Grete als Küchenhilfe in Stellung. Obwohl das Mädchen von zarter Gestalt war und Margarethe sich nur schwer einen Kochlöffel in seiner Hand vorstellen konnte, hörte man keine Klagen. Über Gretes Vater schwieg sich Trine weiterhin aus, doch Margarethe hatte das Gefühl, dass Trines zeitweilige Schwermut viel mit ihm zu tun hatte. Gerne hätte sie ihr geholfen, aber das wollte die Zofe ganz offensichtlich nicht. Deshalb hatte Margarethe beschlossen, das Thema nicht weiter anzusprechen. Jeder Mensch hatte ein Recht auf seine Geheimnisse.

Die Waldeckerin beobachtete Margot aus halb geschlossenen Augen. Das Mädchen saß vor ihrer Schminkkommode und betupfte sich mit Wangenrot. »Das hast du doch gar nicht nötig, Margot«, stellte die Hofdame fest. »Du bist auch ohne diese Kunstgriffe wunderschön.«

»Man kann nie schön genug sein.«

»Wie du meinst. Aber ich wäre zumindest mit dem Cyclamenwurzelpulver vorsichtig. Ich habe schon gehört, dass Frauen zu Schaden kamen, weil sie zu viel davon aufgetragen haben. Es sind ihnen sämtliche Haare ausgefallen. Das willst du doch nicht.«

»Die Heilige Jungfrau bewahre mich davor. Ich brauch's auch gar nicht. Meine Haut ist ohnedies blütenweiß. Was mir Sorgen macht, sind meine Wangen. Sie könnten eine Spur mehr Farbe haben.« Margot seufzte.

»Ich schätze, die bekommst du ganz von selbst, wenn ein gewisser Herr dich heute zum Tanz auffordert«, neckte Margarethe sie.

In diesem Augenblick klopfte es, und Margots Vater stand in der Tür. Der Truchsess war eine gepflegte Erscheinung: Er bürstete sein ergrautes Haar, trug farblich aufeinander abgestimmte Kleidung, saubere Stiefel und eine adrette Feder am Hut. Außerdem achtete er sehr auf Sauberkeit und roch auch heute nach frischer Seife. Ganz ohne Zweifel hatte er erst vor Kurzem die Dienste des Baders in Anspruch genommen, denn sein Bart war frisch gestutzt.

Margarethe wunderte sich schon lange, dass der Truchsess nicht die geringsten Anstalten machte, sich wie viele Witwer nach Ablauf des Trauerjahrs eine neue Frau zu suchen, die ihm das Bett wärmen und vielleicht auch einen männlichen Erben schenken konnte. Er dagegen schien nur Augen für seine Tochter und Interesse an ihrem Wohlergehen zu haben. Margarethe vermutete, dass er zunächst einmal Margot verheiraten wollte, bevor er sich eine neue Gefährtin suchte.

»Sind meine Damen bereit für ihren großen Auftritt?«, fragte Bischishausen mit einem schelmischen Glitzern in den Augen.

Margot betupfte ihr Ohrläppchen rasch noch mit Rosenwasser. Dann drehte sie sich um ihre eigene Achse und sah ihren Vater strahlend an. »Gefalle ich dir?«, fragte sie kokett.

»Mein Täubchen, ich fürchte, heute Abend wirst du zahlreiche Sticheleien der anderen Damen erdulden müssen, weil du eine jede von ihnen mit deiner Schönheit ausstichst.«

»So soll es sein«, sagte sie selbstbewusst. »Aber bevor wir gehen, zeigst du mir noch einmal diese Gaillarde. Ich will mich auf keinen Fall blamieren.«

Gutmütig nahm ihr Vater sie bei der Hand und entsprach ihrem Wunsch. Als er sie schließlich losließ, war er außer Atem geraten. »Wenn wir hier noch länger herumhüpfen, musst du dir einen anderen Tanzpartner suchen. In meinem Alter ist man nicht mehr so leichtfüßig, wie es einer jungen Dame angemessen wäre.«

»Keine Sorge, da wird sich schon jemand finden.« Margot warf ihm einen vielsagenden Blick zu.

Ihr Vater schaute fragend zu Margarethe. Die jedoch zuckte nur mit den Schultern.

»Lasst uns gehen«, drängte Margot. »Man kann die Spielleute bereits hören.« Energisch hakte sie sich beim Truchsess ein.

Auffordernd bot der Ritter Margarethe seinen anderen Arm. »Darf ich bitten.«

Die Rothaarige warf einen letzten Blick auf das Kästchen, in dem sie Albrechts Schreiben verwahrt hatte, und fühlte sich plötzlich wieder ganz elend. Am Ende widerfuhr ihm ein Unglück genau in der Stunde, in der sie sich amüsierte. Seufzend legte sie ihre Hand auf den angebotenen Arm.

Kurz darauf betraten sie die große Halle, die prächtig dekoriert worden war. Sogar zusätzliche Wandteppiche hatte man anbringen lassen. Die drei kamen gerade rechtzeitig, um der Ankunft der Gräfin und ihrer beiden Prinzen beizuwohnen. Kaum hatte die Gräfin auf ihrem erhöhten Sitz Platz genommen, als sich die Gäste auch schon zu zerstreuen begannen.

Margarethe blieb an der Seite des Truchsessen, lauschte dem höfischen Geplänkel, dem Austausch von Artigkeiten und beobachtete das wechselseitige kritische Beäugen vor allem der Damen. Das alles war ihr nur zu gut bekannt, jedoch fehlte es bei diesem Fest an Heiterkeit, was vermutlich auch daran lag, dass die Stimmung in Stuttgart so angespannt war. Henriette hatte die Räte laden müssen, wie es der Anstand gebot, und diese hatten es sich nicht nehmen lassen zu kommen, wo es ein so üppiges Essen gab.

Margots Vater tat sein Möglichstes, sich und die Seinen durch die Sümpfe der höfischen Kommunikation zu manövrieren. Er war sehr geschickt darin, einem jeden zu schmeicheln, ohne kriecherisch zu wirken, und wenn man ihn um seine Meinung bat, diese zu sagen, ohne wirklich Stellung zu beziehen. Margarethe kam nicht umhin, Bischishausen zu bewundern. Er würde an jedem Hof eine gute Figur abgeben.

Sie wollte gerade eine entsprechende Bemerkung machen, als ihr ein hoch aufgeschossener junger Mann auffiel, der ihr irgendwie bekannt vorkam. Auch er schaute zu ihnen herüber und zwinkerte ihr vertraulich zu. Mit einer knappen Verbeugung verabschiedete er sich von seinem Gesprächspartner und kam zu ihnen herüber. Über das ganze Gesicht strahlend rief er fröhlich: »Margarethe von Waldeck, welch Freude, Euch hier anzutreffen.« Dann wandte er sich schelmisch grinsend an Margot. »Fräulein von Bischishausen, darf ich meine Bewunderung aussprechen. Wie Eure Wangen leuchten – ich nehme an, das hat mit Eurer Wiedersehensfreude zu tun und ist nicht etwa auf verschwenderischen Gebrauch des venezianischen Rotholzpulvers zurückzuführen?«

Margot schnappte nach Luft, während sie empört nach Worten rang. Margarethe stand für einen Moment sprachlos da und starrte den kecken Burschen an. Plötzlich fiel es ihr wie Schuppen von den Augen. War es möglich? Konnte dieser schlaksige, teuer gekleidete Kerl etwa jener pausbäckige Lausbub sein, dem sie in Prag diverse Male die Ohren hatte langziehen müssen? Dieselben wachen, hellgrauen Augen, dieselben Grübchen, und genau wie früher trat er ein wenig verlegen von einem Bein aufs andere. Kein Zweifel. Margarethe schüttelte amüsiert den Kopf. »Immer noch dasselbe freche Mundwerk, was?«

Der junge Mann grinste. »Es gab keinen Grund, es abzulegen.«

»Immerhin, du bist …«

»… groß geworden, ich weiß«, unterbrach er sie. »Ist ja auch ein paar Jahre her, seit wir unter Eurer Fuchtel standen.«

»Hat nicht viel geholfen, wie mir scheint?«

»Ich fürchte es fast.« Der junge Mann grinste. »Aber wir hatten jede einzelne Abreibung verdient.«

»Richtig. Du und Mihai, ihr wart wahrhaftig eine Plage.«

»Du bist doch nicht etwa Sepi?«, mischte sich nun Margot ein und blinzelte ungläubig.

»Richtig.« Der junge Mann strahlte. »Also meinen Namen habt Ihr immerhin behalten.«

»Der wurde so oft genannt, dass man ihn schwerlich vergisst – allerdings nicht gerade, weil du dich durch ritterliche Tugenden hervorgetan hättest. Mir dünkt, der Schliff im Umgang mit Damen geht dir noch immer ab.«

Margarethe verkniff sich das Lachen. Auch ihre Freundin konnte gut austeilen. Doch Sepi wirkte alles andere als gekränkt. Er grinste belustigt.

»Ich fürchte, bei mir ist Hopfen und Malz verloren. Mich zu ändern, bräuchte es schon eine sehr geduldige Minneherrin.«

Margot deutete auf ihre Freundin. »Jemanden wie Margarethe.«

»Nun verzeiht, Frau von Waldeck«, Sepi machte eine Verbeugung in deren Richtung, »aber Ihr seid mir zu alt. Das Fräulein Bischishausen allerdings würde mir schon gut gefallen, doch ich fürchte, es ist nicht anders als damals in Prag: Sie scheint an jedem Finger fünf edle Ritter als Verehrer zu haben, sodass für einen einfachen Kaufmannssohn wie mich höchstens die Brotkrumen abfallen. Ich bin dazu verdammt, im stillen Kämmerlein schmachtende Verse zu verfassen und von dem Fräulein Margot lediglich zu träumen.«

»Erinnern kann ich mich an so manches, Sepi, aber poetische Reime waren nicht dabei«, lachte Margarethe. »Ich sah dich nur einmal mit einem Tintenfass in der Hand, und das war, als du gemeinsam mit Mihai die Zöpfe seiner kleinen Schwester darin eingetunkt hast. Was ist übrigens aus ihm geworden? Verwaltet er mittlerweile seine Güter als Herr von Wettin?«

Das fröhliche Blitzen in Sepis Augen erlosch. »Er ist gefallen. Kurz nachdem Sigismund die böhmische Krone auf dem Kopf trug, nahm er sich ›der hussitischen Plage‹ an, wie er es nannte, und rief seine Lehnsleute zu den Waffen. Ob er dem Haus Wettin nicht verziehen hat, dass es bis zum Schluss Wenzel die Stange hielt, oder ob es Zufall war, in jedem Fall wurde Mihai einer der Einheiten unterstellt, die von Žižka aufgerieben wurden.«

Margarethe war ehrlich bestürzt. Dieses Schicksal hätte sie dem ungestümen Mihai gewiss nicht gewünscht. »Das tut mir sehr leid. Und du? Ich sehe, du hast das Schwert gegen den Abakus getauscht und bist in die Fußstapfen deines Vaters getreten.«

»Meine Damen haben eine angenehme Gesellschaft gefunden, wie ich feststellen kann«, mischte sich der Herr von Bischishausen ein, der sein Gespräch mit einem Ratsherrn beendet hatte und wieder an ihre Seite trat.

Margot wies mit der Hand auf ihren alten Herrn und sagte: »Darf ich vorstellen, mein Vater, Hans Truchsess von Bischishausen.«

Es folgte eine respektvolle Verbeugung seitens Sepi, während der er seinen Namen nannte.

»Euer Vater ist mir gut bekannt«, meinte Margots Vater freundlich. »Er hat sich als äußerst honoriger Geschäftspartner einen guten Leumund verschafft. Ist er denn ebenfalls hier?«

Mit der Rechten wies Sepi zu einem nicht weniger hochgewachsenen Herrn, der in einem Gespräch mit einem Mann war, dessen weiß-blaue Rauten ihn als Bayern auswiesen.

»Sepi war einer meiner Schützlinge in Prag«, erklärte Margarethe.

»Der schlimmste Lümmel des ganzen Hofes fürchte ich.« Sepi setzte eine schuldbewusste Miene auf

»Wohl wahr«, bestätigte Margarethe.

»Das habe ich alles nur getan, um bei Fräulein Margot Eindruck zu schinden, aber geholfen hat es leider nichts. Sie bemerkte mich nicht einmal.«

»Im Gegensatz zu mir.« Margarethe lachte.

»Oh ja, leider, nur hätte ich auf diese Art von Aufmerksamkeiten gerne verzichtet.« Sepi rieb sich die Gesichtshälfte, als würde er den Schmerz der Backpfeifen noch immer verspüren.

»Und jetzt wollt Ihr in die Fußstapfen Eures Vaters treten«, stellte der Truchsess fest.

Sepi nickte ernst.

»Dann wünsche ich Euch viel Erfolg. Uns allerdings müsst Ihr nun entschuldigen. Die Gräfin wünscht meine Damen kennenzulernen.«

Margarethe hob den Kopf und sah zu der Landesherrin hinüber, die ihnen wohlwollend zunickte. Nicht weit von ihr entfernt stand der Hofmeister und schien mit den Prinzen zu scherzen. Der Truchsess nickte und ließ Sepi stehen. Margarethe und Margot folgten ihm mit ein paar Schritten Abstand, wie es üblich war. Sie verneigten sich anmutig.

»Mein lieber Truchsess«, begann die Gräfin, »ich kann kaum glauben, dass die kleine Margot schon so erwachsen geworden ist. Erhebe dich doch, mein Kind. Komm zu mir, und lass uns ein wenig plaudern.«

Margarethe wurde von der Gräfin ignoriert, so als wäre sie gar nicht vorhanden. Margot dagegen tat artig, wozu sie aufgefordert worden war, und dies mit der ihr eigenen Natürlichkeit, sodass Henriette ein paar Mal amüsiert auflachte. Der Vater blickte voller Stolz zu seiner Tochter.

Plötzlich winkte die Gräfin dem Hofmeister. »Bist du dem Herrn von Sachsenheim bereits begegnet, Margot?«

Sachsenheim trat zu ihnen, verneigte sich und tat ganz so, als wäre das Mädchen ihm vollkommen unbekannt. »Ich hoffe, Ihr genießt unser kleines Bankett, wertes Fräulein. Findet Ihr nicht auch, dass unsere Musiker ganz ausgezeichnet spielen? Ich glaube, ich höre da gerade eine Gaillarde, meinen Lieblingstanz.«

»Dann will ich Euch junge Leute nicht davon abhalten, aufs Parkett zu gehen«, meinte die Gräfin mit einem Zwinkern. »Herr von Sachsenheim, möchtet Ihr nicht dieser jungen Dame beweisen, dass man sich auch in Stuttgart auf höfische Tänze versteht?«

Der Hofmeister verneigte sich erst vor Henriette, dann vor dem Truchsess und schließlich vor Margot selbst. »Mit dem größten Vergnügen!«

Das Mädchen bekam glänzende Augen, knickste vor der Gräfin und legte ihre Hand auf Sachsenheims Arm, während ihr der Truchsess mit scheinbar ausdruckslosem Gesicht nachsah. Das war kein gutes Zeichen. Margarethe beschlich das deutliche Gefühl, dass Bischishausen seine Tochter nur ungern dem Hofmeister überließ, doch schon im nächsten Moment verwickelte ihn die Gräfin in ein Gespräch.

Margot strahlte, als Sachsenheim sie wieder an die Seite ihres Vaters führte. »Der Herr Hofmeister ist ein vorzüglicher Tänzer.«

»Dieses Kompliment kann ich an Eure Tochter zurückgeben«, meinte Sachsenheim.

Bischishausen lächelte knapp. Erneut griffen die Musiker nach ihren Instrumenten. »Wenn Euer Majestät mich entschuldigen würden«, wandte sich der Truchsess an die Gräfin, »aber diesen Tanz versprach *ich* meiner Tochter.« Es war offensichtlich, dass er damit verhindern wollte, dass Margot erneut von Sachsenheim aufgefordert werden konnte.

Die Gräfin schaute zwar verwundert, nickte jedoch.

Margarethe kam sich überflüssig vor wie eine alte Jungfer. Die Gräfin ignorierte sie weiterhin, entließ sie aber auch nicht. In diesem Moment kam ihr Sachsenheim zu Hilfe. »Wenn mir vielleicht das Fräulein von Waldeck diesen Tanz schenken würde.«

Die Gräfin winkte unmerklich, und obwohl Margarethe sich vorgenommen hatte, es nicht zu tun, folgte sie dem Hofmeister auf die Tanzfläche. Eine Weile taten sie nicht mehr, als sich in den Reigen der anderen einzureihen. Während Margarethe hoffte, dass der Tanz bald enden würde, schien Sachsenheim Geschmack daran zu finden.

»Auch Ihr seid eine ganz vorzügliche Tänzerin, Fräulein von Waldeck, und bewegt Euch mit seltener Grazie. Ich bin mir sicher, dass Herzog Ernst, wenn er Eurer Schönheit gewahr wird, ganz und gar hingerissen sein wird.«

Margarethe zuckte unmerklich zusammen.

»Doch auch Stuttgart hat seine Reize, findet Ihr nicht?«, plauderte Sachsenheim weiter.

»Gewiss. Doch … Au! Ich glaube, jetzt habe ich mir den Knöchel verstaucht.«

»Was für ein Pech! Ich hoffe, es lag nicht an meiner Ungeschicklichkeit.« Sachsenheim machte ein besorgtes Gesicht. »Lasst mich Euch zu dem Lehnsessel dort führen.«

Mit gequältem Lächeln nahm sie das Angebot an und humpelte zu der Sitzgelegenheit. Sachsenheim zog sich ebenfalls einen Stuhl heran, nahm zwei Becher Wein vom Tablett einer Schankmagd, die gerade vorbeieilte, und reichte einen davon Margarethe, während er sie mit amüsiertem Blick musterte. Es war offensichtlich, dass er sie durchschaut hatte.

»Ich danke Euch, Herr Sachsenheim. Ihr habt mir aus einer unangenehmen Situation geholfen.«

Der junge Mann überging ihre Bemerkung und sagte stattdessen: »Auf Euer Wohl und Eure rasche Genesung, derer ich mir sicher bin, und auf das Wohl Euer Liebdens Albrecht von Wittelsbach. Dass ihm ein langes Leben beschieden sein soll.« Sachsenheim hob kurz das Trinkgefäß, setzte es an die Lippen und schaute ihr beim Trinken tief in die Augen. Dann nahm er ihr den Becher ab, küsste höflich ihre Fingerspitzen und schenkte ihr ein strahlendes Lächeln.

Margarethe kam es vor, als entblöße er ein Raubtiergebiss. Sie fühlte sich zusehends unwohl in seiner Gesellschaft und hoffte, dass der Truchsess und Margot bald zurückkehren würden. Bis es so weit war, beabsichtigte sie, das Gespräch in eine ungefährliche Richtung zu lenken. »Ich nehme an, Ihr wollt mit mir über die Gräfin Elisabeth sprechen, Herr von Sachsenheim. Der Truchsess war so frei, mich vom Vorschlag des Rates in Kenntnis zu setzen.«

»Tat er das?« Sachsenheim leckte sich die Lippen. »Und findet der Plan Eure Zustimmung?«

»Solange die Gräfin in Stuttgart weilt, stehe ich gerne zur Verfügung.«

Er nickte. »Wir dachten an eine längere Zeitspanne. Die

Gräfin könnte eine Menge von Euch lernen. Ihr seid eine weitgereiste und welterfahrene Dame, die dazu noch in enger Verbindung mit dem Haus Wittelsbach steht. Es würde Euer Schaden nicht sein. Auch wir sind nicht ohne Einfluss. Unser Arm reicht weit, selbst bis zum böhmischen Königshaus.«

Margarethe schwankte zwischen Zorn und Empörung. Was sollten all diese Andeutungen? Wollte Sachsenheim sie brüskieren? Sein Gesichtsausdruck blieb unverändert höflich, ja fast bewundernd.

»Das ist erfreulich«, rang sie sich ab. »Ich werde darüber nachdenken.«

Er machte ein Gesicht wie eine Katze vor der Milchschüssel. »Wie angenehm es ist, mit Euch zu plaudern, Margarethe. Ich darf Euch doch so nennen?«, fuhr er im Plauderton fort. »Man merkt gleich, dass Ihr eine ungewöhnlich kluge Frau seid. Eine Eigenschaft, die ich, wie viele Männer, zu schätzen weiß.« Bei diesen Worten hatte er sich so weit zu ihr herübergeneigt, dass seine Lippen ihr Haar leicht berührten.

Margarethe war verwirrt, denn Sachsenheim roch erstaunlich angenehm, ganz sicher gewaschen, und leicht nach Honig. Was konnte dieser Mann von ihr wollen? »Ihr schmeichelt mir.«

»Bescheidenheit ist eine Tugend, die einer Frau gut zu Gesicht steht. Doch Ihr braucht Euer Licht nicht unter den Scheffel zu stellen. Ich freue mich auf weitere anregende Gespräche und vielleicht, wenn es sich ergibt, auf ein Lächeln, das Eurer Schönheit noch mehr Glanz verleihen würde.«

Irritiert musterte die Rothaarige den Ritter. Was meinte er nur mit weiteren anregenden Gesprächen? Was sie betraf, hatte sie nicht die Absicht, regelmäßig mit dem Hofmeister zu verkehren. Sie atmete erleichtert auf, als die Musik in diesem Moment verstummte. Behutsam tupfte sie sich mit ihrem Tüchlein einen vermeintlichen Tropfen Wein aus dem Mundwinkel. »In erster Linie bin ich meinem Gastgeber, Herrn von Bischishausen, verpflichtet«, meinte sie dann diplomatisch und wies zu Margot und ihrem Vater hinüber, der so böse dreinschaute, dass er mit seinem Blick einen Wolf hätte vertreiben können.

Sachsenheim verstand. Auf einen weiteren Tanz mit Margot brauchte er nicht zu spekulieren. Er verneigte sich höflich vor Margarethe. Im nächsten Moment war er verschwunden.

»Hast du bemerkt, was für ein guter Tänzer Sachsenheim ist?«, meinte Margot beschwingt, als die beiden Hofdamen nach dem Fest gemeinsam zurück in den Frauentrakt gingen.

»Ja, darin scheint er eine Menge Übung zu haben«, bestätigte Margarethe.

»Und die Gaillarde tanzt er viel besser als mein Vater. Er ist auch nicht so schnell außer Atem.« Die Kleine absolvierte die Tanzschritte, trippelte und sprang, als könne sie nicht genug davon bekommen.

»Ist ja auch um einiges jünger, der Herr Hofmeister«, meinte die Rothaarige kühl.

»So jung nun auch wieder nicht, nicht wie diese anderen albernen Kindsköpfe. Er ist nun mal ein echter Ritter.«

»In Prag würde er kaum auffallen. Unter Blinden jedoch ist der Einäugige König.« Margarethe gähnte. Es war spät, und sie sehnte sich nach ihrem Bett.

»Das sag nur nicht zu laut«, meinte Margot pikiert. »Ich glaube nicht, dass die Gräfin über so eine Bemerkung lachen könnte. Schließlich ist er einer ihrer Günstlinge.«

»Wo du es gerade sagst. Ist dir nicht auch aufgefallen, dass er gleich nach ihr das Bankett verließ?«

»Also, was du schon wieder denkst!« Margot schnaufte ärgerlich und zog sich das Schultertuch zurecht, das durch ihre wilden Sprünge verrutscht war. »Es ist in letzter Zeit immer das Gleiche mit dir. Du hältst alle Menschen für schlecht.«

»Du wirst noch an meine Worte denken. Nach meiner Erfahrung nascht ein Mann wie Sachsenheim gern von vielen Tellern und pickt sich stets nur die Rosinen raus. Ich glaub, für so einen muss man geboren sein. Für mich wäre das nichts.«

»Für dich gibt es ja sowieso nur einen einzigen: Albrecht.«

»Da hast du recht.«

Erneut musste Margarethe gähnen. Sie drehte sich zur Tür ihrer Kammer um und drückte sie auf. Ihre Bettdecke war bereits zurückgeschlagen. Trine saß auf einem Hocker, bereit, ihrer Herrin beim Auskleiden behilflich zu sein. Margarethe wollte sich schon von ihrer Freundin verabschieden, als diese das Thema Sachsenheim erneut aufgriff.

»Du glaubst also, ein solcher Hengst ließe sich nicht an die Kandare nehmen? Ich bin da anderer Meinung. Wollen wir eine Wette abschließen?«

»Lieber nicht. Ich glaub, dein Vater wäre davon wenig erbaut.«

»Ach der, der hält mich immer noch für ein kleines Kind. Ich hab ihn ja furchtbar lieb, aber es macht mich rasend, wenn er sich aufführt wie eine Glucke. Den ganzen Abend hat er grimmig dreingeschaut, und natürlich traute sich dann niemand, mich um einen Tanz zu bitten.«

»Na, ich sah dich den halben Abend das Tanzbein schwingen.«

»Ja schon, aber nur mit steinalten Knochen, Adelsherren, mit denen mein Vater Umgang pflegt. Alles nichts für mich.«

»Wer weiß, vielleicht halten sie Ausschau nach einer passenden Partie für ihre Söhne.«

Margot verzog das Gesicht. »Danke auch, sollten die genauso abstehende Ohren, lange Nasen und schiefe Zähne besitzen wie ihre Erzeuger! Zum Glück reist mein Vater am Montag ab. Es ist Gerichtstag in Urach. Dann sind wir endlich frei.«

Margarethe zog eine Augenbraue hoch. »Frei? Wofür?«

»Na, du weißt schon!« Margot zwinkerte ihr zu.

Margarethe seufzte leise. Es war schon eigenartig. Vor gar nicht langer Zeit hatte sie sich nicht viel anders gefühlt als Margot jetzt. Auch sie war jung und ungestüm gewesen, hatte geglaubt, gemeinsam mit ihren Freunden die Welt erobern zu können, und dann – ja, dann war der Weida aufgetaucht und hatte alle ihre Zukunftspläne zunichte gemacht. Die Hofdame schluckte die aufkommende Melancholie herunter. In einem jedenfalls hatte Margot unrecht: Bischishausen war der beste Vater, den man sich nur wünschen konnte. Er ließ seiner Tochter viele Freiheiten und förderte sie, wo er nur konnte. Genau genommen hatte sich die Laune des Truchsessen erst verschlechtert, nachdem Sachsenheim mit Margot getanzt hatte. Aber heute Nacht wollte sie das nicht mehr mit Margot durchkauen. Sie gähnte erneut. »Ich bin hundemüde, Margot. Lass uns schlafen gehen.«

Doch ihre Freundin dachte gar nicht daran. »Ich wüsste schon ein Mittel, um so einen Mann zu zähmen.«

»So, und welches wäre das?« Seufzend rollte Margarethe mit den Augen und schaute zu Trine, die erwartungsvoll hinter dem Holzhocker stand, auf den sich ihre Herrin zum Auskleiden setzte.

»Man muss ihm Achtung erweisen und ihm jeden Wunsch von den Augen ablesen.«

»Das erwartet man ohnehin von uns Frauen, Margot. Ich rate dir, schlag dir den Sachsenheim aus dem Kopf. Sonst gibt es bloß Ärger. Und jetzt ist Schluss, ich brauch meinen Schlaf.«

Kapitel 4

»Dass du mir immer wieder damit kommen musst, Albrecht!« Wütend pochte Herzog Ernst mit den Fingerknöcheln auf den schweren Eichenschreibtisch. Gerade noch hatte er seinen Sohn ungewöhnlich freudig empfangen.

Dieser hatte mit bleichem Gesicht, denn er fühlte sich noch immer elend, die Sprache auf Margarethe gebracht. »Sie muss ja nicht gleich nach München an den Hof kommen.«

»Sondern? Soll sie in einem Gasthaus logieren?«

Du bringst deine zahlreichen Konkubinen doch auch in deinen diversen Schlössern und Landsitzen unter, dachte Albrecht zornig. Da wird es doch wohl für Margarethe ebenfalls Möglichkeiten geben. Laut jedoch sagte er: »Ich dachte an Burg Grünwald.«

»Und ich hab dir erklärt, dass ich den böhmischen König nicht zu brüskieren gedenke. Dass ihr jungen Leute so wenig Geduld aufbringt. Die Sache mit dem Vogt erledigt sich doch irgendwann von selbst. Dann ist sie Witwe, und du kannst mit ihr von mir aus machen, was du möchtest. Ach, weil wir gerade beim Thema sind. Du weißt ja, dass ich schon zu Eberhard von Württembergs Zeiten deine Heirat mit Elisabeth verabredet habe. Das Mädchen soll sich recht hübsch herausgemacht haben. Ich gedenke, die Angelegenheit jetzt zu forcieren.«

Albrecht wandte sich ab, damit sein Vater nicht bemerkte, wie er das Gesicht verzog. Was würde Margarethe denken, wenn sie davon erfuhr?

»Passt dir meine Entscheidung etwas nicht?«, fuhr ihn sein Vater an.

»Mir steht eher der Sinn danach, endlich den Streit mit Ludwig dem Gebarteten aus der Welt zu schaffen, als Hochzeitspläne zu schmieden. Es ist an der Zeit, eine Entscheidung herbeizuführen«, entgegnete Albrecht, der Zeit gewinnen wollte.

Der Herzog fuhr sich mit der Hand durchs Haar, das bereits schütter wurde, und schaute ernst drein. »In deinem Alter stand mir auch oft der Sinn nach einem klärenden Kampf, doch mit der Zeit lernt man die Kunst der Diplomatie zu schätzen. Aber sei beruhigt: Lange wird sich die Liga von Ludwig nicht mehr auf der Nase herumtanzen lassen. Es gilt lediglich, ihn zu schwächen, bevor ... Aber darüber brauchst du dir nicht den Kopf zu zerbrechen. Jetzt berichte mir lieber über euren erfolgreichen Streich im Schwäbischen. Der Sedlic hat sich ordentlich geschlagen, hab ich gehört. Man ist voll des Lobes über ihn.«

Die Stimmung des Herzogs hob sich merklich, als Albrecht berichtete, wie mühelos die Einnahme der Burg vonstattengegangen war. Die Geschichte mit dem Kind, das in den Flammen umgekommen war, ließ er geflissentlich aus. Sein Vater hätte seinen Kummer darüber sowieso nicht verstanden.

Die vierzehnjährige Gräfin Elisabeth forderte Margarethes gesamte Aufmerksamkeit. Man hatte keine Zeit verloren, die Hofdame in ihre neuen Pflichten einzuweisen. Glücklicherweise war Margarethe vieles davon aus Prager Zeiten vertraut. In erster Linie ging es darum, das ungezügelte Temperament der Gräfin in geregelte Bahnen zu lenken. Was sich so einfach anhörte, hielt Margarethe den ganzen Tag über in Atem.

Keine Sekunde konnte man den Wirbelwind aus den Augen lassen, ohne dass er irgendetwas anstellte. Das Lernen nahm Elisabeth auf die leichte Schulter, und so kam es, dass das Mädchen weder richtig lesen noch schreiben konnte. Margarethe war fest entschlossen, daran etwas zu ändern, denn da in Adelskreises noch immer viel zu viele junge Frauen kaum mehr als ihren Namen zu Papier bringen konnten, wurde der Umstand, dass sie nicht wussten, worunter sie ihre Signatur setzten, allzu oft ausgenutzt. Elisabeth jedoch sah das gar nicht ein. Sie wollte sich viel lieber mit den jungen Herren des Hofes vergnügen, als sich mit dem Federkiel herumärgern. Am liebsten war sie mit einem liebenswerten Jungen namens Johann Werdenberg-Sargans zusammen, der ihr ganz und gar ergeben war.

Als Margarethe die beiden einmal dabei beobachtete, wie Johann mit einem Stöckchen eine Rose in den Sand zeichnete und ihre Namen darunterschrieb, woraufhin Elisabeth ihm bewundernd applaudierte, kam Margarethe eine Idee: Warum nicht die beiden gemeinsam unterrichten? Ihr Plan ging auf. Fast strebsam nahm das Mädchen nun an Johanns Seite vor ihrem Schreibpult Platz und versuchte, diesen mit ihren Schreibkünsten zu beeindrucken. Der geduldige Pater Bernhard runzelte zwar im ersten Moment die Stirn, hatte aber rasch Margarethes Absichten durchschaut und schien geradezu erleichtert, dass der Unterricht der jungen Gräfin diese erstaunliche Wendung nahm. Margarethe schlich sich davon. Endlich ein wenig Zeit zum Durchatmen. Erleichtert machte sie sich auf den Weg zum Lustgarten, wo sie für einen Moment in der Rosenlaube sitzen und einfach nur den Vögeln lauschen wollte. Doch sie hatte den Garten noch nicht betreten, als Sepi auf seinen schlaksigen Beinen auf sie zueilte.

»Frau Margarethe, endlich sehen wir uns wieder!«, keuchte er schon von Ferne.

Die Hofdame seufzte auf. Konnte sie denn nicht einen Moment für sich haben? Dann aber stutzte sie. Hielt der Junge nicht tatsächlich ein seidenes Tüchlein in der Hand, das keinesfalls für ihn bestimmt war – es sei denn, die jungen Herren Kaufleute trugen neuestens zarte Fliedertöne? Ob Sepi etwa auf Freiersfüßen unterwegs war? Herausgeputzt hatte er sich jedenfalls. Schuhe, Beinlinge und Wams waren makellos und das Haar frisch gekämmt. Margarethe verkniff sich eine entsprechende Bemerkung, sondern nickte ihm freundlich zu. »Die Freude ist ganz auf meiner Seite«, erwiderte sie artig. »Wohin des Weges mit so langen Schritten?«

»Zu Euch bin ich unterwegs.«

Erstaunt zog Margarethe eine Augenbraue hoch. »Nun, du hast mich gefunden. Was also kann ich für dich tun?«

Wieder einmal trat er verlegen von einem Fuß auf den anderen. »Nun, in der Stadt ist Jahrmarkt, und ich wollte fragen, ob Ihr und das Fräulein Margot nicht vielleicht Lust habt, mich zu begleiten?« Er trat unsicher von einem Fuß auf den anderen. »Vielleicht ist es ja eine willkommene Abwechslung zum öden Leben am Stuttgarter Hof?«

Die Hofdame verkniff sich das Schmunzeln. Dieser junge Kerl war wohl kaum hierhergeeilt, um seine ehemalige Gouvernante zu unterhalten. Da lag ein ganz anderer Verdacht nahe. Margarethe schwieg und ließ ihn noch ein wenig zappeln.

»Ich meine, früher, in Prag, da seid Ihr doch immer gerne in die Stadt gegangen.« Er wies auf das Tüchlein hin, wobei ihm versehentlich ein Sträußchen Tulpen aus der Hand rutschte, das er hinter seinem Rücken verborgen hatte. Hastig stellte er sich so hin, dass man die Blumen nicht sehen konnte. »Die Barchentweber haben in diesem Jahr Stoffe von besonderer Qualität. Die muss man gesehen haben. Hier eine Kostprobe.«

»Hm, und du meinst wirklich, dass ein Bummel über den Markt ein angemessener Zeitvertreib für zwei Hofdamen ist?«

Sepi wurde rot. »Nun, ich dachte...«, stammelte er, schwieg dann aber.

»Kann es sein, dass du eigentlich einen kleinen Bummel mit Margot machen möchtest und mich lediglich als Anstandsdame mitnimmst?«

Er streckte empört die Hände von sich. »So ist das nicht, und ich habe den Herrn von Bischishausen selbstverständlich vorher gefragt.«

Leider strafte ihn die knallrote Farbe seiner Ohren Lügen. Margarethe musste lächeln. Es gab Dinge, die schienen sich niemals zu ändern.

»Na gut, ich will das mit Margot besprechen, Sepi. Eigentlich dürfte sie der Sache nicht abgeneigt sein, denn sie liebt es, einkaufen zu gehen. Ich lasse dir Nachricht zukommen.«

Er hüpfte an ihre Seite. »Wir könnten doch auch gleich zu Fräulein Margot gehen, dann spart Ihr Euch den Boten.«

Energisch schüttelte die Hofdame den Kopf. »Da wirst du dich schon gedulden müssen, Sepi. Jetzt habe ich etwas anderes vor.«

Die Enttäuschung war ihm deutlich anzusehen. Trotzdem nickte er ergeben. »Na gut, aber Ihr fragt sie ganz bestimmt?«

»Versprochen.« Mit einem knappen Nicken drehte sich Margarethe um und ging in den Garten. Erleichtert atmete sie auf. Endlich Ruhe. Sie hatte ihr Lieblingsplätzchen beinahe erreicht, als sie ein vertrautes Lachen hörte, das eindeutig Margot gehörte. Voller Vorfreude beschleunigte sie ihre Schritte. Seit dem Bankett hatte sich kaum mehr die Gelegenheit ergeben, mit ihrer Freundin zu plaudern. Wie wunderbar, das jetzt nachholen zu können.

Allerdings war das Mädchen ganz offensichtlich nicht allein, denn es sagte: »Das sind ja ganz unglaubliche Geschichten, die Ihr mir da zu Ohren bringt.«

Und eine männliche Stimme entgegnete: »Bei meinem Leben, ich schwöre, es ist die reine Wahrheit.«

Die Kleine turtelte also wieder einmal. Doch so ganz ohne Anstandsdame und abgeschieden in einer Laube war das alles andere als schicklich.

Entschlossen schritt die Hofdame um die hohe Rosenhecke herum. »Margot?«, rief sie mit lauter Stimme, um auf sich aufmerksam zu machen, zählte bis drei und trat in die Laube ein. Ihr stockte der Atem, denn vor ihrer Freundin stand nicht etwa in gebührendem Abstand irgendein junger Verehrer, sondern ausgerechnet der Hofmeister saß so dicht neben ihr, dass sich ihre Hüften beinahe berührten.

Ohne den Hauch eines schlechten Gewissens blinzelte er ihr fröhlich zu, während er sagte: »Das Fräulein von Waldeck, welche Überraschung. Setzt Euch doch ein wenig zu uns. Fräulein Margot und ich plaudern gerade so angenehm miteinander.«

Im ersten Moment war Margarethe derart vor den Kopf geschlagen, dass sie nicht wusste, ob sie Margot zurechtweisen oder sein Angebot annehmen sollte. Im Gesicht ihrer Freundin stand die Bitte, ihr keine Szene zu machen. Die Hofdame schluckte. Jetzt hieß es, Haltung und einen kühlen Kopf zu bewahren. »Tut mir leid, Herr Hofmeister, aber ich fürchte, ich muss Euch Eure Gesellschaft entführen. Es gibt Pflichten für Margot zu erledigen.«

»Wie bedauerlich.«

Margot presste missmutig die Lippen aufeinander. Ihre dunkelbraunen Augen blitzten, und beim Ausatmen blähten sich ihre Nasenflügel.

Sachsenheim erhob sich leichtfüßig, ergriff ihre Hand und hauchte einen Kuss auf ihre Fingerspitzen. »Ich kann gar nicht genug betonen, wie sehr ich unsere kleine Unterhaltung genossen habe, und ich hoffe auf eine baldige Fortsetzung.«

»Sehr gerne«, zwitscherte das Mädchen und strahlte ihn an.

Im nächsten Moment war er verschwunden.

Margarethe konnte sich nicht mehr länger beherrschen. »Bist du von allen guten Geistern verlassen, dich mit einem Mann ganz allein in diese Laube zu setzen? Ich hätte dich weiß Gott für klüger gehalten.«

»Ich bitte dich, mach doch nicht so eine große Sache daraus. Wenn ich daran denke, was du alles mit Albrecht und Jan angestellt hast ... Wir haben ein wenig geplaudert. Mehr nicht. Was ist denn schon dabei?«

»Also erstens waren wir damals fast noch Kinder, während der Sachsenheim ein, ein ...«, sie suchte nach dem passenden Wort, »ein gestandener Mann ist, der mit einer Frau etwas anzufangen weiß!«

»Schon wieder unterstellst du ihm irgendwelche Sachen!«, protestierte das Mädchen. »Du kennst ihn doch gar nicht. Er ist viel zu galant, um ... Ach, das ist mir jetzt zu dumm!«

Margot sprang auf und wollte davonrennen, wurde jedoch von ihrer Freundin am Arm gepackt. »Du wirst dich nicht mehr mit ihm treffen. Schon gar nicht allein. Hast du verstanden? Sonst ...«

»Was sonst?«

»Sonst sage ich's deinem Vater.«

»Das hätt ich nicht von dir gedacht! Du bist so etwas von gemein! Ich hab damals immer zu dir gehalten und dich niemals verraten.« Das Mädchen war den Tränen nah.

Margarethe biss sich auf die Lippen. »Sachsenheim ist nichts für dich!«

»Woher willst du denn das wissen? Du willst einfach nicht, dass ich glücklich bin, weil du dann allein dastehst und niemanden mehr hast. Du bist doch bloß neidisch.«

Margarethe wurde blass. Erschrocken ließ sie Margot los. Das also dachte die Freundin von ihr. Margot warf ihr noch einen giftigen Blick zu und lief dann mit fliegenden Röcken aus dem Garten. Margarethe folgte ihr aufgewühlt. So konnte sie die Sache doch nicht stehen lassen. »Margot, warte!«, rief sie. Doch am Tor des Gartens fand sie lediglich Sepi, der seinen traurigen Tulpenstrauß in der Hand hielt und der Tochter des Truchsessen entgeistert nachschaute.

»Sie hat die Idee wohl nicht begrüßt?«, fragte er Margarethe ein wenig hilflos.

Die schaute ihn, selbst den Tränen nah, entgeistert an. »Ach Sepi, wenn's nur das wäre!«

Margarethe beobachtete, wie Wic sich langsam immer höher in die Luft schraubte. Das Falkenweibchen war ganz offensichtlich froh, endlich wieder außerhalb des Lustgartens und ohne die Halteleine zu fliegen. Margarethe hatte schon längere Zeit nicht mehr mit ihrem Vogel in die Wälder außerhalb der Stadtmauern reiten können. Erst heute war das kurzfristig möglich geworden. Margarethe hatte Margots Vater gebeten, sie auf ihrem Ausflug zu begleiten. Jetzt sahen sie gemeinsam zu, wie der Vogel ruhig und erhaben seine Kreise im Aufwind zog. Nach kurzer Zeit war nicht mehr von ihm zu sehen als eine daumennagelgroße Silhouette.

»Es gibt kaum etwas Anmutigeres als diesen Vogel«, lobte der Truchsess. Er sah müde aus. Die Gerichtstage waren ganz offensichtlich anstrengend gewesen. Zudem hatte er die halbe Nacht mit den Räten zusammengesessen. Es lag etwas in der Luft.

Margarethe hoffte nur, dass es zu keinen Unruhen kommen würde. Die Erfahrungen aus Prager Zeit genügten ihr vollends. So etwas wollte sie nicht noch einmal erleben. Doch jetzt galt es, anderes zu besprechen. Margarethe rechnete es Margots Vater hoch an, dass er trotz aller Arbeit ihrer Bitte gefolgt war und sich Zeit für sie genommen hatte. Gesagt hatte er noch nichts, vielmehr schien er den Ausflug zu genießen. Seine Wangen hatten sich gerötet und seine Falten geglättet, seit sie die Mauern der Stadt hinter sich gelassen hatten. Nun hatten sie auf einer Lichtung, die Wics bevorzugtes Jagdgebiet war, haltgemacht, um dem Vogel Gelegenheit zu geben, auf die Beiz zu gehen. Margarethe und der Truchsess ließen den Pferden die Zügel lang, damit sie ein wenig grasen konnten, blieben jedoch im Sattel sitzen. Die beiden Rösser schnaubten kurz und taten sich dann am frischen Gras gütlich, das nach einem heftigen Regenschauer zwei Tage zuvor reichlich spross.

»Wic ist ein unglaublicher Vogel. Jedes Mal, wenn ich sie fliegen sehe, denke ich daran, wie ihre Eltern einst über die Moldau gestrichen sind«, begann Margarethe nach einer Pause.

»Ich vermute, in diesen Gedanken liegt ein wenig Wehmut wie in allen Kindheitserinnerungen?«

»Zugegeben, wir waren damals voller Illusionen und Tatendrang.«

»So wie die meisten jungen Leute in dem Alter. Nun denn, welcher Eurer Schützlinge ist es, der Euch Kummer bereitet, Margarethe? Elisabeth? Möchtet Ihr von der Aufgabe als Gouvernante entbunden werden?«

Lächelnd sah die Rothaarige den Truchsess an. Was für ein gescheiter Mann er doch war! Natürlich war ihm klar, dass sie nicht aus Kurzweil um den Jagdausflug gebeten hatte. Dann wurde sie ernst. »Nein, es ist Margot, um die ich mich sorge«, erklärte sie.

Bischishausen machte ein erschrockenes Gesicht. »Was ist mit ihr?«

Margarethes Magen zog sich zusammen. Keinesfalls konnte sie dem Truchsess berichten, dass sie ihre Freundin allein mit dem Sachsenheim in der Laube erwischt hatte. Doch zugleich stand sie bei Bischishausen im Wort. Sie hatte versprochen, auf seine Tochter ein wachsames Auge zu haben. »Ich habe das Gefühl, dass sie langsam erwachsen wird«, versuchte es die Hofdame diplomatisch.

Der alte Herr sah die Rothaarige erwartungsvoll an. »Nun, dass sie nicht mehr mit Puppen spielt, ist auch mir nicht entgangen. Was ist es also, was Ihr mir sagen wollt?«

Sie musste offenbar deutlicher werden. »Ich glaube, Margot ist im Begriff, sich zu verlieben.«

Für einen Augenblick schien es, als habe Bischishausen ihr überhaupt nicht zugehört, denn er schien abwesend in den angrenzenden Wald zu starren. Schließlich stieß er einen tiefen Seufzer aus. »Dann wird es Zeit, sie zu verheiraten. Schade, ich hatte gehofft, ihr diese Bürde nicht so früh auflasten zu müssen.«

»Habt Ihr bereits konkrete Pläne für sie?«

»Es gibt da schon einige Aspiranten ... Hm, Ihr wisst nicht zufällig, auf wen Margot ein Auge geworfen hat? Ich würde ihre Wünsche gerne berücksichtigen, wenn es sich einrichten lässt. Ihr dürft vermutlich nichts verraten. Aber Ihr würdet mein altes Vaterherz beruhigen und mir sagen, wenn es ein standesgemäßer junge Mann ist?«

»Das schon. In jedem Fall.« Margarethe schluckte. Vielleicht hatte sie sich ja geirrt, was die Reaktion des alten Bischishausen auf den Sachsenheim anging.

Dem Truchsess entging ihr Zögern nicht. »Es ist doch wohl kein verheirateter Mann?«

»Nein.«

»Nun denn, heraus damit, damit ich mich heute Nacht nicht vor Sorge von einer Seite auf die andere werfe.«

»Der Herr von Sachsenheim ist Margot wohl ins Auge gestochen.«

Der Truchsess wurde so blass, als habe er gerade einen Geist gesehen. Seine Hand fuhr an den Knauf des Sattels, während sein Oberkörper kurz schwankte. »Das, das kann nicht sein«, flüsterte er.

»Ich fürchte doch.«

»Und er?«

»Macht ihr Hoffnungen.«

»Dann weiß er also nichts ...« Der Truchsess unterbrach sich, und dann tat er etwas, was Margarethe von diesem ungemein besonnenen Mann niemals erwartet hätte. Er stieß einen lauten und von schierer Wut erfüllten Schrei aus, sodass sein Pferd erschrocken einen Satz nach vorne machte.

Margarethe zuckte zusammen. Sie hatte ganz offensichtlich in ein Wespennest gestochen, konnte es nun aber nicht mehr rückgängig machen. »Diese Verbindung kommt also nicht in Frage«, stellte sie nur fest und erinnerte sich noch genau daran, wie sie sich gefühlt hatte, als man ihr den Umgang mit Albrecht verboten und sie zur Verbindung mit Weida gedrängt hatte.

»Keinesfalls«, brummte der Truchsess.

Margarethe versuchte, ihre Stimme sanft klingen zu lassen. »Mich dünkt, Herr Truchsess, dass Ihr einen tiefen Groll gegen diesen Mann oder seine Familie hegt.«

»So ist es.«

»Darf ich davon erfahren, denn auch mir ist Hans von Sachsenheim nicht geheuer.«

Energisch drängte der Ritter sein Pferd dicht an Margarethes heran. »Ich habe mit Margot noch nie darüber gesprochen und jeden, der davon zu berichten weiß, gewarnt, dass ich ihm die Zunge aus dem Hals schneide, wenn er auch nur ein Sterbenswörtchen meiner Tochter gegenüber erwähnt. Ich dachte immer: Wenn sie alt genug ist, dann erzähl ich ihr's selbst, und so will ich es noch immer halten. Also wenn ich Euch den Grund verrate, dann müsst Ihr mir bei Eurer Seligkeit schwören, alles für Euch zu behalten.« Margarethe nickte, und der Truchsess räusperte sich. »Der Vater des Hofmeisters und ich, wir warben einst um dieselbe Frau. Sie war wunderschön, ein Engel, dem das Böse dieser Welt fremd war. Ein leichtes Opfer für einen Sachsenheim.«

»Aber sie hat Euch zum Manne genommen.«

»Geheiratet hat sie mich, ja.«

»Was ist geschehen?«, fragte Margarethe. Als der Truchsess mit grimmiger Miene schwieg, riet sie: »Er hat ihr zuvor das Herz gebrochen?«

»Das hat er. Sie flüchtete sich in meine Arme.«

»Ihr habt sie trotz allem zur Frau genommen.«

»Selbst ein gefallener Engel bleibt ein Engel. Ich habe ihr meine Welt zu Füßen gelegt, und sie hat's mir mehr als gedankt. Für mich war sie das beste Weib, das ich mir hätte wünschen können. Drei Kinder hat sie mir geschenkt. Leider ist mir nur Margot, die Älteste, geblieben.«

Sanft legte Margarethe ihre Hand auf seinen Arm. »Ich verstehe.«

Abwehrend hob Bischishausen die Hände. »Gott, das könnt Ihr nicht, Margarethe. Das kann niemand.«

»Vielleicht ist jetzt der Augenblick gekommen, es Margot zu sagen.«

»Ich fürchte, Ihr habt recht.«

Margarethe nickte nur.

»Nun, ich werde mit meiner Tochter sprechen und hoffen, dass diese unglückselige Schwärmerei damit ein Ende findet. Und dem Sachsenheim werde ich unmissverständlich klarmachen, dass er sich von ihr fernzuhalten hat.«

»Dann hoffen wir, dass die Angelegenheit damit erledigt ist. Doch schaut, Wic scheint etwas entdeckt zu haben. Sie geht in den Sturzflug. Wir sollten ihr rasch nachreiten.«

Kapitel 5

Es war ein unvorstellbares Gemetzel. Heinrich von Weida hieb mit dem Schwert so heftig um sich, wie es einem erfahrenen Ritter nur möglich war. Seit König Sigismund im März des vergangenen Jahres vom Papst die Erlaubnis erhalten hatte, in einen Kreuzzug gegen die Hussiten zu ziehen, reihte sich Schlacht an Schlacht. Keine jedoch wurde so erbittert geführt wie diese.

Bereits im März hatte sich eine kriegerische Auseinandersetzung abgezeichnet, als die hussitischen Truppen unter der Führung des Žižka das Örtchen Komotau westlich von Brüx brandschatzten und rund zweieinhalbtausend katholische Seelen niedermetzelten. Der König hatte getobt. Wieder einmal hatte der Höllenhund Žižka seine Zähne gezeigt und Sigismund provoziert. Erneut war Weida in seiner Aufgabe als Vogt angewiesen worden, Truppen auszuheben und nach Prag zu führen. Obwohl sein Auftrag damit erledigt gewesen war, hatte ihn der König nicht auf die Osterburg zurückkehren lassen. Es war klar, dass man diesmal keine Rücksicht auf sein Alter nehmen würde. Doch noch sammelte Sigismund sein Heer. Erst als Anfang Juli erneut marodierende Hussiten unter dem Kommando des Želivský durch Böhmen zogen, wurden die Ritter ausgesandt, dem ein Ende zu setzen.

Schließlich belagerten die Ketzer den Brüxer Schlossberg und das dazugehörige Örtchen von einer ihrer berüchtigten Wagenburgen aus. Am fünften August traf Heinrich von Weida gemeinsam mit den Truppen Friedrichs von Meißen zur Rettung von Brüx ein. Ohne zu zögern, ließen sie die Wagenburg angreifen und jeden Ketzer niedermetzeln, dessen man habhaft werden konnte. Auf diese Weise befand sich Weida jetzt inmitten der fürchterlichsten Schlacht, die er jemals zu schlagen hatte. Im gestreckten Galopp hielt er auf den äußeren Ring der Wagenburg zu. Sein Pferd schnaubte voller Panik, während die Tarasnitzengeschosse ihr tödliches Sperrfeuer gegen die Ritter spuckten. Die Kugeln pfiffen Weida um die Ohren. Den Tod vor Augen, dachte der Vogt nur noch daran, aus der Schusslinie zu kommen.

Wie durch ein Wunder erreichte er die Wagenburg unversehrt und zückte sein Schwert. Doch statt sich wie Männer im offenen Kampf zu stellen, verkrochen sich die Ketzer hinter ihren Wagen. Hoch zu Ross war kein Durchkommen, und wer auch immer versucht hatte, die spanischen Reiter, eine Barriere aus x-förmig zusammengestellten und zugespitzten Rundhölzern, zu überspringen, hatte es mit dem Leben bezahlt. Weida entschloss sich, sein Pferd zu einem der engen Durchlässe zu lenken. Kaum jedoch hatte er die Stelle erreicht, als die Gegner mit Morgensternen und Dreschflegeln bewaffnet aus der Wagenburg quollen. Der Vogt kämpfte wie ein Löwe, bis sein Pferd mit durchtrennten Sehnen zu Boden ging. Er raffte sich auf, die Waffe fest in der Hand. Ein Weida ließ sich nicht so leicht unterkriegen. Doch nach viel zu kurzer Zeit spürte er den Schwertarm erlahmen, und auch die Hand mit dem Schild, das von den Hieben der Gegner verbeult war, brannte in der Lederschlaufe. Für einen kurzen Augenblick nur senkte er ihn ein ganz klein wenig. Er wollte ihn gerade wieder anheben, als dem Vogt ein mächtiger Schlag den Atem nahm. Er schmeckte Blut. Die Knie sackten ihm weg, dann umfing ihn Dunkelheit.

Margots Wangen waren dunkelrot.

»Das ist nicht wahr!«, rief das Mädchen viel zu laut, als es der Anstand ihrem Vater gegenüber zugelassen hätte.

Margarethe erschrak. Sie hatte von vornherein nur ungern eingewilligt, am Gespräch zwischen Vater und Tochter teilzunehmen. Seit ihrem Streit im Garten schien sich Margot von ihr zu distanzieren. Bei Tisch war sie bestrebt, weit weg von ihrer Freundin zu sitzen und möglichst so, dass diese sie nicht beobachten konnte. Trotzdem entging Margarethe nicht, was für sehnsüchtige Blicke Margot Sachsenheim zuwarf und wie dieser sie erwiderte, wenn er sich unbeobachtet glaubte.

Oft kam es Margarethe vor, als würde der Hofmeister süffisant lächeln, wenn er dann den ärgerlichen Ausdruck in Bischishausens Gesicht bemerkte. Der Truchsess hatte den Hofmeister bereits zur Rede gestellt, welcher jedoch alle Verdächtigungen weit von sich wies, ein offenes Interesse an einer Verbindung mit Margot zeigte und deutlich machte, dass dies auch Gräfin Henriette gefallen würde.

Als ob die Gräfin nicht eigene Sorgen hätte!, dachte Margarethe, als Margots Vater davon erzählte. Inzwischen war es ein offenes Geheimnis, dass der Rat ihr den Gehorsam verweigerte. Im Grunde war es nur eine Frage der Zeit, wie lange sie sich noch würde halten können. Doch Sachsenheim würde keineswegs mit ihr fallen. Denn obwohl er Henriettes Günstling war, schien er auch im Rat auf gewichtige Freunde zählen zu können.

Margarethe mochte den Hofmeister immer weniger. Sie war sich sicher, dass er Margot nach wie vor heimlich traf, aber durch ihre Tätigkeit als Gouvernante von Elisabeth hatte sie keine Zeit, die Freundin im Blick zu behalten. Nur einmal, als sich Margot abends in den Garten schlich, war

Margarethe ihr nachgegangen. Doch sie hatte die Freundin aus den Augen verloren, und in der Rosenlaube hatte Margot nicht gesteckt. Es musste einen neuen Treffpunkt geben, denn eine Stunde später war ihr Margot mit verklärtem Blick im Gang begegnet. Die Frage, wo sie gewesen sei, wurde mit einem bockigen »Was geht's dich an?« abgewehrt. Dies hatte den Ausschlag gegeben, dass Margarethe die Angelegenheit beim Truchsess vorgebracht hatte, und nun saß sie da und wurde Zeuge dieses unangenehmen Gesprächs.

Vielleicht lag es daran, dass der Truchsess durch die Vorgänge bei Hofe so sehr in Beschlag genommen wurde, dass er wenig Geduld für seine Tochter aufbrachte, vielleicht ging ihm aber auch die Erinnerung an die damaligen Vorkommnisse mit dem alten Sachsenheim zu nahe. In jedem Fall verlief das Gespräch mit Margot von Anfang an schwierig.

Mürrisch und die Augen feindselig zu Schlitzen verengt, hatte sich das Mädchen bei seinem Vater eingefunden. Erst hatte es stumm seinen Erzählungen gelauscht, dann war es aus ihm herausgebrochen: »Das sind alles Lügen, mit denen du die Sachsenheims schlechtmachen willst«, ereiferte es sich und stampfte zornig mit dem Fuß auf.

»Ich wünschte, es wäre so.« Margots Vater seufzte.

»Und selbst wenn, nicht immer schlägt der Sohn nach dem Vater. Hans von Sachsenheim ist ein Ehrenmann.«

Der Truchsess runzelte die Stirn. »Was veranlasst dich zu dieser Überzeugung?«

»Weil ich ihn besser kenne als ihr beide zusammen.« Trotzig schob Margot die Unterlippe vor.

»So vertraut seid ihr miteinander?«

»Wir werden heiraten.«

Bischishausen verlor zunehmend die Geduld. »Niemals!«, sagte er mit lauter Stimme. »Auf gar keinen Fall.«

»Notfalls ohne deinen Segen.«

Der Truchsess biss die Zähne zusammen, doch es fiel ihm schwer, nicht die Beherrschung zu verlieren. »Noch bist du mein Mündel«, grollte er, »und so lange ich lebe, werde ich zu verhindern wissen, dass du dich einem Sachsenheim an den Hals wirfst. Du wirst ihn nicht mehr treffen, nicht mehr mit ihm reden und auch sonst keinerlei Kontakt mehr mit ihm pflegen, sonst ...«

Doch seine Worte blieben ohne Wirkung. »Sonst was?«, erboste sich Margot. »Willst du mich in den Turm werfen lassen? Das tu ruhig, dann werde ich mich von dort zu Tode stürzen, denn ohne ihn will ich nicht leben.«

Erschrocken sah sich der Truchsess zu Margarethe um, die mit wachsendem Entsetzen den Streit verfolgte. Dass Margot auf Druck nur mit Trotz reagieren würde, hatte sie befürchtet. Verzweifelt rang Margarethe nach einer Lösung: Eines war klar, so verfahren, wie die Sache jetzt war, konnte man bei Margot gar nichts mehr erreichen. Die einzige Möglichkeit bestand darin, dass Sachsenheim selbst einen so großen Fehler beging, dass das Mädchen ihm aus eigenen Stücken den Laufpass gab. Margarethe war sich sicher, dass die Chancen dafür gut standen, denn Margot war eine anspruchsvolle junge Frau und Sachsenheim alles andere als ein Minneherr. Doch blieb ihnen die Zeit, bis Margot dies begriff?

Die junge Hofdame räusperte sich. »Gestattet mir, dass ich einen Vorschlag mache«, bat sie, an den Truchsess gewandt. Bischishausen machte eine ungeduldige Geste, ließ sie aber gewähren. »Margot, wenn eure Liebe wirklich so groß ist, dann sollte ihr wohl eine Chance gegeben werden.« Der Truchsess wollte schon dazwischenfahren, doch Margarethe warf ihm einen flehenden Blick zu. »Allerdings musst du auch deinen Vater verstehen. Er ist besorgt um dich.«

Nun zog Margot einen Schmollmund.

»Schließlich bist du sein einziges Kind. Was wäre er für ein Vater, wenn ihm dein Wohl gleichgültig wäre.«

Der Truchsess nickte, doch Margot sah noch immer trotzig aus. Misstrauisch flackerten ihre Augen zwischen der Freundin und dem Vater hin und her.

»Also, wenn eure Liebe wahrhaftig ist, dann würde sie sicher eine Bewährungsprobe bestehen.«

»Was soll das jetzt …«, grummelte das Mädchen, doch immerhin hörte es zu.

»Sagen wir eine Frist von sechs Monaten.«

»Das ist eine Ewigkeit.«

»Ich warte schon vier Jahre«, erwiderte Margarethe heftig, dämpfte jedoch sofort wieder ihre Stimme. »Dein Vater würde nicht mehr von dir verlangen als dein Wort, dass du und der Herr von Sachsenheim euch nicht mehr trefft, sondern nur in Anwesenheit einer Anstandsdame, wie es sich gehört.«

Margarethe sah, wie der Truchsess rot anlief. »Ihr habt euch heimlich getroffen?«, fuhr er auf.

Margarethe machte eine besänftigende Handbewegung, und er schloss den Mund wieder. »Danach mag Sachsenheim um deine Hand anhalten, und dein Vater wird ein offenes Ohr für sein Anliegen haben.«

Ablehnend schüttelte der Truchsess den Kopf. Vielleicht war es gerade diese Geste, die Margot halb aus Trotz einwilligen ließ. »Gut, aber ich möchte dein Wort haben, Vater.«

Margarethe hielt den Atem an. Hoffentlich verdarb der Truchsess jetzt nicht alles. Doch schließlich siegte der diplomatische Instinkt des Mannes. »Wenn du ihn dann noch willst, werde ich Verhandlungen nicht abgeneigt sein«, sagte er gepresst.

»Und ich möchte es dem Herrn von Sachsenheim selbst sagen«, setzte Margot schnell nach. »Allein«, fügte sie noch hinzu.

»Kommt nicht in ...«, fuhr der Truchsess sofort auf, doch Margarethe sah ihn bittend an. »Na gut«, gab er knirschend nach, »aber du schwörst mir beim Grabe deiner Mutter, dass du nach diesem letzten Treffen nur noch Kontakt mit ihm hast, wie es Anstand und Sitte entspricht. Ihr schreibt euch auch keine Liebesbriefe! Wenn ich euch auch nur ein einziges Mal dabei erwische, dass ihr die Abmachung brecht, wirst du dich im Kloster wiederfinden.«

Margots Augen blitzten triumphierend. »Ihr glaubt, wir schaffen das nicht. Aber ihr werdet euch noch wundern, alle beide werdet ihr staunen.«

Wir werden sehen, dachte Margarethe nur.

Für Margot schien sich der Tag endlos in die Länge zu ziehen. Nach dem Gespräch mit ihrem Vater konnte sie nur noch an eines denken: Sie musste Hans von Sachsenheim davon überzeugen, jetzt zu ihr zu stehen. Sie hatte vor ihrem Vater damit geprotzt, wie groß ihre Liebe war, dabei hatte Hans ihr seine Gefühle noch nie gestanden. Doch an diesem Abend, wenn sie sich wieder einmal im Privatgarten der Gräfin, zu dem Sachsenheim einen Schlüssel besaß, trafen, würde sie ihn fragen.

Bis es so weit war, verstrich die Zeit quälend langsam. Ihre üble Laune ließ Margot an Trine aus, die schließlich mit den Worten flüchtete, sie habe noch einige Aufträge von Margarethe zu erledigen. Dem Mädchen war es nur recht, und es verkroch sich in seine Kammer. Erst als es Zeit fürs Nachtmahl war, besserte sich Margots Laune wieder. Leichtfüßig hüpfte sie aus ihrer Kammer und stieß dabei mit Margarethe zusammen. Für einen kurzen Moment standen sich die beiden verlegen gegenüber, schließlich gab Margot nach und murmelte: »Danke.«

Die Rothaarige sah sie besorgt an. »Ich weiß wirklich nicht, ob du mir *dafür* danken solltest. Du weißt, was ich über Sachsenheim denke, aber jetzt werden wir ja sehen, wer von uns beiden recht behält. Wenn er der Mann ist, für den du ihn hältst, wird er zu dir stehen und sich wie ein Ehrenmann verhalten, wenn nicht, wird dich dein kluger Kopf hoffentlich vor einer großen Dummheit bewahren.«

Margot schnaubte verärgert. »Du wirst sehen, ihr schätzt ihn alle falsch ein.«

Sie erreichten die große Halle. Das Essen dampfte bereits aus großen Schüsseln, und die Schankmägde standen mit den Weinkrügen bereit. Das Mädchen hielt nach dem Hofmeister Ausschau. Doch es wurde enttäuscht: Weder er noch die Gräfin Henriette waren anwesend. Angst kroch Margot in den Nacken. Was war passiert? Ihr Vater erschien im Saal. Er machte einen bestürzten Eindruck. Margarethe gesellte sich an seine Seite. Die beiden tuschelten. Unwillkürlich fragte sich Margot, ob ihr Vater am Ende doch noch eine Gemeinheit ausgeheckt hatte. Steckte er hinter Sachsenheims plötzlichem Verschwinden? Zutrauen würde sie es ihm.

Beim Essen rutschte Margot unruhig auf ihrem Hocker hin und her, während sie immer wieder zu dem leeren Platz hinüberstarrte, der dem Hofmeister vorbehalten war. Sie glaubte, das Ende des gemeinsamen Mahls kaum abwarten zu können. Danach machte sie sich ohne Zögern daran, nach dem Verbleib Sachsenheims zu forschen. Als sie einen ihrer Verehrer aushorchte, berichtete ihr der junge Ritter, dass der Hofmeister gemeinsam mit der Gräfin abgereist sei, wann er zurückkäme, wisse niemand. Blass wankte Margot in ihr Zimmer zurück, kroch in ihr Bett und schluchzte hemmungslos.

Margarethe, die gesehen hatte, wie Margot kopflos aus dem Saal gestürmt war, klopfte kurz darauf an ihre Tür. »Was ist denn um Himmels willen los?«, erkundigte sie sich besorgt.

Margot schluckte den nächsten Schluchzer herunter und log. »Ich hab solche Kopfschmerzen. Es ist nicht auszuhalten.«

Mitleidig kam Margarethe näher und legte ihr die Hand auf den Arm. »Ist es nicht vielmehr, weil der Herr Hofmeister heute abgereist ist?«

Margot nickte und schluchzte laut. »Du hast recht gehabt. Er ist einfach davongeritten, ohne mir ein Wort zu sagen.«

»Vielleicht kam er nicht mehr dazu?«

Margot blinzelte sie an. »Wie meinst du das?«

»Dein Vater glaubt zu wissen, er habe die Gräfin nach Nürtingen begleiten müssen.«

»Und wie lange bleibt er dort?«

Margarethe zuckte mit den Schultern. »Der Entschluss der Gräfin kam wohl sehr plötzlich und glich eher einer Flucht. Ich glaube, seit heute hat der Rat das Sagen in Württemberg.«

Margot wurde blass. »Das ist ja schrecklich! Ich hab gar nichts davon mitbekommen.«

»Du warst ja auch mit anderen Dingen beschäftigt.«

Margot nickte. Dann sah sie ihre wiedergewonnene Freundin an. »Aber *er* wird doch wiederkommen, oder?«

Kapitel 6

Albrecht hatte sich seine Rückkehr an den Prager Hof anders vorgestellt. Da sich der bayrische Krieg für Herzog Ernst gut entwickelte – es war gelungen, den Feind auf eigenem Gebiet erheblich zu schwächen und ihm fünf Burgen, zwei Märkte und eine Stadt abzutrotzen –, hatte man murrend dem Ruf König Sigismunds gehorcht, der zu einem weiteren Schiedstag geladen hatte. Allen Beteiligten war klar, dass Ludwig die Gelegenheit nutzen würde, die eigenen Truppen zu sammeln, die sich in alle Winde zu zerstreuen drohten. Sigismund war seinerseits daran gelegen, die leidige bayrische Sache endlich zu einem Abschluss zu bringen, damit man sich der sehr viel drängenderen Hussitenfrage widmen konnte. Die Hintergründe waren den Mitgliedern der Konstanzer Liga klar, weshalb man zwar Abgesandte zum böhmischen König reiten ließ, sie jedoch mit nur wenigen Befugnissen ausstattete.

Für Bayern-München war Albrecht geschickt worden. An seiner Seite ritt Jan, begleitet von zwanzig Getreuen, die bis an die Zähne bewaffnet waren. Schon auf dem Weg war ihnen aufgefallen, wie schwer das Land vom Krieg gezeichnet war und wie viele abgebrannte Ödhöfe es gab. Die Menschen blickten den Rittern so feindselig entgegen, dass die Delegation nicht wagte, auf freiem Feld ihr Lager aufzuschlagen, sondern stets die Gastfreundschaft einer Burg oder eines Klosters in Anspruch nahm. Das hatte die Reise verlangsamt, sodass sich die Verhandlungen bereits in vollem Gange befanden, als die Münchner endlich in Prag eintrafen.

Albrecht hieß Jan Quartier machen und begab sich augenblicklich in die Ratsstube, in der sich die Herren versammelt hatten. Es war ein merkwürdiges Gefühl, dort statt Wenzel Sigismund sitzen zu sehen.

Der neue böhmische König besaß ein schmales Gesicht und markante blaue Augen. Das für einen Mann seines Alters üppige graue Lockenhaar fiel ihm über die Schultern und sein gepflegter Kinnbart reichte ihm bis auf die Brust. Er begrüßte Albrecht kurz und ohne große Freundlichkeit und ließ ihn seinen Platz am Tisch einnehmen, der die Form eines Karrees hatte.

Von der Reise ermüdet, fiel es dem Herzogssohn sichtlich schwer, dem diplomatischen Geplänkel zu folgen. Zudem musste er immer wieder an die unbeschwerten Tage mit Margarethe zurückdenken. Er war froh, als sich die Herren endlich zurückzogen. Bis zum Nachtmahl war noch mehr als zwei Stunden Zeit. Albrecht machte sich auf die Suche nach Jan und traf ihn im Gespräch mit dem alten Falkenmeister. »Ich freue mich, Euch so gesund und munter zu sehen«, begrüßte Albrecht den Ritter.

»Habt Dank für die freundlichen Worte, Euer Liebden. Gesundheit ist nicht mehr selbstverständlich in diesen Tagen, in denen niemand weiß, was als Nächstes geschieht. Ihr habt Prag damals gerade zur rechten Zeit verlassen.«

»Nun ja, in Bayern geht's nicht weniger kämpferisch zu.«

Der gebeugte Mann winkte ab. »Euch ist's zum Glück erspart geblieben, doch ich hab mit eigenen Augen gesehen, wie man vor zwei Jahren die Ratsherren – zehn waren's an der Zahl – zuerst aus dem Turm gestürzt und dann mit Knüppeln erschlagen hat. Es war ein Anblick, der einen ein Lebtag nicht mehr loslässt. Seither ist nichts mehr, wie es war. Unser schönes Prag geht vor die Hunde.«

»Davor möge uns Gott, der Herr, bewahren«, sagte Albrecht und schwieg für einen Moment. »Wie geht es Euren Falken, Meister Karl? Ihr habt doch noch welche?«, fragte er dann.

Der alte Mann nickte eifrig. »Ja, das habe ich in der Tat. Auch wenn unser König wenig Interesse an der Beizjagd zeigt, so schmückt er sich doch bei offiziellen Paraden gerne mit dem Gerfalken.«

»Ein prächtiges Tier.«

»Aber es kommt in die Jahre, genau wie ich. Ist schon lange her, dass ich selbst in die Wand gestiegen bin, um ein Jungtier aus dem Nest zu holen. Dabei fällt mir ein: Was ist eigentlich mit dem Falken Eurer jungen Freundin, Margarethe von Waldeck?«

»Wie? Die hat sich prächtig entwickelt. Kein Fasan oder Moorhuhn in Stuttgarts Umgebung entgeht ihrem wachen Auge.«

»Da bin ich mir sicher, denn sie hat eine hervorragende Falknerin. Ich hatte selten eine so begabte Schülerin wie das Fräulein von Waldeck. Es ist übrigens gar nicht lange her, da weilte ihr Gatte hier in Prag.«

Albrechts Miene verdunkelte sich. Trotzdem fragte er höflich: »Ach, hat er seinen Fuchsbau auf der Osterburg verlassen?«

»Blieb ihm nichts anderes übrig, da ihn sein Lehnsherr rief. Er hatte Truppen auszuheben für unseren König und sie nach Prag zu führen. Im Frühjahr war er hier im Schloss, bis ihn unser hoher Herr nach Brüx sandte. Alt ist er geworden, der Weida, aber er hält sich immer noch gerade und führt das Schwert mit starker Hand.«

»Er war immer schon alt.«

Der Falkner lächelte. »Einem jungen Mann wie Euch

kommt ein jeder Graubart vor wie Methusalem. In Wirklichkeit hatte er die fünfzig gerade erst überschritten, als Ihr ihn kennengelernt habt.«

»Das ist alt genug.«

Ein schiefes Grinsen zeichnete sich auf dem faltigen Gesicht des Falkenmeisters ab. »Noch immer so unversöhnlich, Euer Liebden?«

»Er ist und bleibt ein Schurke.«

»Wie Ihr meint, aber seinem König diente er treu.«

Jans aufmerksamen Ohren war nicht entgangen, dass der Falkner in der Vergangenheit sprach. »*Diente* sagtet Ihr?«, mischte er sich in das Gespräch. »Was wollt Ihr damit sagen?«

Der Falkenmeister strich sich mit der Hand übers Kinn. »Nun, man hat seit Brüx nichts mehr von ihm gehört.«

»Ist er am Ende gefallen?«

»Wer weiß? Möglich ist's. So viele tapfere Ritter ließen ihr Leben, als sie gegen die Wagenburg anrannten.«

Die Blicke von Jan und Albrecht kreuzten sich.

»Aber es muss doch ein Verzeichnis mit den Namen der Toten geben«, sagte der Herzogssohn.

»Es waren derer so viele, und andere siechen noch immer dahin. Doch wenn Euch so sehr daran gelegen ist, bittet den jungen Medicus, Erkundigungen einzuholen. Sein Vater führt das Feldlazarett im Schloss Brüx.«

Hans von Sachsenheim stand im Arbeitszimmer seines Vaters am Fenster und ließ den Blick von der Burg über die träge dahinfließende Enz wandern. Flößer mit breitkrempigen Hüten stachen ihre Lastkähne mühsam voran oder ließen die Schiffe mit der Strömung langsam dahingleiten. Der Fluss war eine wichtige Einnahmequelle für den Herrn von

Sachsenheim, bot er doch die Möglichkeit, Zölle zu erheben und damit die Schatzkasse erheblich aufzubessern.

Hans' Vater war noch immer ein stattlicher Mann, während seine Mutter in den letzten zwei Jahren geschrumpft zu sein schien. Dem jungen Sachsenheim kam es vor, als würde sie sich langsam in nichts auflösen. Wer konnte es seinem Vater da verdenken, dass er sich inzwischen in aller Öffentlichkeit seine Konkubinen hielt. Zurzeit war seine Favoritin eine Bürgerstochter aus dem Ort, ein hübsches junges Ding mit ausladenden Hüften, die glucksend auf seinem Schoß hockte, als Hans eintrat. Er war nach kurzem Aufenthalt in Nürtingen bei Gräfin Henriette unter dem Vorwand dringender Familienangelegenheiten hierhergereist. Nach mehrtägigem Ritt hatte er die heimatliche Burg endlich erreicht und sich bei seinem Vater melden lassen. Dieser gab jetzt dem drallen Ding mit einem Klaps auf den Hintern zu verstehen, dass seine Dienste vorerst nicht benötigt wurden.

»Hans, mein Junge«, begrüßte der alte Sachsenheim seinen Sohn mit breitem Grinsen. »Was führt dich zu mir?«

Sein Sohn verneigte sich kurz. »Der Wunsch, Euch zu sehen, und die Bitte um einen väterlichen Rat.«

Sein Vater zog die Augenbrauen hoch. »Es kommt nicht mehr oft vor, dass du mich um meine Meinung fragst, aber ich will dir gern mit meiner Erfahrung dienlich sein, wenn es von Nutzen ist.«

Mit wenigen Worten fasste Hans seine Absichten in Bezug auf Margot zusammen und erwähnte ausführlich die Vorteile, die eine solche Verbindung mit sich brächte, aber auch den offensichtlichen Widerstand des Vaters.

»Die Tochter des Truchsessen? Margot von Bischishausen?«

Hans nickte stolz.

Sein Vater brach in grölendes Gelächter aus. Er schlug sich sogar auf die Schenkel, während ihm die Tränen über die Wangen liefen. Anerkennend klopfte er dann seinem Sohn auf die Schulter. »Da hast du dir aber was vorgenommen, mein Lieber.«

Hans schaute ihn fragend an.

»Der Bischishausen ist ein harter Brocken, und ich will dir auch erklären, warum. Du würdest nämlich sozusagen in meine Fußstapfen treten. Doch um diese Geschichte zu erzählen, brauch ich erst mal einen guten Schluck Wein. Willst du auch etwas?«

Hans nickte und ließ sich in einem breiten Lehnsessel nieder, denn so wie es sich anhörte, würde ihre Unterredung länger dauern.

»Ich habe schon Margots Mutter gekannt, ein Bild von einer Frau, schwarzhaarig mit Augen von der Farbe unserer Moore.«

»Genau wie die Tochter«, bestätigte Hans.

»Ist sie auch so hübsch? Natürlich, sonst würdest du sie nicht in Erwägung ziehen. Also lass mich erzählen. Wir warben beide um sie, der alte Bischishausen und ich. Doch ich war es, dem sie ihre Gunst zuerst schenkte.«

»Aber er hat sie dann geheiratet.«

Der alte Sachsenheim zuckte mit den Schultern. »Na ja, es ergab sich dann mit deiner Mutter eine vorteilhaftere Partie für mich. Ich frage mich nur, ob Bischishausen weiß, dass ich sie vor ihm gehabt habe. Wahrscheinlich schon, denn er muss ja gemerkt haben, dass sie keine Jungfrau mehr war.« Er lachte erneut laut auf. »Und jetzt willst du die Tochter. Schätze, freiwillig wird er sie an dich nicht rausrücken.«

Hans sprang auf. »Aber ich muss sie haben, denn nur so bekomme ich das Amt des Truchsessen.«

Sein Vater sah ihn verschmitzt an. »Dann bleibt nur eins. Stell den alten Truchsess vor vollendete Tatsachen.«

»Du meinst, ich soll das Mädchen verführen?«

»Ich wollte damit sagen: Mach ihr einen dicken Bauch. Dann kommt er nicht umhin, sie dir zur Frau zu geben.«

»Das wäre infam.«

»Aber erfolgversprechend.«

Hans nickte. »Ohne Zweifel.«

Margarethe vernachlässigte Wic sträflich, denn sie verbrachte fast ihre gesamte freie Zeit mit Margot, die wie ein verwaistes Vögelchen die Flügel hängen ließ. Täglich erwartete das junge Mädchen den Postillion, aber nie war ein Schreiben von Sachsenheim dabei. Auch sonst hörte man nichts von ihm. Ganz anders war es mit Gräfin Henriette, die von Nürtingen aus, das sie mittlerweile offiziell zu ihrem Witwensitz erklärt hatte, zu verhindern suchte, dass man ihr die Vormundschaft für die beiden Prinzen nahm.

»Hätt ich nur vor seiner Abreise noch mit ihm reden können.« Margot seufzte.

Margarethe hatte sie zu einem kleinen Spaziergang durch den Lustgarten überredet. Die Waldeckerin war froh, dass es nicht zu dem Gespräch gekommen war. Die plötzliche Abreise ohne Abschied und Sachsenheims anhaltendes Schweigen hatten Margots Euphorie bereits merklich abgekühlt. Auch die Andeutungen, er hätte die Gräfin nicht nur als Hofmeister nach Nürtingen begleitet, blieben bei dem Mädchen nicht ohne Wirkung. Trotzdem schien gerade die nicht stattgefundene Aussprache Margot zu beschäftigen. Sie konnte mit der Sache einfach nicht abschließen.

»An seiner Abreise hätte das nichts geändert«, meinte

Margarethe zum hundertsten Mal. »Er hat der Gräfin gegenüber Pflichten.«

»Ich weiß.« Margot seufzte noch einmal.

Arm in Arm wanderten sie zu der Rosenlaube, deren Blüten zu welken begannen. Die Hofdame hatte Gebäck mitgenommen. Nachdem sie auf der Bank Platz genommen hatten, wickelte sie die duftenden Krapfen aus dem Tuch.

»Hier, iss ein wenig davon«, forderte Margarethe ihre Freundin auf.

Das Gebäck roch verführerisch. Margot griff zu, leckte daran und biss schließlich hinein. Kaum hatte sie den ersten Bissen im Mund, verschlang sie heißhungrig auch den Rest. »Das ist einfach köstlich.«

Margarethe lächelte und meinte dann leise spöttelnd: »Besser als der salzige Kuss eines Mannes.«

»Scheint so«, bestätigte Margot mit bittersüßem Grinsen. »Wie es aussieht, sterben wir beide sowieso als alte Jungfern.«

»Ich vielleicht. Du bestimmt nicht. Allein wie dir die jungen Herren immer Komplimente machen.«

»Und wenn schon. Mit dem Charme Sachsenheims kann sich keiner messen«, sagte Margot. »So einen gibt's nur einmal.«

Margarethe schüttelte den Kopf. »Andere Mütter haben auch hübsche Söhne.«

»Aber jetzt erzähl mir doch einmal, was es Neues von Gräfin Elisabeth gibt, Margarethe. Ich hörte, du bekommst sie langsam gebändigt? Ich habe nichts anderes erwartet. Du scheinst selbst bei Sepi einiges erreicht zu haben, und gegen den wird Elisabeth ja geradezu ein Sonntagskind sein.«

»Dir ist also auch aufgefallen, dass unser Sepi sich zu einem stattlichen jungen Burschen entwickelt hat«, stellte Margarethe erfreut fest.

Margot winkte ab, wobei ihre Augen allerdings verräterisch glitzerten. »Frech ist der Kerl, geradezu unverschämt. Er hat sich überhaupt nicht geändert.«

»Im Gegensatz zu Mihai konnte ich über Sepis Streiche stets lachen. Sie waren gutmütig und haben niemandem ernsthaft geschadet. Ich erinnere mich noch daran, wie er meine Handschuhe mit Baumharz an das Schreibpult geklebt hat. Als ich sie anziehen wollte, bekam ich sie einfach nicht von der Tischplatte weg.«

Die beiden jungen Damen kicherten bei der Erinnerung.

»So was würde ich ihm auch heute noch zutrauen«, sagte Margot schließlich.

»Ich ihm auch – wusstest du eigentlich, dass er uns neulich zu einem Spaziergang über den Markt einladen wollte?«

»Nein.« Margot rollte mit den Augen. »Nicht im Ernst?«

Margarethe nickte. »Er hatte sogar ein Sträußchen Tulpen dabei. Ich glaube, die waren für dich.«

Amüsiert strich Margot sich eine ihrer dunklen Locken aus der Stirn. »Was der sich bloß einbildet. Wir mit ihm über den Markt. Also so was ...« Dann besann sie sich. »Schade eigentlich, dass er schon hat abreisen müssen. Irgendwie ist er sehr unterhaltsam.«

Schmunzelnd senkte Margarethe den Kopf. Da war sie wieder, die alte Margot.

In diesem Moment hörte man die lauten Hufe eintreffender Pferde. Mit einem Sprung war das Mädchen auf den Füßen. Die Reste des Krapfens purzelten unter die Bank. »Reiter!«, rief Margot aufgeregt. »Was kann das bedeuten?«

»Hoffentlich nichts Schlimmes. Lass uns schnell hinüberlaufen.«

Seite an Seite rannten sie durch den Garten. Auf dem Hof jedoch verloren sie sich im Gedränge. Eine Menschentraube hatte sich um die Neuankömmlinge gebildet. Margarethe erstarrte, als sie Hans von Sachsenheim erkannte, der auf einem wundervollen kastanienbraunen Hengst saß.

Ausgerechnet jetzt, wo Margot sich von ihm zu lösen begann, musste er wieder auftauchen. Und wie er zurückkehrte! Als wäre er ein Fürst oder gar ein König. An seiner Kleidung klebte nicht ein Körnchen Staub, ganz so, als habe er sich vor den Toren der Burg von seinem Kammerherrn noch ein frisches Gewand reichen lassen. Eine Fasanenfeder prangte an seinem Hut, und die hohen Stiefel glänzten.

Der Hofmeister schwang sich vom Ross und drückte seine Zügel einem Stallburschen in die Hand. Er begrüßte die anwesenden Adelsherren mit feinem Lächeln und Kopfnicken, doch als sein Augenmerk auf Margot fiel, ging er sofort zu ihr hinüber, küsste ihr galant die Hand und sagte etwas zu ihr, das sie laut auflachen ließ. Margarethe stöhnte auf, als sie die glänzenden Augen ihrer Freundin sah. Alle ihre Mühe schien vergebens gewesen zu sein.

Margarethe drängte sich zu Margot durch und wollte beschützend den Arm um sie legen. Die aber strahlte, als wäre sie dem Jesuskind höchstpersönlich begegnet. Margarethe nahm sie am Arm und zog sie beiseite. »Was hat er zu dir gesagt?«, raunte sie Margot zu.

»Oh Margarethe«, flüsterte die Kleine mit leuchtenden Augen, »er hat mich auch vermisst.« Überglücklich fiel sie ihrer Freundin um den Hals.

Margot schwebte im siebten Himmel. Der Hofmeister hatte sie vor aller Augen begrüßt, ihr schmeichelnde Worte gesagt und sie – das hatte sie Margarethe verschwiegen – für die Stunde vor dem Nachtmahl in den gräflichen Garten gebeten. Selig lief sie hinüber zu ihrer Laube, wo sie eine Margerite pflückte und begann, an den weißen Blütenblättern zu zupfen. »Er liebt mich, er liebt mich nicht, er liebt mich, er liebt mich nicht …« Ausgelassen wirbelte sie dann weitere Blütenblätter über ihren Kopf und schien förmlich in ihnen zu baden. Überhaupt war ein Bad genau das, wonach sie sich jetzt sehnte. Sie würde sich einen Zuber mit warmem Wasser und duftenden Ölen bereiten lassen. Verflogen war die Schwermut der letzten Tage.

Leichtfüßig sprang Margot den Gang zu ihrer Kammer entlang und bat Trine, ein Bad vorzubereiten. Leise summend ließ sich Margot wenig später in das warme Wasser gleiten und von der Zofe den Rücken bürsten. In diesem Moment konnte die Hofdame verstehen, was die Männer an den Badstuben fanden. Wie wunderbar entspannend wäre es jetzt, sich den verspannten Nacken kneten zu lassen! Sie wollte gerade Trine darum bitten, als sich die Tür öffnete und Margarethe in den Raum trat.

»Da bist du ja«, platzte es aus dieser heraus. »Du warst so schnell verschwunden. Ich hab dich überall gesucht.«

Dann erst schien ihr aufzufallen, dass Margot in der Wanne saß, was recht ungewöhnlich für sie war.

»Was ist denn mit dir los?«

»Ich pflege meinen Körper. Was ist daran so merkwürdig?«

»Na ja, sonst hast du's nicht so mit dem Baden.«

Margots Miene verdüsterte sich. Das hörte sich ja an, als würde sie es mit der Sauberkeit nicht so genau nehmen. »Jetzt war mir halt danach!«

»Kann ich Euch noch irgendwie dienlich sein, Herrin?«, unterbrach Trine die beiden.

»Ach, wenn du mir den Nacken kneten könntest«, bat Margot. »Das wäre wirklich ganz wunderbar.«

»Gerne, Fräulein Margot. Habt Ihr eigentlich schon die neue Rosenölseife ausprobiert? Wartet, ich lege sie Euch hier auf das Brett.«

Kopfschüttelnd verließ Margarethe die Kammer. Wenn Margot schon badete, dann ganz bestimmt nur, um den Sachsenheim zu beeindrucken. Hoffentlich vergaß sie bei all dem nicht das Versprechen, das sie ihrem Vater gegeben hatte.

Margarethe war noch nicht lange gegangen, da hielt das Mädchen es schon nicht mehr in der Wanne aus. Ungeduldig ließ sich Margot erst abtrocknen und dann ankleiden. Dann rannte sie aus dem Raum, hinunter in den Garten und hin zu der kleinen Pforte, durch die Hans von Sachsenheim sie stets einzulassen pflegte. Er war noch nicht da. Natürlich nicht, sie war ja auch viel zu früh. Unruhig streifte sie zurück zur Rosenlaube, begleitet vom lautstarken Protest eines erbosten Eichelhähers. Zweimal wurde Margot von entfernten Stimmen aufgeschreckt, die sich aber rasch wieder entfernten.

Während sie wartete, ging sie in Gedanken immer wieder das Gespräch durch, das sie mit Sachsenheim zu führen gedachte. Auf alle seine Einwände glaubte sie eine Antwort parat zu haben. Je länger sie so herumstand, umso größer wurde ihre Ungeduld, das Einstudierte loszuwerden. Sie verkroch sich in ihrer Laube und beobachtete die massigen Wolkenberge am Himmel.

Endlich zeigten die Schatten an, dass es bald dunkel werden würde. Mehrfach blickte sie sich um, ob sie auch nicht beobachtet wurde, als sie sich zurück zur Pforte begab. Im nächsten Moment schwang das kleine Türchen auf, und Hans von Sachsenheim stand vor ihr. Endlich. Hätte es nicht jeglicher Form des Anstandes widersprochen, sie wäre ihm mit einem Freudenschrei um den Hals gefallen.

»Fräulein Margot«, flüsterte er mit einer Inbrunst, die ihr Herz augenblicklich zum Schmelzen brachte.

»Hans, Verzeihung, Herr von Sachsenheim«, flüsterte sie überglücklich. »Ich hatte Angst, Ihr würdet nicht kommen.«

Galant küsste er ihre Hand. »Nichts läge mir ferner.«

Lächelnd trat er beiseite, um sie einzulassen, was Margot Gelegenheit verschaffte, ihn aus dem Augenwinkel zu betrachten. Auch er hatte sich herausgeputzt und dem Geruch nach ein Bad genommen. Seine dunkelblonden, halblangen Haare fielen sorgsam gekämmt auf seine Schultern. Er trug ein Wams aus hellgrünem Leinen und, wie es zunehmend in Mode kam, Beinlinge in zwei verschiedenen Farbtönen. Margot war sich sicher, dass ein Mann ernsthafte Absichten hegen musste, der sich für ein Stelldichein solche Mühe mit seinem Äußeren gab. Hoffentlich ließ er sich nicht verschrecken, wenn er von der Wartezeit erfuhr, die der Truchsess ihnen beiden auferlegt hatte. Aber nein. Er würde verstehen, denn er war selbst ein Mann von Stand. Seine jungenhaften Augen blitzten verschmitzt, während er Margot zu einer Laube aus Weinlaub geleitete.

Das Mädchen staunte nicht schlecht. Ein intimes Mahl mit Braten und Wein und Kerzenschein war dort vorbereitet. »Herr von Sachsenheim, ich bin beeindruckt. Das ist einfach überwältigend.«

»Ihr seid jede Mühe wert. Wenn ich Euch ansehe, Fräulein Margot, schwinden mir fast die Sinne. Gerne würde ich vor so viel Schönheit auf die Knie sinken, aber ich fürchte, Ihr würdet mich verspotten.«

»Das Knie sollte man nur vor Gott und seinem König beugen«, tadelte Margot leichthin.

»… oder um einem wunderschönen Geschöpf in aller Demut zu begegnen.« Tatsächlich ließ er sich auf die Knie sinken und beugte den Nacken.

»Ich bitte Euch, mein Herr, Ihr bringt mich in Verlegenheit. Erhebt Euch.«

Er folgte ihrer Aufforderung und schien im nächsten Augenblick zu stutzen. »Was sehe ich? Ihr habt noch nichts zu trinken.« Eilig nahm er ihre Hand und führte sie zu einem weichen Lammfell, wo sie Platz nehmen konnte. Dann goss er dunkelroten Wein in zwei tönerne Becher. »Wenn Ihr gestattet, würde ich Euch gerne einen Schluck dieses köstlichen Tropfens anbieten. Er stammt direkt aus dem Keller unseres verblichenen Herzogs. Er war so gütig, ihn mir zu überlassen.«

»Zu Lebzeiten oder danach?«, scherzte Margot mit sanfter Stimme.

Sachsenheim ignorierte die Bemerkung. Formvollendet reichte er ihr den Wein. Dann ließ er sich neben ihr nieder. »Darf ich mir die Bemerkung erlauben, dass Ihr heute ganz bezaubernd ausseht, mein Fräulein.«

Margot schnurrte wie ein Kätzchen. Es war genauso, wie sie es sich erträumt hatte. Genießerisch nahm sie einen großen Schluck. Weich und süß rann das Getränk ihre Kehle hinunter und hinterließ dort ein wohliges Gefühl. Während sie tranken, versanken ihre Blicke ineinander. Hätte Margot nicht bereits gesessen, hätten spätestens jetzt ihre Knie nachgegeben. »Einfach köstlich, Herr von Sachsenheim«, lobte sie.

»Für Euch nur das Beste.« Aufmerksam erkundigte er sich nach ihrem Befinden, und stockend begann sie, von dem Streit mit ihrem Vater zu erzählen. Zu ihrer Erleichterung war er überhaupt nicht gekränkt. Vielmehr zeigte er Verständnis für den Standpunkt des Truchsessen, lobte aber auch ihre Klugheit, dieses letzte Treffen herausgehandelt zu haben. Ein weiteres Mal prostete er ihr zu, und Margot leerte ihren Becher, der augenblicklich wieder gefüllt wurde.

»Wie geschickt Ihr doch seid und fähig, einem jeden Dinge abzuringen, selbst wenn er das gar nicht möchte. Ach, eine solche Frau an meiner Seite, und es ließe sich die Welt verändern.«

War das die ersehnte Erklärung? Es klang fast danach. Margot wurde schwindelig, und sie musste noch einen tiefen Schluck nehmen.

Ein weiteres Mal nahm er ihre Hand, hauchte einen Kuss auf ihre Fingerspitzen und flüsterte: »Ihr haltet mein Herz in Euren Händen, Fräulein Margot. Mein Leben gehört Euch.«

»Ich verspreche, ganz sanft damit umzugehen.« Erneut spürte sie seine Küsse auf ihren Fingern und dann, wie sie langsam an ihrem Arm aufwärts bis zu ihrem Nacken wanderten. Sie fühlte seine Bartstoppeln, die sie kitzelten und glucksen ließen. Spielerisch entzog sie sich ihm und flüsterte: »Herr Hofmeister, das ist aber nicht schicklich.«

Er machte ein erschrockenes Gesicht. »Verzeiht, ich habe mich vergessen. Aber Euer Liebreiz betört mich. Ach, ich wünschte, Ihr wäret eine gute Fee, die mir drei Wünsche gewährt.«

»Und die wären?«

»Ein gutes Wort aus Eurem Mund, ein Lächeln von Euch und einen Kuss, den ich auf Eure Lippen hauchen darf.«

»Oh«, flüsterte das Mädchen und spürte, wie ihm ganz heiß wurde. Es lächelte verträumt.

»Schon habt Ihr mir bereits einen Wunsch erfüllt«, flüsterte er. »Ihr berauscht meine Sinne, Margot.«

»Und Ihr die meinen.« Die junge Frau seufzte. Mit leuchtenden Augen, so als habe sie ihm gerade ein großes Geschenk gemacht, beugte er sich zu ihr hinüber. Sanft berührten seine Lippen ihr Ohr, während er ihr zuraunte: »Ihr seid wie der Abendstern, der dem einsamen Wanderer des Nachts den Weg weist.«

Ein wohliger Schauer durchlief Margot. Sachsenheim reichte ihr den Becher, und sie nahm einen weiteren tiefen Schluck. Dann legte er behutsam den Arm um sie und zog sie dichter an sich heran. Seine Lippen spielten um ihren Nacken. Margot glaubte, ihr Herz würde zerspringen vor Aufregung. Die Welt schien um sie herumzuwirbeln, sodass sie sich an seine Schulter lehnen musste. Gebettet in seine starken Arme fühlte sie sich der Zeit entrückt. So sollte es immer bleiben.

»Wie schön das ist«, flüsterte sie, »wunderschön.«

»Ihr seid zauberhaft – und begehrenswert.« Er umarmte sie voller Leidenschaft.

Dabei fiel ihr auf, was für ein großer, kräftiger Mann er war. Sachsenheim war zwar kein Ritter, der auszog, sein Glück mit Lanze und Schild zu suchen, aber er war gewiss kein Schwächling. Er war in der Lage, sie buchstäblich auf Händen zu tragen. Sie sah zu ihm auf und lächelte. Von irgendwo erklang eine Nachtigall, und ein leichter Windhauch ließ die Pappelblätter leise rauschen. Es duftete nach frisch gemähtem Gras und dem schweren Wein, den sie tranken. Überwältigt legte Margot ihre kleinen Hände um den Nacken des Hofmeisters, fuhr ihm dann mit den Fingern durchs Haar und über seine männlichen Schultern. Sie ertrank im Duft seines Körpers, während die Küsse an ihrem Hals immer fordernder wurden, bis seine Lippen schließlich ihr Dekolleté erreichten und seine Rechte ihren Busen umschloss. Dann hob er sie mit seinen starken Armen hoch, und als sie nach oben sah, blickte sie direkt in die Unendlichkeit des aufklarenden Sternenhimmels. Plötzlich lag sie auf einer weichen Wolldecke, und Hans von Sachsenheim kniete über ihr.

»Ich bete Euch an«, wisperte Sachsenheim in ihr Ohr. Irgendwie hatte er es geschafft, mit seiner Hand den Weg unter ihre Röcke zu finden, und streichelte nun ihren Schenkel.

Ein prickelnder Schauer ließ Margot erzittern, und die Welt schien vor ihren Augen zu verschwimmen.

»Ihr seid meine Göttin, mein Leben.«

Margot glaubte, vor Glück zerspringen zu müssen. Sie zog seinen Kopf zu sich herab und suchte seine Lippen. Sofort war er über ihr, drängte sich an sie, hielt sie umfangen und schürte ihr Feuer durch Küsse und kleine Bisse in den Hals. Sie hörte sich lustvoll aufstöhnen und schämte sich im nächsten Moment dafür. Er aber hielt sie nur noch fester. Ihre Körper waren sich so nah, als wären sie eins.

»Mein ganzes Leben lang hab ich auf Euch gewartet«, flüsterte der Hofmeister. »Ihr seid die Einzige, die Wahre.«

»Oh Hans«, kam es leise über ihre Lippen, während sie den Kopf ein Stückchen hob, damit er sie küssen konnte.

Sachsenheim keuchte jetzt heftig. Hart drängte er sich an sie, bemüht, ihre Schenkel auseinanderzudrücken. Margot erschrak kurz, als ihr bewusst wurde, dass sie die Grenzen des Erlaubten weit überschritten hatten und sie ihm Einhalt gebieten musste.

Er schien ihr Zögern zu bemerken. Sofort waren seine Lippen wieder an ihrem Ohr. »Margot, oh süße, wunderschöne Margot, mein Engel«, wisperte er.

Seine Worte tropften wie Milch und Honig auf ihre Seele. Sie hatte es immer gewusst. Tief in ihrem Inneren war stets diese Gewissheit gewesen, dass sie und Hans von Sachsenheim füreinander bestimmt waren. Sie kostete dieses Hochgefühl aus. Wie süß doch die Liebe war. Seine Hände weckten Gefühle in ihr, von deren Existenz sie nichts geahnt hatte. Allzu willig gab sie dem Druck seiner Knie nach. Doch als seine harte, unverhüllte Männlichkeit sie tatsächlich berührte, wurde ihr klar, was sie da taten. Angst erfasste sie. »Ich, nein, das dürfen wir nicht«, keuchte sie und versuchte, sich ihm zu entziehen.

Doch statt von ihr abzulassen, drängte er sich nur noch energischer an sie. Sein Gewicht drückte sie zu Boden, und er hielt sie fest an den Handgelenken. Zu nah war er seinem Ziel.

»Bitte nicht«, flehte das Mädchen.

»Du willst es doch genauso wie ich«, presste er einen Hauch unwirsch hervor. Fordernd drängte er sich gegen sie, ohne dass sie irgendetwas dagegen tun konnte. Sie wusste, dass sie hätte schreien müssen, fürchtete sich aber im gleichen Augenblick davor.

»Nur wenn Ihr mir die Ehe versprecht«, keuchte sie ängstlich.

»Natürlich, gewähr mir nur deine Gunst.«

»Ich liebe Euch auch …«, flüsterte Margot. Dann spürte sie, wie Hans von Sachsenheim in sie eindrang. Seine Leidenschaft war Schmerz und Wollust zugleich. Ihren Schrei erstickte er mit seiner Hand, und sie war ihm fast dankbar dafür. Ungestüm grub er seine Zähne in ihren Hals wie ein wildes Tier, und genauso war auch seine Liebe.

Als er endlich erschöpft von ihr abließ, flüsterte Margot selig: »Jetzt kann uns nichts und niemand mehr auseinanderbringen.«

Atemlos richtete er sich neben ihr auf. Sie tastete nach seiner Hand und sah ihn erwartungsvoll an. Schließlich hatte sie ihm das größte Geschenk gemacht, das eine Frau erbringen konnte. Tatsächlich lächelte er sie an, während er zufrieden murmelte: »Das war unglaublich. Wir müssen es gleich morgen wiederholen.«

»Aber mein Vater …«, widersprach Margot.

»Der muss doch nichts davon erfahren.«

Kapitel 7

Mit Genugtuung stand Albrecht vor Herzog Ernst, der ihn soeben wegen seines diplomatischen Geschicks in Prag gelobt hatte. »Nun habe ich aber auch noch eine andere Nachricht, Majestät«, begann der Herzogssohn und übergab seinem Vater ein Pergament.

Der runzelte die Stirn. »Was ist das?«

»Ein Schreiben von dem Wundarzt der Truppen Friedrichs von Meißen, die den Brüxern zu Hilfe eilten.«

»Und was soll ich damit?«, grummelte der Herzog.

»Es geht um den Vogt von Weida.« Albrecht hielt den Atem an, während sein Vater den Schriftsatz studierte. »Er schreibt, dass der Vogt von Weida vermutlich gefallen ist«, sagte der Herzog.

»Unter den Überlebenden ist er jedenfalls nicht.« Albrecht triumphierte.

Doch sein Vater dämpfte seinen Enthusiasmus schnell. »Seine Leiche wurde nicht gefunden.«

»Es gab unzählige Tote. Viele wurden Opfer der Aasfresser, bevor man sie bergen konnte. Er ist tot, Majestät. Nun gilt es, Euer Versprechen einzulösen.«

»Tot ist ein Lehnsmann erst, wenn sein Herr ihn dazu erklärt.« Doch dann wurde der Ton des Herzogs versöhnlicher. »Nun, diese Waldeckerin soll eine ganz vorzügliche Falknerin sein. Zu Martini, Albrecht, veranstalten wir auf Burg Grünwald eine Fasanenjagd, und da könnten wir noch ein paar gute Beizvögel gebrauchen. Wenn du sie also einladen magst, bin ich einverstanden. Vielleicht hat sich die Angelegenheit mit dem Vogt bis dahin geklärt.«

Albrecht entfuhr ein Seufzer der Erleichterung. »Ich danke Euch Majestät, als Euer Sohn und Untertan.« Nach einer tiefen Verbeugung verließ er den Raum.

Jan wartete draußen. Als er Albrechts strahlendes Gesicht sah, wusste er, dass es ein Wiedersehen mit Margarethe geben würde.

Ein ungutes Gefühl ließ Margarethe aus dem Palast hinaus in den Garten eilen. Sie hatte Margot beim Nachtmahl vermisst. Und auch Trine hatte nur den Kopf geschüttelt, als ihre Herrin sich nach dem Mädchen erkundigt hatte. Hoffentlich begehen die beiden keine Dummheiten, betete Margarethe, während sie darüber nachdachte, wo genau Margot und Hans von Sachsenheim sich getroffen haben könnten. Es war bereits spät am Abend. Der Himmel hatte aufgeklart, und ein fahler Halbmond stand hoch am Himmel. Ein weiteres Mal durchstreifte Margarethe den Garten. Nichts, keine Spur von ihrem Schützling. Allmählich wurde sie ärgerlich.

»Am liebsten würde ich hier bei Euch bleiben«, flüsterte Margot und zog die Decke, auf der sie lag, um sich. Sie zitterte ein wenig. Je mehr die Leidenschaft abebbte, spürte sie, wie ein stechender Schmerz ihren Körper zu durchbohren schien.

Sachsenheim lag mit zufriedenem Gesichtsausdruck neben ihr und meinte belustigt: »Sei mir nicht böse, Kleine, aber große Freude hättest du heute nicht mehr an mir. Geh ruhig schon zurück. Ich schließe die Pforte nachher ab.«

»Aber ich würde lieber gemeinsam mit Euch ...«

»Geh jetzt, hab ich gesagt!«, knurrte Sachsenheim sie unwirsch an. »Morgen werde ich dir wieder zu Diensten sein.«

Erschrocken zuckte Margot zusammen. Der Hofmeister schloss die Augen und kümmerte sich nicht weiter um sie. Er erkundigte sich nicht einmal nach ihrem Wohlbefinden. Aber vermutlich brauchte er einfach ein bisschen Ruhe, versuchte sich die junge Frau einzureden. Sie sollte nicht störrisch sein, sondern tun, was er verlangte, so wie es sich für eine gehorsame Ehefrau gehörte. Mühsam kam sie auf die Beine. Immer noch drehte sich alles um sie. Eine warme, klebrige Flüssigkeit rann an ihren Beinen herab. Sorgfältig klopfte sie sich Laub und Erde von der Kleidung und ordnete ihr Haar, während sie immer noch hoffte, Sachsenheim würde die Augen öffnen, aufstehen und sie noch einmal an sich ziehen.

Doch er streckte sich nur seufzend auf dem Rücken aus, die Arme im Nacken verschränkt. Allerdings war seine Miene nun wieder sanft und zufrieden. Als sie sich endlich zum Gehen wandte, flüsterte er ihr nach. »Bis bald, wunderbare Margot. Du bist ein Engel.«

Langsam schwankte Margot davon. Das Hochgefühl von vorhin war verflogen. Der süße Wein stieß ihr sauer auf, und ihr war schlecht. Jeder Schritt schmerzte. Sie versuchte, sich zu orientieren. Tatsächlich waren sie gar nicht so weit von der kleinen Pforte entfernt gewesen. Sie stieß dagegen und öffnete sie lautlos. Hoffentlich hatte sie vorhin niemand gehört, aber weit und breit war kein Mensch zu sehen. Langsam humpelte sie bis zur Rosenlaube. Dort ließ sie sich mit einem Seufzer nieder. Und plötzlich gab es da eine Stimme in ihrem Kopf, die sie eine Närrin schalt. Was hatte sie nur getan? Was, wenn der Sachsenheim sie am Ende nicht heiraten würde? Aber nein. Er war ein Edelmann, der zu seinem Wort stand. Hatte er nicht selbst gesagt, dass er sie liebte?

»Himmel, wo warst du?«, hörte sie plötzlich eine vorwurfsvolle Stimme aus der Dunkelheit. »Du kannst doch nicht mutterseelenallein hier herumsitzen.«

Margot zuckte zusammen. Sie hob den Kopf und entdeckte Margarethes hoch aufgewachsene Gestalt. Margot wich dem empörten Blick ihrer Freundin aus. »Spazieren«, antwortete sie und hörte selbst, wie unglaubwürdig das klang.

»Wo ist der Sachsenheim?«, forschte Margarethe, während sie näher trat.

Margot versuchte, sich an ihr vorbeizudrängen. Sachsenheims Geruch haftete immer noch an ihr, doch Margarethe schien ihn nicht zu bemerken, denn sie sagte lediglich: »Du hast getrunken. Ist dir etwa schlecht geworden?«

»Ja.« Margot war ihr dankbar für diese Ausrede. »Ich hab mich übergeben müssen. Besser, ich leg mich hin.«

Ihre Freundin hielt sie zurück. »Hast du es ihm gesagt? Du hast dich doch mit Sachsenheim getroffen, oder?«

»Ja«, sagte Margot wahrheitsgemäß.

»Und?«

»Du wirst es nicht glauben, aber er hat Verständnis für die Bedenken meines Vaters. Er wird die Zeit abwarten und dann offiziell um meine Hand anhalten.«

»Ein Punkt für dich. Aber jetzt rasch hinein mit dir. Es muss ja nicht jeder mitbekommen, dass du dich hier draußen herumtreibst.«

Margarethe hörte ein deutliches Flüstern im Garten. Wieder einmal war sie auf der Suche nach ihrem Schützling Elisabeth, welche die Lateinstunde versäumt hatte. Da allerdings auch Johann von Werdenberg durch Abwesenheit glänzte, lag die Vermutung nah, dass die beiden sich gemeinsam die Zeit vertrieben und selbige dabei ganz vergessen hatten. In dem Teil des Gartens, welcher der gräflichen Familie vorbehalten war, gab es eine Weinlaube, in die man sich zurückziehen konnte. Als Elisabeths Gouvernante hatte auch Margarethe zu diesem Bereich Zutritt.

Langsam schritt die Hofdame in jenen Teil des Gartens, wo sich ein steinerner Brunnen mit vier Tierfiguren befand, aus deren Mäulern Wasser sprudelte. In feinen Tropfen brach sich das Licht zu einem kleinen Regenbogen. Von hier zweigten weitere Wege sternförmig ab. Einer davon führte zu einer Laube. Margarethe hatte sich nicht getäuscht. Genau von dort hörte sie ein perlendes Lachen

»Du traust dich bloß nicht«, spottete Elisabeth.

»Stimmt nicht«, widersprach Johann.

»Ach, und warum machst du's dann nicht?«

»Weil es gewagt ist.«

»Nicht, wenn ich es erlaube.«

Die turtelnden Stimmen waren unverkennbar. Margarethe seufzte: Da bahnte sich das nächste Drama an, denn diese Liebelei hatte genauso wenig Zukunft wie die zwischen Margot und Sachsenheim. Durch das lichte Laub waren die jungen Leute deutlich zu erkennen. Sie saßen einander gegenüber und hielten sich an den Händen. Elisabeth hatte das Kinn vorgereckt und wartete. Johann betrachtete sie unschlüssig. Dann beugte er sich rasch vor und hauchte der jungen Gräfin einen Kuss auf die Lippen. Genau genommen war es eigentlich eher ein Küsschen, und doch wirkte das Mädchen wie entrückt, bis es fast widerstrebend die Augen öffnete. Margarethe wusste, dass sie nun eigentlich dazwischengehen musste, aber der Anblick war derart entzückend, dass sie es nicht übers Herz brachte.

»Was ist?«, fragte Elisabeth und strich sich eine ihrer glänzenden schwarzen Locken aus dem Gesicht. »Hat's dir nicht gefallen?«

»Es war überwältigend.«, antwortete Johann mit weicher Stimme. »Es war ganz, ganz unglaublich.«

»Warum hast du dann aufgehört?«, fragte sie und bewegte spielerisch die bloßen Zehen. Bella, ihr Hündchen, zerrte an etwas, das es im Gestrüpp gefunden hatte. Es legte den Kopf zur Seite und hüpfte niedlich auf steifen Beinen herum, während es das Ding anknurrte.

»Der hat's gut«, sagte Johann leise, während sein Blick auf dem Tier ruhte. »Der kann stets bei dir sein, Elisabeth. Tag und Nacht. Ich wär gern er.«

»Das würde mir aber nicht so gut gefallen. Das ist ja bloß ein Hund. Du dagegen ...«

»Ja?«

»Du bist ... alles, was ich begehre. Ich wünschte, wir könnten für immer zusammenbleiben, aber sie werden's nicht zulassen.«

»Nein, vermutlich nicht.«

»Es ist so traurig.«

Zeit, die Sache zu beenden, bevor die beiden noch trauriger wurden. Margarethe räusperte sich laut. Hastig sprangen die beiden auf. »Gräfin Elisabeth, Ihr habt die Lateinstunde ganz vergessen«, tadelte sie und trat gemessenen Schrittes in die Laube.

Elisabeth schaute keck, Johann schuldbewusst drein. »Bella ist mir mal wieder davongelaufen«, log die Angesprochene und deutete auf den kleinen Hund.

»Das passiert ein wenig häufig in letzter Zeit. Wir sollten

sie für eine Weile Zwingermeister Rudolf geben, damit er ihr Manieren beibringt.«

Elisabeth drückte das Hündchen erschrocken an sich. »Das kommt gar nicht infrage«, widersprach sie. »Am Ende schlägt er sie. Ich werde ab jetzt immer ganz pünktlich sein. Ich versprech's.«

Margarethe musterte sie scharf. »Dann wollen wir's dabei belassen. Aber jetzt rasch. Ihr könnt unseren guten Pater nicht länger warten lassen.«

Elisabeth lächelte zufrieden und schaute ihre Gouvernante selbstbewusst aus großen Kulleraugen an.

Margarethe zog die Augenbrauen zusammen. »Vielleicht kann er ein wenig mehr Zeit als üblich für Euch erübrigen, um das Versäumte nachzuholen.«

Die beiden stürmten los. Das Hündchen hüpfte hinterher und ließ sein Spielzeug, ein schmutziges Leinentüchlein, zurück. Margarethe bückte sich, um es aufzuheben. Dass diese jungen Leute aber auch stets ihre Sachen herumliegen ließen! Vorsichtig befreite Margarethe den Stoff von Laub und Erde. Während sie noch darüber nachdachte, ob es sich lohnen würde, das Tüchlein den Wäscherinnen zu übergeben, betrachtete Margarethe es eingehender. Sie fuhr mit dem Zeigefinger über die sorgsam gestickten Initialen und erstarrte. Dieses Tüchlein gehörte gar nicht Elisabeth, denn es waren die Buchstaben MB eingestickt und das Bischishausener Wappen. Das konnte nur eines bedeuten: Margot hatte es verloren.

Langsam ließ sich Margarethe auf die Bank nieder und suchte nach einer Erklärung, wie der Stoff hierhergekommen sein konnte. Doch ihr fiel nur eine Möglichkeit ein, und die gefiel ihr gar nicht. Seit der Rückkehr Sachsenheims waren vier Wochen vergangen. Dieses Tüchlein konnte sich jedoch noch nicht so lange hier befinden, denn es war nur oberflächlich verschmutzt. Margarethe seufzte und wanderte langsam zum Palast zurück, von wo Trine ihr aufgeregt winkte. In der Hand hielt sie einen Brief, und ihrem Blick nach konnte der Absender nur Albrecht sein. Margarethe beschleunigte ihre Schritte.

»Wir fahren nach München!« Margarethes Stimme überschlug sich fast, und vor Freude fiel sie Trine um den Hals.

Die lächelte und freute sich mit ihrer Herrin. »Das ist wunderbar«, sagte sie.

Margarethe hielt ihr das Pergament vor die Nase und deutete mit dem Finger darauf. »Ich kann es kaum glauben, aber der Herzog hat mich persönlich zur Jagd geladen. Das kann nur heißen ...«

»Dass er Euch kennenlernen möchte.«

»Das auch, aber es muss bedeuten, dass Heinrich von Weida endlich nachgegeben hat.«

»Oder dass er gestorben ist.«

Margarethe schluckte betroffen. Sie mochte den alten Vogt zwar nicht, aber den Tod wünschte sie ihm trotzdem nicht. »Ach, das könnte natürlich auch sein.«

»Dann wärt Ihr jetzt Witwe. Ihr könntet Ansprüche erheben.«

Die Hofdame schüttelte den Kopf. »Nein, war ich bei Lebzeiten nicht seine Frau, bin ich's auch jetzt nicht. Ich will nichts von diesem Mann, weder seinen Namen noch sein Gold.«

Sie erntete ein zufriedenes Nicken. »Ihr seid eine Frau mit Prinzipien. So jemanden trifft man selten.«

»Da magst du wohl recht haben, nur reich wird man davon

leider nicht. Aber wir werden schon nicht verhungern. Ich muss das unbedingt dem Truchsess erzählen.«

»Ist er schon zurück von seiner Reise nach Nürtingen?«

»Man sagte mir, er sei gestern spät in der Nacht in Stuttgart eingetroffen, doch ich habe ihn noch nicht gesprochen.«

Trine schaute bekümmert drein. »Hoffentlich mutet er sich nicht zu viel zu. Er ist kein junger Mann mehr, und all diese Reisen sind nicht nur gefährlich, sondern auch sehr anstrengend.«

»Er wird schon wissen, was er tut«, meinte Margarethe, schrieb ein paar Zeilen, mit denen sie um ein Gespräch bat, und drückte sie Trine in die Hand. Dann machte sie sich auf den Weg zu Elisabeth. Mit Margot würde sie später reden müssen.

Die Antwort des Truchsessen kam prompt. Noch am selben Abend, gleich nach dem Nachtmahl, bat er Margarethe in seine Gemächer. Sie dachte kurz nach, beschloss dann jedoch, mit Trine über das Gartentürchen zu sprechen, verriet ihr jedoch nichts von ihrem Verdacht. Sie bat die Zofe lediglich, sich in der Zeit nach dem Essen für eine Weile dort aufzuhalten, die Pforte im Auge zu behalten, ohne selbst gesehen zu werden, und ihr am nächsten Morgen zu berichten, ob jemand in den Garten der gräflichen Familie gelangt war. Trine nickte nur wortlos, wie es ihre Art war.

Margots Vater erhob sich schwerfällig, als Margarethe den Raum betrat. Er wirkte müde, und in der Ecke stand ein Stock mit silbernem Knauf, den er vor Kurzem noch nicht benutzt hatte. Höflich verneigte er sich vor der Hofdame.

Dann zeichnete sich ein Lächeln auf seinem Gesicht ab. »Meine liebe Margarethe, wie schön, Euch zu sehen. Ich gebe zu, Euch und Margot in letzter Zeit sträflich vernachlässigt zu haben, aber die Ereignisse bei Hofe überschlagen sich und erfordern meine ganze Aufmerksamkeit.«

»Wie geht es Euch, Herr von Bischishausen«, erkundigte sich Margarethe und dachte bei sich, dass er unglaublich müde aussah.

Margots Vater war wie stets angemessen gekleidet, wenn auch nicht ganz so akkurat wie gewohnt. Die Knitterfalten in Wams und Beinlingen zeugten davon, dass sein Kammerherr so sehr damit beschäftigt war, die Koffer aus- und wieder einzupacken, dass er kaum mehr dazu kam, die Kleidung in Ordnung zu halten. Dazu wirkte Bischishausen fahl und angestrengt. Margarethe hatte zum ersten Mal das Gefühl, einem alten Mann gegenüberzustehen. Die Fältchen auf der Stirn und um die Mundwinkel waren tiefen Kerben gewichen, und seine Augen leuchteten nicht mehr, sondern blickten gehetzt.

»Ich will Euch auch nicht lange aufhalten«, begann Margarethe.

Der Truchsess machte ein Zeichen, dass sie sich setzen sollte, und zog sich selbst einen Stuhl heran. »Sprecht, was liegt Euch auf dem Herzen?«, forderte er sie auf.

Fast ein wenig nervös fingerte die Hofdame den Brief heraus und zeigte auf das Münchner Siegel. »Herzog Ernst lädt mich zur Beizjagd ein.«

In Bischishausen Augen spiegelte sich für einen Moment Traurigkeit, die jedoch sofort wieder verschwand. Er nahm ihre Hand. »Das freut mich für Euch. Stets habt Ihr diesen Moment herbeigesehnt. Nun ist es also so weit.«

Margarethe nickte.

Margots Vater räusperte sich. »Im November vermutlich, ein wenig gemeinsame Zeit bleibt uns also noch. Ihr wisst, wie sehr ich persönlich Eure Abreise bedaure. Ihr seid meiner Margot eine treue Freundin, und auch ich habe Eure Gesellschaft stets genossen. In Stuttgart wird etwas fehlen, wenn Ihr nicht mehr da seid.«

Margarethe errötete. Bislang hatte der Truchsess sich noch nie so lobend über sie geäußert. »Ihr sprecht sehr freundlich von mir, dabei bin ich es, die tief in Eurer Schuld steht.«

»Ganz und gar nicht. Ihr habt dem Haus Bischishausen in einer schweren Zeit zur Seite gestanden. Ich hoffe sehr, dass Ihr in München das Glück findet, das Ihr Euch erhofft. Aber wenn Ihr irgendwann einmal in meinen Haushalt zurückkehren wollt, zögert nicht. Ihr seid jederzeit willkommen. Doch nun genug der Abschiedsworte!«

Er warf einen Blick auf den Papierstapel auf seinem Schreibtisch, schüttelte dann aber den Kopf. »Ach was. Das kann warten. Was haltet Ihr von einem kleinen Spaziergang?«

»Vielleicht ein wenig frisch so spät in der Nacht«, gab Margarethe zu bedenken, die den Truchsess lieber vom Garten ferngehalten hätte.

Kapitel 8

Mit einem lustvollen Schrei brach Hans über ihr zusammen. Margot atmete erleichtert auf. Es war vorbei. Die Leidenschaft ihres Geliebten wurde ihr immer unerträglicher. In letzter Zeit hatte sie sogar das Gefühl, dass es noch mehr schmerzte als zu Anfang. Zudem wünschte Sachsenheim zunehmend Dinge von ihr, die sie abstoßend und lästerlich fand. Doch je mehr sie sich sträubte, umso heftiger glühte sein Feuer. Das Mädchen ertrug seine Begierde als Zeichen ihrer Liebe, aber sie selbst hätte sich etwas anderes gewünscht. Leider war sie sich nicht klar, was genau, und fragen konnte sie niemanden. Deshalb nahm sie die Wünsche des Hofmeisters hin. Vielleicht waren Männer einfach so? Jedenfalls war sie froh, als sich Hans jetzt zufrieden neben ihr auf die Decke fallen ließ.

»Das war unglaublich.« Er seufzte selig.

Margot ergriff seine Hand und wollte ihren Kopf an seine Schulter legen, doch er schob sie weg. »Hast du noch nicht genug? Jetzt lass mich doch erst mal zu Atem kommen.«

»Ich wollte mich doch nur ein wenig anlehnen«, maulte die junge Hofdame. Sie kam sich vor wie ein Pferd, das man benutzt hatte und nun wegstellen wollte. »Gefällt dir das etwa nicht?«

»Nein.«

»Aber sonst mochtest du das doch immer?«

»Vorher schon, aber nicht danach, und jetzt lass das Theater.«

Gekränkt rollte sich Margot mit dem Rücken zu ihm. »Du hast dich heute von mir abgewendet, als ich morgens auf den Hof trat«, beschwerte sie sich. »Und dann bist du auch noch zu dieser blasierten Kuh gegangen und hast mit ihr gelacht.«

»Die blasierte Kuh, wie du sie nennst, ist die Gattin des Ratsherrn Friedrich Stümfürder.«

»Ich hatte angenommen, es ist seine Tochter«, bemerkte Margot spitz.

»Ja, um so eine junge Frau ist er zu beneiden. Soviel ich weiß, ist es bereits seine dritte. Eine vorzügliche Partie.«

»Du findest sie also hübsch?« Margot, die sich inzwischen wieder zu ihm umgedreht hatte, machte ein beleidigtes Gesicht und zog einen Schmollmund.

Sachsenheim lächelte. »Nicht halb so hübsch wie du.«

Sofort strahlten Margots Augen wieder. Sie nahm seine Hand. »Und ich hab schon gedacht, du magst mich nicht mehr.«

Er lächelte sie an und stupste ihr sanft auf die Nase. »Wie du nur auf solche Ideen kommst.«

»Und warum bist du dann zu ihr hinübergegangen, ohne mich auch nur eines Blickes zu würdigen?«, erkundigte sie sich, nicht ohne leisen Vorwurf.

»Politik, meine Schöne. Politik macht das Leben kompliziert, aber sie ist nun mal mein Geschäft. Doch ein Gutes hatte es: Du warst heute so begierig, zu mir zu kommen, wie schon lange nicht mehr. Gib zu, du hattest Angst, unsere abendlichen Treffen könnten ein Ende nehmen.«

»Damit das nicht ohnehin passiert, solltest du endlich zu meinem Vater gehen«, quengelte Margot.

Sachsenheim schüttelte belustigt den Kopf.

»Ich meine, du hast es mir doch versprochen«, setzte das Mädchen missgestimmt nach.

»Du kannst's wohl gar nicht abwarten, den Brautschleier zu tragen, auch wenn's kein weißer mehr sein wird.« Er fasste ihr anzüglich zwischen die Beine, und Margot wurde knallrot. »Aber wenn ich deinen Vater richtig verstanden habe, möchte er, dass wir noch fünf Monate damit warten.« Er pfiff durch die Zähne. »Mal schauen, ob er bei seiner Meinung bleibt, und dann wollen wir mal sehen, ob ich noch nach seiner Pfeife tanzen möchte.«

Margot spürte einen Kloß im Hals, so wütend wurde sie. »Was bildest du dir ein? Eine Margot von Bischishausen lässt man nicht einfach sitzen!«, empörte sie sich und stieß ihn unsanft weg. Sie wollte aufspringen, doch er hielt sie fest. »Lass mich sofort los!«

Amüsiert hielt er ihr den Mund zu und rang sie zu Boden. Abwehrend versuchte sie, ihn zu kratzen und von sich wegzustoßen. Er hielt sie nur noch fester und bog ihr die Arme auf den Rücken. »Was kannst du nur für eine kleine Wildkatze sein, Margot. Ich liebe das.«

»Du sollst mich loslassen. Ich will gehen.«

Doch sie erreichte genau das Gegenteil. Mit funkelnden Augen warf er sich auf sie. Einen Augenblick schaute sie ihn verdutzt an. Das war nun wirklich kein Spiel mehr.

»Aufhören!«, rief sie erschrocken, doch ihr Schrei wurde von seiner Hand erstickt. Sie begann zu strampeln und sich zu winden.

»Du kleines Biest«, keuchte er. »Du weißt genau, wie du mich verrückt machst.« Grob quetschte er ihre Brüste.

Ihre Augen wurden weit, und sie stöhnte auf vor Schmerz. »Bitte, du tust mir weh«, wimmerte sie unter seinen Händen.

»Oh ja«, stöhnte er lustvoll. Als er endlich von ihr abließ, krümmte sie sich vor Schmerzen. Er betrachtete sie mit merkwürdig zufriedenem Gesichtsausdruck und schüttelte den Kopf. »Das hätte ich nicht gedacht, dass dir so etwas gefällt, kleine Margot.« Er leckte sich über die Lippen. »Wir beide werden eine sehr, sehr zufriedenstellende Ehe führen. Es wird wirklich Zeit, sie zu verbriefen. Wann war eigentlich deine letzte Blutung?«

Erschrocken sah ihn die junge Frau an. Richtig, die hätte längst anfangen müssen, schoss es ihr durch den Kopf.

Mit einem Ausdruck höchster Zufriedenheit schnürte sich der Hofmeister den Gürtel. »Dann ist jetzt wohl der Zeitpunkt gekommen, die Karten auf den Tisch zu legen. Ich überlasse es dir, deinem Vater die frohe Botschaft zu überbringen.« Mit einem Satz war er auf den Füßen und machte ein Zeichen des Triumphes.

Margot war auf einmal so elend zumute, dass ihr ganz schlecht wurde. Sie konnte die Tränen nicht länger zurückhalten. Was hatte sie bloß getan?

Trine hielt sich exakt an das, was ihre Herrin ihr aufgetragen hatte. Kurz nach dem Nachtmahl, das sie wie alle Domestiken gemeinsam mit ihrer Tochter in der Gesindeküche zu sich nahm, war sie hinaus in den herrschaftlichen Garten geschlichen und hatte sich in der Nähe der kleinen Pforte versteckt. Lange hatte sie nicht warten müssen, bis das Fräulein Margot erschien und durch das Türchen huschte.

Die Herrin Margarethe musste so etwas geahnt haben, und es war auch nicht schwer zu erraten, wen ihre junge Freundin auf der anderen Seite der kleinen Mauer zu treffen gedachte. Das halbe Schloss sprach von der Tändelei zwischen der Tochter des Truchsessen und dem Hofmeister. Man schloss bereits Wetten ab, wann die Hochzeitsglocken läuten würden. Bestimmt würde es ein großes Fest werden, bei dem alle mitfeiern durften – allerdings nicht in Stuttgart, denn an einem Vormundschaftshof durften keine Vermählungen stattfinden.

Trine allerdings hoffte, dass es noch möglichst lange bis dahin dauern würde, und am liebsten wäre ihr gar keine Hochzeit gewesen. Sie mochte das nette Fräulein Margot zu sehr, um sie an diesen Mann gebunden zu sehen. Die Mägde machten längst einen Bogen um den adretten Herrn von Sachsenheim. Trotzdem ließ er regelmäßig eines der jungen Dinger zu sich bringen, und immer weinten die Mädchen, wenn sie später zurückkehrten. Es gab keine, die freiwillig ein zweites Mal zu ihm gegangen wäre, obwohl er mit Geld nicht geizte. Trine seufzte. Es war ihr ein Rätsel, warum sich Margot von Bischishausen diesem Mann geradezu an den Hals warf. Konnte es sein, dass sie tatsächlich keine Ahnung hatte, was für eine Art Mensch er war?

Die Zeit verging, aber die junge Herrin kam nicht wieder heraus. Zuerst harrte Trine eisern in ihrem Versteck aus, aber mit der Zeit machte sie sich Sorgen. Leise näherte sie sich dem Türchen. Einer einfachen Zofe war es verboten, den Bereich dahinter zu betreten. Wenn man sie dort erwischte, würde sie nicht einmal ihre Herrin vor einer Bestrafung bewahren können. Mit klopfendem Herzen und angehaltenem Atem legte Trine ihr Ohr an das raue Holz. Sie wusste, dass die Pforte nicht verschlossen war und jeden Augenblick aufgestoßen werden konnte. Ängstlich lauschte sie. Sie konnte Stimmen hören. Ein Stöhnen oder vielmehr ein Wimmern und leises Weinen. Trine erschrak und drückte ihr Ohr noch fester an das Holz. Dabei schwang die gut geölte Tür einen Spaltbreit auf. Trine zuckte zurück. Schon glaubte sie, im nächsten Moment einem der Adelsherren gegenüberzustehen, der sie mit barscher Stimme anraunzte, was sie denn hier zu suchen habe. Was sollte sie dann bloß antworten? Dann hörte sie hinter sich Margarethe von Waldecks Stimme. Erleichtert atmete Trine auf. Die Hofdame würde wissen, was zu tun war, da war sie sich sicher. Sie rannte auf ihre Herrin zu. Viel zu spät erkannte sie, dass diese nicht allein war.

An ihrer Seite ging Hans von Bischishausen, der Trine augenblicklich erkannte und ansprach: »Was machst du denn hier?«

Verlegen knickste die Zofe. »Guten Abend, hoher Herr.«

»Ich habe dich etwas gefragt.«

Mit schlechtem Gewissen äugte Trine zu ihrer Herrin, die mit den Augen rollte. Hatte sie Trine nicht ausdrücklich gesagt, dass man sie nicht entdecken dürfte, und nun lief die Zofe ausgerechnet Margots Vater in die Arme.

»Nun, was ist?«, insistierte der. »Hier hast du nichts zu suchen, es sei denn, deine Herrin gab dir einen Auftrag.«

Fragend schaute er Margarethe an. Die spielte nervös mit ihrem Gürtel und versuchte, in Trines Gesicht zu lesen. Schließlich räusperte sie sich. »So ist es auch. Ich habe Trine hierhergeschickt.«

Die Zofe hoffte, dass sie damit entlassen war, und wollte schon davonhuschen, doch der Truchsess verstellte ihr den Weg. »Zu welchem Zweck?« Seine Stimme hatte einen ungewohnt scharfen Unterton. Er hatte die Frage an beide Frauen zugleich gerichtet.

Margarethe machte ein gequältes Gesicht. »Ich beauftragte Trine, die kleine Pforte zum gräflichen Garten im Auge zu behalten«, antwortete sie wahrheitsgemäß.

»Und was hast du herausgefunden?«

»Nichts, hoher Herr, gar nichts«, log die Zofe. Margarethe atmete erleichtert auf.

Bischishausen nickte, aber in seinem Blick lag etwas, was Trine erbeben ließ. Dieser Mann hatte schon zu viele Menschen als Richter vor sich stehen gehabt, um eine Lüge nicht zu erkennen. »Gut, dann gehen wir jetzt hin und schauen nach.«

In diesem Moment wusste Trine, dass es eine Katastrophe geben würde. Am liebsten wäre sie davongerannt und hätte sich irgendwo verkrochen, doch das ging nicht. Ohne ein weiteres Wort drängte sie der Truchsess den Weg zurück, den sie gekommen war. Sie fanden alles so vor, wie Trine es verlassen hatte.

»Die Tür ist unverschlossen«, stellte der Truchsess fest und schaute Margarethe an, die wiederum Trine einen verzweifelten Blick zuwarf. »Wie kann das sein, Margarethe? Was wisst Ihr darüber?«

Er bekam lediglich ein Schulterzucken als Antwort. Entschlossen legte Bischishausen die Hand an die Pforte, um selbst nachzusehen.

In einem letzten Akt der Verzweiflung, warf Trine sich ihm vor die Füße. »Herr, ich bitte Euch, geht nicht weiter. Ich flehe Euch an!«

»Was zum Teufel ist da los?«, fragte er mit zorniger Stimme. Er drängte sich an der Zofe vorbei in den Garten.

Margarethe beugte sich zu Trine herab, um ihr aufzuhelfen, wobei sie ihr ins Ohr zischte: »Wen um Himmels willen wird er finden?«

»Fräulein Margot«, wisperte Trine verzweifelt. »Ich hab sie weinen hören und wollte gerade zu Euch.«

Für eine Sekunde schloss ihre Herrin die Augen. »Ahnte ich es doch …« Dann lief sie auch schon hinter dem Truchsess her.

Trine folgte ihnen zögerlich zu einer Laube gut zwanzig Schritte entfernt. »Heilige Jungfrau Maria, was ist passiert?«, hörte sie Margarethe fragen.

Der Truchsess schwieg zunächst, aber er konnte zwei und zwei zusammenzählen. »Du hast mir dein Wort gegeben, Margot. Das Wort einer Bischishausen ist wie ein Schwur.«

Seine Tochter weinte hemmungslos. »Ja, steck mich ins Kloster. Jetzt ist eh schon alles egal.«

»Was willst du damit sagen?« Der Truchsess ballte die Fäuste. Erst sah es aus, als würde er die Fassung verlieren, doch dann beugte er sich zu Margot hinunter und flüsterte mit tonloser Stimme: »Sag, dass das nicht wahr ist. Bitte sag mir, dass dich Hans von Sachsenheim nicht angerührt hat.«

Lautes Weinen war die einzige Antwort, die er bekam. Der Truchsess erhob sich. Langsam. Schwerfällig. »Ich bring den Kerl um. Ich schwöre es, so wahr ...«

»Bitte, Herr von Bischishausen, tut jetzt nichts Unüberlegtes«, fiel ihm Margarethe ins Wort.

Die Zofe bewunderte ihren Mut. So wie der Truchsess aussah, wusste niemand, was er im nächsten Moment tun würde.

Er war bleicher als der Mond, als er den beiden Frauen das Gesicht zuwandte. »Wer will mich davon abhalten? Ihr Margarethe? Wo Ihr doch allen Anschein nach über alles Bescheid wusstet? Ihr wollt mir das Recht absprechen, Genugtuung von diesem Bastard zu verlangen?«

»Nein, das will ich nicht, und das kann ich nicht. Heute Morgen fand ich das hier in der Laube.« Sie zog ein Tüchlein aus der Tasche und reichte es dem Herrn von Bischishausen. »Aber ich wollte erst sicher sein, dass es nicht auf anderem Weg in den Garten gelangt ist.«

Der Truchsess schnaubte. »Nun denn, so seid Ihr entlastet, Margarethe, und du auch, Trine. Du begleitest jetzt meine Tochter in ihre Kammer und schiebst von außen den Riegel vor, damit sie nicht allein heraus kann. Wenn jemand fragt, sagst du, das Fräulein Margot sei krank. Fieber.«

Margot wollte etwas sagen, aber ihr Vater schaute sie derart streng an, dass sie den Mund wieder schloss. Trine eilte zu ihr und half ihr auf die Beine. Das kleine Fräulein stützte sich schwer auf sie, ganz so, als könne es sich kaum auf den Beinen halten. Es schien ein halbe Ewigkeit zu dauern, bis sie in der Kammer waren. Ohne sich auch nur auszukleiden, fiel Margot aufs Bett. Trine schloss leise die Tür und tat, wie ihr geheißen war.

Wortlos stand Margarethe da und ließ die Schultern hängen. Ihre Aufgabe war es gewesen, auf Margot aufzupassen, und sie hatte versagt. Durch ihre Schuld war alles noch schlimmer geworden, so kam es ihr jedenfalls vor. Mit schlechtem Gewissen sah sie zum Truchsess hinüber. In seinem Gesicht zuckte es, als er mit stumpfem Blick Margot und Trine hinterherstarrte. Sein sonst ordentlich gekämmtes Haar stand ihm wirr vom Kopf ab.

Margarethe empfand tiefes Mitgefühl mit ihm, denn sie wusste, wie sehr er an seiner Tochter hing, die sein Ein und Alles war. »Herr von Bischishausen, ich«, stammelte sie, »es, es tut mir so leid …«

Ohne zu antworten stürzte er davon, als säße ihm ein böser Geist im Nacken.

Margarethe brachte es nicht fertig, ihn in seinem Kummer allein zu lassen. Also eilte sie ihm nach, sah, wie er mit wehender Jacke den Palast erreichte, durch die Flure lief und dabei beinahe eine Magd überrannte, die gerade mit einem Reisigbesen die zertretenen Binsen zusammenfegte. Als Margarethe ihn in seinem Arbeitszimmer einholte, hatte sich sein Gesicht zu einer furchterregenden Fratze verzerrt. Für einen Moment fürchtete die Hofdame schon, ein Dämon habe von ihm Besitz ergriffen. Sie schluckte ängstlich, schloss aber trotzdem leise die Tür hinter sich.

Der Truchsess wankte zu seinem von Pergamenten übersäten Schreibtisch. Das Tintenfass war sorgfältig zugeschraubt, zwei angespitzte Federn lagen daneben. Es roch nach Siegelwachs und abgebrannten Talgkerzen. Bischishausen fiel in den massiven Holzstuhl, als habe man ihm die Beine abgeschlagen. Er stützte den Kopf in die Hände. Dann senkte er den Kopf und begann zu schluchzen. »O Gott, mein Kind«, flüsterte er verzweifelt. »Meine Margot, mein Liebling. Mein Mädchen, das ich im Arm gehalten habe, an dessen Bett ich saß und von dem ich jedes Leid fernhalten wollte. Was hab ich nur falsch gemacht? Habe ich ihr nicht die beste Erziehung angedeihen lassen? Habe ich ihr nicht jeden Wunsch von den Augen abgelesen?«

Margarethe war wie vom Donner gerührt. Sie hatte sich innerlich auf jedwede Art von Wutausbruch eingestellt, auf jeden noch so unberechtigten Vorwurf, doch die Verzweiflung des weinenden Truchsessen traf sie vollkommen unvorbereitet. Ohne dass sie es verhindern konnte, rannen ihr ebenfalls die Tränen über die Wangen. »Ihr habt Euch nichts vorzuwerfen, Herr«, versuchte sie vorsichtig, ihn zu trösten.

»Oh doch. Margarethe, wie konnte ich diesen Dämon unterschätzen? Warum habe ich sie nicht beschützt? Ich hab nicht gut genug aufgepasst. Es ist meine Schuld. Ich hab versagt.«

»Ihr hättet nichts tun können. Margot war wie besessen von diesem Mann.«

»Es ist wie ein böser Fluch, der mich verfolgt.«

»Kein böser Fluch, sondern Intrige und Boshaftigkeit, Herr. Margot träumt vom großen Glück, und er hat es ihr vorgegaukelt.«

»Ich hätte sie davor bewahren müssen.«

»Wie denn? Er hat doch alles getan, um sie uns zu entfremden.«

»Das ist schlimmer noch, als wenn er sie getötet hätte. Er hat sie mir geraubt, der Verführer! Welch ein Schmerz.«

»Ach Herr, sagt so etwas nicht. Margot wird sich schon wieder besinnen. Habt Ihr nicht gesehen, dass sie in Tränen aufgelöst war? Sie wird zu Euch zurückfinden.«

Traurig schüttelte er den Kopf. »Das glaube ich nicht. Sie wird mir ihr Leben lang die Schuld an ihrem Unglück geben, und recht hat sie.«

»Es ist die Verzweiflung, die aus Euch spricht. Margot muss den Sachsenheim doch nicht heiraten. Er will sie nur ihres Titels und Vermögens wegen. Es gibt doch auch andere Lösungen.«

Bischishausen schien ihr gar nicht zuzuhören. Er saß nur da und schüttelte den Kopf. »Der Herr im Himmel sei uns gnädig. Dabei wollte ich nie etwas anderes, als mein Kind vor einem schlimmen Schicksal bewahren.« Ein weiterer tiefer Schluchzer stieg aus seiner Kehle.

Margarethe trat näher und legte die Hand auf seine Schulter. Seine Haut war heiß wie im Fieber, die Kleidung nass von Schweiß. Sie klebte an seinem Körper. Der Anblick krampfte Margarethe das Herz zusammen. Sie wartete auf eine Eingebung, irgendeinen klugen Gedanken, aber ihre Sinne waren wie betäubt. »Wir müssen Geduld haben«, mahnte sie mehr sich selbst als den Truchsess.

Der schüttelte heftig den Kopf. »Was wir auch machen, es wird das Falsche sein.« Neue Tränen sammelten sich in seinen Augenwinkeln.

Margarethe ergriff mitfühlend seine Hand. Eine Weile verharrten sie so, jeder in seinem Kummer gefangen.

Schließlich brach der Truchsess das Schweigen und meinte fast nüchtern: »Lasst uns abwarten, wie es sich entwickelt. Wir werden morgen weitersehen. Derzeit ist wohl keiner von uns in der Verfassung, schwerwiegende Entscheidungen zu treffen.«

»So ist es, Herr von Bischishausen.« Margarethe zwang sich zu einem Lächeln.

Der Truchsess nickte. »In den nächsten Tagen werden wir eine kleine Ausfahrt aufs Land unternehmen, zu einer vertrauenswürdigen und schweigsamen Hebamme. Dann werden wir weitersehen. Es wäre mir lieb, wenn Ihr Margot bei diesem schweren Gang beistehen könntet. Sie wird Eure Hilfe brauchen.«

Die junge Hofdame, bei der unangenehme Erinnerungen an ihren eigenen Besuch bei der Hebamme geweckt wurden, nickte zögernd. »Wenn Ihr es wünscht, Herr.«

Kapitel 9

Die Pferde sprengten in vollem Galopp durch die Tore Stuttgarts, kaum dass das erste Sonnenlicht den Tag ankündigte. Die Insassen des mit Leder ausgeschlagenen Kastenwagens wurden unsanft durchgeschüttelt. Margot hockte blass wie ein Leichentuch in einer Ecke. Sie hatte seit dem Vorfall im Garten kein Wort mehr gesprochen und auch nichts gegessen.

Als ihr Vater sie an diesem Morgen aus ihrer Kammer geholt hatte, war ihr Haar nicht gebürstet und nur halbherzig mit einem dunklen Schleier bedeckt gewesen. Stumm und mit sorgenvoller Miene hatte Margarethe ihrer Freundin zuvor in ein einfaches Gewand aus hellbraunem Tuch geholfen. Trine sollte nicht mitbekommen, was los war. Doch die Zofe schien es zu ahnen, auch wenn sie Margarethes Erklärung, man wolle einen Ausflug aufs Land machen, scheinbar gleichmütig hingenommen hatte.

Auch Margots Vater ließ die nachlässige Aufmachung seiner Tochter unkommentiert. Ihm war anzusehen, dass er in den letzten Nächten nur wenig geschlafen hatte. Wie stets war er korrekt und sorgfältig gekleidet, aber um seine Augen lagen dunkle Ringe und die zahlreichen Falten in seinem Gesicht hatten sich tief in seine Haut gegraben. Nicht weniger wortkarg als seine Tochter, nahm er mit gequälter Miene ihr gegenüber Platz.

Die Fahrt war unbequem, und die gedrückte Stimmung lastete bleischwer auf den Mitfahrenden. Der Kutscher hielt die Pferde in rascher Gangart, und die zwei Bewaffneten, die als Geleitschutz neben ihnen ritten, mussten ihre Pferde antreiben, um nicht zurückzufallen. Sie fuhren weit ins das Württembergische Land hinein, in eine Gegend, die Margarethe vollkommen unbekannt war, obwohl sie viel mit Wic herumgekommen war. Schließlich erreichten sie ein kleines Landhaus.

Margot wankte, als sie aus dem Wagen stieg. Ihr Vater wollte den Arm um sie legen, um sie zu stützen. Unwirsch stieß ihn das Mädchen weg und tastete sich an der Wand entlang ins Innere des Gebäudes. Der Truchsess machte Margarethe ein Zeichen, ihr zu folgen. Er selbst aber blieb im Hof, während der Kutscher die verschwitzten Pferde ausspannte und abrieb. Es würde eine längere Pause werden.

Ein altes, zahnloses Weib winkte die beiden Frauen in eine abgetrennte Kammer, musterte Margot und brummte dann: »Du also.«

Das Mädchen starrte die runzlige Alte an, dann Margarethe. Man hatte der jungen Frau nicht gesagt, was auf sie zukam. Jetzt zeichnete sich auf ihrem Gesicht Entsetzen ab. Widerstrebend hob sie die Hände. »Nein, das könnt ihr von mir nicht verlangen«, stieß sie hervor.

So sanft sie konnte, antwortete Margarethe: »Dein Vater besteht darauf, Margot.«

Erneut schüttelte diese den Kopf. Tränen liefen ihr über die Wangen. Am liebsten hätte Margarethe die Freundin bei der Hand genommen und wäre mit ihr fortgelaufen. Nur zu gut erinnerte sie sich daran, wie es ihr einst ergangen war. Die Untersuchung war so beschämend, so demütigend gewesen.

»Aber ich habe doch schon alles zugegeben«, piepste das Mädchen verzweifelt.

»Er will es eben genau wissen.«

»Seid beruhigt, junges Fräulein, Schmerzen werde ich Euch nicht bereiten«, mischte sich nun die Alte ein. »Meine Hände sind behutsamer als die eines jeden Mannes.«

Als Margarethe einige Zeit später das Landhaus verließ, war sie kaum weniger blass als Margot, die weinend auf der Bettstatt in der fensterlosen Kammer lag.

Der Truchsess wartete draußen und nahm die Hofdame am Arm. »Lasst uns ein Stückchen gehen, Margarethe«, meinte er mit scheinbar gleichmütiger Stimme.

Seite an Seite wanderten sie zu einer alten Linde, um deren Stamm man eine runde Bank gezimmert hatte. Eine Weile saßen sie schweigend da und beobachteten eine Lerche, die mit aufgeregtem Flügelschlag ihr Lied sang.

»Nun, dann ist es also wahr«, hob der Truchsess mit starrem Blick an.

Margarethe nickte bekümmert. Dann brach sie in Tränen aus. »Und nicht nur das. Es ist noch viel schlimmer.« Sie barg das Gesicht in den Händen und schluchzte.

»Sagt jetzt nicht, dass sie schwanger ist«, flüsterte der Truchsess totenblass. Margarethes Schluchzen war ihm Antwort genug. »O mein Gott, dafür werden wir alle in der Hölle schmoren.«

Margarethe blinzelte die Tränen weg. »Wie meint Ihr das?«

Der Truchsess schwieg mit zusammengekniffenen Lippen und starrte vor sich hin. Seine Schultern bebten. »Das wird mir Sachsenheim büßen«, krächzte er dann tonlos.

»Wollt Ihr ihn zur Ehe mit Margot zwingen?«, flüsterte Margarethe, doch allein die Frage ließ sie erschaudern.

»Um Gottes willen nein!«, gab er heftig zurück. Er knetete seine Finger und raufte sich dann die Haare.

Margarethe schluckte. Einerseits war sie erleichtert, dass der Truchsess seine Tochter offenbar nicht zu einer Ehe zwingen wollte, die nur im Unglück enden konnte, andererseits fragte sie sich, was nun geschehen sollte. »Aber das Kind? Was soll jetzt werden?«

Die Miene des Truchsessen wurde hart und unnachgiebig. »Es wurde in Sünde gezeugt und ist Zeugnis von Sünde. Niemals darf es das Licht der Welt erblicken. Ich werde mit der Alten sprechen.«

Margarethe zuckte zusammen. Sie hatte verstanden, was der Truchsess meinte. »Aber ist diese Hebamme denn auch eine Engelmacherin?«

»Sie wird wissen, was zu tun ist. Das muss genügen.«

»Es ist gottlos«, warnte die Rothaarige. »Mag dieses Kind auch in Unehre gezeugt worden sein, so ist es doch Euer Enkel.«

»Schweigt, Margarethe!«, gab der Truchsess ungewohnt grob zurück. »Sprecht nicht von Dingen, die Ihr nicht versteht. Dieses Kind existiert nicht. Margot war nie schwanger. Punktum. Schwört mir, dass Ihr Stillschweigen bewahren werdet.«

Niedergeschlagen senkte Margarethe den Kopf. »Man kann eine Sünde nicht mit einer anderen wegwaschen«, versuchte sie es noch einmal.

»Schwört es mir, hier und jetzt.«

»Ich bitte Euch, überschlaft es noch einmal.«

»Es würde nichts an meiner Entscheidung ändern.«

»So ein Eingriff ist gefährlich. Margot könnte dabei sterben.«

»Das hätte sie sich früher überlegen müssen.«

»Sie wurde verführt. Gegen einen Mann wie den Sachsenheim hat ein unerfahrenes Mädchen keine Chance. Das wissen wir doch beide.«

»Nun ist es aber genug! Es geht nicht nur um Margots, sondern auch um meine Ehre.«

»Dann schickt sie in ein Kloster, wo sie in aller Abgeschiedenheit niederkommen kann. Gegen eine großzügige Spende werden die Nonnen das Wurm zu einem gottesfürchtigen Menschen erziehen.«

Erbost sprang der Truchsess auf. Mit hochrotem Kopf stand er vor Margarethe und stieß verzweifelt hervor: »Ich wünschte, das ginge! Bei Gott, was gäbe ich dafür. Aber das Kind darf nicht leben.«

Nun hielt es auch Margarethe nicht mehr auf ihrem Platz. Aufgebracht schrie sie: »Ich hielt Euch stets für einen Ehrenmann, aber was Ihr jetzt vorhabt, ist eine Todsünde. Mit keinem Ablass dieser Welt könnt Ihr Euch dann noch von der Verdammnis freikaufen.«

»Ich bin doch längst verdammt, Margarethe. Das könnt Ihr mir glauben. Aber so wahr mir Gott helfe, ich kann nicht anders.« Mit wehendem Mantel eilte der Truchsess zurück zum Haus, bellte den Kutscher an, Quartier zu machen, und verschwand im Inneren des Gebäudes.

Margarethe fühlte sich furchtbar. Wie konnte Bischishausen so etwas tun? Allein der Gedanke, von Gott gewolltes Leben zu töten, erfüllte sie mit Schaudern. Eine solche Tat blieb nie ungestraft. Auch wenn dieses Wesen noch so klein war, war es doch ein Mensch und besaß eine unsterbliche Seele. Ihm würde ohne Taufe der Weg in den Himmel für ewig verwehrt sein. Wie konnte es Bischishausen verantworten, dies einem Kind von seinem Blut, seinem Enkel anzutun. Der Truchsess würde verflucht sein, verfolgt von diesem

Wesen, das in seiner Not als Irrlicht die Wanderer in die Sümpfe lockte. Margarethe verstand es einfach nicht. Dieser Entschluss passte ganz und gar nicht zum Truchsess, zumal auch Margots Leben auf dem Spiel stehen würde.

Margarethe fuhr sich mit dem Handrücken über die Stirn und beobachtete, wie der Truchsess in Begleitung der Hebamme zurück auf den Hof trat. Gestenreich redete er auf die Hebamme ein, die entsetzt den Kopf schüttelte. Nun schien Margots Vater ihr zu drohen. Da senkte sie den Kopf, griff fast verärgert nach der Silbermünze, die er in der Hand hielt und ging zu ihrem Maultier. Eine Weile kramte sie in ihrer Satteltasche herum, bis sie eine Phiole gefunden hatte.

Margarethes Magen krampfte sich zusammen. Sie konnte doch nicht tatenlos zusehen, wie sich der Truchsess so schwer versündigte. Mit wehenden Röcken rannte sie zu ihm hinüber und stellte sich vor ihn. »Ich flehe Euch an, Herr. Lasst ab von diesem Vorhaben!«, rief sie.

Die alte Frau schaute hoffend zu dem Adelsherrn auf. Dessen Miene jedoch war unnachgiebig, und mit vor Zorn bebender Stimme grollte er: »Aus dem Weg, Margarethe.«

»Herr, ich bitte Euch. Lasst uns behaupten, es sei mein Kind. Ich werde es in Liebe großziehen. Ihr habt mein Wort.«

Für einen Moment schienen Tränen in den Augen des Truchsessen zu glitzern. Seine Miene wurde weich. »Das würdet Ihr wirklich tun? Ihr würdet Margots Schande auf Euch nehmen?«

Die Rothaarige nickte.

»Ihr seid sehr großmütig, Margarethe. Margot ahnt gar nicht, welch treue Freundin sie in Euch hat. Ich werde einen Weg finden, es Euch zu vergelten.«

Erleichtert atmete die Hofdame auf. Vielleicht war also

doch noch nicht alles verloren. Sie sah, wie der Truchsess mit sich kämpfte.

Für einen Moment schien es, als wollte er nicken. Dann aber wurde sein Blick wieder hart. »Es tut mir leid«, meinte er mit fester Stimme. »Ich wünschte, die Dinge lägen anders.« Energisch schob er Margarethe zur Seite und schritt ins Haus. Die Hebamme folgte ihm mit gesenktem Kopf, die Phiole fest umklammert.

Margarethes Brust hob und senkte sich vor Empörung. Sie ballte die Faust und schlug mit aller Macht gegen den grauen Granit, aus dem das Haus gebaut worden war. Der Schmerz fuhr in ihre Hand, sodass sie aufschrie. Langsam folgte sie schließlich den beiden. Die Tür zu Margots Kammer stand offen.

»Trinkt das, Herrin«, meinte die Hebamme mit sanfter Stimme. »Trinkt und dann ruht ein wenig.« Die alte Frau warf dem Truchsess einen vorwurfsvollen Blick zu. Sobald Margots Kopf zurück aufs Kissen gefallen war, verließ sie ohne ein weiteres Wort den Raum. Draußen vor der Tür nahm sie Margarethe am Arm. »Ich habe dem Trank ein wenig Schlafmohn beigemischt, der sie leicht betäuben wird, aber wenn das Gift seine Wirkung entfaltet, wird das junge Ding eine Freundin an seiner Seite bitter nötig haben. Übersteht sie's, wird sie sehr schwach sein. Lasst Euch also nicht zu früh zum Aufbruch drängen.«

»Wo kann ich Euch finden, wenn wir Euch brauchen?«, wollte Margarethe wissen.

»Gar nicht, und meine Hilfe wird hier auch nicht mehr gefragt sein. Betet zu Gott. Vielleicht ist er gnädig und lässt dieser armen Seele die Zeit, Buße zu tun.« So schnell es ihre alten Beine zuließen, wackelte die Alte zu ihrem Maultier, zog sich hinauf und trieb es energisch mit den Hacken an.

Margarethe sah sich nach Margots Vater um, doch auch der war verschwunden. Langsam ging sie zurück zu Margots Zimmer. Das Mädchen hatte sich unter seine Decke verkrochen. Leise schloss Margarethe die Tür und schlich sich zu einem hölzernen Stuhl. Auf dem Hof war das Klirren beschlagener Hufe zu hören, und dann schienen Reiter im Galopp davonzustieben.

Eine Weile sagte keiner ein Wort. Schließlich lugte Margot unter der Decke vor. »Danke, dass du vorhin bei mir geblieben bist, als die alte Hexe mich untersucht hat«, meinte sie kleinlaut. »Das war sehr nett.«

»Das war doch selbstverständlich«, entgegnete die Rothaarige.

»Mein Vater ist wohl ziemlich wütend«, stellte Margot fest.

»Das kann man sagen.«

»Jetzt werde ich den Sachsenheim wohl ehelichen *müssen*, oder?«

Einen Augenblick zögerte die Rothaarige. Sie nahm an, dass die Hoffnung auf einen glücklichen Ausgang ihrer Liebschaft Margot über die nächsten, schweren Stunden helfen würde. Das Mädchen brauchte allen Lebensmut, um nicht selbst an dem Gift zu sterben, das seinem Kind den Tod bringen sollte. »Vielleicht«, antwortete Margarethe ausweichend.

Margot richtete sich auf. »Ich bin so dumm gewesen, und ich habe alles falsch gemacht. Geschieht mir ganz recht, eine Sachsenheim zu werden.«

»Willst du ihn etwa nicht mehr?«, erkundigte sich Margarethe verwundert.

»Ich hab Angst vor ihm«, hauchte das Mädchen.

Margarethe runzelte die Stirn und fragte sich, was genau im Garten vorgefallen sein mochte. Doch jetzt war weder

Zeit noch der rechte Ort, um Margot auszufragen. »So musst du ihn auch nicht heiraten«, beruhigte sie Margot.

»Dann ist's ja gut.« Margot gähnte und schloss die Augen. So entgingen ihr Margarethes Tränen, die diese verstohlen mit dem Handrücken abwischte. »Ich hoffe, es wird ein Junge«, murmelte das Mädchen leise. »Ein Stammhalter für das Haus Bischishausen, das wäre gut.«

Dann schlief Margot ein, und Margarethe konnte in Ruhe weinen, bis die Erschöpfung auch sie übermannte und sie nach allen Strapazen einnickte.

Ein Schrei ließ Margarethe hochschrecken. Für einen Moment wusste sie nicht, wo sie sich befand, zumal die Dämmerung inzwischen hereingebrochen war. Ein weiterer Angstschrei hallte durch die Kammer, und schlagartig wusste sie wieder, was passiert war. Mit zwei Schritten war sie bei ihrer Freundin, deren Augen vor Angst geweitet waren.

»Ich bin hier, Margot, hier bei dir.« Sie griff nach Margots Hand, doch die riss sich sofort wieder los.

»Meine Glieder, sie brennen!«, keuchte das Mädchen schreckerfüllt. »Das Feuer der Hölle.«

»Ruhig, Kleines, ganz ruhig. Ich hole dir Wasser. Das wird den Schmerz lindern.«

»Ja, Wasser«, stöhnte Margot, doch dann rief sie: »Nein, nein, lass mich nicht allein, das Feuer, es frisst sich in meinen Leib. O mein Gott, es ist Satan, der mich straft!«

Noch nie war sich Margarethe so hilflos vorgekommen. Sie griff nach dem Krug mit dem klaren Brunnenwasser und füllte einen Becher. Behutsam richtete sie den Körper des Mädchens auf und setzte ihm den Becher an die Lippen.

Margot trank gierig, musste sich aber gleich wieder übergeben. Stöhnend lag sie in den Armen der Freundin. Ihr Körper war in kaltem Schweiß gebadet. »Was ist mit mir?«, wimmerte sie, und dann leuchteten ihre Augen qualvoll auf. »Gift«, murmelte sie. »Die Hexe hat es mir gegeben, und mein Vater ... er hat's ihr aufgetragen.« Ein weiterer Krampf schüttelte ihren Körper. Die Krämpfe kamen nun rasch hintereinander, und Margot krümmte sich. »Mein Kind, ich, es, es verlässt mich«, stammelte sie

Mit letzter Kraft riss sie sich los und sprang aus dem Bett, doch nur, um davor zusammenzusacken. Margarethe sah, dass Margots Hemd sich an den Beinen dunkelrot gefärbt hatte. Nun konnte auch sie die Tränen nicht mehr zurückhalten. Sie hockte sich neben das Mädchen, barg seinen Kopf in ihrem Schoß und wiegte es wie einen Säugling.

»Warum?«, flüsterte Margot.

Dann verlor sie das Bewusstsein, und Margarethe dachte: Wenn ich das bloß wüsste.

Für beide wurde es die längste Nacht ihres Lebens. Margarethe war es, die Margot hochhob und zurück auf ihr Lager brachte, sie bettete, ihr neue Sachen anzog und ihr den Schweiß von der Stirn tupfte.

Als der Morgen anbrach, war das Mädchen dem Tod noch immer näher als dem Leben. Eine schüchterne Magd, blutjung, klopfte und brachte eine Schüssel Hirsebrei und warme Milch. Margarethe nickte dankend, konnte aber keinen Bissen herunterbekommen. Behutsam versuchte sie, Margot wenigstens einen Löffel Milch einzuflößen, aber es war, als wäre jegliche Kraft aus ihrem jungen Körper entwichen. Margarethe blieb kaum mehr übrig, als zu beten. Erst am Abend schien das Schlimmste überstanden. Kurz schlug Margot die Augen auf. Gequält sah sie ihre Freundin an, trank wenige Schlucke Wasser und sank erneut in einen tiefen Schlaf. Margarethe ließ sich einen einfachen Strohsack bringen und wich nicht von Margots Seite.

Der Truchsess kehrte erst am darauffolgenden Sonntag zurück. Er wirkte um Jahrzehnte gealtert, als er die Tür zu ihrer Kammer aufdrückte und Margarethe zu sich nach draußen winkte. Seine Miene war steinern. Nur seine Mundwinkel zuckten leicht, als er zu Margot blickte, die hohlwangig und in sich zusammengesunken in ihrem Bett lag.

»Es ist Zeit aufzubrechen, Margarethe«, meinte er grußlos. »Ich habe Euer Gepäck und auch Trine, Gretchen und Wiç mitgebracht sowie ein Empfehlungsschreiben an die Gattin des Herzogs von Bayern-München.«

»Soll das heißen, dass Ihr mich wegschickt, Herr von Bischishausen?« Margarethe schaute zu ihrer Freundin. Sie konnte das Mädchen doch jetzt nicht allein lassen. Es war vollkommen durcheinander, wurde von Albträumen gequält und war immer noch erschreckend schwach. »Was wird aus Margot?«, fragte sie leise.

»Sie wird Euch begleiten.«

»Nach München?«

Der Truchsess schüttelte bedauernd den Kopf und flüsterte: »Bis endgültig geklärt ist, ob der Vogt von Weida in Brüx gefallen ist, werdet Ihr gemeinsam mit Margot auf Burg Grünwald Unterkunft beziehen. Sie wird dort sicher sein.«

Erschrocken sah ihn Margarethe an. »Gibt es Schwierigkeiten mit dem Hofmeister?«

Bischishausens Miene blieb unbewegt. »Die Sache ist noch nicht vorbei. Er hat doch tatsächlich die Dreistigkeit besessen, mich erneut um Margots Hand zu bitten, und seinem Gesichtsausdruck nach möchte ich fast schwören, dass er weiß …« Er unterbrach sich, bevor der Rest des Satzes über seine Lippen kommen konnte. »Gebt acht auf sie. Ich werde monatlich Geld schicken. Die Hälfte behaltet für Euch.«

Margarethe wollte protestieren, doch abwehrend hob er die Hand. »Was Ihr für uns tut, kann mit Gold nicht aufgewogen werden. Das weiß ich wohl, aber ich würde mich noch schlechter fühlen, wenn Ihr es nicht annehmt.«

Widerwillig senkte Margarethe den Kopf.

»Ihr werdet in der Kutsche reisen und von meinen treusten Rittern begleitet.«

Margarethe drückte seine Hand.

»Ich hoffe, Margot wird dort zur Ruhe kommen, und Euch wünsche ich alles Glück dieser Welt«, fügte Bischishausen hinzu.

»Ich hasse dich«, stieß eine zittrige Stimme hervor. Der Truchsess fuhr herum. Margot stand schwankend in der Tür und starrte ihren Vater mit glühenden Augen an. Margarethe ging zu ihr und legte ihr den Arm um die Schultern.

Der Truchsess senkte den Blick. »Ich weiß«, sagte er tonlos und wandte sich ab.

Margot riss sich los. »Wie konntest du mir das bloß antun?«, schrie sie ihm nach.

Erneut trat Margarethe an ihre Seite. »Beruhige dich, bitte, sonst fängst du am Ende wieder an zu bluten.«

Tränen liefen über Margots Wangen. »Ein Mörder ist er, nichts anderes als ein Mörder. Ich verabscheue ihn und überhaupt alle Männer.«

Margarethe schluckte schwer. Dann führte sie ihre Freundin in die Hütte zurück, um sie für die Reise zurechtzumachen. Es sollte lange dauern, bis sie den Truchsess wiedersehen würden.

Grünwald 1421

Kapitel 1

Jan stand nachdenklich mit dem Rücken zum Fenster der Alten Veste, jener Münchner Stadtburg, in der seit jeher der Haushalt des herzoglichen Erbprinzen seinen Wohnsitz bezog, während sein Vater, der Herzog, getrennt von seinem Sohn in einem moderneren Schloss residierte, der Neuen Veste. Ihm gegenüber saß Albrecht und hielt die Laute in den Händen. Seine Gedanken schienen in weiter Ferne zu sein. Jan musterte das Gesicht seines Freundes. Seit jener Nacht, in der der kleine Junge hatte sterben müssen, war ihre jugendliche Unbekümmertheit mit einem Schlag verschwunden. So manches Scharmützel hatten sie seither Seite an Seite geschlagen. Jan und Albrecht wussten, was sie dem Schwertarm des jeweils anderen verdankten. Aus ihnen waren Waffenbrüder geworden, und das hatte das Band ihrer Freundschaft noch verstärkt. Gevatter Tods fauligen Atem zu riechen hatte jeden auf seine Weise verändert. Jan war stiller geworden. Seine Augen leuchteten nicht mehr wie früher, und seinen Scherzen haftete zuweilen ein Hauch von Bitterkeit an. Albrecht dagegen schwankte zwischen der Lust, das Leben in vollen Zügen genießen zu wollen – wobei er dann zu Exzessen neigte und im Rausch oft nicht wiederzuerkennen war –, und in sich gekehrtem Grübeln. Genau in dieser Stimmung befand er sich gerade.

»Albrecht?«, sprach Jan seinen Freund an. »Der Herzog erwartet uns in der Neuen Veste.«

»Ist's schon so spät?« Der Ritter hob den Blick zum Fenster. Hinter den Dächern der Stadt begann bereits eine fahle Sonne hinter grauen Wolkenschleiern zu versinken. Albrecht seufzte leise. »Ich komme. Lass mein Pferd schon mal vorführen.«

Als sie wenig später das Tor der Alten Veste hinter sich ließen und Jan der erdige Geruch des Rieds in die Nase stieg, wurde ihm wieder einmal bewusst, wofür er kämpfte: Jan hatte es in München vom ersten Augenblick an gefallen. Sicher, die Stadt war mit Prag nicht zu vergleichen, aber die Straßen waren sauber und das Volk seinem Herzog in rührender Anhänglichkeit ergeben. Obwohl seit einer gefühlten Ewigkeit Krieg herrschte, standen die Menschen immer noch hinter ihm. Und deshalb zog ein jeder den Hut vor seinem Sohn und beugte den Nacken, als er mit seinem Freund und Waffenbruder an der lindgrünen Isar entlangritt.

Nach einem kurzen Ritt überquerten die beiden den Wassergraben und erreichten den eindrucksvollen Hof der Neuen Veste. Stallburschen eilten herbei, um ihnen die Pferde abzunehmen. Albrecht bemühte sich um ein Lächeln und betrat das Schloss durch das mächtige Eichenportal. Ein Lakai nahm ihm den Mantel ab und reichte ihm eine Wasserschüssel, damit er sich den Staub der Straße von Gesicht und Händen waschen konnte. Dann ließ sich Albrecht dem Herzog melden. Zu seinem größten Erstaunen war es dann jedoch nicht sein Vater, der ihn erwartete, sondern seine Mutter Elisabetta Visconti.

»Mein lieber Albrecht«, begrüßte sie ihn herzlich. »Wie schön, dich zu sehen.«

Er küsste sie artig auf die Wangen, nicht weniger erfreut als sie. Sie war in letzter Zeit ein wenig rundlich geworden und strahlte immer noch jene unerschütterliche Zuversicht aus, die er ebenso an ihr schätzte wie ihr zuweilen etwas überschwängliches italienisches Temperament.

»Setz dich, mio caro. Erzähl mir, wie geht es dir. Ganz blass siehst du aus und kummervoll.«

Geduldig ließ er den üblichen Redeschwall über sich ergehen, denn er wusste, dass es stets ein wenig dauerte, bis sie zur Sache kam.

»Dein Vater lässt sich entschuldigen. Er kommt später, um dich zu treffen. Er bat mich jedoch, dir von einer Bitte des Hans Truchsess von Bischishausen zu berichten, der uns seine Tochter schickt. Das arme Ding ist wohl schwer krank und braucht dringend Erholung. Ihr Vater hofft, dass die gute bayrische Landluft zu ihrer Genesung beiträgt. Da wir dem Hause Württemberg, dessen höchster Beamter er ja ist, eng verbunden sind, entsprachen wir seiner Bitte, das Mädchen in einem unserer Landgüter unterzubringen. Der Herzog folgte meinem Vorschlag, sie und ihre Gesellschafterin in unserem Jagdschlösschen in Grünwald Quartier nehmen zu lassen.«

Augenblicklich war Albrecht hellwach. Aufgeregt rief er: »Margarethe? Margarethe wird kommen?«

Elisabetta lächelte und nickte.

»Endlich. Das ist wunderbar. Jetzt wird sich alles zum Guten wenden.« Mit leuchtenden Augen sprang er auf. »Das muss ich sofort Jan erzählen. Ihr entschuldigt mich doch, oder?«

Sie winkte ihm lächelnd zu. »Geh nur, und lass in Grünwald alles für die beiden Damen vorbereiten. Es soll ihnen an nichts fehlen.«

Der Fluss führte Niedrigwasser, als die Kutsche in die Furt einfuhr. Doch das lindgrüne Nass spritzte trotzdem von den großen, eisenbeschlagenen Rädern der Kutsche bis ins Innere. Gelassen wischte Margarethe die Tropfen von ihrem linnernen Reisekleid. Die strapaziöse Reise von Stuttgart nach München hatte auf ihrer Kleidung bereits zuvor ihre Spuren hinterlassen. Sie waren viel langsamer vorangekommen als geplant, da Margot unterwegs einen Rückschlag erlitten und starkes Fieber bekommen hatte. Ein weiteres Mal hatte Margarethe befürchtet, das Mädchen zu verlieren. Eine alte Kräuterfrau hatte schließlich seine Pflege übernommen und es gerettet. Doch dadurch war es zu einem längeren Aufenthalt gekommen. Zudem war die Reise immer gefährlicher geworden, je weiter sie sich bayrischem Hoheitsgebiet näherten. Es war unübersehbar, dass Krieg herrschte, und so hatten sie es für sicherer befunden, sich einer größeren Reisegesellschaft anzuschließen. Auf diese sollten sie nach Durchquerung des Flusses treffen, und die Aussicht darauf beruhigte Margarethe sehr. Offenbar handelte es sich um gut aufgestellte Kaufleute, die nach Augsburg unterwegs waren. Von dort aus sei die Straße gen München sicher, so sicher jedenfalls, wie Straßen in Kriegszeiten sein konnten.

Mit einem letzten Ruck war die Kutsche wieder auf dem Trockenen. Die Pferde blieben stehen, um sich das Wasser aus dem nassen Fell zu schütteln. Margarethe schaute aus dem Fenster. Die Reisegesellschaft wartete auf einer Auwiese und war größer, als Margarethe angenommen hatte. Mindestens zwanzig gut bewaffnete Reiter, angeführt von einem grimmig dreinblickenden Ritter, hatten die Bewachung der Handelsleute und ihrer wertvollen Waren übernommen. Er verhandelte gerade mit einem hochgewachsenen, schlaksigen Mann, der eifrig gestikulierte. Der junge Leutnant, den der

Truchsess als ihre Reisebegleitung abgestellt hatte, gesellte sich zu den beiden, woraufhin noch heftiger debattiert wurde.

Margarethe beschloss, die kurze Rast zu nutzen, um sich ein wenig die Füße zu vertreten. »Was ist mit dir, Margot? Kommst du mit?«

Das Mädchen schüttelte matt den Kopf. »Mir tut alles weh von der Rüttelei. Ich bin froh um die Pause.«

»Ah geh, es ist so schönes Wetter draußen. Es wird dir guttun, dir die Beine zu vertreten.«

»Lieber nicht. Ich bin müde.«

Margarethe seufzte leise. Mit Margots Gemüt ging es einfach nicht bergauf. Stets war sie niedergeschlagen und müde. Manchmal brachte sie kaum die Kraft auf, sich morgens aus dem Bett zu erheben. »Schau, da drüben steht eine große Eiche, wie geschaffen, um darunter zu ruhen. Ich breite dir eine Decke aus, und du kannst ein wenig die Augen zumachen. Dann bist du wenigstens an der frischen Luft.«

»Na gut«, gab Margot nach, damit ihre Freundin endlich zufrieden war.

Margarethe winkte einem der Knechte und hieß ihn, alles für Margot vorzubereiten. In der Zwischenzeit half sie dem Mädchen aus der Kutsche. Es versetzte Margarethe jedes Mal wieder einen Stich, wie blass und ausgezehrt diese wirkte, mit dunklen Ringen unter den Augen und dünnen Ärmchen. Vorsichtig hakte die Hofdame das Mädchen unter und geleitete es zu dem Baum. Kraftlos sank Margot auf die Decke. Margarethe steckte ihr fürsorglich ein Kissen in den Rücken und reichte ihr einen Becher Wein, der mit Wasser verdünnt war. »Ich erkundige mich eben, wann es weitergeht«, sagte Margarethe. »Gleich bin ich zurück.«

Margot schloss erschöpft die Augen. Diese Reise dauerte bereits entsetzlich lange, dabei ersehnte sie sich nicht mehr als ein Mauseloch, in das sie sich verkriechen konnte, um für immer darin zu bleiben. Margot schloss die Augen.

»Kann ich dem gnädigen Fräulein irgendwie behilflich sein?«, tönte eine freundliche, irgendwie vertraute Stimme zu ihr herab.

Widerwillig sah sie auf und blickte in Sepis Gesicht. Unvermutet stand er vor ihr im Sonnenlicht, als habe ihn das Himmelsgestirn geradewegs ausgespuckt. Im ersten Moment klopfte Margots Herz aufgeregt, dann jedoch umfing sie wieder jenes lähmende Gefühl aus Scham und Traurigkeit. Statt einer Antwort schlug sie einfach die Augen nieder.

»Was für eine Überraschung«, fuhr er fort. »Wenn ich gewusst hätte, dass du zu unserer neuen Reisegesellschaft zählst, hätte ich jenes Sträußchen Tulpen wieder hervorgekramt, das ich dir damals in Stuttgart hatte überreichen wollen.« Seine Mundwinkel verzogen sich zu einem ansteckenden Lächeln.

Doch in Margots Gesicht zuckte es nicht einmal. »Tut mir leid, Sepi, ich würde lieber allein sein ...« Sie fühlte sich wirklich nicht in der Stimmung, zu plaudern, schon gar nicht mit jemandem, der sie von früher kannte. Unerträgliche Fragen waren da einfach unvermeidlich.

Doch der Bursche hockte sich einfach neben sie und plauderte weiter. »Du schickst mich weg? Das trifft mich hart. Dabei habe ich einen solchen ungestörten Moment seit Stuttgart herbeigesehnt. Es befindet sich nämlich etwas in meinen Besitz, das ich dir schon lange zurückgeben möchte.« Er griff in seine Tasche und holte eine hübsch verzierte Spange aus Messing heraus, die er Margot reichte.

Zögerlich öffnete sie die Hand und nahm das Schmuckstück entgegen. Eine Weile betrachtete sie es, ohne ein Wort zu sagen.

»Erinnerst du dich nicht mehr? Sie war dir heruntergefallen und kaputtgegangen«, half ihr der junge Mann auf die Sprünge. »Ich versprach, sie beim Schmied reparieren zu lassen und sie dir zurückzugeben. Leider bist du zuvor abgereist, aber ich habe die Spange stets bei mir getragen, in der Hoffnung, sie dir irgendwann wiedergeben zu können.«

Margots Augen weiteten sich. Das klang wie eine Geschichte aus einem anderen Leben. Dann erinnerte sie sich. »Das war damals in Prag, als wir auf dem Flur zusammengestoßen sind?«, flüsterte sie fragend.

»Richtig.« Der junge Mann strahlte. »Also hast du's auch nicht vergessen.«

»So lange also trägst du meine Spange schon bei dir?«, wunderte sich das Mädchen selbstvergessen und überlegte, wie es das Gespräch rasch beenden konnte, ohne unfreundlich zu wirken.

»Ich habe nie die Hoffnung aufgegeben, eines Tages meine Ungeschicklichkeit wiedergutmachen zu können. Leider ergab sich in Stuttgart keine Gelegenheit dazu.«

Sein Blick wanderte zu ihrer Rechten und Margot wurde blass bei dem Gedanken, dass er nach einem Ring Ausschau hielt. Natürlich: Auch ihm waren die Gerüchte um sie und den Hofmeister zu Ohren gekommen. Ihr wurde plötzlich so schwindlig, dass sie sich wieder gegen den Baumstamm lehnen musste.

Sepi sah es und blickte besorgt. »Du wirkst blass. Die Hitze des Tages womöglich? Darf ich dir meinen Arm anbieten und dich hinüber zur Kutsche begleiten?«

Eigentlich hätte sie ihm lieber einen Korb gegeben, doch

sie hatte das Gefühl, keine Sekunde länger hier mit ihm sitzen und reden zu können, und von Margarethe war weit und breit nichts zu sehen. Also nickte sie. Sepi legte behutsam seinen Arm um ihre Hüfte und half ihr auf die Beine. Die Schwäche erfasste sie erneut, und sie musste sich an seiner Schulter abstützen.

»Geht es?« Sepi sah das Mädchen mitfühlend an.

»Ich denke, den Rest schaffe ich allein«, versuchte es Margot tapfer. Hastig streifte sie Sepis Arm ab, doch schon begann sich die Welt wieder um sie zu drehen. Energisch fasste der junge Mann das Mädchen erneut unter und brachte es zur Kutsche.

Margarethe bekam einen Riesenschreck, als sie hinter der Kutsche hervortrat, wo sie gerade dem Kutscher Anweisungen für die Weiterfahrt gegeben hatte. Fast wäre ihr Margot leichenblass in die Arme gefallen, hätte sie nicht jener lange Kerl gestützt, der sich vorhin mit dem Oberst gestritten hatte. Ohne weiter nachzufragen, schob Margarethe ihre Freundin in die Kutsche und breitete eine leichte Sommerdecke über ihre Beine. »Mach es dir bequem, meine Kleine«, sagte sie. »Es geht gleich weiter.«

Margot nickte und schloss erschöpft die Augen.

Am liebsten wäre Margarethe nicht von ihrer Seite gewichen, doch da draußen stand vermutlich noch der junge Mann, der dem Mädchen geholfen hatte, und sie wollte sich bei ihm bedanken.

»Ich komme gleich wieder«, flüsterte sie, erhielt aber keine Antwort. Margot hielt die Augen fest geschlossen. Behutsam schloss die Hofdame die Tür der Kutsche und sah sich um.

Der jungen Mann stand mit dem Rücken zu ihr und gab gerade einem Knecht Anweisung, die Kissen und Decken wieder zurück in die Kutsche zu räumen.

Margarethe trat vor ihn hin und sagte: »Ich danke Euch, Herr, das Ihr meiner Freundin geholfen habt.« Dann wurden ihre Augen groß. »Sepi, ist es die Möglichkeit? Erst sehen wir uns jahrelang nicht und dann treffen wir uns gleich zum zweiten Mal.«

Der junge Mann verneigte sich höflich. »Man könnte meinen, das Schicksal habe eine Aufgabe für uns, die wir nur gemeinsam vollbringen können, Frau Margarethe.«

»Nun, solange du mich nicht überreden willst, mich als Amazone bei den Hussiten anwerben zu lassen, will ich der Sache ruhigen Auges entgegensehen.«

»Nichts läge mir ferner, dennoch gibt es viele Arten, Freiheit und Gerechtigkeit zu dienen.«

»Wessen Freiheit?«, fragte Margarethe.

»Die von jedermann, und in einem Fall scheint es Euch ebenfalls gelungen zu sein.«

Margarethe zog fragend die Augenbrauen hoch.

»Nun, wider Erwarten trägt das Fräulein Margot keinen Ring am Finger. Sie ist also der Ehe mit dem Herrn Hofmeister entkommen, nehme ich an.«

Ihre Miene verdüsterte sich. »Das ist kein Thema für die Straße!«

Er neigte den Kopf als Zeichen, dass er verstanden hatte, flüsterte jedoch so leise, dass nur sie es hören konnte: »Aber ein Grund zur Freude. Jedenfalls für mich. Doch wie geht es Euch so? Ich hörte, Ihr seid unterwegs zu Euer Liebden, Albrecht von Bayern-München.«

»Du bist gut informiert.«

»Ein reisender Kaufmann hört so dies und das, und einiges

entspricht sogar der Wahrheit, wie man sieht. Doch sagt mir, was ist mit Margot? Sie wirkt krank.«

Vage zuckte die Hofdame mit den Schultern. So groß war ihre Verbundenheit mit Sepi nicht, dass er eine direkte Antwort erwarten konnte. Andererseits schien seine Sorge aufrichtig. »Die Reise strengt sie sehr an«, antwortete die Hofdame ausweichend. »Wir hoffen, dass sie sich, sind wir erst in Grünwald, rasch erholt. Die Luft soll dort sehr gut sein.«

»Bis dahin ist es noch ein weiter Weg.«

»Dann sollten wir keine Zeit verlieren.« Margarethe deutete auf ihren Geleitschutz, der bereits wieder im Sattel saß. »Es geht weiter«, stellte sie fest. Erwartungsvoll schaute sie den jungen Böhmen an.

Der aber rührte sich nicht vom Fleck, sondern drehte seinen Hut in den Händen. »Meint Ihr«, begann er schließlich schüchtern, »dass ich Margot, wenn sie sich kräftig genug fühlt, einmal zu einem kleinen Spaziergang einladen kann? Natürlich nur, wenn Ihr es erlaubt«, fügte Sepi hastig hinzu.

Margarethe zog die Augenbrauen zusammen. Immerhin hatte der junge Mann so viel Benimm, sie als Anstandsdame um Erlaubnis zu fragen. Vielleicht tat ein wenig Unterhaltung und das Schwelgen in alten Erinnerungen Margot ja gut? »Ich weiß nicht recht«, antwortete die Hofdame. »Frag morgen noch einmal. Jetzt sollte ich besser einsteigen, sonst fährt die Kutsche ohne mich weiter.«

»Ja, selbstverständlich, und bitte grüßt Margot von mir. Ich wünsche ihr gute Besserung.«

Schnell schlüpfte Margarethe in die Kutsche. Ein flüchtiges Lächeln huschte über ihr Gesicht. Wer hätte gedacht, dass aus diesem Rotzlöffel einmal so ein stattlicher Bursche werden würde, der sogar Manieren besaß.

Gegen Abend erreichten sie das kleine Kloster, das ihnen bis zum Montag Unterkunft und Verpflegung bieten sollte. Margarethe war erleichtert, dass sie nicht im Freien nächtigen würden, weil selbst ein einfaches Lager besser war als gar keines. Zudem verlor sich Margot schon wieder in Melancholie. Margarethe hoffte, bei den Brüdern ein paar Kräuter erwerben zu können, die Margots Stimmung heben würden. Der heilkundige Pater entpuppte sich gleichzeitig als der Braumeister. Er schwärmte derart von seinem dunklen Bier, das gerade Frauen besonders gut bekäme, dass Margarethe nicht umhinkam, einen Krug mit ihm und seinem Novizen zu leeren. Bei dieser Gelegenheit wurde sie von den Brüdern genauestens über die Lage befragt und darüber, ob sie marodierende Söldner in der Gegend ausgemacht hätten. Margarethe berichtete wahrheitsgemäß und lobte ausgiebig das Bier, welches in der Tat einen sehr angenehmen Geschmack hatte. Als sie zurück zu ihrem Quartier ging, schwankte sie ein wenig. Das Getränk trank sich zwar wie Wasser, aber es schien doch ordentlich in den Kopf zu steigen.

»Das Klima in Bayern scheint den Damen wenig zuträglich zu sein.«

Die Rothaarige zuckte zusammen, erkannte dann jedoch Sepi. »Weniger das Klima als das Bier«, gestand sie. »Der gute Pater Benedikt bestand darauf, meine Meinung zu seinem neuesten Fass zu hören.«

Sepi grinste. »Ihr musstet ganz offensichtlich mehrmals kosten, bis Ihr Euch ein Urteil bilden konntet. Dabei ist sein Dunkles weit über die bayrische Grenze hinaus bekannt.«

Margarethe schmunzelte. »Und was machst du hier zu so später Stunde?«, versuchte sie abzulenken. »Wenn ich es nicht besser wüsste, müsste ich fast annehmen, dass du mir nachstellst.«

»Beste Frau Margarethe«, gab er keck zurück, »ich lernte schon in Kindertagen, dass man Eurer spitzen Zunge und Euren flinken Händen tunlichst aus dem Weg geht. Schaut nur, wie lang meine Ohren geworden sind, weil Ihr so oft daran gezogen habt.«

»Nun denn, was willst du also diesmal von mir?« Margarethe runzelte die Stirn.

»Habt Ihr Margot schon gefragt, ob ich sie zu einem kleinen Ausflug einladen kann. Morgen vielleicht? Nach der Messe? Der Klostergarten ist wunderschön.«

Margarethe seufzte vernehmlich. Sepi war ein hartnäckiger Bursche. Der junge Mann sah sie verwirrt an. »Was ist? Habe ich etwas Falsches gesagt?«

»Nein, Sepi, gar nicht. Ehrlich gesagt habe ich noch nicht mit ihr darüber gesprochen, denn im Augenblick habe ich meine Zweifel, ob das eine gute Idee ist.«

»Ich wollte nicht gleich um ihre Hand anhalten, sondern nur spazieren gehen und über die alten Zeiten plaudern.« Sepi bohrte die Spitze seines Stiefels in den lockeren Kies des Weges, knetete verlegen seine Finger und schaute sie fragend an.

»Nun denn.« Margarethe seufzte. »Weißt du was, warum vertreten nicht wir beide uns ein wenig die Beine? Mir täte es vermutlich gut, den Kopf auszulüften, und außerdem bin ich neugierig, was du mir von deiner Reise berichten kannst.«

»Na gut«, willigte er leicht enttäuscht ein, »aber nur wenn Ihr mir versprecht, meine Ohren in Ruhe zu lassen.« Scherzhaft zog er an seinem Ohrläppchen und machte eine Grimasse.

Margarethe musste schmunzeln. Er ist immer noch ein Kindskopf, aber jetzt ein liebenswerter, dachte sie. Warum konnte sich Margot nicht einfach in diesen Jungen verlieben? Er würde sie zum Lachen bringen, und das zählte mehr als Gold und Ämter. Gutmütig schob sie ihren Arm unter seinen und sagte: »Versucht, mir einfach zu vertrauen.«

»Verzeiht, Frau Margarethe, da bin ich ein gebranntes Kind. Aber meine Reflexe sind gut. Ich kann mich immer noch schneller ducken als jeder andere.«

Jetzt musste sie tatsächlich lachen. Gemeinsam schlenderten sie in den ordentlich angelegten Garten, der um diese Zeit menschenleer war, und hatten sich viel zu erzählen. Abwechselnd frischten sie ihre Erinnerungen an Sepis zahllose Streiche auf. Der junge Mann gab sogar noch einige preis, von denen Margarethe gar nichts gewusst hatte. Mehr als einmal musste sie so herzhaft lachen, dass ihr die Tränen in die Augen stiegen.

»Und was ist nun mit Fräulein Margot?«, erkundigte sich Sepi irgendwann unvermittelt.

»Du bist ganz schön hartnäckig«, schalt ihn die Hofdame und drohte scherzhaft mit dem Zeigefinger.

»Interessiert«, korrigierte Sepi. »Das ist eine Berufskrankheit. Als Kaufmann muss man immer gut informiert sein: eherne Kaufmannsregel.«

»Aha, und wie viele gibt es davon?«

Er zuckte mit den Schultern.

»Ich glaube, du denkst sie dir aus, wie immer sie dir gelegen kommen.«

»Vielleicht. Wusstet Ihr eigentlich, dass ich schon in Prag für Margot geschwärmt habe? Leider war sie damals unerreichbar für mich. Einmal hab ich mich getraut, sie anzusprechen, aber auch nur, weil wir buchstäblich ineinandergelaufen waren. In Stuttgart habe ich nach ihr Ausschau gehalten, und da war sie – wunderschön und voller Lebenslust. Jetzt sehe ich sie wieder, aber sie ist ganz verändert, so wehmütig. Sagt, was ist bloß mit ihr geschehen, dass sie das Lachen verlernt hat? Hat es etwas mit diesem üblen Zeitgenossen von Sachsenheim zu tun? Hat sie der Mistkerl sitzen lassen? Es war ja nicht zu übersehen, dass sie bis über beide Ohren in ihn verliebt war.«

Traurig blinzelte Margarethe den jungen Mann an. Einen Moment überlegte sie, wie sie ihm die Wahrheit sagen konnte, ohne zu viel preiszugeben. »Ich fürchte, er hat ihr tatsächlich das Herz gebrochen.«

»Was für ein Dummkopf!«, empörte sich Sepi sofort. Dann winkte er ab. »Ach was, ich werde ihr helfen, darüber hinwegzukommen, und dann wird sie sich in mich verlieben.«

Margarethe legte ihm die Hand auf die Schulter. »Damit dir das gelingen sollte, müsstest du schon ein Wunder vollbringen und danach auch noch ihren Vater von dir überzeugen.«

Sepi schaute Margarethe mit einem trotzigen Ausdruck an, den sie noch gut von früher kannte. »Ich bin keine schlechte Partie, das könnt Ihr mir glauben, Frau Margarethe«, stellte er fest.

»Geld ist nicht alles.«

»Wer sagt denn, dass ich nicht mehr zu bieten hätte? Er hat mich ja noch gar nicht kennengelernt.«

»Oh, Sepi!«, stöhnte Margarethe und rollte mit den Augen.

Der junge Kaufmann kaute nachdenklich auf seiner Unterlippe. »Ich bin jung, ehrgeizig, gut aussehend ...«

»... und ziemlich von dir überzeugt«, fiel ihm die Hofdame ins Wort.

Sepi blinzelte ihr verschwörerisch zu. »Das kann nicht schaden, wenn man um die Tochter eines Truchsessen werben möchte.«

Sie lachten beide. Dann meinte er sehr leise: »Stellt Euch vor, ich traf bei meiner letzten Reise Euern Vogt.«

Margarethe hatte das Gefühl, die Beine würden unter ihr wegsacken. Ihr Hals war plötzlich so trocken, dass sie kaum die nächsten Worte herausbekam. »Aber mir wurde berichtet, er sei bei Brüx gefallen?«

Sepi lachte kurz auf. »Vom Pferd vielleicht, aber ansonsten erschien er mir doch recht munter. Die Hussiten halten ihn gefangen, aber er wird ordentlich behandelt – zumindest solange die Aussicht besteht, dass man Lösegeld für ihn berappen wird.«

»Und wie konntest du ihn dann treffen? Ich meine, wenn er doch bei den Hussiten ist.«

Sepi lachte. »Ich bin ein Kaufmann, liebe Frau Margarethe. Da kommt man weit herum.«

Margarethe schluckte. Es war nicht ungefährlich, über solche Begegnungen offen zu sprechen. »Soso, tut man das? Und wie schätzt du die Wahrscheinlichkeit ein, dass jemand das Lösegeld für den Herrn Weida bezahlt?«

Erstaunt schaute Sepi sie an. »Hat man Euch denn sein Schreiben nicht überbracht? Ich las mit eigenen Augen, dass er Euch darin bat, zur Osterburg zu reisen und die fünfzig Flussperlen für ihn aufzutreiben.«

Margarethes Stimme zitterte nicht weniger, als es ihre Beine taten. »Was sagst du? Nein, davon ist mir nichts bekannt. Warum wandte er sich nicht an König Sigismund, seinen Lehnsherrn?«

»Das tat er sehr wohl, aber der König weigerte sich, die Summe aufzubringen, und redete sich damit heraus, dass es sich um einen Betrug handeln müsse, da der Weida das Gemetzel keinesfalls überlebt haben könne. Wenn Ihr mich fragt, möchte der edle Herr den Hussiten kein Geld in den

Rachen stopfen. Er weiß doch genau, wofür es ausgegeben wird. Schließlich machen es die feinen Herren seit Jahrhunderten nicht anders: Sie pressen ihren Untertanen Geld ab, das sie dann für Waffen und Söldner verwenden. Jetzt geht es eben einmal umgekehrt.«

Überrascht sah die Hofdame dem jungen Kaufmann in die Augen. Diese funkelten euphorisch und musterten sie erwartungsvoll.

Doch Sepi würde bei ihr auf keine Begeisterung stoßen. Margarethe fand das eine wie das andere Verhalten unchristlich. »Der Weida glaubt doch nicht ernsthaft, ich würde ins Vogtland reisen und das Lösegeld für ihn auftreiben?«

»Es wäre für eine gerechte Sache, und obendrein rettet Ihr ein Menschenleben. Denn dass man mit dem alten Vogt kurzen Prozess macht, wenn er sich als nutzlos erweist, steht außer Frage.«

Sie senkte den Blick. »Du vergisst, dass ich mich um Margot kümmern muss. Eine Reise bis ins Vogtland würde sie nicht schaffen. Und dann, wer weiß, was uns auf der Osterburg erwarten würde?«

»Es liegt bei Euch! Aber um Margot wird sich in München gewiss liebevoll gekümmert, und ich bin ja auch noch da.« Er lächelte spitzbübisch.

Margarethe winkte dankend ab. »Na, da würde ich vermutlich den Bock zum Gärtner machen.«

Die Hand auf der Brust setzte der junge Kaufmann eine Unschuldsmiene auf: »Wie könnt Ihr nur so etwas von mir denken?«

Margarethe lächelte schwach. »Du gibst wohl nie auf?«, seufzte sie.

Der Bursche nickte nachdrücklich. »Auf die Gelegenheit warte ich schon lange.«

»Wenn du dir mal nicht vergeblich Hoffnung machst.«

Sepi wirkte entschlossen. »Man wird sehen, und wie lautet nun Eure Entscheidung den Weida betreffend?«

Margarethe zögerte und suchte nach einer diplomatischen Antwort. »So etwas muss wohl bedacht sein. Ich möchte zunächst nach München reisen und mich mit Albrecht besprechen. Zudem wäre mein Status als Weidas Ehefrau im Vogtland ohne das Schreiben des Vogts und ohne Unterstützung durch das Haus Wittelsbach wohl schwer durchzusetzen.«

Sepi nickte. »Das klingt vernünftig. Ein Schriftstück, das Eure Absichten legitimiert, müsstet Ihr in jedem Fall in den Händen halten.«

»Genau.«

Erleichterung machte sich in Margarethe breit. Falls man ihre Worte an Weidas Entführer weitertrug, hatte sie wenigstens schon einmal Zeit gewonnen. Vielleicht gelang es dem alten Vogt ja, sich aus eigenen Kräften zu befreien. Zutrauen würde sie es dem alten Fuchs. »Doch nun ist es wirklich spät geworden«, stellte sie fest und machte kehrt.

Kapitel 2

Margarethe lehnte sich in dem bequemen Polstersessel zurück. Sie schloss halb die Augen und lauschte den von den hellgrauen Bruchsteinmauern widerhallenden Stimmen der Männer. Im Festsaal des Jagdschlösschens in Grünwald drängten sich die Leiber der Ritter, Waffenknechte und Schankmägde. Es roch nach gutem Bier und fettem Braten. In einem modernen Kamin loderte ein helles Buchenholzfeuer und verbreitete heimelige Wärme. Margarethe genoss nach der langen, beschwerlichen Reise die höfische Geselligkeit. Sie hatte das Schlösschen zu Grünwald vom ersten Moment an gemocht. Auf dem mächtigen Bergfried flatterte das weiß-blaue Banner der Münchner Bayernherzöge hoch über dem Tal, während das Rauschen des Flusses, der von einem erstaunlich satten Grün war, wie das Summen eines riesigen Bienenschwarms durch die offenen Fenster drang.

Sie waren freundlich aufgenommen worden, wenngleich ihr zahlreiches Erscheinen die Planungen des mürrischen Burgpflegers ganz offensichtlich vollkommen durcheinanderbrachte. Er überließ – wenn auch ein wenig widerstrebend – seine eigenen Räumlichkeiten Margarethe und brachte Margot in einer komfortablen Kammer unter. Sepi und die Seinen mussten mit einfacheren Räumlichkeiten Vorlieb nehmen, aber nach den Entbehrungen der langen Reise machte niemand ein langes Gesicht. Gleich nach ihrer Ankunft war ein Bote nach München geschickt worden, um Albrecht von ihrem Eintreffen zu unterrichten. Aufgeregt hatte Margarethe immer wieder aus dem Fenster gespäht, während sie fahrig all jene Dinge veranlasste, die zu erledigen waren, wenn man seinen Hausstand neu einrichtete. Es war später Nachmittag geworden, bis Margarethe Hufgeklapper auf dem Burghof hörte. Obwohl sie sich fest vorgenommen hatte, die Würde einer ›gestandenen Hofdame‹ zu bewahren, war sie dann doch wie ein Kind die Treppe herunter und auf den Hof hinaus gestürmt. Ihre Wangen hatten geglüht, und ihr Herz hatte vor Vorfreude bis zum Halse geklopft. Dann hatte sie in Albrechts Augen gesehen, die strahlten, als sein Blick sie streifte. Kein Zweifel. Er war überglücklich, dass sie nach all den Jahren endlich wieder vereint waren. Es fiel auch ihm sichtlich schwer, seine Gefühle in Zaum und Würde zu behalten, wie man es von einem angehenden Herzog erwartete.

An Albrechts Seite war Jan geritten, blond und nachdenklich wie eh und je. Er war ein ansehnlicher Ritter geworden: stark im Körper wie auch im Geist. Margarethe fand es wirklich sonderbar, dass er sich noch keine Frau genommen hatte. Die Mädchen müssten ihm eigentlich scharenweise hinterherlaufen. Doch kaum waren die Männer abgesessen, um Margarethe entgegenzutreten, da schien er sich wieder in jenen Jungen zu verwandeln, der ihr einst einen Strauß Schneeglöckchen zum sechzehnten Geburtstag überreicht hatte. Ein wenig unsicher trat er von einem Fuß auf den anderen, während Albrecht Margarethe die Hände entgegenstreckte. Noch am selben Abend ließ der Herzogssohn ein großes Fest ausrichten.

Nun saß Margarethe zwischen ihren beiden Freunden und zum ersten Mal in ihrem Leben an einem mit Leinen gedeckten Tisch. Eigentlich hätte sie rundum glücklich sein müssen: Ihr Traum, mit Albrecht wieder vereint zu sein, war in Erfüllung gegangen, und doch trübte der Gedanke an das Schicksal des Vogts von Weida ihre Freude. Dann aber schob sie die Entscheidung beiseite. Später würde noch genug Zeit sein, sich mit Albrecht zu beratschlagen.

Während die kleine Gesellschaft bester Laune zu sein schien und den Herzogssohn und seine Gefährten immer wieder aufforderten, von ihren Abenteuern mit den Ingolstädtern zu berichten, wurde es Margarethe eng ums Herz. Sie sah Bekümmerung in Albrechts und Sorge in Jans Augen. Ohne Zweifel standen die Dinge in München nicht zum Besten. Zum ersten Mal war ihr tatsächlich bewusst, dass sie in ein Land voller Unruhen gereist war. Zudem schien Albrecht ungewöhnlich zurückhaltend, wenn es um den Krieg ging. Er lächelte zwar höflich, doch überließ er das Reden Jan.

Margot fühlte sich sichtlich unwohl zwischen all den fremden Menschen und zog sich früh zurück. Margarethe brachte sie in ihre Gemächer, überließ sie dort Trines Fürsorge, um an die Tafel zurückzukehren. Allerdings waren es weniger die Gespräche der Ritter, die sie in die große Halle zurückzogen, sondern die Hoffnung, dass sich die anderen demnächst zurückziehen und die drei Freunde allein sein würden. Ihre Geduld wurde auf eine harte Probe gestellt. Doch schließlich war der Etikette Genüge getan, und man durfte sich zurückziehen. Die Türen zu Albrechts Privatgemächern schlossen sich hinter den drei Freunden. Margarethe machte es sich auf einem Sofa bequem und rieb sich die brennenden Füße. Sie war die engen Schuhe bei Hof nicht mehr gewohnt.

Der Herzogssohn warf ihr einen amüsierten Blick zu, hob den Becher und prostete ihr zu. »Auf die schönste und tapferste Frau, die ich kenne«, sagte der Wittelsbacher. Seine

Augen bekamen einen eigentümlichen Glanz, während er die Rothaarige anlächelte.

Jetzt, dachte Margarethe. Erzähl ihm von dem Gespräch mit Sepi und der Sache mit dem Vogt. Doch sie wollte die gute Stimmung nicht verderben, also verschob sie es auf später.

Zudem schien Albrecht ihre Zurückhaltung gar nicht bemerkt zu haben. Lediglich Jan musterte sie aufmerksam.

»Dir wird es hier gut gefallen, Margarethe«, stellte der Herzogssohn fest. »Es ist zwar nicht Prag, aber auch in Bayern versteht man es, sich zu amüsieren. Gleich nächste Woche lasse ich eine Jagd ausrichten. Du wirst staunen. Übrigens habe ich eine Überraschung für dich.« Er flüsterte Jan etwas ins Ohr, woraufhin der nickte und den Raum verließ. Albrecht griff nach Margarethes Hand und küsste ihre Fingerspitzen. »Was ist eigentlich mit Margot los? Sie ist ja kaum wiederzuerkennen.«

Die Rothaarige senkte den Blick und zog vorsichtig ihre Hand zurück. »Es geht ihr nicht gut. Sie hat eine große Enttäuschung erlebt und sich dann auch noch mit ihrem Vater überworfen. Ich mache mir furchtbare Sorgen um sie. Manchmal habe ich sogar Angst, dass sie des Lebens überdrüssig ist.«

»Ein Mann?«, erkundigte sich Albrecht.

Sie nickte. »Die große Liebe.«

»Und du? Gab es auch jemanden, der dein Herz berührte?«, fragte er und sah ihr dabei tief in die Augen.

Margarethe hielt seinem Blick stand, und da war es wieder, dieses Herzrasen, das sie nur bei ihm empfand, und doch war es anders als früher. Es war wie eine Melodie in ihrem Inneren, in die Albrecht unbewusst einstimmte, um sie mit ihr gemeinsam zur Vollendung zu bringen.

»Den gibt es in der Tat.«

Er schluckte, aber sie lächelte ihn unverwandt an. »Sein Name ist Albrecht von Wittelsbach«, flüsterte sie mit bebender Stimme.

Überglücklich blitzten seine Augen auf. Sein Kuss war kaum mehr als ein Hauch, aber er ließ sie schwindeln. »Wie lange habe ich auf diesen Moment gewartet, Margarethe.« Er seufzte. »Ich dachte schon, ich dürfte ihn nie erleben. Jetzt, da du wieder hier bist, weiß ich erst, wie groß die Leere in meiner Seele war. Ich will dich nie wieder gehen lassen.«

Als sich die Tür öffnete, ließen die beiden voneinander ab und traten einen Schritt zurück. Jan stand abwartend im Raum. Sein Blick fiel auf die Freunde, und für einen winzigen Moment glaubte Margarethe, eine tiefe Traurigkeit in seinen Augen zu entdecken. Dann bemerkte sie, was er auf der Hand hielt.

»Ein außergewöhnlich prächtiger Jungfalke!«, stellte sie erstaunt fest. »Der Größe nach ein Männchen.«

Jan setzte den Vogel auf eine Sitzstange, die extra dafür angebracht worden war.

Albrecht freute sich wie ein Kind, während er ihr erklärte: »Den schenke ich dir. Damit Wic einen Gefährten hat und du nicht etwa auf die Idee kommst, bei nächster Gelegenheit in einen Felsen zu klettern, um an Küken zu kommen.«

Margarethe war sprachlos. »Für mich?«, fragte sie schließlich.

Er nickte strahlend. »Ausbilden musst du ihn aber selbst.«

Margarethe schüttelte sanft den Kopf, denn so ein Tier kostete ein kleines Vermögen. »Das kann ich unmöglich annehmen, Albrecht. Es ist ein wunderbarer Vogel. Du beschämst mich.«

»Ich möchte dich glücklich sehen hier in Grünwald. Bitte

nimm dieses Geschenk. Du würdest mir eine große Freude damit machen.«

»Wenn das so ist, dann werde ich mich um ihn kümmern. Aber jetzt fühle ich mich ganz schlecht, weil ich kein ebenbürtiges Geschenk für dich und Jan habe.« Sie sah sich nach ihrem Freund um, doch der war nicht mehr da.

Albrecht schien das nicht einmal zu bemerken. Er schenkte sich einen weiteren Becher Wein ein, trank ihn halb aus, nahm Margarethe in den Arm und küsste ihren Hals. »Geliebte«, hauchte er ihr ins Ohr.

Wie sehr hatte sie sich danach gesehnt, so von ihm genannt zu werden. All die Jahre des Wartens schienen zu nichts zu werden in diesem Augenblick. Für ihn war sie stark geblieben, wenn die Sehnsucht sie in den dunkeln Strudel der Melancholie zu ziehen drohte. Für ihn hatte sie die Angst niedergekämpft, dass Weida sie schließlich doch holen kommen und auf seiner Burg einsperren würde. Die ganze Zeit hatten seine Intrigen wie ein Schatten über ihr und Albrecht geschwebt. Es war Weidas Schuld, dass sie in Stuttgart hatte ausharren müssen, statt nach München gehen zu können. Und jetzt sollte sie ihr wiedergefundenes Glück schon wieder aufgeben, um ihm zu helfen? Nein! Was schuldete sie diesem Mann? Mochte er auf dem Papier auch ihr Gatte sein, Verpflichtungen gab es keine zwischen ihnen. In Margarethes Herz hatte es sowieso nie einen anderen als Albrecht gegeben.

Dieses eine Mal wollte sie wissen, wie Glück schmeckt – und sollte es nur eine Nacht für sie und Albrecht geben, so würde sie sich die nicht nehmen lassen. Entschlossen griff auch sie nach einem gefüllten Becher und setzte ihn an die Lippen. Schluck für Schluck ließ sie den goldenen Traubensaft durch ihre Kehle rinnen. Sie wollte endlich aufhören zu warten und anfangen zu leben. Leidenschaftlich schlang sie ihre Arme um den Wittelsbacher und schmiegte sich an ihn, um ihn zu küssen und zu liebkosen. Seine Umarmung fiel nicht weniger leidenschaftlich aus.

Er war kräftig geworden, männlich, und er roch so vertraut. Als habe sie nicht mehr Gewicht als der Vogel drüben auf der Sitzstange, hob er sie auf und trug sie hinüber zu seinem Bett. Dort legte er sie vorsichtig auf das weiche Leinen. Mit angehaltenem Atem beobachtete Margarethe, wie er einen Moment lang mit Wams und Stiefeln kämpfte, bis er endlich in Tunika und Beinlingen vor ihr stand. Sein Blick war der eines Kindes, das ungläubig ein unverhofftes Geschenk bestaunte. Er setzte sich neben sie. Kurz schwebten seine Finger über ihr, als befürchte er, sie könnte bei der ersten Berührung zerplatzen. Zögerlich streckte er die Fingerspitzen nach ihr aus. Er strich über ihren Körper bis hinab zu ihren Knöcheln.

Als seine Hand auf ihrer bloßen Haut lag, erbebte Margarethe. Sie sehnte sich nach seiner Nähe, aber da waren auch leise Bedenken: Was, wenn ihr das Gleiche widerfuhr wie Margot? Was, wenn sie schwanger wurde? Sie schloss die Augen in der Hoffnung, ihre Furcht hinter den Lidern verbergen zu können, aber es ging nicht. Ihr Körper versteifte sich, als seine Hände langsam höher wanderten und sanft ihre Schenkel streichelten.

»Was ist?«, erkundigte sich der Herzogssohn besorgt.

»Nichts«, log Margarethe, »es ist nur …« Sie biss sich auf die Zunge.

»Du willst nicht«, stellte er gekränkt fest.

»Doch, natürlich.« Doch sie hörte selbst, wie falsch ihre Worte klangen. Deshalb nahm sie all ihren Mut zusammen und hauchte: »Ich hab Angst davor, das ist alles.«

Albrecht lächelte. »Das brauchst du nicht, Margarethe. Ich will nicht mehr als dich glücklich machen.«

Sie nickte zaghaft.

»Dann vertrau mir«, wisperte der Wittelsbacher in ihr Ohr, »und werde meine Frau.«

»Ja, das will ich«, flüsterte sie, während sich ihre Brust heftig hob und senkte. Sie versuchte, sich fallen zu lassen und an nichts anderes zu denken, während Albrecht sie leidenschaftlich küsste. Alles begann, sich um sie zu drehen, und ständig schien Weidas Gesicht vor ihr herumzuwirbeln, wobei sein Mund das Wort »Ehebrecherin« formte. Margarethe öffnete die Augen. Sie wollte in Albrechts sanftes, lächelndes Antlitz sehen. Seine Wangen glühten, und in seinem Blick lag ein unglaubliches Strahlen.

»Meine wunderschöne Margarethe.« Er seufzte. »Du weißt gar nicht, wie sehr ich mich nach dir verzehrt habe.« Seine Stimme klang weich und ehrlich, als es das sagte. Behutsam drehte er sie auf den Rücken und ließ seine Hände über ihren Körper gleiten.

Margarethe betrachtete seine starke Brust, die Muskeln an seinen Schultern und Armen. Sie streckte die Fingerspitzen aus, um ihn zu berühren.

Genießerisch schloss Albrecht die Augen und flüsterte: »Heilige Jungfrau Maria, ist das schön. Es ist der Himmel auf Erden.«

Als Margarethe am nächsten Morgen aufwachte, fühlte sie sich noch immer in ein wohliges Glücksgefühl eingehüllt. Das Bedürfnis, Albrecht erneut in die Arme zu schließen, war übermächtig. Sie tastete neben sich, doch der Platz war leer und kalt. Mit einem Schlag war sie hellwach und fuhr aus dem Kissen. Hatte sie am Ende nur geträumt? Doch das Bett, der prächtige Raum, alles war noch da, und wenn sie aus dem

Fenster schaute, blickte sie in einen wunderschönen Garten, ganz wie in ihrer Erinnerung. Nur Albrecht fehlte. Ihre Gedanken wirbelten durcheinander, doch dann beruhigte sie sich. Was war sie doch für eine dumme Gans. Er war der Sohn des Herzogs und ein beschäftigter Mann. Wie konnte sie erwarten, dass er neben ihr liegen bleiben würde, bis sie erwachte?

Leichte Übelkeit stieg in ihr auf. So viel Wein, wie sie am Vorabend getrunken hatte, vertrug sie nicht. Doch wie hätte sie sonst den Mut finden sollen, diesen Schritt zu wagen? Albrechts Küsse brannten noch immer auf ihrer Haut. Allein bei dem Gedanken daran wurde ihr ganz warm ums Herz. Voller Sehnsucht barg sie den Kopf in seinem Kissen, nur um seinen Duft atmen zu können. Endlos hätte sie so daliegen können, doch dazu knurrte ihr Magen zu sehr. Suchend sah sich Margarethe nach ihren Kleidern um. Sie waren verschwunden. Stattdessen lag ein neues fliederfarbenes Gewand mit aufwendiger Perlenstickerei auf der Kommode. Staunend starrte Margarethe es an. In ihrem ganzen Leben hatte sie noch nie so etwas Kostbares getragen.

Für einen Moment zögerte sie, nach Trine zu läuten. Was ihre Zofe wohl denken würde, wenn sie sie hier in Albrechts Bett vorfand? »Närrin!«, tadelte sie sich selbst. Niemand wusste besser als Trine, was Margarethe für Albrecht empfand, und seit gestern Nacht gab es keinen Zweifel mehr daran, dass er ebenso fühlte. Energisch griff sie nach dem Klingelzug.

Augenblicklich erschien die Zofe, die vor der Tür gewartet haben musste.

»Guten Morgen«, grüßte Margarethe verlegen.

»Guten Morgen, Herrin«, entgegnete Trine fröhlich.

Margarethe gähnte und reckte sich. »Ich hoffe, du hast ebenso gut geschlafen wie ich.«

»Na, ein wenig mehr ist's schon gewesen«, neckte die Zofe und streifte Margarethe ein Hemd über.

»Albrecht und ich hatten uns viel zu erzählen.«

»Soso.« Trine lächelte vielsagend.

Margarethe errötete. »Und zu viel Wein habe ich auch getrunken«, plapperte sie und ärgerte sich im nächsten Moment darüber. Sie rechtfertigte sich, und das hatte sie nicht nötig.

»Dann habt Ihr ja dem Herrn Burgkaplan demnächst einiges zu beichten«, scherzte Trine frech und half ihrer Herrin aus dem Bett.

Ein übler Stich fuhr Margarethe in den Unterleib, und sie verzog das Gesicht.

»Ich könnte Euch ein Bad bereiten lassen, das lindert die ... Kopfschmerzen«, schlug Trine vor.

Margarethe sah sie einen Moment lang durchdringend an. Dann lachte sie auf.

»Mach du nur deine Witze.«

Trine atmete tief durch und lächelte nun auch. »Ich lass dann mal einen Zuber füllen und die Badmagd rufen.«

»Ja danke, aber vorher sag mir, wie geht es Margot?«

»Das Fräulein Margot wurde vorhin vom Herrn Sepi in den Garten ausgeführt.«

»Tatsächlich?«, fragte Margarethe verwundert. »Und sie ist mitgegangen? Das könnte ein gutes Zeichen sein. Er gibt sich ja wirklich viel Mühe, Margot aufzuheitern, unser Herr Sepi.«

»Er ist ein ausgesprochen netter Mann. Heute Morgen brachte er einen Strauß Herbstastern und bestand darauf, dem Fräulein Margot zu zeigen, wo im Garten sie wachsen. Wenn Ihr mir erlaubt, das zu sagen, der würde gut zu ihr passen. Herr Sepi ist immer lustig, und das steckt an.«

»Na, dann sehen wir einmal, was aus den beiden wird.«

Hans von Sachsenheim stand mit versteinertem Gesicht am Fenster seines Arbeitszimmers. Gerade hatte er den Boten entlohnt, der von einem seiner vielen Informanten im Reich zu ihm geschickt worden war. Der Hofmeister ballte die Fäuste. Wenigstens wusste er nun, wohin Bischishausen seine Tochter gebracht hatte. Der Mann hatte ihm einen ordentlichen Strich durch die Rechnung gemacht. Statt voller Verzweiflung oder doch wenigstens wutentbrannt auf einer Heirat zu bestehen, hatte der alte Truchsess Margot einfach fortschaffen lassen, und natürlich war ihm wieder einmal diese rothaarige Hexe zu Hilfe gekommen. Sachsenheim verzog spöttisch den Mund. Bischishausen und seine Helfershelferin Margarethe von Waldeck glaubten tatsächlich, sie könnten die Pläne eines Sachsenheim durchkreuzen. Der Hofmeister machte eine abfällige Handbewegung. Lachhaft!, dachte er nur. Glauben die wirklich, ich ließe mir das Mädchen und das Erbe der Bischishausen so einfach entgehen?

Inzwischen hatte er sich einen neuen Plan zurechtgelegt. Er würde nach München fahren, Margot holen und heimlich fortschaffen. Dann würde er das Mädchen, das seinen Sohn unter dem Herzen trug, heiraten – wie es einem Mann von Ehre gebührte. Offiziell würde er es so darstellen, dass Margot sich zu ihm geflüchtet hätte. Allerdings war ihm klar, dass er einen Verbündeten brauchen würde, denn der rothaarige Zerberus wachte sicher mit allen Sinnen über seinen Schützling.

Nach langem Nachdenken war Sachsenheim eine teuflische Idee gekommen: Margarethe von Waldeck hatte einen zu allem entschlossenen Feind. Der würde Sachsenheim liebend gern helfen, sie aus dem Weg zu räumen. Und der Rest würde ein Kinderspiel sein.

Kapitel 3

Es war Altweibersommer und einer jener ungewöhnlich klaren Tage. Die Spitzen der Bäume begannen gerade erst, sich golden zu färben, die Luft besaß jedoch schon wieder jene Reinheit des Herbstes, die einen erfrischt durchatmen lässt. Margarethe hatte noch nie an einer derart großen Beizjagd teilgenommen. König Wenzel in Prag hatte die Jagd mit Hunden bevorzugt, und am Stuttgarter Vormundschaftshof waren größere Vergnügungen untersagt gewesen. Herzog Ernst dagegen zelebrierte die Jagd und mit ihm der halbe Hofstaat.

Margarethe genoss den Ritt ins Ried hinaus, wo dem Vernehmen nach eine Vielzahl verschiedenster Moorhühner und Fasanen aufzubringen war. Sie ritt an Jans Seite auf einem bequemen Zelter weit hinten im Gefolge und lugte zu Albrecht nach vorne, der sich an der Seite seines Vaters und seines Onkels hielt. Margarethe fand, dass er ein prächtiges Bild im Sattel abgab, und es gefiel ihr, dass ihn das Volk ganz offensichtlich als ihren zukünftigen Regenten nicht weniger achtete als seinen Vater und dessen Bruder.

Die Hofdame begegnete den beiden Herzögen heute zum ersten Mal, denn weder Ernst noch Wilhelm oder ihre Damen hatten ihr bislang die Gunst einer Audienz gewährt, obwohl Margarethe bereits geraume Zeit in Grünwald lebte. Der lange Ritt bot reichlich Gelegenheit, die mächtigen Wittelsbacher zu betrachten. Albrechts Vater schaute genauso aus, wie sie ihn sich vorgestellt hatte. Sein Blick aus den hervorquellenden Augen war streng, sein Mund verkniffen, und er trug die typisch lange Nase der Wittelsbacher im Gesicht. Margarethe war froh, dass Albrecht mehr nach seiner Mutter schlug, die in ihrer Jugend eine schöne Frau gewesen sein musste.

»Wir sind da!«, informierte sie Jan.

Sie nickte und lächelte ihn an. Sie hatte ihn seit ihrer Ankunft kaum zu Gesicht bekommen. Wenn sie Albrecht nach ihm fragte, zuckte der stets mit den Schultern und meinte, Jan sei sein Vertrauter in München und sie könnten schwerlich beide aus der Alten Veste weg. Umso mehr freute sich die Hofdame jetzt, dass Jan bei der Beizjagd an ihrer Seite stand.

»Denk daran, dass du Wic erst loslässt, wenn alle Falken der herzoglichen Familie erfolgreich waren«, mahnte Jan.

»Ich weiß. Das wird ihr nicht gefallen.« Margarethe betrachtete ihren Falken, der schon jetzt aufgeregt mit den Flügeln schlug, obwohl er noch das lederne Käppchen, Blende genannt, trug. Auch ihr Herz schlug schneller als gewöhnlich. Sie durfte sich keinen Fehler leisten, denn mit Sicherheit würde die Familie des Herzogs und mit ihm vermutlich der gesamte Hof diesen genauestens registrieren. Albrecht hatte ihr berichtet, dass in München bereits alle über sie klatschten. Jedermann wartete gespannt darauf, ob Herzog Ernst ihr gestatten würde, nach München zu kommen oder nicht.

»Er ist ein strenger Mann, unser Herzog«, sagte Jan, als habe er ihre Gedanken gelesen. »Aber man muss es verstehen. Es sind schwierige Zeiten.«

»Natürlich«, antwortete Margarethe. »Was meinst du, Jan, wird es mir gelingen, an sein Herz zu rühren?«

Er wiegte den Kopf. »Vielleicht, aber ob das genügen wird, um ihn gnädig zu stimmen und dich an seinem Hof zu dulden? Es gibt noch immer keine Bestätigung deiner Witwenschaft. Ganz im Gegenteil mehren sich die Gerüchte, Weida sei lediglich in Gefangenschaft geraten.«

Margarethe wurde blass. Ängstlich schaute zu Jan. »Meinst du, Herzog Ernst wird mich wieder wegschicken, wenn er erfährt, dass der Vogt noch am Leben ist?«

Der Ritter zuckte mit den Schultern. »Schwer zu sagen. Im Augenblick sind die Bayern so sehr mit ihrem eigenen Süppchen beschäftigt, dass ihnen egal ist, ob Böhmens überkocht.«

»Wird es wieder zu Kämpfen kommen?« Obwohl Margarethe der Gedanke, Albrecht und Jan müssten wieder hinausziehen, einen Schauer über den Rücken jagte, war sie froh, von Weida ablenken zu können, für dessen Freilassung sie bislang noch nichts unternommen hatte.

»Im Grunde schicken wir ständig Truppen gegen den Gebarteten, aber es sind nicht mehr als Nadelstiche, die ihn schwächen sollen.«

»Du meinst, die große Schlacht steht noch aus.«

»Sie wird kommen, so sicher wie das Amen in der Kirche.«

»Und dann werden du und Albrecht dabei sein.«

»Auch das ist gewiss.«

»So hoffe ich, Ludwig wird noch lange zappeln. Ich ertrage den Gedanken nicht, euch in den Kampf ziehen zu sehen und nichts als beten zu können, dass ihr unversehrt heimkehrt.«

Jan zuckte mit den Schultern. »Es ist unsere Pflicht und unser Schicksal, Margarethe. Wir sind Ritter, du bist eine Edeldame. Unser Leben liegt in Gottes Hand.«

Nachdenklich schaute Margarethe den Blonden an. »Du hast dich verändert«, stellte sie fest.

»Mag sein. An keinem von uns ist die Zeit spurlos vorübergegangen.«

»Wo ist sie nur hin, unsere unbeschwerte Jugend?«

Mit gesenktem Blick zupfte Jan an der Mähne seines Pferdes. »Wir haben sie hinter uns gelassen, ein jeder auf seine Weise.« Dann hob er den Kopf. »Doch aufgepasst jetzt. Die Hatz geht los! Ich bin gespannt, ob aus diesem hässlichen, kahlköpfigen Küken eine ordentliche Jägerin geworden ist.« Er deutete auf Wic.

»Darauf kannst du dich verlassen!«, rief Margarethe und nahm dem Vogel die Blendhaube ab.

Wic schlug wild mit den Flügeln, und als sie endlich den Handschuh verlassen durfte, stieg sie hoch in die Lüfte. Wie stets, wenn Margarethe den Vogel beim Jagen beobachtete, vergaß sie dabei alles um sich herum. Es war einfach berauschend, dem Falken zuzusehen. Kein anderer Vogel konnte sich mit Wic vergleichen. Geschickt wich sie den halbherzigen Attacken der Rivalen aus, ohne ihre Beute aus den Augen zu lassen. Dann stieß sie wie ein Meteorit vom Himmel herab, pfeilschnell und mit tödlicher Genauigkeit.

Die Falknerin bemerkte den anerkennenden Beifall des Herzogs zunächst gar nicht. Erst als man sie darauf aufmerksam machte, verneigte sie sich dankend. Als die Jagd beendet war und die herzogliche Familie die Ausbeute betrachtete und nicht mit Lob für die Jäger und Falkner sparte, wandte sich der Herzog auch an sie. »Fürwahr ein prächtiger Vogel«, sagte er. »Und hervorragend abgerichtet.«

»Habt Dank für das Lob, Majestät«, antwortete Margarethe leise, während sie in einen tiefen Knicks versank.

»Fast wünschte ich, ihn in meiner eigenen Falknerei zu haben. Ich hörte, Ihr selbst hat den Nestling an Euch genommen?«

Margarethe nickte, ohne den Kopf zu heben.

»Eine Tollkühnheit, zumal für ein Weibsbild.« Der Herzog

lachte grölend, und die Umherstehenden stimmten ein. Dann betrachtete er sie eingehend. »Nun, wenn mir Tollkühnheit mit einem so hübschen Gesicht daherkommt, lass ich sie mir gern gefallen«, stellte er fest und wandte sich dann einem anderen Jäger zu.

Langsam richtete sich Margarethe wieder auf. Was sollte sie davon halten? Zwar hatte der Herzog das Wort an sie gerichtet – und das war mehr, als ihr in den letzten Wochen, ja Jahren, vergönnt gewesen war –, doch kaum anders als bei jedem anderen erfolgreichen Jäger. Fragend schaute sie zu Jan hin, doch der winkte mit ausdruckslosem Gesicht den Rossknechten, damit sie die Pferde brachten. Dabei hätte sie ihn so gerne nach seiner Meinung gefragt. Schließlich kannte er den Herzog schon um einiges länger als sie.

Nach einem scheinbar endlosen Bankett, auf dem das erlegte Wildbret verzehrt wurde, öffnete sich spät am Abend Margarethes Tür.

»Albrecht!«, rief sie glücklich und fiel ihm um den Hals.

Auch er strahlte sie an. Während der letzten beiden Wochen hatte er die Residenzstadt nicht verlassen können, um nach Grünwald zu kommen. Jetzt schien er nicht weniger glücklich als sie, denn er herzte und küsste sie stürmisch.

»Ich wagte nicht zu hoffen, dass du zu mir kommst, wo doch dein Vater hier weilt.«

»Dem mag ich meinen Schwertarm schulden, aber mein Herz gehört alleine dir.« Ein sanfter Kuss landete auf ihrer Nasenspitze. »Du hast ihn heute übrigens beeindruckt. Er war voll des Lobes.«

»Das bezog sich wohl eher auf Wic.«

»Du, Wic. Das ist für ihn dasselbe. Du hast allen Grund, stolz auf dich zu sein, und das sollten wir feiern.«

Er schaute sich nach etwas zu trinken um, entdeckte eine Karaffe mit Wein und schenkte sich ein. Er reichte ihr einen zweiten Becher und prostete ihr zu.

»Du meinst, ein Anfang ist gemacht?«

»In jedem Fall.«

»Wird deine Mutter Margot und mich nach München rufen?«

Mahnend hob er den Zeigefinger. »Ungeduldige Margarethe, schnelle Erfolge sind von kurzer Dauer.«

Enttäuscht wandte sie den Kopf ab. »Also nicht.«

Tröstend nahm er sie in den Arm. »Du würdest dich dort bloß langweilen, denn ich werde eine Weile abwesend sein.«

Sie sah ihn erschrocken an. »Es geht doch nicht etwa gegen den Gebarteten?«

Er strich ihr über die Wange. »Nein, sei unbesorgt. Der Waffenrock wird zu Hause bleiben. Ludwig bittet um Verhandlungen.«

»Eine friedliche Lösung? Das klingt gut.«

Der Wittelsbacher nickte, und doch hatte Margarethe das Gefühl, dass er ihr nicht die ganze Wahrheit sagte. Bedrückt setzte sie sich zu ihm.

»Was ist los?«, erkundigte sie sich.

»Weißt du überhaupt, wie sehr ich mich heute nach dir gesehnt habe?«, erwiderte er ausweichend.

Er umfasste ihre Hüften und zog sie fast hilfesuchend an sich. Dann liebte er sie mit einer Leidenschaft, als befürchtete er, sie nie wieder in den Armen halten zu können. Schließlich umklammerte er sie so fest, dass ihr ganz bang wurde. Endlich sank er mit geschlossenen Lidern neben ihr in die Kissen.

Margarethe betrachtete ihn besorgt. Sein Brustkorb hob und senkte sich immer noch heftig, doch seine Züge wirkten deutlich entspannter.

»Albrecht, was passiert, wenn diese Verhandlungen fehlschlagen?«, erkundigte sich Margarethe mit bebender Stimme.

Lange Zeit bekam sie keine Antwort, aber im Gesicht des Herzogssohns zuckte es, als er endlich mit beschwörendem Unterton sagte:

»Ludwig wird nachgeben. Ihm bleibt gar keine andere Wahl. Seine Truppen haben sich nahezu aufgelöst. Es wäre Irrsinn, weiter zu kämpfen, und so sinnlos.«

»Aber ausgeschlossen ist es nicht?«

»Mein Onkel ist so ein unbelehrbarer Dickschädel.«

Margarethe schluckte. »Du meinst, er sucht den Kampf – koste es, was es wolle.«

»Zuzutrauen wär's ihm.«

»Aber das ist doch Wahnsinn, ich meine ihr seid doch alle Wittelsbacher, Ihr könnt euch doch nicht gegenseitig umbringen!«

Gequält schüttete der Herzogssohn einen ganzen Becher Branntwein in sich hinein. Besorgt schaute ihn die Hofdame an. Albrecht trank viel in letzter Zeit – zu viel.

»Dieser ganze Krieg ist Wahnsinn, Margarethe. Sinnloser Wahnsinn, in dem man Frauen und Männer opfert, die ihre Äcker bestellen müssten, damit das Land im Winter nicht Hunger leidet, und in dem man unschuldige Kinder verbrennen lässt, die doch eigentlich sicher aufgehoben auf den Dorfstraßen spielen sollten. Stattdessen schlagen wir ihren Eltern die Köpfe ab, wir, die Frommen, die Edlen dieses Landes, als wären wir nicht mehr als eine Horde Plackerer auf Raubzug.«

So heftig und gleichzeitig verzweifelt waren die Worte aus

ihm herausgeplatzt, dass Margarethe den Herzogssohn spontan in den Arm nahm und ihn sanft festhielt. »Was ist es, das dich quält, liebster Albrecht?«, flüsterte sie mit bangem Herzen.

Seine Nackenmuskeln verkrampften sich, und seine Fäuste ballten sich, als müssten sie in der Erinnerung noch immer das Schwert fest umklammert halten. Dann endlich gelang es ihm, Margarethe von dem Tod des Jungen zu erzählen.

Herzog Ernst war froh, sich von den morgendlichen Waffenübungen zurückziehen zu können. Zwar schwang er die Streitaxt nicht weniger kraftvoll als sein Sohn, den er heute in aller Früh gen Straubing verabschiedet hatte, aber das Rheuma hatte sich wieder einmal mit dem Frühnebel in seine Knochen geschlichen. So war er seinem Sekretär fast dankbar, als der von einem Boten aus Stuttgart berichtete, einem Hans von Sachsenheim, der im Auftrag der beiden Prinzen gekommen sei. Herzog Ernst zeigte sich geneigt, den Mann sofort zu empfangen.

Der Hofmeister war ein elegant gekleideter Mann mit guten Manieren, der das Schreiben eigenhändig überbrachte. Es musste von Wichtigkeit sein, sonst hätte man wohl kaum einen so hochstehenden Ministerialen damit beauftragt. Schweigend wartete der Mann, bis Herzog Ernst das Siegel gebrochen und das Pergament entfaltet hatte.

Der Herzog runzelte die Stirn, dann jedoch lächelte er erfreut und bedeutete einem Domestiken, einen Krug Wein und zwei Becher zu holen. »Das sind recht erfreuliche Nachrichten, Sachsenheim. Ich bin geneigt, den beiden Prinzen, vertreten durch den Rat, recht zu geben. Es ist an der Zeit, die Verbindung zwischen den bayrischen und den Heidelberger

Wittelsbachern nun endlich zu verbriefen.« Er fuhr sich über den Bart. »Man sagt, Elisabeth sei dabei, sich zu einem ansehnlichen Frauenzimmer zu entwickeln.« Es war mehr eine Feststellung als eine Frage.

Sachsenheim griff in seine Tasche und holte ein Medaillon hervor. »Wenn Ihr erlaubt, Hoheit. Man bat mich, Euch dies zu überreichen.«

Interessiert nahm der Herzog das Kleinod in Augenschein. Er kannte Elisabeth als niedliches, junges Ding mit Pausbacken, schwarzen Haaren und Augen wie Kohlen, doch was er nun sah, übertraf seine Erwartungen bei Weitem. Aus dem kleinen Mädchen war eine junge Frau geworden, die in ein paar Jahren das Blut eines jeden Mannes in Wallung bringen würde. Albrecht war wahrhaft zu beneiden. Der Herzog nickte wohlwollend. Sachsenheim schaute ihn erwartungsvoll an.

»Wir werden ein Schreiben aufsetzen, das unsere Absichten zum Ausdruck bringt«, gab ihm der Herzog Bescheid. Er hatte nicht die Absicht, seine Begeisterung für das Mädchen allzu deutlich zu zeigen.

Sachsenheim nickte und verbeugte sich tief. »Es wäre durchaus einzurichten, dass sich Euer Liebden Albrecht einen persönlichen Eindruck von der Gräfin verschafft«, sagte er.

»Wie meint Ihr das?«, wollte der Herzog wissen.

»Nun, wenn es dem Herrn Albrecht genehm wäre, einen Ausflug nach Heidelberg zu unternehmen, könnte man ein Treffen mit Elisabeth arrangieren. Inoffiziell natürlich.«

»Welchen Sinn sollte das machen?«

»Nun, man könnte sich kennenlernen. Euer Liebden Albrecht würde gewiss die Vorzüge einer Ehe mit Elisabeth erkennen.«

Der Herzog verstand sehr wohl, was der Hofmeister damit sagen wollte: Die Nachricht von Albrechts Liebschaft mit der Waldeckerin und seine hartnäckige Weigerung, die politische Ehe mit Elisabeth zu besiegeln, war bis Stuttgart vorgedrungen, und man sorgte sich dort.

»Wir werden darüber nachdenken«, beendete Herzog Ernst das Gespräch, und Sachsenheim war klug genug, sich zurückzuziehen.

Der Herbst hatte die dunkelgrünen Eichenwälder rund um Grünwald in ein flammendes Rotgold gefärbt. Im Licht der aufgehenden Sonne schienen die sanften Hügel wie die Glut eines verlöschenden Feuers zu glimmen, und das Wasser der Isar glänzte tiefgrün wir ein Smaragd.

Margarethe drehte sich im Sattel und schaute zu ihrem Begleiter. »Ich freue mich, dass du mir bei meinem kleinen Ausritt Gesellschaft leistest, Sepi.«

Es war der erste wirklich kühle Morgen in Grünwald, und Margarethe fror, als sie mit Wic auf dem Handschuh neben dem jungen Kaufmann ritt, der darauf bestanden hatte, sie zu ihrem wöchentlichen Jagdausflug zu begleiten. Wenn sie ehrlich war, hätte sie heute lieber an einem wärmenden Feuer gesessen, um bei einem Becher Würzwein zu plaudern. Doch sie hatte keine Wahl, denn der Falke wollte seine Bewegung. In den engen Volieren, die man für Wic und Nic, das Männchen, gezimmert hatte, konnten die Tiere kaum die Flügel ausbreiten, und da es in Grünwald keinen Falkenmeister gab, stand Margarethe den Tieren gegenüber selbst in der Pflicht. Dazu gehörte in erster Linie, sie so oft es ging herauszuholen – egal wie das Wetter war. Nic, der noch am Anfang seiner Ausbildung stand, durfte noch nicht frei fliegen, und so war es Wic, die auf Margarethes Hand saß.

»Um nichts auf der Welt würde ich auf das Vergnügen verzichten, Euch zuzusehen, wie Ihr mit blaugefrorenen Lippen zittert, nur um diesem Falken ein wenig frische Luft zu verschaffen«, meinte Sepi frech wie immer. Mit jedem seiner Worte stiegen kleine weiße Atemwölkchen in die Luft.

Margarethe musste schmunzeln. »Weißt du eigentlich, dass deine Ohren ganz rot werden, wenn du flunkerst?«

Mit einer hastigen Bewegung zog sich der junge Kaufmann seinen Schal fester um den Kopf. »Meine Ohren? Rot? Mir dünkt, die Sonne steht so tief am Himmel, dass sie Euch blendet. Falls sich jedoch ein Fünkchen Wahrheit in Eurer Bemerkung findet, so nur, weil es der Ostwind hier besonders boshaft treibt. Doch schaut. Wir haben einen herrlichen Blick auf die Berge.« Sepi machte eine ausladende Bewegung mit den Armen, als wollte er die ganze Welt umarmen.

Margarethe nickte. Tatsächlich ließ die klare Oktobersonne die schneebedeckten Alpen zum Greifen nah erscheinen. »In der Tat, es ist wunderschön, und alles wirkt so friedlich.«

Sepi senkte ungewöhnlich nachdenklich den Kopf. »Das ist es wahrhaftig, und ich will es genießen, bevor es wieder zurück nach Hause geht.«

Überrascht sah Margarethe ihn an. Das kam plötzlich. Ob sich Sepi und Margot gestritten hatten, oder hatte das unglückliche Mädchen ihm gar einen Korb gegeben? Wenn Margarethe ehrlich war, war es ihr ganz recht, dass Sepi sich um Margot kümmerte. Auf diese Weise hatte sie mehr Zeit gehabt, um aus dem einfachen Jagdsitz eine wohnliche Burg zu machen, in der sich Albrecht bei seinen Besuchen wohlfühlen konnte.

Grünwald war zwar keine Hundehütte, aber auch nie als Residenz gedacht gewesen. Neben dem stets schlecht gelaunten Burgpfleger und seiner Frau gab es nur zwei Knechte und eine betagte Köchin, die sich in Abwesenheit des Herzogs die wenigen Räumlichkeiten teilten. Mit dem Einzug der beiden Hofdamen sowie von Sepi und Trine mit ihrer Tochter hatte sich die Bewohnerzahl vervielfacht, was einiges an Arbeit mit sich brachte. So mussten der Kachelofen repariert und Vorräte für den Winter beschafft, aber auch die Räume angemessen ausgestattet werden. Bei all dem zeigte sich der Burgpfleger wenig hilfreich. Er murrte über jede Veränderung, und es passte ihm überhaupt nicht, von einer Frau Befehle entgegennehmen zu müssen, schon gar nicht, wenn sie nicht zur Familie des Herzogs gehörte. Da hatte ein kurzes Machtwort von Sepi manches Mal geholfen, die Lage zu entspannen.

»Oh, das ist bedauerlich. Ich hoffte, du würdest länger bleiben. Albrecht hätte gewiss nichts dagegen, und Margot … sie wird dich vermissen.«

Der junge Mann schmunzelte. »Ich wage, es zu hoffen.«

Ernst musterte sie ihn. »Es ist nicht etwa ein Spiel, das du da treibst? Margot ist bei Weitem noch nicht in der Verfassung …«

Sepi hob abwehrend die Hände. »Gott bewahre. Was denkt Ihr von mir?«

»Darf ich denn dann nach dem Grund für deine Abreise fragen?«

»Die Geschäfte in München sind getätigt. Nun gilt es, nach Hause zurückzukehren, um sie abzuschließen. So gern ich bei Margot bliebe, meine Abreise lässt sich nicht länger hinauszögern.«

»Das ist natürlich etwas anderes. Kann man denn hoffen, dich in absehbarer Zeit wiederzusehen?«

»Der Winter naht, Frau Margarethe, und Ihr wisst selbst,

wie kalt die böhmischen Fröste sind und wie hoch der Schnee dann liegt. Solches Wetter eignet sich nicht zum Reisen. Abgesehen davon ist es in letzter Zeit schon bei guter Witterung gefährlich, durch Böhmen zu reiten.«

»Das Land kommt einfach nicht zur Ruhe.«

»Das wird es auch nicht, solange der Papst nicht aufhört, es mit Krieg zu überziehen.«

»Irgendwann wird er einsehen, dass er einen Schritt auf die Hussiten zugehen muss, statt sich ihnen entgegenzustellen.« Margarethe versuchte, diplomatisch zu sein.

»Das ist richtig. Die hussitische Bewegung lässt sich mit Schwert und Feuer nicht aufhalten«, meinte Sepi mit einer Inbrunst, die er selten offen zeigte. »Jeder vergossene Tropfen Blut nährt den Ruf nach Freiheit noch.«

Margarethe rutschte unruhig im Sattel hin und her. Sie wusste seit ihrem ersten Gespräch, dass Sepi mit den Hussiten sympathisierte, aber sie hatte keine Ahnung, wie weit er in den Widerstand verstrickt war, und es jagte ihr Angst ein, wie seine Augen zu funkeln begonnen hatten.

»Ich wünschte, man würde sich bald einigen«, mahnte die Hofdame. »Der Streit schwächt das Christentum als Ganzes. Wenn nicht bald Ruhe einkehrt, könnten wir es irgendwann mit ganz anderen Kräften zu tun bekommen als mit einem Žižka.«

»Es ist immer wieder erfrischend, mit Euch zu plaudern, Frau Margarethe, und ich muss zugeben, Euer politischer Weitblick ist erstaunlich. Manchmal bedauere ich fast, dass Ihr damals vor dem Vogt geflüchtet seid. Das böhmische Volk hätte mit Euch eine wertvolle Verbündete auf der Osterburg gehabt, jemanden, der mehr für das Land tun könnte, als Weidasche Erben in die Welt zu setzen.« Er zwinkerte ihr zu.

Margarethe wusste seine Worte richtig zu verstehen. Die meisten Hofdamen konnten stundenlang über Klöppelspitze und wertvolles Tuch schwätzen, hätte man sie jedoch gefragt, wie sie zur hussitischen Sache standen, hätten sie vermutlich mit offenen Mündern dagestanden und nicht einmal gewusst, worum es dabei ging.

»Mein Vater nahm mich vergangenen Sommer mit ins Land der Osmanen«, berichtete Sepi nachdenklich. »Ein Sultan Murad herrscht dort, eine wahrlich furchterregende Gestalt. Er verfügt über ein gewaltiges Heer, das mit runden Säbeln kämpft, die surren, wenn sie dem Gegner den Kopf abschlagen. Die grausamsten Kämpfer bilden seine Leibwache, die Janitscharen. Ein jeder von ihnen scheint geradezu danach zu gieren, Leben und Blut für den Sultan zu lassen. Man munkelt, wenn Murads Blick sich jemals nach Europa wendet, werden die Osmanen wie ein Feuersturm darüberfegen.«

Margarethe bekreuzigte sich. Sepi sah aus wie eine Amme, die ihrem Zögling ein besonders schauriges Märchen erzählt hatte. Als er Margarethes blasses Gesicht sah, lachte er verlegen. »Keine Angst, Ihr habt nichts zu befürchten. Der Herrscher schätzt die Kunst der Falknerei noch mehr als schöne Frauen, und Ihr vereint ja beide Tugenden. Er würde Euch wahrscheinlich in seinen Palast entführen, wo Ihr mit allen Annehmlichkeiten leben könntet.«

»Es war schon immer mein Ziel, Gattin eines säbelrasselnden Mohren zu werden«, sagte Margarethe mit ironischem Unterton.

Sepi kratzte sich über sein mit Bartstoppeln bewehrtes Kinn und musterte sie belustigt.

»Was ist?«, erkundigte sich Margarethe.

»Ihr wisst wahrscheinlich nicht, dass Ihr Euch den Mann mit anderen Frauen teilen müsstet.«

Margarethe sah den jungen Kaufmann fragend an.

»Nun, des Sultans Gattinnen leben in einem Harem, einer Art Lusttempel. Er lässt sie von Eunuchen bewachen, und niemand außer ihm bekommt sie zu Gesicht.«

»Sagtest du Frauen? Hat er denn mehrere?«

»Man sagt, es seien hundert.«

»Du erzählst vielleicht Geschichten, Sepi.«

Der junge Mann legte sich die Hand aufs Herz und schaute treuherzig wie ein junger Hund. »Ich schwöre, das ist, was man berichtet.«

»Na ja, wenn man's genau nimmt, so anders ist es bei uns auch nicht, nur halten sich unsere Edelmänner die Geliebten eben im Geheimen.« Ein wenig Wehmut schwang in Margarethes Stimme mit.

»Bei mir wäre das nicht so. Ich wäre Margot treu bis in den Tod.« Er hob drei Finger der rechten Hand.

»Dann hegst du aufrichtige Gefühle für sie?«

Er nickte. »Sobald es im Frühjahr möglich ist, wird mein Weg mich als Erstes gen München führen, und wenn Margot mich erhört, wird meine Reise anschließend nach Stuttgart gehen, um beim Truchsess vorzusprechen.«

Margarethe schaute skeptisch, was Sepi dazu veranlasste, weiterzureden: »Ich weiß, ich bin nur ein Patrizier und ihr vom Stand her nicht ebenbürtig, aber ich würde sie lieben und achten und gut für sie sorgen.«

Er sagte das so ernsthaft, dass die Hofdame gerührt nach seiner Hand griff. »Das klingt vielversprechend.«

»Und trotzdem habt Ihr Bedenken?«

»Sepi, du hast sicher ehrbare Absichten, aber deine Sympathie für die Hussiten könnte dich eines Tages in große Schwierigkeiten bringen. Was wird dann aus Margot?«

»Nichts liegt mir ferner, als sie in Gefahr zu bringen.«

»Dann müsstest du wohl deine Ideale aufgeben.«

»Niemals. Doch seht, meine Stärken lagen noch nie im Kampf. Ich bin ein Kaufmann.«

»Dann bedenke, dass euer Sohn einmal das Amt des Truchsessen erben würde.«

»Einer für den Truchsess und der nächste für den Widerstand.«

Margarethe rollte mit den Augen. Sepi war ein hoffnungsloser Idealist, dem einfach nicht beizukommen war. »Manchmal glaube ich wirklich, du brauchst noch ein paar strenge Winter, Junge«, spottete sie lächelnd. »Warten wir erst mal ab, bis es Frühling ist, und reden dann weiter.«

»Wenn Ihr bis dahin nicht in Murads Harem eingetreten seid.«

Margarethe tat so, als wäre sie beleidigt. »Nun, dann würde ich dem Sultan vorschlagen, dich als Aufpasser einzusetzen, damit du mich mit deinen unglaublichen Geschichten unterhalten kannst.«

Sepi verzog angewidert das Gesicht. Dann sah er, wie Margarethes Mundwinkel zuckten. Sie lachten beide herzlich, und Sepi sagte: »Verzeiht mir, Frau Margarethe, aber dieses Opfer wäre selbst für Euch zu groß.«

Eine frische Böe blähte ihre Mäntel, und der Falke begann, unruhig mit den Flügeln zu schlagen.

»Wic möchte fliegen«, wechselte Sepi abrupt das Thema.

»Ich hatte sowieso nicht vor, noch weiter zu reiten. Diese Schafweide ist für einen kurzen Ausflug in die Lüfte genau richtig. Mal sehen, ob Wic heute Beute macht. Ein Kaninchen für das Nachtmahl wäre nicht schlecht.«

Mit steif gefrorenen Fingern zog Margarethe dem Falkenweibchen die lederne Haube ab. Dann warf sie den Vogel in die Luft. Margarethe und Sepi schirmten die Augen mit den

Händen ab und beobachteten, wie sich der Vogel mit kräftigen Schlägen höher und höher schraubte. Endlich ging er in den Gleitflug und schwebte majestätisch hoch über ihren Köpfen. Die frische Brise ließ Margarethe frösteln, während sich das Falkenweibchen in den Aufwinden treiben ließ.

Die junge Frau blinzelte dem Vogel neidvoll hinterher, und sie fragte sich,wie es sich wohl anfühlte, den Wind unter den Flügeln zu spüren und auf ihm dahinzuschweben. Zum ersten Mal wurde ihr bewusst, was sie dem Vogel genommen hatte, als sie ihn aus dem Nest geholt hatte. Nie in seinem Leben würde er nach eigenem Gusto die Lüfte durchstreifen können. Das Federspiel würde ihn stets zurückrufen. Es war wie eine unsichtbare Kette, die ihm den eigenen Willen raubte.

»Werdet Ihr beim Truchsess ein gutes Wort für mich einlegen?«, kam Sepi wieder auf Margot zu sprechen.

Die Hofdame überlegte. Der Junge war wirklich keine schlechte Partie, und vielleicht würden sich seine Verrücktheiten bezüglich der Hussiten legen. Die meisten Männer wurden ruhiger, wenn sie erst einmal für eine Familie zu sorgen hatten. »Ich werde dein Anliegen unterstützen«, machte sie ihm Mut, »nur versprechen kann ich dir nichts. Es ist nicht einfach zwischen dem Truchsess und seiner Tochter.«

»Ich weiß zwar nicht, was zu diesem Zerwürfnis geführt hat, aber ich wünschte mir, Margot könnte mit sich selbst und ihrem Vater Frieden schließen. Familie und Glaube sind die Fundamente unserer Gesellschaft.«

»Wie recht du doch hast, Sepi. Warten wir ab. Die Zeit heilt manche Wunden.«

»Seht mal da!«

Margarethe entdeckte eine Wildtaube, die hektisch flatternd über einige Büsche gelangen wollte, die am Rand der

Weide standen. Gebannt beobachteten sie, wie Wic, die den Vogel ebenfalls erspähte hatte, einen Haken in der Luft schlug. Plötzlich tauchte wie aus dem Nichts ein zweiter Falke auf und hielt ebenfalls auf die Taube zu. Das Tier war schnell, aber nicht so geschickt wie Wic, die nun einen zornigen Schrei ausstieß. Im Sturzflug schoss sie auf die Beute zu. Die Federn stieben, als sie die Taube dem anderen Falken vor dem Schnabel wegschnappte. Der wirbelte noch im Flug herum, während Wic versuchte, trotz der Beute in ihren Fängen sicher in die Lüfte zu steigen. Währenddessen hielt das Tier auf Wic zu, um sie anzugreifen.

»Weg mit dir!«, rief Margarethe erbost. Hilflos musste sie zusehen, wie ihr Falkenweibchen erst in letzter Sekunde den Fängen des anderen Vogels entging. Es legte die Flügel an und tauchte ab, doch mit dem Gewicht der immer noch zappelnden Taube war sie weit weniger wendig als sonst.

»Wic, pass auf!«, rief Margarethe. Der andere Vogel schlug kurz einen Haken und startete die nächste Attacke. Nur noch wenige Meter trennten Wic vom Boden. Mit der Taube im Fang, konnte sie zudem keine Ausweichmanöver mehr fliegen, ohne zu Boden zu stürzen.

Margarethe fürchtete, dass sie einen weiteren Angriff kaum unbeschadet überstehen würde. »Lass fallen, Wic!«, rief sie verzweifelt, wohl wissend, dass sie ihrem Vogel mühsam antrainiert hatten, seine Beute erst vor den Füßen seiner Herrin loszulassen. Energisch trieb Margarethe ihr Pferd an. Sie musste Wic helfen, auch wenn sie noch keine Ahnung hatte, wie sie das anstellen sollte. Verzweifelt schaute sie zu Sepi. Der hatte seine Armbrust vom Sattel genommen, spannte den Bolzen ein und zielte. Die Hofdame hielt den Atem an. Hoffentlich wurde in dem Durcheinander nicht versehentlich der falsche Vogel getroffen. Mit einem leisen Plopp löste sich das

Geschoss, surrte durch die Luft und traf den wilden Falken mitten durch die Brust. Wie ein Stein stürzte er zu Boden.

Erstaunt schaute Margarethe den jungen Kaufmann an. »Danke«, flüsterte sie. »Ich wusste gar nicht, dass du so ein guter Schütze bist.«

Ein breites Grinsen erschien auf seinen Lippen, und ohne auf ihr Lob einzugehen, sagte er: »Na, es wäre doch schade gewesen, wenn sich Euer einmaliger Falke verletzt hätte.«

Margarethe nickte. Ihre Augen suchten den Boden nach Wic ab, die mittlerweile mit ihrer Beute auf der Wiese gelandet war. Margarethe lenkte ihr Pferd zu der Stelle, stieg ab und nahm den Vogel wieder auf den Handschuh. Danach befestigte sie die Taube am Sattel, während Sepi den toten Falken aufhob.

»Ist alles in Ordnung?«, erkundigte er sich.

»Glücklicherweise. Für einen Augenblick fürchtete ich, Wic zu verlieren.«

»Es war ein spektakulärer Kampf, aber ich bin sicher, Euer Falke hätte ihn gewonnen. Das da ist ein junges Männchen. Viel zu unerfahren, um gegen Euren Vogel bestehen zu können. Sein Übermut hat ihn das Leben gekostet.«

»Vermutlich hast du recht. Wic ist stark, aber man weiß ja nie.«

»Das Risiko eines jeden Kämpfers. Doch lässt es nicht das Herz höherschlagen, wenn man mutig und mit vollem Einsatz für das einsteht, was einem im Leben wirklich wichtig ist?«

Ein weiteres Mal überkam Margarethe jenes mulmiges Gefühl. War Sepi wirklich nur der harmlose junge Kaufmann, der er vorgab zu sein? Hätte er nicht die Absicht gehabt, um Margot zu werben, wäre es ihr egal gewesen. So jedoch ... Ihre Freundin sollte nicht vom Regen in die Traufe kommen. »So manchem kommt ein Abenteuer grade recht, aber niemand stirbt gern, nicht einmal ein Tier«, mahnte sie. »Und da man es nur einmal verlieren kann, sollte man sein Leben auch nicht mutwillig aufs Spiel setzen.«

Er neigte kurz den Kopf und lächelte hintergründig. »Vor allem nicht, wenn man gerade anfängt, es zu genießen.«

Margarethe blickte Sepi mit gemischten Gefühlen nach, als er noch am selben Nachmittag Grünwald den Rücken kehrte und sich an die Spitze der sechs Maultiere samt Treiber setzte. Die Tiere protestierten laut angesichts der schweren Lasten auf ihrem Rücken. Da fiel Margarethe ein, dass sie den jungen Mann nicht einmal gefragt hatte, was für Handelsgüter er nach Böhmen zu schaffen gedachte. In jedem Fall mussten sie von großem Wert sein, denn Sepi ritt wieder einmal in bis zu den Zähnen bewaffneter Begleitung. Mochte er auch selbst kein guter Kämpfer sein, er wusste sich zu schützen.

Margarethe bedauerte seine Abreise. Es hatte gutgetan, jemanden zu haben, den sie gelegentlich um Rat fragen konnte, wenn es um Preise für Lebensmittel oder um die Beschaffung von Holz ging. Jetzt würde sie alles allein entscheiden müssen. Auch auf Albrecht würde sie in nächster Zeit nicht zählen können. Er steckte in Straubing fest, und wer wusste schon, wie lange sich die Verhandlungen dort hinziehen würden. Seufzend schaute sie zum Burgpfleger hinüber, der schnell verschwand, als er ihren Blick bemerkte.

Margarethe hing noch immer ihren Gedanken nach, als Margot mit hängendem Kopf eintrat. Sie hatte unverkennbar geweint. Die Rothaarige brauchte nicht lange zu fragen, aus welchem Grund. Ganz ohne Zweifel ging der Freundin Sepis

Abreise zu Herzen. Liebevoll nahm sie das Mädchen in den Arm, bis es sich halbwegs beruhigt hatte.

»Warum bloß will kein Mann bei mir bleiben?«, schluchzte Margot. »Bin ich denn so ein Ungeheuer?«

Margarethe drückte sie noch fester. »Aber wie kommst du nur auf diese Idee? Das ist Unsinn.«

»Aber es ist doch so!«, protestierte das Mädchen. »Alle verlassen sie mich: Sepi, Hans, ja sogar mein Vater hat mich weggeschickt.«

Interessant, dass sie Sepi zuerst nennt, dachte die Rothaarige. Laut aber sagte sie: »Er kommt doch wieder, der Sepi, und was den Sachsenheim angeht, so sei froh, ihn los zu sein. Ein solcher Mann ist keine Träne wert.«

»Ich hätt ihn schon gewollt«, gestand Margot. »Und es war ja auch meine Schuld, dass alles so schlimm gekommen ist.«

»Das stimmt nun wirklich nicht!«, widersprach Margarethe. »Wie er verhält sich kein Ehrenmann.«

»Du konntest ihn noch nie leiden, genauso wenig wie mein Vater. Ich versteh einfach nicht, was ihr gegen ihn habt. Zugegeben, in mancherlei Hinsicht benötigt er ein wenig Schliff, und einmal hat er mir sogar richtig Angst eingejagt ...«

»Nun hörst du aber sofort auf, die Dinge so zu verdrehen!«, rief Margarethe empört. »Für das, was Sachsenheim getan hat, gibt es keine Entschuldigung. Wusste er eigentlich ...« Margarethe unterbrach sich, denn über Margots Schwangerschaft hatten sie bislang stets geschwiegen. Wie nicht anders zu erwarten, wurde das Mädchen blass und wandte sich ab. »Es tut mir leid«, entschuldigte sich die Rothaarige. »Ich wollte das nicht fragen.«

»Ist schon gut«, murmelte Margot leise. »Ja, er wusste es. Er bestand sogar darauf, dass mein Vater augenblicklich davon in Kenntnis gesetzt werden müsse. Er freute sich auf das Kind.«

»Tatsächlich?«, hakte Margarethe überrascht nach. »Es machte damals wirklich nicht den Eindruck, dass ihr glücklich darüber gewesen wärt.«

Margot senkte den Kopf. »Ich war völlig durcheinander. Es kam alles so überraschend.«

Zweifelnd musterte Margarethe das Mädchen. »Und jetzt? Willst du den Sachsenheim immer noch?«

Margot zögerte erst, dann zuckte sie mit den Schultern. »Jetzt hätt ich lieber den Sepi«, gab sie dann kleinlaut zu. »Er bringt mich zum Lachen, selbst wenn ich traurig bin.«

»Gut, dass du so fühlst. Denn weißt du was, er hat dich furchtbar gern.«

Mit einem Schlag wirkte Margot wie ausgewechselt. »Ganz sicher? Hat er das gesagt?«

Margarethe nickte. »Er hat sogar die Absicht, im nächsten Frühjahr nach Stuttgart zu reisen und um deine Hand anzuhalten.«

Statt sich zu freuen, senkte Margot niedergeschlagen den Kopf. »Mein Vater weist ihn gewiss ab.«

»Warum sollte er? Sepi mag zwar nicht vom selben Stand sein wie du, aber er ist wohlhabend und seine Familie in Posen von Einfluss.«

»Manchmal habe ich das Gefühl, der Truchsess hat das alles nur getan, weil er mich für sich behalten will.«

Sie erntete heftiges Kopfschütteln. »Auf was für Ideen du bloß kommst, Margot.«

»Aus welchem anderen Grund hätte er mir sonst so etwas Furchtbares angetan?«

»Keine Ahnung. Ich hab mir selbst schon den Kopf darüber zermartert.«

Margot reckte das Kinn. »Siehst du! Also kann es nur so sein. Schon immer haben alle gesagt, ich gleiche meiner Mutter aufs Haar, und jedermann weiß, dass mein Vater sie vergöttert hat.«

»Also ich weiß nicht. Das scheint mir doch sehr weit hergeholt. Schließlich schickte er dich damals nach Prag.«

»Aber da lebte meine Mutter noch. Erst nachdem sie gestorben ist, wurde er so merkwürdig.«

»Es stimmt schon, dass er sich danach verändert hat, aber er war eben in Trauer. Das hatte nichts mit dir zu tun.«

»Weißt du nicht mehr, wie er unter allen Umständen verhindern wollte, dass wir an den Stuttgarter Hof gehen?«

»Es waren unsichere Zeiten. Denk nur, wie sich die Räte mit Henriette bekriegt haben. Er wollte dich schützen.«

»Papperlapapp! Er wollte verhindern, dass ein geeigneter Heiratskandidat auf mich aufmerksam wird, jemand wie Hans von Sachsenheim. Und jetzt? Jetzt versteckt er mich hier in Grünwald, bis sich die Lage wieder etwas beruhigt hat. Dann muss ich zu ihm zurück nach Bischishausen, wo er mich auf ewig einsperren kann.«

»Also wirklich, Margot, wie kannst du nur so etwas denken? Ich habe deinen Vater ganz anders kennengelernt.«

»Du wirst schon sehen. Er wird auch bei Sepi einen Grund finden, um ihn abzuweisen. Aber ein weiteres Mal werde ich nicht zulassen, dass er mein Glück zerstört. Ich werde mit Sepi gehen, wenn er mich will. Noch einmal lasse ich mir kein Kind nehmen.«

Erneut brach Margot in Tränen aus, und sie wirkte derart verzweifelt, dass Margarethe Angst um sie bekam. Was für furchtbare Gedanken quälten die junge Frau bloß? Dabei hatte sie den liebevollsten Vater der Welt. War er nicht schier zusammengebrochen, als er die Wahrheit erfahren hatte?

Geweint hatte er. Ein erwachsener Mann. Ein Truchsess. Doch selbst Margarethe war es unerklärlich, warum Margots Kind hatte sterben müssen. Es war und blieb ein Rätsel.

»Komm, ich bringe dich in dein Zimmer«, schlug die Rothaarige vor. »Ruh dich aus. Ich lasse dir Baldriantee kochen. Vielleicht kannst du dann ein wenig schlafen.«

Widerstandslos ließ sich Margot durch den Flur führen und in Trines Obhut geben. Nachdenklich kehrte Margarethe in ihr Zimmer zurück. Dabei fiel ihr Blick auf einen Umschlag auf ihrer Kommode. Sie konnte sich nicht erinnern, ihn zuvor dort liegen gesehen zu haben. Merkwürdig, dachte sie nur. Sie hob das Schreiben auf und drehte es herum, um das Siegel zu betrachten, aber es war keines darauf. Geschickt öffnete sie den Umschlag und faltete ihn auseinander. Ein zweiter Umschlag fiel zu Boden. Die Schrift war ihr unbekannt, und doch glaubte sie zu wissen, von wessen Hand die Zeilen stammten. Das Herz klopfte ihr bis zum Hals, und Schwindel erfasste sie. Konnte es sein? Konnte es wirklich sein? Mit bebenden Lippen begann sie zu lesen.

Verehrte Margarethe,

ich schreibe Euch in höchster Not. Wenn Ihr nicht helft, wird es vorbei sein mit mir, denn weder mein Lehnsherr noch mein Bruder sind willens, sich in die Pflicht nehmen zu lassen. Angesichts des anstehenden Winters sind meine Entführer nicht bereit, länger auf das geforderte Lösegeld zu warten als bis zum nächsten Vollmond. Damit bleibt keine Zeit mehr, dass Ihr selbst Euch um die Beschaffung der fünfzig Flussperlen – keine kleiner als der Fingernagel eines Säuglings – kümmert. Ich flehe Euch an, den beiliegenden Brief seiner Hoheit Herzog Ernst zu übergeben. Ich bitte ihn darin, das Kopfgeld für mich auszulegen und den beigefügten Schuldschein zu akzeptieren. Gott wird es ihm vergelten.

Macht Euch sodann unverzüglich auf die Reise über Pilzen nach Gera. Der dortige Stadtrichter besitzt mein Vertrauen und wird wissen, was zu tun ist. Er wird Euch im Gegenzug jenes Dokument aushändigen, das Euch so am Herzen liegt und Euch von allen weiteren Pflichten dem Hause Weida gegenüber entbinden.

Margarethe, stets hat Euer Herz für die gerechte Sache geschlagen. Ich flehe Euch an, überlasst einen alten Mann, der um seine Fehler weiß, nicht seinem traurigen Schicksal. Aber: Gebt Acht bei der Reise. Böhmen ist derzeit nicht sicher. Ihr solltet in unauffälliger Begleitung reisen und die Perlen stets bei Euch tragen. Ich bete für Euch und das Gelingen Eurer Mission.

In verzweifelter Hoffnung
Heinrich von Weida

Kapitel 4

Margarethe starrte ihr Spiegelbild an. Eine Frau, die innerlich mit sich rang, blickte ihr entgegen: Dunkle Ringe lagen um ihre unruhigen Augen, und nach zwei schlaflosen Nächten war ihr Gesicht von einer wächsernen Blässe, die man kaum mehr als vornehm bezeichnen konnte. In so einem Zustand trat man seinem Fürsten für gewöhnlich nicht unter die Augen, schon gar nicht, wenn man bei Hofe nicht willkommen war. Vergangene Nacht hatte Margarethe ihre Entscheidung getroffen. Es hatte keinen Sinn, länger zu warten, und es war niemand da, um ihr zu raten. Margot war nicht in der Verfassung, an anderes als ihre eigenen Probleme zu denken. Trine war nun mal kein Edelfräulein und sah die Pflichten der Ehre nicht. Die Zofe nahm Margarethes Entschluss, Weidas Bitte Folge zu leisten und in München zu versuchen, beim Herzog etwas für ihren Ehemann zu erreichen, wortlos hin, doch es war ihr deutlich anzusehen, dass sie es für keine gute Idee hielt. Jetzt steckte sie ihrer Herrin das mit winzigen Glasperlen besetzte Schapel in die roten Locken.

Unwirsch zog Margarethe es wieder vom Kopf und legte es beiseite.

»Kein Schmuck«, bestimmte sie. »Ich werde mein Haar lediglich mit einem dunklen Schleier bedecken.«

Trine holte das geforderte Kleidungsstück und befestigte es mit Haarnadeln und Spangen. Dann wartete sie, dass Margarethe sich erhob, damit sie das Kleid aus nachtblauem Brokat schnüren konnte. Ihre Hände flogen geschickt über die vielen Kordeln, ordneten hier eine Falte und dort den Sitz der Schmuckärmel.

Ein weiteres Mal musterte sich Margarethe im Spiegel. Sie hatte etwas zugenommen, vor allem an den Hüften. Albrecht würde das sicher auffallen, denn er hatte stets ihre gertenschlanke Figur gelobt.

»Das Korsett etwas fester, Trine«, befahl Margarethe und atmete aus. Trine tat, wie ihr geheißen, bis alles so stramm saß, dass ihre Herrin nur noch flach atmen konnte. Nun musste Margarethe nur noch in die flachen, mit Glasperlen besetzten Sandalen schlüpfen. »Dann mach ich mich jetzt auf den Weg«, sagte sie anschließend.

Trine nickte mit finsterem Blick. An der Tür drehte sich die Rothaarige noch einmal herum. Fahrig strich sie mit der Hand über den Schleier, als suche sie nach einem Grund, noch ein wenig zu verweilen. »Du verstehst das nicht, aber ich muss es tun. Soll Herzog Ernst entscheiden, wie er mit Weidas Bitte umgeht. Doch es ist meine heilige Christenpflicht, ihm zumindest mitzuteilen, dass ein guter Katholik und treuer Untertan, was dem Weida nachgesagt wird, von Mörderhand dahingemetzelt werden soll.«

»Falls seine Majestät Euch überhaupt empfängt.«

Trine verzog das Gesicht. »Der Herr Albrecht würde das nicht gutheißen.«

»Vielleicht hast du recht, vielleicht aber auch nicht. Leider ist er nicht da, um uns seinen Rat zukommen zu lassen.«

»Für Euch, Herrin, wird nichts Gutes dabei herauskommen. ›Gehe nicht zu deinem Fürst, wenn du nicht gerufen wirst‹!«, zitierte Trine eine alte Redewendung. »Zudem, was schuldet Ihr dem Weida? Er brachte nichts als Unglück über Euch.«

»Ach, Trine, ich weiß, du meinst es bloß gut, aber es bietet sich mir eben auch endlich die Gelegenheit, die Sache mit dem Heiratsvertrag aus der Welt zu schaffen.«

Entschlossen trat Margarethe aus der Tür und stieg kurz danach in die wartende Ponykutsche.

Die Neue Veste entpuppte sich von außen als wehrhafte Stadtburg und von innen als prunkvolle Residenz. Margarethe war durch lange Flure mit gewaltigen Portraits geführt worden, vorbei an Leibgardisten mit Hellebarden, die ihre Träger um mehrere Köpfe überragten, an blanken Schwertern, an Hofdamen in bauschigen Röcken und kläffenden Schoßhündchen. Zuletzt hatte sie sich in die lange Schlange von Bittstellern einreihen müssen und das Schreiben des Weida einem Sekretarius überreichen können. Man bat sie zu warten. Viele Stunden verstrichen, und sie hatte die Hoffnung bereits aufgegeben, eine Audienz beim Herzog zu erhalten, als sich die Tür öffnete und tatsächlich ihr Name aufgerufen wurde.

Mit klopfendem Herzen betrat sie den prunkvollen Raum, der mit sündhaft teuren Wandteppichen geschmückt war. Herzog Ernst ließ keinen Zweifel daran aufkommen, dass München reich war. Margarethe versank in einen tiefen Knicks.

Der Herzog ließ sie länger als üblich in der demütigen Haltung verweilen. »Ihr seid also hier, um für Euren Gatten zu bitten«, kam Albrechts Vater dann sofort auf den Punkt. »Ein tapferer Mann, der Herr von Weida. Man hört, er habe sich wie ein Löwe auf die Hussiten geworfen und viele der Ketzer der himmlischen Gerechtigkeit überstellt. Es scheint wie eine Ironie des Schicksals, dass er sich nun in dieser fatalen Lage befindet.«

Margarethe schwieg. Der Herzog schien auch gar keine Erwiderung von ihr zu erwarten.

»Andererseits sind fünfzig Flussperlen ein stolzes Sümmchen für einen Mann, der die Lehnstreue einem anderen geschworen hat.« Aufmerksam musterte er die Hofdame. »Und Ihr seid willens, das Lösegeld höchstpersönlich zu überbringen?«

»Wenn es sein muss«, bestätigte sie leise.

»Ich sehe, man hat Eure Tapferkeit nicht umsonst gelobt. So sei es. Ich werde Eurem Gatten aus dieser Misere helfen, wenn Ihr mir dafür einsteht, dass das Geld in die richtigen Hände gelangt. Zwei bayrische Söldner und Zehrgeld für die Reise stehen Euch zur Verfügung.«

Er nickte, und Margarethe hatte das unbestimmte Gefühl, dass ihm diese Gelegenheit sehr gelegen kam. Wenn es ungünstig lief, würde sie den Winter in Böhmen verbringen müssen, und am Ende ließ der Hof sie vielleicht gar nicht mehr zurückkehren. Doch es war zu spät. Der Entschluss des Herzogs stand fest, und ihr blieb nichts anderes übrig, als zu gehorchen. Sie hatte es nicht anders gewollt.

»Ich danke Euch im Namen des Vogts von Weida, Hoheit«, flüsterte sie und zog sich zurück, während Herzog Ernst seinem Schreiber bereits die entsprechende Anweisung diktierte.

Margarethe war ganz schwindelig, als sich die Tür hinter ihr schloss, und plötzlich keimte der Verdacht in ihr auf, dass sie vielleicht gerade wie ein Vögelchen auf den Leimstock geflogen war. Sie war so durcheinander, dass ihr der elegant gekleidete Mann, der sich mit einem Münchner Höfling unterhielt, zuerst gar nicht auffiel. Erst als sie den schwäbischen Dialekt hörte, wurde sie auf ihn aufmerksam. Sie wandte den Kopf und erstarrte. Hans von Sachsenheim. Er schien ihren Blick zu spüren, denn auch er drehte sich nun um und sah ihr direkt in die Augen. Gleichmütig, als sei es das Selbstverständlichste der Welt, dass sie sich hier trafen, nickte er zu ihr hinüber. Margarethe schluckte, grüßte ebenfalls kurz und huschte davon.

Fast panisch rannte sie den Flur entlang. In ihrem Kopf wirbelten die Gedanken so schnell, dass sie Mühe hatte, den rechten Weg zu finden. Ehe sie sichs versah, hatte sie sich verlaufen und fand sich im Innenhof wieder, der ganz offensichtlich zum Marstall gehörte. Sie wollte gerade kehrtmachen, als eine vertraute Stimme ihren Namen rief. Sie verhielt ihre Schritte und sah sich um. Im nächsten Moment hatte sie Jans blonden Schopf entdeckt.

Mit langen Schritten eilte er auf sie zu. »Was machst du denn hier?« In seiner Stimme lag ein missbilligender Ton. »Warum bist du nicht in Grünwald?«

»Dasselbe wollte ich dich gerade fragen. Ich dachte, du wärst mit Albrecht nach Straubing geritten«.«

»Lass uns an einem ungestörten Ort reden.« Der junge Mann nahm sie am Arm und dirigierte sie sicher durch das Gewirr von Gängen bis zu einem Raum, der ganz offensichtlich zu Albrechts Gemächern gehörte. Margarethe wusste, dass der Herzogssohn seinen eigenen Hof in der Alten Veste führte, doch auch in der herzoglichen Residenz standen ihm Räumlichkeiten zur Verfügung.

Mit einem geübten Wink schickte Jan einige Domestiken weg, die wie Ameisen überall im Gebäude herumwimmelten, und schloss die Tür. »Was ist passiert?«, fragte der Blonde ohne Umschweife, während er zwei Becher mit verdünntem Wein füllte. »Du bist doch nicht ohne zwingenden Grund nach München gekommen.«

Er reichte Margarethe die Erfrischung, die das Gefäß dankbar entgegennahm. »Gleich, Jan, zuerst aber sage mir, wie es kommt, dass Hans von Sachsenheim in München ist. Und weiß er, dass Margot sich ganz in der Nähe aufhält?«

Ihr Freund deutete auf einen bequemen Sessel und ließ sich selbst in einen anderen fallen. »Ich bin erst gestern hier eingetroffen. Albrecht ist übrigens noch in Straubing. Die Verhandlungen mit Herzog Ludwig ziehen sich in die Länge. Soweit ich gehört habe, hat Sachsenheims Aufenthalt hier nichts mit Margot zu tun.«

»Ist das auch keine Finte? Der Truchsess erwähnte in seinem letzten Schreiben, dass Sachsenheim ihn laufend wegen Margot bedrängt. Der Hofmeister ist kein Mann, der ein Nein so einfach akzeptiert. Mir scheint sein Aufenthalt hier kein Zufall. Am Ende macht er sich erneut an das Mädchen heran. Es darf zu keinem Treffen zwischen den beiden kommen. Margot hat sich gerade erst halbwegs gefangen. Ein Wiedersehen hätte gewiss katastrophale Folgen.«

»Beruhige dich. Glaub mir, seine Anwesenheit hat wirklich einen ganz anderen Grund.«

»Aber welchen?«

Jan machte ein bekümmertes Gesicht. »Er schmiedet an der Zukunft«, druckste er ausweichend herum. Sie schüttelte den Kopf, während Jan ihrem Blick auswich. »Er kam im Auftrag der Württemberger Prinzen und des Stuttgarter Rats«, gab er schließlich preis.

»Und warum ausgerechnet er?«

»Er ist ein geschickter Diplomat.«

»Jan, nun red doch nicht um den heißen Brei herum.« Margarethe klang gereizt. »Sag mir endlich, um was es geht.«

Sein Gesicht wurde noch bekümmerter. »Mir wäre es lieber, Albrecht würde dir das erklären.«

»Der ist aber jetzt nicht hier.«

»So eilig ist die Sache auch wieder nicht.«

»Bitte halte mich nicht hin, sonst bekomm ich graue Haare vom vielen Grübeln.«

»Dann geht es dir wie mir, denn du hast mir noch immer nicht gesagt, was dich veranlasst hat, hierherzukommen.«

Margarethe stieß den Atem hörbar durch die Nasenlöcher aus, zeigte ihm dann jedoch Weidas Brief und erzählte ihm vom Beschluss des Herzogs, sie mitsamt den Perlen ins Vogtland zu schicken.

Kaum hatte sie geendet, sprang Jan auf. »Oh Margarethe, warum hast du nicht vorher mit mir gesprochen. Da hätte es doch auch andere Möglichkeiten gegeben. Was für ein Irrsinn. Albrecht wird toben, wenn er davon erfährt.«

»Es war niemand da, den ich hätte um Rat fragen können«, murmelte die Hofdame.

»Ein einfacher Brief oder notfalls eine Taube.« Er raufte sich den blonden Haarschopf und durchmaß das Zimmer mit großen Schritten.

»Weil du gerade davon sprichst ... Es sollte augenblicklich ein Schreiben in Auftrag gegeben werden, das den Truchsess davon in Kenntnis setzt, dass sich Sachsenheim in München herumtreibt«, sagte Margarethe.

»Halte den Truchsess nicht für unwissend in dieser Sache. Was mir viel mehr Kummer bereitet, ist *dein* eigenmächtiges Handeln. Keinesfalls kannst du allein nach Gera reisen. Ich werde dich begleiten.«

»Danke für das Angebot, aber Herzog Ernst stellt mir zwei Mann Begleitschutz. Ich glaube kaum, dass er zustimmen wird, wenn du auch noch mitkommst. Du scheinst hier unentbehrlich zu sein.«

»Lass mich nur machen. Und was Herzog Ernst angeht: Dem wird es gerade recht gekommen sein, dass er dich mit diesem Auftrag wegschicken kann. So bist du ihm aus dem Weg und störst seine Interessen nicht mehr.«

»Die da wären?«

»Jetzt stell dich doch nicht dümmer, als du bist.«

In diesem Augenblick dämmerte es Margarethe. »Geht es etwa um Elisabeth?«

Jan nickte geknickt.

Margarethe schluckte. Schlagartig wurde der Hofdame klar, warum Herzog Ernst kaum gezögert hatte, so viel Geld für einen Mann vorzustrecken, der nicht sein Vasall war. »Aber sie ist doch noch ein Mädchen«, entgegnete sie schwach.

»Als ob das die hohen Herren davon abhalten würde, Verträge abzuschließen.«

»Und Albrecht? Was sagt er dazu?«

»Glaubst du wirklich, man fragt nach seinem Einverständnis?«, antwortete Jan bitter. »So wie es aussieht, ist er unser zukünftiger Herzog und damit seinem Land und dem Hause Wittelsbach verpflichtet. Eines nicht mehr allzu fernen Tages wird er mit Elisabeth die Ehe schließen müssen, damit die Dynastie zu einem legitimen Erben kommt. Margarethe, das war nie ein Geheimnis.«

Margarethe sprang auf, rannte zum Fenster und barg das Gesicht in den Händen. Mühsam schluckte sie die aufsteigenden Tränen herunter. Da war sie dabei, sich auf diese gefährliche Mission zu begeben, nur damit man jetzt Albrecht mit einem Ehevertrag knebelte? Sie schlug die Hand vor die Stirn und stieß zischend den Atem aus. »Heilige Jungfrau Maria, du musst mich wirklich für naiv halten, aber wir sind doch so glücklich, Albrecht und ich.«

»Ja, ich weiß.« Seufzend ging Jan zu ihr und legte den Arm um sie.

Als er ihr tröstend über die Wange strich, ließ sie sich gegen ihn sinken. Es tat gut, an seiner Brust zu liegen, geborgen in seinen Armen. Sein Atem perlte über ihren Nacken, seine Hände lagen reglos auf ihrem Rücken.

»Oh Margarethe, ich wünschte, alles wäre anders«, flüsterte er.

Eine Weile weinte sie still vor sich hin.

»Eines steht fest«, sagte Jan, nachdem sie sich wieder etwas gefasst hatte. »Ich werde dich ins Vogtland begleiten.«

Margarethe nickte. »Aber erst schicken wir einen Boten zum Truchsess. Ich möchte sichergehen, dass er über Sachsenheims Anwesenheit in München Bescheid weiß.«

Hans von Sachsenheim knetete seine Finger und ärgerte sich darüber, dass er nicht besser aufgepasst hatte. Ausgerechnet jetzt, in dieser sensiblen Phase, musste er der Waldeckerin über den Weg laufen. Hoffentlich wurde sie nicht misstrauisch. Der Hofmeister hatte einiges investiert, um zu verhindern, dass Nachrichten über ihn zu Margarethe vordrangen. Unter anderem hatte er den Burgpfleger bestochen, was nicht allzu schwer gewesen war, denn der Mann fühlte sich Herzog Ernst verpflichtet und spionierte die Waldeckerin ohnehin für diesen aus. Eine kleine Andeutung, dass Margarethe der geplanten Wittelsbacher Hochzeit im Wege stand, weil sie Albrechts Widerstand anheizte, hatte genügt, im Burgpfleger einen willfähigen Helfer zu finden. Und jetzt dieser dumme Zufall! Sachenheim stieß einen leisen Fluch aus. Er würde die Dinge vorantreiben müssen, damit sie ihm nicht aus den Händen glitten.

Entschlossen stellte er sich an sein Schreibpult, setzte eine kurze Nachricht auf, die er in einer Plombe am Fuß einer seiner Tauben befestigte, und ließ den Vogel fliegen. Mit einem Stoßseufzer fiel er in einen Sessel und träumte von einem dunkelhaarigen Mädchen und einem großen Haufen Gold.

Kapitel 5

Margarethe schmerzte der Rücken, und ihre Beine waren wund vom Reiten. Das Wetter war katastrophal gewesen, ganz so, als wolle der Herrgott sie mit Gewalt davon abhalten, ihr Ziel zu erreichen. Die ersten Herbststürme hatten das Laub von den Zweigen gefegt und so manchen Baum in die Knie gezwungen. Die umgestürzten Stämme zwangen die kleine Reisegesellschaft immer wieder zu Umwegen und das schlechte Wetter zu mehrtägigen Aufenthalten, damit ihre durchweichten Kleider wenigstens halbwegs trocknen konnten.

Inzwischen hatten sie Passau hinter sich gelassen. Ihre Pferde kämpften sich durch den Schlamm die ersten Anhöhen des Bayerwaldes empor. Es war bitterkalt, und der Ostwind pfiff ihnen mit solcher Macht entgegen, dass sie sich tief in ihre Mäntel verkrochen. Es fehlte nur noch früher Schnee, und sie hätten ihre Reise abbrechen müssen. In Hauzenberg hatte man ihnen mitgeteilt, dass die nächste Etappe des Goldenen Steigs, wie der Weg im Volksmund hieß, aufgrund eines Erdrutsches unpassierbar wäre und sie einen Umweg nehmen müssten.

Glücklicherweise fand sich rasch ein Einheimischer, der sich für wenig Geld und kostenlose Verpflegung bereit erklärte, ihnen den Weg durch die Wälder zu zeigen. Er müsse in dieselbe Richtung und sei froh, eine Reisegesellschaft gefunden zu haben, der er sich anschließen könne, ließ er sie wissen. Es sei nicht ungefährlich, allein diese Passage zu machen, da ein Plackerer, ein Raubritter, in der Gegend sein Unwesen treibe. Jan stimmte dem Umweg nur missmutig zu. Ihm kam die Verzögerung gar nicht recht, und die Andeutungen, es gäbe Gesindel auf dem Weg, schmeckten ihm noch weniger. Seit dem frühen Morgen durchquerten sie nun den dichten Wald, wobei der Weg immer unwegsamer und enger wurde. Jan führte den Trupp mit grimmiger Miene und quer über den Sattel gelegtem Schwert an. Die beiden anderen Männer, Jungspunde, die kaum den Ritterschlag erhalten hatten und sich vermutlich noch nie ernsthaft im Kampf bewährt hatten, bildeten die Nachhut. Ihr einheimischer Führer ging zu Fuß, konnte das Tempo aber problemlos mithalten. Margarethe war der stämmige Mann unheimlich. Wann immer er sich unbeobachtet fühlte, schien er ihr abschätzende Blicke zuzuwerfen. Sie beruhigte sich mit dem Gedanken, dass der Anblick einer Adelsfrau, die im Männersattel ritt, statt in der Kutsche zu fahren, für den Mann vermutlich ungewohnt war.

Die Nacht stand kurz bevor, als sie wie versprochen eine Herberge erreichten. Margarethe atmete erleichtert auf. Viel länger hätte sie auch nicht mehr reiten können. Ihre Zehen schienen zu Eis gefroren, und ihre Finger waren vollkommen gefühllos. Erschöpft rutschte die Hofdame aus dem Sattel und drückte einem heraneilenden Stallknecht die Zügel ihres Pferdes in die Hand. Sie hatte nur noch einen Wunsch: hinein in die Wärme und ein Glas Würzwein.

Auch Trine, die es sich nicht hatte nehmen lassen, ihre Herrin zu begleiten, war am Ende ihrer Kräfte. Margarethe rechnete es ihr hoch an, dass sie sich mit Bemerkungen zurückhielt, obwohl man ihr deutlich ansah, was sie von der Reise hielt. »Wenn's nur nicht notwendig wird, uns selbst zu retten«, war der einzige Kommentar der Zofe gewesen.

Immerhin schien Jans Anwesenheit sie ein wenig zu beruhigen. Auch Margarethe war dem Blonden inzwischen mehr als dankbar, dass er seinen Willen dem Herzog gegenüber durchgesetzt hatte und nun an ihrer Seite ritt. Er kümmerte sich um die gesamte Organisation der Reise, angefangen bei der Wahl ihrer Route bis hin zum Quartiermachen. Ohne ihn wäre der Ritt noch erheblich beschwerlicher geworden. Zudem machte sein glänzender Harnisch mit den bayrischen Wecken darauf ordentlich Eindruck, wenn es darum ging, auf einer Burg Einlass zu erbitten.

Trotzdem wurde Margarethe immer unruhiger, je näher sie der böhmischen Grenze kamen. Was würde sie dort erwarten? Würden sie es schaffen, den Weida freizukaufen, und wenn ja, würde er sein Wort halten und sie freigeben? Ein dumpfes Gefühl der Angst brach sich nächtens in Margarethes Albträumen Bahn. Immer wieder wachte sie schweißgebadet auf, doch da sie sich weder vor Jan noch vor Trine eine Blöße geben wollte, erzählte sie niemandem davon.

Auch in dieser Nacht ging es Margarethe nicht anders. Am Abend hatte sie das einfache Mahl aus Gerstenbrei mit Ziegenfleisch heruntergewürgt und war dann in die kleine Kammer gegangen, die man für sie und Trine gerichtet hatte. Nach den Anstrengungen des Tages hatte der Schlaf sie rasch übermannt, doch dann träumte sie vom Weida und wie er sie damals geschlagen und auf sein Lager geworfen hatte. Schweißgebadet wachte sie auf. Im Gasthaus war es totenstill. Das Lachen und Grölen aus dem Schankraum war längst verklungen.

Missmutig stellte Margarethe fest, dass der heiße Stein, den sie sich ins Bett hatte legen lassen, erkaltet war. Da sie ganz erbärmlich fror, beschloss sie, sich unten in der Küche einen neuen aus dem Feuer zu holen. Vielleicht würde sie wieder einschlafen können, wenn ihre Füße wärmer waren. Sie schlüpfte in ihr wollenes Reisekleid, griff nach ihrem Mantel und zog auch ihre Schuhe an.

Leise, damit Trine nicht erwachte, schlich sie aus der Kammer. Sie betrat einen kurzen Flur, der mit Dielenbrettern ausgelegt war. Die Bretter knarzten, und durch die Fugen zwischen den Bohlen zog die Kälte hoch. Margarethe ging es durch den Sinn, wie beschwerlich diese Reise für ihre Zofe Trine sein musste, die nichts mehr als eine warme Kammer in einer sicheren Stadt schätzte. Auch Jan würde sich jetzt sicher lieber in dem hübschen Stadtschloss in München aufhalten statt in diesem schäbigen Gasthof. Tiefe Dankbarkeit durchströmte sie bei dem Gedanken an die beiden, die sie nicht im Stich gelassen hatten und bei ihr geblieben waren.

Einen Moment blieb die Rothaarige vor Jans Tür stehen. Wie schön wäre es, jetzt mit ihm Würzwein zu trinken und ein wenig zu plaudern. Für einen Moment legte sie die Hand auf den Türknopf und war versucht, seine Tür zu öffnen. Sie brauchte lediglich ein wenig zu drücken, um sie zu öffnen. Es wäre ganz leicht.

Margarethe atmete tief ein. Die Versuchung, hineinzugehen und Jan zu wecken, war groß. Doch dann schüttelte sie fast unmerklich den Kopf und wandte sich ab.

Erneut knarzten die Dielenbretter, und plötzlich stand jemand hinter ihr. Margarethe fuhr herum und sah eine Gestalt, die ein Schwert über dem Kopf schwang. Ihr Schrei blieb ihr in der Kehle stecken, dann wurde ihr schwarz vor Augen und sie verlor das Bewusstsein.

Als sie wieder zu sich kam, wurde sie von starken Armen gehalten und Jans Stimme flüsterte: »Ich bin bei dir. Es ist alles in Ordnung.« Er roch leicht nach Schweiß und Feuer. Seine Muskeln zeichneten sich unter seinem Hemd ab, und sein Atem streichelte ihr Haar.

»Oh Gott, hab ich mich erschreckt. Ich dachte wirklich, es ist vorbei mit mir.« Margarethe zitterte noch immer am ganzen Körper. Behutsam zog Jan sie näher an sich heran. Sie hörte sein Herz schlagen, das nicht weniger raste als ihres. Sie barg ihren Kopf an seiner Schulter, und plötzlich war es da, dieses Gefühl, sicher und geborgen zu sein, während die Zeit stillzustehen schien. Margarethe erschrak. Was tat sie da eigentlich, sich so an ihren guten Freund zu schmiegen?

Auch Jan schien zu spüren, dass der magische Moment verstrichen war. Behutsam löste er seine Umarmung und senkte den Blick. »Tut mir leid, wenn ich dich erschreckt habe«, entschuldigte er sich mit belegter Stimme. »Es war ein Geräusch, das mich weckte.«

»Die Dielenbretter knarren«, erklärte Margarethe verlegen, während sie über ihren Mantel strich, um ihn zu glätten.

»Und dann bewegte sich auch noch die Tür.«

»Ein Luftzug vermutlich.«

»Ich dachte, jemand wolle uns überfallen.«

»Dabei wollte ich nur in die Küche hinunter und mir einen Ziegelstein holen, um mir die Füße ein wenig zu wärmen.«

Jan zog sein Schwert aus einem Spalt zwischen zwei Dielenbrettern, wo es noch immer leicht schwingend steckte. »Na dann, entschuldige noch mal.«

»Ich muss um Verzeihung bitten, weil ich dich geweckt habe.«

»Ist nicht schlimm.« Er drehte sich um und legte die Hand an die Tür. Für einen winzigen Augenblick zögerte er. Margarethes Lippen öffneten sich, um seinen Namen auszusprechen. Doch dies gelang ihr erst, nachdem er wieder in seiner Kammer verschwunden war, und selbst da war es kaum mehr als ein Flüstern.

Mit einem Mal wurde ihr bewusst, wie kalt es war. Margarethe zog den Mantel wieder fester um sich und kletterte die Stiege hinunter. Die Küche war verlassen. Der große Kessel stand mitten im Raum und war so blank, als wäre er mit dem Zeigefinger ausgeschleckt worden. Margarethe glaubte, zwei fette Ratten davonhuschen zu sehen. In der Herdstelle war noch ordentlich Glut. Die Hofdame sah sich nach Steinen um, die sie hineinwerfen konnte, doch die schienen alle in Gebrauch. Mürrisch ging sie zur Tür. Draußen in der Scheune würde sie gewiss noch Ziegel finden. Der schwere Riegel ließ sich leicht bewegen, und die kalte Nachtluft drang augenblicklich in den Raum.

Nachdem Margarethe die Küchentür wieder behutsam geschlossen hatte, stampfte sie fröstelnd durch die Dunkelheit. Plötzlich horchte sie auf. Im Stall war Unruhe. Die Pferde stampften laut und schnaubten, als hätte sich eines von ihnen losgerissen. Hoffentlich gab es dort keine Keilerei. Wie schnell konnten sich die Pferde dabei gegenseitig verletzen, doch für ihre Reise waren sie auf gesunde Tiere angewiesen. Einen Augenblick zögerte Margarethe. Eigentlich sollte einer ihrer jungen Ritter Wache halten. Doch vielleicht war er ins Innere des Hauses gegangen, um sich aufzuwärmen. Ob sie warten oder ihn holen sollte? Andererseits galt es, rasch zu handeln. Wenn die jungen Hengste erst einmal aneinandergerieten, konnte sich schnell eine heftige Beißerei entwickeln.

Ein lautes Krachen gab den Ausschlag, und Margarethe beschloss, selbst hinüberzugehen und für Ordnung zu sorgen. Morgen früh aber würde sie dem jungen Ritter den Kopf waschen. Es war unverantwortlich, die Tiere ohne Aufsicht zu lassen. Eiligen Schrittes überquerte Margarethe den Hof und öffnete die Tür des kleinen Holzverschlags. Drinnen war es stockfinster. Sie blinzelte, um besser sehen zu können.

In diesem Moment sagte jemand: »Da ist sie!« Gleichzeitig löste sich ein Schatten von der Wand.

Margarethe fingerte nach dem Dolch, den ihr Jan überlassen hatte, aber sie hatte ihn unterm Kopfkissen vergessen. Verdammt, fluchte sie leise und versuchte, ihr Heil in der Flucht zu suchen. Doch es war zu spät, schon wurde sie gepackt. Kurz gelang es ihr, um Hilfe zu rufen, doch der Mann war kräftig und stieß sie zu Boden. Mit einer Hand packte er sie an der Kehle und drückte zu. In diesem Moment war sich Margarethe sicher, die Begegnung nicht zu überleben. Noch einmal versuchte sie zu schreien, doch aus ihrem Mund kam nicht mehr als ein gurgelnder Laut. Eine behandschuhte Hand packte sie bei den Haaren. Dann schwanden ihr die Sinne.

Sepi hatte nicht erwartet, die Abnehmer seiner Waren so früh anzutreffen. Unvermutet tauchten sie plötzlich aus dem dichten Buschwerk des überwucherten Trampelpfades auf. Der junge Kaufmann machte den Waffenknechten ein Zeichen, sich ruhig zu verhalten, und lenkte sein Pferd auf den Anführer zu, einem furchterregend anzusehenden Burschen, dessen wirres, von grauen Strähnen durchzogenes Haar im eisigen Wind flatterte. Im bleichen Licht der Herbstsonne wirkten seine Augen wie Kohlen und seine ausgestreckten Hände wie die Tatzen eines aufgerichteten Bären. Seinen richtigen Namen kannte Sepi nicht, aber man sagte, er wäre in seinem früheren Leben Köhler gewesen. »Grüß dich, Thomek. So weit im Bayernland? Hast du die blau-weiße Grenzbeflaggung übersehen?«

Der Riese war zu solcherlei Scherzen nicht aufgelegt und machte eine wegwerfende Handbewegung. »Was schert den

Ostwind die Farbe eines Fetzen aufgespießten Stoffes.« Er ballte die riesigen Fäuste und kam zum Geschäft. »Habt Ihr unsere Lieferung dabei?«

»Wäre ich sonst hier? Doch lass uns das nicht hier besprechen, wo zu viele Ohren von Dingen hören, die niemand wissen muss.« Sepi stieg ab und nahm Thomek am Arm. Zu den anderen sagte er: »Wir rasten für ein paar Stunden. Ladet die Maultiere ab und stellt die Kisten dort drüben hin, wo sie geschützt sind.«

Augenblicklich machten sich seine Knechte daran, die schweren Holzkisten aus den Tragegestellen der Lasttiere zu hieven, und dann trugen sie sie zu einer offenen Stelle hinter dem Buschwerk. Sepi ließ seine Leute, die den Neuankömmlingen misstrauische Blicke zuwarfen, nicht aus den Augen. Dies war immer ein kritischer Augenblick. Ein achtlos hingeworfenes Wort der Knechte konnte leicht jahrelange Vertrauensarbeit zunichte machen. Erst als alle Kisten am Boden standen und die Träger sich zurückgezogen hatten, schlenderte der junge Kaufmann Seite an Seite mit Thomek zu der Ladung hinüber.

Der Riese schnalzte mit der Zunge. »Zeigt her!«

Eigenhändig stemmte der junge Kaufmann die starken Eisenbänder der ersten Kiste auf und schlug die Felle zur Seite, welche die eigentliche Lieferung bedeckten.

Anerkennend pfiff Thomek durch die Zähne. »Habt Ihr *alles* bekommen?«

»Zwanzig Tarasnitzen einschließlich Geschosse. Zusammenbauen müsst Ihr sie noch selbst, aber ich stehe mit meinem Wort dafür ein, dass sie einwandfrei funktionieren.«

»Das will ich Euch auch geraten haben.« Thomeks Augen funkelten bedrohlich. Dann aber schlug er Sepi mit der flachen Hand freundschaftlich auf den Rücken.

»Wahrlich, Ihr seid ein Teufelskerl, mein Freund. Damit werden wir den Papisten im nächsten Frühjahr ordentlich einheizen. Wie Ihr das nur immer wieder schafft, ist mir ein Rätsel.«

»Geschäftsgeheimnis.« Sepi legte den Zeigefinger auf die Lippen. »Hast du das Gold?«

»Jaja. Alte Krämerseele. Ich weiß, Ihr tut's nicht für Gottes Lohn, aber erst lass uns dieses Geschäft begießen.« Er zog eine Flasche Borovička aus den Tiefen seines weiten Mantels sowie zwei zinnerne Becher.

»Hast recht, Thomek. Ein Gläschen von deinem Wacholderschnaps ist bei solch einem Wetter erstrebenswerter als alles Gold der Welt. Er wärmt so schön von innen heraus.«

»Aus Euch spricht der Böhme!« Der Riese legte den Arm um Sepis Schultern und pfiff kurz. Während die durchsichtige Flüssigkeit in die Becher gluckerte, wurden die Kisten geöffnet und umgepackt. Thomek reichte dem Kaufmann einen Becher und prostete ihm zu. »Na zdraví!«

Sepi erwiderte den Trinkspruch. Die beiden Männer ließen das würzige Getränk die Kehle herunterrinnen und wischten sich den letzten Tropfen mit dem Handrücken von den Lippen.

»Nun, denn, Eure Mühe soll nicht umsonst gewesen sein ...« Der Hussit holte ein kleines Lederbeutelchen hervor.

Sepi zuckte grinsend mit den Schultern. »Dafür ist das Risiko zu groß. Wenn man mich erwischt, schlägt man mir den Kopf ab.«

»Da haben wir etwas gemeinsam.« Feierlich schüttete der Hussit den Inhalt in seine Hand.

Die Goldmünzen schimmerten matt. Sepi nahm eine, wog sie prüfend und biss darauf. Dann zog er einen schmalen gläsernen Zylinder hervor, an dessen Wand feine Linien eingraviert waren. Er füllte ihn mit Wasser aus einem der Vorratsschläuche, die neben den Kisten lagen. Schließlich warf er die Münze hinein. Thomek betrachtete ihn neugierig.

»Was tragt Ihr da für eine merkwürdige Apparatur mit Euch herum, Herr Kaufmann? Wollt Ihr das Gold erst reinwaschen? Keine Angst, es klebt kein Blut daran.«

Sepi nickte zufrieden, schüttete das Wasser weg und angelte die Goldmünze heraus. »Ganz gewiss nicht. Ich erstand das Gerät in Stuttgart von einem gelehrten Apotheker. Es sagt einem, aus welchem Metall so ein Geldstück ist.«

»Und zu welchem Ergebnis seid Ihr gekommen?«

»Dass dieses genau aus dem gemacht wurde, aus dem es sein sollte.«

Thomek grinste breit. »Dann ist es ja gut, denn wisst Ihr was, dieses Geldstück stammt ebenfalls aus Stuttgart.«

»Welch ein Zufall. Darf ich fragen, wie du in seinen Besitz gekommen bist?«

Er bekam nur ein breites Grinsen als Antwort, aber Sepis Neugierde war zu groß. »Es hat einem Eurer ›Gäste‹ die Freiheit beschert, nehme ich an?«

»Schon möglich«, antwortete der Hussit.

»Aber seit wann mischen die Württemberger denn im Hussitenkrieg mit?«

»Oh, es war kein Württemberger, der damit freigekauft wurde, sondern der Vogt von Weida, der …« Thomek unterbrach sich hastig.

Scheinbar unbeteiligt zuckte Sepi mit den Schultern. »Manche Menschen haben überall Freunde.«

»Sieht so aus«, bestätigte der Hussit.

»Und was hat er jetzt vor, der alte Weida?«

»Was interessiert's uns.« Thomek lachte rau.

Sepi stimmte ein, doch in Wirklichkeit hatte er ein ziemlich ungutes Gefühl.

»Steh auf«, zischte ihr jemand zu. »Hoch mit dir.«

Margarethe fühlte sich benommen. Ein derber Tritt in die Seite ließ sie zusammenzucken. Sie wollte ihr Gesicht mit den Armen schützen, da bemerkte sie, dass man sie ihr zusammengebunden hatte.

»Schafft sie auf die Beine, oder tragt sie von mir aus«, befahl die Stimme barsch. »Wir müssen schleunigst von hier weg, bevor man uns entdeckt.« Margarethe hörte das Klirren von Sporen und das Stampfen eines Pferdes. »Raubgesindel!«, fuhr es Margarethe durch den Kopf. Im nächsten Moment wurde sie starr vor Schreck. Jan, Trine, was war mit ihnen geschehen? Verstohlen schaute sie sich um, entdeckte einen finster dreinblickenden Mann, der gerade sein Ross erklomm, zwei andere standen ganz in der Nähe. In einem erkannte sie ihren angeblichen Führer, der ganz offensichtlich nichts anderes war als ein Schlepper, jemand, der Reisende in die Falle lockte. Von Margarethes Freunden war nichts zu sehen. Hatte man sie in diesem vermaledeiten Gasthof zurückgelassen? Oder waren sie gar im Schlaf ermordet worden? In solchen Kreisen schreckte man vor einem Gemetzel nicht zurück, um unerwünschte Zeugen zu vermeiden. Allein bei dem Gedanken, dieses Gesindel könnte Jan und Trine etwas angetan haben, kochte in Margarethe eine ungeahnte Wut hoch. Sie begann an ihren Fesseln zu reißen, ohne darauf zu achten, dass ihr die Riemen tief in die Haut schnitten. Torkelnd kam sie auf die Beine und stürmte mit gesenktem Kopf auf den Mann zu, der sie verraten hatte. Der Anführer bemerkte es und stieß einen Warnruf aus. Im nächsten Moment fuhren seine Spielgenossen herum. Trotzdem erwischte sie den Mistkerl noch an den Rippen. Laut fluchend ging er zu Boden und riss sie mit sich. Mit gefesselten Händen versuchte Margarethe zu kratzen. Sie erwischte ihn an der rechten Wange. Dann jedoch wurde sie zur Seite gerissen. Sie versuchte noch, nach ihm zu treten, während sie ihn wie ein Rossknecht beschimpfte, wurde jedoch von dem anderen zu Boden gerungen.

»Stopft ihr das Maul, wenn sie es nicht zu halten weiß!«, fauchte der Reiter.

Ein alter Lappen wurde ihr zwischen die Lippen geschoben, der nach Pferdeschweiß roch. So fest es ging presste Margarethe die Kiefer aufeinander, und tatsächlich gaben die beiden Kerle auf, versetzten ihr stattdessen eine Ohrfeige, dass ihr schwindelte. Als ihre Sinne wieder klarer wurden, hatte sie den Knebel im Mund und stand auf den Füßen. Um ihre Handgelenke hatte man einen Strick gelegt, den der Ritter am Geschirr seines Pferdes verknotete und ihn so straff zog, bis er schmerzhaft spannte. Dann ließ er sein Pferd antreten. Gleichzeitig traktierten die beiden Männer sie von hinten mit Stockhieben, als müssten sie einen Esel antreiben. Sie stöhnte auf, als ein schmerzhafter Hieb ihre Schulter traf. Sie ließ sich auf die Knie fallen. Ohne sich auch nur umzudrehen, ritt der Ritter weiter und schleppte sie mit sich. Ihr Kleid riss am Ärmel ein, weil es über den Boden schrammte. Starke Arme stellten sie erneut auf die Füße.

»Du läufst jetzt, Miststück, oder der werte Herr Ritter wird dich zu Tode schleifen«, knurrte ihr vermeintlicher Führer.

Wie ein Hund trottete Margarethe hinter dem Pferd her, das unter den Sporen seines Reiters in Trab fiel. Margarethe fasste nach dem Schweif des Tieres, um ein wenig Kraft zu sparen, doch bereits nach kurzer Zeit brannten ihre Lungen. Der Schweiß rann ihr den Rücken herunter. Müde stolperte sie weiter. Die Sorge um das Schicksal ihrer Freunde ließen ihre Beine noch schwerer werden. Schon glaubte sie keinen Fuß mehr vor den anderen setzen zu können, da zügelte der Mann sein Ross. Ermattet sank sie auf die Knie. Kalte Tränen kullerten ihre Wangen herunter. Doch die Männer zeigten kein Erbarmen. Augenblicklich zogen sie sie wieder hoch und schubsten sie vorwärts. Unwirsch schüttelte Margarethe ihre Hände ab und stapfte weiter. Der Weg verengte sich und war schon nach kurzer Zeit nicht mehr als ein Trampelpfad.

Margarethe lief und lief, bis ein dämmriger Morgen über den kahlen Kronen der Buchen heraufzog. Im ersten Tageslicht konnte sie ihre Entführer besser erkennen. Der Reiter trug einen weiten Mantel aus Loden und eine speckig glänzende Gugel. Doch seine Stiefel waren neu und aus gutem Leder gefertigt. Sein Gaul mochte zwar schon bessere Tage gesehen haben, aber er war stämmig, trittsicher und gut abgerichtet. Margarethe tippte bei dem Reiter auf eben jenen Plackerer, vor dem sie ihr vermeintlicher Reiseführer gewarnt hatte.

Jetzt parierte er sein Pferd und machte ein Zeichen zu seinen beiden Helfershelfern.

»Nehmt ihr den Knebel ab«, befahl er.

Angeekelt spuckte Margarethe das Tuch zu Boden und hätte sich am liebsten daneben gelegt.

»Eine kurze Rast, bitte.« Margarethe stöhnte.

Sie erhielt keine Antwort. Stattdessen trieb der Ritter sein Reittier wieder an. Mit zusammengebissenen Zähnen folgte ihm Margarethe. Es ging steil den Berg herauf. Der Boden war glatt. Immer wieder rutschte die junge Frau aus. Oben angekommen waren ihre Kräfte aufgebraucht. Margarethe schwindelte es, und sie ließ sich fallen. Fluchend hielt der Plackerer an. Er sah zu, wie die beiden Männer seine Gefangene mit ihren Stangen traktierten, doch diesmal blieben die Hiebe ohne die erhoffte Wirkung.

»Ich kann nicht mehr, bitte!«, bettelte sie, nachdem die Männer endlich von ihr abgelassen hatten. Mühsam zog sie ein Tüchlein aus ihrer Rocktasche und hielt es sich vor die blutige Nase.

»Aufs Pferd mit ihr!«, gab der Ritter schließlich nach. Seine Leute hievten Margarethe hinter ihm in den Sattel. Das Taschentuch glitt aus ihren Fingern und fiel zu Boden.

Gleich danach bogen sie vom Weg ab und drängten ins Unterholz. Die Äste schlossen sich hinter ihnen. Margarethe ließ alle Hoffnung fahren. Wo ein Weg war, verkehrten normalerweise auch Menschen, und vielleicht hätte sich jemand an ihr rotes Haar erinnert, wenn man einen Suchtrupp nach ihr ausschickte. Hier aber – mitten im Wald – würden sie höchstens einem Rudel Wölfe begegnen. »Wenn doch wenigstens Jan bei mir wäre«, dachte sie und wunderte sich im selben Moment, dass dieses Ansinnen nicht Albrecht oder Trine gegolten hatte. Das Gefühl, wie er sie letzte Nacht in seinem Arm gehalten hatte, war plötzlich wieder da. Sie schloss die Augen und glaubte fast, Jans Geruch in der Nase zu haben. Unvermittelt füllten sich ihre Augen mit Tränen. Möglicherweise war diese Erinnerung ihre letzte an ihn. Ein tiefer Schmerz fuhr in ihre Brust und entlud sich in einem Wimmern. Dann aber biss Margarethe die Zähne zusammen. Nein. Sie durfte die Hoffnung nicht aufgeben. Jan war nicht der Mann, der sich im Schlaf einfach die Kehle durchschneiden ließ. Er war am Leben, und er würde nicht eher ruhen, bis er sie gefunden hatte. Sie blinzelte die Tränen weg und bemerkte, dass das Pferd angehalten hatte.

Der Ritter saß ab. »He, du da, verwisch unsere Spuren!«, bellte er den Führer an. Der Mann beeilte sich, ihm zu gehorchen. Unter den kritischen Blicken des Ritters schnitt er ein paar Ästen ab, band sie zu einer Art Reisigbesen zusammen und fegte frisches Laub über die Hufabdrücke der Pferde.

Schließlich wurde Margarethe vom Pferd geholt. Sie war so erschöpft, dass ihr die Beine wegsackten. Der Ritter musterte sie eingehend, trotzig erwiderte sie seinen Blick. Er war schon etwas älter und seine Haut dunkel wie gegerbtes Leder und von tiefen Falten durchzogen.

Amüsiert zog er die Brauen zusammen. Ganz offensichtlich war er es gewohnt, verabscheut zu werden. »Eine richtige kleine Wildkatze«, spottete er.

Margarethe hielt die Luft an, als er sie mit geübtem Griff um die Taille packte und hochhob, als wöge sie nicht mehr als eine Feder. Er stellte sie auf die Füße. Im nächsten Augenblick fühlte sie seine Hände an ihrem Gesäß.

»Du bist ein ansehnliches Weibsstück«, sagte er und gab ihr einen Klaps. »Kein Wunder, dass du jede Menge Verehrer hast.« Seine Hände umschlossen ihre Schultern, den Rücken, ihre Hüften, den Busen. Dann gingen sie tiefer. Margarethe schloss die Augen. Halt es aus, befahl sie sich. Zeig keine Angst. Für den bist du nicht mehr als ein Pferd, von dem er den Wert abschätzt. Er wird dir nichts tun, denn unversehrt bist du wertvoller. Die anderen beiden Galgenvögel grinsten unverschämt und machten eine obszöne Handbewegung.

Plötzlich stieß der Mann sie unsanft fort. »Scheinst das ja richtig zu genießen, Metze!«, blaffte er sie an und ging dann zu seinem Pferd zurück.

Der Wald drehte sich vor Margarethes Augen. Was war passiert? Dann verstand sie. Der Kerl hatte nach Wertsachen gesucht. Viele Frauen verbargen ihren Schmuck in ihrer Wäsche. Ein heißer Schauer jagte der Hofdame über den Rücken, denn im Saum ihres Rockes eingenäht trug sie noch immer die

Perlen des Herzogs bei sich. Konnte es sein, dass der Plackerer von ihnen wusste? War dies der Grund, weshalb er sich ausgerechnet sie aus all den Reisenden gegriffen hatte? Aber wie konnte das sein? Niemand außer Jan kannte das Versteck, und der hätte sich gewiss eher die Zunge abgebissen, als ein Sterbenswörtchen zu verraten. Hatte man ihren Freund am Ende gar gefoltert? Doch dafür hätte die Zeit nicht gereicht. Schließlich war es noch stockdunkel gewesen, als sie zu ihrer Flucht aufgebrochen waren.

»Wir werden jetzt zu einem Lagerplatz laufen, wo wir für ein paar Stunden ausruhen können«, unterbrach der Plackerer ihre Gedanken. »Danach werde ich dir die Augen verbinden.«

»Welchen Weg?«, rutschte es Margarethe heraus. »Hier sind doch nur Bäume.«

Prompt fing sie sich eine Ohrfeige ein. »Maul halten. Los jetzt und keine Mätzchen. Ich hab dich im Blick.«

Er reichte die Zügel des ermatteten Pferdes seinen Kumpanen, band sich das Ende des Stricks, mit dem Margarethe gefesselt war, um den Bauch und trieb sie mit einem Stock vor sich her.

Nach einer weiteren guten Stunde erreichten sie eine Felswand, in der ein Überhang ein natürliches Dach bildete. Die Stelle war zur Hälfte von Tannen gut verborgen. Ein ideales Versteck.

»Hier werden wir rasten«, erklärte der Ritter und drängte Margarethe zu dem Felsvorsprung, während der Führer eine Decke ausbreitete. »Leg dich hin. Du sollst dich ausruhen, doch ich werde deine Beine zusammenbinden. Nicht, dass du mir noch davonläufst.«

Ohne eine Antwort zu geben, sackte Margarethe auf dem Lager nieder. Widerstandslos ließ sie es zu, dass der Ritter ihre Knöchel packte und Lederriemen darum schlang. Ihre Enden führte er durch ihre Handfesseln und zog alles so fest, dass Margarethe sich nicht erheben konnte. Die Hofdame schloss die Augen. Obwohl die Kälte durch die Decke drang, dämmerte sie schon nach kurzer Zeit weg. Das Geräusch malmender Pferdezähne und der Geruch von Tannennadeln durchdrangen ihren Halbschlaf. Das Tier schien nicht weniger hungrig zu sein als sie, aber es hatte wenigstens ein paar frische Triebe, um seinen Magen zu füllen.

Trine bemerkte Margarethes Fehlen gleich nach dem Aufwachen. Das Bett ihrer Herrin war leer. Zunächst dachte die Zofe, Margarethe wäre nur zum Abtritt gegangen. Sie reckte sich gemächlich, dann begann sie, ihr Bündel zu schnüren. Die Zeit verging. Es war alles längst gepackt, aber Margarethe kam nicht wieder zurück. Nun wurde Trine unruhig. Sie beschloss nachzusehen, wo ihre Herrin geblieben war, und kletterte die Stiege hinunter.

Im Gasthaus war es ungewöhnlich still. Nicht einmal in der Küche regte sich Leben. Trine schaute in die Gaststube, die menschenleer war. Langsam wurde es der Zofe mulmig. Wo waren der Wirt und seine Schankmagd? Konnte es sein, dass sie wirklich noch schliefen? Das ungute Gefühl in ihrer Magengrube verstärkte sich. Trine trat auf den Hof. Auch hier war alles wie ausgestorben, und auf dem Abtritt war auch niemand. Sofort hastete die Zofe zurück ins Gasthaus und die Stiege hinauf. Ihre Kammer war immer noch verwaist. Weder Margarethe noch sonst jemand begegneten ihr. Mit wehenden Zöpfen eilte sie den Flur entlang und hämmerte an die Tür von Herrn Sedlics Schlafstube.

Der öffnete ihr verschlafen, aber mit dem Schwert in der

Hand. »Was ist denn los?«, wollte er wissen und rieb sich die hellblauen Augen.

»Herr, es muss etwas passiert sein«, berichtete Trine atemlos. »Ich kann Frau Margarethe nirgendwo finden, und auch sonst scheint niemand hier zu sein.«

Der Böhme packte sie an den Oberarmen und schüttelte sie. »Was sagst du da?«

»Sie ist weg, verschwunden. Ich hab schon überall gesucht.«

»Aber das kann nicht sein«, flüsterte Jan. »Sie war doch heute Nacht noch ...«

Trine sah ihn mit merkwürdigem Gesichtsausdruck an.

Der Ritter räusperte sich. »Sie wollte sich einen heißen Ziegel holen, weil ihr so kalt war, und ich wurde vom Knarren der Dielen wach.« Dann schloss er den Mund wieder. Was tat er da eigentlich? Erklärte er sich etwa gerade einer Zofe? Jan schluckte und streckte sich, dann sagte er: »Geh zum Stall, und hol meine Männer! Sie sollen sofort zu mir kommen.« Er ließ Trine stehen und knallte die Tür zu.

Trine hastete erneut über den Hof zu dem Verschlag, in dem die Pferde standen. Das Holztor quietschte laut, als sie es öffnete. Ein breiter Streifen Tageslicht fiel in das Gebäude. Hektisch spähte die Zofe umher.

»Hallo, ist da jemand?«, rief sie ängstlich. Die Pferde drehten die Köpfe und stampften unruhig. Von den jungen Rittern war nichts zu sehen. Die Zofe nahm ihren ganzen Mut zusammen und ging hinein. Sie fürchtete schon auf blutige Leichen zu stoßen, da fiel ihr eine Bewegung im Heu auf. Etwas regte sich unter den Halmen. Trine schluckte. Dann jedoch griff sie eine Mistgabel, ging hinüber und stach vorsichtig hinein. Ein gedämpfter Schmerzenslaut war zu hören. Hastig fegte sie das Heu zur Seite und fand zwei gefesselte und geknebelte Männer vor. Jan Sedlics Männer. Jeder von ihnen hatte eine ordentliche Beule am Kopf, doch sonst waren sie unversehrt.

Mit zwei Schritten war Trine bei ihnen, schnappte sich ein Messer und befreite sie. »Ihr sollt sofort zu dem Herrn Sedlic. Ich fürchte, es wird eine ziemliche Standpauke geben.«

Während Jan sein Kettenhemd anlegte, versuchte er, die Ereignisse zu ordnen. Heute Nacht war er Margarethe begegnet. Und für einen kurzen Moment waren sie sich so nahegekommen wie noch nie zuvor ... Jan zwang sich zur Konzentration. Margarethe hatte in die Küche gewollt, er musste also den Wirt fragen. Mit dem Schwert am Gurt begab er sich nach unten, doch da war niemand. Eilig durchkämmte der Ritter sämtliche Räume. Ohne Erfolg. Entweder hatte man ihn fortgeschleppt, oder der Lump steckte mit dem Pack unter einer Decke und hielt sich nun versteckt.

Jan fluchte und rannte zurück in Margarethes Kammer. Ihre Sachen waren bis auf Cotte, Schuhe und Mantel, die sie in der Nacht zuvor getragen hatte, noch alle da. Es sah ganz so aus, als wäre sie nach ihrer Begegnung nicht mehr hierher zurückgekehrt. Kein Zweifel, sie war entführt worden, aber warum hatte man ihn selbst und Trine verschont? Augenblicklich musste Jan an die Perlen denken, die seine Freundin im Rocksaum versteckt hatte. Aber wie hätte jemand davon wissen können? Nicht einmal seine beiden Begleiter kannten das Versteck des Lösegeldes. Und überhaupt, wo steckten die bloß?

Genau in diesem Moment kamen ihm zwei über und über mit Staub bedeckte Gestalten entgegen, die sich im Laufen noch das Heu aus Wams und Hose klopften.

»Herr Sedlic, uns wurde übel mitgespielt«, erklärte der eine sofort und deutete auf eine große Platzwunde am Hinterkopf. Dann berichtete er, wie man ihn im Schlaf überrumpelt, niedergeknüppelt und gefesselt hatte. Angeblich waren es mindestens drei finstere Gestalten mit geschwärzten Gesichtern gewesen. Der andere junge Bayer, der in nicht ganz so übler Verfassung war, erinnerte sich, dass die Männer Frau Margarethes Namen geflüstert hatten und mit den blanken Dolchen in der Hand hinüber in ihre Schlafkammer gehen wollten. Dann jedoch habe sich plötzlich die Tür zum Stall geöffnet und jemand habe gerufen: »Das ist sie.« Anschließend habe es ein kurzes Gerangel mit Margarethe gegeben. Der junge Ritter war sich sicher, dass Frau Margarethe noch lebte, als man sie fortschleppte.

»Haben sie sonst noch etwas gesagt?«, hakte Jan nach.

Der junge Bayer schüttelte den Kopf. »Nein, Herr Sedlic.«

»In welcher Sprache haben sie geredet? Waren es Bayern? Passauer? Böhmen?«

»Böhmen aus dem Grenzland waren's, da bin ich mir ganz sicher, denn meine Tante stammt von dort und ich habe die ersten Jahre meines Lebens dort verbracht.«

Jans Lippen zitterten vor Erregung. Er trat derart heftig gegen die Tür, dass sie mit einem lauten Knall gegen die Wand flog, und rannte nach draußen. Aufmerksam untersuchte er den immer noch halb gefrorenen Boden. Hühner kratzten in der schmutzigen Pampe. Es gab so viele Fußspuren, dass es unmöglich war, zu entscheiden, welche von Margarethe stammten. Grübelnd stand Jan in der Kälte. Sie waren einem Schlepper aufgesessen, der sie in die Falle gelockt hatte. Das war klar. Aber wie war er auf sie aufmerksam geworden? Er hatte seinen Begleitern verboten, auch nur ein Wort über das Lösegeld zu verlieren. Sie mochten jung und unerfahren sein, aber an diese Anweisung hatten sie sich ganz gewiss gehalten. Zudem wussten sie gar nicht, dass Margarethe die Perlen bei sich trug, und jeder andere hätte vermutet, dass man die wertvolle Fracht beim Anführer, also bei Jan, suchen müsste. Die Räuber hatten es jedoch exakt auf Margarethe abgesehen gehabt. Man hatte sich ja nicht einmal die Mühe gemacht, ihr Zimmer zu durchsuchen.

Jan dachte an den Brief und den darin enthaltenen Rat des Vogts, die Perlen stets bei sich zu tragen. Ein schlimmer Verdacht keimte in ihm auf. »Weida, du Hund!«, flüsterte er. Ein weiteres Mal war seine Wut so groß, dass er die Hand zornig zur Faust ballte. Schmerzhaft krachte sie wenig später gegen die Steinmauer, die das Gasthaus umgab.

Er selbst hatte es vermasselt. Statt zurück ins Bett zu kriechen, hätte er Margarethe nach unten begleiten müssen. Für ihn war die ganze Sache von Anfang an eine Schnapsidee gewesen. Eine Frau mit so wertvoller Fracht ohne entsprechenden Geleitschutz auf diese Reise zu schicken! Was war bloß in seinen Herzog gefahren? Er hätte es doch besser wissen müssen. Oder war ihm etwa egal, was aus Margarethe und den Perlen wurde? Jan schluckte, als er erkannte, dass es vermutlich genauso war. Ein trauriger Unfall im Zuge einer mutigen Mission käme Herzog Ernst doch mehr als gelegen. Er stünde gut da, und einer Ehe zwischen Albrecht und Elisabeth wäre niemand mehr im Weg. Den Verlust von fünfzig Perlen konnte das Herzogtum durchaus verschmerzen, einen standesgemäßen Erben jedoch nicht.

Bebend vor Zorn lief der Ritter zurück zum Haus. »Pack mir Proviant für zwei bis drei Tage ein«, wies er Trine an, die schuldbewusst dreinsah, obwohl sie für Margarethes Verschwinden nicht das Geringste konnte.

»Habt Ihr etwas entdeckt, Herr Sedlic?«, fragte sie schüchtern.

»Nicht wirklich. Du reitest mit meinen Männern zurück

nach Passau und bittest den Fürstbischof um Hilfe. Sag ihm, der Hofmeister des Herzogssohns benötige seine Unterstützung, weil er im Grenzland überfallen worden sei, und bitte ihn um Söldner, die sich in den Wäldern auskennen. Man möge sich beeilen.«

Trine nickte. Sie verstand sofort, dass der Fürstbischof nur müde abwinken würde, wenn sie um Hilfe zur Errettung von Albrechts Konkubine bitten würde. Sie wandte sich um und rannte davon, um den geforderten Proviant zu holen.

Mit den geübten Handgriffen eines kampferprobten Ritters befestigte Jan kurz darauf ein Bündel mit dem Nötigsten am Pferd und führte es aus dem Stall. »Den Schimmel dort nehm ich auch mit«, ließ Jan die beiden jungen Ritter wissen, die immer noch zerknirscht dreinschauten. Er kontrollierte kurz die Gurte, dann stieg er auf, griff nach den Zügeln des Schimmels und drängte auf die Straße hinaus. Am liebsten wäre er sofort losgaloppiert, doch er wusste ja nicht einmal genau in welche Richtung. Einem Instinkt folgend hielt er tiefer in den Wald hinein. Dort war es totenstill. Nicht einmal die Vögel schienen sich über diesen Tag zu freuen. Je tiefer der Ritter in die Einsamkeit vordrang, desto mehr wuchs seine Verzweiflung. Wie sollte er Margarethe in dieser Wildnis bloß finden? Missmutig trieb er sein Pferd an. Als er darüber nachdachte, wurde ihm klar, dass ihm nur eine Hoffnung blieb: Margarethe war eine auffallende Erscheinung. Falls sie in dieser gottverlassenen Gegend jemandem begegnet war, würde sich derjenige an sie erinnern.

Kapitel 6

Albrecht durchmaß das Arbeitszimmer mit langen Schritten. Immer wieder warf er dem Pergament, das ausgebreitet auf dem mit filigranen Schnitzereien verzierten Schreibtisch lag, wütende Blicke zu, ganz so, als wäre es sein erbittertster Feind. Er hatte getobt, gebrüllt und sogar einen vollen Weinkrug an die Wand geworfen, nachdem er erfahren hatte, dass Margarethe nach Gera abgereist war, um Heinrich von Weida aus den Händen der Hussiten zu befreien. Zuerst hatte er sich furchtbar darüber aufgeregt, wie sie so etwas hatte tun können, ohne ihn zu fragen.

Dann hatte er seinen Vater, den Herzog, aufgesucht, um ihn um Erlaubnis zu bitten, ihr nachreiten zu dürfen. Doch der hatte Margarethes Torheit auch noch gelobt und ihm strikt verboten, seinen Plan in die Tat umzusetzen. Albrechts Anwesenheit sei in dieser heiklen Phase des Bayernkrieges unabdingbar, hatte der Herzog argumentiert. Sie hatten sich furchtbar gestritten, und Albrecht hatte sich so sehr im Ton vergriffen, dass sein Vater ihn schließlich hinausgeworfen hatte.

Danach suchte Albrecht verzweifelt Trost und Vergessen im Rausch. Doch jedes Mal, wenn er zu viel trank, war es, als würde ein Dämon von ihm Besitz ergreifen. Der trieb ihn zu weiteren Worten und Taten, die er bitterlich bereute, sobald sich sein Kopf wieder klärte.

Albrechts Blick fiel auf die Spuren, die der zerschellte Krug kurz zuvor an der Wand hinterlassen hatte. Ein intensiver Geruch nach Branntwein schwängerte die Luft. Mit unsicherer

Hand schenkte sich Albrecht nun aus einem zweiten Krug ein und stürzte den Trunk in einem Zug hinunter. Zum Glück war bei seinem Ausbruch zuvor niemand zu Schaden gekommen. Die Höflinge gingen Albrecht wohl wissend aus dem Weg, wenn er sich in solcher Stimmung befand. Einzig Jan harrte dann für gewöhnlich an seiner Seite aus. Doch dieser war nicht da. Und Albrecht war froh, dass der Freund durchgesetzt hatte, Margarethe zu begleiten. Er würde auf sie aufpassen. Mit Jan an ihrer Seite konnte Margarethe nichts geschehen, da war sich Albrecht sicher. Sie würde heil und gesund zurückkehren. Aber was dann? Albrecht starrte feindselig das Schreiben an. Es war der Entwurf eines Kontraktes, der ihn und Margarethe für immer trennen würde.

»Margarethe, du weißt, dass ich das nicht will«, sagte Albrecht laut, obwohl er ganz allein war. »Man presst mir diese Hochzeit ab.«

Zögernd begab sich Albrecht zum Schreibtisch und strich das Pergament glatt, um es ein weiteres Mal zu studieren. Der Text enthielt neben den üblichen Phrasen und Regelungen bezüglich Elisabeths Mitgift und den damit verbundenen Bündnissen eine Klausel, die bei einem Nichtzustandekommen der Hochzeit eine Strafe von zehntausend Gulden vorsah. Insgeheim musste Albrecht den Stuttgarter Rechtsgelehrten fast Anerkennung zollen. Sie hatten an alles gedacht, sodass Albrecht kein noch so kleines Schlupfloch blieb, um sich der Verbindung ungestraft entziehen zu können.

»Ich will aber Margarethe heiraten, nicht Elisabeth«, lallte er mit schwerer Zunge. »Warum lässt man mich das nicht?«

Niemand war da, um ihm zu antworten. Ein weiterer Schluck Branntwein rann durch seine Kehle. Albrecht läutete dem Kaplan, der sich unterwürfig näherte, sich jedoch dicht bei der Tür hielt.

»Geht noch einmal unsere Ahnentafeln durch«, befahl er dem Mann, »und prüft, ob Elisabeth von Wittelsbach und ich nicht doch zu nahe verwandt sind, um heiraten zu können.«

Der Mann nickte und verschwand.

Albrecht ahnte, dass sich auch diese letzte verzweifelte Hoffnung zerschlagen würde. Die verwandtschaftliche Beziehung würde nicht gegen eine Ehe sprechen. Wimmernd sackte der Herzogssohn zu Boden und wiegte sich wie ein Kind.

»Ach, was hab ich nur getan. Ich gab Margarethe mein Wort und kann's nun nicht halten. Der Zorn Gottes wird mich treffen. Hoffentlich verschont er wenigstens Margarethe.«

Die Rothaarige öffnete die Augen und starrte zu dem Fenster hinauf, das sich in unerreichbarer Höhe befand und den Blick auf einen blassen Mond freigab. Immer noch erschien ihr alles, was geschehen war, unwirklich. Doch sie war in keinem Traum, sondern hier in dieser verborgenen Burg irgendwo im bayrischen Wald. Ohne etwas dagegen tun zu können, stiegen ihr wieder die Tränen in die Augen.

Nach der kurzen Rast war es weitergegangen, wie angekündigt mit verbundenen Augen. Der Weg hierher war so schrecklich für sie gewesen, dass sie sich geschworen hatte, Wic niemals wieder die Lederkappe überzustreifen, sollte sie je nach Hause kommen. Nichts sehen zu können war ihr furchtbar erschienen. Erst in diesem Raum hatte man ihr Fesseln und Augenbinde abgenommen. Dann war die Tür hinter ihr ins Schloss gefallen, und man hatte sie in der Finsternis allein gelassen.

Vorsichtig setzte sie sich auf ein durchaus bequemes Bett,

und als sie die Beine baumeln ließ, stieß sie an einen Nachttopf. Ganz offensichtlich war man hier auf Gefangene eingerichtet. Er ist also tatsächlich ein Plackerer, dachte Margarethe. Erschrocken dachte sie an die Perlen. Es war zu gefährlich, sie länger bei sich zu tragen, aber wohin damit? Eine Weile lauschte sie in die Dunkelheit hinein, doch irgendwann schlief sie wieder ein.

Der hellgraue Lichtschein aus dem hohen Fenster weckte sie. Sie fühlte sich wie zerschlagen. Von dem ungewohnten Fußmarsch tat ihr alles weh. Mit zusammengebissenen Zähnen erhob sie sich und ging hinüber zu einer verbeulten Waschschüssel. Das Wasser darin war eiskalt, und Seife gab es nicht. Entschlossen spritzte sie sich die kalte Flüssigkeit ins Gesicht.

In diesem Moment öffnete sich die Tür und der falsche Reiseführer trat ein. »Mein Herr wünscht, mit Euch zu speisen!«, meinte er mit wichtigtuerischer Miene.

Die Rothaarige sah den Burschen fragend an und zwang sich dann zu einem schiefen Lächeln. »Ich werde die Einladung schwerlich ablehnen können, aber ein wenig zurechtmachen würde ich mich schon gern.« Sie deutete auf ihre Haare und ihr zerrissenes Kleid.

»Ich warte draußen«, grummelte der Mann. »Fünf Minuten. Mein Herr schätzt es nicht zu warten.«

Selbstgefällig packte Hans von Sachsenheim das Schreiben mit dem Siegel des Wittelsbacher Herzogs in seine Ledertasche. Er hatte erreicht, was der Rat sich gewünscht hatte, nämlich eine schriftliche Absichtserklärung des Herzogs, dass sein Sohn und Thronfolger Albrecht Elisabeth von Württemberg das Eheversprechen geben würde. Allerdings sollte es noch eine Weile dauern, bis man die eigentlichen Verträge aufsetzen konnte, denn Herzog Ernst wollte zunächst die bayrischen Streitigkeiten regeln. Die Räte würden mit diesem Aufschub schon einverstanden sein, da war sich Sachsenheim sicher. Er plante, das Schreiben später einem vertrauenswürdigen Boten zu übergeben, da er selbst anderes zu tun hatte. Dabei handelte es sich um Angelegenheiten, von denen niemand etwas zu wissen brauchte.

Der Herzog wünschte ihm persönlich eine gute Reise, doch dann verriet er ihm etwas, das Sachsenheim zutiefst beunruhigte: Man erwartete den Herrn von Bischishausen, der seine Tochter Margot besuchen wolle, die sich derzeit zur Erholung in Grünwald aufhielt.

»Also hat diese rothaarige Hexe doch Verdacht geschöpft und eine Taube nach Stuttgart geschickt«, dachte Sachsenheim und wurde eine Spur blasser. Er musste sich beeilen, damit ihm der alte Truchsess nicht dazwischenkommen konnte.

Bereits eine Stunde später kehrte Sachsenheim München den Rücken. Doch schon kurz hinter Erding tauschte er die Kutsche gegen ein Pferd, vertraute den Brief des Herzogs seinem Oberst an, teilte seine Männer und wandte sich Richtung Grünwald. Er würde seiner Braut einen Besuch abstatten. Bestimmt würde sie ihn mit offenen Armen empfangen, wenn sie ihn erst sah, und dann bereitwillig mit ihm kommen. Ob man schon etwas von ihrer Schwangerschaft erkennen konnte? Wahrscheinlich nicht. Es war ihr erstes Kind, und außerdem war seit der Empfängnis noch nicht allzu viel Zeit vergangen. Umso besser, dachte er grinsend. Dann können wir beide noch ein wenig Spaß miteinander haben, nur so wild wie beim letzten Mal dürfen wir es nicht mehr treiben. Denn keinesfalls wollte Sachsenheim das Leben dieses Kindes riskieren.

Es war später Nachmittag, als Sachsenheim das herzogliche Jagdschloss erreichte. Da er später das Gerücht streuen wollte, Margot habe sich zum ihm geflüchtet, schickte er einen seiner Männer im Wams und Wappen eines Münchners mit einem Brief auf das Schlösschen. In dem Schreiben bat er Margot, sich gleich nach der Vesper an den Isarauen einzufinden. Dort gäbe es einen einzeln stehenden Felsen, der nicht zu übersehen sei. Um sicherzugehen, dass das Mädchen auch wirklich kam, gab er in dem Schreiben vor, es ginge um eine vertrauliche Botschaft von Margarethe. So naiv, wie er Margot in Erinnerung hatte, würde das genügen, um sie aus den Burgmauern zu locken.

Schon nach einer Stunde kehrte Sachsenheims Bote zurück.

»Und, was hat sie gesagt?«, drängte Sachsenheim.

»Das Fräulein Margot wirkte sehr bestürzt. Sie wird kommen.«

Sachsenheim grinste. »Wie leicht sich Weiber doch täuschen lassen.«

»Ja, Herr.«

»Nun, dann lass uns alles vorbereiten. Entweder das Fräulein begleitet uns freiwillig, oder wir helfen bei der Entscheidung, sich uns anzuschließen, ein wenig nach.«

Es würde ein dreister Plan sein, den er in Stuttgart niemals gewagt hätte, in die Tat umzusetzen. Hier aber in Bayern, wo auch ein Hans Truchsess von Bischishausen keinerlei Rechtsgewalt hatte, konnte er ohne Weiteres gelingen. Margots Vater würde sich wie jeder Bürger an Herzog Ernst wenden müssen, sobald er erfuhr, dass seine holde Tochter, ohne zu fragen, den ehrenwerten Hans von Sachsenheim geheiratet hatte. Der Truchsess würde vor Herzog Ernst protestieren, aber glauben würde man Sachsenheim. Schließlich war nur allzu bekannt, wie sehr Margot ihn begehrt hatte. Das Ganze würde zu einem langwierigen Verfahren führen, das seine Zeit dauerte. Sieben Monate, mehr brauchte Sachsenheim nicht. Niemand würde danach noch auf einer Annullierung der Ehe bestehen. Er würde eine Strafe zahlen, damit Gerechtigkeit geschaffen wurde, aber das war es allemal wert. Sein Sohn würde nach dem Tod Bischishausens den Titel des Truchsessen tragen. Sachsenheims Herzschlag beschleunigte sich. Er war seinem Ziel zum Greifen nah.

»Lass uns allein, Tonda«, sagte der Raubritter zu Margarethes Bewacher.

Der verbeugte sich und schloss die Tür mit einem: »Sehr wohl, Herr.«

Margarethe schaute sich um. Sie war in einen fensterlosen Raum geführt worden, dessen Wände nur spärlich mit Sandputz beworfen waren. Schmuckteppiche fehlten, und auf dem Boden lag modriges Stroh, das sich ein brauner Jagdhund zu einem Lager zusammengekratzt hatte. In der Mitte stand ein Tisch, der für zwei Personen gedeckt war, wobei die Mahlzeit aus einem irdenen Tonkrug, der vermutlich mit Bier gefüllt war, und einer Schüssel Hirsebrei bestand, zu dem es eine dunkle Tunke gab.

Die junge Frau spähte umher, ob in dem Raum irgendetwas zu entdecken war, das ihr bei einer möglichen Flucht behilflich sein könnte oder geeignet schien, ihre Entführer einzuschüchtern. Aber der Ritter war vorsichtig. Selbst das Essbesteck bestand lediglich aus Löffeln.

Während Margarethe wartend an der Tür stand, studierte der Ritter einige Papiere und versah sie an einigen Stellen mit Bemerkungen. Gebildet schien er also zu sein, dieser Plackerer. Margarethe war erstaunt, denn nicht einmal bei ehrenhaften Rittern war es selbstverständlich, dass sie die Feder zu führen verstanden. Viele beschäftigten zu diesem Zweck einen Schreiber oder griffen auf die Dienste des Burgkaplans zurück. Dass sich ein solcher an diesem verruchten Ort aufhielt, war jedoch nicht zu erwarten gewesen.

Die junge Frau trat unruhig von einem Fuß auf den anderen. Ob der Mann das Gespräch suchte, um die Höhe des Lösegelds ausloten zu können? Nun, es würde keinen Sinn machen, ihre Bekanntschaft zu Albrecht zu verheimlichen, denn der Reiseführer Tonda hatte sie und Jan reden hören.

Während die Unruhe in Margarethe wuchs, tat der Ritter weiter sehr geschäftig und deutete ihr mit einer knappen Handbewegung an, sich auf einem der beiden Holzstühle niederzulassen, die vor dem Tisch standen. Mit ernster Miene streute er dann ein wenig Sand auf die Tinte, bevor er den Blick hob. Margarethe hatte sich noch immer nicht von der Stelle gerührt. Der Plackerer musterte sie unverhohlen. Sie hatte versucht, sich ein wenig zurechtzumachen, was unter den gegebenen Umständen nicht einfach gewesen war. Wenigstens hatte sie es geschafft, ihr Haar halbwegs zu entwirren, auch wenn es offen über ihre Schultern fiel wie bei einem jungen Mädchen. Auch bemühte sie sich um eine aufrechte, unnahbare Haltung, hinter der sie ihre Angst zu verbergen suchte.

»Nun, Herr Ritter, Ihr wünschtet mich zu sprechen?«, begann sie, bemüht, ihrer Stimme einen festen Klang zu verschaffen.

Erneut deutete der Ritter auf den Stuhl. Diesmal nickte sie und schritt quer durch den Raum. Ihre Röcke raschelten, während sie der Aufforderung nachkam. Das Möbelstück war niedrig und recht wackelig. Nun stand auch der Ritter auf und ging zu ihr hinüber. Breitbeinig stellte er sich vor sie, sodass sie zu ihm hochsehen musste. »Margarethe von Waldeck«, begann er. »Du bist doch die Hure des zukünftigen bayrischen Herzogs, nicht wahr?«

Überrascht hob sie eine Augenbraue. Er hatte es also von Anfang an gewusst. Sie war kein zufälliges Opfer. Das war kein gutes Zeichen.

»Der Mann ist zu beneiden«, stellte der Ritter fest und leckte sich über die Lippen. »So ausgeruht und zurechtgemacht bist du wahrlich ein appetitlicher Happen.«

Die Rothaarige verzog keine Miene, doch ihre Hände kneteten die Fingerknöchel. »Ihr wisst viel über mich, Herr Ritter, ich dagegen kenn nicht mal Euren Namen.«

Ein überhebliches Lächeln zeigte sich auf seinem Gesicht. Lässig lehnte er sich gegen eine Ecke des Tisches und betrachtete sie wie eine Schlange die Maus, die sie zu verspeisen gedachte. Margarethe entging sein anzüglicher Blick nicht. Mit einer nervösen Handbewegung zog sie ihr Tuch enger um sich.

»Wenn Ihr vor dem richtigen Wintereinbruch noch Antwort aus München erhalten wollt, solltet Ihr nicht lange zögern, Euren Boten auszusenden«, redete Margarethe weiter. »Das Wetter ist jetzt schon schlecht, und besser wird es kaum werden.«

»Danke für den Hinweis, auf den ich allein nie gekommen wäre. Es drängt sich der Eindruck auf, du schätzt meine Gastfreundschaft nicht?«

»Mit Gastfreundschaft hat dies hier nichts zu tun.«

»Richtig. Es ist ein Geschäft.«

»Dann seid Ihr also ein Ritter, der seinen Lebensunterhalt mit Entführung und Erpressung verdient. Ihr seid ein Plackerer.«

»Das stimmt, aber keine Angst, unsere Bekanntschaft wird nur von kurzer Dauer sein«, sagte der Mann mit eisiger Stimme.

»Bei diesen Wetterverhältnissen ist kaum anzunehmen, dass das Lösegeld aus München so schnell beizubringen ist, zumal sich Euer Liebden derzeit nicht in München aufhält«, sagte die Hofdame.

»Oh, ich brauche niemanden nach München zu schicken, denn ich habe mein Geld bereits.«

Margarethe schluckte. Kein Lösegeld von Albrecht? Was hatte er dann mit ihr vor? Ein wahnwitziger Gedanke keimte in ihr hoch: Vielleicht wollte man sie aus dem Weg schaffen, damit sie nicht länger einer Heirat zwischen Elisabeth und Albrecht im Wege stand? Hatte Jan ihr nicht Sachsenheims Absichten erklärt? Diesem Mistkerl von einem Hofmeister war alles zuzutrauen, und er wusste genau, wie nahe sich Albrecht und Margarethe standen. Der Hofdame fuhr ein kalter Schauer den Rücken herunter. Ja, Sachsenheim war eine solche Intrige durchaus zuzutrauen. Dazu war ihm bekannt, dass Margarethe alles tun würde, eine Scheidung mit dem Vogt endlich durchzusetzen. Vermutlich war der ganze Brief eine Fälschung, und sie war darauf hereingefallen. Eine Dummheit, die sie und ihre Freunde das Leben kosten würde. Ihre Augen weiteten sich für einen Moment.

Der Plackerer sah es und grinste noch breiter. Langsam trat er hinter sie und blieb dort stehen. Er beugte sich ein wenig vor, sodass sein Atem beim Sprechen über ihr Haar strich. »Lass uns tafeln und das Leben genießen, solange es Gott und dem Teufel gefällt.«

Er ließ sich an der anderen Seite des Tisches nieder, nahm die Kelle und tat sich und ihr eine ordentliche Portion auf. Seine blauen Augen funkelten belustigt, während er etwas

Soße über ihren Brei goss, dem Geruch nach eingedickte Hühnerbrühe. Margarethe hatte das Gefühl, nicht einen einzigen Happen herunterwürgen zu können. Der Ritter dagegen machte sich genüsslich über den Inhalt seines Tellers her. Von draußen hörte man das Geklapper von Hufen und den Ruf eines Knechts. Zu gern hätte Margarethe einen Blick auf den Hof geworfen, um zu sehen, was da los war, aber der Plackerer behielt sie fest im Auge und spottete: »Keine Angst, das ist nicht vergiftet. Schau, ich esse auch davon.«

Gemächlich schaufelte er das Essen in sich hinein, während sie sich zwang, zumindest zu probieren. Sie musste bei Kräften bleiben und durfte die Hoffnung nicht aufgeben. Es schmeckte besser, als sie gedacht hatte, oder war sie ausgehungert? Auch befand sich in dem Krug kein billiges Bier, sondern ein recht ordentlicher Wein.

Der Ritter machte ein zufriedenes Gesicht. Eine Weile aßen sie schweigend. Endlich legte er den Löffel beiseite und wandte sich wieder der Hofdame zu. Er fixierte sie wortlos. Sein Blick ging ihr durch Mark und Bein. War das bereits ihre Henkersmahlzeit gewesen? Würde er sie gleich hier und jetzt umbringen? Dem Mann haftete die Wildheit eines Tieres an. Ohne Zweifel würde es dem Plackerer nichts ausmachen, ihr eigenhändig die Kehle durchzuschneiden. Sein Schweigen wurde immer unerträglicher. Fast wünschte sie, er würde über sie herfallen, nur um nicht länger zur Untätigkeit verdammt zu sein, denn dass sie sich wehren würde, stand fest.

Ihre Hände strichen unruhig über den Stoff ihres Kleides, während sie an die Perlen dachte. Wenigstens die würde er nicht bekommen: Sie hatte sie mittlerweile in Mauerritzen versteckt, aus denen sie den Mörtel gekratzt und anschließend mit den Bröseln wieder verschlossen hatte.

»Was für eine begehrenswerte Frau du bist, Margarethe«, stellte der Ritter bewundernd fest. Er wischte sich mit dem Ärmel über den Mund, stand auf und trat erneut hinter sie. Diesmal beugte er sich tiefer herab, bis seine Fingerspitzen ihren Busen berührten und ihn umspielten.

Margarethe hielt den Atem an. Ließ er sich am Ende von ihrer Schönheit betören, oder betrachtete er sie einfach nur als Spielzeug, mit dem er sich noch ein wenig die Zeit vertreiben wollte, bevor er zur Sache kam? Nein, sie war kein Spielzeug, und sie ließ sich auch nicht so einfach begrapschen! Dieselbe Wut, die sie bei der Vermutung, dieser Mann könnte Jan ermordet haben gefühlt hatte, ergriff erneut von ihr Besitz. Zornig schlug Margarethe nach seiner Hand.

»Ach wisst Ihr, Herr Ritter«, begann sie mit ruhiger Stimme, »ich denke, es muss ein jeder für sich selbst entscheiden, welches Wagnis er im Leben eingeht. Doch eines lasst Euch raten: Einen Albrecht von Wittelsbach herauszufordern bleibt nicht ohne Folgen.« Sie machte eine kurze Pause, um ihm dann ganz unverblümt zu drohen. »Albrecht«, sie benutzte bewusst den Vornamen, »wird sicher wenig erfreut sein, wenn ein böhmischer Bastard Hand an seine Geliebte legt, die sein Kind unterm Herzen trägt. Also lasst uns das Gespräch lieber hier beenden.«

Sie wollte aufstehen, doch der Ritter drückte sie zurück auf den Stuhl, wobei er seine Finger in ihr Fleisch grub. »Wann du gehst, bestimme ich!«, donnerte er.

»Wagt ja nicht …«

Doch mit einem Griff an ihren Hals brachte der Mann sie zum Schweigen. »Und was den Rest angeht. Ich würde nicht allzu sehr auf den Bayern setzen. Noch ist Albrecht kein Herzog und sein Vater … Glaubst du wirklich, er sammelt wegen eines ungeborenen Bankert sein Heer, marschiert hier ein und brennt alles nieder?« Er trat neben sie und griff nach ihrem Schenkel, was Margarethe mit einer saftigen Ohrfeige beantwortete.

»Wagt es nicht, mich noch einmal anzufassen, oder es bedarf keiner Armee, um diese Ruine dem Boden gleichzumachen.« Einen Moment war sie über sich selbst erschrocken, aber der Ritter lachte nur amüsiert.

»Jetzt jagst du mir aber wirklich Angst ein«, spottete er und rollte mit den Augen. »Da werde ich ja so zahm wie ein Schoßhündchen, wenn du mir derart drohst.«

Im nächsten Moment packte er ihr Handgelenk, zog sie zu sich hoch und zwang sie in eine Umarmung. Sein Gesicht kam immer näher. Er grinste und entblößte dabei sein Gebiss wie ein Straßenköter. Sie wendete den Kopf ab. Er nutzte die Gelegenheit, um ihren Nacken zu küssen, zuerst sanft, doch dann gruben sich seine Zähne in ihren Hals. Vor Schmerz und Überraschung schrie sie auf und versuchte, ihn zu kratzen, doch er hielt sie fest wie in einem Schraubstock.

»Aber Verehrteste, nicht so stürmisch, wenn ich bitten darf«, zog er sie auf, während sie nach Atem rang. Dann ließ er sie los, und sie torkelte Richtung Tür. Gelassen blickte er ihr hinterher. Amüsiert beobachtete er, wie Margarethe sich vergeblich abmühte, die Tür zu öffnen, und leckte sich über die Lippen. Panik stieg in ihr auf. Sie hatte stark sein wollen, aber das überstieg ihre Kräfte. »Lasst mich heraus«, forderte Margarethe mit bebender Stimme.

Seine Mundwinkel zuckten belustigt. »Gewiss doch«, säuselte er und kam langsam auf sie zu. »Aber vorher sagst du mir, wo du die Perlen versteckt hast.«

Margarethe schluckte. Wie konnte er davon wissen? Niemand wusste von den Perlen, niemand außer Herzog Ernst,

Jan und … demjenigen, der diesen vermaledeiten Brief geschrieben hatte. Margarethe stöhnte innerlich auf.

»Gib sie mir, meine Schöne, das erspart uns beiden eine Menge Unannehmlichkeiten.«

Darum also war sie noch am Leben. Der Mann wollte erst von ihr erfahren, wo die wertvollen Schmuckstücke waren. Trotzig zischte sie: »Sucht doch selbst!«

»Ich kann dir gern sämtliche Kleider vom Leib reißen, wenn dir das lieber ist.«

Margarethe wusste sich nicht anders zu helfen, als nach der noch halb vollen Schüssel Brei zu greifen und sie auf den Ritter zu werfen. Im nächsten Moment flüchtete sie zur gegenüberliegenden Wand, wo sich eine schmale, aber stabile Holztür befand. Mit der flachen Hand schlug sie dagegen. Ihr Mund öffnete sich zu einem verzweifelten Hilferuf, der jedoch ungehört verhallte.

Der Plackerer wischte sich die Essensreste vom Wams, sprang ihr nach und packte sie an den Haaren. Er zerrte sie zurück zum Tisch, wo er das restliche Geschirr zur Seite fegte und sie mit dem Rücken auf die Tischplatte drückte. »Du störrisches, kleines Miststück! Glaubst du wirklich, ich hätte nicht Mittel und Wege, dich zum Sprechen zu bringen?«

Er zwang ihre Beine auseinander, als sie versuchte, nach ihm zu treten. Sie schrie laut und verzweifelt. Vergeblich. Auch ihr Versuch, sich aus dem eisernen Griff zu befreien, war nicht mehr als ein aussichtsloses Ringen. Dem Ritter schien ihre Gegenwehr egal, denn er lachte laut. Sie traf ihn mit dem Ellbogen in den Rippen. Das Lachen verstummte, und er ließ sie los. Wieder entkam sie ihm. Mit kaltem Blick trat er ihr erneut entgegen, bekam ihren Oberarm zu packen, drehte ihn ihr auf den Rücken und zischte ihr von hinten ins Ohr: »Wohin des Wegs, meine Schöne?«

Mit schmerzverzerrtem Gesicht keuchte sie auf. »Ihr seid noch widerlicher, als ich bislang angenommen hatte!«

Genüsslich bog er ihren Arm noch ein wenig höher, und sie wimmerte vor Schmerz. Dann meinte er mit gleichmütiger Stimme: » Schluss! Sag, wo du die Perlen versteckt hast!«

»Wenn Ihr sie nicht gefunden habt, habe ich keine bei mir«, zischte sie zwischen zusammengepressten Zähnen hervor.

»Ach so? Dann bist du wertlos für mich.« Er trat ihr in die Kniekehlen, sodass sie vor ihm niederging. Seine freie Hand griff nach dem Messer an seinem Gürtel, und er ließ die Schneide über ihre Kehle gleiten, gerade so fest, dass es wehtat, sie aber nicht verletzte.

»Bitte nicht«, flüsterte sie erschrocken. Sie fühlte, wie sie zu zittern begann. Sie wollte nicht sterben und schon gar nicht durch die Hand dieses Schurken.

»Ach, jetzt doch kleinlaut?«, knurrte der Ritter, doch er drehte die Klinge, so, dass nun die flache Seite ihre Haut berührte, ihre Schultern streichelte und ihren Rücken entlangglitt. Die Spitze fuhr unter den Stoff ihres Kleides. Ein Schnitt und die Verschnürung war durchtrennt. Das Kleid rutschte ihr von den Schultern und fiel zu Boden. Sie erstarrte. Nein, das durfte nicht passieren. Nicht ihr. Niemals! Und doch war ihr klar, dass sie nichts dagegen würde tun können. In diesem Moment ließ der Ritter sie los. Ihr wurde schwindelig, so wild klopfte ihr Herz, während der Ritter ihr Kleid aufhob und es genauestens untersuchte. Kraftlos blieb Margarethe liegen und beobachtete, wie der Mann mit seinem Messer den Saum ihres Kleides auftrennte.

»Wo seid ihr, meine Hübschen?«, flüsterte er mit gierig blitzenden Augen. Als er merkte, dass sich in dem Kleid nicht befand, was er suchte, fixierte er Margarethe erneut und kam drohend näher.

Margarethe kroch in eine Ecke des Raums und verschränkte die Arme vor ihrem Busen. Sie schloss die Augen. Dann spürte sie seine Hände. Er hob sie hoch wie eine Puppe, hieß sie, sich mit dem Gesicht zur Wand zu drehen, und begann, sie abzutasten. Suchend strichen seine Finger ihren Körper entlang, glitten zwischen ihre Beine, in ihre Wäsche und fanden doch nicht mehr als einen kleinen, silbernen Kreuzanhänger, den Margot ihr vor Jahren einmal geschenkt hatte und den sie seither stets trug. Seine Hand schloss sich um das Schmuckstück. Ein kleiner Ruck und das Schmuckstück befand sich in seinem Besitz.

Er flüsterte in ihren Nacken, während er sie fest an sich drängte: »Ich bin sehr enttäuscht. Weißt du, mit diesen hübschen kleinen weißen Kugeln hättest du deinen Freund vielleicht retten können. Diesen Sedlic, meine ich.«

Verwirrt schluckte sie. Sollte sie jetzt erfahren, was aus Jan geworden war? Sie öffnete den Mund, um etwas zu sagen, brachte aber nicht mehr als einen krächzenden Laut heraus. Erneut spürte sie die kalte Klinge auf ihrer Haut.

»Tja, aber so werde ich euch beiden wohl einfach die Kehle durchschneiden.«

Gequält schrie Margarethe auf, dann jedoch presste sie die Lippen zusammen und streckte dem Ritter trotzig den Hals entgegen.

Grob stieß der sie zu Boden. »Dann eben nicht. Ich werd schon zu meinem Geld kommen, und bis dahin gibt es noch andere Dinge, die du für mich tun kannst! Margarethe von Waldeck, du wirst dir meine Gastfreundschaft verdienen müssen.« Erneut packte er sie am Oberarm und zerrte sie zum Tisch. Brutal stieß er ihren Oberkörper auf die Tischplatte und riss ihr Unterkleid und Hemd entzwei. Ohne den geringsten Zweifel an seinem Vorhaben zu lassen, löste er seinen Gürtel und band sie damit fest. »Wollen mal sehen, ob dir meine Art von Liebkosung genauso gut gefällt wie die deines Herzogssohns. Du wirst sie von nun täglich erfahren. So lange, bis dir einfällt, wo die Perlen abgeblieben sind.«

Margarethe traten Tränen in die Augen. Sie versuchte noch, nicht an das zu denken, was ihr nun drohen würde, als plötzlich beschlagene Stiefel draußen auf dem Flur polterten. Lautes Klopfen gegen die Tür, und im nächsten Moment flog sie auf.

»Wer zum Teufel wagt es, mich jetzt zu stören?«, brüllte der Plackerer mit zornrotem Kopf.

»Jemand, der alles Recht dieser Welt dazu hat!«

Margarethe schluckte, drehte den Kopf ein wenig und blinzelte durch den Tränenschleier. Konnte das sein? Zunächst sah sie bloß ein Paar knochige Beine, die in Reitstiefeln aus derbem Leder steckten. Sie zwinkerte noch einmal. Kein Zweifel: Heinrich von Weida war alt geworden, noch älter als ohnehin schon, und quer über sein Gesicht verlief eine hässliche Narbe, aber er war es.

»Lasst von meiner Gattin ab, wenn Ihr noch einen Hauch von Ehre im Leib habt!«, rief er und packte den Ritter am Arm.

»Was schert mich irgendwelche Ritterehre, wenn dieses Miststück die Perlen nicht rausrückt?«, zischte der.

»Diese Art der Vernehmung ist eines Ritters unwürdig. Lasst mich mit ihr reden. Ich werde Margarethe schon zur Vernunft bringen.«

»Nun denn«, gab der Plackerer nach. »Versucht Euer Glück, Weida, aber meine Geduld währt nicht lang.«

Zur selben Zeit kontrollierte Sepi noch ein letztes Mal, ob seine Kisten, die nun bedeutend leichter wogen, auch wirklich fest auf den Maultieren verstaut und mit gewachsten Leinentüchern vor Feuchtigkeit geschützt waren.

Sepi reichte Thomek die Hand, obwohl er dabei jedes Mal fürchtete, sie könne von der gewaltigen Tatze des Riesen zerquetscht werden. »Bis zum nächsten Frühjahr.«

»Immer wieder gerne. Ihr wisst ja, wohin Ihr Euren Boten zu senden habt.«

»Gewiss, aber könnten wir nicht einmal einen bequemeren Treffpunkt ausmachen, als diese unzugängliche Klause in Ulrichsberg? Ich fürchte jedes Mal um meine Leute.«

»Keine Angst. Oberst Žižka wacht persönlich über Euch. Da wird niemand wagen, Hand an sie zu legen. In diesem Sinne: Reist denn in Frieden.«

So plötzlich wie sie aufgetaucht waren, verschwanden die Männer. Sepi stand da, tastete nach dem Beutelchen mit Gold um seinen Hals und überlegte, welchen wohlhabenden Freund Heinrich von Weida in Stuttgart besaß, der klammheimlich für den alten Vogt mit so viel Geld einstand? Sepi grübelte und grübelte, aber ihm fiel niemand ein. Außerdem: Wenn Weida bereits frei war, warum bat er dann Margarethe noch um Hilfe? Die einzige Möglichkeit, die ihm in den Kopf kam, gefiel Sepi ganz und gar nicht, denn dann war Margots Freundin in größter Gefahr.

Kapitel 7

»Du wirst nach Stuttgart reiten, und zwar in dieser Woche noch. Ich, dein Herzog, befehle es dir.«

Albrecht schnaufte verächtlich. Ein weiteres Mal war er mit seinem Vater aneinandergeraten, doch dessen Befehl als Landesherr konnte er sich nur schwer widersetzen. Mit zusammengebissenen Zähnen senkte der junge Mann den Kopf.

»Als einfacher Einschilder wirst du unerkannt dorthin reisen und dir das Mädchen ansehen. Solltest du dann immer noch berechtigte Einwände vorbringen können, werden wir weitersehen.«

»Wie Ihr wünscht, Hoheit«, knirschte Albrecht und war sich ganz sicher, dass er welche finden würde.

Der Herzog nickte zufrieden. »Sie wird dir schon gefallen, Albrecht, und deine rothaarige Falknerin kannst du als Konkubine behalten. Wichtig ist doch nur, dass wir rasch zu einem legitimen Erben kommen. Ich habe meinen Bruder und Mitregenten Wilhelm erst neulich davon reden hören, dass er vielleicht wieder heiraten möchte. Nicht auszudenken, wenn er doch noch einen Sohn bekäme.«

Albrecht schnaufte verächtlich. Ihm war zwar bewusst, dass sein Vater und dessen Bruder gemeinsam über Bayern-München herrschten und dass der Bruder bislang ohne Erben geblieben war, aber es war ihm auch egal, wenn sich dies ändern sollte. Ganz im Gegenteil wäre dann die Last des Thronerbes von ihm genommen, und Margarethe und er hätten eine Zukunft. Also sollte sein Onkel sich doch in Gottes

Namen eine junge, fruchtbare Frau nehmen. Ihm war's egal. Er musste es nur schaffen, dass sein Vater ihn nicht bis dahin mit dieser Elisabeth verheiratete. Traurig dachte Albrecht daran, dass Grünwald nun schon seit geraumer Zeit verwaist war. Er sehnte sich so sehr nach Margarethe, und auch Jan fehlte ihm.

Der Tag neigte sich dem Ende, ohne dass Jan auch nur eine Spur von Margarethe entdeckt hatte. Zudem war ihm in dieser gottverlassenen Gegend kein einziger Reisender begegnet. Kein Wunder: Die Straße glich mehr und mehr einem Trampelpfad. Vermutlich wurde sie nur von Säumern benutzt. Jan wollte die Hoffnung schon aufgeben, an diesem Tag noch etwas erreichen zu können, als ein Trupp Holzarbeiter seinen Weg kreuzte. Dem Augenschein nach handelte es sich um Böhmen, die hier illegal Bäume schlugen, denn nach einem Blick auf das Wappen an seiner Schulter sprangen die Männer wie Kaninchen in die Büsche. Jan erwischte ein junges Bürschlein am Kragen, das nicht schnell genug hatte flüchten können. Es zappelte mit seinen schmutzig braunen Armen hilflos in der Luft, bis Jan es in böhmischer Sprache anredete: »He, hab keine Angst, ich tu dir nichts.«

Misstrauisch äugte ihn der Junge an.

»Ich suche eine Frau mit langen roten Haaren. Drei Männer sind bei ihr, vielleicht auch mehr.«

»Hab ich nicht gesehen«, murmelte der völlig verschreckte Junge. »Ich schwör's bei meiner Seele, Herr.«

»Hm.« Jan klimperte mit seiner Börse. »Dann ist hier niemand durchgekommen?«

»Ich kann's nicht sagen. Wir waren den ganzen Tag im Wald.«

»Na gut, aber kennst du einen warmen Ort, wo ich ein Bett und einen Stall für mein Pferd für heute Nacht finde?«

Der Junge zögerte, dann wies er jedoch mit der Hand nach vorne. »Wenn Ihr noch ein wenig reitet, zweigt ein Weg nach rechts ab. Dort gibt es eine Klause, die Ihr vor Einbruch der Dunkelheit erreichen könnt.«

Für diese Auskunft erhielt der Junge eine kleine Münze, die er unter vielen Verbeugungen und Dankesworten einsteckte. Jan ritt seufzend zum Weg zurück. Ob er den Worten des Jungen glauben konnte? Er war ganz offensichtlich ein Holzdieb. Jan beschloss, jene Klause erst einmal aus der Ferne unter die Lupe zu nehmen, bevor er dort an die Tür klopfte. Andererseits, es wäre schon sehr angenehm, wenn sich der Mönch als ehrliche Haut entpuppen würde und dem Ritter einen sicheren Unterschlupf anböte. Ein Blick zum Himmel reichte, um zu wissen, dass das Wetter bald umschlagen würde. Hätte Jan stattdessen genau in diesem Moment zu Boden geblickt, wäre ihm wahrscheinlich das weiße Leintüchlein aufgefallen, das dort lag. So jedoch begrub es der Schimmel unter seinen großen Hufen.

Nach einer Weile erkannte Jan die Umrisse der Klause, die sich geschickt an einen Felsen drückte. Es war nicht mehr als ein rundes, niedriges Holzgebäude, das jedoch von einer erstaunlich gut instand gehaltenen Mauer umgeben wurde, in der kleine Löcher als Schießscharten eingearbeitet waren. Der Mönch schien gewohnt zu sein, sich wehren zu müssen. Jan verhielt sein Pferd und starrte zu dem niedrigen Gebäude hinüber. Der Ritter lauschte in die Dunkelheit, und richtig – die Stimmen von mehreren Männern drangen an sein Ohr. Der Eremit hatte ganz offensichtlich Gesellschaft. Dem Krakeelen nach feierte man eher ein Gelage als eine fromme Andacht.

Plötzlich öffnete sich das Tor. Jan trieb sein Pferd hinter eine große Eiche, stieg ab und lugte zwischen den Ästen durch. Ein baumlanger Kerl, der Jan bekannt vorkam, trat hinaus auf die Straße und schaute sich um. Vertrauenerwekkend wirkte der Mann nicht gerade, denn ein mächtiger Schießprügel baumelte an seiner Schulter. Falls das einer der Entführer war, würde sich Jan mächtig ins Zeug legen müssen, um Margarethe herauszuschlagen. Weitere Männer kamen dazu, keiner davon machte ein freundliches Gesicht. Zudem schienen diese Galgenvögel besser bewaffnet zu sein als die herzogliche Armee. Um etwas gegen die auszurichten, brauchte Jan einen Plan, und zwar einen ziemlich guten.

Hastig zog er sich in einen kleinen Holzweg zurück. Er beschloss, zunächst einen geschützten Lagerplatz zu suchen und die Lage weiter auszukundschaften.

Die Dunkelheit brach rasch herein. Jan entdeckte einen schmalen Pfad, den man ganz offensichtlich nutzte, um auf ihm geschlagene Stämme aus dem Wald zu bringen. Die Holzdiebe kamen ihm in den Sinn. Steckten sie mit den Kerlen unter einer Decke? Das wäre ungünstig, denn dann war man da drin jetzt gewarnt. Der Junge hatte bestimmt erzählt, dass Jan ihn nach einer rothaarigen Frau gefragt hatte. Nachdenklich saß Jan ab und führte die beiden Pferde tiefer in den Wald hinein. Der Schleppweg wurde immer schlammiger. Ganz offensichtlich war er erst vor Kurzem benutzt worden. Jan entdeckte Spuren von Holzschuhen und große Abdrücke von schweren Rückepferden. Wofür benötigte eine marodierende Räuberbande so viel Holz? Damit konnte man ja ein ganzes Dorf versorgen. Irgendwie passte hier ganz und gar nichts zusammen. Jan schwirrte der Kopf, doch vielleicht half ihm eine kurze Pause und ein Bissen Brot, sich wieder zu sammeln. Ein hungriger Mann war einfach kein guter Denker.

Der Ritter hielt auf eine Gruppe großer Nadelbäume zu, die ihm und seinen Tieren Schutz für die Nacht bieten würde. Er hegte keinen Zweifel, dass es ungemütlich werden würde. Schon jetzt kroch ihm die Kälte unter die nasse Kleidung. Nachdem er sich ein notdürftiges Lager eingerichtet hatte, aß er Brot und kalten Braten, wobei er förmlich spürte, wie seine Kraft zurückkehrte. Bedächtig kauend horchte er in die Nacht hinein. Das Einzige, was er vernahm, war der Ruf der Eulen.

Sepi bereute längst seinen Entschluss, Richtung Passau zurückzureiten. Das Wetter war noch schlechter geworden. Zwar hatte der Wind nachgelassen, dafür klatschten ihm nasse Schneeflocken ins Gesicht. Er war froh, als endlich Hauzenberg vor ihm auftauchte. Das stattliche Örtchen besaß einen ordentlichen Gasthof, war bekannt für seinen Wochenmarkt und dafür, dass sich in ihm reichlich weitgereiste Säumer herumtrieben. Alles in allem schien es der geeignete Ort, um Erkundigungen einzuziehen. Bei einem Humpen Bier würde der eine oder andere schon redselig werden. Zudem bildete die Freilassung des Vogtes von Weida für eine solch erkleckliche Summe bestimmt Gesprächsstoff.

Hoffnungsvoll lenkte der junge Kaufmann seinen kleinen Trupp zum Gasthof, von dessen kupfernem Schild dicke Wassertropfen zu Boden prasselten. Er gab seinem Quartiermeister Anweisung, bevor er den Schankraum betrat. Der Gasthof war gerammelt voll, und der Geruch nach feuchter Wolle, Leder und Hammeleintopf drang Sepi in die Nase. Er schien nicht der Einzige, der sich nach einer warmen Mahlzeit und einem Krug Starkbier sehnte. Sich auf die Zehenspitzen stellend hielt er nach einem freien Platz Ausschau. Schließlich entdeckte er in einer Ecke einen kleinen Tisch, an dem zu seiner Verwunderung noch niemand saß. Sofort steuerte er darauf zu und ließ sich erleichtert nieder.

»He, schleich dich, Bursche!«, wurde er augenblicklich angepöbelt.

Der junge Kaufmann hob feindselig den Blick, um zu sehen, welch Bauernlümmel es wagen wollte, einen Patrizier zu vertreiben. Er musste jedoch feststellen, dass es sich um Ritter handelte. Die Wecken am Schulterwappen wiesen sie als Bayern aus, Männer von Herzog Ernst. Auch die beiden Ritter schienen inzwischen erkannt zu haben, dass sie es mit keinem Gemeinen zu tun hatten, und entschuldigten sich für ihre harschen Worte. Sepi stellte sich kurz vor, vertrieb einen benachbarten Zecher von seinem Hocker und bestellte einen Krug Bier für sich und die Münchner. Weniger später hockte ein jeder von ihnen vor einem dampfenden Teller Eintopf und einem Becher dunklem Bier.

Sepi hob seinen Humpen. »Auf Herzog Ernst und seinen Sohn Albrecht!«, brachte er einen Trinkspruch aus.

»Auf den Herzog und Euer Liebden!« Die beiden Ritter hoben ihrerseits die Becher.

»Seid Ihr nicht dieser Posener Kaufmann, der im Sommer zu Gast in Grünwald war?«, wollte der Kräftigere von beiden wissen.

»Genau der bin ich«, bestätigte Sepi. »Ich habe gerade meine letzten Geschäfte getätigt und will jetzt über den Goldenen Steig nach Hause«, flunkerte er. Schließlich ging es niemanden etwas an, dass er in einer ganz anderen Angelegenheit unterwegs war.

»Da werdet Ihr Pech haben. Wir hatten ebenfalls vor, diese

Route zu nehmen, doch sie soll unpassierbar sein. Angeblich ein Erdrutsch.«

»Wie? Das kann ich mir kaum vorstellen. Wo kämen denn all die Säumer her?« Er packte einen Mann im typischen grün-rot-braunen Gewand am Ärmel und fragte ihn: »He, hast du von einem Erdrutsch gehört, der den Weg nach Freyung versperrt?«

Der Mann schaute ihn erstaunt an. »Gewiss nicht, Herr. Ich komme gerade von dort. In die Richtung dürftet Ihr trotz des schlechten Wetters bis zum Sicklinger Berg-Hammer keine Probleme haben.«

»Da seht Ihr's. Man hat Euch falsch informiert. Der Weg ist frei.«

Die beiden Ritter schauten sich verwirrt an. »Aber dann hätten wir ja gar nicht diesen Umweg zu machen brauchen. Sollten wir gar einem Schlepper aufgesessen sein?«

»Was ist passiert?«, fragte der Kaufmann gespannt, während er sich von dem herrlich duftenden Eintopf auftat.

»Wir ritten unter dem Kommando von Euer Liebden Albrechts Hofmeister Jan Sedlic als Geleitschutz einer Edeldame.«

Sepi legte den Löffel hin »Doch nicht gar Margarethe von Waldeck? Und sie wollte doch nicht etwa Lösegeld für den Vogt von Weida überbringen?«

Die beiden jungen Ritter schauten ihn entgeistert an. Dann schüttelten sie die Köpfe. »Wie könnt Ihr das bloß wissen?«

»Später! Sagt mir erst, wie es kommt, dass ich Euch nun alleine antreffe?«

»Wir wurden keinen Tagesritt von hier überfallen, und die Dame wurde verschleppt.«

Sepi stöhnte auf. Er kam zu spät. »Ich hab's befürchtet. Dieser verfluchte Mistkerl. Das Lösegeld, müsst Ihr wissen, wurde bereits beglichen. Der Vogt von Weida ist frei. Ich erfuhr es von Reisenden aus Böhmen. Das war alles ein abgekartetes Spiel.«

Nun hielt es die beiden Ritter nicht mehr an ihren Plätzen. »So ist unser Herzog betrogen worden?«, fragte der eine.

»Nicht nur er«, seufzte der junge Kaufmann und dachte an Margarethe, die sich fraglos in einer verzweifelten Lage befand. In den nächsten Minuten erfuhr Sepi alles über die Geschehnisse im Gasthof. Danach ließ er sich zu Trine bringen, um dasselbe noch einmal aus ihrem Mund zu hören. Von ihr hörte er auch, dass Jan nun ganz allein unterwegs war, um Margarethe zu suchen, und vermutlich keine Ahnung hatte, mit wem er es zu tun hatte.

Kaum war die Tür ins Schloss ihrer Kammer gefallen, kauerte sich Margarethe auf ihrem Bett zusammen. Die Tränen ließen sich nicht länger zurückhalten. Ihre Gedanken flogen zurück nach Prag und zu jener unseligen Nacht, als sie die Heiratsurkunde unterzeichnet hatte. Damals hatte Albrecht sie gewarnt, sie würde ihr Mitleid mit dem alten Vogt eines Tages noch bereuen. Nun hatte der Vogt sie vor dem Schlimmsten bewahrt. Aber wie würde es weitergehen? Verzweifelt barg Margarethe den Kopf in den Händen. Irgendwann schlief sie vor Erschöpfung ein.

Es war stockdunkel, als sie von dem schnarrenden Geräusch der sich öffnenden Tür wieder erwachte. Margarethe glaubte zunächst, noch immer zu träumen. Da war er wieder, dieser süßlich vertraute Geruch und der Ekel, den er bei Margarethe auslöste. Schlurfenden Schritte ließen sie die letzte Schläfrigkeit abschütteln. Jemand näherte sich. Eine Weile stand er vor ihrem Lager und schien die junge Frau durch die

Dunkelheit zu betrachten. Sie hielt ihre Decke fest an sich gedrückt, Dann spürte sie, wie sich jemand zu ihr aufs Bett setzte, der Vogt von Weida, zweifellos. Einen Moment lang dachte Margarethe daran, sich auf ihn zu stürzen und ihn mit ihren Fäusten zu bearbeiten, doch dann verwarf sie den Gedanken wieder. Sie musste ihren Verstand benutzen, sonst würde sie keine Chance haben.

Eine Weile war nichts als Weidas rasselnder Atem zu hören. Als er bemerkte, dass sie wach war, bückte er sich. Margarethe hörte, wie ihr Gemahl Wein in einen Becher goss, und spürte das kalte Metall an ihrer Hand. Langsam führte sie das Getränk an die Lippen. Sie atmete tief aus, während sie den Becher wieder absetzte, und sagte mit ruhiger Stimme: »Da seid Ihr also wieder, Herr von Weida«.

»Und das grenzt fast an ein Wunder«, antwortete der Vogt mit krächzender Stimme. »Diesmal war es wirklich knapp. Doch Tod und Teufel wollten mich noch nicht.«

Margarethe versuchte, das Gespräch in Gang zu halten. »Und wie ist es inzwischen auf der Osterburg gegangen?«

Der Vogt seufzte leise. »Sie wartet noch immer auf einen Erben.«

Margarethe senkte den Blick.

»Es tut mir leid, Margarethe«, sagte der Vogt mit sanfter Stimme. »Ich hätte mich damals gar nicht erst auf die Sache mir dir einlassen dürfen, aber es klang alles so vernünftig.«

Erstaunt sah sie zu ihm hinüber.

»Aber jetzt sind wir nun einmal verheiratet. Es gibt für uns beide keinen anderen Weg, als zu vollenden, was damals begonnen wurde.«

»Es ist zu spät, ich trage bereits Albrechts Kind in mir.« Ihre Stimme klang schrill und viel zu bestimmt.

»Du bist schon immer eine schlechte Lügnerin gewesen, meine Liebe.«

Margarethe wurde rot. Sie wusste, dass er recht hatte, denn kurz vor ihrer Abreise waren ihre monatlichen Blutungen zu Ende gegangen, und seither hatte der Wittelsbacher sie nicht mehr besucht. Ergeben seufzte sie.

»Sei mir nicht böse, aber ich bin froh darum. Es hätte mich in eine verzweifelte Lage gebracht.« Er ergriff ihre Hand.

Margarethe zuckte zurück. Sie musste Zeit gewinnen, irgendwie. Jan würde zu ihrer Rettung kommen und sie hier herausholen. Er würde verhindern, dass Weida sie mit ins Vogtland nahm und sie zwang, seine Söhne zu gebären.

»Ich kenn dich, meine Liebe. Ich weiß genau, was du denkst.« Er musterte sie und lächelte leise spöttisch, ehe er fortfuhr: »Aber mach dir keine Hoffnung. Heute Nacht wird mir kein Sedlic und auch kein Wittelsbacher dazwischenfunken.«

Margarethe wandte das Gesicht ab und versuchte, die Fassung zu bewahren. Sie wusste, dass er wahrscheinlich recht hatte.

»Schau, du bist nicht mehr das unschuldige junge Ding von damals. Du weißt, was ein Mann von einer Frau möchte.«

Sie blinzelte ihn von der Seite an.

»Und ich bin nicht der Typ, der einer Frau gerne Gewalt antut. Aber solltest du mich dazu zwingen, wird es so sein. Ich will dir nicht wehtun, und wenn du dich mir freiwillig hingibst, werde ich so rücksichtsvoll sein wie kein Mann sonst. Das verspreche ich.«

Sie schüttelte den Kopf. »Ich will nicht«, hauchte sie.

Er schob den Becher wieder in Richtung ihres Mundes. »Trink!«, befahl er, »das wird es leichter machen.«

Sie tat wie geheißen. Er nahm erneut ihre Hand in die seine.

»Als ich im Feldlazarett der Hussiten lag und das Fieber mich schüttelte, da sah ich im Traum unseren Sohn. Er hatte deine Haare, einen Schopf, lockig und buschig wie ein Fuchs. Mit ausgebreiteten Armen lief er auf mich zu, und er lachte und strahlte, als ich ihn aufs Pferd hob. Ja, Margarethe, wären wir damals schon zusammengekommen, wäre er schon fast dem Windelalter entwachsen.« Sein Atem ging nun schwer und keuchend.

Margarethe wusste nicht, was sie erwidern sollte. Fast tat ihr dieser Mann leid. Der Wunsch nach einem Kind schien all seine Gedanken und Gefühle zu beherrschen.

»Das ist der letzte Traum, den ich noch habe. Dieses Kind zum Knappen, ja vielleicht sogar zum Ritter heranreifen zu sehen. Ist das denn so verwerflich?« Er berührte ihre Wange, und Margarethe hatte das Gefühl zu verbrennen. »Dass deine Liebe einem anderen gehört, das hab ich damals schnell gemerkt. Aber irgendetwas muss dir doch an mir liegen, sonst hättest du den Wittelsbacher damals nicht zurückgehalten, als er mich töten wollte.« Plötzlich versuchte er, sie zu umarmen und zu küssen.

Erschrocken über seinen unerwarteten Vorstoß, ließ sie den Becher fallen. Scheppernd ging er zu Boden. »Nein, aufhören!«, protestierte sie und wand sich unter seinen Händen. »Ich will das nicht.«

Er ließ von ihr ab. »Verzeih mir, bitte. Ich dachte nur, dass es dir vielleicht möglich ist, nur ein wenig Zärtlichkeit … es wäre so wunderbar, aber nein, ich habe verstanden«, stammelte er durcheinander.

In Margarethe keimte Hoffnung auf. Vielleicht ließ er sich ja doch noch ein wenig hinhalten. Ein paar Tage. Als sie jedoch in Weidas Augen sah, wusste sie, dass ihre Zeit abgelaufen war.

»Dann möchte ich dich einfach bitten, dich auf den Rücken zu legen und, na ja, du weißt es selbst.«

Margarethe wurde schlecht. Die Aussicht, der Willkür dieses Mannes ausgeliefert zu sein, schien ihr fast schlimmer als der Tod. Vergebens versuchte sie, gegen das Gefühl der Panik anzukämpfen. »Bitte, tut mir das nicht an, Herr Weida«, flüsterte sie. »Ich flehe Euch an.«

»Schließ einfach die Augen, und stell dir vor, er wäre es«, sagte ihr Gemahl fast traurig, als er sich zu ihr legte.

Sie glaubte, jeden Moment die Besinnung zu verlieren, und blieb doch hellwach. Immerhin hielt er Wort und verursachte ihr keine Schmerzen. Als er sich von ihr abwandte, fühlte sie sich entehrt, aber sie weinte nicht.

»Ich danke dir für diese Gunst«, sagte er, leicht außer Atem, und erhob sich.

Zornig richtete Margarethe das Wort an ihn. »Ihr verdankt meiner Fürbitte Euer Leben, und Ihr, was ist Euer Dank?«

»Ich rettete deines.«

»Um mir nichts anderes anzutun als jener ehrlose Vagabund!«

Er nahm ihre Hand, die sie ihm jedoch entriss. »Nicht der Plackerer ist dein schlimmster Feind, Margarethe, es gibt einen anderen, weitaus mächtigeren Mann, dem du im Weg stehst.«

»Hans von Sachsenheim.«

Weida staunte. »Ich habe fast vergessen, was für ein kluges Köpfchen du hast. Nun, genauso ist es.«

»Und was, wenn ich fragen darf, habt Ihr mit diesem Kerl zu schaffen?«

»Ich stehe in seiner Schuld, denn er war es, der das Lösegeld für mich bezahlte. Nachdem ich freigelassen worden war, reiste ich nach Hauzenberg, um meinem Wohltäter zu danken. Ich traf ihn und wollte ihm einen Schuldschein übergeben. Er jedoch meinte, meine Schuld sei beglichen, sobald die Nachricht von deinem Tod an sein Ohr dringt. Er nahm wohl fälschlich an, dass ich einen übermächtigen Groll gegen dich hege, und wunderte sich, dass meine Zuneigung zu dir ungebrochen ist. Es gelang mir, ihn von seinem ursprünglichen Plan, dich bei einem Unfall umkommen zu lassen, abzubringen, aber ich musste versprechen, dafür zu sorgen, dass du nie wieder bayrischen Boden betrittst. Daraufhin schrieb ich jenen Brief, der dich von Grünwald weglockte. Ich hab's für dich getan, Margarethe. Glaub mir, du wärst dort nicht mehr sicher gewesen. Sachsenheim hat einen Spion im Jagdschlösschen. Er war über jeden deiner Schritte informiert.«

Margarethe stockte der Atem. Das waren ungeheuerliche Nachrichten. Ein Verräter auf Grünwald. Sie tippte sofort auf den Burgpfleger. Der Mann hatte sich vom ersten Moment an merkwürdig benommen.

»Und den Plackerer, wer hat den beauftragt?«

»Das war ich.«

»Und meine Gefährten?«

»Denen sollte, wenn möglich, nichts passieren.«

Neue Hoffnung keimte in Margarethe auf. Es bestand also eine gute Chance, dass Jan und Trine noch am Leben waren.

»Und wo wir gerade bei dem Thema sind: Wir möchten doch beide nicht, dass unser gemeinsamer Freund seine Versprechungen von vorhin wahrmacht. Und das wird er, wenn ich meines nicht einhalte. Der Mann besteht auf seinem Lohn.«

»Ich habe keine Perlen dabei«, log Margarethe und wusste selbst nicht, woher sie den Mut dazu nahm.

»Oh, das glaube ich nicht. Du wärst niemals mit leeren Händen gekommen. Dafür war dir die Sache viel zu wichtig. Zudem weiß ich, dass der Herzog dir die Perlen übergeben ließ.«

»Ihr seid ein Betrüger, Herr Weida, der die Mildtätigkeit eines anderen ausgenutzt hat.«

Weida schnaufte verächtlich. »Das macht mir kein schlechtes Gewissen, denn sein Sohn hat meine Ehre beschmutzt. Fünfzig Perlen als Wiedergutmachung sind wenig genug. Wo sind sie?«

Ihr Mund war so trocken, dass sie kaum sprechen konnte. »Ich hab sie nicht. Jan trug das Lösegeld bei sich.«

»Aber das war gegen meine Anweisungen.«

»Der Herzog bestand darauf.«

»Jan Sedlic, also er hat deinen Geleitschutz geführt? Dann ist es kein Wunder, dass des Plackerers Handstreich so leicht gelingen konnte. Er war schon immer ein leichtgläubiger Bursche, den man problemlos in die Irre führen konnte. Ich hoffe, man hat den Speichellecker erschlagen.« Weidas Stimme klang abfällig.

»Ich weiß es nicht, aber wenn er noch lebt, wird er kommen, um mich zu holen.« Margarethe schob trotzig das Kinn vor.

»In diesem Fall bringt er hoffentlich die Perlen mit.« Weida lächelte verächtlich, dann verbeugte er sich kurz vor Margarethe. »Meine Dame. Wir werden uns wiedersehen.«

Margot zitterte, während sie sich ihren wärmsten Mantel umlegte, so sehr war sie in Sorge um Margarethe. Irgendetwas Schreckliches musste passiert sein. Ihre Freundin war einfach so nach München abgereist, und dass sie jetzt auf dem Weg ins Vogtland war, hatte sie erst im Nachhinein erfahren. Bestimmt hält der Weida sie auf der Osterburg gefangen, ging es Margot durch den Kopf.

Die junge Frau hastete am Burgpfleger vorbei über die Zugbrücke in Richtung Isar. Der Ritter schaute ihr stumm nach, ging dann jedoch zum Turm. Margot rannte weiter den Hügel hinab. Ihre Lungen brannten, und heftige Seitenstiche plagten sie. Sie verlangsamte ihre Schritte und stieg jetzt vorsichtig den schmalen Pfad hinunter, den die Ziegenhirten nutzten, damit die Tiere auf kürzestem Weg zu den Isarauen kamen. Im Sommer war es nicht schwierig, hier entlangzugehen, jetzt aber war der Boden vom tagelangen Regen rutschig. Die Wiese, auf der sich Margot mit dem Boten treffen wollte, glänzte nass in der hereinbrechenden Dunkelheit. Die junge Frau konnte niemanden ausmachen. Ob es sich nur um einen schlechten Scherz gehandelt hatte? Margot überlegte, ob sie rufen sollte, verwarf den Gedanken jedoch rasch. Man würde es auf der Burg hören, und am Ende kam jemand, um nach dem Rechten zu sehen. Auch konnte sie kaum hier mitten auf der Wiese stehen bleiben. Suchend sah sie sich um. Dort drüben befand sich ein Felsen. Dort würde sie warten. Eilig schürzte Margot die Röcke und machte sich auf den Weg. Sie hatte ihr Ziel fast erreicht, als sie ein Schnauben hörte. Erschrocken blieb sie stehen.

»Hier bin ich, Fräulein Margot«, flüsterte eine raue Stimme.

Margot hielt die Luft an. Im Nu hatte sie den Felsen zur Hälfte umrundet und stand dem Mann gegenüber, von dem sie gehofft hatte, ihn nie wiederzusehen.

Hans von Sachsenheim verneigte sich kurz. »Margot, Liebes. Endlich habe ich dich gefunden. Geht es dir gut?«

Sprachlos starrte sie ihn an. »Margarethe?«, stammelte sie dann.

»Entschuldige, das war ein Vorwand. Ich habe keine Ahnung, was mit ihr ist. Soviel man mir in München gesagt hat, ist sie abgereist.«

»Ihr lockt mich hierher unter dem Vorwand, Margarethe wäre in höchster Not? Ich bin fast umgekommen vor Sorge.«

Er machte ein betrübtes Gesicht. »Verzeih mir. Ich wollte dich wirklich nicht erschrecken. Ich dachte nur, wenn jemand von meiner Anwesenheit erfährt, lässt man dich möglicherweise nicht zu mir.«

Margot wusste, dass er damit vermutlich recht hatte. Ihr Vater hatte bestimmt diesbezüglich Anweisungen gegeben. »Und Ihr seid extra wegen mir aus Stuttgart gekommen?«, fragte sie in versöhnlichem Ton.

»Gewiss. Seit dich dein Vater fortgebracht hat, hatte ich keine ruhige Minute mehr. Ich habe ihn bestürmt, dich mir zur Frau zu geben, aber er hat mich jedes Mal abgewiesen. Margot, Liebste, ich mag nicht leben ohne dich. Vom ersten Moment an, als ich dich sah, wusste ich, dass du die Meine werden musst.«

Margots Kehle war wie zugeschnürt. So viele Erinnerungen flackerten vor ihrem inneren Auge auf. Sachsenheim, wie er mit ihr getanzt hatte, die Stunden im Garten und jenes letzte Mal, als sie vor Schreck wie erstarrt war, und dann das Kind, als es ihren Körper verlassen hatte. Plötzlich wurde ihr schwindelig.

Er fing sie auf und breitete dann seinen Mantel auf dem Boden aus. »Verzeih mir, ich bin ein Narr. Dich so zu erschrecken in deinem Zustand.«

Er wusste es also nicht. Niemand hatte ihm gesagt, dass

dieses Kind, sein Kind, nicht mehr lebte. Unvermittelt kamen ihr die Tränen.

»Ich bin gekommen, dich zu holen. Meine Männer warten dort drüben im Wald. Wir haben ein paar unauffällige Kleidungsstücke mitgebracht, die dir passen werden. Ich hoffe, es macht dir nichts aus, als Junge verkleidet zu reisen. Es wäre sicherer.«

Margot schluckte die Tränen hinunter und schüttelte den Kopf. »Ich bedauere es sehr, Herr Sachsenheim, aber ich kann nicht mit Euch kommen.«

Erstaunt sah er sie an. »Sorgst du dich wegen deines Vaters? Das ehrt dich, aber ich frage dich: Kümmert ihn dein Wohl in derselben Weise? Er weiß, dass wir uns lieben, und doch gönnt er uns unser Glück nicht. Er tut, als wäre ich ein Gemeiner, dabei bin ich ihm vom Stand her ebenbürtig. Glaub mir, auch mir wäre es lieber, er würde uns seinen Segen geben, aber wenn er ihn verweigert, werden wir eben ohne ihn die Ehe eingehen.«

»Ihr versteht mich nicht. Ich will Euch nicht mehr heiraten.« Margot schluckte schwer. »Ich, ich kann nicht.«

»So liebst du einen anderen?«, fragte er.

»Nein, aber …« Erneut flossen Tränen über ihre Wangen. Sachsenheim legte seinen Arm um sie, und es schien beinahe wie früher. Für einen kurzen Moment war sie versucht, sich an ihn zu schmiegen und zu sagen, dass sie für immer bei ihm bleiben würde. Doch dann verschwand dieser Augenblick der Schwäche ebenso schnell, wie er gekommen war. Sie wollte aufspringen und zurück zur Burg laufen, spürte aber im selben Augenblick einen heftigen Schlag gegen die Schläfe. Die Knie sackten ihr weg, und vor ihren Augen tanzten grelle Blitze. Sie stöhnte auf, als Sachsenheim sie auf den Bauch drehte.

»Kneifen gilt nicht, meine Teure«, hörte sie ihn wie aus weiter Ferne sagen. Er band ihr die Hände mit einem Lederriemen auf dem Rücken zusammen und steckte ihr einen Knebel in den Mund. Dann nahm er sie auf seine Arme.

Margot strampelte schwach, war aber viel zu benommen, um sich ernsthaft wehren zu können.

Galoppierende Pferdehufe ließen den Boden erbeben. »Wollte sie nicht?«, fragte dann eine kratzige Stimme.

»Manche Frauen muss man eben zu ihrem Glück zwingen«, antwortete Sachsenheim.

Margot würgte, als man sie quer über ein Maultier legte, doch in ihrem Mund steckte der Knebel. Verzweifelt atmete sie durch die Nase, was ihr nicht leichtfiel. Sachsenheim beachtete es gar nicht, sondern stieg auf sein Pferd, nahm das Maultier am Zügel und jagte davon.

Kapitel 8

Albrecht verfluchte den frühen Winter und all die Mühsal, die er mit sich brachte. Kurz nach der Abreise aus München hatte es angefangen, heftig zu schneien. Jetzt regnete es. Wie sich das Wetter weiter entwickeln würde, war ungewiss. Zu dieser Jahreszeit war alles möglich. Die Straßen waren selbst für Reiter schwer passierbar geworden, streckenweise ließ sich ihr Verlauf kaum mehr als erraten. Albrecht hatte sich weisungsgemäß verkleidet und ritt mit nur wenigen Vertrauten.

Als sie sich endlich bis nach Augsburg durchgekämpft hatten, mussten die Männer überlegen, wo sie Quartier nehmen sollten. Natürlich hätten sie zum Schloss reiten können, doch mit der Vertraulichkeit ihres Vorhabens wäre es dann vorbei gewesen. So beschloss Albrecht, bei den Welsers an die Tür zu klopfen. Sie waren eine aufstrebende Patrizierfamilie, die der kleinen Reisegruppe gewiss Herberge geben würde.

Martin Welser, ein behäbiger Mann mit flinken Augen, der kaum noch Haare auf dem Kopf hatte, aber dafür einen gewaltigen Bauchumfang, zeigte sich überaus geehrt, katzbuckelte und wies den Männern ohne weitere Fragen die prächtigsten Räume in seinem Palais an. Welser verdiente sein Geld im Gegensatz zu den meisten anderen Augsburger Handelsherren nicht mit dem Vertrieb von Stoffen, die in der Gegend von Weberfamilien hergestellt wurden, sondern spekulierte mit Edelmetallen, vor allem mit Silber und Kupfer.

Er war Albrecht von Wittelsbach sehr verbunden, seit er dessen Empfehlungen gewinnbringende Beziehungen nach Zwickau verdankte.

»Meine Söhne Ulrich und Jakob sind gerade im Erzgebirge, um ein neues Silbervorkommen am Schneeberg zu ergründen«, erklärte der Kaufmann beim Nachtmahl. »Wir erwarten sie jeden Tag zurück. Hoffentlich schaffen sie es noch nach Hause, bevor das Wetter es gänzlich unmöglich macht zu reisen. Die Straßen im Osten sind oft schon im November unpassierbar. Ich hoffe, Ihr wollt nicht in dieser Richtung weiterziehen, Euer Liebden.«

Albrecht schüttelte den Kopf. »Unser Ziel ist Heidelberg.«

Welser nickte wissend. Jedermann hatte von der geplanten Verlobung mit Elisabeth gehört, und es wurde überall davon gesprochen. »Auch dieser Weg ist im Spätherbst nicht ohne Tücken. Ihr müsst durch den Schwarzen Wald.«

»Da habt Ihr recht«, bestätigte Albrecht und knabberte genüsslich an den Hühnerschenkeln in Honigsauce, die ihnen gereicht wurden. Der Augsburger musste einen ausgezeichneten Koch auf der Lohnliste haben. »Ich hoffe trotzdem, bald weiterreiten zu können.«

»In der Zwischenzeit hätte ich eine angenehme Ablenkung für Euch. Es gibt in Augsburg eine Badstube mit vorzüglichem Ruf, und einen so hohen Gast wie Euch lässt der alte Bernauer bestimmt von seinem Töchterchen persönlich bedienen. Das hält er rar. Agnes ist nämlich ein Mädchen von seltener Schönheit, keusch und gottesfürchtig, das nichts mit den Reiberinnen gemein hat, die ihr Vater sonst beschäftigt.«

»Tatsächlich?« Albrecht gähnte. Eigentlich fühlte er sich müde nach dem anstrengenden Ritt, aber ein Besuch in der

Badstube konnte ihm durchaus gefallen. »Dann wollen wir sie uns nachher mal ansehen, diese Agnes«, ließ er den Kaufmann wissen, »und schauen, ob das Mädchen wirklich so etwas Besonderes ist.«

»Ihr werdet nicht enttäuscht sein, hoher Herr.«

Doch es wurde nichts aus dem gemeinsamen Badegang, da noch ein weiterer Gast eintraf. Es war der Truchsess von Bischishausen, der auf dem Weg war, um seine Tochter Margot zu besuchen. Auch ihm musste Quartier bereitet werden, was keine einfache Sache war, da der Mann gebrechlich schien und sein Kammerdiener viel Aufhebens um des Herrn Wohlergehen machte. Albrecht überlegte kurz, allein zum Bernauer zu gehen, verwarf die Idee aber rasch. Lieber wollte er sich richtig ausschlafen, und vielleicht bot sich ja auf dem Rückweg Gelegenheit zu einem Besuch.

Der Truchsess von Bischishausen sank erschöpft auf sein Lager. Er hatte sich in der Nacht mehrfach heftig übergeben müssen. Nun war er so geschwächt, dass er die Hilfe seines treuen Kammerherrn Joseph benötigte, der ihm nicht von der Seite wich, seit er ihm zum ersten Mal die Waschschüssel gebracht hatte. Bischishausen musste Joseph insgeheim recht geben, der besorgt reagiert hatte, als er von seinen Reiseplänen ins Bayrische gesprochen hatte. Warum die Tochter stattdessen nicht herkommen lassen?, war sein Vorschlag gewesen.

Dem Truchsess ging es bereits seit Wochen schlecht. Er hatte nach einer Gastritis so stark abgenommen, dass ihm kein Gewand mehr passte, und selbst einem Narren musste auffallen, dass der einst stolze Herr schwer erkrankt war. Aber so kurz vor dem Winter blieb keine Zeit, sich zu schonen, denn die Ernte war eingebracht und die Einnahmen mussten überprüft werden. Der Truchsess hetzte von Ort zu Ort und nahm sich für jeden noch so lästigen Bittsteller Zeit. Hinzu kam nun noch diese weite Reise zu seiner Tochter.

Eine Nachricht von Margarethe hatte Bischishausen aufhorchen lassen. Die Hofdame machte sich Sorgen um Margot, weil Hans von Sachsenheim in München herumscharwenzelte und sie selbst einige Zeit abwesend sein würde. Bischishausen hatte von der Abreise des Hofmeisters nichts gewusst und war nun aufs Höchste beunruhigt. Er sah die Sache ähnlich wie Margarethe: Diesem Verführer Sachsenheim war es zuzutrauen, dass er Margot erneut mit Erfolg umgarnte. Das musste um jeden Preis verhindert werden. Und wenn es das Letzte war, was der Truchsess tun würde.

Während er noch seine eigene Schwäche verfluchte, wies der Truchsess Joseph an, eine Kutsche zu organisieren, damit sie das letzte Stück Weg bis nach Grünwald bequemer reisen konnten. Danach sank Bischishausen in seine Kissen und schloss die Augen.

Joseph verbeugte sich und machte sich daran, den Wunsch seines Herrn in die Tat umzusetzen. Es war zwar noch früh am Morgen, aber im Stall herrschte bereits reger Betrieb. Ein paar Stallburschen warfen Heu vom Dachboden, andere stachen es mit dreizackigen Gabeln in die Raufen. Barfüßige Jungen fegten den Stall, und Knappen bürsteten die Rösser ihrer Ritter. Über allen wachte ein bärbeißiger Stallmeister mit rabenschwarzem Bart. Joseph ging zu ihm hinüber und trug den Wunsch seines Herrn vor. Der Stallmeister nickte nur, und gemeinsam gingen sie zum anderen Ende des Stalles.

Joseph fielen ein paar besonders edle Pferde auf, und erstaunt blieb er vor ihnen stehen. »Die würden meinem Herren gewiss gefallen«, sagte er.

Doch der Stallmeister schüttelte den Kopf und lachte rau. »Das sind nicht unsere, und – bei allem Respekt – Ihr könntet sie auch nicht bekommen. Das sind Marbacher. Solche Tiere stehen nur denen da oben zu.« Er deutete mit dem Zeigefinger zur Decke.

Joseph brauchte einen Moment, um zu verstehen, dass er die hohen Herrschaften meinte. Er nickte. »Sind denn solche gerade zu Gast bei Eurem Herrn?«, wunderte er sich. Normalerweise blieben diese lieber unter sich und schliefen nicht unter dem Dach eines Patriziers, und war er noch so reich.

Der Stallmeister machte ein geheimnisvolles Gesicht. »Er hat sich zwar verkleidet, aber ich kenne den Herrn Albrecht von Wittelsbach«, flüsterte er.

Joseph nickte diskret. »Der Sohn des Herzogs, das ist in der Tat eine außerordentlich große Ehre für den Herrn Walser.«

Der Stallmeister nickte. »Liegt eigentlich schon Schnee in den Schwarzen Bergen? Ich hab nämlich reden hören, dass Euer Liebden nach Heidelberg unterwegs ist, und wenn ich ihm da Auskunft geben kann, macht es bestimmt einen guten Eindruck.«

Joseph nickte ebenfalls. Nach Heidelberg also, das war interessant. Ob sein Herr davon wusste? »Nun, er wird sich beeilen müssen, denn die Bergkämme sind schon weiß. Ob es allerdings so anhält, weiß man nicht. Es ist ja erst Spätherbst.«

»Da bleibt der Schnee noch nicht liegen«, bestätigte der Stallmeister. Dann zeigte er Joseph Pferde, die für das Gespann geeignet waren. »Das wird der Margarethe von Waldeck gar nicht gefallen«, kam der Stallmeister auf Albrecht und Elisabeth zurück. »Ich schätze, sie träumt schon davon,

Herzogin zu werden. Aber das wäre doch nichts, schließlich ist sie nur die Tochter eines Landgrafen.«

Nun war es an Joseph, ein wichtiges Gesicht zu machen. »Die Frau Margarethe war eine Zeit lang bei uns zu Gast. Ich kenne sie persönlich. Sie ist eine vornehme Dame und würde bestimmt eine vorzügliche Herzogin abgeben.«

»Mein Ihr wirklich? Nun, die Gräfin Elisabeth ist aber eine Wittelsbacherin. Zudem soll sie sehr schön sein.«

»Frau Margarethe ist bestimmt nicht weniger ansehnlich, und man sollte nicht vergessen, dass sie am böhmischen Königshof aufwuchs.«

»Trotzdem, eine Wittelsbacherin ist sie nicht, und ich glaub auch nicht, dass sie eine wird. Es wird so kommen, wie ich es sage. Unser Herr Albrecht und die Gräfin Elisabeth werden ein Paar, und dann gibt es eine prächtige Hochzeit, und das ganze Land darf mitfeiern.«

Von diesem Gespräch berichtete Joseph seinem Herrn, während er ihm mit einem Löffel Baldriantee mit Honig einflößte, der ihm ein wenig Linderung verschaffen sollte. Bischishausen nahm es kommentarlos zur Kenntnis, doch Joseph wusste, dass er es nicht dabei belassen würde. Es ging ihm nicht gut, sodass er auf jeden Fall noch für eine Nacht Herrn Walsers Gastfreundschaft in Anspruch nehmen müsste. Morgen würde man weiterreisen. So hatte es der Truchsess beschlossen.

Es war bereits die dritte Nacht, die Jan im Freien verbracht hatte, ohne auch nur ein Haar von Margarethe zu sehen zu bekommen. Am nächsten Morgen würde er aufgeben müssen. Zwar hatte es aufgehört, zu regnen, aber das nutzte ihm nicht viel. Seine Sachen und auch die Vorräte waren aufgeweicht und würden bei diesen Temperaturen auch nicht von selbst trocken. Um sich ein wenig aufzuwärmen, beschloss der Ritter, einen längeren Streifzug in die Umgebung zu machen. Nachdenklich überprüfte er, ob die Pferde auch wirklich fest angebunden waren, nahm sich das letzte Stückchen von dem kalten Braten mit, den Trine ihm als Proviant eingepackt hatte, und marschierte los.

Die grauen Wolken rückten ein wenig auseinander, sodass einige wärmende Sonnenstrahlen den Himmel in ein streifiges Licht tauchten. Das brachte Jan auf die Idee, jenen Hügel zu erklimmen, den er weiter östlich ausgespäht hatte. So weit war er noch nie vorgedrungen, aus Angst, der Aufbruch der Bande könnte ihm entgehen. Inzwischen betrachtete er die Sache anders. Es sah ganz danach aus, als hätten die sich jene Klause als Winterquartier gewählt. Nun gab es zwei Möglichkeiten, die Jan beide nicht gefielen: Zum einen konnten sich die Männer getrennt haben, und einige waren mit Margarethe längst über alle Berge. Dann war die Spur erkaltet. Die andere bedeutete, dass der Ritter dem falschen Gesindel im Nacken saß. In diesem Fall musste er mit der Suche ganz von vorne anfangen. Um Klarheit zu bekommen, gab es nur eine Möglichkeit: Jan musste sich einen der Burschen schnappen, während er auf Proviantsuche die Wälder durchstreifte. Bislang jedoch waren die Männer stets zu mehreren unterwegs gewesen, und Jan hatte froh sein müssen, nicht selbst entdeckt zu werden. Jetzt begab er sich mit forschem Schritt ostwärts.

Der Wald wurde dichter, und das Gelände stieg beständig an. Als er den kleinen Hügel erreicht hatte, staunte er, wie steil dieser war. Man musste schon richtig klettern, um ihn zu erklimmen. Vorsichtig hangelte Jan sich von Felsen zu Felsen, was sich als nicht ungefährlich erwies, denn der Boden war von einer glitschigen Laubschicht bedeckt. Mehrmals rutschte der Ritter aus und brauchte sein ganzes Können, um nicht abzustürzen. Schwer atmend erreichte er den Gipfel der Anhöhe. Von dort konnte man das angrenzende Gelände gut überblicken. Er sah Wald, so weit das Auge reichte. Die Eichen reckten ihre mächtigen Äste mit den bräunlich verfärbten Blättern in den grauen Himmel. Als ein heftiger Windstoß sie beugte, glaubte Jan, im Osten die verfallenen Überreste einer Burg erkennen zu können. Sie war kaum mehr als einen Tagesmarsch entfernt, aber sie schien unbewohnt.

Jan lugte über die Felskante. Der Berg fiel an dieser Stelle steil ab mit einem breiten Überhang an seinem Fuße, unter den man vielleicht Unterschlupf finden konnte. Jan beschloss, nachsehen zu gehen. Dieses Versteck wäre zwar weiter weg von der Straße, würde ihn aber gut schützen, sodass er vielleicht noch einen Tag länger verweilen konnte. Entschlossen schlitterte der Ritter den Abhang wieder hinunter und marschierte um den Berg herum. Es dauerte fast eine halbe Stunde, bis er die geschützte Stelle erreicht hatte. Eine Weile stand der Böhme ganz still und lauschte. Niemand schien in der Nähe zu sein.

Mit kritischem Blick besah er sich den Ort. Die Tannen vor dem Überhang würden in der Tat eine gute Deckung geben, und die Pferde konnten an den Ästen fressen. Jan betrachtete den Felsvorsprung. Er wirkte stabil und war hoch und breit genug, um ihm Schutz zu bieten. Geradezu ideal. Er wollte schon darauf zulaufen, als er abgenagte Zweige entdeckte. Fraßspuren von Pferden. Der Ritter blickte zum Boden und sah die Abdrücke von beschlagenen Hufen. Er war also nicht der Einzige, dem der Ort ins Auge gestochen war. Jan beugte sich hinunter, um die Spuren genauer zu untersuchen. Sie waren erst wenige Tage alt und führten von dem Hügel weg ins Hinterland. Er fragte sich, ob doch jemand dorthin unterwegs gewesen war. Es würde zumindest eine genauere Untersuchung wert sein. Rasch lief Jan zu seinen Pferden zurück und brachte sie zu dem neuen Versteck. Unter dem Felsvorsprung gab es keine Feuerstelle, was nicht für eine Rast ehrlicher Leute sprach, wie Jan unwillkürlich denken musste. Er sah, dass dicht an der Wand jemand geschlafen hatte. Die Druckstellen von der Decke waren noch deutlich zu erkennen.

Ohne genau zu wissen, warum, bückte er sich und fuhr mit der Hand über die Felswand. An seinen Fingerspitzen blieb ein langes Haar hängen. Er hob es auf und betrachtete es im Tageslicht. Ohne Zweifel stammte es von einer roten Locke. Das Herz blieb ihm stehen. Margarethe. Der junge Ritter biss sich auf die Unterlippe. Die Entführer hatten also hier Rast gemacht. Sie waren dann Richtung Hinterland geritten und nicht zur Klause. Ganz im Gegenteil hatten sie die sogar gemieden. Für Jan gab es dafür nur eine einzige schlüssige Erklärung: Sie gehörten nicht zu jenen gut bewaffneten Männern, die den Ritter ohnehin mehr an ein Kriegsheer erinnert hatten als an eine Räuberbande.

Jan fluchte leise. Er war tatsächlich einer falschen Fährte gefolgt und hatte wertvolle Tage verloren. Hastig kehrte er zu seinen Pferden zurück und versuchte, mit eiskalten Fingern die Sattelgurte anzuziehen. Unwirsch warfen die Tiere die Köpfe hoch und schüttelten sich. Jan mahnte seinen Braunen zur Ruhe und packte die Zügel. Das Pferd blähte die Nüstern Richtung Straße und wieherte einmal laut. Erschrocken hielt ihm Jan das Maul zu. Das Rufen des Tieres verriet seinen Standort. Wer weiß, ob nicht Männer aus der Klause in der Nähe waren. Jan musste augenblicklich von hier fort. Energisch zerrte er an den Zügeln, während eine Antwort durch den Wald schallte. Jan blieb stehen. Reiter.

Vielleicht die ersehnte Hilfe aus Passau? Nein, die konnten noch nicht hier sein. Eine Reisegesellschaft hier, weitab der Hauptverkehrswege und dann um diese Jahreszeit? Das war unwahrscheinlich. Jan zuckte zusammen. Die Reiter mussten aus der Klause sein. Am Ende brachte man Margarethe gerade in diesem Augenblick fort und er war unterwegs in die andere Richtung. Ohne weiter nachzudenken, rannte Jan Richtung Straße.

Margarethe hatte so sehr gehofft, entkommen zu können. Doch bislang war sie stets an der Wachsamkeit ihrer Entführer gescheitert. Der Vogt suchte sie täglich auf. Jedes Mal brachte er Essen und Wein mit, plauderte ein wenig mit ihr und bestand dann auf seinem Recht als Ehemann. Erstaunlicherweise blieb der alte Ritter immer ruhig und freundlich, egal ob sie ihn anbettelte, anschrie oder gar wüst beschimpfte. Ein einziges Mal hatte sie versucht, sich ernsthaft gegen ihn zu wehren, und es bitter bereut. Seither erduldete sie ihn reglos. Er behandelte sie mit ritterlicher Höflichkeit, bedankte sich jedes Mal für ihre Gunst und kam auch auf die Perlen nicht mehr zu sprechen. Doch Margarethes Angst, empfangen zu haben, wuchs von Tag zu Tag. Sie wollte kein Kind und betete zu Gott, dass dieser den Weida mit Unfruchtbarkeit strafte!

Die Tage verstrichen, aber Margarethe gab nicht auf. Dann war es endlich so weit. Wie an jedem Abend steckte der Vogt die Fackel in die Halterung an der Wand und stellte ein Tablett mit Essen auf dem einfachen Holztisch ab. Margarethe schnupperte. Es schien Steckrübenauflauf zu geben, und das Brot duftete, als ob es frisch gebacken wäre. Es war schon merkwürdig. Soweit sie es beurteilen konnte, machte die ganze Burg einen heruntergekommenen Eindruck, doch die Küche war ausgezeichnet.

»Guten Abend, meine Liebe«, begrüßte sie Weida. »Essenszeit. Setz dich schon mal hin. Ich habe noch eine Überraschung für dich.« Er ging noch einmal hinaus, während Margarethe auf dem einfachen Holzhocker Platz nahm. »Mach die Augen zu und nicht blinzeln!«, rief er von draußen.

Missmutig tat sie wie geheißen. Sie hörte und roch, wie er näher kam, bis er direkt vor ihr stand.

»Jetzt schau!«

Zu ihrer Überraschung hielt er ein neues Kleid in den Händen, einfach geschnitten zwar und aus Leinen, aber besser als das, was der Plackerer ruiniert hatte. Ihre Augen leuchtete.

Weida sah es und freute sich wie ein kleines Kind. »Probier es doch gleich mal an. Ich möchte dich darin sehen.«

Nur zu gern kam sie der Aufforderung nach. Wieder ein richtiges Kleid zu tragen war eine große Erleichterung. Margarethe zog sich in eine dunkle Ecke zurück, streifte die Reste ihres Überkleides ab und zog das neue aus grünem Leinen an. Es war zwar ein wenig weit, aber die Länge passte. »Das ist sehr nett von Euch, Herr Weida«, bedankte sich Margarethe artig.

Er grinste über das ganze Gesicht. »Das Strahlen deiner Augen war jede Mühe wert. Und ich habe noch etwas für dich, doch dazu musst du noch einmal Platz nehmen.«

Misstrauisch kam sie wieder näher.

»Setz dich nur«, forderte er sie auf, wobei er in seine Tasche griff. »Du kannst dabei deine Mahlzeit einnehmen.«

Unsicher setzte sie sich an den Tisch.

Er trat hinter sie und strich ihr behutsam durchs Haar. »Es ist ganz verfilzt«, stellte er fest. »Wie schade um diese wundervollen Locken.«

Es raschelte kurz, dann spürte Margarethe den Strich einer Bürste. Sie duftete nach Rosenöl, ganz so, als wären die Borsten damit versetzt worden. Mit ungeschickten Bewegungen, aber durchaus vorsichtig begann Weida, ihr Haar zu entwirren, Strähne für Strähne und Bürstenstrich für Bürstenstrich, und der Blütenduft durchdrang ihre Lockenpracht.

»Ich hab ihn stets so an dir gemocht, diesen Rosenduft, den ich noch aus Prag kenne«, flüsterte er.

Margarethes Herz pochte wild. Wäre es nicht der Vogt gewesen, der ihr Haar kämmte, hätte sie die Bürstenstriche vielleicht sogar genießen können.

Nun fuhren Weidas Hände durch ihre Locken. Seine knotigen Finger umspielten einzelne Strähnen. Er roch an ihnen, führte sie an seine Lippen und küsste sie. »Wenn du mich doch ein ganz kleines bisschen liebhaben könntest, Margarethe. Das würde mein Herz mehr wärmen als alle Kaminfeuer dieser Welt.« Sein Kopf sank gegen ihre Schultern, und er seufzte tief. »Ich verehre dich wirklich.«

Für einen winzigen Moment empfand Margarethe fast so etwas wie Mitleid für ihn. Dann sah sie es: Der Vogt hatte vergessen, die Tür ordentlich zu schließen. Ohne lange zu überlegen, stieß sie ihm den Ellbogen in den Magen und sprang auf, während er sich mit einem würgenden Laut zusammenkrümmte. Sie raffte ihr Kleid und stürmte zur Tür. Hinter sich hörte sie den Alten husten. Wenn es ihr gelang, den Riegel von außen vorzuschieben, konnte sie vielleicht entkommen – vorausgesetzt, Tonda stand nicht Wache im Flur. Schon war Margarethe an der Tür. Diese war schwer und ächzte in den Angeln, doch das konnte Margarethe nicht aufhalten. Als Weida begriff, was sie im Sinn hatte, jaulte er auf wie ein Hund und stemmte sich mühsam hoch. Die Hofdame hörte noch das Klirren seiner Sporen. Dann war sie draußen und drückte gegen das Türblatt. Bevor sie es jedoch schaffte, den Riegel vorzulegen, erschien Weidas Bein im Türspalt. Ohne darauf zu achten, warf sich Margarethe mit ihrem gesamten Gewicht gegen die Bretter. Weida fluchte entsetzlich, als sein Knie schmerzhaft eingeklemmt wurde. Zum Äußersten entschlossen trat ihm Margarethe auf die Zehen, was jedoch angesichts seiner massigen Reitstiefel wirkungslos blieb.

»Margarethe, das hat doch keinen Sinn«, keuchte der Vogt und begann, sich nun seinerseits gegen die Tür zu werfen. »Du schaffst es nie aus der Burg heraus.«

Für kurze Zeit hielt sie seinem Druck stand, aber der alte Mann war kräftig. Margarethes Arme begannen zu zittern. Schweiß rann ihr den Rücken hinab. Sie atmete schwer vor Anstrengung und Verzweiflung. Auch Weida schnaufte. Einen Moment sah es so aus, als wären sie beide gleich stark. Dann jedoch ließen Margarethes Kräfte nach. Ihre einzige Chance lag jetzt noch in der Flucht. Mit einem Schrei sprang sie zur Seite. Die Tür flog auf. Weida verlor das Gleichgewicht und taumelte auf sie zu. Sie schlug ihn mit den Fäusten ins Gesicht. Dann jedoch versetzte er ihr einen so heftigen Fausthieb, dass sie das Bewusstsein verlor.

Lange Zeit war es Trine vorgekommen, als bestünde keinerlei Hoffnung, ihre Herrin jemals wiederzusehen. Dann war der junge Herr Sepi gekommen, hatte sie genauestens befragt und ihr gesagt, dass im Bayerwald, so unendlich groß er auch war, Menschen nicht einfach verschwanden. Er hatte ihr auch erzählt, dass er jemanden kenne, der Margarethe viel besser helfen könnte als die Truppen des Fürstbischofs, und sie gefragt, ob sie mit ihm reiten würde, um die Angelegenheiten ihrer Herrin zu vertreten. Allerdings müssten sie auf die

Unterstützung der Bayernritter verzichten. Nur sie und Sepi, kein anderer. Und sie müsse auch bei ihrer Seele schwören, Schweigen zu bewahren über alles, was sie zu sehen und zu hören bekäme. Trine hatte nur kurz überlegen müssen. Sie verdankte Frau Margarethe ihr Leben und das ihrer Tochter. Sie waren von ihr aufgenommen worden, als die Not am größten war. Jetzt war es an der Zeit, die Schuld zu begleichen.

Der Zofe war klar, dass sie sich auf ein gefährliches Unterfangen einließ. Doch nachdem sie ihre Entscheidung getroffen hatte, gab es kein Zurück mehr. Ohne Wehmut schaute sie den beiden Rittern nach, die am nächsten Morgen Hauzenberg Richtung Passau verließen. Sie würden ihrer Pflicht nachkommen und um eine Audienz beim Fürstbischof bitten, doch das war es auch schon. Mehr würde nicht geschehen. Nun würde es auf sie und Sepi ankommen.

Kaum waren die Ritter außer Sichtweite, hatte Sepi die Pferde vorführen lassen. Trine, deren Reitkünste sich seit Prag stark verbessert hatten, konnte sein flottes Tempo gut mithalten. Nach einem Tag hatten sie das Gasthaus erreicht, an dem sie überfallen worden waren. Zufällig begrüßte sie der Wirt höchstpersönlich, der ganz blass wurde, als er Trine erkannte. Sepi löste seine Zunge mit einer kleinen Goldmünze, und so erfuhren sie, dass damals drei Männer den Wirt aufgesucht hatten. Sie hatten ihm geraten, sich für eine Nacht in die Büsche zu schlagen, wenn ihm sein Leben lieb wäre, und erst wiederzukommen, wenn die Sonne hoch am Himmel stand. Das habe er dann auch getan. Den Anführer beschrieb der Wirt als grantigen Kerl mit stechendem Blick, der die Gugel tief ins Gesicht gezogen hatte. An mehr konnte oder wollte er sich nicht erinnern, was Trine davon überzeugte, dass er log und es bestimmt nicht seine erste Begegnung mit den Männern gewesen war. Trine schaute zu Herrn Sepi, der nicht erkennen ließ, ob auch er Verdacht geschöpft hatte.

Am nächsten Morgen ritten sie weiter. Immer tiefer ging es in den Wald hinein und zugleich immer höher die Berge hinauf. Trine hatte das Gefühl, längst im Böhmischen zu sein. Ihre Reittiere schleppten sich müde dahin, bis plötzlich eines den Kopf hob und wieherte.

Sepi hielt an und lauschte. Ein Pferd gab in der Regel nur Laut, wenn es einen Artgenossen witterte. »Ich glaube, wir sind gleich da«, verkündete er.

In dem Moment machte das Tier einen Satz zur Seite, dass selbst Sepi, der ein ausgezeichneter Reiter war, ins Schwanken geriet und seine Steigbügel verlor. Ein Ritter mit heruntergelassenem Visier brach aus den Büschen und stürmte, furchterregend das Schwert schwingend, auf den Kaufmann zu. Trine schrie auf. Sepi versuchte noch, nach seiner Waffe zu greifen, aber es war bereits zu spät.

»Ergebt Euch, oder Ihr seid des Todes!«, brüllte ihn der Angreifer an, und es bestand kein Zweifel, dass es ihm mit dieser Drohung ernst war.

Sepi hob die Hände als Zeichen, dass er nicht gedachte, Widerstand zu leisten.

Der andere sah es, senkte das Schwert und rief: »Was in drei Teufels Namen macht *ihr* beiden denn da?«

Das Visier wurde geöffnet, und ein vertrautes Gesicht kam zum Vorschein. »Dasselbe könnte ich Euch fragen, Herr Sedlic. Mein Gott, wenn man Euch so auf sich zustürmen sieht, glaubt man, der Herr der Hölle habe es höchstpersönlich auf einen abgesehen. Ihr könnt einem aber auch einen Schrecken einjagen.« Es war Sepi anzusehen, wie erleichtert er war.

»Und du träumst vor dich hin, als befändest du dich auf

der Tribüne des Turnierplatzes neben einer schönen Frau und nicht im Grenzland, wo es von Schurken nur so wimmelt. Die Waffe in der Lederscheide und den Schild festgebunden. Mensch Junge, dich könnte jeder dahergelaufene Wegelagerer aus dem Sattel pusten. Hast du denn gar nichts in Prag gelernt?«

»Ich fürchte, ich war mehr mit dummen Streichen beschäftigt. Deshalb bin ich auch Kaufmann geworden. Ich kann zu meiner Entschuldigung höchstens vorbringen, dass ich nicht erwartet hatte, auf dieser Straße belästigt zu werden. Sie gilt eigentlich als sicher.«

»Es gibt keine sichere Straße, und die hier ist's schon gar nicht. Keine halbe Stunde entfernt wimmelt es nur so von zwielichtigen Gestalten.«

»Dorthin sind wir unterwegs. Das sind friedliche Leute, Vertriebene. Die tun nichts.«

»Dann musst du andere meinen. Die, die ich sah, waren bis an die Zähne bewaffnet.« Jan fasste wie zur Bestätigung den Griff seines Schwerts fester. »Die da ...«, nun deutete er auf die Armbrust an Sepis Sattel, »... wird dir nicht viel nützen.«

Der junge Mann öffnete den Mund, um etwas zu sagen, wurde aber von Trine unterbrochen. »Woher kennst du die Leute?«, fragte sie mit ungewohntem Nachdruck.

»Es sind Hussiten«, erklärte Sepi. Jan runzelte die Brauen und stieß zischend Luft zwischen den Zähnen durch.

»Und bei denen sollen wir um Hilfe für Frau Margarethe bitten?«

Sepi nickte. »Niemand kennt sich in der Gegend besser aus.«

Die Zofe hob abwehrend die Hände. »Ohne mich. Das hättet Ihr mir sagen müssen, Herr Sepi.«

»Nun stell dich nicht so an. Das sind ehrliche Leute. Die rauben dir schon nicht die Seele.«

Das nicht, dachte die Zofe, aber etwas anderes könnte passieren. Sie setzte ein trotziges Gesicht auf und beharrte auf ihrem Standpunkt. »Es geht nicht.«

»Warum hast du sie überhaupt mitgenommen, Sepi?«, bekam sie Schützenhilfe von Jan. »Das ist doch viel zu gefährlich. Ich gab ihr die Anweisung, nach Passau zu gehen und den Bischof um Truppen zu bitten. Dort wäre sie in Sicherheit gewesen und hätte ebenfalls etwas für ihre Herrin tun können.«

»Auf Truppen des Fürstbischofs könnt Ihr bis zum Sankt Nimmerleinstag warten. Ins Grenzland wagen sie sich nicht, schon gar nicht in dieser Jahreszeit, und was dich angeht, Trine: Es ist zu spät, um bockig zu werden. Mitgegangen, mitgehangen.«

»Ich könnte hier auf Euch warten, Herr, gemeinsam mit dem Herrn Sedlic.«

»Kommt nicht infrage«, sagten beide Ritter gleichzeitig.

Jan grinste. Er würde sich ganz sicher nicht in die Büsche schlagen und diesen Jungspund die Kastanien allein aus dem Feuer holen lassen. »Sepi, was ist dein Plan?«

»Saufen, raufen und die Ohren spitzen. Wenn jemand weiß, wohin man Frau Margarethe gebracht hat, dann sind das diese Leute. Sie kennen in den Bergen jeden Fußbreit Boden und jedes Versteck.«

»Margarethes Spur führt ins Hinterland. Von einem Aussichtspunkt aus habe ich die Überreste einer Burg entdeckt. Weißt du vielleicht, wem sie gehört und ob sie noch bewohnt ist?«

Sepi zuckte mit den Schultern. »Weiter als zur Klause bin

ich nie geritten, aber wie schon gesagt weiß ich, wer uns Auskunft geben kann.«

»Dann sollten wir keine Zeit verlieren.«

Sepi nickte, deutete jedoch auf Jans Schultern. »Ich würd vielleicht das Wappen der Wittelsbacher nicht gar so protzig vor mir hertragen, Herr Sedlic, das kommt bei denen nicht so gut an. Ich hätte in meinem Gepäck noch ein unauffälligeres Kleidungsstück. Wenn Ihr den Bauch ein wenig einzieht, könntet Ihr Euch eventuell hineinzwängen.« Der Kaufmann lachte spöttisch.

Jan, an dem nun wirklich kein Gramm zu viel war, erwiderte: »Nichts als Muskeln. Die lassen sich nicht einziehen, aber ich werde trotzdem versuchen, mich dünn zu machen.«

Mit diesen Worten stieg er vom Pferd, verschwand mit dem gereichten Gewand hinter einem Busch und kam kurz darauf als rechtschaffener Kaufmann verkleidet wieder.

Kapitel 9

Man hatte die Gartenpforte für Albrecht offen gelassen, durch die er nun das hoch über dem Neckar gelegene Anwesen des Schlosses in Heidelberg betrat. Ein Domestik in prächtigem Livree wies ihm den Weg zu einer kleinen Orangerie. Albrecht fragte sich, ob er hier auf Elisabeth treffen würde. Nun war er doch neugierig. Jedermann lobte das Aussehen der jungen Gräfin und ihren Charme. Unwillkürlich strich Albrecht seinen Mantel zurecht und fuhr sich übers Haar. Sein Herz klopfte vor Erwartung, als der Domestik auf eine offen stehende Tür deutete, sich verneigte und dann zurückzog.

Der Eingang selbst war mit matt schimmernden Tüchern verhangen. Albrecht schlug die Seide zur Seite. Es roch nach Rosenwasser und vorzüglichem Rotwein. Offenbar sparte man weder Kosten noch Mühe, es dem hohen Gast angenehm zu machen. Sogar ein Kohlebecken hatte man aufgestellt, das für angenehme Temperaturen sorgte. Albrecht hob erstaunt die Augenbrauen. Er hatte ein Kind erwartet, höchstens ein heranwachsendes Mädchen, doch was er sah, war eine Schönheit mit langem, schwarzem Haar, die ihm den Atem stocken ließ. Sie streckte sich gerade zu einem kleinen Hündchen herab, wobei ihr Rocksaum etwas verrutschte und mehr von ihren schlanken Knöcheln sehen ließ, als schicklich war. Als das Tier nicht kommen wollte, hockte sie sich auf die Knie, beugte sich über die Lehne der Bank und angelte in die Tiefe, um nach ihrem Schoßtier zu greifen, wodurch Albrecht ein vielversprechender Blick auf die Rundungen ihres Gesäßes vergönnt war. Man hatte nicht übertrieben. Elisabeth war das, was Margarethe gewesen war, als sie sich in Prag ineinander verliebt hatten: ein Temperamentsbündel und doch voller Unschuld.

Albrecht öffnete den Mund, um auf sich aufmerksam zu machen. In diesem Moment schoss ein weißes Wollknäuel kläffend auf ihn zu. Die junge Gräfin fuhr herum und starrte ihn aus haselnussbraunen Kulleraugen an. Erschrocken ließ sie den Mund leicht offen stehen. Doch dann trat zorniges Blitzen in ihre Augen.

»Lernt man in München nicht anzuklopfen, bevor man die Gemächer einer Dame betritt?«, fragte sie barsch.

Ihre Stimme war erstaunlich tief. Albrecht mochte sie vom ersten Moment an. Er verneigte sich höflich, während er versuchte, das Hündchen vorsichtig davon abzuhalten, ihm die teuren Stiefel zu zerbeißen: »Verzeiht mein ungestümes Eindringen, und doch hätte ich diesen Anblick um nichts auf der Welt missen wollen.«

Das Mädchen klopfte mit der flachen Hand auf den Platz neben sich und rief: »Lili, komm her, bevor dir dieser ungezogene Ritter den Platz wegnimmt.« Knurrend und mit gesträubtem Nackenfell zog sich das Tier zurück und machte schließlich einen Satz auf die Liege, wo es Elisabeth begeistert die Hand leckte.

»Ja, du bist ein braves Hündchen. Meine Beste.« Sie liebkoste Lili und zerzauste ihr das Fell, während sie Albrecht keines weiteren Blickes würdigte. Endlich schaute sie wieder hoch und streckte ihm gnädig ihre feingliedrige Hand entgegen. »Elisabeth von Württemberg.«

Nun war es an Albrecht, galant zu sein. Er hauchte einen Kuss darauf, ohne sie zu berühren. »Albrecht von Bayern-München.«

Sie deutete auf einen bequemen Stuhl ihr gegenüber. »Setzt Euch und kostet diesen herrlichen Tropfen, der wahrhaft die Seele beschwingt.«

Sie goss ihm von eigener Hand ein und reichte ihm den Trinkpokal, wobei sich ihre Fingerspitzen berührten. Keusch senkte sie den Blick. Liebevoll drückte sie ihr Schoßhündchen an ihren wohlgeformten Busen.

Albrecht tat einen großen Schluck. Er musste sich erst einmal fassen. Hatte ihm Margarethe nicht stets berichtet, Elisabeth wäre eine freche, nur schwer zu bändigende Göre? Ihm bot sich hier ein ganz anderer Eindruck. Um seiner Verwirrung Herr zu werden, bediente er sich erneut an seinem Becher. Der Wein schmeckte vorzüglich. Ein vollmundiger, süßer Tropfen, der in der Kehle prickelte, während ein Hauch von Zimt über den Gaumen strich.

»Ich sehe, dass wir uns unserer Kellermeister nicht zu schämen brauchen.« Elisabeth hob lächelnd den Krug, um nachzuschenken.

»Von Eurer Hand gereicht mundet jeder Wein, als wäre er in der Sonne des Südens gereift«, antwortete Albrecht. Die Begegnung begann, ihm Spaß zu machen.

Sie lächelte artig und setzte das Hündchen zurück auf den Boden, wodurch dem Herzogssohn ein großzügiger Blick in ihren Ausschnitt gewährt wurde. Kaum zu glauben, dass dieses Mädchen noch so jung war. Er kannte manch reifes Weib, das angesichts Elisabeths Rundungen vor Neid erblasst wäre, vor allem unter den Wittelsbacherinnen, die oft mit wenig Schönheit gesegnet waren.

»Ihr habt einige Strapazen auf Euch genommen, nur um mich zu sehen.« Elisabeth klimperte mit ihren langen, dichten Wimpern, während der Wein gluckernd in den Becher rann.

»Eure Bekanntschaft zu machen war jede Anstrengung wert«, entgegnete Albrecht.

Die Schwarzhaarige betrachtete ihn fast ein wenig melancholisch. »Ich bin froh, dass Ihr gekommen seid. Können wir offen miteinander reden?«

»Ich bitte darum.«

»Nun, offenbar wäre eine Verbindung zwischen uns für das Haus Wittelsbach von Nutzen, nur leider übersieht man dabei, dass weder Ihr noch ich danach streben.« Sie schenkte Albrecht einen unvergleichlichen Augenaufschlag.

Gebannt hing er an ihren Lippen und nickte. Elisabeth hatte etwas an sich, das ihn faszinierte.

»Ihr liebt Margarethe und ich Johann. Wenn wir uns also einig sind, dass wir einander nicht wollen, wie sollte man uns da zwingen können?«

Albrecht war sich plötzlich gar nicht mehr so sicher, ob diese Verbindung nicht doch Vorteile brächte. Wie hatte sein Vater noch gesagt: Schließlich könnte er sie beide haben, Margarethe und Elisabeth. Dann schüttelte er sich. Was für ein abstruser Gedanke! Gewiss war ihm der Wein zu Kopf gestiegen. »Wie stellt Ihr Euch das vor, Elisabeth? Wir sind nicht in der Position, diesbezügliche Entscheidungen zu treffen«, gab er zu bedenken.

»Keine Angst, Ihr müsst Euch nicht zu weit aus dem Fenster lehnen, Euer Liebden.« Sie lachte. »Lasst mich nur machen. Ich muss bloß Gewissheit haben, dass Ihr mein Land nicht in einen Krieg stürzt, wenn meine Hochzeitsglocken nicht in München läuten. Denn dass meine Leute für das, was ich tue oder nicht tue, niedergemetzelt werden, wäre nicht recht.«

»Nichts läge mir ferner, meine Dame.« Er deutete eine Verbeugung an.

Sie reichte ihm lächelnd ihre Hand, die winzig, zart und schneeweiß war. »Nun, dann ist es also ausgemacht. Ich stehe Euch nicht im Weg bei Margarethe und Ihr mir nicht bei Johann. Stattdessen werden wir glücklich mit den beiden Menschen, die wir lieben.«

Albrecht hielt ihre Worte für naiv. Dieses Treffen verlief überhaupt völlig anders, als er erwartet hatte, und Elisabeth war überaus entzückend. »Das wäre schön«, sagte er lahm, ergänzte jedoch im Stillen, »ihre Lippen kosten zu können.«

Sie lachte glockenklar und deutete dann auf die Laute. »Ich habe gehört, Ihr seid ein ganz vorzüglicher Sänger. Wollt Ihr mich nicht ein wenig an Eurer Kunst teilhaben lassen?«

Albrecht nickte wie hypnotisiert und schaute ihr tief in ihre glitzernden Augen »Was für ein Mädchen!«, dachte er, während er zur Laute griff.

Weida besah sich stöhnend den riesigen blauen Fleck an seinem Knie, wo ihn die Tür getroffen hatte. »Du wirst langsam zu alt für solche Eskapaden«, murmelte er vor sich hin.

Zwar war es ihm gelungen, die Rothaarige wieder einzufangen und zurück in ihre Kammer zu bringen, aber sie hatte sich wie eine Furie gebärdet und ihn angebrüllt, dass sie ihn hasse und eher sterben würde, als auf der Osterburg lebendig begraben zu werden. Weida haderte mit sich, während die Nacht voranschritt. Margarethe war einfach kein verschmustes Stubenkätzchen, das sich zähmen ließ. Man konnte sie höchstens kontrollieren. Aber vielleicht ging alles besser, wenn sie erst durch eine Schwangerschaft behäbiger und nach der Geburt mütterlicher wurde. Wenn sie ihm doch nur einen Sohn schenkte …

Minuten später kämpfte sich der Vogt erneut humpelnd

und stöhnend die Stufen zur Kammer im Turm hoch, öffnete die Tür und trat ein. »Es tut mir leid, Margarethe«, sagte er.

Die Rothaarige blinzelte ihn feindselig aus einem halb zugeschwollenen Auge an.

Er war wohl doch rabiater gewesen, als er beabsichtigt hatte. »Ich wollte dich nicht schlagen, meine Liebe, aber du hast mir keine andere Wahl gelassen. Sei vernünftig, und es soll nie wieder geschehen.« Er legte die Rechte auf seine Brust und zwinkerte ihr um Verzeihung heischend zu.

Sie schnaubte verächtlich.

»Ich hab einen besonders guten Tropfen dabei. Du wirst begeistert sein.« Weida stellte den Becher vor sich ab und trat einige Schritte zur Seite.

Der Anblick und der Geruch des Weins schienen sie versöhnlicher zu stimmen.

»Mich erinnert er an den Wein, den uns Königin Sophie früher reichen ließ«, schwärmte er weiter und nippte an seinem Becher. »Koste ihn doch. Du wirst ihn lieben.«

Mit verächtlichem Blick nahm sie ihm den Becher aus der Hand und setzte ihn an die Lippen. Gierig ließ sie die Flüssigkeit durch ihre Kehle rinnen, so durstig war sie.

Weida wusste, dass er nicht zu viel versprochen hatte, der Wein war tatsächlich hervorragend.

Sie sah zu ihm hinüber und räusperte sich leise. »Ihr habt recht, ein köstlicher Tropfen. Und ich glaube, jeder von uns hat so seine Blessuren abbekommen. Trotzdem werde ich es wieder versuchen, sobald sich eine Gelegenheit zur Flucht ergibt.«

Er seufzte. »Versuch dein Glück und ich meins.«

»Dann wissen wir ja jetzt beide, woran wir sind.«

Er schenkte ihr nach. »In diesem Sinne, lass uns unserer ehelichen Pflicht nachkommen. Ich habe uns eine zusätzliche

Decke mitgebracht. Es ist kalt geworden. Ich könnte heute Nacht auch hierbleiben, dann könnten wir uns gegenseitig wärmen.«

»Ich nehm lieber die Decke.«

Jemand pochte gegen die Tür.

»Herr?«, ertönte Tondas Stimme dumpf. »Ich habe eine Botschaft für Euch. Mit einem Seitenblick auf Margarethe erhob sich der Vogt und ging zur Tür. Der Riegel wurde zurückgeschoben. Weida steckte den Kopf heraus, und Tonda sagte: »Er ist da. Man hat ihn gesehen, ganz in der Nähe der Klause.«

Weidas Kopf fuhr herum. Rasch huschte er aus der Kammer. Margarethe schlug das Herz bis zum Halse. Meinte Tonda Jan? Konnte es sein, dass er endlich gekommen war? So schnell sie konnte, sprang sie aus dem Bett und legte das Ohr ans Türblatt. Doch wie sie sich auch anstrengte, mehr als ein undeutliches Flüstern war nicht auszumachen. Enttäuscht schlich sie wieder zu ihrem Bett.

Keinen Tagesritt von Margarethe entfernt zechten Jan und Sepi gemeinsam mit den Hussiten, die sie zwar erstaunt, aber wohlwollend aufgenommen hatten. Die Klause bot mehr Raum, als sie von außen vermuten ließ, da sie sich im Inneren des Berges fortsetzte. Jetzt war auch klar, wozu man all das Holz benötigt hatte. Die massiven Stämme bildeten das Stützwerk weit in den Berg hineinführender Stollen. Jan vermutete, dass sich in den Tiefen des Berges Waffen und Schießpulver türmten, und hätte zu gern einmal einen Blick hineingeworfen. Finster dreinblickende Wachen ließen jedoch keinen Zweifel daran, dass er seine Neugierde zu zügeln hatte. Der Ritter bekam auch so beunruhigend viel zu Gesicht. Die Männer führten allesamt nagelneue Schießprügel mit sich, die das Siegel einer Münchner Waffenschmiede trugen. Als er Sepi darauf aufmerksam machte, zuckte der nur mit den Schultern und sagte: »Ihr habt eben die besten Büchsenmacher des Reichs. Freut Euch doch, wenn deren Geschäfte blühen. Das spült dem Herzog reichlich Geld in die Staatskasse.«

Den Ritter schüttelte es angesichts dieser Logik, und er flüsterte. »In nicht allzu ferner Zukunft könnte es passieren, dass wir selbst in die Mündungen dieser Gewehre blicken. Dann wären wir froh, wenn beim Gegner etwas weniger davon vorhanden wären.«

Der Kaufmann lächelte spitzbübisch »Wer das Kriegshandwerk erlernt, sollte Pulvergeruch nicht scheuen. Aber Ihr könnt ja darauf hoffen, dass bis dahin ein paar Schießprügel kaputt gehen oder den Hussiten die Munition knapp wird.«

»Ich fürchte fast, die Hoffnung wäre vergebens, denn mir scheint, sie verfügen über eine gute Quelle.«

Sepi erntete einen bohrenden Blick. Mit Unschuldsmiene hob der junge Mann die Schultern. »Ich bin nur ein einfacher Kaufmann und versteck mich hinter einem großen Baum, wenn's knallt!«

»Du hast damit nicht zufällig etwas zu tun, dass all diese Waffen ihren Weg von München hierher fanden?«

»Gottes Pfade sind verschlungen.«

»Mit dem hat das wohl eher nichts zu tun.«

»Na gut, könnte schon sein. Jetzt kennt Ihr mein kleines Geheimnis, aber ich weiß auch um Eures, Herr Sedlic, denn Eure Gefühle für Frau Margarethe, habt Ihr schon damals in Prag nicht verbergen können.«

Jan wurde rot, und das passierte ihm nicht oft. Sepi versetzte ihm einen freundschaftlichen Stoß mit dem Ellbogen. »Na, Herzensangelegenheiten sind nichts, wofür man sich zu schämen braucht, und was das andere angeht: Meines Wissens gibt es kein Gesetz, das den Handel mit Waffen verbietet.«

Jan wollte gerade mit einer Moralpredigt loslegen, als der große Kerl, in dem Jan den Anführer zu erkennen glaubte, zwei Zinnbecher vor sie hinstellte und eine klare Flüssigkeit eingoss, bei der es sich dem Geruch nach um Selbstgebrannten handelte.

»Ah, darauf hab ich gewartet«, seufzte Sepi, schloss kurz die Augen und sog genießerisch den Duft ein. »Einen vergleichbaren Borovicka bekommt Ihr nirgendwo sonst auf den Tisch gestellt, mein lieber Jan.«

Der Riese grinste zufrieden, hob seinen Becher und rief laut: »Na zdraví!«Ein vielstimmiger Chor und das Klirren zahlreicher Krüge folgten. Auch Jan und Sepi schlossen sich an. Im Nu waren die Becher leer. Der Kaufmann zog einen Stuhl herüber, und der Riese hockte sich zu ihnen. Erwartungsvoll schaute er zu Jan.

»Dafür lohnt sich die weiteste Reise«, lobte der Ritter artig.

Ein wohlwollendes Zwinkern aus den tiefschwarzen Augen war die Antwort. »Euer Freund weiß einen guten Tropfen zu schätzen, Herr Kaufmann. Und nun verratet mir, was Euch zu uns führt.«

»Ich bin hier, um dich zu warnen, Thomek. Es wurde eine Edeldame entführt, und die Spur führt genau hierher. Nun sind die Truppen des Fürstbischofs unterwegs, bereit, jeden Stein umzudrehen, bis man sie gefunden hat.«

Thomek strich sich mit der Hand den Kinnbart glatt. »Hm, das wäre gar nicht gut – für die Passauer meine ich. Kann sein, dass sie eine Ladung Blei zu schmecken bekommen, wenn sie sich zu weit in die Wälder wagen.«

Der Hussit klopfte mit der Hand an seinen gewaltigen Vorderlader. Sepi legte die Hand auf des Hussiten Arm. »So weit muss es ja nicht kommen. Es wäre ja möglich, dass *wir* die Dame finden. Dann könnten sich die Söldner den Weg sparen.«

»Da muss ich Euch enttäuschen. Die Weiber, die bei uns lagern, zählen bestimmt nicht zu der Sorte, die Ihr sucht, aber ich könnt mich mal umhören.«

Seine rabenschwarzen Augen glänzten. »Um wen handelt es sich denn genau? Wenn Ihr bei diesem Wetter mutterseelenallein in die Berge reitet, dann muss die Dame ...«, er unterbrach sich, als würde er überlegen, wie weit er gehen konnte, »... entweder Eure Braut sein, oder es lässt sich ein hübsches Sümmchen an ihr verdienen.«

Jan saß mit steifem Rücken da und schaute grimmig drein. Sepi dagegen schob lachend seinen Becher zu Thomek herüber. Prompt wurde ihm erneut eingegossen.

»Na zdraví!«, sagte der Kaufmann und hob das Trinkgefäß. »Auf die schönen Frauen, die den Männern das Leben versüßen.«

»Na zdraví!«, antwortete der Riese. »Mal angenommen, ich wüsste, wo man diese Dame findet, was würde für uns dabei herausspringen?«

Jan wollte bereits wütend aufspringen. Seiner Meinung nach war es die Pflicht eines jeden Mannes von Ehre, eine Edeldame zu retten, ohne vorher auszuhandeln, wie viel dafür bezahlt wurde.

Doch Sepi legte ihm die Hand auf den Arm. Gemächlich lehnte sich der junge Kaufmann zurück, wobei er seine Börse vernehmlich klirren ließ. »Kommt ganz darauf an, worin genau deine Hilfe besteht und ob unser Vorhaben von Erfolg gekrönt sein wird. Ihr wisst selbst, ein Geschäft ist erst abgeschlossen, wenn Ware und Geld übergeben sind.«

»Wie wahr, doch ich muss Euch enttäuschen. Ich kann mich zwar umhören, aber Ihr werdet Euch selbst bemühen müssen. Und ich will Euch warnen: Die Sache wird nicht einfach werden.«

In Jan wuchs die Empörung. Dieser verdammte Hussit wusste ganz genau, wo sie zu suchen hatten. Sollte Sepi es nicht schaffen, ihn zu bestechen, würde Jan es aus dem Mann herausprügeln.

Der Kaufmann lächelte indes ungerührt weiter und verkündete: »Das erledigt mein Freund hier schon für mich.« Er legte Jan den Arm um die breiten Schultern.

»Tod und Verdammnis, wenn er sich da mal nicht überhebt!«

Die Warnung war nicht zu überhören. Sepi nickte als Zeichen, dass er verstanden hatte. Jan ballte die Fäuste, während der Hussit nachdachte.

»Also gut, ich schaue, was ich tun kann, und Ihr gebt mir einen Preisnachlass auf die nächste Lieferung.«

»Einen beachtlichen, wenn die Dame dort ist, wo du sagst, und noch mal mehr, wenn wir erfolgreich sind.« Nun hielt auch Sepi die Hand hin.

»Alter Bazi!«, brummte der Hussit und schlug ein.

Sepi machte ein gequältes Gesicht. »Unser Handelshaus wird Bankrott gehen, wenn ich noch mehr solche Geschäfte abschließe.«

»Ach was, ich möchte wetten, du holst dir dein Gold schon irgendwie wieder.« Thomek schaute erneut zu Jan und musterte ihn mit abschätzendem Blick. Dann beugte er sich vor und flüsterte. »Nun denn. Östlich von hier gibt es eine Burg. Sie liegt gut versteckt. Man glaubt, sie sei unbewohnt, aber der Eindruck täuscht. Ein unangenehmer Zeitgenosse lebt da, einer von denen, die man nicht gern als Nachbarn hat. Es wird gemunkelt, er würde sich seine ›Gastfreundschaft‹ in barer Münze bezahlen lassen.«

»Weißt du denn, ob sich derzeit eine rothaarige Frau dort aufhält?«

»Meine Leute sahen ihn vor einiger Zeit mit so einer. Offensichtlich begleitete sie ihn nicht freiwillig.«

»Das muss sie sein«, stellte Jan fest. »Lass uns aufbrechen.«

»Immer mit der Ruhe, Herr«, mahnte Thomek. »Es ist nicht so einfach, wie es scheint. Die Burg mag baufällig aussehen, in Wirklichkeit ist sie eine Festung. Selbst mit einem kleinen Heer würde die Belagerung ein Weilchen dauern. Wenn Ihr meinen Rat hören wollt. Es wäre gesünder, ein ordentliches Lösegeld anzubieten, statt zu kämpfen. Der Burgherr ist ein Plackerer, ein Ritter zwar, doch wenig ehrenhaft, und er rechnet mit Eurem Kommen.«

»Woher …«, wollte Sepi fragen, doch Jan fuhr dazwischen:

»Stell mir fünf von deinen Männern zur Verfügung, und wir werden die Ratten ausräuchern, so wahr ich hier stehe.«

»Einen Teufel werde ich tun und auch nur einen einzigen an Euch verschwenden.« Thomeks Stimme war energisch geworden. »Aber ich könnte mich bereit erklären, einen Boten zu schicken, der um Verhandlungen ersucht. Geld führt Ihr ja mit Euch.« Er schaute von Sepi zu Jan. Sein Blick blieb merkwürdigerweise an dem Ritter haften.

Der Kaufmann nickte. »Veranlasst das, und nenn mich als Verhandlungsführer.«

»Dann seid Ihr also bereit zu zahlen?«

Doch da hielt es Jan nicht mehr auf seinem Platz. »Den Teufel werden wir tun. Diese Sache wird mit dem Schwert bereinigt und ist danach endgültig erledigt.«

Sepi zuckte mit den Schultern, und Thomek schüttelte den Kopf, wie es ein Vater tut, der sein Kind Unsinn reden hört. »Ihr habt zu viel Muskeln und zu wenig Verstand.«

»Hüte deine Zunge, Mann, von einem wie dir lass ich mich nicht beleidigen.«

Aber da war er bei dem Riesen gerade an den Richtigen geraten. »Und ich red, wie mir der Schnabel gewachsen ist, aber wir können das gerne draußen vor der Tür austragen.«

»Wohlan«, hielt Jan dagegen, »aber sollte ich siegen, wirst du uns zu dieser Burg begleiten und uns helfen, die Dame zu retten.«

Kapitel 10

»Dieser Kräutertee wirkt wahrhaft Wunder, Joseph«, lobte der Truchsess und setzte sich in seinem Lager auf.

Der Kammerherr erlaubte sich ein angedeutetes Lächeln. »Darüber bin ich sehr erleichtert, Herr. Darf ich dem Herrn Truchsess sagen, dass er heute viel besser aussieht?«

»Es geht mir auch gut, danke. Wie weit ist es noch bis Grünwald? Können wir es heute noch erreichen?«

»Nun, ich fürchte, das ist nicht zu schaffen. Der Stallmeister sagte mir, es wäre ein strammer Tagesritt oder zwei Tage mit der Kutsche.«

»So lange noch? Mir scheint, diese Reise zieht sich endlos hin. Dabei bin ich in großer Sorge wegen Margot. Und auch Margarethes Schicksal scheint wieder einmal an einem seidenen Faden zu hängen.«

Der Kammerherr machte ein betrübtes Gesicht und räusperte sich. »Mir bereitet Eure Gesundheit mehr Kopfzerbrechen. Ob Ihr nicht doch den Medicus zu Rate ziehen wollt? Sie sollen hier in Augsburg einen guten haben, den selbst der Herzog zuweilen konsultiert.«

Bischishausen winkte ab. »Das kostet nur Zeit. Lasst uns lieber die Pferde einspannen.«

»Aber Herr, Ihr seid noch lange nicht so weit, reisen zu können«, wandte Joseph erschrocken ein, obwohl er wusste, dass der Truchsess ein Dickschädel war.

Bischishausen würde sich von seinem Vorhaben nicht abbringen lassen, selbst wenn es ihn das Leben kostete.

Hans von Sachsenheim schnaufte ärgerlich. Sie hatten viel Zeit dafür gebraucht, Margot in eine Kutsche zu sperren. Die junge Frau schrie Zeter und Mordio, sobald man ihr die Gelegenheit dazu ließ, und wollte augenblicklich zurückgebracht werden. Am liebsten hätte der Hofmeister sie mit einem kräftigen Schlag ins Gesicht zum Schweigen gebracht, aber er fürchtete, dem Kind damit ernsthaft zu schaden. Und so achtete er einfach darauf, dass sie gut gefesselt und geknebelt hinter verschlossenen Vorhängen saß.

Da der Weg immer schlechter und enger wurde, mussten sie die schwere Kutsche immer wieder mit der Hand anschieben und Gestrüpp und Äste aus dem Weg räumen. Überdies hatte sich Sachsenheim während der eisigen Nacht im Freien auch noch erkältet und mahnte sich nun selbst zur Geduld. Unwillkürlich griff er nach einem Tuch, um die feinen Tröpfchen aufzufangen, die bei jedem Nießen aus seiner Nase stieben. Eine weitere eisige Nacht im Freien hinter sich, mahnte sich der Sachsenheim zur Geduld. Am Ende des Tages sollte er einen Gasthof erreichen, wo er vorerst bleiben wollte. Angeblich wusste der Wirt, wo Weida zu finden war, und würde ihm einen Boten schicken. Ihm würde er Margot übergeben, denn auf der Osterburg würde niemand nach ihr suchen. Und sobald die Angelegenheiten ihrer Heirat geregelt waren, würde er sie als seine Gemahlin heimführen.

Margarethe tigerte wie eine Wildkatze in ihrer Kammer hin und her. Sie hatte das Gefühl, langsam den Verstand zu verlieren. Jan ganz in der Nähe zu wissen und doch nichts tun zu können machte sie rasend. Wütend hämmerte sie mit den Fäusten gegen die Wände. Doch so schäbig das Gebäude auch wirkte, ihr Gefängnis war ausgesprochen stabil gebaut.

Grübelnd legte sie sich wieder aufs Bett und stellte sich vor, ihr Freund würde mit Truppen anrücken und endlich diese Mauern niederreißen. Der Gedanke gab ihr neuen Mut. Andererseits konnte sie sich das alles auch bloß einbilden. Sie hatte nur wenige Worte aufgeschnappt. Was, wenn sie sich auf jemand ganz anderen bezogen? Was, wenn es gar nicht um Jan gegangen war? In ihrer Verzweiflung kniete Margarethe nieder und tat etwas, das sie schon lange hatte tun wollen: Sie betete. Gott prüfte sie, wie er es einst mit Jonas im Bauch des Walfisches getan hatte, da war sie sich plötzlich sicher. Sie musste einfach nur standhaft bleiben, dann würde sie gerettet werden. In ihren Gedanken sprach sie zur Jungfrau Maria und wiederholte die Gebete des Rosenkranzes.

Dann plötzlich hörte sie gedämpfte Hufschläge. Ihr wurde bang ums Herz.

»Lieber Gott, lass es nicht Jan sein, der in die Falle geht.«

Aber es ertönten kein Waffenklirren oder andere Kampfesgeräusche. Während der nächsten Stunden fürchtete und hoffte sie zugleich, die Tür möge aufgehen und der Vogt würde ihr triumphierend erklären, man habe ihren Freund gefangen genommen. Doch als nach einer gefühlten Unendlichkeit der Riegel tatsächlich zurückgeschoben wurde, sagte der Vogt lediglich: »Nun ist es bald so weit. In zwei Tagen brechen wir auf zur Osterburg. Du bist sicher erleichtert, hier herauszukommen.«

»Noch mehr würde ich mich freuen, wenn man mich laufen ließe«, dachte Margarethe.

Weida lächelte glücklich. »Du wirst dein neues Zuhause mögen.«

»Ein Gefängnis ist es – nichts anderes.«

»Das liegt ganz bei dir.«

Ungewohnt leidenschaftlich wohnte er Margarethe an diesem Abend bei. Danach lag er keuchend neben ihr, eine Hand auf ihrem Bauch. »Bestimmt ist er schon da drin, mein Sohn. Winzig klein noch, aber doch bereits ein Mensch. Wenn ich ihn doch nur sehen könnte.« Er drehte sich zu ihr herum und stützte den Kopf in seine Hand. »Margarethe, falls irgendetwas dazwischenkommt, ich meine, falls mich Gott zu sich ruft, bevor du niederkommst, willst du ihn dann Heinrich nennen? Es ist ein alter Schwur meiner Familie, dass jeder männliche Abkömmling diesen Namen trägt. Du wirst dich doch daran halten, oder?« Seine Stimme hatte einen sentimentalen Unterton.

Margarethe nickte, obwohl sie ihm eigentlich entgegenschreien wollte, dass sie ihn hassen würde, falls er sie geschwängert hatte.

»Ich danke dir für diese Gunst und für die Gewissheit, dass du das Kind in Liebe und Güte erziehen wirst.« Hastig stand er auf, zog sich an und verließ sie ohne ein weiteres Wort.

Margarethe presste den Kopf gegen die kalte Mauer und kämpfte gegen die Angst an, möglicherweise empfangen zu haben. Was sollte sie tun, wenn ihre nächste Blutung aussetzte? Was würde sie tun können? Natürlich gab es da die Hebammen, die Kräuterfrauen und nicht zuletzt die Engelmacherinnen. Aber sie erinnerte sich nur zu gut an jene Nacht mit Margot. Unwillkürlich begann die junge Frau zu zittern. Würde es nur diesen einen Ausweg für sie geben? Wenn sie noch lange Weidas Gefangene blieb, konnte sie davon ausgehen, denn gewiss würde er so lange ihr Lager teilen, bis sich seine Sehnsucht nach einem Sohn erfüllt hatte.

Ihr Blick fiel auf die Überreste eines zerbrochenen Kruges auf dem Boden. Lange betrachtete sie die Scherben. Irgendwo da draußen war Jan. Wenn es ihr gelang, aus der Burg zu flüchten, würde er sie auf sein Pferd ziehen und mit ihr davonreiten. Doch ob er es schaffen konnte, diese Mauern zu überwinden und den Plackerer zu besiegen, war fraglich. Dann stand ihr Entschluss fest. Nur ein einziger Mann stand zwischen ihr und der Freiheit. Ihn galt es aus dem Weg zu schaffen. Langsam beugte sie sich zu den Scherben hinunter, betastete verschiedene Bruchstücke und fand eines, dessen Kante messerscharf war.

Trine hatte sich gleich nach ihrer Ankunft in den Stall verkrochen. Jetzt lockten sie Geschrei und Gejohle auf den Hof hinaus. Die Männer hatten sich in einem Kreis aufgestellt. Jan Sedlic und sein Gegner hielten lange Holzstöcke in der Hand und standen sich in der Mitte gegenüber. Trine sah, wie man Wetten abschloss. Auf Jan setzte nur Sepi und sonst keiner. Das wunderte sie nicht, denn der andere war ein baumlanger Kerl, der den Ritter um mehr als einen Kopf überragte und vermutlich fast doppelt so viel wog. Sein Gesicht konnte sie in der Dunkelheit nicht erkennen, doch Trine hörte, dass so lange gekämpft werden sollte, bis sich einer der Kontrahenten nicht mehr vom Boden erhob. Sie stöhnte. Jan Sedlic würde eine gehörige Tracht Prügel einstecken müssen.

In Böhmen war diese Art von Ringkampf ein beliebter Zeitvertreib. Die Kinder übten sich darin, kaum dass sie laufen konnten. Dagegen war Jan als Ritter in ganz anderen Kampfesarten ausgebildet. Doch Trine hatte keine Zeit, ihn zu warnen, denn das Spektakel hatte bereits angefangen. Mit dumpfem Klang schlugen die Stöcke gegeneinander. Sie beobachtete, wie der Riese seinen Stock schwang und auf den anderen eindrosch wie auf ein Bündel Stroh. Jan hielt sich tapfer, bis sein Stock in tausend Splitter zerbarst.

Da spürte Trine eine Berührung an der Schulter. Sie zuckte

zusammen und fuhr herum. Ein kleiner Mann mit Tonsur stand vor ihr und flüsterte: »Thereza, ist das möglich, oder spielen mir meine müden, alten Augen einen Streich?«

»Kenn ich dich?«, fragte Trine.

»Ja, ich bin's doch, euer alter Schreiber. Erinnerst du dich nicht mehr an mich?«

»Ludger?«, hauchte Trine ungläubig. »Gütiger Himmel, kann das sein?«

»Und ob das sein kann.« Ungestüm packte er Trine an den Schultern und umarmte sie. »Dass ich das noch erleben darf! Unseres verehrten Herrn Hus' liebste Schülerin und Seelenverwandte.«

Trine wurde rot. Schon damals hatte jeder gewusst, dass sie mehr gewesen war als nur Jan Hus' Schülerin.

»Ich hätte nicht gedacht, dich jemals wiederzusehen. Damals hieß es, alle, die mit ihm nach Konstanz gegangen sind, wären umgebracht worden. Gelobt sei Jesus Christus, dass man dich verschont hat. Welchem gütigen Schicksal verdankst du das?«

»Zu dem Zeitpunkt war ich bereits auf dem Weg zurück nach Prag, da Gretchen die Stadtluft nicht vertrug. Nur so entging ich den Häschern. Doch sie setzten mir nach, verfolgten mich bis nach Prag. Um ein Haar hätten sie ihr Werk vollendet und mich und das Kind gemeuchelt. Frau Margarethe und diesem Ritter dort verdanke ich, dass die feigen Kerle flüchteten.«

Sie deutete zu Jan, der einem weiteren Schlag des Riesen auswich und ihn dann mit einem geschickten Tritt in die Kniekehlen zu Fall brachte. Die Männer johlten und warfen ihre Hüte.

»Warte, lass uns an einen ruhigeren Ort gehen.« Ludger führte sie zu einer kleinen Kapelle und berichtete ihr, dass er der Eremit der Klause sei und diesen tapferen Männern nun schon im zweiten Winter Quartier böte. Dann forderte er Trine auf zu erzählen, wie es ihr ergangen war.

Die Ausführungen der Zofe endeten mit Margarethes Entführung. Von draußen hörte man die Männer klatschen. Ganz offensichtlich war der Kampf beendet.

»Dann verdankst du dieser Frau wirklich viel.«

»Alles. Mein Leben und dass es mir möglich war, Gretchen in Sicherheit aufzuziehen. Sie hat lesen und schreiben gelernt, weißt du, und sich zu einem guten Menschen entwickelt. Ohne Frau Margarethe wäre sie auf der Straße groß geworden. Ich wünschte, ich könnte etwas für ihre Rettung tun. Wenn ich bloß wüsste, wo genau sie ist und wie man ungesehen dorthin kommt. Ich würde sie eigenhändig befreien.«

Der Eremit sah sie ernst an. »Das würdest du tun? Aber du bist immer schon ein tapferes Mädchen gewesen, und einen klugen Kopf hast du auch.«

»Doch der nützt mir jetzt nichts.«

»Warte ab. Ich werde dir helfen, denn ich weiß, wo du zu suchen hast. Unser ›Nachbar‹ ist ein Plackerer, und er hält eine Frau gefangen, auf die deine Beschreibung passt. Einen Weg in seine Burg kann ich dir zeigen. Ich benutze ihn selbst manchmal.«

»Das würdest du tun?«

»Gewiss, aber sei gewarnt: Der Plackerer ist ein hartherziger Mann, der Gottes Gebote nicht beachtet. Wenn er dich erwischt, wird er keine Gnade kennen.« Er schaute zum Himmel, wo die grauen Wolken langsam aufbrachen und sich leuchtende Sterne zeigten. »Noch vor Mitternacht könnten wir dort sein, wenn wir gleich aufbrechen.«

Trine nickte. »Ich sage dem Herrn Sedlic Bescheid.«

»Nein. Nur wir beide, denn du musst wissen, dass man Thomek nicht trauen kann. Der Plackerer bot ihm viel Geld, wenn er ihm einen Ritter ausliefern würde. Einen Ritter mit Namen Jan Sedlic.«

Die Augen der Zofe huschten zu den Kämpfenden hinüber. Der Eremit nickte stumm. »Der Plackerer ist ganz versessen auf diesen Mann.«

»Wenn er aber heimlich mitkommt, würde man es nicht bemerken.«

Sie bekam ein Kopfschütteln zur Antwort. »Thomek schon.«

»Aber er scheint doch mit dem Herrn Sepi gut befreundet zu sein?«

»Thomek vertritt ausschließlich seine eigenen Interessen, und so ein stattliches Sümmchen käme ihm gerade recht.«

»Gut, dann gehe ich eben allein.« Trine war sich bewusst, dass sie ihren Mut vielleicht bitter bereuen würde. Trotzdem schritt sie mutig voran. Sie vertraute Ludger, genau wie Jan Hus es einst getan hatte. Dass sie den früheren Schreiber ihres geliebten Mannes ausgerechnet hier traf, musste ein gutes Zeichen sein. Den ganzen Weg über frischten sie alte Erinnerungen auf.

Als Ludger schließlich auf einen gewaltigen Schatten in der Dunkelheit zeigte, kam es der Zofe so vor, als wären sie gerade erst aufgebrochen. Finster erhob sich die Burg über ihnen. Der Plan war einfach. Trine wollte sich Zutritt verschaffen und ihre Herrin befreien. Ludger hatte ihr eine genaue Beschreibung gegeben, wo sie zu suchen hatte. Er war mehrmals dort gewesen, wenn ein »Gast« erkrankt war oder um geistlichen Beistand gebeten hatte.

Er führte sie um das Gebäude herum und dann wieder einige hundert Schritte weit weg. »Jede gute Burg hat einen geheimen Fluchtweg«, flüsterte er. »Dumm nur, wenn er nicht nur den eigenen Leuten bekannt ist.« Er hielt auf ein Gebüsch zu, bog es auseinander und deutete auf eine Felsspalte dahinter. »Ich bleib hier und halte Wache, damit dir niemand den Fluchtweg abschneidet. Du gehst hinein und holst deine Herrin. Denk bitte daran, am Ende des Tunnels befindet sich eine Tür und in dem Gang dahinter könnte eine Wache stehen. Gib also gut Acht und horche genau, bevor du den Riegel bewegst.«

»Wer für Wahrheit und Gerechtigkeit eintritt, dem kann Gabriels Flammenschwert nichts anhaben«, verabschiedete sie sich von Ludger und benutzte damit dieselben Worte wie ihr geliebter Hus damals bei ihr.

Ludger bekam feuchte Augen und nickte. Trine schlang sich ihr langes schwarzes Wolltuch um, das sie in der Finsternis gut verbergen würde. Unwillkürlich tastete sie nach dem schmalen Küchenmesser, das sie seit Margarethes Verschwinden immer bei sich trug. Sie zog den Kopf ein, um sich nicht zu stoßen, und schlüpfte gerade in den Gang, als Ludger hinter ihr her drängte. »Pst, da ist jemand«, flüsterte er fast unhörbar.

Seite an Seite spähten sie durch das dichte Geäst. Jetzt hörte auch Trine das Knacken von Zweigen. Die Schritte kamen näher. Ein Schatten begann, sich abzuzeichnen. Der Mann ging gebeugt und schlurfte fast. Er war alt. Aber irgendwie kam er der Zofe bekannt vor. Er schien kein wirkliches Ziel zu haben, sondern einfach nur so durch den Wald zu streifen. Nicht weit von ihnen entfernt stellte er sich vor eine kleine Tanne und nestelte an seiner Kleidung. Sie hörte ein leises Plätschern. Offensichtlich hatte ihn ein menschliches Bedürfnis hierhergetrieben. Als er fertig war, machte er kehrt und wandte ihnen für einen kurzen Moment das

Gesicht zu. Trine unterdrückte einen Schrei. Heinrich von Weida. Wie war das möglich?

Trine tastete wieder nach ihrem Messer, dann nach dem kleinen kupfernen Kreuz, das ihr Gretchens Vater vor vielen Jahren geschenkt hatte. Die Reise nach Konstanz war zu seinem Kreuzweg geworden, und sie betete, dass es ihr nun nicht ebenso erginge. Im nächsten Moment wurde ihr warm ums Herz, ganz so, als würde sein Lächeln sie streifen. Das Gefühl, dass er von irgendwo auf sie herabsah, gab ihr neuen Mut. Sie atmete tief durch. Als sie wieder durch die Büsche spähte, war Weida verschwunden.

Zu allem entschlossen, packte sie ihr Messer, nickte Ludger zu und machte sich auf den Weg. In dem Felsengang war es pechschwarz. Trine musste sich vorwärtstasten, dennoch ging sie zielstrebig weiter.

Weida sog die eiskalte Luft in seine Lungen und war froh, dass er diesen Ort bald verlassen konnte. Der Plackerer war ein Teufel, der immer schwerer zu ertragen war. Seit klar war, dass er die fünfzig Perlen, die Margarethe als Lösegeld hätte bringen sollen, nicht bekommen würde, forderte er mit Nachdruck, dass Weida dafür einstehen müsse oder Margarethe erst einmal bei ihm bliebe. Die Lage war vertrackt. Die einzige Rettung aus dem Dilemma schien, Sachsenheim noch einmal um Hilfe zu bitten. Schließlich würde seine Braut ja auch eine ganze Weile auf der Osterburg Unterschlupf finden und damit dem Einfluss ihres Vaters fürs Erste entzogen sein. Ein wenig Zehrgeld konnte der reiche Sachsenheim da schon lockermachen. Um dies auszuhandeln, wollte Weida am nächsten Morgen zu dem Gasthof aufbrechen. Er würde Sachsenheim schon überreden, ihm zu helfen. Der Truchsess mochte zwar alt sein, dennoch konnte er dem Hofmeister gefährlich werden. Ein kleiner Hinweis darauf würde Sachsenheims Börse schon öffnen.

Trine hockte schon eine Weile vor der Holztür und lauschte. Hin und wieder schien jemand zu patrouillieren. Sie hatte versucht, den Rhythmus herauszufinden, aber es war ihr unmöglich gewesen. In der Finsternis hatte sie jegliches Zeitgefühl verloren. Sie konnte nicht mehr länger warten. Entweder gelang es ihr jetzt, Margarethe zu befreien, oder es würde zu spät sein. Also holte sie tief Luft und schob den Schlüssel ins Schloss, das dank Ludger hervorragend geölt war. Die Tür schwang geräuschlos auf. Trine hielt den Atem an, huschte in den Gang und sah sich um. Es war niemand da. Trine bekreuzigte sich. Jetzt konnte sie jeden Beistand brauchen. Flink eilte sie den kurzen Flur entlang und die Stufen nach oben.

Der erste Stock bestand lediglich aus einer Plattform, auf der allerhand Dinge gelagert waren, sowie einer Waffenkammer mit einer kleinen Stube, in der ein Wachknecht schlief. Zwei Wachknechte gab es insgesamt. Wenig Besatzung für so eine Burg, aber ihr größter Schutz war noch immer, dass so gut wie niemand sie kannte. Im nächsten Stock gab es mehrere Räume. Einen davon bewohnte der Burgherr selbst. In den anderen schien offenbar der Vogt zu logieren. Durch die geöffnete Tür konnte Trine eine einfache Truhe mitten im Raum erkennen, auf der Männerkleidung lag. Die Zofe hielt für einen Moment inne und atmete tief durch. Sie musste ihre Kräfte einteilen. Deutlich langsamer als zuvor stieg sie die Stufen zum nächsten Stockwerk empor. Wie sie erleichtert feststellte, gab es dort keine weitere Wache.

Sie ging einen kurzen Flur entlang, bis sie schließlich an

eine Tür kam, die mit einem schweren Riegel gesichert war. Das musste die Kammer sein, von der Ludger gesprochen hatte und in der Margarethe festgehalten wurde. Energisch machte sie sich daran, den Riegel beiseitezuschieben. Als sie es endlich geschafft hatte, ließ sich die Tür knarrend öffnen. Atemlos stand die Zofe in der Öffnung und sah sich um. Hier war sie zweifellos richtig. Eine Pechfackel warf ihr spärliches Licht auf einen zerbrochenen Weinkrug am Boden, Essensreste und ein zerwühltes Bett. Doch niemand war zu sehen, schon gar nicht ihre Herrin. Das konnte doch nicht sein? All die Mühe umsonst? Zweifelnd trat Trine ins Zimmer. Plötzlich wurde sie von hinten gepackt, und jemand riss grob an ihrem Haar. Trine stieß einen gurgelnden Laut aus und versuchte, sich zu befreien. Sie erwischte einen Ärmel. Er war aus weichem Leinen. Frauenkleidung. Dann spürte sie etwas Scharfes an ihrem Hals. »Nein, Herrin, ich komme, um Euch zu befreien«, stieß sie entsetzt aus.

Sie wurde losgelassen. »Trine?«, keuchte eine Stimme, die fremd und verzweifelt klang. »Bist du es wirklich?«

Im nächsten Moment lagen sich die Frauen zitternd in den Armen, und es fiel ihnen schwer, die Fassung zu bewahren.

»Wie hast du mich gefunden?«, wollte Margarethe wissen.

»Es war nicht leicht. Aber wir haben jetzt keine Zeit, darüber zu sprechen. Der Vogt kann jeden Moment zurückkommen.« Energisch schob die Zofe ihre Herrin in Richtung Tür.

Doch die bewegte sich kaum. »Du weißt von Weida?«

Trine blieb nur kurz stehen. »Ja, ich hab ihn gesehen, vor der Burg. Wir müssen weg. Sofort.«

Margarethe zögerte noch immer. »Aber wie? Steht Jan draußen mit den Pferden?«

»Nein, wir werden ein ganzes Stück zu Fuß gehen müssen, aber ich kann Euch helfen, falls Ihr Euch zu schwach fühlt.«

»Unberitten werden wir verloren sein. Weida ist zu allem entschlossen, und der Plackerer, der in dieser Burg herrscht, kennt jeden Fußbreit in der Gegend, während wir fremd sind.«

»Wir werden es schaffen, Herrin.«

»Wenn sie dich erwischen, werden sie dich umbringen oder dir Schlimmeres antun. Das kann ich nicht verantworten.«

»Keine Sorge, ich hab Erfahrung im Weglaufen. Ich flehe Euch an, jetzt mit mir zu kommen, sonst ist die Gelegenheit verstrichen, und eine andere wird's nicht geben.«

Endlich schien sich Margarethe zu besinnen. Ein Teil ihrer alten Entschlossenheit kehrte zurück. Sie huschte hinter Trine her aus der Kammer und hinaus auf den Flur. Vorsichtig stiegen sie die Stufen hinab. Trine nahm ihre Herrin am Arm, da diese schwankte. Sie sah überhaupt aus wie ein Gespenst, aber nach dem Grund konnte die Zofe später fragen. Jetzt mussten sie erst einmal aus der Burg herauskommen.

Sie schafften es langsam, aber ohne Zwischenfälle bis in das Stockwerk, in dem Weida und der Plackerer hausten. Trine lauschte. Aus dem Zimmer des Raubritters drangen Stimmen. Schritte waren zu hören. Erschrocken packte die Zofe ihre Herrin am Ärmel und zerrte sie in Weidas Kammer. Ein frisches Feuer prasselte im Kamin. Trine sah Margarethe an, die abgemagert war und noch dazu ein blaues Auge hatte. Gut behandelt worden war sie demnach nicht. Leise schloss die Zofe die Tür. Schritte hallten über den Flur. Der Plackerer ging nach unten, wo auch sie hin mussten. Wie ärgerlich! Eine weitere Tür fiel ins Schloss. Der Burgherr schien auf den

Hof gegangen zu sein. Es folgte ein lauter Wortwechsel. Wer konnte dort unten sein? Der Weida vielleicht?

Plötzlich hörten sie, wie schwere Stiefel auf den Stufen hallten. Schritt für Schritt kamen sie höher. Trine und Margarethe starrten sich an. Sie konnten nirgendwohin flüchten, und zum Verstecken war auch keine Zeit mehr. Die Zofe legte sich den Zeigefinger auf die Lippen und deutete auf die Ecke, in der Weida seine Waffen abgelegt hatte. Margarethe nickte. Um keinen Preis der Welt würde sie in dieser Burg bleiben. Sie würde diesen Ort verlassen, entweder auf eigenen Füßen oder als Tote. So empfahl sie ihre Seele der Jungfrau Maria, griff mit beiden Händen nach dem Schwert und hob es hoch über ihren Kopf. Trine zog ihr Messer.

Die Frauen verbargen sich rechts und links neben der Tür, sodass sie für einen Eindringling nicht sofort zu sehen waren. Stufe für Stufe kamen die Schritte näher. Sie gehörten zwei Männern, vielleicht auch drei. Schon war der pfeifende Atem des Vogtes zu hören. Margarethes Arme begannen zu schmerzen. Das Schwert war aus massivem Eisen und schwerer, als sie geglaubt hatte. Kalter Schweiß rann ihr den Rücken hinunter.

»Und Ihr sagt, ein *Kaufmann* ist gekommen, um Margarethe auszulösen?«, war Weidas ungläubige Stimme zu hören. »Es ist ganz sicher nicht der Sedlic?«

»So wahr ich hier stehe«, bestätigte der Plackerer.

»Vielleicht hat er sich verkleidet?«, mutmaßte der Vogtländer. »Aber ich würd ihn erkennen, sobald ich ihn sehe.«

»Der Mann stammt aus Plauen und ist den Hussiten gut bekannt. Ganz sicher ist es nicht der Sedlic, aber mir soll's gleich sein. Hauptsache, er hat die Perlen dabei oder noch besser Gold. Seid gewiss, dass ich den Teufel tun und darauf verzichten werde, außer Ihr schafft eine bedeutendere Summe herbei, und damit basta.«

Schwere Schritte polterten den Gang entlang und entfernten sich. Eine Tür wurde geöffnet und wieder zugeschlagen. Auch die zu Weidas Kammer ging einen Spaltbreit auf. Das Feuer im Kamin flackerte im Luftzug. Weida schien zu zögern. Margarethe tauschte einen Blick mit Trine, die sie fest ansah, ganz so, als wollte sie ihre Herrin ermutigen durchzuhalten. Doch in Wirklichkeit war auch sie verzweifelt. Weida räusperte sich, spuckte vor sich aus und brummte etwas vor sich hin. Den Frauen stockte der Atem. Margarethes Herz schlug so wild, als wollte es ihr gleich aus der Brust springen. Dann schlug Weida mit der Faust gegen den Türstock und stieß einen entsetzlichen Fluch aus. Margarethe zuckte zusammen. Ihre Arme begannen zu zittern. Ihre Hände umfassten den Griff der Waffe so fest, dass die Fingerknöchel weiß hervortraten. Ihr schwindelte, weil sie schon so lange die Luft anhielt, nur um sich nicht zu verraten. Dann geschah ein kleines Wunder. Die Schritte des Vogts entfernten sich. Statt in seine Kammer zu gehen, stieg er die Stufen hoch.

Trine wollte schon erleichtert ausatmen, als ihr aufging, dass das kaum weniger gefährlich war. Sobald Weida die Kammer leer fand, würde er sofort Alarm schlagen. Jetzt durften sie keine Sekunde mehr verlieren. Trine bedeutete ihrer Herrin, das wuchtige Schwert vorsichtig abzulegen. Auf leisen Sohlen schlichen sich die beiden Frauen aus der Kammer und die Stufen hinunter. Über ihnen quälte sich der Vogt schnaufend nach oben, ohne sie zu bemerken. Die ersten Stufen nahmen sie noch leise und langsam, aus Angst, der alte Mann könnte sie hören, doch je weiter sie hinabstiegen, desto eiliger hatten sie es.

Als sie die Waffenkammer passiert hatten, hörten sie Weidas Wutschrei und rannten los, so schnell sie konnten. Die Stufen waren schmal und von unzähligen Stiefeln ausgetreten. Damit sie nicht fielen, klammerten sich die beiden Frauen an die Fugen im Mauerwerk. Das Trampeln über ihnen spornte sie an. Sie erreichten die Holztür. Margarethe warf sich gegen die Bretter, doch nichts bewegte sich. Angst drohte Trine zu überwältigen, doch dann kam ihr die Idee, dass es sich um ein Schloss handeln könnte, das sich automatisch versperrte, sobald man die Tür zuzog. Sie musste einfach nur den Schlüssel benutzen. Inzwischen hatte Weida die halbe Burg zusammengebrüllt. Eilige Schritte waren zu hören, und die beiden Frauen hatten jetzt nicht einmal mehr ein Schwert.

Margarethes Hände kratzten an dem groben Holz, da schubste Trine sie einfach zur Seite. »Ich hab den Schlüssel, Herrin«, keuchte sie.

Margarethe verstand und trat noch einen Schritt zurück. Mit zitternden Händen steckte Trine den Schlüssel ins Schloss und drehte um. Schon sprang die Tür auf. Hastig schlüpften die Frauen hindurch. Nun mussten sie die Tür nur noch von der anderen Seite zudrücken. Sie schafften es gerade im rechten Moment, denn kaum war sie ins Schloss gefallen, da hörten sie auch schon aufgeregtes Rufen und hektisches Rennen. Die Finsternis umhüllte sie wie ein dunkles Tuch.

»Und jetzt?«, flüsterte Margarethe.

»Zum Ausgang«, antwortete Trine knapp. »Dort wartet ein Freund. Wenn wir es aus der Burg schaffen, haben wir eine kleine Chance.«

»Dann los!«

Langsam und darauf bedacht, jedes Geräusch zu vermeiden, tasteten sie sich durch den dunklen Gang. Immer wieder stießen sie sich die Köpfe oder Knöchel, dann endlich konnten sie einen fahlen Lichtschein erkennen.

Ein Schatten löste sich von der Wand.

»Ludger?«, fragte Trine, bekam allerdings keine Antwort.

Margarethe war es, die aufschrie und unvermittelt vorwärtsstürmte. Mit aller Gewalt warf sie sich gegen den Mann. Trine wollte sie zuerst davon abhalten, dann merkte auch sie, dass es nicht der Eremit war, der vor ihnen stand. Dieser Mann war zwar ebenfalls alt, bewegte sich aber ganz anders. Entschlossen sprang sie ihrer Herrin zur Seite.

»Keinen Schritt weiter!«, befahl Heinrich von Weida und keuchte atemlos.

Doch Margarethe stürmte auf ihn zu und rammte ihm ihren Kopf gegen die Brust. Er geriet ins Wanken, hielt Margarethe dabei jedoch fest umschlungen. Diese biss und kratzte, dass Trine über die Entschlossenheit ihrer Herrin staunen musste. Nun begann auch die Zofe, auf den Mann einzuschlagen, der zwischen ihnen und der Freiheit stand. Als sie sein Handgelenk erwischte, ließ er Margarethe tatsächlich für einen Moment los. Die rollte sich zur Seite und kam schnell wieder auf die Füße. »Lauf, Trine!«, rief sie.

Das ließ sich die Zofe nicht zweimal sagen. Die beiden Frauen rafften die Röcke und sausten los. Gleich hinter den Büschen sahen sie den alten Ludger liegen. Seine Augen starrten ins Leere, und ein Messer steckte in seiner Brust.

»Hierbleiben!«, brüllte Weida und stürmte ihnen nach.

Jan rieb sich den linken Arm. Er hatte ordentlich einstecken müssen und zwischendurch fast befürchtet, zu unterliegen, doch schließlich hatte seine Geschicklichkeit gesiegt. Jan war zwar aus der Übung, was diese Art von Kampf anging, den er aus seiner Bubenzeit kannte, aber er war schnell und zäh und dazu ausgesprochen gut in Form.

Thomek war ihm zwar an Kraft überlegen, aber dafür

behäbig. Nun gab er sich als guter Verlierer, der seinem Kontrahenten auf die Schulter klopfte. »Donnerwetter, Herr Ritter«, lobte er, »es hat schon lange keiner mehr geschafft, mich zu besiegen.«

»Und mir wär's beinahe auch misslungen. Du hast mir arg zugesetzt, Bursche.«

»Jetzt müsst Ihr mir aber auch Euren Namen verraten, den richtigen meine ich, damit ich weiß, wem ich auf dem Schlachtfeld besser aus dem Weg gehe.«

Jan erstarrte. Offensichtlich hatte Thomek ihn durchschaut.

»Glaubt Ihr wirklich, ich könnte einen Kaufmann nicht von einem Ritter unterscheiden? Ich mag in meinem früheren Leben ein Köhler gewesen sein, aber dumm bin ich nicht.« Er grinste.

Jan hob eine Augenbraue. »Sedlic ist mein Name, Jan Sedlic.«

»Ihr seid das?«, meinte Thomek erstaunt. »Na, dann hat sich der Plackerer aber einen harten Brocken ausgesucht.«

»Wie meinst du das?«, mischte sich Sepi wieder ein, der sich daran erinnerte, dass er es vorhin schon hatte fragen wollen.

»Er hat ein ordentliches Kopfgeld auf Euch ausgesetzt. Jetzt versteh ich auch die Höhe.«

Jans Fäuste ballten sich. Misstrauisch schaute er sich um. Thomek grinste und deutete auf die leere Flasche Wacholderschnaps.

»Keine Angst, einen Mann, der sich mit mir geschlagen und eine Flasche Borowicka geleert hat, den verrat ich an keinen Raubritter mehr.«

Auch Sepi atmete merklich auf, und Jan meinte: »Dann sollten wir es dabei belassen und beten, dass wir uns nie als Feinde begegnen. Ihr steht zu Eurem Wort?«

»Bei meiner Ehre, und ich habe eine, auch wenn ich ein einfacher Mann bin. Morgen kurz vor Sonnenaufgang bringe ich Euch zu der Burg.«

Plötzlich erinnerte sich Jan, wo er Thomek schon einmal gesehen hatte. Er hatte damals in Prag bei der Hussitenpredigt neben dem Riesen gestanden. »Ehre hat, wer sich ehrenhaft verhält«, meinte der Ritter. »Wo ist eigentlich Trine?«, wandte er sich an Sepi, der fröhlich seinen Gewinn zählte.

»Keine Ahnung. Sie hat sich gleich nach unserer Ankunft verdrückt.«

Jan packte einen der Hussiten am Ärmel. »He, hast du ein kleines, blondes Frauenzimmer gesehen?«

»So 'ne Hübsche?«

»Ja.«

»Klar hab ich das. Die ist mit unserem Eremiten weggegangen.«

»Was? Wohin denn?«

»Nach draußen. Ist auch schon 'ne ganze Weile her.«

Kapitel 11

Margarethes Beine zitterten bereits vor Anstrengung, aber Trine zog sie weiter, immer tiefer in den Wald hinein, der sich wie eine schwarze Wand vor ihnen auftat. Plötzlich war es Margarethe, als habe sie eine Bewegung gesehen, das Huschen eines Schattens. »Da vorne ist jemand!«, rief sie erschrocken. »Wir rennen in unser Verderben.« Sie verlangsamte ihren Lauf.

»Weiter, Herrin«, drängte Trine. »Da ist nichts. Das Verderben rennt höchstens hinter uns her.«

Hektisch drehte sich die Rothaarige um. Der Weida hatte sich nicht abschütteln lassen, und mit einer Zähigkeit, die sie diesem alten Mann niemals zugetraut hätte, klebte er an ihren Fersen. Er schien wild entschlossen, sie nicht entkommen zu lassen. Trine hatte recht, sie mussten weiter. Margarethe nahm all ihre Kraft zusammen und folgte der Zofe, während sie ängstlich nach jedem Schatten spähte. Ob Trine den Weg kannte? Doch spielte das eine Rolle? Hauptsache weg. Sie hörte, wie Weida hinter ihnen keuchte. Vielleicht versagten auch ihm bald die Kräfte. Ihre Lunge brannte inzwischen wie Feuer. Lange würde sie nicht mehr durchhalten. Wenn sich ihre Beine nur nicht anfühlen würden, als wären sie mit Blei gefüllt. Die Welt um sie herum schien zu einem schmalen Tunnel zu schrumpfen, der vor ihren Augen verschwamm. Sie schwankte. Trine packte sie, stützte sie und zog sie weiter. Margarethe hörte nur noch das Pochen ihres Herzens, das in ihren Ohren zu einem Donnergrollen anschwoll.

»Ich kann nicht mehr!«, keuchte sie.

Trine nickte stumm. Auch ihr war klar, dass ihre Flucht nicht mehr lange gut ging. Mit dem Mut der Verzweiflung packte sie ihr Messer und stellte sich dem Vogt.

»Sie könnte überall sein«, stellte Sepi zum hundertsten Mal fest. »Vielleicht hat sie auch einfach Angst bekommen und ist fortgelaufen.«

»Niemals. Ich kenne Trine«, widersprach ihm Jan. »Eine treuere Seele gibt es nicht. Ich sage dir, sie hat diesen Mönch überredet, sie zur Burg zu bringen, und deswegen müssen wir jetzt auch dorthin.«

»Es ist mitten in der Nacht. Die werden die Zugbrücke hochgezogen, das Tor dicht gemacht und Wachen aufgestellt haben. Was soll Trine da erreichen können?«

»Keine Ahnung. Vielleicht kennt der Mönch einen geheimen Zugang. Oder er verschafft ihr ganz offiziell Einlass.«

»Aber ganz allein dorthin zu reiten ist doch Wahnsinn. Was könntet Ihr schon ausrichten?«

»Dasselbe wie morgen früh.« Er schaute zu Thomek herüber, der gerade ein kleines, zähes Pony bestieg.

Als der Riese im Sattel saß, berührten seine Füße fast den Boden. Das Pony schnaubte missmutig. Nun trieb er das Tier mit den Fersen an. Der Braune schnaubte kurz und schüttelte den Kopf, als ihn von den Bäumen rieselnde Tautropfen in den Ohren kitzelten.

Jan hob die Hand zum Abschied. »Wenn ich morgen früh nicht zurück bin, reitest du nach Passau und holst die Truppen des Fürstbischofs, und wenn die nicht wollen, verdinge Söldner. Wir werden Margarethe und Margot da rausholen und dieses Plackerernest ausräuchern.«

»Ach, da fällt mir etwas ein«, mischte sich Thomek ein. »Meine Leute haben erfahren, dass da noch von einer zweiten Frau die Rede war, die Tochter irgendeines Truchsessen. Anscheinend soll sie gemeinsam mit der Rothaarigen auf eine Burg im Vogtland gebracht werden.«

»Was sagst du da, Thomek?« Sepi horchte auf.

»Das wird doch nicht Margot sein«, flüsterte Jan entsetzt. »Aber warum auch sie?«

»Das mag der Himmel wissen. Wo ist sie jetzt?«

»In jenem Gasthaus.«

»Dann muss auch sie befreit werden«, sagte Jan und nickte Sepi zu.

Heinrich von Weida hatte das Gefühl, Blut spucken zu müssen, so sehr strengte ihn das Laufen in der eisigen Kälte an. Trotzdem zwang er sich vorwärts. Er hätte um Hilfe rufen können, und gewiss wären der Plackerer oder seine Leute auch herbeigeeilt. Doch der Vogt wusste, dass der Burgherr ein gutes Geschäft gewittert hatte und sich von ihm abwenden würde, sobald man ihm genug Gold auf den Tisch zählte. Deshalb hatte er vor, Margarethe nicht zur Burg zurückzubringen, sondern vorerst in jenen geheimen Gang zu schaffen, den er entdeckt hatte. Da er seine Abreise zum Gasthof für morgen bekannt gegeben hatte, würde niemand Verdacht schöpfen, wenn er die Burg verließ. Mit ein wenig Glück konnte er Margarethe dann ungesehen mitnehmen. Noch war es nicht so weit, doch Weida war optimistisch. Margarethe war keine gute Läuferin, genauso wenig wie ihre Helferin, und tatsächlich blieben die beiden plötzlich stehen. Margarethe fiel ins Laub, die Zofe drehte sich zu ihm um.

Mit blitzenden Augen blieb auch Weida stehen. »Hab ich

euch endlich«, sagte er triumphierend. In diesem Moment machte die Zofe einen Satz auf ihn zu. Zu spät entdeckte er das Messer in ihrer Hand. Er konnte sich nur noch zur Seite drehen, woraufhin ihm die Klinge in den Arm fuhr. Weida schrie auf vor Schmerz. Die Zofe holte erneut aus, doch diesmal war er vorbereitet. Er schlug ihre Hand beiseite und verpasste ihr einen Fausthieb mitten ins Gesicht. Sie wankte. Wütend holte der Ritter ein zweites Mal aus und erwischte sie diesmal an der Schläfe. Leblos stürzte Trine zu Boden. Der Vogt grinste: Die würde ihm so schnell nicht mehr in die Quere kommen. Jetzt konnte er sich um Margarethe kümmern. Die hatte sich wieder aufgerafft. Mit zwei Schritten war Weida bei ihr und packte sie an den Haaren.

»Hilfe!«, schrie Margarethe.

Sofort hielt er ihr den Mund zu. Als sie ihm in die Hand biss und ihn schließlich sogar bespuckte, verlor er die Beherrschung. Obwohl er sich geschworen hatte, es nicht mehr zu tun, schlug er sie mit der Faust hart ins Gesicht. Sie musste endlich lernen zu gehorchen! Margarethe ging sofort in die Knie. Er packte sie bei den Armen und schleifte sie zu dem Gebüsch, das den Eingang zum Geheimgang verdeckte.

Jan und Thomek führten ihre Pferde das letzte Stück bis zur Burg, die hell beleuchtet war. Außerdem war lautes Gebrüll zu hören.

»Was ist da los?«, raunte Thomek.

»Schätze, unsere gute Trine hat für Aufruhr gesorgt«, antwortete Jan.

»Schaut nur, man öffnet das Burgtor, und Männer strömen hinaus, als wären sie auf einer Treibjagd.«

»Darauf läuft es vermutlich hinaus. Wenn wir nur wüssten, wo der Hase steckt, dann könnten wir ihm helfen.«

»Ich schlage vor, einer geht links um die Burg herum, der andere rechts. In einem ordentlich weiten Bogen, sonst sind wir bald selbst Jagdbeute.«

Einen Augenblick sah es so aus, als wollte Jan widersprechen. Dann jedoch nickte er stumm, denn dies hier war Thomeks Terrain, in dem sich der Riese bestens auskannte. In diesem Moment hörten sie einen unterdrückten Hilferuf, der ohne Zweifel von einer Frau stammte. Die Männer stutzten. Jan zog sein Schwert und rannte in die Richtung, aus der er den Ruf gekommen war. Hektisch sah er sich um und entdeckte eine Frau, die reglos mit dem Gesicht nach unten im Laub lag. Der Kleidung nach musste es sich um Trine handeln. Ein Angreifer war nicht auszumachen. Das Schwert immer noch fest in beiden Händen, näherte sich der junge Ritter der reglosen Gestalt und drehte sie vorsichtig auf den Rücken. Er hatte recht. Es war die Zofe. Sie bewegte sich nicht. Immer auf der Hut, legte er das Schwert griffbereit neben sich, kniete sich hin und untersuchte die junge Frau. Aus ihrem Mund quoll Blut. Jemand hatte sie mit brutaler Gewalt niedergeschlagen.

»Warum hast du nicht auf uns gewartet, dummes Ding«, flüsterte Jan traurig und lauschte in die Dunkelheit. Wo war der Mistkerl, der sich so roh an einer Frau vergriff? Holte er vielleicht seine Kumpane? Schnell packte der Ritter wieder sein Schwert, richtete sich auf und horchte in die Nacht hinein. Die Stimmen der Männer schienen sich zu entfernen. Offenbar schwärmten sie in die entgegengesetzte Richtung aus, wo es zur Klause ging und die Flüchtigen auf Schutz hoffen konnten.

»Trine, ich bin's, der Herr Sedlic«, versuchte er es noch einmal. »Mach die Augen auf.«

Trine stöhnte. Dann hörte Jan noch ein anderes Geräusch, das wie ein Knacken von Ästen klang und aus einiger Entfernung zu kommen schien. Er schaute sich um. Ein Küchenmesser lag ein paar Schritte entfernt. Er hob es auf. Es klebte Blut daran. Hatte Trine ihren Angreifer verletzt? Vielleicht lag er in der Nähe. Mit wachsamem Blick drehte sich Jan einmal um die eigene Achse.

»Herr Sedlic«, wimmerte die Zofe schwach.

»Ich bin hier, Trine.« Erneut beugte er sich zu ihr hinunter. »Ruhig, ganz ruhig. Ich bin bei dir. Niemand wird dir mehr etwas tun.«

»Ich hab sie da rausgeholt«, flüsterte die Zofe. »Aber er hat uns entdeckt.« Mit Mühe schlug sie die Augen auf, von denen eines blutunterlaufen war.

»Was ist passiert?«, drängte Jan. »Wo ist Margarethe?«

»Der Vogt«, stammelte sie schwach.

»Wo ist sie?«, versuchte Jan es noch einmal, doch Trine verlor erneut das Bewusstsein.

Unschlüssig schaute Jan sie an. Was sollte er jetzt tun? Da vernahm er ein entferntes Wimmern. Sofort sprang Jan auf die Füße. »Bleib bei ihr, Thomek, aber sei auf der Hut!«

Ohne eine Antwort abzuwarten, schlich Jan in die Richtung, aus der ihm das leise Klagen zu kommen schien. Dichtes Gebüsch behinderte seine Sicht. Je weiter der Ritter voranschritt, umso mehr fürchtete er sich vor dem Anblick, der ihn erwarten würde. Das Wimmern stammte eindeutig von einer Frau, und es klang so, als läge sie im Sterben. Bitte, lieber Gott, schickte er ein Stoßgebet zum Himmel, mach, dass ich Margarethe retten kann.

Jans Hände krampften sich um den Knauf seines Schwertes, während er mit ihm vorsichtig die Äste des Gestrüpps zur Seite bot. Dahinter lag ein Felsspalt, auf den der Mond sein fahles Licht warf. Als Jans Blick auf die beiden Gestalten fiel, die sich dort befanden, schoss ihm das Blut in den Kopf. Mit einem Aufschrei stürzte er sich auf Weida und riss ihn von Margarethe weg. Der gab einen gurgelnden Laut von sich und rollte gerade noch rechtzeitig zur Seite, bevor Jans Schwert neben ihm in die Erde fuhr.

Dann erkannte auch der Vogt sein Gegenüber. »Ihr, Sedlic«, stellte er grimmig fest.

»Du verfluchter Hurensohn!«, rief der Böhme zornbebend.

Schon sprang der Alte auf die Beine, wobei er sein Schwert zu greifen suchte, das neben ihm auf dem Boden lag, ließ es dann jedoch liegen, als er sah, wie Jan erneut mit der Waffe ausholte.

»Was seid Ihr nur für ein Schwein«, erboste sich der junge Ritter. Weida schaffte es mit einem Satz an ihm vorbei und raus aus der Höhle. Jan hatte ihn schon nach wenigen Schritten eingeholt, doch der Vogt brachte sich hinter einem Feldahorn in Sicherheit. Das Schwert sauste in den Stamm, dass das Holz splitterte.

»Ich nehme mir, was mein gutes Recht ist«, krächzte Weida nicht halb so überzeugend, wie es klingen sollte. »Oder habt Ihr vergessen, dass die da drin mein Weib ist? Dabei wart Ihr ja sozusagen Trauzeuge.«

Mit einem Wutschrei ließ Jan das Schwert fallen, packte den Vogt am Kragen und hieb mit Fäusten auf ihn ein. Anfangs wehrte sich Weida noch, dann konnte er kaum mehr als seinen Kopf mit den Unterarmen schützen. Jan war ihm an Kraft und Geschicklichkeit weit überlegen. Irgendwann ließ der junge Ritter von ihm ab, und der Vogt wand sich stöhnend im Laub.

»Am liebsten würde ich dich totschlagen, alter Mann, aber ich hab keine Lust, meine Ehre wegen dir zu verlieren.

Hau ab, und lass dich nie mehr in Margarethes Nähe blicken.«

Weida kam mühsam auf die Knie. »Sie ist mein Weib. Geht das nicht in deinen verdammten Dickschädel?«

»Wenn du sie noch einmal anfasst, dann schlag ich dir den Schädel ein«, drohte der junge Ritter und ließ keinen Zweifel daran, dass es ihm ernst war. »Ich werde Margarethe jetzt mit mir nehmen.« Sein Blick ging hinüber zu der Hofdame, die langsam zu ihm kroch. Ihre Lippe blutete, und sie zitterte am ganzen Leib. Er reichte ihr die Hand. Zuerst schien es fast so, als würde sie zögern, doch dann griff sie mit bebenden Fingern danach und rappelte sich auf. Jan nahm sein Schwert und richtete es drohend auf den Vogt, bevor sie sich umdrehten und davongingen.

Weida blieb zwar am Boden liegen, doch seine Augen funkelten ihnen böse hinterher. »Ihr seid zu spät gekommen, hört Ihr, zu spät. Es wird mein Sohn sein, den sie gebiert, und ich werde kommen und ihn einfordern. Und Euch, Sedlic, Euch werde ich in den Zeugenstand rufen. Ich werd's Euch schwören lassen, auf die Bibel, dass sie mein Weib ist.«

Sein grausiges Lachen verfolgte Jan und Margarethe bis zu der Stelle, an der sie Trine besinnungslos vorfanden. Weinend brach Margarethe über ihr zusammen.

»Ruhig, sie lebt«, tröstete Jan.

»Wir müssen sie mit uns nehmen.«

»Das werden wir. Aber jetzt zunächst fort von hier, bevor der Plackerer uns entdeckt.«

Kapitel 12

»Was tun wir jetzt?«, wandte sich Jan an Thomek. »Der Weg zurück ist uns durch den Plackerer und seine Männer versperrt, aber fort müssen wir in jedem Fall.«

Der Mann dachte einen Augenblick nach. »Es gibt eine Köhlerhütte nicht weit von hier. Allerdings dürfte sie auch dem Plackerer und seinen Leuten bekannt sein. Über kurz oder lang werden sie dort suchen.«

»Wir sollten trotzdem dorthin. Eine Hütte bietet uns Schutz und bessere Verteidigungsmöglichkeiten.«

Thomek nickte, warf jedoch einen skeptischen Blick auf die beiden Frauen. Jan verstand. Es würde schwer werden, ihr Ziel zu erreichen: Trine war ohne Bewusstsein und Margarethe nicht in der Verfassung, die Strapazen eines längeren Marsches auf sich zu nehmen. Der junge Ritter wies auf ihre beiden Pferde. »Steig auf, Margarethe.«

Wortlos tat sie, was er sagte. Dann hoben sie Trines leblosen Körper auf das Pony und banden ihn fest.

Es ging nur mühsam voran. Ein Weg war nicht zu erkennen, und sie waren allein auf Thomeks Orientierungssinn angewiesen. Hinzu kam, dass die Männer ständig Umwege machen mussten, damit sie mit dem großen Pferd überhaupt durchs Unterholz kamen. Thomeks Behauptung, die Hütte wäre nicht weit entfernt, sprach entweder von einem anderen Sinn für Distanzen oder sie hatten sich mehrmals verlaufen. Jedenfalls kündigte sich bereits die Morgendämmerung als eisgrauer Streifen am Horizont an, als ihr Ziel endlich vor ihnen auftauchte. Thomek grinste schief wie zur Entschuldigung. Doch Jan atmete nur unendlich erleichtert auf, drückte dem Hussiten sein Pferd in die Hand und stapfte durch das hohe Gras auf den Unterschlupf zu. Die Tür war zwar geschlossen, aber nicht versperrt. Er inspizierte das Gebäude von innen und außen. Die Hütte hatte ein gutes Dach und stabile Wände. Sie würde ihnen Schutz vor Wind und Kälte bieten, wenn auch nicht vor einem Angriff. Doch sie war geräumig genug, um auch das Pferd und das Pony aufzunehmen. Der Ritter trat vor den Eingang und bestimmte: »Wir bleiben hier und ruhen uns ein paar Stunden aus.«

Thomek nickte, hob die besinnungslose Trine vom Pony und trug sie in die Köhlerhütte.

Jan reichte Margarethe die Hand, um ihr vom Pferd zu helfen. Sie griff danach und stand bald darauf vor ihm. Ihre Nähe ließ ihn erbeben. Er hatte befürchtet, sie für immer zu verlieren, und das hatte sich angefühlt, als würde man ihm das Herz aus der Brust reißen. Am liebsten hätte er sie jetzt in den Arm genommen und einfach nur festgehalten. Doch im nächsten Moment glaubte er, sich so sehr schämen zu müssen, dass er sie nicht einmal ansehen konnte. Das Wissen, dass er das Schlimmste hätte verhindern können, wäre er ihr im Gasthaus nach unten gefolgt, statt sich wieder schlafen zu legen, quälte ihn. Niedergeschlagen senkte er den Kopf.

Margarethe trat ganz nah an ihn heran. »Ich bin so froh, dass du gekommen bist, Jan«, flüsterte sie. »Danke.« Ihre Hand schloss sich fest um seine. Ihre Finger waren eiskalt, und in ihren Augen glitzerten Tränen.

Jan sehnte sich danach, ihre Lippen zu berühren und ihr zu sagen, dass er bis ans Ende der Welt geritten wäre, um sie zu finden, dass er sie noch immer aus tiefstem Herzen liebte. »Margarethe.« Er holte tief Luft, aber dann flüsterte er lediglich: »Es tut mir so leid. Ich wünschte, ich wäre früher gekommen.«

Sie nickte, und der Augenblick war verstrichen. Mit einem Stöhnen ging sie vor ihm in die Hütte. Sie betteten die Zofe auf eine Decke. Dann legte sich Thomek neben Trine, um sie mit seinem Körper zu wärmen.

Für Margarethe und Jan gab es ein Lager aus Reisig vom letzten Sommer. Auch sie würden dicht nebeneinander schlafen. Jan fühlte, wie die Rothaarige neben ihm zitterte. Er legte seinen Arm um sie. Zunächst war sie ganz starr, dann aber schmiegte sie ihren Kopf an seine Schulter und klammerte sich an ihn wie eine Ertrinkende. Obwohl er nicht einmal das Kettenhemd abgelegt hatte, glaubte er, sie mit jeder Faser seines Körpers zu spüren. Noch nie zuvor war Margarethe ihm so nah gewesen. Es fühlte sich wunderbar an und ließ ihn beinahe vergessen, was geschehen war. Er würde sich um sie kümmern. Sie brauchte nun jemanden, der für sie da war, und Albrecht würde aufgrund seiner Verpflichtungen nicht dazu in der Lage sein. Mit diesem Gedanken schlief er ein.

Der Krug verfehlte Weidas Kopf nur um Haaresbreite. Erschrocken machte der Vogt einen Schritt zur Seite. Obwohl ihm von den Schlägen des Sedlic jeder Knochen im Leib schmerzte, hatte er sich noch in der Nacht aufs Pferd geschwungen und war zum Gasthof geritten, um Sachsenheim von der Flucht der Rothaarigen zu berichten. Allerdings hatte er die ganze Geschichte ein wenig zu seinen Gunsten verändert. In seiner Version war Sedlic mit einer Handvoll Männern durch den geheimen Gang in die Burg vorgedrungen, hatte dort ein Blutbad angerichtet, um dann mit Margarethe zu fliehen.

Trotzdem war der Hofmeister außer sich vor Wut. »Das hätte nicht passieren dürfen!«, rief er und raufte sich die Haare. »Es steht zu viel auf dem Spiel.«

Weida erwartete den nächsten Wutausbruch und blieb auf der Hut, doch zu seinem Erstaunen beruhigte sich Sachsenheim. Er ließ sich auf einer Holzbank nieder und brütete schweigend vor sich hin. Lediglich die Adern an seiner Schläfe pochten. Die Stille war Weida noch unangenehmer als das Gebrüll davor. Unruhig trat er von einem Fuß auf den anderen. Der Hofmeister saß währenddessen einfach nur reglos da und starrte vor sich hin. Gerade als Weida das Gefühl hatte, es nicht länger aushalten zu können, stand Sachsenheim auf und ging einige Male auf und ab.

Schließlich packte er Weida am Arm und sah ihn eindringlich an. »Ihr müsst Margot von Bischishausen augenblicklich von hier wegbringen. Schafft Ihr es, die Osterburg zu erreichen, bevor der Mond sich rundet, will ich über Eure Dummheit hinwegsehen und Euch das rothaarige Weibsbild wiederbeschaffen. Falls nicht, dann werde ich dafür sorgen, dass das ganze Reich erfährt, dass Ihr Herzog Ernst um seine Perlen betrogen und mit einem Plackerer gemeinsame Sache gemacht habt. Ihr werdet vogelfrei sein, sodass jeder Bauer Euch seine Mistgabel ungestraft in den Leib rammen darf. Das schwöre ich Euch.«

Am liebsten hätte der Vogt dem Hofmeister ins Gesicht gespuckt. Was glaubte dieser Geck eigentlich, wer er war?

»Habt Ihr mich verstanden, Weida?«, zischte Sachsenheim.

Der Vogt starrte ihn bloß an, bis der Hofmeister seine Hände von ihm nahm. Mit dem Handrücken strich Weida über sein Wams, ganz so, als müsste er ein paar lästige Flusen beseitigen. Dann zückte er sein Messer und sprang auf den

Hofmeister zu. »Von Euch lass ich mir gar nichts vorschreiben, Sachsenheim!«

Der Hofmeister tat einen geschickten Schritt zur Seite und griff ebenfalls nach seiner Waffe, einem langen schmalen Dolch. In seinen Augen glühte Verachtung.

Doch Weida, der kaum weniger Geringschätzung für sein Gegenüber empfand, hielt dem Blick stand. Er überlegte, ob er einen weiteren Angriff wagen sollte, doch er wusste, dass er ohne den Überraschungsvorteil keine Chance gegen den jüngeren und unverletzten Sachsenheim hatte. Der Kampf mit dem Sedlic am Vortag hatte ihn zu sehr geschwächt. Mit finsterer Miene steckte Weida das Messer weg und sagte sich, dass es auch andere Wege gab, um seine Interessen durchzusetzen. »Ein paar Stunden Schlaf werde ich brauchen«, gab er nach. »Dann will ich Euch den Gefallen tun. Aber eins lasst Euch gesagt sein: Solltet Ihr nicht Wort halten und mir Margarethe vorenthalten, werdet Ihr weder Margot noch ihr Kind jemals wiedersehen.«

Sachsenheim nickte, auch wenn das letzte Wort in dieser Angelegenheit für ihn noch nicht gesprochen war.

Der Plackerer stand vor der Entscheidung, entweder mit seinen Männern auf die Burg zurückzukehren oder die Suche auszuweiten. Er entschied sich für Letzteres. Der alte Eremit hatte dem Frauenzimmer den geheimen Zugang zu seiner Burg verraten. Das Risiko, dass die Frau ihr Wissen weitergab und der Fürstbischof seinem Treiben Einhalt gebot, war zu groß. Weder sie noch ihre Helfershelfer oder der Weida durften den Wald lebend verlassen.

Nachdem sich die Flüchtigen auf der Straße nicht gezeigt hatten und auch nicht in der Klause aufgetaucht waren, hatten seine Männer noch einmal die Umgebung abgesucht und Spuren gefunden, die tiefer in den Wald hinein nach Osten führten. Der einzige dem Ritter dort bekannte Unterschlupf war eine Köhlerhütte, für deren Instandhaltung er selbst sorgen ließ. Sie konnte ein letzter Zufluchtsorts ein, falls man ihn doch eines Tages aufstöbern sollte, und es waren dort Vorräte und Geld versteckt. Der Ritter dachte nach: Konnten die Gesuchten davon wissen? Nur wenn jemand bei ihnen war, der sich gut auskannte. Der Eremit jedoch war tot. Seine Männer hatten die Leiche gefunden. Die Wahrscheinlichkeit, dass die Flüchtigen ziellos umherirrten, war größer. In diesem Fall wollte er sie so lange jagen, bis sie zu geschwächt waren, um noch Widerstand zu leisten.

Wie abgesprochen wartete Sepi bis zum nächsten Morgen. Als sich dann jedoch weder Trine mit dem Eremiten, noch Jan und Thomek, geschweige denn Margarethe blicken ließen, wurde ihm mulmig zumute. Die Sache war offensichtlich gründlich schiefgelaufen. Sepi blieb nichts weiter, als sein Pferd zu satteln und nach Passau zu reiten. Was aber würde dann aus Margot werden? Bis er mit Soldaten zurückkehrte, würde man sie längst weggebracht haben, und er würde sie womöglich niemals wiedersehen. Sepi schwankte. Was sollte er bloß tun? Jan Sedlic' Anweisungen Folge leisten oder Margot retten?

Er entschied sich für Margot und fragte die Hussiten, ob jemand für eine ordentliche Belohnung mit ihm reiten würde. Tatsächlich fanden sich, nun da Thomek sie nicht mehr davon abhielt, fünf Männer, die bereit waren, ihr Leben für Gold zu riskieren. Voller Hoffnung gab Sepi, der nie viel vom Kämpfen gehalten hatte, seinem Pferd die Sporen.

Als Margarethe die Augen aufschlug, wusste sie zuerst nicht, wo sie sich befand. Alles tat ihr weh, und ihr war furchtbar kalt. Erste Erinnerungsfetzen kehrten in ihr Bewusstsein zurück, einer schauerlicher als der nächste. Die Hofdame fing an zu zittern. Entschlossen kämpfte sie die Bilder vor ihrem inneren Auge nieder. Es war vorbei. Sie war am Leben, und sie war frei. Kein Weida mehr – nie wieder! Jan hatte ihn vertrieben. Er war wie der heilige Michael mit seinem Schwert gekommen und hatte sie gerettet. Es war genau das geschehen, worum Margarethe die Heilige Jungfrau Maria angefleht hatte.

Sie kuschelte sich an den Ritter, dessen Brust sich neben ihr gleichmäßig hob und senkte. Im Schlaf hielt er ihre Hand. Seine Finger waren rau und schwielig wie die eines Ritters. Jan hatte nie die Laute spielen gelernt so wie Albrecht, der sie virtuos beherrschte. Jan dagegen war ein Krieger und das Schwert sein einziges Instrument. Trotzdem war er etwas Besonderes. Sie betrachtete ihn. Sein Gesicht war von Bartstoppeln bedeckt. Margarethe konnte sich nicht erinnern, ihn jemals so gesehen zu haben. Als junger Mann schon hatte er sich stets sorgfältig rasiert. Auch diese kleinen Fältchen, die wie ein feiner Kranz um seine Augen lagen, waren neu. Jan war älter geworden, ohne dass es ihr bislang bewusst gewesen war.

Wo waren sie nur hin, jene unbeschwerten Tage voller Unschuld und Träume? Jetzt war alles anders. Unwillkürlich fragte sich Margarethe, was sie nur tun sollte, falls sie schwanger geworden war? Wie sollte sie es Albrecht sagen? Wo sollte sie hin, wenn er sie wegschickte? Zwei Tränen rollten über ihre Wangen. Die Unsicherheit schmerzte mehr als der Gedanke an die Demütigung durch den Weida und die Blessuren, die er ihr beigebracht hatte. Hastig wischte sie sich über das Gesicht und weckte Jan damit.

Er war schon im nächsten Moment hellwach und lächelte sie beinahe glücklich an. »Guten Morgen«, flüsterte er leise und strich ihr vorsichtig übers Haar.

Margarethe zuckte leicht zusammen. Die Berührung erinnerte sie an Weidas Bürste.

Jan, der nicht aufdringlich sein wollte, zog seine Hand rasch zurück. »Du hast geweint«, stellte er fest.

»Nur ein ganz klein wenig«, gab sie zu und richtete sich auf. Sie lächelte zaghaft.

Jans Miene verfinsterte sich. »Du kannst nichts dafür«, meinte er mit fester Stimme. »Das musst du mir glauben. Ich hab's schon so oft erlebt. Frauen haben keine Chance gegen einen Ritter. Du hättest dich noch so sehr wehren können …«

Sie zuckte zusammen. »Hör auf, Jan«, flüsterte sie. »Bitte, ich möchte nicht darüber reden.«

Er nickte und wandte sich ab. Beiden fiel es schwer, die richtigen Worte zu finden. Glücklicherweise begann Thomek, sich zu rühren, bevor ihr Schweigen unangenehm wurde. Er gähnte und blinzelte zu ihnen herüber.

»Das ist Thomek. Er hat uns geholfen«, stellte Jan den Riesen vor.

»Auch dir tausend Dank,«, sagte Margarethe. »Ich weiß nicht, was ohne dich aus Trine und mir geworden wäre.«

»Kein Problem, aber wir sind noch lange nicht aus dem Schneider«, meinte der Mann. Sofort warf ihm Jan einen strafenden Blick zu, der ihn verstummen ließ.

»Wie geht es Trine?«, erkundigte sich Margarethe. Schließlich hatte die Zofe ihr Leben gewagt, um sie zu retten. Margarethe stand auf und kniete sich neben die Vertraute.

»Sie lebt. Doch ich muss mich wundern, denn diese Frau heißt ganz bestimmt nicht Trine«, sagte Thomek. »Ich kenne sie doch. Thereza ist ihr Name. Wir dachten, sie ist tot. Sie ist … war eine Vertraute des Hus'.«

Verwundert schaute Margarethe den Mann an. »Bist du dir sicher, dass keine Verwechslung vorliegt?«

»Bestimmt nicht.«

Margarethe atmete tief durch und erinnerte sich an die Männer, die damals in Prag versucht hatten, die junge Frau umzubringen. Das also war Trines Geheimnis. Und das Kind? War am Ende der Hus selbst Gretchens Vater? »Für mich ändert das nichts«, sagte Margarethe schließlich mit fester Stimme. »Für mich wird sie immer meine Freundin Trine bleiben.« Vorsichtig berührte sie die Stirn ihrer Zofe.

Trines Lider flackerten. Endlich schlug sie die Augen auf. »Herrin«, flüsterte sie, »sind wir entkommen?«

»Ja, Trine, das sind wir. Schau, da ist Jan Sedlic, und das dort ist Thomek. Die beiden haben uns gerettet.«

Der riesige Hussit verneigte sich ehrerbietig.

»Der Heiligen Jungfrau sei Dank«, flüsterte Trine matt.

»Ja, es ist ein Wunder. Wie habt ihr mich eigentlich gefunden?«, fragte Margarethe. Nur an ihren Gebeten konnte es wohl kaum gelegen haben.

Jan begann zu erzählen und verschwieg auch Sepis Rolle und Margots Gefangennahme nicht.

Ein Stich fuhr Margarethe durchs Herz. »Mein Gott, das arme Mädchen«, flüsterte sie. »Dahinter steckt der Sachsenheim. Weida hat erzählt, er sei dem Stuttgarter einen Gefallen schuldig, aber dass neben mir auch noch Margot zur Osterburg geschafft werden sollte, davon hat er nichts gesagt. Wir müssen sie unbedingt ebenfalls befreien.«

Jan legte ihr die Hand auf die Schulter. »Alles zu seiner Zeit. Jetzt müssen wir erst einmal dich an einen sicheren Ort bringen. Am besten nach Passau.«

»Aber dann ist es am Ende zu spät. Weida wird sie fortschaffen. Ist sie erst mal im Vogtland, sind uns die Hände gebunden. Auf dem Weg der Diplomatie werden wir nichts erreichen. Sachsenheim ist ein sehr einflussreicher Mann, der unbedingt an des Truchsessen Titel und Vermögen kommen will.«

Jan schaute Margarethe verständnislos an, da er nichts von der ganzen Sache wusste. Margarethe biss sich auf die Lippen. Mehr durfte sie nicht verraten. Hatte sie nicht geschworen, Stillschweigen zu bewahren?

Besorgt runzelte der Ritter die Stirn, aber sein Entschluss stand fest. »Ich verspreche, mich um Margots Freilassung zu kümmern, sobald es möglich ist.«

Die Rothaarige schüttelte den Kopf. »Ich werde Margot nicht im Stich lassen.«

»Du kannst hier nicht bleiben.« Jan schüttelte entschieden den Kopf. »Und ich möchte, dass du solche gefährlichen Sachen in Zukunft Leuten überlässt, die dafür ausgebildet sind.« Er unterbrach sich.

Ein Pferd hatte gewiehert.

»Verdammt, sie sind schon hier«, sagte der Hussit.

Jan sprang auf und legte seinen Harnisch an. »Jetzt gilt es, Thomek. Bist du an meiner Seite?«

Der Riese schüttelte den Kopf. »Ich gab mein Wort, mich aus den Angelegenheiten des Plackerers rauszuhalten.«

»Dann soll dieser Mistkerl sehen, was er davon hat, sich mit mir angelegt zu haben.«

Trine stöhnte leise und verzog das Gesicht.

»Was ist?«, erkundigte sich Margarethe. »Schmerzt dein Kopf?«

Die Zofe senkte den Blick. »Nein.« Sie schluckte, als suche sie nach den richtigen Worten. »Ich bete und hoffe einfach, dass Gott jedem die Kraft gibt, das zu vollenden, was er ihm auferlegt. Das ist doch richtig, nicht wahr, Thomek?«

Verwirrt starrte der Ritter die Zofe an. Was wollte sie ihnen damit sagen?

»Auf jeden Fall«, murmelte der Hussit.

Jan blickte in die Runde. »Aber jetzt dürfen wir keine Zeit mehr verlieren. Sobald ich draußen bin, verbarrikadiert ihr die Tür. Wir werden uns den Weg freikämpfen müssen.«

Margarethe sah, wie er nach dem Schwert griff, und plötzlich wurde ihr bang um den Freund. Sie hatte den Plackerer kennengelernt und wusste, dass er keine Gnade kennen würde. Wie gerne hätte sie Jan in diesem Moment umarmt! Stattdessen ging sie zu ihm hinüber und legte ihm die Hand auf die Schulter. »Jan, ich …«, sie schluckte. »Pass auf dich auf. Ich will dich nicht verlieren.«

Er ergriff ihre Hand und hauchte einen Kuss darauf. »Ich bin immer für dich da, wenn du es möchtest«, entgegnete er.

Dann gab er ihre Hand frei, während seine Augen noch einen Moment auf ihr ruhten.

Es war so viel Zärtlichkeit in seinem Blick, dass Margarethe der Atem stockte. Konnte das sein? Es schien tatsächlich, als ob seine Gefühle für sie tiefer gingen. Warum war ihr das früher nie aufgefallen? Vielleicht weil sie immer nur Augen für Albrecht gehabt hatte?

Er setzte den Helm auf. Dann nahm er sein Pferd am Zügel und führte es hinaus, um sein Leben für die beiden jungen Frauen zu wagen.

Die mit hohem Gras bewachsene Fläche vor der Köhlerhütte war menschenleer. Misstrauisch horchte Jan in den Wald hinein. Er glaubte fast, den Schweiß der Angreifer riechen zu können. Warum tat sich nichts? Die anderen waren doch in der Überzahl. Mangelte es ihnen etwa an Mut? »Heraus mit Euch, wenn Ihr Manns genug seid!«, rief der Böhme und zog sein Schwert.

In diesem Moment sauste der Bolzen einer Armbrust haarscharf an seinem Kopf vorbei und traf sein hochgehaltenes Schwert so hart, dass er es beinahe verlor. Er hatte Glück gehabt. Das Geschoss hätte seinen Schädel trotz des Helms glatt durchschlagen können. Jan ließ sich vornüber fallen und tat so, als wäre er getroffen.

Zwei Männer kamen aus der Deckung heraus. Der eine wirbelte einen Streitkolben, der andere hatte eine Hellebarde im Anschlag. Offensichtlich fielen sie auf seine Finte herein. In diesem Moment zwang der Ritter sein Pferd unvermittelt zum Steigen. Die weißen Hufe wirbelten durch die Luft und trafen einen der Angreifer am Kopf. Der andere sprang zur Seite und hob schützend die Waffe vor sich.

Ein weiterer Bolzen surrte durch die Luft und riss Jans Braunem ein Stück vom Ohr ab. In Panik bäumte sich das Ross auf, sodass Jan einen Moment lang dachte, es würde sich überschlagen und ihn unter sich begraben. Er warf sich nach vorn und fasste mit der freien Hand in die Mähne. Endlich fing sich das Pferd und ging wieder runter. Einer der Angreifer versuchte, es am Zügel zu packen. Jan kam ihm mit seinem Schwert zuvor, holte aus und trennte ihm mit einem Schlag die Hand ab. Blut schoss aus der Wunde und besudelte das Fell des Pferds. Erschrocken machte es einen Satz zur Seite und sprang dabei in die Klinge einer Muskete. Tief schnitt die Waffe in seine Hinterhand. Das Tier keilte aus und traf den Mann, der es verletzt hatte, an der Brust. Stöhnend ging er zu Boden.

Etwas streifte Jans Schwertarm. Jan sah sich um und entdeckte den Armbrustschützen hinter einer stämmigen Rotbuche, wie er in einem Köcher eilig nach einem weiteren Geschoss suchte. Jan brachte sein Pferd durch einen energischen Zug an der Kandare wieder unter Kontrolle, presste ihm die Schenkel gegen den Leib und zwang das verängstigte Tier vorwärts. Als der Schütze sah, dass er es nicht mehr schaffen würde, die Waffe rechtzeitig zu spannen, warf er sie von sich. Stattdessen griff er nach seinem Schwert und schlug sich in die Büsche, wo es Jan nichts nützen würde, dass er auf einem Pferd saß. Die herabhängenden Äste würden ihn beim Kämpfen sogar behindern.

Im nächsten Moment hatte Jan den Mann aus den Augen verloren. Er zügelte den Braunen und machte kehrt. Unvermutet fuhr ihm ein stechender Schmerz von hinten in die Wade. Ärgerlich drehte er sich herum und stach mit dem Schwert zu. Der Plackerer warf sich zu Boden und rollte zur Seite. Flink wie eine Katze war er wieder auf den Beinen und versuchte, einen zweiten Stich anzubringen. Diesmal war Jan vorbereitet und richtete die Brust des Braunen gegen den Angreifer. Er hatte seinem Streitross beigebracht, auf ein Zeichen hin mit dem Vorderfuß auszuschlagen. Als der Mann vorsprang, trat es aus. Der Plackerer wurde in den Unterleib getroffen, sodass er in die Knie ging. Die eisenbewehrten Hufe des mächtigen Braunen tanzten sekundenlang um seinen Kopf herum, bis Jan sah, dass der Mann ein Messer gezogen hatte und versuchte, dem wertvollen Tier die Sehnen der Fesseln zu durchtrennen. Der Ritter zog sich mit seinem Pferd einen Schritt zurück, hob das Schwert ein weiteres Mal und stieß zu. Obwohl die Spitze am Harnisch abglitt, stöhnte der Plackerer vor Schmerz auf. Er rollte sich zur Seite und wollte die Flucht ergreifen. Dabei rannte er genau in Thomeks Kurzschwert.

»Du wolltest dich doch aus meinen Angelegenheiten raushalten?«, gurgelte der Raubritter entgeistert und fiel zu Boden. Blut quoll aus seinem Mund. Er zuckte noch einmal kurz, dann brach sein Blick.

»Jetzt nicht mehr«, stellte der Hussit fest und nahm sein Kurzschwert wieder an sich. »Immerhin gilt es, Thereza zu schützen.«

»Das war ein Entschluss zur rechten Zeit!« Erleichtert lächelte Jan dem Hussiten zu.

Kapitel 13

Obwohl Joseph sich alle Mühe gegeben hatte, seinem Herrn die Unannehmlichkeiten der Reise zu erleichtern, war es doch eine Tortur gewesen. Jedermann atmete auf, als endlich Burg Grünwald in Sicht kam. Der Burgpfleger öffnete bereitwillig das Tor und begrüßte den hohen Herrn. Gestützt auf seinen Kammerherrn wankte der Truchsess ins Haus. Das letzte Stück trug Joseph ihn mehr zum Schloss, als dass er auf eigenen Beinen ging. Er brachte Bischishausen auf sein Zimmer und bettete ihn mit sämtlichen zur Verfügung stehenden Kissen und Decken.

»Lasst Margot rufen. Ich muss sie sofort sprechen«, bat der Truchsess, und seine sonst so feste Stimme klang schwach.

Statt seiner Tochter kam dann jedoch der Burgpfleger. Bischishausen versuchte, sich mit Josephs Hilfe zu erheben, doch es gelang ihm nicht.

»Verehrter Herr von Bischishausen.« Unruhig trat der Mann von einem Fuß auf den anderen. »Ich habe Schlimmes zu berichten, Herr.«

»Ihr macht mir Angst«, brachte der Truchsess mühsam hervor. »Ist etwas mit meinem Kind?

»Es tut mir leid. Eure Tochter ist nicht mehr hier. Sie reiste mit dem Herrn von Sachsenheim ab. Sie will mit ihm die Ehe eingehen.«

Die Lippen des Truchsessen verfärbten sich bläulich und zitterten. »Oh nein«, flüsterte er.

»Es kommt noch ärger. Unsere geliebte Herrin Margarethe wurde während einer Reise ins Böhmische verschleppt. Die Nachricht ereilte uns heute Morgen. Herzog Ernst ist außer sich, und was wird erst Euer Liebden sagen, wenn er von seiner Reise zurückkehrt? Es ist einfach furchtbar.«

Mit einem Schrei, der Joseph das Blut in den Adern gerinnen ließ, fuhr der Truchsess in die Höhe, um gleich danach zusammenzubrechen.

»Der Medikus«, rief Joseph aufgeregt. »Los, los, verliert keine Zeit!«

Hans von Sachsenheim hätte dem Weida am liebsten auf der Stelle das Messer in den Leib gerammt. Leider brauchte er ihn noch. Er war felsenfest davon ausgegangen, dass der Vogt seine Sache gut machen und es problemlos schaffen würde, die beiden Frauen ins Vogtland zu bringen. Dass es anders sein könnte, hatte Sachsenheim nicht in Betracht gezogen. Der Plan, den Plackerer die Drecksarbeit machen und Margarethe entführen zu lassen, hatte gut geklungen. Dann aber war alles schiefgelaufen. Margarethe und Jan Sedlic durften auf keinen Fall nach München zurückkehren, um von den Vorfällen zu berichten. Glücklicherweise würde es einfach werden, Margarethe von Waldeck wieder einzufangen, wenn man von ihrer Zuneigung zu Margot wusste. Sie würde bestimmt hierherkommen, um das Mädchen zu befreien. Sachsenheim musste einfach nur warten wie eine Spinne in ihrem Netz. Aber danach würde er sie gewiss nicht mehr zu Weida bringen, sondern sie selbst als Unterpfand behalten. Das würde den alten Vogt handzahm halten. Doch zuerst musste Margot auf die Osterburg. Der Hofmeister gab Anweisung, die Kutsche reisefertig zu machen. Wenn es nach ihm ginge, hatte der Weida sich lange genug ausgeruht.

Kurz bevor er ihn eigenhändig holen gehen wollte, kam der Vogt durch die Tür des Gasthofes gestapft. »Da seid Ihr ja«, knurrte Sachsenheim.

»Vergesst nicht«, blaffte Weida zurück, »bevor Margarethe nicht auf der Osterburg ist, seid Ihr in meiner Vogtei nicht willkommen.«

»Jaja, zahlt Ihr erst mal Eure Schulden bei mir und bei Herzog Ernst.«

Wortlos drehte sich der Vogt um und stieg auf sein Pferd, ohne zuvor noch einmal nach der Gefangenen zu schauen.

Sachsenheim schüttelte den Kopf. Wenn der alte Kerl das unter Bewachung verstand, würde ihm bald das nächste Weib durch die Finger schlüpfen. Margot schien sich in ihr Schicksal gefügt zu haben, jedenfalls hatte sie aufgehört, bei jeder Gelegenheit um Hilfe zu rufen, aber das auch nur, weil sie schnell verstanden hatte, dass sie sonst den Knebel zu schmecken bekam. Wenn Weida jetzt die Zügel schleifen ließ, konnte sie leicht wieder aufsässig werden, und es war ein weiter Weg bis Gera. Sachsenheim wurde unsicher. Sollte er vielleicht einen seiner Getreuen mitschicken? Andererseits würde er jeden Mann brauchen, falls Sedlic tatsächlich hier aufkreuzte, denn dem Mann ging der Ruf voraus, ein vorzüglicher Schwertkämpfer zu sein. Trotzdem winkte er Gerhard zu sich, den älteren seiner beiden Ritter. »Du reitest mit Weida und haftest mir mit deinem Kopf dafür, dass das Fräulein Margot unversehrt auf der Osterburg ankommt.«

Der Mann verneigte sich nur kurz und ging sein Bündel holen. Wenige Minuten später saß er auf seinem Pferd und sprengte der Kutsche nach, die bereits hinter der nächsten Biegung verschwunden war.

Margarethe hatte das Klirren der aufeinanderschlagenden Waffen und auch das Gebrüll gehört. »Wie kannst du nur dabeistehen und nichts tun!«, hatte sie Thomek angegriffen, doch der hatte lediglich mit der Schulter gezuckt. Dann hatte Trine ihn zu sich gewinkt und ihm etwas ins Ohr geflüstert, was den Riesen schrumpfen zu lassen schien. Mit kaum mehr als einem Nicken war er aufgestanden, hatte nach seinem Kurzschwert gegriffen und war hinausgegangen. Margarethe warf ihrer Zofe einen dankbaren Blick zu. Doch war sie das überhaupt noch, eine Zofe? Ob sie gehört hatte, dass Thomek ihr Geheimnis verraten hatte?

Sie danach zu fragen blieb der Hofdame keine Zeit. Jan wankte. Seine Rüstung war mit Blut besudelt, und er hinkte stark. Margarethe stürzte auf ihn zu. »Heilige Jungfrau Maria!« Sie rang mit den Händen. »Du bist verletzt!«

»Ist halb so schlimm, wie es aussieht«, beruhigte sie der Ritter. »Das meiste Blut stammt nicht von mir.« Trotzdem verzog er schmerzhaft das Gesicht, als Margarethe ihm die Beinschienen abnahm und nach der Verletzung sah. Sie ging tief in den Muskel hinein und blutete stark. »Das war dieser Plackerer, der Hund, aber Thomek hat dafür gesorgt, dass er keine wehrlosen Damen mehr entführt. Das Hochstift kann aufatmen.«

»Und wir werden uns eine neue Bleibe suchen müssen«, maulte der Hussit.

»Ich glaube, es ist gerade eine Burg frei geworden.« Margarethe sah zu ihm hoch, bevor sie sich wieder zu Jan umdrehte. »Das muss in jedem Fall verbunden werden.« Entschlossen lüpfte sie ihren Rock und riss ein Stück Stoff aus ihrem Unterkleid.

Da rollten ein paar weiße Kugeln auf den Boden. Alle starrten die Perlen an.

»Du meine Güte«, meinte Trine. »Habt Ihr die die ganze Zeit bei Euch getragen, Herrin?«

»Nicht die ganze Zeit. Dazwischen hatte ich sie auch in einer Mauerritzte versteckt, aber nachdem jedermann davon überzeugt war, dass Jan die Perlen hat, habe ich sie wieder im Rocksaum meines neuen Kleides versteckt«, bestätigte die Rothaarige.

»Was für ein gewieftes Weibsbild«, rutschte es Thomek heraus.

Margarethe zuckte mit den Schultern.

»Manche Sachen sind so unglaublich, dass man sie niemandem erzählen könnte«, sagte Jan. »Aber der Herzog wird froh sein, dass er seinen Schmuck wiederbekommt. Ob er's dir allerdings danken wird, steht auf einem anderen Blatt.«

»Was soll's? Wichtig ist jetzt erst mal, dass wir dein Bein versorgen. Hat jemand Wein da oder noch besser Schnaps?«, fragte Margarethe.

Die Männer schüttelten den Kopf. Trine jedoch zog einen Ziegenlederbeutel hervor. »Auf dem hab ich heute Nacht geschlafen. Dem Geruch nach ist da Branntwein drin. Trockenfleisch und Dörrwurst ist auch da.«

»Sieht so aus, als habe sich jemand ein paar Vorräte zurechtgelegt. Diese Hütte erschien mir von Anfang an nicht schäbig genug für eine Köhlerunterkunft. Autsch, das brennt wie Feuer, Margarethe.« Jan verzog das Gesicht.

»Na, ganz so armselig, wie Ihr tut, lebt man im Wald auch wieder nicht«, bemerkte Thomek. »Und wie soll es jetzt weitergehen? Soll ich Euch zu meinen Leuten bringen? Genug Pferde hätten wir jetzt, und Ihr könntet Euch dort ein wenig erholen, bis die Söldner des Fürstbischofs eintreffen. Unter deren Schutz solltet Ihr sicher bis nach Passau kommen.«

Jan nickte.

»Aber Margot?«, wandte die Rothaarige ein. »Auch sie braucht unsere Hilfe.«

»Ich vergaß beinahe deine Sturheit.« Jan seufzte. »Also gut. Thomek, kannst du uns zum Gasthof führen?«

»Selbstverständlich. Ich gebe nur zu bedenken, dass ...«

»Ist schon gut«, unterbrach ihn Trine. »Wir wissen, dass du die Kräfte deiner Männer für den Glaubenskrieg schonen musst, aber man weiß nie, welches Schicksal Gott für uns bestimmt hat. Gewiss ist allerdings, dass uns der Herrgott einmal an unseren Taten messen wird, und da wird er dich nicht fragen, wie viele Katholiken du erschlagen, sondern wie viele Seelen du gerettet hast.«

Kleinlaut nickte der Riese. »Man soll mit keiner Frau streiten, schon gar nicht mit einer gebildeten.«

Jan grinste. Dann berührte er sanft Margarethes Fingerspitzen, die ein letztes Mal über den Verband strichen.

Sie schaute hastig zur Seite und sagte: »Wir sollten aufbrechen. Sachsenheim wird keine Zeit verlieren, sobald er Verdacht schöpft, dass sein schöner Plan nicht aufgeht.«

»Und das Essen?«, wandte Trine ein. »Es wäre schade drum, und wir könnten eine Stärkung gut gebrauchen.«

»Das gibt's unterwegs«, bestimmte Jan und erhob sich stöhnend. »Thomek, wir sollten nach den Pferden des Plackerers suchen.«

»Da werden wir nur eines finden, einen ziemlich klapprigen Gaul, immer missmutig gelaunt und schlecht erzogen.«

»Verdammt. Mein Brauner ist verletzt, und ich hatte gehofft, ihn schonen zu können.«

»Das Pony ist stark und wäre wohl in der Lage, die beiden Damen zu tragen, aber es hat seinen eigenen Kopf«, gab Thomek zu bedenken.

»Keine Angst«, mischte sich Margarethe in das Gespräch.

»Ich bin eine gute Reiterin. Weißt du noch, Jan, wie ich euch in Prag immer davongaloppiert bin? Du hast mich nie einholen können.«

»Tja, das scheint wohl mein Schicksal zu sein«, sagte Jan mit einem Seufzer und humpelte zu seinem Pferd.

Margot hatte sich keineswegs in ihr Schicksal ergeben, sondern lediglich eingesehen, dass es für den Augenblick klüger war, abzuwarten, wie sich die Dinge entwickelten. Leider hatte Sachsenheims Wachsamkeit noch keine Sekunde nachgelassen. Er schien wild entschlossen, sein Vorhaben zum Erfolg zu bringen.

Margot hatte ihm nichts davon gesagt, dass sein Kind nicht mehr am Leben war. Zum einen hatte sie Angst um ihren Vater – schließlich galt eine Abtreibung als Todsünde und wurde hart bestraft –, zum anderen befürchtete sie, dass Sachsenheim dann augenblicklich wieder darauf bestehen würde, mit ihr das Lager zu teilen. Denn dass es nicht die reine Liebe war, die ihn getrieben hatte, war ihr spätestens dann klar geworden, als er begonnen hatte, sie wie eine Gefangene zu behandeln. Gelegentlich maß er sie mit einem intensiven Blick wie damals nach ihrem letzten Treffen im Garten. Dann lief ihr ein kalter Schauer über den Rücken, und sie fürchtete sich vor ihm. Einen solchen Mann wollte sie keinesfalls zum Gatten nehmen. Unwillkürlich verglich sie ihn mit Sepi, der viel jünger und unbekümmerter war. Sie hatten so viel Spaß miteinander. Und wie der Sepi sie immer ansah. Er hatte einen so treuen Blick, als könne er keiner Fliege etwas zuleide tun. Sachsenheim dagegen begehrte sie ganz ohne Zweifel, aber auf eine fordernde, gefährliche Weise.

Plötzlich rumpelte es heftig. Dann quietschte es, und

schließlich war das Bersten von Holz zu hören. Das Chassis knickte weg, und die Kutsche geriet in Schieflage. Margot, deren Hände an einem extra dafür angebrachten Ring gekettet waren, schlug hart gegen die Wand. Gleich darauf war Waffengeklirr zu hören. Mit dem Mund zog das Mädchen die schweren Vorhänge zurück, um hinauszuspähen. Dort ging es drunter und drüber. Finster dreinblickende Gesellen mit riesigen Vorderladern und Äxten stürmten heran und wurden nach der ersten vergeudeten Salve von Weida und Gerhard, Sachsenheims Ritter, mit dem Schwert in Empfang genommen.

Auf einmal jedoch war Sepi zur Stelle. Margot wollte ihren Augen nicht trauen. Er hielt eine große Armbrust in den Händen und nahm Gerhard ins Visier, wurde jedoch von seinem unruhigen Pferd am Schuss gehindert. Immer wieder bemühte er sich vergeblich, seine Waffe ruhig zu halten. Plötzlich bemerkte Gerhard die drohende Gefahr. Er schnappte sich eine der Lanzen, die hinten an der Kutsche in einer Halterung lagen, und ging zum Angriff über. Während er sich weit über den Hals seines Pferdes beugte, raste er auf Sepi zu. Margot schrie auf.

Der Kaufmann besaß nicht einmal ein Schild, geschweige denn ein Schwert. Seine einzige Chance lag in der Flucht. Doch der Posener dachte gar nicht daran, das Pferd zu wenden. Gerhards Mund verzog sich zu einem triumphierenden Grinsen. Siegesgewiss hob er die Lanze, wozu er sich etwas aufrichten musste. Auf diesen Moment schien Sepi gewartet zu haben. Die Sehne schnellte vor und jagte den Bolzen heraus. Mit unglaublicher Geschwindigkeit surrte das Geschoss durch die Luft und traf Gerhard mitten in die Stirn. Sein Kopf wurde in den Nacken geschleudert, und ein Knacken war zu hören. Dann fiel Gerhard wie ein gefällter Baum zu Boden.

Keine Sekunde später sah Margot den Weida an sich vorbeigaloppieren. Er suchte sein Heil in der Flucht. Margot stieß einen Jubelschrei aus. »Hier bin ich, Sepi!«, rief sie, so laut sie konnte. »Hier drinnen!«

Die Wagentür wurde geöffnet, und ein vertrauter Wuschelkopf schob sich herein. »Mir scheint, die Dame hat eine Wagenpanne. Kann ich irgendwie behilflich sein? Ich bin zwar kein guter Kämpfer, aber von Fahrzeugen versteh ich eine Menge.«

Margot wusste nicht, ob sie lachen, schimpfen oder weinen sollte, und so sagte sie einfach: »Oh, mir würde es schon genügen, wenn ich die Arme freibekäme.«

Der Kaufmann warf einen Blick auf die Fesseln und zückte einen merkwürdig gebogenen Metallstift. »Auch das ist kein Problem. Ich hab meinen Sesam-öffne-dich immer dabei. Er hat mir schon als Bub gute Dienste geleistet. Wenn Ihr erlaubt, dass ich Euch jetzt ein wenig näher komme, meine Dame«, scherzte er, beugte sich über sie und machte sich an dem Schloss zu schaffen, wobei er sie halb in die Arme nahm.

Margot hatte das Gefühl, von einer Woge des Glücks durchflutet zu werden, und als Sepi sie nach getaner Arbeit küsste, ließ sie ihn freudig gewähren.

»Ich glaube, so etwas sollten wir öfter machen«, flüsterte Sepi glücklich. »Wenn du meine Frau bist, meine ich.«

»Dann benötigst du keinen Dietrich mehr, denn das Schloss zu meinem Herzen steht längst offen.«

»Wenn ich die Herrschaften kurz stören dürfte.« Einer der Hussiten steckte den Kopf zur Kutsche herein.

»Was ist?«, knurrte Sepi ungehalten.

»Nun, ich würde vorschlagen, wir machen uns aus dem Staub, bevor der Kerl, der uns entwischt ist, mit Verstärkung zurückkommt.«

»Ja, ähm, richtig. Den hätte ich beinahe vergessen. Kannst du reiten, Liebste?«

»Mit dir überallhin.«

»Dann lasst uns die beiden Kutschgäule ausspannen und nichts wie weg von hier.«

Im gestreckten Galopp erreichte Heinrich von Weida den Gasthof und brüllte nach Sachsenheim, der bei den verbliebenen Söldnern und neben seinem Ritter stand.

»Was ist denn das für ein Tumult?«, herrschte der Hofmeister. Dann erkannte er Weida. Seine Miene verfinsterte sich. Sachsenheim schob die Söldner zur Seite und schritt auf den Vogt zu, der gerade vom Pferd gesprungen war. »Was zum Teufel treibt Ihr hier, Weida, statt mit meiner Braut gen Osten zu fahren. Habt Ihr sie etwa entkommen lassen?«

Der Vogt drückte dem nächstbesten Mann seine Zügel in die Hand. Hektisch rief er: »Wir sind überfallen worden! Gar nicht weit von hier. Auf die Pferde, dann können wir sie noch einholen.«

»Sedlic, du Hund«, fluchte Sachsenheim in der Annahme, dieser habe den Handstreich vollbracht.

Weida biss sich auf die Lippen. »Nein, nicht der«, sagte er dann. »Es waren Gewöhnliche und ein junger Bursche mit einer Armbrust, der Kleidung nach ein Patrizier.«

»Und von denen habt Ihr Euch in die Flucht schlagen lassen?«

»Immerhin hat der Bursche Euren Ritter niedergemacht.«

»So starb Gerhard wenigstens ehrenhaft. Ihr dagegen habt den Schwanz eingezogen und Fersengeld gegeben. Feigling.«

»Wagt noch einmal, mich so zu nennen, dann …«

Sachsenheim hob leicht die Augenbrauen. Dann lachte er breit. »Verzeiht, mein Freund. Ich ließ mich hinreißen, und Ihr habt natürlich recht. Wir sollten augenblicklich aufbrechen. Hier ist meine Hand. Ihr habt gewiss Euer Bestes gegeben, meine Braut zu beschützen.«

Der Vogt brummte ärgerlich, streckte dann aber auch seine Rechte aus. Sachsenheim zog den alten Ritter in scheinbar freundschaftlicher Geste zu sich. Er hob die Linke, ganz so, als wollte er dem anderen auf die Schulter klopfen. Zu spät sah Weida den Stahl in Sachsenheims Hand. Er versuchte, sich dem Griff zu entziehen, doch der Hofmeister hielt ihn mit eiserner Hand fest, während er ihm den Dolch in den Leib stieß. Ein Ruck und die Klinge war wieder heraus. Mit verächtlichem Blick stieß Sachsenheim den alten Mann, aus dessen Seite Blut quoll, von sich. Der Vogt aber war zäh. Seine Hand ging zu seinem Schwert. Er hob es hoch über den Kopf, und mit einem Aufschrei ließ er es auf Sachsenheim niedersausen. Die Klinge verfehlte den Hofmeister nur um Haaresbreite. Seine Männer waren sofort an seiner Seite, doch er stieß sie grob zurück. »Warte, ich werde dir zeigen, was Sachsenheims Lohn für einen Versager ist«, zischte er, ergriff ein Schwert und stürzte sich auf den verletzten Mann.

Das Klirren der aufeinandertreffenden Schwerter erfüllte den Hof. Trotz seiner schweren Verletzung hieb Weida wie ein wild gewordener Stier auf seinen Kontrahenten ein. Schon hatte er ihn in eine Ecke gedrängt, doch der Blutverlust schwächte ihn zusehends. In einer letzten Kraftanstrengung rannte der Vogt auf seinen Gegner zu und hielt das Schwert dabei wie eine Lanze. »Für Margarethe!«, brüllte er.

Sachsenheim wich aus und passte den Moment ab, in dem Weida ihm ungeschützt die Seite bot. Erneut stach er mit seinem Messer zu, dessen ungewöhnlich schmale und scharfe Klinge direkt in Weidas Magen fuhr. Die Augen des Vogts weiteten sich, und sein Blick sah erstaunt aus. Er schwankte. Blut quoll aus seinem Mund. Die Knie sackten ihm weg, und er fiel bäuchlings zu Boden. Ungerührt trat Sachsenheim dem alten Mann mit dem Stiefel in die Rippen. Der aber rührte sich nicht mehr.

»Aufsatteln!«, befahl der Hofmeister seinen Männern. »Wir reiten sofort los.«

Jan, Margarethe, Trine und Thomek ritten ohne nennenswerte Pause bis zu der Weggabelung, an der es in der einen Richtung zum Gasthof, in der anderen nach Wegisceda ging. Jan warf Margarethe einen fragenden Blick zu, und die junge Frau deutete Richtung Gasthof. Der Ritter seufzte: Nicht dass er etwas anderes erwartet hätte. Sie waren noch nicht weit gekommen, als der Weg durch eine fahruntüchtige Kutsche versperrt war. Sie stand schief und war offensichtlich mit Gewalt aufgehalten worden. Die Pferde waren verschwunden. Jan hob die Hand.

»Was nun?«, wollte Margarethe wissen. Sie sah blass aus.

Jan musterte sie besorgt.

»Ihr bleibt mit Thomek hier«, befahl Jan. »Ich schaue mir die Sache an. Falls ich angegriffen werde, wendet die Pferde und reitet so schnell es geht nach Passau.«

»Wir lassen dich nicht im Stich!«, widersprach Margarethe.

»Ich weiß, aber alle Mühe wäre vergeblich gewesen, wenn du in letzter Sekunde doch wieder in Gefangenschaft gerietest. Damit wäre niemandem geholfen.«

Thomek und Trine nickten zustimmend, sodass sich die

Rothaarige geschlagen gab. Mit bangem Herzen sah sie dem Ritter zu, wie er zu der Kutsche herübertrabte. Alles blieb ruhig. Jan umrundete den Wagen zunächst und sah sich die Kampfspuren und die Toten an. Neben einem Mann stieg er ab und drehte ihn auf den Rücken. Er hatte sich gerade über den Körper gebeugt, als er in einiger Entfernung etwas bemerkte und in die Höhe schnellte. So schnell es sein verletztes Bein erlaubte, schwang Jan sich in den Sattel und gab dem Schimmel die Sporen. Wild gestikulierend sprengte er zurück.

Thomek verstand als Erster und wendete den Klepper des toten Plackerers. »Wir sollen abhauen!«, rief er den anderen zu.

»Aber Jan.« Margarethe zögerte.

»Der kommt gleich!«, sagte Trine. »Nun macht schon. Nichts wie weg hier.«

Hans von Sachsenheim entdeckte die Stelle, an der die Kutsche überfallen worden war, sofort. Doch dann sah er noch etwas anderes: einen einzelnen Ritter auf einem weißen Pferd, der augenblicklich die Flucht ergriff. »Da vorne ist einer von ihnen!«, bellte der Hofmeister und gab seinem Pferd die Sporen.

Sie erreichten die Kutsche im gestreckten Galopp. »Da vorn sind noch andere!«, rief einer der Männer.

Jetzt konnte auch Sachsenheim die Flüchtenden gerade noch erkennen: zwei Männer und zwei Frauen auf einem Pony, eine davon mit leuchtend rotem Haar. Das konnte nur Margarethe von Waldeck sein. Dann war der Ritter mit ziemlicher Sicherheit Jan Sedlic. »Gleich hab ich dich!«, triumphierte Sachsenheim und gab seinem Pferd die Sporen.

Die Verfolger trieben ihre Pferde an, doch so einfach war

es nicht, die vier nicht einzuholen. Obwohl es nur ein Pony war, auf dem die beiden Frauen ritten, kämpfte es sich mit erstaunlicher Zähigkeit vorwärts, und auch der Schimmel des Ritters erwies sich als ausdauernd. Sachsenheim schäumte vor Wut, als er sein Pferd weiter antrieb.

»Die Pferde brauchen eine kurze Pause«, sagte Sepi, doch es war klar, dass er in Wirklichkeit an Margot dachte, die blass und erschöpft aussah. Der junge Kaufmann hatte ihr zwar sein Pferd überlassen, das einen Sattel trug, und ritt selbst auf dem blanken Rücken des Wagenpferds, doch sie waren in einem scharfen Tempo geritten. »Ich kümmere mich um dein Pferd«, sagte er nur. »Ruh dich einfach ein paar Minuten aus.«

Sie nickte müde, glitt aus dem Sattel und schleppte sich zu einer großen Eiche. Sepi führte ihr Pferd ein wenig herum, weil er das schweißtriefende Tier nicht im kalten Herbstwind stehen lassen wollte. Schon manches gute Reitpferd hatte sich so den Tod geholt. Doch sie würden ihre Pferde dringend brauchen, denn sie waren auf sich gestellt, seit die Hussiten sich verabschiedet hatten, um zur Klause zurückzukehren.

»Wie weit ist es noch bis Wegisceda?«, erkundigte sich Margot. Sie erinnerte sich, dass sie auf dem Hinweg über den Markt gefahren waren.

»Wenn wir das Tempo halten, vielleicht noch eine Stunde«, erklärte Sepi. »Ich fürchte allerdings, dass wir auch dort noch nicht in Sicherheit sind.«

»Aber eigentlich gehört der Ort doch schon zum Hochstift, oder?«

»Bei diesen Grenzorten weiß man nie, wem ihre Solidarität gerade gilt, aber es gibt einen Richter dort, an den wir uns wenden und vielleicht auch um Hilfe für den Herrn Sedlic bitten können.«

»Dann sollten wir keine Zeit mehr verlieren.«

Sie kamen langsamer voran, als sie es gehofft hatten. Die Pferde waren erschöpft und brachten die Hufe kaum mehr hoch. Vor Müdigkeit stolperten sie mehrfach, sodass Margot und Sepi im Schritt reiten mussten, wollten sie keinen Sturz riskieren. Sie hatten ungefähr die Hälfte der verbliebenen Wegstrecke zurückgelegt, als Sepi Reiter sah.

Margot schirmte die Augen mit der Hand ab und blinzelte angestrengt. »Ist das nicht die Standarte des Fürstbischofs?«, fragte sie.

»Richtig, sie zeigt den Passauer Wolf. Dann haben unsere beiden wackeren Bayernritter also doch etwas erreichen können.«

Der junge Kaufmann trieb sein Pferd voran, nannte seinen Namen und bat den Oberst, einen groß gewachsenen, finster dreinblickenden Ritter um ein kurzes Gespräch unter vier Augen.

Der nickte und ritt mit Sepi ein paar Schritte zur Seite. »Ihr seid dieser Posener Kaufmann?«, erkundigte sich der Mann und musterte ihn mit klugen Augen.

»In der Tat.«

»Und die Dame dort?«

»Das ist Margot von Bischishausen, Tochter des Truchsessen zu Stuttgart.«

»Hm, das müsst Ihr mir jetzt erklären. Ich dachte, die entführte Dame hieße Margarethe von Waldeck?«

Mit wenigen Worten fasste Sepi die Ereignisse zusammen, wobei er die Rolle der Hussiten zur Gänze verschwieg.

»Dann ist also das Schicksal von Margarethe von Waldeck und des Herrn Jan Sedlic ungewiss, doch Ihr vermutet sie auf dieser Burg als Gefangene des Plackerers?«

»Richtig.« Sepi nickte.

Der schwer bewaffnete Oberst stieß einen derben Fluch aus. »Vermaledeites Pack! Der Bursche macht uns schon des Längeren Ärger.«

Sepi schaute den Mann fragend an.

»Fünf Adelsherren und ebenso viele Kaufleute sind ihm in den letzten Jahren zum Opfer gefallen. Doch man konnte sein Nest nie ausheben. Es ist zu gut versteckt«, sagte er. Dann strich sich der Oberst über das bartlose Kinn und schien einen Augenblick nachzudenken. »Ist dieser Sachsenheim, von dem Ihr mir berichtet habt, ein Komplize des Plackerers?«

»Das halte ich für unwahrscheinlich.«

»Ich habe davon reden hören«, mischte sich nun Margot ein, »dass Sachsenheim und der Vogt von Weida den Plackerer für seine Dienste bezahlt haben.«

»Zwei Adelsherren, die sich mit einem Plackerer einlassen, um zwielichtige Geschäfte abzuwickeln? Pfui, wie verwerflich ist das denn?«

Einen Augenblick sah Margot verwirrt aus. Sie hätte eine erzwungene Heirat nicht unbedingt als Geschäft tituliert und überlegte schon, ihrer Empörung Luft zu machen, doch Sepi sah sie warnend an. Jetzt war nicht der richtige Zeitpunkt, um beleidigt zu reagieren. Sie mussten die Männer des Fürstbischofs auf ihrer Seite wissen.

»Wir bitten um Unterstützung für Jan Sedlic, den Hofmeister der Alten Veste zu München, im Namen Euer Liebdens Albrecht von Wittelsbach, und um Hilfe für Margarethe von Waldeck, damit die edle Dame aus der Hand dieser Unholde befreit werden kann.«

»Sie sei Euch gewährt«, erwiderte der Oberst und machte eine gnädige Geste. »Wir werden uns der Angelegenheiten des Hauses Wittelsbach annehmen, als seien es unsere eigenen.«

»Ich danke Euch.« Sepi nickte erleichtert, dann schaute er zu Margot hinüber. »Gäbe es die Möglichkeit, dem Fräulein von Bischishausen Geleitschutz bis nach Wegisceda zu geben?«

Im ersten Moment wollte Margot protestieren, doch als sie die entschlossene Miene des Obersten sah, gab sie nach. Ergeben schloss sie sich zwei älteren Rittern an, die sie in die Mitte nahmen.

»Nun aber sollten wir keine Zeit verlieren!«, trieb der Oberst seine Männer an.

»Er wird uns einholen!«, rief Trine mit bebender Stimme. »Lasst mich zurück, und rettet Euch. Mit nur einem Reiter wird das Pony noch eine Weile durchhalten.«

»Auf gar keinen Fall«, protestierte Margarethe, die am liebsten vor Wut geweint hätte. Sie machte sich Vorwürfe, dass sie darauf bestanden hatte, zum Gasthof zu reiten. Hätten sie die andere Abzweigung genommen, wären sie Sachsenheim und seinen Häschern entkommen.

Jan konnte ihre Schuldgefühle nicht verstehen. »Glaub bloß nicht, es läge an dir«, sagte er beinahe ärgerlich. »Keiner von uns ist vor dem Herrn Hofmeister sicher, bevor unsere Pferde nicht bayrischen Boden unter den Hufen haben. Dazu wissen wir einfach zu viel.« Er spuckte vor sich auf den Boden. Die Stichwunde an seinem Bein hatte wieder zu bluten begonnen, denn sein Beinling färbte sich dunkel. »Wie weit ist es noch bis zur nächsten Ortschaft, Thomek?«, fragte er dann.

»Bestimmt noch ein halber Tagesritt. Das schaffen wir nie.«

»Gibt es denn kein Versteck oder irgendwelche Verbündete, die uns helfen würden?«

Thomek zögerte. »Ich weiß nicht. Die Leute hier sind Grenzländer.«

»Dann müssen wir uns allein auf die Pferde verlassen. Es hilft nichts. Wir müssen unsere Kräfte und die der Tiere gut einteilen, auch wenn das bedeutet, dass wir den Sachsenheim näher kommen lassen.« Seufzend ließ Jan sein schweißtriefendes und verletztes Pferd in Schritt fallen, damit es Atem schöpfen konnte. Er warf einen Blick über seine Schulter und dachte daran, dass die Verfolger weniger Rücksicht auf ihre Tiere nehmen würden. Unwillkürlich ging seine Hand zum Schwert. Kampflos würde er sich nicht ergeben.

Die Männer des Fürstbischofs hatten sich zügig, aber ohne größere Eile auf den Weg gemacht. Sepi dagegen hatte das Gefühl, dass die Zeit knapp wurde. Der junge Kaufmann drängte und nörgelte, man solle sich doch mehr beeilen, bis ihn der Oberst zur Ordnung rief: »Es hilft nicht viel, wenn wir die Pferde schinden, bis sie stürzen. Der Boden ist rutschig. Ein verletztes Pferd würde uns weit mehr aufhalten, als wenn wir in gleichmäßigem Tempo reiten.«

Sepi warf dem Mann einen wütenden Blick zu, während er sich fügte. Gereizt ließ der Oberst antraben. Der Wald wurde alsbald dichter, doch wenigstens schienen sie den Bergkamm erklommen zu haben, denn der Weg fiel wieder ab. Erneut drosselte man das Tempo. Sepi wollte schon brummig werden, als er in der Ferne eine Bewegung ausmachte. Er wies mit der Hand nach vorne. »Schaut, Herr Oberst, vor uns!«, rief er aufgeregt.

Der Mann kniff die Augen ein Stück zusammen. »Drei Reiter, nein vier«, stellte er fest. »Ein Ross trägt zwei Frauen.«

»Das könnten sie sein. Wahrscheinlich ist es dem Herrn Sedlic doch gelungen, die Damen zu befreien, aber man scheint ihm dicht auf den Fersen zu sein.« Aufgeregt deutete der junge Kaufmann auf einen Trupp Reiter, die zügig zu den Flüchtenden aufschlossen.

»In der Tat, so sieht es aus«, bestätigte der Oberst. »Wenn wir etwas gegen dieses Pack ausrichten wollen, gilt es jetzt, alle Vorsicht fahren zu lassen und sich zu sputen. Vorwärts, Männer!«

Als hätten sie nur darauf gewartet, schossen die Pferde los.

»Reitet weiter, egal was passiert«, trieb Jan Thomek und die Frauen an, während er sich langsam zurückfallen ließ.

Margarethe wandte sich um und erkannte sofort, was er beabsichtigte. »Nein, Jan, tu das nicht!«, rief sie mit panischer Stimme. »Sie werden dich umbringen.«

»Vorher werden sie die Stimme meines Schwertes hören, und glaube mir, die wird sie gehörig schaudern lassen.«

»Nein«, widersprach die Rothaarige. In ihren Augen spiegelten sich Furcht und Verzweiflung. »Ich lasse dich nicht allein. Gib mir eine Waffe. Ich werde an deiner Seite kämpfen.«

Jan musterte sie voller Stolz. Margarethe war wirklich etwas Besonderes. Vielleicht würden sie doch noch irgendwann zusammenfinden. Doch wie es schien, nicht mehr in diesem Leben. »Wenn du mir helfen willst, reite so schnell du kannst. Gewiss ist Hilfe unterwegs, um mir den Rücken zu stärken.« Entschlossen parierte er sein Pferd und wartete mit dem Schwert in der Hand auf seine Gegner.

Sachsenheim und die beiden Männer in vorderster Front stimmten ein Geheul an, das sich nicht viel von dem einer Hundemeute unterschied, die den Hirsch vor sich wusste. Doch auch ihre Pferde waren erschöpft. Sie schleppten sich nur noch dahin und reagierten nicht mehr auf die Sporen.

Jan sah, dass den Gäulen seiner Gegner das Blut unter dem Bauch zusammenlief, so sehr waren sie traktiert worden. Sein eigenes Pferd hatte Jan während der letzten Minuten geschont. Es war zwar immer noch müde, doch sein Atem hatte sich beruhigt. Der junge Ritter hatte im Krieg zahllose Schwertkämpfe ausgefochten und wusste wohl, dass allein die Wucht des Zusammenpralls ein erschöpftes Pferd zu Fall bringen konnte. Er gedachte, sich diesen winzigen Vorteil zunutze zu machen. Sobald die Gegner nah genug waren, würde er das Letzte aus seinem Pferd herausholen und dem Sachsenheim in vollem Tempo entgegenreiten. Fiel der Hofmeister, würden seine Leute vielleicht aufgeben.

Jan beobachtete, wie seine Feinde immer näher kamen, und wurde mit einem Mal ganz ruhig. Sein Blick haftete auf dem Gegner, während er versuchte, die Lage einzuschätzen. Die Gruppe teilte sich auf. Vermutlich wollten sie ihn in die Zange nehmen. Der Hofmeister ließ sich zurückfallen. Jan schnaubte verächtlich. Für ihn war Sachsenheim ein Höfling, ein Schwätzer und Intrigant. Der direkte Kampf Mann gegen Mann lag ihm nicht, und der kampferprobte Ritter wusste das wohl. Jan spuckte auf den Boden. Der feige Hund sollte ihm nicht entkommen.

Mit zusammengebissenen Zähnen band sich Jan die Zügel seines Pferdes an den Gürtel. Dann trieb er das Tier an, und tatsächlich fiel es in einen Galopp. Immer schneller schoss es dahin. Sein Schnauben vermischte sich mit dem Knirschen des Sattelzeugs und dem Klirren des Kettenhemds. Das war

Jans Welt. Fast befreit stürmte der junge Ritter vorwärts, während er das Schwert mit beiden Händen hoch über dem Kopf schwang. Der vorderste Reiter holte ebenfalls mit dem Schwert aus. Sein Pferd war allerdings müde und stolperte nur noch schwerfällig dahin. Jan stemmte sich in die Bügel. Klirrend prallten die Waffen gegeneinander. Jans Handgelenk knackte, doch er blieb standhaft. Er sah nicht, wie das Pferd seines Gegners ins Schwanken geriet, stolperte und zu Boden ging. Der Reiter wurde unter seinem Leib begraben. Das Pferd eines zweiten konnte nicht schnell genug ausweichen und stürzte über das am Boden liegende.

Sachsenheim erblasste. Jans Ziel war einzig dieser Mann. Das Schwert nun wieder hoch über dem Kopf, richtete der junge Ritter sein Pferd auf den Hofmeister aus. Intuitiv wehrte dieser Jans Schlag ab. Doch der hieb sofort weiter auf ihn ein. Mit hochrotem Kopf und weit aufgerissenem Mund setzte sich Sachsenheim zur Wehr. Schnell erkannte er jedoch, dass Jan ein anderer Gegner war als der schwer verletzte alte Weida. Zudem schien der junge Ritter fest entschlossen, seinen Feind mit ins Grab zu nehmen. Ein weiteres Mal holte Jan aus. Die Klinge fuhr in die Schulter von Sachsenheims Pferd. Blut schoss aus der Wunde und spritzte umher. Jans Ross wich erschrocken zur Seite, doch er zwang es zurück und richtete die Waffe ein weiteres Mal auf seinen Gegner. Der aber wendete sein schwer lahmendes Pferd und versuchte, sich aus dem Staub zu machen.

»Stell dich, du Feigling!«, brüllte Jan empört und setzte ihm nach, doch der letzte noch verbliebene Getreue Sachsenheims versperrte ihm den Weg. Jan spürte einen mächtigen Hieb gegen die Schulter. Sein Kettenhemd knirschte, verhinderte aber Schlimmeres. Er griff in die Zügel und riss sein Pferd herum, dann ließ er sein Schwert wie einen Spieß in den

Leib seines Gegners fahren. Mit einem kräftigen Ruck zog er es wieder heraus, damit es nicht stecken blieb und ihm verloren ging. Der Griff war glitschig von Blut, aber Jan hielt ihn eisern umklammert. Zornig sah er den Hofmeister Fersengeld geben, doch er wusste, dass sein Pferd am Ende seiner Kräfte war. Da hörte er von hinten jemanden rufen: »Haltet ein, Herr Sedlic! Überlasst den Männern des Fürstbischofs das Feld.«

Der Oberst der Burgwache brachte sein Pferd neben Jan zum Stehen, dessen Hand sich erst lockerte, nachdem er den Passauer Wolf auf der Fahne erkannte. Der junge Ritter senkte das Schwert und sah den Männern des Fürstbischofs nach, die die Verfolgung aufgenommen hatten. Sie würden Sachsenheim zur Strecke bringen, daran zweifelte Jan nicht, der noch immer keuchend nach Atem rang.

Der Oberst nickte ihm anerkennend zu, sein Schwert in der Hand. »Wahrlich, Ihr seid ein Ritter, den selbst König Artus in seiner Tafelrunde willkommen geheißen hätte«, sagte der Mann voller Hochachtung. »Von diesem Gemetzel wird man sich in Passau noch lange erzählen, ja ich glaube fast, es wird sich ein Sänger finden, ein Epos darauf zu dichten.« Sein Redefluss stockte erst, als er Jan genauer betrachtete, der über und über mit Blut besudelt war.

»Jan!«, rief Margarethe. Die Panik in ihrer Stimme ließ den Böhmen sofort wieder nach dem Schwert greifen. Hastig sah er sich nach ihr um, da flog sie ihm auch schon entgegen. Ihre Augen blickten so furchtsam, wie er es noch nie gesehen hatte. Mit banger Stimme flehte sie ihn an: »Heilige Jungfrau Maria, all das Blut. Mein lieber, guter Jan, du darfst nicht sterben.«

Alle Anspannung fiel von ihm ab, und doch war seine Kehle wie zugeschnürt. Sie sorgte sich, nein, sie hatte Angst um ihn.

Dann musste sie doch auch etwas für ihn empfinden. Vielleicht war er für sie doch mehr als nur ein guter Freund? Er schaute sie an, öffnete den Mund und konnte doch kein Wort hervorbringen.

Margarethe, die an seine Seite geritten war, griff nach seiner Hand, die immer noch das Schwert fest gepackt hielt. »Sag doch etwas, lieber, tapferer Jan«, flüsterte sie mit Tränen in den Augen.

»Es ist alles in Ordnung«, keuchte der junge Ritter schließlich. »Lass uns endlich nach Passau reiten. Ich sehne mich nach einem Bad.«

München, Grünwald 1422

Kapitel 1

Gleich nach ihrer Ankunft in Grünwald hatte man Margot und Margarethe von der Anwesenheit des Truchsessen berichtet. Joseph, der treue Kammerdiener, war es, der ihnen mit Tränen in den Augen mitteilte, dass der Herr im Sterben lag.

»Aber das darf nicht sein«, flüsterte Margot und schaute zu Sepi. »Er muss uns doch erst seinen Segen geben.«

»Ich wünschte, Ihr wäret früher gekommen, Fräulein Margot. Er hatte sich so danach gesehnt, Euch noch einmal zu sehen. Jetzt ist der Priester bei ihm, um ihn auf seinem Weg zu Gott zu begleiten.«

»Aber ich muss zu ihm«, beharrte das Mädchen trotzig.

»Ich werde sehen, was ich tun kann«, versprach der Kammerdiener und verschwand auf leisen Sohlen.

Es schien eine Ewigkeit fortzubleiben, in der Margot Zeit hatte nachzudenken. Nach ihrer Mutter lag jetzt auch ihr Vater im Sterben, und auf einmal schien aller Streit zwischen ihnen unwichtig. Margot wollte ihrem Vater alles verzeihen, wirklich alles, nur den Tod ihres Kindes konnte sie ihm einfach nicht vergeben. Sie musste wenigstens erfahren, warum es hatte sterben müssen. Ohne dieses Wissen würde sie keinen inneren Frieden finden können, das wusste sie.

Kurz darauf begrüßte der Burgkaplan sie mit ernstem Gesicht, als sie ans Krankenlager des Truchsessen traten. Margot nickte kurz und schaute dann zu dem Mann, dem sie ihr Leben verdankte. Er sah erschreckend aus. Seine Augen lagen tief in den Höhlen, und die Augäpfel hatten eine bräunlichgelbe Farbe angenommen. Die Wangen waren eingefallen und aschfahl. Sein früher dichtes, braunes Haar war grau und sehr schütter geworden. Ungleichmäßig hob und senkte sich sein Brustkorb.

Der Truchsess winkte sie erschöpft zu sich, während er nur mit Mühe Luft bekam. »Ich bin so froh, dich zu sehen, mein Kind.«

Joseph warf Margot einen strengen Blick zu. Die hielt Sepi und Margarethe an den Händen. »Bitte«, sagte sie mit leiser Stimme, »ich möchte dir jemanden vorstellen.« Sie schob den jungen Kaufmann vor, der sich höflich verneigte. »Das ist Sepi. Ihm verdanke ich mein Leben und meine Freiheit. Ich würde ihm beides gerne auch in Zukunft anvertrauen.«

Der Truchsess sagte nichts. Margot schaute ihn ängstlich an, als sein Blick fragend zu Margarethe wanderte. Die trat vor, versank in einen Knicks und meinte: »Ich verbürge mich für diesen jungen Mann, den ich schon seit Jahren kenne. Er entstammt einem angesehenen Patriziergeschlecht, genoss eine hervorragende Erziehung in Prag, wird gut für Eure Tochter sorgen und – ich glaube er liebt sie von Herzen. Jedenfalls ist er um ihretwillen über sich selbst hinausgewachsen. Er ganz allein hat sie aus Sachsenheims Händen befreit.«

Der Truchsess bedeutete Sepi matt, sich zu erheben. »Kann ich Euch das Wertvollste anvertrauen, das ich besitze? Werdet Ihr meine Tochter in Ehre halten und meine Enkel zu ehrenwerten Rittern erziehen?«

Einen Moment blitzten Sepis Augen schalkhaft auf. »Einen Sohn für Württemberg und einen …« Er schaute kurz zu Margarethe, die warnend die Augenbrauen zusammenzog, »einen für Böhmen«.

Margarethe atmete erleichtert auf. Der Truchsess nickte. »Das scheint mir eine gerechte Sache. So gelte mein Wort als

Truchsess, dass ich Euch die Hand meiner Tochter gewähre.«

Ein weiteres Mal verneigte sich Sepi. »Ich danke Euch.«

»Und der Sachsenheim?«, erkundigte sich Bischishausen nach einer kleinen Pause.

»Wurde von den Häschern des Fürstbischofs geschnappt und vor Gericht gestellt.«

Schwer atmend fuhr Margots Vater fort: »Seinem wahren Richter wird er erst nach dem Tode gegenüberstehen.«

Der Kaplan nickte. »Wir sollten gemeinsam beten«, schlug er vor.

»Gleich, erst muss ich allein mit meiner Tochter sprechen.«

Joseph wollte Einspruch erheben, fügte sich dann jedoch. »Wie Ihr wünscht, hoher Herr.« Er öffnete die Tür und sagte: »Darf ich die Herrschaften bitten.«

Als die Tür hinter ihnen ins Schloss fiel, senkte Margot den Blick.

»Komm näher«, keuchte ihr Vater. Seine Stimme klang ungewohnt rau. »Da steht noch etwas zwischen uns, nicht wahr?« Er klopfte mit der Hand neben sich aufs Bett. Seine Finger wirkten ungewohnt lang, auch hatten sie eine gelbliche Färbung angenommen.

Margot nickte bekümmert.

»Na komm schon, Margot, lass mich diese Welt nicht mit dem quälenden Gedanken verlassen, dass mein eigenes Kind mich verachtet«, sagte ihr Vater, und etwas von seiner alten Autorität klang in seinen Worten.

Zögernd folgte sie seiner Aufforderung und ließ sich neben ihm nieder.

Der Truchsess schluckte und räusperte sich. »Du bist zu Recht wütend auf mich. Vielleicht hasst du mich sogar. Ich jedenfalls würde einen Menschen verabscheuen, der sein eigenes Enkelkind ermordet. Doch das tat ich nicht, Margot.«

Schon wollte sie protestieren, doch er hob die Hand und brachte sie so zum Schweigen. »Ich habe dir erzählt, dass deine Mutter, bevor ich sie geheiratet habe, in den Armen des alten Hans von Sachsenheim gelegen hat.«

»Das hast du«, bestätigte Margot unsicher. »Aber die alten Geschichten sind mir nicht wichtig.«

»Das sollten sie aber, denn du bist unmittelbar betroffen.«

Margot machte eine unwirsche Handbewegung. »Du sprichst in Rätseln, Vater.«

»Zwischen unserer Hochzeitsnacht und deiner Geburt liegen nur sieben Monate.«

»So etwas kommt vor.«

»In der Tat. Doch dann sind die Kinder klein und schwächlich. Du dagegen bist groß, stark und gesund zur Welt gekommen. Margot, ich habe es dir eigentlich nie sagen wollen, denn für meine Liebe zu dir ist es nie von Bedeutung gewesen. Doch nicht ich habe dich gezeugt, sondern der alte Sachsenheim.«

Ungläubig schüttelte Margot den Kopf.

»Aus diesem Grund bin ich so vehement gegen eine Verbindung mit seinem Sohn gewesen, Margot. Er ist dein Halbbruder. Deshalb durfte ich nicht zulassen, dass dieses Kind lebt.«

»Nein«, flüsterte Margot erschüttert. »Das kann nicht sein. Ich hätte doch etwas merken müssen und er auch.«

»Ich denke, er war genauso unwissend wie du.«

»Das ändert nichts an unserer Sünde.«

Ihr Vater schaute sie voller Kummer an. »Bitte, verzeih mir. Ich hätte es verhindern müssen, und jetzt lasse ich dich mit dieser Bürde auch noch allein.«

Das war mehr, als sie ertragen konnte. »Du doch nicht. Es war meine Schuld, ganz allein meine.«

Mit Tränen in den Augen stürmte sie aus dem Zimmer. Blindlings rannte sie den Gang entlang, hastete um die Ecke und lief in den Kammerdiener hinein. Margot wollte den Mann schon anfahren, da erst erkannte sie ihn. »Joseph, ich muss mit dir sprechen. Jetzt sofort.« Sie zog ihn in einen Raum und schloss die Tür. Seine ganze Haltung drückte Missbilligung aus, doch das war Margot egal. »Du bist so lange bei uns, wie ich denken kann«, begann sie.

»Das ist richtig, Fräulein Margot. Ich wurde auf Burg Bischishausen geboren und diene dem Truchsess schon mein Leben lang.«

»Dann sag mir, war ich ein gesundes Kind, als ich zur Welt kam? Ich meine, war ich so entwickelt, wie es sein sollte?«

Die alte Mann runzelte die Stirn: »Gewiss wart Ihr das. Gesund und munter. Ein strammes Mädchen von acht Pfund.«

Margot schloss kurz die Augen. Es half nichts. Bevor sie Sepi heiraten konnte, musste sie Gewissheit haben. »Aber wie kann das sein? Die Hochzeit meiner Eltern lag doch erst sieben Monate zurück.«

Der Kammerdiener schloss die Augen, und sein Mund verzog sich kummervoll. »Hat er es Euch also zuletzt doch noch erzählt, der Herr Truchsess.« Er seufzte. »Ich wünschte, er hätte es nicht getan, denn dann hättet Ihr Eure Mutter als das in Erinnerung behalten, was sie war: eine gute Frau und Herrin.«

»Dann ist es also wahr? Ich bin nicht die Tochter des Truchsessen?« Margot schlug die Hände vors Gesicht.

»Weint nicht, Fräulein Margot. Für ihn seid Ihr das immer gewesen, und für uns andere bleibt Ihr es auch.«

Doch Margot schüttelte nur weinend den Kopf.

Dann tat der Kammerdiener etwas, das er schon seit Ewigkeiten nicht mehr gemacht hatte. Er legte den Arm um die junge Frau, so wie er es immer getan hatte, um sie als Kind zu trösten. »Ihr dürft Euch das nicht so zu Herzen nehmen. Wir sind alle bloß sündige Menschen. Der Truchsess hat es Eurer Mutter verziehen. Und Gott der Herr hat ihr mehr als genug Buße auferlegt. Denkt nur, dass er alle ihre Söhne vor der Zeit zu sich rief.«

»Und wer ...«, schluchzte Margot, obwohl sie die Antwort bereits wusste.

»Zur selben Zeit wie der Truchsess warb auch der Herr Sachsenheim um Eure Mutter. Man sagt, sie war verliebt in ihn, und wen wundert es: Er war ein hübscher junger Mann, und sie vertraute ihm. Während die Verhandlungen für den Heiratsvertrag liefen, lernte er jedoch eine andere mit einer stattlicheren Mitgift kennen.«

»Dann ist es also wahr«, flüsterte Margot verzweifelt. »Ich bin Sachsenheims Tochter.« Sie sank auf einen Stuhl, unfähig, zu weinen.

Unschlüssig stand Joseph da und wartete. Nach einer Weile sagte er leise: »Es hat keine Bedeutung. Euer Vater hat Eure Abstammung als eine Bischishausen nie angezweifelt, und das wird auch sonst niemand tun.«

Heftig schüttelte Margot den Kopf. »Für mich ist es von Bedeutung, für mich. Ich habe meinem Vater furchtbares Unrecht getan. Ich muss ihn um Verzeihung bitten, ja, das muss ich. Jetzt gleich.«

Hastig erhob sie sich und wollte hinausstürmen, doch der Kammerdiener hielt sie zurück. »Ja tut das, aber dann müsst Ihr ihn seinen Frieden machen lassen, mit sich selbst und mit Gott.«

Zögernd nickte die junge Frau. »Ja, das soll er.«

Kapitel 2

Margarethes Blick ging von Jan zu Albrecht und dann wieder zurück zu Jan, während der Burgkaplan die Messe für den Truchsess las. Ihr war, als ob all die Menschen auf Burg Grünwald sie und Margot mit ihrer Besorgnis erdrückten. Auch aus diesem Grund – hinzu kam der schneeverhangene Himmel – hatte ihre Freundin beschlossen, noch am selben Tag abzureisen, um den Leichnam ihres Vaters heimzuführen. In der Familiengruft sollte er dann in allen Ehren bestattet werden. Sepi, mit dem Margot nun offiziell verlobt war, würde mit ihr reisen und sich um die Erbschaftsangelegenheiten kümmern.

Margarethes Gedanken schweiften ab, während sie vorgab, den lateinischen Worten zu folgen. Sie wanderten zurück zu ihrer Heimkehr nach München. Zuerst hatte sie dem Fürstbischof ihre Aufwartung machen müssen. Der hatte die Formalitäten für sie erledigen lassen und sie offiziell zur Witwe erklärt. Merkwürdigerweise hatte sie das eher bedrückt als freudig gestimmt. Die Fahrt in der Kutsche von München nach Grünwald hatte lange gedauert, und doch nicht lange genug, um sich mit Jan auszusprechen. Jeder hing seinen Gedanken nach, während sie Seite an Seite in der Kutsche saßen, sich an den Händen hielten und in die graue Novemberlandschaft hinausblickten. Margarethe hatte sich dabei fast glücklich gefühlt oder doch zumindest erfüllt von tiefem Frieden.

Je näher sie allerdings Grünwald kamen, umso nachdenklicher war Jan geworden. Kaum hatten sie das Jagdschlösschen erreicht, stürzte er davon, ließ augenblicklich den Burgpfleger verhaften und schaffte ihn nach München. Margarethe konnte ihm beim Abschied gerade noch die fünfzig Perlen überreichen, die er in ihrem Namen Herzog Ernst zurückgeben sollte. Zum Abschied hatten sie sich die Hände gedrückt, aber keiner von beiden hatte es fertiggebracht, dem anderen in die Augen zu sehen.

Erst heute zu der Trauerfeier war Jan nach Grünwald zurückgekehrt, schweigsam wie stets und auf Abstand bedacht. Das hatte Margarethe gekränkt. Spürte er denn nicht, dass sie ihn in diesen Tagen mehr denn je gebraucht hätte? Als Margot sich reisefertig zur Kutsche begab, stand er an Albrechts Seite und nicht an ihrer. Margot trat zu ihrer Freundin und umarmte sie lange, wobei beide Tränen in den Augen hatten.

»Wir sehen uns wieder«, sagte Margot und unterdrückte mühsam das Schluchzen. »Und bei unserer ersten Tochter musst du Pate stehen.«

Der Gedanke an Kinder und Schwangerschaften genügte, um Margarethe vollends die Fassung verlieren und in Tränen ausbrechen zu lassen. Albrecht legte tröstend seinen Arm um ihre Schulter. »Geliebte«, hauchte er in ihr Ohr.

Margarethe äugte zu Jan, aber der stand bloß mit gesenktem Kopf da. Hastig löste sich Margarethe aus Albrechts Umarmung. Sie fühlte sich entsetzlich durcheinander. »Bitte, lass mich allein. Ich brauche jetzt einen Moment für mich.«

Gekränkt wich er einen Schritt zurück. »Wie du möchtest«, sagte er gepresst.

Sie nahm es kaum wahr, sondern starrte mit tränenerfüllten Augen der abfahrenden Kutsche hinterher.

Ein paar Stunden später sah sie vom Fenster aus, wie Albrecht Burg Grünwald den Rücken kehrte.

Die nächsten Tage verstrichen, ohne dass Margarethe für längere Zeit das Bett verließ. Ihr Bedürfnis nach Schlaf war übermächtig. Die Anstrengungen der letzten Wochen schienen ihren Tribut zu fordern. Sie fühlte sich schwach, ständig von Übelkeit geplagt, und sie vermisste Jan, dass es sie beinahe körperlich schmerzte. Als sie sich bei Trine nach ihm erkundigte, meinte die nur, dass sich Jan in der Residenz des Herzogs befände. Der habe ihn zu sich befohlen, damit er ihm über die Vorfälle im Böhmischen genau Bericht erstattete. Enttäuscht hörte die Rothaarige zu, und die Tränen rannen ihr erneut über die Wangen. Trine erkundigte sich besorgt, ob sie sonst noch etwas für Margarethe tun könne und ob diese nicht wenigstens Wic besuchen wolle. Der Vogel mache einen ganz melancholischen Eindruck. Doch selbst dazu fehlte Margarethe die Kraft. Häufig wanderten ihre Gedanken zurück nach Passau. Dann hatte sie das Bedürfnis, sofort ins Freie stürmen zu müssen, um jenes abscheuliche Gefühl des Eingesperrtseins loszuwerden, aber dann lähmte sie eine unerklärliche Angst, und sie zog sich doch bloß die Decke über den Kopf. Doch nicht einmal im Schlaf fand sie Ruhe. Sie war nur froh, dass Trine bei ihr war. Die Zofe wirkte so stark und in sich ruhend. Dabei hatte sie ein hartes Schicksal hinter sich. Margarethe konnte sich kaum vorstellen, wie verzweifelt Trine gewesen sein musste, nachdem man ihren geliebten Hus verbrannt und dann sie und Gretchen gejagt hatte. Margarethe schluckte. Schlechtigkeit, wohin man auch sah.

»Es wird erzählt, man habe den Herrn Albrecht zu Fasching auf ein Turnier nach Augsburg eingeladen. Vielleicht reitet er unter Eurem Zeichen, Herrin«, versuchte Trine, sie aufzumuntern.

»Bis Februar ist es noch eine Ewigkeit.«

»Da habt Ihr recht. Bestimmt geht es Euch bis dahin besser, und Ihr begleitet Herrn Albrecht.«

Oder ich bin rund wie eine Kugel, dachte Margarethe. Sie wartete seit Längerem verzweifelt darauf, dass ihre Regel einsetzte, doch nichts tat sich.

Trine biss sich auf die Lippen und griff nach einem fliederfarbenen Schal. »Den solltet Ihr heute beim Nachtmahl tragen, Herrin. Er passt wunderbar zu Eurem Kleid.« Sie legte sich das Tuch spielerisch selbst um.

Margarethe betrachtete sie und sagte: »Ich schenke ihn dir, und ich habe keinen Hunger.«

»Bitte, Ihr müsst etwas essen. Ihr seid schon ganz abgemagert. Wollt Ihr denn dem Herrn Truchsess ins Totenbett folgen?«

»Ach, ich weiß nicht. Manchmal denke ich fast...«

Trine erschrak. »Bitte, sagt so etwas nicht. Schaut, Ihr habt Schlimmes hinter Euch, aber das Leben geht weiter.«

»Nicht für mich, glaube ich manchmal.«

Bestürzt eilte die Zofe aus der Kammer.

Kapitel 3

»Mein Vater drängt und drängt in dieser Angelegenheit mit Elisabeth, und Margarethe will mich nicht sehen.« Albrecht atmete tief ein. »Was soll ich bloß tun, Jan?«

»Ihr Zeit lassen«, riet der Freund. »Sie hat einiges durchgemacht und ist vollkommen durcheinander.«

Albrecht schaute zerknirscht. »Ich gebe mir ja Mühe, zeige Verständnis, aber mein Vater.«

»Er ist der Herzog und muss die Interessen Bayern-Münchens wahren.«

Albrechts Blick verfinsterte sich. »Ich weiß, aber wo ist das Problem? Margarethe ist doch kein dahergelaufenes Mädchen und zudem jetzt ganz offiziell Witwe. Wenn wir die Ehe eingehen, sind unsere Kinder legitim.«

»Das mag ja sein, aber eine Heirat mit Elisabeth stärkt Münchens Flanke, weil sie Land und Geld in die Ehe bringt. Margarethe hat nichts, denn die Osterburg wird Weidas Bruder zufallen, es sei denn, ein legitimer Spross des Vogts meldet seinen Anspruch an. So traurig es ist, aber selbst als Witwe kann Margarethe nicht mehr sein als deine Konkubine.«

Albrechts Hand fuhr Jan an die Kehle. »Sag so etwas nicht!«, fauchte er wütend.

»Nicht ich sage das, mein Freund, sondern dein Vater und mit ihm der gesamte Hof.«

Einen Klageschrei auf den Lippen, wandte Albrecht sich ab.

Jan legte ihm die Hand auf die Schulter. »Wach endlich auf,

Albrecht. Man wird niemals zulassen, dass ihr die Ehe eingeht. Gehorche dem Herzog, heirate Elisabeth. Dein Starrsinn hat Margarethe schon einmal in Lebensgefahr gebracht.«

»Was willst du damit sagen? Hatte mein Vater am Ende die Hand mit im Spiel?«

»Immerhin überließ er ihr die Perlen, obwohl er sonst jeden Pfennig für die Kriegskasse zusammenhält.«

Albrecht wurde blass. »Ist es das?«, hauchte er. »Meinst du, Margarethe gibt mir die Schuld an allem? Das erklärt natürlich, weshalb sie so merkwürdig ist. Und genau genommen hat sie recht: Wir hätten sie beschützen müssen, aber es konnte doch keiner von uns ahnen …«

Jan öffnete den Mund, um seinem Freund zu widersprechen, doch der winkte ab. Er hatte sich seine Meinung gebildet, und dann machte es keinen Sinn, dagegenzureden.

Eine Weile brütete Albrecht vor sich hin. »Wusstest du eigentlich, dass Elisabeth in diesen Tunichtgut Johann Werdenberg-Sargans verliebt ist? Ein Tunichtgut, der im Stand weit unter ihr ist. Stell dir das mal vor.« Albrecht schüttelte den Kopf.

Jan dachte, dass das wohl alles eine Sache des Blickwinkels war. Laut jedoch sagte er: »Es wird dem Herzog gefallen, dass du dich seinem Willen beugst, und dir Ruhe verschaffen.«

»Aber du passt mir auf Margarethe auf, ja? Es darf ihr nichts mehr passieren. Versprich es mir in die Hand.«

»Das muss ich dir nicht versprechen, Albrecht. Du weißt, dass ich jederzeit mein Leben für sie opfern würde.«

Der Wittelsbacher legte seinen Arm um die Schulter des Freundes. »Ja, gewiss. Das hast du bewiesen. Es ist nur, dass ich es mir niemals verzeihen könnte, wenn ihr durch mein Verschulden weiteres Unrecht widerfahren würde. Verstehst du das?«

Jan nickte. Mehr als du denkst, dachte er bei sich. Und dennoch schmerzte ihn der Gedanke, Margarethe vor vollendete Tatsachen stellen zu müssen. Es war nicht zu übersehen, dass sie Albrecht nach wie vor liebte und er sie, aber es war an der Zeit, vernünftig zu werden. Diese Liebe würde für immer unerfüllt bleiben – genau wie seine eigene.

Jan brauchte fast eine Woche, um nach Grünwald zu reiten.

Trine empfing ihn mit besorgtem Gesichtsausdruck und redete sofort auf ihn ein. Sie mache sich furchtbare Sorgen um Margarethe und habe ihm auch schon zweimal Nachricht geschickt, weil er der einzige Mensch sei, nach dem ihre Herrin fragte.

Jan nickte und sagte ihr, sie solle Margarethe nach oben in den Turm begleiten. Er würde dort auf sie warten. Als Margarethe endlich kam, erschrak er darüber, wie schmal sie geworden war. Er nickte Trine zu und küsste Margarethes Fingerspitzen. Unter ihnen floss rauschend die Isar, die durch die Schneefälle der letzten Wochen gewaltig angeschwollen war. »Ein prachtvoller Anblick«, stellte Jan fest.

»Das ist wahr«, bestätigte Margarethe und blinzelte die Tränen weg, die sich in ihre Augenwinkel geschlichen hatten.

Jan tat, als habe er es nicht bemerkt. »Ich denke, wir gehen doch lieber hinein. Du holst dir auf den zugigen Zinnen noch einen Schnupfen, und glaub nicht, dass ich dich dann noch besuchen komme. Ich find Frauen mit Triefnasen nämlich hässlich.«

Sein Aufmunterungsversuch half nicht viel. »Ach, Jan«, seufzte Margarethe, »ich bin so froh, dass du gekommen bist.«

Er legte den Arm um sie. »Ich weiß«, gab er leise zurück, »und Albrecht lässt dich schön grüßen.«

»Ehrlich?«, fragte Margarethe ungläubig.

»So hat er es mir gesagt.«

»Ich war in letzter Zeit abweisend zu ihm, aber ich, ich konnte einfach nicht ...« Ihre Stimme brach. »Bestimmt verabscheut er mich jetzt.«

Ernst sah Jan sie an. Er brachte es einfach nicht fertig, ihr von dem Gespräch mit dem Freund zu erzählen. »Nein, das tut er nicht. Ich weiß gar nicht, wie du darauf kommst. Jeder Ritter würde sich glücklich schätzen, in deiner Gunst zu stehen.«

Margarethe atmete tief aus. »Jan, ich hab dich schrecklich vermisst.« Sie tastete nach seiner Hand.

Er hielt ihre Finger nur kurz, bevor er sie wieder losließ.

»Was ist mit dir?«, fragte Margarethe verwirrt.

»Ich ... ich beneide Albrecht«, stotterte er. »Weil ihn jemand so sehr liebt, dass er lieber auf ihn verzichten würde, als ihn unglücklich zu sehen.«

Gerührt wandte sich die Hofdame ihrem Freund zu und meinte ernst: »Glaube mir, die Frau, die einmal dein Herz berührt, werde ich beneiden, weil sie keinen besseren Gatten bekommen kann. Eines Tages wirst du sie treffen, da bin ich mir sicher.«

Ein seltsamer Ausdruck trat in Jans Gesicht. »Ich bin ihr bereits begegnet«, flüsterte er.

Erstaunt sah Margarethe hoch und wunderte sich, dass ihr dieses Geständnis einen Stich versetzte. Doch gleich darauf schalt sie sich eine Egoistin. Jan hatte so viel für sie getan, und da gönnte sie ihm nicht einmal dieses Glück? »Und?«, erkundigte sie sich lächelnd. »Hat sie dich erhört?«

Jan senkte den Blick. »Ich wagte bislang nicht, ihr meine Liebe zu gestehen. Sie bedeutet mir zu viel.«

»Oh Jan.« Margarethe hob mahnend den Zeigefinger. »Dann wird es höchste Zeit. Bestimmt sehnt sie herbei, dass du dich ihr erklärst.«

Traurig senkte er den Kopf, hakte sich bei ihr ein und zog sie von der Plattform herunter. »Du solltest dich ein wenig ausruhen, Margarethe«, wechselte er das Thema. »Ich finde, du siehst blass aus. Besser, ich lasse nach Trine rufen.«

Jan atmete erleichtert auf, als er wenig später zu seiner Kammer ging. Beinahe hätte er sich Margarethe offenbart und seine Worte danach bestimmt bereut. Nie wieder hätte er ihr unter die Augen treten können, wenn er ihr seine Liebe gestanden und sie ihn abgewiesen hätte. Aber fast noch schlimmer war es für ihn, zu sehen, in welcher Verfassung sie sich befand. Sie war abgrundtief verzweifelt. Die Lage erforderte Fingerspitzengefühl.

Da begegnete ihm Trine, die gerade mit einer warmen Decke unter dem Arm zu Margarethes Zimmer unterwegs war. Die Treue, die sie ihrer Herrin gegenüber bewies, beeindruckte Jan. Es kam nicht oft vor, dass Domestiken bereit waren, für ihre Herrschaft ihr Leben zu riskieren, und Trine, die ja offensichtlich mehr war als eine Gemeine, war ihre Hingabe besonders hoch anzurechnen.

»Gut, dass ich dich treffe, Trine«, sprach er sie an.

Die Zofe merkte auf und knickste unsicher.

»Ich habe mit dir zu reden.«

Es war nicht zu übersehen, dass sich die Zofe unwohl fühlte. Ablehnen konnte sie aber schlecht. »Wie Ihr wünscht, Herr Sedlic.«

»Du hast dir zu Recht Sorgen gemacht: Margarethe geht es gar nicht gut.«

»Sie ist so voller Kummer.«

»Auch scheint sie Übelkeit zu plagen, morgens vor allem,

oder irre ich mich?« Es war eigentlich keine Frage, sondern eine Feststellung.

Trine nagte an ihrer Oberlippe.

Jan nickte. »Ist sie schwanger?«

»Ich bin nur eine einfache Zofe, keine Hebamme.«

»Bitte, sei ehrlich zu mir, sonst kann ich nicht helfen.« Er nahm sie am Arm und drehte sie so, dass sie ihn ansehen musste.

»Herr, mich geht das nichts an. Bitte lasst mich.«

»Ich wünschte, ich könnte, Trine.« Der Ritter seufzte traurig. »Dein Schweigen spricht allerdings eine deutliche Sprache. Oh, wie ich diesen Weida hasse. So hält er uns in seinem Griff noch über seinen Tod hinaus.«

Trine blickte bedrückt zu Boden. Ganz leise flüsterte sie dann: »Ich habe solche Angst, sie könnt sich was antun, die Herrin Margarethe. So hab ich sie noch nie erlebt. Am Ende stürzt sie sich von den Burgzinnen.«

Jan ließ die Zofe los. Er fühlte sich unendlich müde. Trine blickte ihn ängstlich an. Als der Ritter sich nicht regte, huschte sie davon.

Albrecht machte sich rar bei Jan und vergrub sich in seine Arbeit. Der Herzog wiederum lobte Jan, weil er seinen Sohn dazu gebracht hatte, sich endlich wie ein Staatsmann zu verhalten, und zeigte seine Danbarkeit, indem er ihn mit wichtigen Aufgaben betraute. Nach zwei Wochen ließ sich ein ernstes Gespräch zwischen Albrecht und Jan jedoch nicht mehr vermeiden. Die beiden Männer kannten sich gut genug, sodass sie nicht um die Sache herumreden mussten.

Der Herzogssohn durchmaß Jans Gemach mit Riesenschritten. »Sie ist also schwanger vom Weida.« Albrecht schüttelte den Kopf, während Jan zu Boden sah. »Jesus Christus, was mache ich denn jetzt? Ich habe doch inzwischen in die Ehe mit Elisabeth eingewilligt.«

Sein Freund, der sonst immer einen Rat wusste, schwieg.

»Gott, warum prüfst du uns so?« Schwer ließ sich Albrecht in den Sessel fallen und barg das Gesicht in den Händen.

Jan hörte sein Schluchzen und hatte doch eine ganz andere Reaktion erwartet. »Aber ich kann doch Margarethe in solcher Weise entehrt nicht allein lassen.«

»Ganz so dramatisch ist die Sache nicht. Immerhin ist dieses Kind Weidas legitimer Spross, der rechtmäßige Erbe der Osterburg und erhält einmal den Titel eines Vogts, falls es ein Bub wird. Für Margarethe verbessert sich ihre Situation sogar, denn sie könnte im Namen ihres Kindes Ansprüche an das Haus Weida stellen.«

Da hielt es Albrecht nicht länger auf dem Stuhl, und er sprang auf. »Ich dachte, du bist ihr Freund, aber was du da sagst, klingt infam.«

»Ich spreche nur die Tatsachen aus.«

»Du meinst also, ich soll die Hände in den Schoß legen, alles so weiterlaufen lassen wie bisher und Elisabeth heiraten?« Albrecht richtete sich auf, so als müsste er sich für einen Schlagabtausch mit dem Schwert wappnen.

»Was bleibt dir übrig? Sei ehrlich. Alles andere wäre Wahnsinn.«

»Und Margarethe? Was ist mit ihr? Sie hat sich mir hingegeben in dem Vertrauen, dass ich sie nicht entehre.«

»Sie hat sich dir hingegeben, weil sie dich liebt, Albrecht. Nur aus diesem Grund.«

»Und ich liebe sie.«

»Liebe heißt auch, das Beste füreinander zu wollen und füreinander Opfer zu bringen. Heiratest du Margarethe, bringst du sie in größte Gefahr. Der Herzog kann und wird das nicht zulassen. Eher lässt er sie beiseiteschaffen.«

»Das würde er niemals wagen.«

»Oh doch, das würde er.«

»Also soll ich Margarethe wegschicken? Auf die Osterburg etwa? Da wollte sie niemals hin. Das kann niemand von ihr verlangen.«

Jan wandte sich ab. Unschlüssig öffnete der Böhme den Mund, doch Albrecht kam ihm zuvor. »Du wirst sie heiraten«, sagte er, und etwas in seinen Augen blitzte auf.

»Ich?«

»Natürlich. Das ist die beste Lösung, und zudem bleiben wir drei dann zusammen.«

»Aber ...«

»Ich weiß schon, du hast kein Geld und kein Lehen.« Albrecht überlegte kurz. »Hundert ungarische Gulden werden genügen. Ich lasse sie dir anweisen.«

»Es ist nicht nur das Geld. Sie liebt nun mal dich.«

Albrecht winkte ab. Für ihn war die Sache beschlossen. Er legte seine Hand auf Jans Schulter. »Du wirst es ihr schon erklären, mein Freund, und sie davon überzeugen, dass es das Beste für sie und das Kind ist.« Mit diesen Worten war er aus der Tür.

Jan blickte ihm unglücklich nach. Natürlich würde er Margarethe mit Freuden zum Traualtar führen – aber auf diese Weise? Unschlüssig starrte er auf das geschlossene Portal, doch je länger er sich die Sache durch den Kopf gehen ließ, umso mehr kam er zu der Überzeugung, dass es an der Zeit war zu tun, was er schon vor Jahren hätte tun sollen.

Der Ritter läutete nach seinem Kammerjungen. Er ließ sich sein bestes Gewand anlegen und noch einmal überbürsten. Lächelnd betrachtete sich Jan dann im Spiegel, und seine blauen Augen strahlten. Dann holte er aus einer Schmuckschatulle den Ring seiner Mutter. Viel zu lange verwahrte er ihn schon dort. Es war an der Zeit, ihn der Frau an den Finger zu stecken, die seine Seele berührt hatte. Mit bangem Herzen machte er sich auf den Weg.

Trine ließ ihn ein und begrüßte ihn leise. Ihre Augen schauten angstvoll zu ihm auf, und zum ersten Mal fiel ihm auf, wie klein die Zofe war. Er sah ihre Hände, die abgearbeitet und zerfurcht schienen, und entdeckte einen Ring an ihrer rechten Hand, der ihm noch nie zuvor aufgefallen war. Jan streifte der Zofe das Schmuckstück ab und betrachtete es. An der Innenseite des Rings befand sich eine Gravur. *In Treue JH* war dort zu lesen und dann noch ein Datum: *6. Juli 1415.* Milde lächelnd sah der Böhme auf. Stolz blitzte in Trines Augen. Jan gab ihr kommentarlos das Schmuckstück zurück.

»Wenn ich einmal nicht mehr bin, soll Gretchen diesen Ring bekommen«, bat Trine mit fester Stimme.

»Ich werde dafür sorgen. Du hast mein Wort als Ritter«, versprach Jan, und seine Hand wanderte zu dem Schmuckstück in seiner Tasche. »Alles wird sich zum Guten wenden«, flüsterte er.

»Wenn wir nur stark sind im Herrn«, ergänzte Trine.

Der Böhme nickte, streckte sich und blickte über Trine hinweg zu der offenen Tür, hinter der er Margarethe wusste. »Ich möchte allein mit ihr reden.«

Trine sah ihn mit einem Ausdruck an, der Jan klarmachte, dass sie über seine Gefühle Bescheid wusste. Sie knickste und verließ den Raum.

Entschlossen betrat Jan Margarethes Schlafgemach. Sehr

blass und in sich gekehrt starrte die Rothaarige aus dem Fenster. Als sie ihn bemerkte, brach sie sofort wieder in Tränen aus. Er nahm sich einen Hocker, setzte sich neben sie und wartete. Erst als sie sich halbwegs beruhigt hatte, ergriff er ihre Hand und sah sie ernst an.

Lange saßen sie schweigend Hand in Hand nebeneinander. Doch dann hielt es der Ritter nicht länger aus. »Neulich auf dem Turm, da hast du mir geraten, ich solle der Frau, die für mich alles Glück dieser Welt bedeutet, sagen, was ich für sie empfinde«, begann er leise.

Margarethe blickte ihn erstaunt an. Sie hatte etwas anderes erwartet. Einen Rat, wie es nun weitergehen sollte, eine Andeutung, wie Albrecht auf die Nachricht von ihrer Schwangerschaft reagiert hatte, irgendetwas in dieser Richtung. »Das habe ich«, antwortete sie fast erleichtert.

»Dann werde ich mir jetzt ein Herz fassen und dieser Frau mein so lange gehütetes Geheimnis offenbaren.«

Verwirrt blinzelte Margarethe ihn an und strich sich eine Haarsträhne aus dem Gesicht.

»Ich kenne sie schon ewig«, begann er. »Sie ist mir Freundin, Schwester, Vertraute. Ich liebe sie, seit ich ihr das erste Mal begegnet bin, aber ich fand nie den Mut, es ihr zu sagen.«

»Aber warum denn nicht?«, wollte Margarethe wissen.

»Sie liebt einen anderen, und ich fürchtete immer, wenn ich ihr meine Gefühle gestehe, könnte das ihrer Liebe zu diesem anderen im Wege stehen. Dieser Gedanke war mir unerträglich.«

»Willst du damit sagen, dass dir ihr Glück wichtiger ist als deines? Du musst sie wirklich sehr lieben.« Margarethe drückte seine Hand und starrte ihre Finger an.

»So ist es. Ich habe stets versucht, über sie zu wachen. Leider habe ich versagt. Ich war nicht da, als sie mich am Nötigsten brauchte. Das tut mir leid, so schrecklich leid.« Seine Stimme war kaum mehr als ein Flüstern. Er schluckte und kämpfte dabei mit den Tränen.

Margarethe führte seine Hand an ihre Wange und meinte mit erstickter Stimme:

»Du hast bestimmt nichts falsch gemacht. Ich kenne niemanden, der sich so bemüht, aufrecht und ehrenhaft zu handeln wie du.« Noch immer schien sie nicht zu verstehen.

Jan holte tief Luft. Einige Male schon war er an genau diesem Punkt gewesen, und nie hatte er über die Lippen gebracht, was ihm wirklich am Herzen lag. Vorsichtig tastete der Ritter nach dem Ring in seiner Tasche. Dann schloss er kurz die Augen, öffnete sie und erklärte mit fester Stimme: »Du bist diese Frau, Margarethe.«

Er brachte keine weitere Silbe über die Lippen, obwohl er dieses Gespräch in Gedanken wohl schon tausendmal geführt hatte. Er hatte ihr sagen wollen, dass sie für ihn war wie der Tau auf den Rosen, dass ihre Stimme schöner war als das Singen der Nachtigall und dass die Sterne neben dem Funkeln ihrer Augen verblassten. Aber nichts von alldem kam ihm über die Lippen. Stattdessen krampfte sich seine Faust verzweifelt um den Ring, sodass sich die Fassung schmerzhaft in seine Haut bohrte.

Margarethes Augen wurden groß. »Ich?«, fragte sie erstaunt und sah zu ihm auf. Sie las in seiner gequälten Miene, dass er die Wahrheit sprach, und schluckte.

Jan saß wie erstarrt da.

Es dauerte eine Ewigkeit, bis sie weiterredete. »Du hast nie etwas gesagt«, stellte sie leise fest.

»Nein, das hab ich nicht.«

»Ich dachte immer, du tust das alles für mich nur wegen Albrecht, als sein Freund und Gefolgsmann.«

»Das solltest du auch.«

Eine Weile sagten sie beide nichts. Bleiern hing ihr Schweigen im Raum und machte Jan das Atmen schwer. Am liebsten wäre er aus dem Raum gerannt und hätte sich die Zunge mit einem Jagdmesser aus dem Gaumen geschnitten. Er biss die Zähne zusammen, doch der Abgrund, in den er zu blicken glaubte, wurde immer finsterer.

»Weiß Albrecht davon?«, fragte Margarethe schließlich.

Jan schüttelte den Kopf.

»Weiß er, dass ich Weidas Kind trage?«

»Ja. Ich musste es ihm sagen, obgleich er es wohl schon ahnte.«

Sie vergrub ihr Gesicht in den Händen und hauchte: »Heilige Jungfrau Maria, was soll ich denn jetzt nur tun?«

Langsam zog Jan die Faust aus der Tasche und öffnete sie. »Werde meine Frau, Margarethe. Ich weiß, dass der Augenblick nicht schlechter gewählt sein könnte. Ich kann dir kein Herzogtum bieten und auch keine Vogtei, doch ich liebe dich inniglich und möchte für dich da sein.«

Sie starrte ihn an. Neue Tränen liefen ihr über die Wangen.

Jan senkte den Blick. Er hatte nichts anderes erwartet. Langsam schloss er die Hand wieder und steckte den Ring ein. Er wollte sich schon erheben, als sie plötzlich nach ihm griff.

Im nächsten Moment hatte sie die Arme um ihn geschlungen. »Geh nicht, Jan!«, bettelte sie. »Bitte, verlass mich nicht. Das könnte ich nicht ertragen. Ich tappe durch die Finsternis, und du bist mein einziges Licht. Ohne dich bin ich verloren.«

Behutsam nahm er sie in die Arme. Sie vergrub ihr Gesicht an seiner Schulter. Was sie in ihm sah, was er ihr bedeutete oder jemals bedeuten würde, war ihm nicht klar, aber er wollte es herausfinden. Der Gedanke daran erfüllte ihn mit Glück, das sein wundes Herz flutete und es leicht machte. Während er ihr über den Rücken streichelte, hauchte er im Geist tausend unsichtbare Küsse auf ihren Nacken.

»Aber das Kind?«, schluchzte sie. »Ich weiß nicht, was mit ihm geschehen soll! Es drängt sich in mein Leben, gerade jetzt.«

Eine Weile hielt Jan sie einfach schweigend im Arm, während sie weiter schluchzte.

»Ich will dieses Kind nicht«, sagte sie dann energisch. »Es würde mich immer an Heinrich von Weida erinnern und an das, was er mir angetan hat.«

»Wenn dies dein Wille ist ... Du bist seine Mutter. Du wirst entscheiden. Was aber mich angeht: Ich würde es lieben und beschützen, denn es ist unschuldig und seine Seele rein.«

»Ich nicht. Ich hasse es.«

Sanft strich er ihr übers Haar. »Das wirst du nicht, das weiß ich.«

»Es ist Weidas Spross«, beharrte sie, und ihre Stimme klang fast hysterisch.

»Vor allen Dingen ist es dein Kind, und wenn du es zulässt, wird es auch meines sein.« Er lächelte, als er fortfuhr: »Ich fürchte, es wird deine roten Haare bekommen und deinen Dickkopf. Meine Güte, da könnte etwas auf uns zukommen.«

In ihrem Gesicht machte sich die zaghafte Andeutung eines Lächelns bemerkbar.

Er holte sein Taschentuch hervor, um ihre Tränen zu trocknen. »Vielleicht könnten wir es wenigstens versuchen«, sagte er dann.

Sie lehnte sich an ihn. Er atmete ihren Duft, genau wie damals in der Köhlerhütte, und genoss den Moment.

»Und Albrecht?«, flüsterte sie.

»Albrecht ist der Sohn des Herzogs. Auf seinen Schultern lastet das Schicksal Bayerns. Das bringt Pflichten mit sich und die Bereitschaft zum Verzicht. Er wird uns Glück wünschen.«

Margarethe nickte. Sie verstand. Im Grunde hatte sie es längst gewusst.

Epilog

»Schau nur, er steht immer noch da, unser Felsen!«, rief Jan begeistert, sprang von seinem Pferd und rannte übermütig durch das flache Wasser.

»Wo sollte er auch hin sein. Er ist aus Stein«, bemerkte Margarethe milde lächelnd und stieg vom Pferd. Am Strick führte sie ein Pony, eines von der englischen Rasse, die als besonders artig galt.

Der kleine Junge mit den fuchsfarbenen Locken rutschte vom Rücken des Tieres und rief: »Ich will auch mit.«

»Aber sei vorsichtig, Heinrich!« Sie wusste, dass ihre Warnung zwecklos war, denn ihr Sohn war ungestüm für drei Buben. Schon jetzt mit seinen knapp sieben Jahren führte er das Schwert, als wäre er damit geboren worden. Im Augenblick jedoch hatte er nichts als Spielen im Sinn. Kreischend sprang er in das eiskalte Wasser und versuchte, Jan nass zu spritzen. Obwohl die beiden sich wahrscheinlich eine Erkältung einfangen würden, behielt Margarethe ihre Befürchtungen für sich. Es würde sowieso das letzte Mal sein, denn ab morgen trat Heinrich seinen Dienst als Knappe am Prager Hof an. Das würde in diesen unruhigen Tagen nicht einfach sein. Margarethe hoffte, dass ihr Sohn nicht allzu bald mit den Gräuel des Krieges konfrontiert werden würde. Er war noch so jung und unschuldig, so voller Träume und Ideale.

Doch es gab noch einen anderen Grund, weshalb sie heute hierhergekommen waren. Margarethe schaute auf Wic, die auf ihrem Arm saß und darauf wartete, fliegen zu dürfen. »Jetzt ist es gleich so weit, meine schöne Jägerin.«

In den letzten Wochen war sie oft mit dem Falken hier gewesen, und inzwischen war dem Vogel die Schlucht vertraut. Margarethe schirmte die Augen mit der Hand ab und sah hinauf zu dem verwaisten Falkenhorst. Dann hörte sie das entfernte »Hiäh, hihä« des Männchens.

Wic hob den Kopf und schlug aufgeregt mit den Flügeln. Ihre scharfen Augen spähten zum Himmel. Sie trug schon lange keine Haube mehr. Mit Tränen in den Augen löste Margarethe das Gebände, mit denen die Füße gefesselt waren. Als das Männchen in Sichtweite kam, warf sie den Vogel hoch in die Luft. Mit kräftigen Flügelschlägen schraubte sich Wic in die Lüfte. Das Männchen stürzte ihr entgegen, und dann vollführten die beiden einen eindrucksvollen Tanz.

Mit Heinrich an der Hand trat Jan zu Margarethe. Wortlos sahen sie den Vögeln zu, bis sie langsam abstrichen.

»Rufst du Wic nicht zurück, Mutter?«, fragte der Junge verwundert.

Die schüttelte den Kopf.

»Aber warum? Hast du sie denn nicht mehr lieb?«

»Ganz im Gegenteil, ich liebe sie so sehr, dass ich sie gehen lassen kann.«

Nachwort

Dieser Roman spielt in einer Epoche des Umbruchs. Es ist die Zeit der Hussitenkriege, einer der ersten großen Volksaufstände des Mittelalters, welche die Kirchenspaltung einläuteten. Das Haus Wittelsbach versucht, sich in diesen unruhigen Jahren für eine Königskrone zu positionieren. Die Wittelsbacher sind jedoch innerlich zerstritten. 1392 ist Bayern in drei Teilherzogtümer zerfallen: *Bayern-München*, regiert von Herzog Ernst und seinem Bruder Wilhelm, *Bayern-Ingolstadt* unter der Regentschaft von Herzog Ludwig VII. und *Bayern-Landshut* mit Heinrich XVI. als Oberhaupt. Die Herzöge sind sich untereinander spinnefeind, und besonders verhasst sind sich Heinrich und Ludwig. Im Zuge der Rivalitäten kommt es zu den im Roman geschilderten Bayrischen Kriegen.

Im Jahr 1417, in dem die Geschichte beginnt, gilt Herzog Ernsts Sohn Albrecht als größter Hoffnungsträger. Albrecht wird am Hof seiner Tante Sophie, der Gattin von König Wenzel von Böhmen, erzogen. Die Geschichte von seiner Liebe zu Margarethe von Waldeck und ihrem gemeinsamen Besuch einer Hussitenpredigt ist zwar frei erfunden, dass Albrecht jedoch mit hussitischem Gedankengut in Berührung kam, gilt als belegt. Er verlässt Prag geraume Zeit vor dem berühmten Prager Fenstersturz und kehrt nach München zurück. Die politisch gewollte Ehe zwischen Elisabeth und Albrecht ist historisch belegt. Das voreheliche Schäferstündchen zwischen Albrecht und Elisabeth, währenddessen er in Liebe zu ihr entbrannte, soll ebenfalls tatsächlich stattgefunden haben, allerdings deutlich später als in dieser Geschichte. Statt Albrecht von Wittelsbach dann aber zu heiraten, flüchtete Elisabeth ins Rheinland zu Johann Werdenberg-Sargans. So manch ein Historiker sieht in dieser Kränkung den Ursprung der Affäre zwischen Albrecht und der Baderstochter Agnes Bernauer, ein Stoff, den Friedrich Hebbel später in seinem gleichnamigen Trauerspiel verarbeitet.

Viele der anderen Romanfiguren sind historischen Personen angelehnt, so zum Beispiel das Fräulein von Wettin und ihr frecher Bruder Mihai sowie sein Freund Sepi. Das Adelshaus Wettin, das noch heute besteht, war damals tatsächlich sehr einflussreich und kam später sogar zu Kurfürstenwürden. Ihm kommt eine besondere Bedeutung für die Landesgeschichte Sachsens, Thüringens und Sachsen-Anhalts zu, was nicht unerwähnt bleiben sollte. Des Weiteren gab es tatsächlich den Kaufmann Martin Welser. Das von ihm gegründete Augsburger Handelshaus wurde 1420 erstmals erwähnt und zählte neben den Fuggern zu den reichsten der Stadt. Auch die Truchsesse der Familie Bischishausen sind dokumentiert. Ob Hans Truchsess von Bischishausen eine Tochter namens Margot hatte? Wer weiß das schon aus einer Zeit, in der nur Söhne zählten. Ihre Abenteuer in Stuttgart gab es jedenfalls nie, anders die schwierige politische Situation am Vormundschaftshof und die Machtkämpfe, die sich aus der schwindenden Macht der Truchsesse und der wachsenden Einflussnahme der Räte ergab. Man kann allerdings annehmen, dass Hans Hofmeister von Sachsenheim einen weniger üblen Charakter hatte, als ihm in der Geschichte unterstellt wird. Ganz sicher jedoch hat er niemals ein Edelfräulein nach Böhmen entführt. Auch die Vögte von Weida gab es tatsächlich und angeblich auch jenen besagten Schwur, den alle männlichen Nachkommen zum Vornamen Heinrich verdammte. Seine Ehe mit Margarethe aber hat es nie gegeben.

Zum Schluss: Wer wissen möchte, wie es mit Albrecht und Margarethe historisch betrachtet weiterging, dem empfehle ich die Bücher »Agnes Bernauer: Hexe, Hure, Herzogin« von Manfred Böck sowie »Agnes Bernauer und ihr Herzog« von Richard Wunderer, die einen hervorragenden Einblick ins Zeitgeschehen geben.

Danksagung

Ein solches Buch könnte nicht geschrieben werden, ohne dass viele Menschen daran mitwirken. Zuallererst möchte ich meiner Lektorin bei Bastei Lübbe, Frau Judith Mandt, danken, welche die Entstehung des Buches mit außerordentlicher Geduld und Hingabe begleitet hat, sowie meinem Außenlektor Kai Lückemeier für seine knochentrockenen, stets hilfreichen Kommentare, die mich immer wieder zum Schmunzeln bringen. Auch Bastei Lübbe selbst herzlichen Dank für das in mich gesetzte und heutzutage nicht mehr selbstverständliche Vertrauen. Ich weiß es zu schätzen.

Mein Mann Harald darf hier nicht unerwähnt bleiben, der für *Die Falknerin* viele teure Wochenenden unserer »Long-Distance-Beziehung« geopfert hat. Er war niemals verschnupft, wenn ich vor dem Laptop versunken bin, statt mit ihm etwas zu unternehmen. Schatz, ich liebe dich. Auch meinen Söhnen Julius und Felix – es sind einfach schon richtig große Jungs – schulde ich Dank für ihr Verständnis (und verzeiht mir, wenn ihr einige eurer Charakterzüge im Buch wiederfindet), ebenso meinen Schülerinnen und Schülern, die mir täglich vor Augen führen, dass Jugendliche manchmal anders ticken als wir eher abgeklärten Semester.

Ein besonderer Herzenswunsch ist es mir, meinem guten Freund und zuverlässigen »Probeleser« Friedhelm Watermann meinen Dank auszusprechen. Auch meiner Kollegin Jacky danke ich für die vielen Gespräche und dafür, dass sie mich an ihrem profunden historischen Wissen teilhaben ließ.

Ich freue mich schon darauf, wenn wir beide demnächst tiefer in die Geschichte des Fürstbistums Passau eintauchen können.

Werde Teil der Bastei Lübbe Welt
You Tube
www.luebbe.de/Meinewelt
Lesen, rezensieren, Bücher gewinnen
Lerne Autoren, Verlagsmitarbeiter und andere Leser kennen